T0279836

Un crimen japonés

DANIEL GUEBEL

Un crimen japonés

RANDOM HOUSE

Papel certificado por el Forest Stewardship Council®

Primera edición: octubre de 2022

Printed in Spain – Impreso en España

ISBN: 978-84-397-3997-5
Depósito legal: B-13.789-2022

Impreso en Egedsa (Sabadell, Barcelona)

RH 3 9 9 7 5

"Un hijo no debe vivir bajo el mismo cielo
que el asesino de su padre".
CONFUCIO

PRIMERA PARTE

EL HONOR DEL FANTASMA

1

A finales del período Nara, las tribus norteñas de los Emishi (llamados "hombres peludos") se alzaron contra el poder central y el emperador Shōmu decidió combatirlas enviando tropas comandadas por cuatro integrantes de su familia. Tal sistema de dominio, llamado Shidö Shögun o "Comandantes del Ejército de los Cuatro Caminos", había funcionado eficazmente durante centurias, pero los Emishi empleaban tácticas de guerrilla y usaban armas curvas y obtuvieron resultados favorables. Los derrotados eran masacrados sin misericordia y a veces devorados crudos. Semejante conducta escandalizaba los corazones de la corte, y a eso se sumaba la vergonzosa incapacidad de los Shidö Shögunes para vencer a los insurrectos, por lo que Shōmu debió sustituirlos por generales con experiencia en la batalla, que comenzaron a recibir el nombre de Shögunes.

Pasan los siglos y el traspaso de funciones continúa. El año inicial del período Kamakura, el general Minamoto no Yorimoto derrota a la dinastía Taira, enclaustra a su emperador y se proclama Shögun. El Shögunato se presenta a partir de entonces como la institución llamada a consolidar un ideal de nación construido alrededor de un señor de la guerra. Sin embargo, a fines de la tercera década del siglo XIV, esa institución empieza a verse asediada por la proliferación de señores feudales (daimyos), que en el fondo son como pequeños shögunes provinciales de creciente autonomía, peso territorial y militar, cuyas pugnas internas multiplican los conflictos regionales y debilitan la necesaria unidad del país. A comienzos del período

Nanboku chô, el general Ashikaga Takauji, luego de traicionar primero y derrotar después al emperador, Go Daigo, quien debió abandonar la Corte del Norte y, tras refugiarse en el monte Hiei, huir a Yoshino y, tiempo después, fundar la Corte del Sur, establece su Shögunato en Kyoto e intenta restablecer la armonía del país al proclamar la norma "un señor, un castillo". Pero los daimyos son ambiciosos y expansionistas. Cada uno de ellos anhela la posesión del castillo del daimyo vecino, ya sea porque está situado en un monte más alto, o es más antiguo o de aposentos más cálidos, o porque mira a un valle más verde.

Y es dentro de ese marco de inestabilidad que comienza esta historia.

En junio de 1344, pocos días después del paso del monzón, Yutaka Tanaka, noble y poderoso daimyo de la provincia de Sagami, vio gravemente afectados el nombre y honor de su clan. Mientras estaba reunido con sus consejeros en el salón principal del Primer Castillo, el Tercero —donde residían sus padres, el señor Nishio y dama Mitsuko— fue atacado por un grupo de samuráis que llevaban los rostros cubiertos por máscaras de idéntico diseño y no portaban distintivos heráldicos ni banderas con los colores de su amo. Apenas comenzó el asalto, Nishio Tanaka se defendió valerosamente, conduciendo a tres enemigos a la muerte. Sus servidores también peleaban con denuedo, por lo que la suerte del combate oscilaba entre uno u otro bando. Pero la cantidad de atacantes excedía en mucho a los defensores y finalmente Nishio sucumbió cuando una flecha artera se clavó en su cuello. Aunque se la arrancó gritando de furia, hubo una segunda que atravesó su pecho y otra entró en su costado. La vida se le escapó a los borbotones y él fue cayendo como una montaña que se desploma, y agonizó y murió en posición de loto, manchando de rojo sus medias blancas. Los agresores lo trataron sin el menor respeto, trozando sus restos y cargándolos en bolsas. Luego ingresaron en los pabellones femeninos, rasgando las separaciones y desgarrando los kimonos de las damas de compañía, para finalizar sometiendo a dama Mitsuko a toda clase de acciones incalificables.

Apenas enterado de los sucesos, Yutaka enloqueció de furor. ¿Qué clase de cobardes atacaban a traición y no lucían estandartes y banderas? ¿Cuál era la razón para esconder sus identidades? Al presentarse de modo tan bajo, el enemigo seguramente habría supuesto que evitaría la represalia. Y eso, además de ser un desafío a su autoridad, le planteaba un enigma.

Mientras preparaban su caballo con el apuro del caso, el señor de Sagami debatía estas alternativas con Kitiroichï Nijuzana, su consejero principal, heredado de Nishio:

—En mis años mozos era costumbre que una casa que se sabe inferior a otra en potencia guerrera esquivara el enfrentamiento en campo abierto y eligiera el asalto inesperado para emparejar fuerzas —dijo Kitiroichï—. Pero nunca supe de un ataque así llevado a cabo. ¡Esconder la responsabilidad de un acto es indigno de un verdadero samurái! Parece algo propio de despreciables ronines o miserables ninjas...

—¿Pretenderán inducirme a sospechar de un adversario erróneo y forzarme a un combate equivocado, de modo de debilitar mis fuerzas, e incluso suprimirme sin costo alguno? —se preguntó Yutaka.

—Siempre que pelean dos, lucra un tercero —comentó el anciano.

—No me has revelado ninguna genialidad —protestó el joven daimyo—. Pero, de querer esto, ¿no les habría sido beneficioso reforzar el engaño esparciendo en todo el campo de batalla los signos distintivos del clan al que pretenderían implicar?

—Quizá tu enemigo dio por supuesto que no caerías en una trampa tan obvia. Al abstenerse de revelar su identidad, lo que hace es multiplicar el número de posibles responsables por la totalidad de los daimyos existentes. Y hay más daimyos esparcidos en Japón que pulgas en un tatami desaseado.

—¿Odiaba a alguien mi padre? ¿Alguien lo odiaba?

—No que yo sepa.

—La estratagema de su asesino, entonces, parece buscar menos mi respuesta que mi desconcierto. ¡Pero no lo conseguirá! —dijo Yutaka, y montando en su corcel se lanzó al galope hacia la escena del crimen.

Mientras atravesaba los diez mil ri de distancia que separan un castillo de otro, se determinó a actuar metódicamente y obtener pronto una respuesta cierta. Al arribar al Tercer Castillo interrogó a los servidores sobrevivientes, pero no obtuvo más que lo informado por el mensajero: los atacantes llevaban cubiertos los rostros y oscurecidas las armaduras. En el combate habían sido precisos e inflexibles, aumentada su mortífera eficacia por el silencio con que procedían; el que caía, caía sin gritar y era retirado del combate por sus compañeros.

Al indagar en el asunto, buscando la verdad en cada detalle, el señor de Sagami dilataba el momento de entrar al pabellón de descanso de su madre. En su lecho de convalecencia, dama Mitsuko debía de estar sufriendo lo indecible, tanto por las heridas como por los tratos infligidos; lo que le tocó vivir carecía de justificación, excepto que los atacantes hubieran buscado aumentar con su inconducta la ofensa inferida. Nishio Tanaka al menos tuvo la suerte de morir peleando, pero a su esposa la habían condenado al mismo tiempo a la viudez, a la insoportable humillación de los hechos y a su duro y perdurable recuerdo. No es extraño entonces que Yutaka demorara el ingreso. Considerando el panorama, ¿era decoroso visitar a su madre? Y, además, luego de lo sucedido, ¿obraba ella con ligereza al no suprimirse a sí misma, mitigando aunque fuese en parte el deshonor? Tal vez había intentado hacerlo y no pudo encontrar una solución satisfactoria. Quizás iba de desmayo en desmayo y no tenía fuerzas para alzar un brazo, menos aún para ingerir un veneno o degollarse con un puñal. Quizás había muerto y ya era tarde para cualquier reclamo o reproche...

Pero, sumándose a estas razones, Yutaka tenía motivos de carácter más íntimo para diferir el momento de su acceso al pabellón. En su niñez no fue criado siguiendo la regla vigente para los primogénitos de los daimyos, que manda separar tempranamente a los hijos de las madres para fortalecer su espíritu en la formación integral que proporciona el camino del guerrero (bushido). A él, en cambio, Nishio lo dejó al cuidado de su joven esposa. Sin embargo, no habría que juzgar severamente a quien ocupaba su mente en las cuestiones relativas a la conservación y expansión de su feudo y no en la crianza de su heredero. Siendo un hombre en la flor de la edad, vigoroso y lleno de ambiciones, Nishio Tanaka había tomado a la jovencísima Mitsuko Akiwara luego de apoderarse de los castillos y territorios de su clan y de eliminar a sus padres, parientes y hermanos, lo que se justificaba en la concentración del poder regional y la forja de nuevas alianzas. Tan usual era semejante accionar durante aquel período histórico que el día mismo en que las llamas cubrían los cinco techos de la torre principal del castillo del clan Akiwara, el conquistador cargó a la huérfana en su montura y dejó a sus espaldas el edificio incendiado. Orgulloso de sí mismo, la llevaba a horcajadas convencido de que la adolescente sonreía. Y lo cierto es que a partir de aquel momento Mitsuko no dejó de hacerlo. Era como si la sonrisa se hubiera estampado sobre sus labios para ocultar el pensamiento. No es asombroso, tampoco, que una dama de elevada alcurnia, preparada para dominar sus emociones, crea que estas no existen cuando vuelve la mirada hacia atrás y solo encuentra las ruinas de un pasado irrecuperable que espejea sórdidamente las promesas de un futuro incierto. Así que Mitsuko sonrió; sonrió todo el tiempo. Noche tras noche, día tras día.

A Nishio, el trato con geishas lo había preparado para obtener satisfacción carnal, pero en modo alguno para departir durante horas con una jovencita que tenía por actividad predilecta correr al atardecer por las laderas de la montaña capturando luciérnagas que luego encerraba en farolillos de papel y cuyos parpadeos luminosos contemplaba a lo largo de la noche mientras un viejo criado ciego pulsaba las cuerdas del samisén. Eso se completaba con el recitado de poesías dedicadas a celebrar el rocío que cae, las estrellas suspendidas en el cielo y las barcas meciéndose en lagos quietos. Hombre de trato brusco, Nishio se impacientaba al escuchar las risitas agudas de su esposa, lo exasperaba el sonido de sus grititos cuando lograba resolver una adivinanza, y sobre todo no sabía qué hacer cuando ella callaba, lo miraba seria y fijamente, y de golpe la sonrisa de siempre empezaba a coser su cicatriz en la redonda y tersa cara: una tímida sonrisa donde se dibujaban mundos de expectativa. Frente a ese panorama, el guerrero no supo contener su deseo de huida y apenas tuvo la paciencia suficiente para yacer con ella unas pocas veces; en esas escenas inconclusas, todo rápido y de apuro, obtuvo y deparó escaso goce, y encima con el auxilio de abundantes raciones de sake y valientes himnos de batalla. Así que, apenas supo que su semilla prendía, escaseó las visitas y luego del nacimiento de Yutaka solo las dispensaba en oportunidades ceremoniales.

Mitsuko depositó toda su ternura en el recién nacido; se consolaba brindando la rosada areola de su pezón al pequeño y cantándole las canciones de su tierra natal. El niño se prendía al pecho con la fijeza de un hipnotizado; alimentándose, incorporaba en raciones cada vez más amplias su dolor.

Poco de esto cambió durante la infancia de Yutaka; la diferencia de edad era escasa y madre e hijo parecían hermanos. Pero con el arribo del período de maduración, el joven buscó un modelo de conducta viril y quiso acercarse al padre.

Nishio recibió de manera ambigua el intento de aproximación. Habiéndola creado, sabía medir la distancia que los separaba. Con la anticipación prejuiciosa de un rústico, creía que Yutaka estaba hecho de la materia blanda del cortesano. Sin embargo, al verlo crecer, él también buscó cerrar la brecha y más de una vez se sorprendió al descubrir que aquel muchacho llevaba sus propios rasgos pintados en la cara y que se entregaba a los entrenamientos de combate con una fiereza similar a la de sus propios años de juventud. Finalmente, reconociéndose en su espejo, aceptó que tenía un hijo. La leche de la madre le había conferido una sustancia distinta de la que él estaba hecho, pero en ese extraño tan próximo podía confiar. Y tanto terminó confiando en él que, sin esperar a que Yutaka se casara y estableciera, decidió que ya era lo bastante viejo para delegarle el mando de los territorios, cederle a Kitiroichï Nijuzana y retirarse al Tercer Castillo. Como sabemos, tuvo poco tiempo para disfrutar de su descanso, y tampoco lo obtendría fácilmente después de muerto. Según uno de los sirvientes, antes de que le vaciaran la cuenca de los ojos, Nishio había logrado descorrer la máscara de uno de los enemigos y conocer su rostro. Y al hacerlo, había lanzado un horrible grito de furor.

2

Yutaka ingresó al pabellón de su madre con aire marcial, dando a entender que no descansaría hasta encontrar al responsable de lo ocurrido. Incluso había pensado en una manera altiva de iniciar el diálogo, diciendo: "Es indignante..." y luego el resto de la frase se encadenaría solo. Pero, al entrar, comprobó que el ambiente carecía de crispación y lamentos. Los shōjis estaban descorridos y la luz entraba a raudales, sin filtro alguno, mientras que el viento suave traía el bálsamo perfumado de los pinos. La propia Mitsuko, en reposo sobre el futón, contemplaba serena el atardecer.

En el primer instante Yutaka creyó que su madre mostraba ese aspecto porque se estaba preparando para recibir a la muerte; de hecho, aquella blancura sobrenatural esparcida sobre sus facciones era propia de un maquillaje fúnebre. O tal vez estaba muerta y él no se había dado cuenta. Pero, segundos más tarde, las dos bolitas negras de las pupilas se volvieron en su dirección. Alzando la mano, Mitsuko lo invitó a acercarse. De acuerdo con su rango, el daimyo debería haber esperado a que algún sirviente le acercara un taburete, pero en un impulso se arrodilló y tomó la mano tendida. Luego las palabras fluyeron. Preguntó a su madre cómo estaba, lamentó la muerte de Nishio, prometió investigación y venganza y castigo a los culpables y quiso saber si había reconocido a alguno. Mientras hablaba, sin embargo, no podía menos que preguntarse dónde y cómo se expresaba en ella el tormento infligido. Las heridas en la piel, que había imaginado múltiples, cada una fatal, parecían poco más que raspones de trazo irregular, como si Mitsuko viniese de ser azotada con un puñado de ramas empleado durante el baño de vapor para favorecer la circulación; era claro que las más profundas debían de estar ocultas bajo el kimono, pero el kimono tenía un aspecto inmaculado. O tal vez ya había sangrado demasiado y lo que permanecía era su espíritu, dispuesto a recordarle que debía reparar el honor de la familia. Para disipar esa sospecha, Yutaka rozó con un dedo el borde de la prenda, y como no hubo respuesta, ascendió con la mano sobre el brazo de su madre, que tampoco se movió. Si se trataba de un espíritu, entre sus atribuciones estaba la de adoptar una apariencia idéntica a la que había llevado en vida, pero lo que resultaba imposible era que conservara la naturaleza carnal, por lo que, al intentar tocarla, habría debido atravesar el aire... ¿Era su madre esa presencia inmóvil y átona, o los dioses habían concebido la posibilidad de una representación encarnada?

Para diluir toda sospecha, Yutaka pensó en recurrir a la fuente misma de sus recuerdos, y entonces, inclinándose con toda la suavidad posible, extendió su diestra y descorrió la parte superior del kimono. Se veía el nacimiento del suave montículo, que la respiración hacía ondular. Quiso tocar el pecho, percibir el calor, la textura de la piel, y retiró aún más la tela:

—Madre.

Pero ella apartó la mano y dijo:

Los gansos salvajes no se proponen reflejarse en el agua
El agua no piensa recibir su imagen

Yutaka se cruzó de brazos y meditó durante unos instantes acerca de aquellos dos versos tradicionales. Desde luego, el sentido depende de muchas cosas: la voz de quien recita, su entonación, el público al que va dirigido, el momento y lugar en que el poema es recitado. Toda esa serie de aspectos determina la circunstancia general del hecho poético y de su recepción, y toda circunstancia es esencialmente cambiante. De lo contrario sería tenida por la eternidad, una eternidad inmodificable. Como es natural, las circunstancias cambian con el tiempo y con las acciones que en su interior se realizan, aunque era claro que pensar en el interior del tiempo resulta impreciso, hasta abrumador. Porque el tiempo no tiene interioridad sino duración, aunque esta a la larga termine siendo una forma del espacio. La espacialidad del tiempo está dada, en el fondo, por las acciones que se precipitan o demoran en su transcurso, la cadena de los sucesos. Y eso era lo más extraño de todo, lo raro de lo raro, la rareza misma, lo que Yutaka Tanaka no terminaba de comprender. Porque en la secuencia presente, la infamia cometida contra su madre, infamia aún sin reparación, estaba siendo sucedida por nuevos hechos que momento a momento eran sucedidos por otros, como lo demostraba la misma Mitsuko, que acababa de recitar esos dos versos. ¡Nada se suspendía bajo los cien mil universos tras ocurrir la peor de las abominaciones, tan grande que ella no era capaz de mostrársela, tan descomunal que ni siquiera se permitía mencionarla! Y, sin embargo, precisamente por haberlos recitado, su madre había obrado una interrupción en la cadena de las causas y los efectos, ya que, en el momento de ser dicho o leído, todo poema (o fragmento de poema) introduce el milagro de una especie de suspensión, algo ocurre y no ocurre, algo se agrega a esa cadena a la vez que fija a los hechos que la componen en una eternidad sin circunstancia, volviéndose a la vez tiempo fugitivo y detenido, tiempo demorado y reverberante, materia que se evapora girando dentro de su propia bruma, y que en su misma evanescencia... en su misma evanescencia... ¿qué?

En cualquier caso, estaban a la vez dos hechos, la acción infame y el poema, uno relativamente reciente y el otro completamente reciente, y este último aludía a aquel y de algún modo lo modificaba. Y también era claro que su madre había preferido expresarse en términos alusivos, de lo contrario habría resuelto todo empleando una sola frase ("sé quiénes son mis atacantes" o "no sé quiénes son"). Pero Mitsuko había elegido dar paso a la exégesis literaria, lo que probaba que creía haber educado bien a su hijo, preparándolo para su correcta interpretación.

Frente a ese desafío, Yutaka Tanaka inclinó el mentón sobre su pecho y se rascó la pera, donde comenzaba a crecer una barba rala. En voz baja repitió el primer verso:

Los gansos salvajes no se proponen reflejarse en el agua

Sin duda, pensó el joven daimyo, para su madre los gansos salvajes eran la banda de atacantes, y su falta de voluntad de reflejarse —"no se proponen"— refería a la determinación de ocultar su identidad. El segundo verso, en cambio, exigía una lectura más detallada, porque al escribirlo el poeta se había complacido en un juego delicioso.

El agua no piensa recibir su imagen

Que lo inerte sea móvil, que sea móvil y fluido, supone de por sí una condición paradojal, y esa paradoja era exquisita. Al escribir "el agua no piensa", el poeta plantaba, en esa negación, una afirmación implícita: la existencia de la posibilidad de que esto pudiera ocurrir. En realidad, se trataba de una negativa segunda, pero más fuerte, a la previa decisión de los gansos de "no proponerse". Que los gansos salvajes se propongan o no reflejarse, es asunto de los gansos salvajes. Allá ellos con su determinación. El agua podría recibirlos, pero no piensa hacerlo más allá del propósito que tengan. Así, en el marco de lo sucedido, la clave del asunto se resumía en la quinta palabra. "Recibir". En la realidad que existe fuera de las palabras, el agua carece de alma, raciocinio y voluntad, ni piensa ni deja de pensar, aunque si es lo suficientemente límpida puede "recibir" (es decir, reflejar) la imagen de cualquier ser u objeto. Es su condición y no depende de su arbitrio. Por eso, habiéndola dotado el poeta de algo parecido a un ánima, y siendo Mitsuko quien recibió la afrenta de los samuráis/gansos salvajes, este segundo verso no podía menos que referirse a ella misma, y en ese sentido se debía realizar una doble lectura; por una parte, de manera literal, indicaba su decisión de comportarse como si nada hubiera ocurrido (*El agua no piensa* —es decir, no quiere ni admite— *recibir su imagen* —es decir, guardar la memoria de los hechos infamantes—); pero, por otra, y en un sentido figurado, más ambiguo y misterioso, expresaba otra decisión tan personal como la primera. Si Mitsuko había conseguido identificar a los atacantes, su negativa (*el agua no piensa recibir su imagen*) traicionaba de algún modo su propia naturaleza, ya que el agua no puede no recibir (es decir, reflejar) lo que se le pone por delante. ¡Y eso era absurdo! Si lo que no es recibido no es devuelto (acusado, denunciado), en modo alguno puede ser capturado y castigado. Así que, callando los nombres de aquellos miserables, fingiendo poéticamente que nada había ocurrido —concluyó Yutaka Tanaka—, su madre se protegía de reconocer el abuso pero a él le impedía lavar el deshonor familiar y cobrar el precio de la venganza.

Ahora bien —se preguntaba el joven daimyo— ¿qué determinación la obstinaba en la negativa, al punto de superar su obligación de lealtad al clan Tanaka e incluso a la debida a su propio hijo? Tal vez, sencillamente, Mitsuko estaba tan afectada por lo ocurrido que recitó el fragmento de poema inadecuado para el momento. Desde luego, prueba de mayor perturbación aún habría sido que citara estos otros versos de Hsüan-Chüe:

Sobre el río la Luna brillante, en los pinos el viento que suspira
Toda la noche tan tranquila; ¿por qué? ¿Para quién?

3

La noche se precipitó como un león hambriento y cuando tendió sus garras sobre Yutaka él aún seguía pensando; había permanecido durante horas musitando aquellos versos (*Gan ga mizu ni han'ei sa reru monode wa arimasen/mizu wa anata no gazō no yō ni kangaete imasen*), contemplando las facciones sin expresión de su madre hasta que las borró la sombra. Al abandonar el pabellón de descanso no había arribado a conclusión alguna, salvo que en lo inmediato debía ocuparse de la ceremonia funeraria de Nishio.

La Luna lanzaba centellas contra las altas masas de los árboles, trazaba líneas de fuego de plata filtrándose en la espesura. Era un paisaje propicio a las fantasías, y a su amparo Yutaka Tanaka se daba a sueños insensatos. Construir un monumento superior en grandiosidad y fasto al kofun del período Yamato, combinar líneas rectas y curvas, expresar la cordura y lo monstruoso, el orden y lo abigarrado. El monumento se alzaría hacia un cielo vacío de dioses para imponer, en bruñida piedra sobre las nubes, el nombre de su padre. Porque lo cierto era que recién ahora reconocía cuánto lo había amado, y a eso se sumaba el odio contra los causantes del estado en que se hallaba Mitsuko. Galopaba llorando, soltando gritos estridentes que hacían temblar a su caballo, y hasta las aves nocturnas apagaban su canto por respeto al dolor del daimyo, que se reprochaba sus emociones. "¡Qué vergüenza, qué vergüenza, ser lo que soy y sufrir tanto!".

En el momento en que ingresó al patio interior del castillo ya estaba en calma. Una idea extravagante y feroz empezaba a ocupar espacio en su mente.

Como fue dicho, Nishio Tanaka había sido atrozmente descuartizado y cada uno de sus trozos guardado en bolsas por los atacantes y llevado a destinos ignotos: quizás a esas horas el enemigo se solazaba en la contemplación de su cabeza, sumergido en vagas ensoñaciones, luego de arrojar torso y extremidades a los perros. O tal vez ocultó esos restos bajo un túmulo cualquiera. En cualquier caso, de la desaparición del cuerpo solo estaban enterados los autores directos de la profanación y unos pocos sirvientes del clan Tanaka, que por lealtad y temor permanecerían callados. Pero el resto del país, empezando por los daimyos vecinos, no tenía conocimiento de lo ocurrido y era de esperarse que la noticia del ataque tardara unos días en esparcirse. Por lo que Yutaka decidió actuar con celeridad y mandó a buscar, o bien a producir —las crónicas de época no concuerdan acerca de este detalle— un cadáver para hacerlo pasar por el difunto. No fue difícil conseguirlo, de una manera u otra. Las mujeres del castillo disimularon los defectos del cutis mediante polvo de arroz y buscaron la concurrencia de los rasgos con profusión de pintura negra en pómulos, ojos y cejas. Luego lo vistieron con las ropas ceremoniales, le pusieron la armadura ceremonial de Nishio y lo sentaron sobre el tokonoma. El sustituto coincidía en altura pero carecía de su contextura ósea y de su soberbia musculatura. De todos modos, la armadura hacía las veces de exoesqueleto y, con las piernas abiertas y la katana puesta sobre la falda metálica que protegía el vientre y los muslos, el muerto ofrecía un aspecto impresionante.

La idea era extravagante y feroz y difería de cualquier método conocido para la investigación de un crimen. En principio, prescindía de la delación y el tormento de un sospechoso, de la ambigua verdad que se esconde en una confesión forzada, y apostaba todo al efecto de la mirada. Yutaka había decidido que fuese a ese sustituto a quien le rindieran honores fúnebres los daimyos vecinos, creyendo que homenajeaban al original. Y por supuesto, el asesino no faltaría a la ceremonia, porque su ausencia equivaldría a una autoincriminación. Se haría presente, como el resto, con la idea de que asistiría a una de las tantas despedidas propias de aquella época belicosa, en las que en muchos casos faltaba el cuerpo del difunto. Y ahí estaría él, Yutaka Tanaka, señor de Sagami, atento como un águila, dispuesto a observarlo todo. A estudiar las reacciones de los daimyos ajenos al asesinato, que se asombrarían de estar asistiendo a las exequias de un colega que, a cambio de reposar en el ataúd de rigor, se exhibía vestido con sus atuendos marciales. Pero sobre todo atento a buscar, entre las muecas de consternación diplomática y de condolencia y respeto, la expresión del único de los presentes que se encontraría sometido a una sorpresa verdadera al verse en presencia de algo que tenía por imposible. Porque el asesino sería el único que, habiendo matado y cortajeado y hecho desaparecer el cuerpo de Nishio Tanaka, sabía de antemano que no existía cadáver al que rendir homenaje.

Considerada críticamente, la invención de Yutaka Tanaka se sostenía en el supuesto de que aquel acontecimiento produciría una fuerte turbación en su enemigo, cuyas facciones revelarían desconcierto y culpa. Pero este supuesto no aquilataba de manera suficiente el perfecto dominio de la emoción al que estaban acostumbrados los señores feudales. Así, resultaría harto improbable obtener una expresión de asombro de un alma oscura, extraer una verdad óptica a la luz de un artificio. Sin embargo, la ideación de un recurso que contaba con pocas posibilidades de conseguir lo buscado, al menos sirve para asomarse a la personalidad de Yutaka Tanaka. De haber vivido en siglos futuros y en el seno de otra civilización, el daimyo habría pasado por un luctuoso dandy de pensamiento barroco, incluso por un snob que se complace en la búsqueda de soluciones complicadas. Pero, siendo justos con él, hay que admitir que solo se trataba de un daimyo de provincias movido por la devoción filial, y es necesario reconocer que tampoco apostó todo a un golpe de fortuna: también había indicado a los sobrevivientes del ataque al Tercer Castillo que se mezclaran con los invitados a efectos de examinarlos. En su opinión, no debía descartarse la posibilidad de que su enemigo cometiera un error y asistiera a la ceremonia trayendo algún elemento reconocible, algo previamente utilizado en el ataque. El joven daimyo confiaba en lo que pudiera revelar la observación de la conducta física de sus invitados —algún gesto o rasgo singular, una renguera, una cierta inclinación, un movimiento afectado— y, sobre todo, de sus atuendos. Y esta última esperanza, en el fondo, implicaba una fuerte creencia en la evolución cultural del Japón.

Concretamente, de la ocurrida a partir de fines del siglo VIII, cuando el poder empezó a pasar a manos de los Shögunes.

A partir de entonces los emperadores habían ido encerrándose en una atmósfera cada vez más exigente y cultivada, un mundo autosuficiente. La estratificación social de los inicios se mantenía, seguían siendo las autoridades reinantes, solo que cada uno de ellos a su turno se desentendía del manejo del Estado; tarde, los Shögunes comenzaron a descubrir que, lejos de haberse apoderado de todo, estaban esclavizados a las tareas de la guerra (civil o de defensa nacional) y a los tedios de la administración de los asuntos públicos, mientras que la corte de Kyoto crecía en elegancia. Las crónicas históricas refieren el fastidio de algún Shögun semianalfabeto cuando transitaba los patios exteriores de palacio y veía cómo a su paso los cortesanos retrocedían inclinándose en reverencias mientras se tapaban la boca con la mano disimulando la risa ante su aspecto poco sofisticado.

Desde luego, así en la tierra como en el cielo. Intimidados por la pompa y el ceremonial, por los sahumerios que ardían en pebeteros de jade y por el lento bostezo de las cortesanas, por las arquitecturas y las formas de ensueño de un mundo que parecía desvanecerse y erigirse en burbujas, tras la visita a Kyoto cada Shögun (y cada una de sus versiones reducidas, los daimyos) regresaba a su terruño sintiendo que, en la comparación, todas sus posesiones se asemejaban a una caricatura grotesca. Ninguno de ellos podía continuar fingiendo que despreciaba aquello que admiraba hasta la locura, así que todos quisieron enriquecer sus vidas en un esfuerzo de imitación.

El acceso a esas cumbres civilizatorias supuso un trabajo de generaciones. Y Shōgunes y daimyos afrontaron la escalada. Contrataron monjes para que les enseñaran a dibujar kanas, músicos para que los educaran en la vocalización y sastres para que les cortaran kimonos y obis a la moda de la ciudad capital; cada castillo se convirtió en una pequeña corte en la que al principio los señores no distinguían entre cultivados y farsantes y entre músicos verdaderos y rascatripas. Pero como el alma, en definitiva, aspira a lo bello y a lo bueno, fueron depurando sus estilos, no hasta el punto de superar al modelo (porque entretanto el modelo continuaba mejorando), pero sí lo suficiente para no sentir que sus vidas eran insustanciales.

Ese proceso de competencia significó el comienzo de la prosperidad nacional y marcó un ciclo ascendente de la industria bélica.

En rigor, a partir del período Heian, la guerra había cesado de ser un estado permanente, por lo que daimyos y Shōgunes se aplicaron al estudio y perfeccionamiento de las armas, atuendos y estilos de batalla. Entonces no existían mesas de arena en las que los generales pudieran replicar los antiguos combates y especular con luchas futuras, pero numerosas pictografías informan del surgimiento de técnicas de ataque y defensa. Las formaciones militares llevaban nombres poéticos (Ganko, Hoshi, Saku, Engetsu...) y se disponían como ideogramas, caligrafías. En realidad ya no se trataba de eficacia sino de estética: habían empezado a encontrar la belleza en sus propias prácticas. La corte imperial de Kyoto seguía siendo el modelo supremo, el motor que los movía sin moverse, pero ya no funcionaba en la realidad sino que había ascendido a la esfera de los arquetipos.

En ese marco los herreros producían katanas que se empleaban en luchas cuerpo a cuerpo cada vez menos frecuentes; wakisazis y tantos destinados al corte traicionero y a la evisceración en espacios reducidos y oscuros como pasillos, corredores y retretes; tachis y ukigatanas que los tradicionalistas usaban en despliegues incómodos pero vistosos; nokachis, nagakamis y naginatas para las funciones de combate en campo abierto. Y no hay que olvidar que las mujeres samuráis (onnabugeishas) se ejercitaban en el uso del yari y el kaiken...

Pero el punto más alto de este nuevo ciclo se encuentra en la evolución de la armadura.

En los principios de la historia japonesa, sus guerreros salían al combate cubiertos por corazas de cuero incrustadas de elementos metálicos que permitían desviar o amortiguar el impacto de una flecha, aunque no sirvieran para detener un golpe de katana. Pero, a medida que las armas portables y arrojadizas mejoraron, también lo hicieron las armaduras. Sumaron resistencia, flexibilidad y ligereza (de nada valía un samurái bien protegido que no pudiera dar un paso a causa del peso de su cobertura); la combinación de materiales blandos y rígidos requería una elaboración impecable, porque si el trabajo de encastre de las piezas se realizaba de manera tosca, la falta de terminación daba por resultado una infinidad de bordes internos punzantes y se habían dado casos de guerreros que se desangraban antes de entrar al combate. Así, en el curso de dos o tres generaciones, los maestros armadores (gusoki-shi) se volvieron artífices de éxito mundano. Cientos de samuráis hacían cola ante sus tiendas y hasta permitían que los destrataran en su afán de darse lustre. Los Myochin, los Saotome, los Haruta y los Nagasone eran célebres por sus gritos, sus caprichos, su mal talante. Arogome Unkai llegó a la cúspide de la extravagancia cuando destrozó a martillazos su mejor armadura porque le disgustó el acabado de un remache del protector de brazos, y Kenzaburo Yashimoto, para no ser menos, arrojó al río la suya (con el asistente-probador metido adentro) porque no ajustaba bien la soga de cáñamo trenzado con la que se cerraba el peto. Y aunque no todos llegaban a esos extremos, las citas para tomar las medidas corporales duraban meses y hasta años en concretarse, y en ocasiones se cancelaban porque el gusoki-shi maestro había fallecido o porque su nombre, ayer tenido por excelso, palidecía en el cotejo con otro: la sucesión de nuevos talentos era imparable, cada renombre duraba lo que un tsunami en una laguna. Y como la demanda de maestros armadores superaba a la oferta, la lógica comercial determinó desplazamientos e incorporaciones: algunos sastres sumaron el arte de la armadura a los artificios de su tarea y la fantasía ya no tuvo límites. Las justas guerreras derivaron en desfile de modas en los que los samuráis exhibían audaces combinaciones de color y diseño en telas y protecciones. El criterio decorativo primó sobre la función originaria al punto de que los samuráis más jóvenes y faroleros se rehusaban a arriesgar sus armaduras en la liza y minutos antes de comenzar las colgaban en percheros o maniquíes y luchaban en taparrabos. Muchos de ellos, además, creían que la mostración de músculos era la antesala del alquiler de sus cuerpos y redundaría en la obtención del dinero suficiente para adquirir más y más pertrechos; así, hasta el sexo se había vuelto parte de la industria.

Una armadura samurái completa (Yoroi) se componía, primero, de un casco (Kabuto), integrado por un bacinete hecho de un mínimo de tres y un máximo de cien placas metálicas (Tate hagi-no-ita) remachadas entre sí, ya en planos que no dejaban espacio entre placa y placa, ya en uniones elevadas que favorecían la ventilación. Algunos kabutos contaban con una abertura en la cima del bacinete para que los samuráis más coquetos lucieran su "coleta de caballo", pero el guerrero experimentado prescindía de la abertura pues sabía que en combate un enemigo podía capturarlo agarrándolo por el pelo, como si fuera una mujer. Otros despreciaban el riesgo y exaltaban ese agujero, festoneando su contorno con bandas metálicas suaves en forma de racimo o capullo o crisantemo. Se le llamaba anillo decorativo (tehen kanamono) o, por cierta semejanza con la hendidura femenina, Pusshï Kinzòku o Ha chitsu. Es claro que no había casco sin protector de nuca o shikoro, compuesto de entre tres y siete planchas semicirculares de cuero o de metal laqueado; a esta protección se le sumaba una malla, también de metal o de cuero, que en definitiva solo evitaba la separación completa de la cabeza si en el momento del degüello el arma atacante era esgrimida por un contendiente inepto o de físico endeble, y en otros casos apenas servía para limitar el corte; entonces las cabezas terminaban colgando de las vértebras enlazadas por unas hebras de carne. Naturalmente, para que ese kabuto calzara cómodo en la testa del samurái, se tejían revestimientos internos primorosos (ukebari), hechos de lanilla fresca y absorbente teñida con tintura de almejas.

Pero todos estos elementos, siendo de suma importancia, quedaban en segundo lugar en la atención de los samuráis, a quienes ni se les habría ocurrido salir a la calle sin que las crestas de sus cascos (Tatemonos) estuvieran lujosamente trabajadas; ya se tratara de crestas frontales, laterales, superiores o traseras (maedate, wakidate, kashiradate y ushirodates, respectivamente); todas llevaban emblemas de clanes y aditamentos de metal cuyas formas curvas, espiraladas, cuneiformes o vitrificadas imitaban la Luna, el fuego, el sol, un anillo, un bastón de mando, un puño de hierro o de hielo, representaban animales y entidades míticas o reproducían oraciones o símbolos mágicos de protección.

En un principio, esas crestas guardaban proporción respecto del casco, pero comenzaron a crecer cuando sus dueños decidieron que el aumento las volvía amenazantes o sugería equivalencias entre sus medidas y las íntimas propias; y hubo quien sustituyó las crestas por cuernos de ciervo de hasta tres shakus de largo, para risa de algunas geishas que conocían las verdaderas dimensiones. Además, se exageraban las proyecciones laterales en forma de alas o de orejas (fukigaeshi), se ornamentaban los visores (Mabizashi), se añadían anillos de primorosa factura para cargar las banderillas de identificación (kasa jirushi).

Ahora bien, si todos estos arreglos despertaban el fanatismo de los samuráis, estos directamente enloquecían con los petos (Hikiawase-o). De las toscas armaduras hechas de cuero de animal entero se pasó pronto a una composición hecha de recortes superpuestos, al estilo del tejado de los templos; el gusoki-shi trabajaba cada recorte con una técnica particular. Alguno era repujado, otro barnizado, un tercero desgastado con leznas de dientes irregulares, y el efecto general resultaba de una cuidadísima asimetría. A la distancia, el portador de la armadura se asemejaba a un armadillo.

Algunos daimyos consideraban incompletas sus vidas si no peregrinaban una vez por año a la corte de Kyoto a enterarse de las últimas novedades de la temporada (artes y letras) y a visitar, en compañía, de esposas y concubinas, las tiendas de sus modistos de cabecera. Entonces, mientras examinaban las telas que colgaban esponjosas de los estantes, mientras se abanicaban y escupían de costado con aire desdeñoso, se iban entregando a lo transformador de esa experiencia, y tan profundos eran los cambios emocionales que a la vuelta al terruño natal corrían a los talleres de sus gusoki-shi para exigir nuevas formas y materiales inverosímiles. Yoshida Kenkö, por ejemplo, se presentó a una fiesta de los muertos luciendo una armadura hecha a base de piezas de porcelana, cerámica resquebrajada y fibras de bambú hervidas y laqueadas. Definitivamente, los hijos de Hachiman, el dios de la guerra, se habían puesto bajo las banderas de Amaterasu, la diosa del sol, y bajo su luz resplandecían.

Y era por eso que Yutaka Tanaka se preguntaba quiénes serían esos samuráis y por qué, que a la hora de asesinar a su padre y mancillar a su madre, habían consentido en vestir de manera idéntica. Resignar los encantos de la apariencia suponía una poderosa renuncia personal, era una suprema muestra de lealtad a la causa del amo. De ahí su esperanza en el hallazgo de algún resquicio donde se filtrara la verdad. Formando en fila a sus sirvientes sobrevivientes del ataque al pabellón de verano, el joven daimyo los exhortó:

—Del mismo modo en que dentro del infierno hay siempre una zona que no es infierno y nuestra obligación es reconocerla, hacerla durar y darle espacio, así, dentro de esa masa idéntica de criminales y cobardes debemos encontrar a aquel que en el combate mostró una diferencia. Yo sé que esa diferencia no les habrá saltado a la vista durante el enfrentamiento, pero hoy nos permitirá conocer su pertenencia a un clan, el nombre y la casa de nuestro enemigo. ¡Fíjense en las pequeñeces! Puede ser un Mabizashi que tiene una muesca o grieta en la celada, un Datemono que brilla de forma particular, un Ukebari que se soltó en el ardor de la batalla y cuyo trenzado ahora vemos cuando alguien se quita el Kabuto. Puede ser un Fukigaeshi, un Tehen kanamono, o un sencillo gesto del sospechoso, una manera de doblar la rodilla o de alzar la máscara facial para meterse el dedo en la nariz. Puede ser eso o cualquier cosa, pero tiene que ser algo, algo, algo...

4

Los daimyos de las comarcas vecinas fueron llegando.

Abrazos, expresiones de dolor, muestras del más profundo de los respetos. En esas manifestaciones Yutaka Tanaka encontraba exageración y reticencia, falsedad, y hasta muestras de sincera simpatía, pero nada que le permitiera reconocer a su enemigo. Un samurái debe mantenerse por fuerza impasible, y su tarea era quebrar esa máscara con el martillo de la sorpresa. Por eso, a medida que sus pares se presentaban los hacía pasar sin preámbulos a la sala principal de la ciudadela, donde se exhibía el falso cadáver de su padre vestido con su armadura. Murmullos, voces apagadas. Las fluctuaciones del misterio eterno bailando entre el humo de los pebeteros. Comentarios entre los visitantes.

—¿Pensará el querido Yutaka que su padre hallará la paz llegando así al país de la sombra? —decía Katzumi Furukawa.

—¡Qué descanso incómodo, con todo ese laterío! —protestaba Hideo Oyuni.

—Hay que reconocer que, estéticamente, tiene lo suyo —Azuma Miyai.

—Sí. Un espectáculo infartante —admitió Oniro Yazumi.

—¡A mí, muerto, que me acuesten! Sentado por toda la eternidad no me da la cintura... —bromeaba Sato Mishi.

—Por favor... No es el momento de risas —reprobaba Masato Ide.

—Pero ¿cómo enfrentar sin humor la angustia de la muerte? —suspiraba Terugo Nogani.

—Tal vez al pobre Nishio le pusieron la armadura facial porque le comió la nariz una enfermedad vergonzante... —Satoru Izeki.

—¡Qué va! Ni en sueños... Si ya estaba retirado, era un pan de arroz, un marido fidelísimo... O eso era lo que él decía... —Takashi Ohasi.

—Espero que el momento de los rezos no dure demasiado. Últimamente vengo de entierro en entierro y las rodillas ya no me aguantan —Masaharu Ueda.

—Me llama la atención el atrevimiento del nuevo señor de Sagami. ¿Qué habría opinado el propio Nishio de esto? —Yoshiro Muraki.

—A determinada edad un hijo hace con el padre lo que quiere. ¡Y ahora el padre ya no puede opinar! —Fumio Yanoguchi.

—Quizá nuestro anfitrión tiene preparadas ceremonias de purificación especiales... ¿O se estarán imponiendo nuevos rituales...? —Shutaro Yoshida.

—Lo que antes era, ya no es. Y lo que hoy es, mañana dejará de ser —Toru Takemitsu.

Y así seguían. Deslizándose como una sombra cortés entre los daimyos, Yutaka Tanaka se preguntaba si de verdad serían lo que parecían, unos tremendos idiotas, o solo simulaban serlo para protegerse de sus sospechas. Pero, en ese caso, ¿cuándo y cómo habrían convenido semejante sucesión de imbecilidades? Eso supondría un acuerdo previo, el reparto de líneas de diálogo, su aprendizaje y reiteración para que fluyeran con naturalidad... "No", se decía Yutaka... "No. Estos son completos idiotas. Cretinos. Frívolos. Hablan como piensan. Además: si hubieran decidido destruirme, ¿por qué no juntaron sus hombres en un solo ejército y me atacaron? Me habrían liquidado en un santiamén... Mi enemigo. Uno solo. Anónimo. Inteligente. Y fingiendo la misma imbecilidad que estos patanes".

El día siguió así, con los daimyos charlando en voz baja, intercambiando noticias, estudiándose de reojo las vestimentas. Por la noche se sirvió el banquete: pasteles de arroz, guisado de onishime con konnyaku, tofu y onori, regado con shöchû. Conversación acerca de las diferencias entre sintoísmo y budismo. ¿Las almas de los difuntos suben al paraíso antes, durante o después del entierro? ¿Cuándo y de qué forma sería enterrado Nishio Tanaka? La charla derivó hacia temas de política contemporánea: alianzas, matrimonios, escaramuzas de límite. El dueño de casa, que parecía haber abusado del aguardiente de arroz, se retiró temprano, dejando que sus visitantes consumieran libremente los manjares y el alcohol y los cuerpos de la servidumbre. Desde luego, la ebriedad del señor de Sagami era fingida. Había concebido la idea de que, si su enemigo se hallaba entre los visitantes, tal vez buscaría aprovechar su borrachera para cruzar sigilosamente los patios, subir por las escaleras de piedra de su torre y atacarlo en medio de la oscuridad. Era su oportunidad de atraparlo en pleno intento. Pero nada de aquello ocurrió. A la madrugada, después de una noche de excesos, los daimyos roncaban en los aposentos de huéspedes de la torre externa, separados por los tres muros interiores, y solo Yutaka Tanaka y sus vasallos se presentaron para el desayuno de homenaje al difunto.

Esa mañana, el joven daimyo encendió la vela ritual y pronunció las palabras propicias mientras en su fuero interno comenzaba a tambalear su convicción acerca de la necesidad de continuar con la farsa. Esto requiere ciertas explicaciones.

Durante aquel período histórico, era de rigor que los daimyos intercambiaran sus hijos con los hijos de los daimyos de provincias cercanas. Cada señor entregaba y recibía un número variable de vástagos propios, de pares y vasallos, a los que se proporcionaba entrenamiento militar en el caso de los varones, y preparación para las tareas del hogar en el de las mujeres. Con ese pretexto educativo, el procedimiento funcionaba como un intercambio de rehenes que garantizaba la paz, pues ningún daimyo atacaría a un par capaz de eliminar a su descendencia y la de sus allegados. Los niños de los intercambios crecían compartiendo vida y costumbres de sus anfitriones, por lo que terminaban formando parte de ese ambiente, casándose, fornicando y amancebándose con sus huéspedes, forjando amistades y sistemas de lealtades cruzadas entre la familia de sangre y la de "adopción". Y era de rigor que los hijos de daimyos contaran con el servicio de samuráis que también oficiaban de espías. Esto favorecía el desarrollo de sistemas de conspiraciones cruzadas. En un esquema de intriga simple, el samurái-niñero del hijo varón del señor del castillo de Okendo, que tenía por misión visible cuidar a su amito y por misión oculta recabar datos sobre armas, estrategias, hombres, vituallas, estado de las defensas y de la caballería del castillo de Hosukai donde ambos estaban alojados, podía entretanto haber sido contratado bajo cuerda por el señor de ese mismo castillo para enviar información falsa al señor de Okendo. Así, no era inusual que esos samuráis-niñeros asistieran a los dos amos y a otros tantos, y que en ocasiones mezclaran adrede o confundieran el destinatario de la información por transmitir. Tampoco era extraordinario que dos daimyos fingieran enemistad y obligaran a sus samuráis al espionaje mutuo solo para comprobar si pasaban el examen de lealtad o se mostraban permeables a un intento de soborno. Y había otras complicaciones. Los romances, los cruces de pareja y los embarazos secretos producían cambios de bando, retornos, abandonos, arrepentimientos: el amor era un mecanismo loco aplicado a las políticas de espionaje y cada individuo era capaz de sumar capas y más capas de fidelidad y de engaño. En definitiva, nadie confiaba en nadie y la imposibilidad de contar con información veraz abortaba las aventuras bélicas y preservaba la paz en un país dedicado al chisme. Por eso, cuando un daimyo decidía cortar los hilos de esa maraña lanzándose katana en mano sobre territorios ajenos, el resto suspiraba aliviado. ¡Al fin alguien mostraba carácter! Claro que semejante acto era una excepción a la regla, una excepción que se presentaba de manera convencional: con ejércitos convencionales, asedios convencionales, convencionales despliegues de signos. Pero, en este caso, el enemigo oculto de la casa de Sagami, al atacarla y ofenderla sustrayéndose a la constatación de su identidad, había vuelto complejo lo sencillo, enrareciendo la práctica del combate y obligando a Yutaka Tanaka a proceder a su vez de manera inusual. O al menos eso le confió a su consejero principal al fin de la ceremonia:

—El empleo del cadáver sustituto constituye un intento desesperado y endeble por restituir los usos y costumbres tradicionales en el arte de la guerra —dijo—. El problema es que con la circulación de personas y de rumores de hoy en día, ya nada puede mantenerse en secreto —suspiró—. Solo en un acceso de optimismo pude imaginar que el enemigo no se enteraría de este intento.

—Es cierto que en los últimos tiempos el cotorreo aumentó tanto en este país que en vez de guerreros parecemos loros, pero...

—¿Pero qué?

—Pero mi señor exagera en el reproche, que es una forma pudorosa de la autoconmiseración —contestó Kitiroichï—. Has hecho lo que pudiste con lo que tenías a mano y tu esfuerzo es digno de ser admirado. De todos modos, creo que tu operación habría resultado más sutil y efectiva si hubieras diseminado la especie de que pensabas implementar la sustitución, pero que finalmente te habías abstenido de hacerlo. Ahí sí, entonces...

—¿Ahí sí qué?

—Ahí sí, durante la ceremonia fúnebre, con todos tus pares convencidos de tu desistimiento, habría sido el momento de sorprenderlos con la evidencia de que *sí* había un cadáver. Y ahí sí, entonces.

—¡¿Ahí sí entonces qué?!

—Ahí sí, entonces, una vez que todos creyeran que habías sido tan imbécil como para recurrir a ese truco, ahí sí, entonces, habrías debido quitar pieza a pieza la armadura de tu padre para dejar al descubierto...a tu propio padre. ¡Entonces tu enemigo no habría podido contener la expresión de asombro!

—¡Ese sí habría sido un golpe definitivo! —se entusiasmó por un instante el daimyo. Y un segundo después—: Claro que sería imposible que algo así ocurriera, porque no contamos con el cadáver de mi padre... Ni siquiera con uno de sus trozos.

—Exacto. Por eso es que nada útil sucedió.

—Sí. Es una pena.

Recién comienza el segundo día. Resta una semana para que los daimyos consideren cumplidos sus deberes sociales y vuelvan a sus territorios. Entretanto, traman y disuelven alianzas, visitan las tumbas de los antepasados del clan de Sagami, realizan ofrendas. Por las noches el señor de Sagami preside las comilonas. Ha mandado traer la armadura con su contenido y la puso a su lado. En la proximidad, siente los efluvios del cadáver en proceso de descomposición. A la distancia, al aire libre, brillan las lámparas votivas que mandó encender como recordatorio de la afrenta y testimonio de su ira. Luciérnagas de la venganza, iluminan las arboledas y trazan ambiguos reflejos en los valles. Los invitados murmuran su desconcierto. La viuda del difunto no se ha presentado aún. Los motivos de su ausencia deben de ser graves. ¿Estará en desacuerdo con la ceremonia que lleva adelante su hijo? Llegan rumores de que Mitsuko permanece postrada en su lecho, que no se mueve ni habla. A veces, en medio de la noche, el taciturno Yutaka Tanaka hunde la cabeza en el pecho y canta canciones libertinas, estirando las vocales graves mientras las visitas beben lo que se les ofrece y comen lo que les sirven sin entender bien por qué, cada tanto, el anfitrión lanza miradas asesinas. Es una descortesía atroz o un principio de demencia. Al filo de la madrugada, cuando cada daimyo visitante duerme o come o caga o ama, los servidores del castillo cargan con la armadura del padre y su contenido y los llevan a los aposentos interiores, donde el cadáver sustituto es extraído y lavado y perfumado y repuesto en su lugar, aunque la maceración natural tienda a la disgregación de la piel, a la aparición de gusanos y a la hinchazón de los órganos internos. Una vez retirado, resulta difícil volver a meterlo dentro de la armadura. Noche tras noche se incrementa la cantidad de pebeteros de jade y de varillas de incienso. Las mujeres asperjan el ambiente con perfume de sándalo. Igual, el olor no se aguanta. En la quinta noche un daimyo se atreve a comentar el detalle con voz audible. Yutaka Tanaka no contesta —si su madre no habla, él tampoco— y ordena ampliar la plantilla de servicio trayendo mujeres de las localidades vecinas. Son de categoría inferior a las que residen en el castillo, pero no hay goce sin contraste ni finura que no anhele su opuesto. Los presentes se juegan a las geishas a los dados, buscan ganar el derecho a no saber cuál visitará sus cuartos. Cada una de las nuevas fue contratada para extraer una verdad huidiza, una confesión que debería escapar durante el delirio de la carne. Pero si hay un criminal de cuerpo presente, ese criminal calla, como calla el señor de Sagami y como calla su madre, quieta en el lecho, los ojos abiertos, contemplando las lámparas votivas que arden en la negrura de aquel cielo. Durante el curso de la séptima noche Yutaka manda a que se vacíe y limpie la armadura de su padre y se arrojen los restos falaces al pudridero. A la mañana siguiente, vestido con un kimono azul estampado con un dragón de oro, despide a los daimyos, que parten al paso lento de sus caballos.

Antes de separarse en el primer cruce de los caminos, Misao Saito entona:

Yo te alabo
Eterno paraíso de Oriente
Yo te alabo Buda eterno
En treinta y seis millones de millones de manifestaciones

5

Tras la partida de los pares, hundido en la decepción, Yutaka se encerró en sus aposentos. Al mediodía comió sin hambre, tragando como quien se castiga, y vació tazón tras tazón de sake, sosteniendo alzado el brazo mientras se lo llenaban hasta que el brazo se fue aflojando y él se deslizó de costado sobre el tatami. Murmuraba palabras inconexas, no podía contener el flujo de su saliva, la transpiración brotaba lenta y lo cubría, los jugos gástricos se acumulaban en la zona alta del estómago dificultándole la respiración y los movimientos del diafragma. Sus ojos se cerraron.

Soñó que caminaba sobre un desierto de hielo; llevaba las medias de siempre y no usaba sandalias. El blanco del algodón se fundía con la blancura reinante. Parecía que su cuerpo terminaba en los tobillos. Y así era. De tan áspera, la superficie del hielo iba limando sus extremidades. A Yutaka Tanaka le parecía extraña su capacidad de seguir avanzando cuando la frotación ya había hecho desaparecer pies, tobillos y pantorrillas y estaba a punto de llegar a la altura de las rodillas. Y más extraño aún era que la limadura no dejara rastros, como si fuera cauterizando las heridas al tiempo que roía huesos y carne. El joven daimyo no pudo averiguar si esa modalidad cicatrizante tenía un carácter completo o si él había dejado restos de sí esparcidos a lo largo del camino, ya que su atención fue convocada por algo que reposaba sobre el hielo a unos cien han de distancia.

Se trataba de un objeto de forma cilíndrica y tamaño mediano. Sobre la parte superior del óvalo había una zona amarillento mate, lisa como una cáscara de huevo. La zona intermedia poseía dos manchas negruzcas divididas por una protuberancia, también amarilla, y correosa. Hacia los costados poseía otras dos protuberancias en forma de asas, y hacia abajo, un triángulo invertido que parecía sostener al objeto sobre su vértice, una especie de base blanca.

El señor de Sagami redobló su ímpetu y trató de acercarse a aquel objeto para estudiarlo. De inmediato comprobó que su avance se demoraba. Cada paso insumía el doble de tiempo que el anterior y recorría la mitad del espacio precedente. De seguir esa progresión, la duplicación del tiempo y la división de la distancia terminarían dando por resultado la necesidad de un tiempo infinito para el logro de una aproximación ínfima. Pero, como en el ámbito de los sueños las cosas no resplandecen por su lógica, Yutaka Tanaka consiguió avanzar hasta que distinguió la naturaleza del objeto. Era la cabeza de su padre. Apoyada sobre la superficie de hielo, con las cuencas de los ojos vacías, ocupadas por un resplandor negro. Las mejillas sumidas, la barba antes oscura y ahora cincelada por la nieve, la boca abierta. De sus oídos manaba un río de sangre que, al derramarse sobre el hielo, no lo fundía ni era absorbido sino que iba abriendo surcos. Pese a lo completo de la mutilación, su padre había llegado mucho más lejos que él, más lejos que nadie, hasta los bordes del desierto blanco, quizás hasta la misma fortaleza de la soledad que se yergue al fin del mundo conocido, y luego de toparse con los límites había dado la vuelta y permaneció en ese sitio, esperándolo.

Yutaka Tanaka despertó en estado de confusión. En Japón siempre se aceptó que los sueños son mensajes que envían dioses y difuntos y que de su correcta lectura dependen los destinos de las personas y los hechos de la historia. Siguiendo esa línea, el joven daimyo entendió que, al aparecer bajo forma cercenada, Nishio le recordaba que su espectro permanecería flotando en el aire hasta tanto él no hallara la manera de procurarle una venganza completa, lo que incluía el castigo del asesino y su horda de samuráis. ¡Vergüenza! ¡Su padre ni siquiera había podido mirarlo a los ojos por carecer de ellos! Pero, además de otorgar crédito a esa creencia tradicional, Yutaka Tanaka también daba por cierto que los sueños no solo eran signos externos sino —sobre todo— producciones mentales propias que combinan elementos poco relevantes de la existencia diurna con núcleos de preocupación más persistentes. Así, el hielo en su sueño se explicaba por el deseo de frescura que él había sentido instantes antes de dormir, asediado como estaba por el ardor ácido de su estómago. La mutilación de Nishio ni falta que hacía examinarla, era un dato de la realidad. Pero la cuestión del espacio y la distancia y los grados de las respectivas mutilaciones... En vida, Yutaka Tanaka siempre sintió que su padre era más grande y poderoso que él, más inflexible. Su misma muerte, siendo ya casi un anciano, había sido soberbia. En la sangre derramada se mezclaba la propia con la de los enemigos que supo arrastrar en su caída. Y todo eso le estaba diciendo algo. De hecho, él ya creía escuchar la propia voz de Nishio, mordiendo sus palabras: "No estoy seguro de que cuando llegue tu turno seas capaz de tener una muerte tan bella como la mía. Te estás descarnando sin sufrir y sin luchar, nunca conocerás la íntima consistencia de los héroes. Incapaz de seguir mi camino, cuando tú vas yo vuelvo. Hijo estéril, inútil, infeliz, don nadie a quien cualquier conspiración inicua despojará pronto de bienes y atributos dejándote sin descanso y sin consuelo. Quedarás desnudo como viniste al mundo, arrastrándote por los confines del Universo. Entretanto, yo te maldigo y no te perdono. Te maldigo y te culpo de mi estado y no retiraré mi maldición hasta que limpies el nombre de nuestro clan y yo pueda obtener entonces reposo en mi tumba, mi tumba, mi tumba".

Yutaka Tanaka pasó el resto del día en un estado calamitoso. Tenía los pelos de punta, los ojos inyectados en sangre, balbuceaba palabras inconexas. Tuvo la prudencia de no mostrarse y no permitió que nadie lo viera cuando se encaminó al retrete. La forma, color y consistencia de sus deposiciones le indicaron que era víctima de un intenso desarreglo digestivo, en tanto que aquel sueño espantoso debía atribuirlo al sake. ¡No fue su padre quien le habló sino su propio sentimiento de culpa por el deber incumplido! Si hubiese sido el fantasma de Nishio habría tenido al menos la gentileza de reconocer sus esfuerzos, su devoción filial...

Cenó solo arroz blanco y agua y se recogió a dormir temprano, creyendo que la noche le depararía un descanso sin imágenes. No fue así.

Soñó que la armadura de su padre estaba, como siempre, en la galería de armas, dentro de su propio altar de los muertos. Pero a cambio de encontrarse en el lugar prevaleciente había sido ubicada en un rincón pequeño y oscuro y sucio. La falta de luz acercaba y alejaba el marco de la escena. A diferencia del anterior, Yutaka sabía que estaba presente en este sueño, pero no era su protagonista ni se veía; solo veía lo que estaba delante de él. Pese a lo sombrío del ámbito y a lo fluctuante de la percepción, aparecían de manera nítida el marfil de los espléndidos cuernos, la cimera negra en el frente del kabuto, la máscara facial gris. También los emblemas de la casa de Sagami, sus signos, banderillas y colores distintivos. El peto ocre, con las placas unidas por alamares de metal dorado, se inflaba en el centro, formando un buche protector a la altura del cuello, mientras el borde inferior se curvaba hacia arriba en dirección a la espalda. Los kotes, en forma de espera marcial, ceñían el espacio que en vida ocuparon los brazos formidables de Nishio Tanaka, apoyándose sobre la falda, hecha en su parte superior de hierro, de terciopelo recamado la parte media, y vuelta al hierro forjado en la parte inferior, que caía cubriendo las protecciones de las piernas.

Lo curioso era que, debido a su posición, la armadura parecía sentada pero no había taburete alguno que la sostuviera, y la falda se mostraba algo más desajustada que lo habitual, en tanto que los pies estaban tapados por algo como un manto o una mancha, algo que venía de lo oscuro o lo creaba. Lo que fuese, poseía dimensión, relieve y profundidad, como si fuera un bulto. Y el bulto empezó a moverse.

Por su tamaño se asemejaba a un animal y sus movimientos lo acercaban a un felino. Yutaka vio que aquello se detenía a rozar los kotes, frotando la cara o trompa contra ellos, y sus garras o manos ascendieron hasta la falda de hierro y la apartaron ayudándose con sacudones de la cabeza, que permanecía cubierta por una especie de capa. Así permaneció durante un buen rato, en una agitación que se comunicaba a la armadura. Si esta se hallaba ocupada, el ser u objeto que la habitaba carecía de fuerza o voluntad para librarse del abrazo, y si estaba vacía y sus partes no se encontraban bien sujetas, terminaría desarmándose y caería al piso. El bulto se había alzado arqueando el lomo y su curvatura revelaba el empeño en explorar la armadura, abrirla a fuerza de zarpazos. Quizá, se dijo Yutaka, aquello era un demonio o una deidad que había descendido para liberar al alma de Nishio de su prisión y que estaba luchando con esos metales y cueros y cintajos; se oía su respiración agitada, los espasmos de su ira. Ahora, mientras seguía con su tarea, ese demonio o forma sombría comenzaba una mutación: se veía su espalda, los brazos cubiertos por las mangas de un kimono negro, las manos blancas que se aferraban a los costados del kusazari como si quisiera fijarlo o arrancarlo, procediendo con la avidez de una rata. Deseoso de averiguar qué era aquello, la mirada sin cuerpo de Yutaka Tanaka se acercó hasta quedar a dos shakus de distancia, y fue entonces cuando la cosa giró a velocidad sobrenatural, lanzando un rugido, y él pudo ver la cara palidísima de su madre, Mitsuko, el peinado abierto en un abanico de espanto, los ojos que despedían llamas en la oquedad de sus órbitas, su boca manchada de rojo, como si hubiese arrancado con los dientes un sabroso y sangrante pedazo de carne que se había tragado de un tarascón.

6

Apenas despertó, el señor de Sagami mandó llamar a su consejero principal: estaba ansioso por referirle los sueños. Todas las mañanas, con la memoria bien fresca, no bien terminaba su sopa de algas, hongos y tofu, Yutaka le narraba aquellas peripecias nocturnas. Con su arte, Kitiroichï —que en su juventud estudió oniromancia— las convertía en bolas de fuego, piezas resplandecientes de porcelana, inofensivos peces que apenas capturados la red ágil de su pensamiento transformaba en animales fabulosos de la mitología. Era lo real maravilloso de un sentido que duraba lo que duraba la interpretación, y que luego se desvanecía sin perjudicar a nadie. Con aquellas distracciones ambos pasaban un agradable rato juntos y Yutaka Tanaka quedaba con el ánimo ligero para el resto de la jornada.

El joven daimyo había mantenido ese hábito por placer y por respeto a la tradición (que tomaba muy en serio el carácter profético de los sueños), pero nunca estimó que de allí se derivara alguna consecuencia para su vida o sus actos de gobierno. Sin embargo, en esta ocasión, ambos sueños lo habían inquietado. En medio de la sangre, el hielo, la mutilación, la oscuridad, el altar, la armadura (llena o vacía), estaban por supuesto su padre, o al menos la cabeza de su padre, y su madre —o un demonio en su reemplazo... Por suerte Kitiroichï era capaz de hacerse cargo de toda esta confusión...

El consejero principal apareció a poco de ser convocado.

Como todos los viejos, solía pasarse la noche en vela meditando acerca del pasado y sin otra cosa que hacer que esperar a que lo buscaran, y en el curso del tiempo había mejorado su estilo interpretativo. A cambio de combinar los materiales oníricos de su amo de acuerdo con las reglas ancestrales, simplemente se dejaba llevar por su imaginación, que con los años y el abuso de sake había florecido de manera extraordinaria. Cierto que evitaba excederse en sus invenciones. Guardaba siempre un resto capaz de unir fábula episódica con la fuente original, de modo que si en medio de una de sus interpretaciones (que en sus mejores momentos no tenían ni pies ni cabeza) Yutaka Tanaka llegaba a preguntarle: "¿Y esto qué tiene que ver con lo que yo soñé?", él pudiera dibujar de inmediato una explicación conveniente.

Por lo general el joven daimyo comenzaba a referir sus sueños con un tono lento y luego, a medida que volvía a conectarse con lo soñado, el entusiasmo empezaba a hablar por él y su lengua se soltaba. Pero en esta oportunidad el consejero advirtió que el amo estaba en un día difícil. La faja desajustada, el puñal tripero mal puesto, la mirada perdida... Y apenas empezó a hablar fue aún peor. A cambio de avanzar en su relato se detenía a agregar circunstancias o a corregirlas, confundía las secuencias... incluso, asediado por la imprecisión, trataba de soltar la palabra justa y como nunca la encontraba (referir con exactitud un sueño es más difícil que capturar nubes con matamoscas), lo visible del esfuerzo volvía más penosa la evidencia del fracaso.

No obstante, Yutaka Tanaka persistió durante un rato, babeó penosamente las palabras padre, hielo, madre, armadura, y, tras unos balbuceos finales, calló y dejó caer la cabeza sobre el pecho.

—Últimamente estuve pensando... —dijo Kitiroichï Nijuzana—. La realidad es muy complicada. El misterio del enemigo es muy complicado. Y yo soy viejo y mi mente es débil y está llena de humo y tú podrías creer que mis consejos fueron dictados por un mal espíritu...

—Déjate de preámbulos.

—No me corras si estás apurado, mi señor.

—Perdón.

—¿Sigo?

—Sí.

—No puedo leer lo que no me puedes contar, pero sí puedo decirte que el dolor y los remordimientos te están devorando y que para surcar esas aguas oscuras hay que nadar en una supra-interpretación...

—¿Y eso qué sería?

—De algún modo, tus sueños expresan la confusión de tu alma en la búsqueda de las razones que condujeron a tu enemigo oculto a lanzar el innoble ataque al Tercer Castillo. Y quizá no encontramos explicación alguna para este hecho y para la forma en que se produjo porque nos hemos limitado a indagar entre tus pares. Pero un daimyo es un daimyo y otro daimyo es otro daimyo, son todos iguales. Piojos perdidos en sus minúsculas rencillas, saltando dentro de la caja enorme y negra del Japón. ¿Quién puede ver dentro de esa caja y conocer la naturaleza y determinación secreta de uno u otro piojo?

—Solo aquel que está fuera de la caja.

—¡Con seguridad! Tú y el resto están dentro. Y es por eso que no encuentras el nombre de tu enemigo ni las razones de su accionar. Creo que deberías trasladar tus cuitas al interlocutor apropiado, acudir a una función externa, superior...

—El Shögun...

—Exacto. Si hay alguien que contempla las cosas desde la altura y conoce los secretos que nos están vedados, ese es sin duda nuestro señor Ashikaga Takauji...

La propuesta fue eficaz y al formularla Kitiroichï se quitaba un problema de encima. Un viaje siempre despeja la mente. Y Ashikaga Takauji, desde la lejanía de Kyoto, de seguro vería mejor el diseño general de los hechos. Con suerte y viento a favor se apiadaría del sufrimiento de Yutaka y le proporcionaría el nombre del asesino para que resolvieran la cuestión entre hombres. O, si prefería mantenerse al margen de las disputas entre súbditos, trataría de que el asunto se zanjara por la vía de reparaciones pecuniarias y espirituales. Quizás una boda entre el señor de Sagami y alguna hija del daimyo ofensor, si la había... Y si no, cualquier otra cosa. Era cuestión de negociar. El problema radicaba en la existencia hipotética de una tercera alternativa. ¿Y si por afinidad, interés o desequilibrio de fuerzas, el Shōgun estaba a favor del asesino...? De ser así, los riesgos eran inmensos y la vida de su joven amo peligraba. Pero ¿cómo saberlo de antemano?

En aquellos tiempos, un viaje a Kyoto no se resolvía de un día para el otro. Una excursión interprovincial suponía una provisión de vituallas abundante, había que herrar de nuevo los cascos de los caballos, pulir armas, enviar mensajes a los daimyos de los territorios vecinos para que facilitaran el paso; había que cargar con tiendas, artículos de limpieza y de tocador, geishas, porteadores... había que empaquetar regalos y ofrendas para los distintos templos... Luego de una semana de preparativos, la comitiva partió. Iba a ser un viaje largo. Sagami: una provincia áspera y montañosa, situada en el noreste del país, entre Musashi, Kasuka, Shimosa, Kai e Izu. Para dejarla atrás se requería una marcha lenta. En temporada de lluvias los caminos eran prácticamente intransitables; a veces un vendaval furioso lavaba las faldas altas de la montaña y provocaba derrumbes y había que dar rodeos larguísimos hasta encontrar un paso. Sin contar con las crecidas de los arroyos, que de cursos de agua insignificantes donde se podían ver los líquenes acariciados por una corriente mansa y las coloridas serpientes habu asomando la cabeza para morder a un paseante inadvertido, en cuestión de segundos se convertían en correntadas que arrastraban ahogados.

En esos accidentes Yutaka Tanaka perdió parte de la comitiva y alguna que vez creyó que nunca arribaría a destino. Pero lo cierto era que avanzaban y era precisamente el avance, por su efecto hipnótico, lo que producía el espejismo de la distancia. Kyoto se volvería una ciudad mítica cuando estuvieran a no más de dos o tres shakus de las puertas de entrada, paradoja que explica el furor de los salvajes que arrasan con pueblos y ciudades y torres y castillos y pabellones: ese furor sostiene el sueño de una perfección ilusoria que degrada cualquier contacto con la realidad material; no hay mayor idealista que un bárbaro. Así, Yutaka Tanaka, que provenía de un territorio recóndito y poco ilustrado, se balanceaba entre la ilusión y el resentimiento a horcajadas de su montura, sabiendo que iba a pedirle un favor al Shögun y que al convertirse en su deudor duplicaría el vasallaje. Odiarlo sin conocerlo era lo básico. Y al mismo tiempo, secretamente, le estaba agradecido por existir y ser el pretexto de ese viaje que le permitía escapar de su provincia y conocer algo del mundo exterior.

Años más tarde, el joven daimyo guardaría el recuerdo de aquellos días como el de los más felices de su vida. Aire puro, canto de pájaros, perfume de árboles y frutos. El sol cintilaba en los agudos enramados de las coníferas calentando los huesos y sacando ampollas en los cuerpos cubiertos por las armaduras. Por las noches el gruñido de las bestias en las sombras le hacía pensar en el misterio de la animalidad más pura. Esa condensación de belleza y brutalidad lo inclinaba a admitir lo que hasta entonces le había parecido inimaginable: que existiera alguien capaz de asesinar a su padre y mancillar a su madre y ocultar su identidad y retirarse luego sin obtener nada. Finalmente, en los hombres hay un orden que rehúye toda explicación y que tal vez se reduce a obedecer a un instinto que lo anima todo, desde lo más actual, lo complejo y articulado, hasta lo más antiguo, lo inerte de las cosas, y que nos lleva ciegamente a destruir para permanecer, que es lo que sucedió con la aparición del Universo. Si no, ¿cómo se explica lo que veía por las noches, poco antes de dormir, cuando, tirado boca arriba, un brazo tras de la nuca, contemplaba las estrellas? Esas titilaciones eran fuegos que incendiaban la negrura y desalojaban a los dioses de sus moradas; lentas, con la ansiedad de lo falsamente quieto, iban recorriendo los espacios para devorarse unas a otras, incluso para desaparecer en sus choques, en una avidez por morir que aniquilaba el deseo elemental de la duración infinita. El cielo era un trompo que giraba chocando contra los rincones del cosmos y abría brechas donde todo se precipitaba hacia la nada, heridas como las que había abierto su enemigo, arrojado él también a su anhelo de furia y muerte y desaparición. Su enemigo, a quien creía entender por primera vez y a quien ahora perdonaba menos que nunca.

7

Finalmente, desde la cumbre de la última montaña, Yutaka Tanaka, señor de Sagami, pudo contemplar el valle donde se enclavaba Kyoto. En el tiempo de su peregrinaje hubo tanta extensión y riqueza que en algún momento hasta llegó a olvidar el motivo de su viaje. Claro que eso era cierto solo en la primera capa de su conciencia; en las noventa y nueve restantes palpitaba y ardía su necesidad de reparación y revancha. Semejante ardor, sin embargo, debería templarse en las elaboradas dilaciones que lo esperaban en la ciudad. Antes, cada segundo había estado lleno de la esperanza en una comprensión o una revelación instantáneas que le permitieran conocer el nombre de su enemigo. Ahora, y en principio, había que armarse de paciencia y esperar a que lo recibiera Ashikaga Takauji. Todo dependía de ese momento y nada garantizaba que el Shōgun le diera la respuesta que esperaba.

Pero el joven daimyo ni siquiera se atrevía a pensar en eso, no quería incluir la decepción dentro del cuadro de posibilidades. De acuerdo con las reglas de la etiqueta local, la demora era sinónimo de elegancia, y aun las citas concertadas con funcionarios de bajo y mediano nivel solían postergarse, por lo que era esperable que le aguardara el mismo panorama, pero agravado, porque en la precipitación de su partida había olvidado enviar emisarios para solicitar un encuentro con la debida antelación. Y al parecer, en la corte, una indelicadeza semejante se pagaba.

De todos modos, lo inmediato era conseguir un alojamiento adecuado a su rango, ya que las moradas destinadas a grandes dignatarios y caudillos y caudillejos de todo el país estaban saturadas de visitantes. Kyoto era una romería y hasta las pensiones más roñosas no daban abasto. Hacía años ya que la especulación inmobiliaria no respetaba principios arquitectónicos: los códigos de planeamiento urbano eran cambiados semana tras semana para dar lugar a nuevas excepciones y la ciudad acumulaba ratoneras y palomares donde antes hubo serenas calles y avenidas. Había que salir a la calle con sombreros con diseño de triple pagoda para impedir que las vestimentas se mancharan con las aguas servidas que caían desde lo alto. Además, el tránsito se veía obstaculizado por mendigos y baldados y en cada esquina los vendedores ambulantes se disputaban el espacio para vender sus porquerías, y lo mismo ocurría con las bandas de pequeños asaltantes, que si por excepción eran detenidos entraban por la puerta delantera y salían por la trasera de la comisaría, tras recibir algunos bastonazos y dejar su cosecha en manos de la autoridad. Es claro que la recaudación del departamento policial de cada distrito no dependía de estas pescas menudas. Los comerciantes contribuían pagando protección privada para sus negocios asaltados por los pilluelos o por ladrones entrenados por las fuerzas dirigidas a perseguirlos. Y esto era solo la base del sistema, correspondía a la succión de capitales menores por parte de cada jefe de distrito. Cada decena de jefes, después de guardar su tajada, repartía mendrugos entre sus subordinados y aportaba una cuota mensual fija a un responsable superior. A su vez, este responsable, junto con otros diez de su misma jerarquía, reproducía el mismo esquema en beneficio del prefecto, que por su parte tributaba al propio Shögun. Por supuesto, la fortuna del Shögun no dependía únicamente de ese acumulado, pues contaba también con los aportes del tráfico de estupefacientes, del juego clandestino y de las casas flotantes, donde las geishas cobraban un estipendio discreto y el resto se repartía en los distintos niveles en la forma ya citada. Y estaban además las oficinas de gestiones gubernamentales donde se arracimaban los solicitantes tratando de que les fuera concedida una entrevista con el mismísimo Ashikaga Takauji. Era este último un comercio tan próspero que ya no alcanzaban los jardines del Palacio Shögunal para contener al sinnúmero de tiendas blancas dentro de las que influyentes oficiosos cobraban por gestionar el encuentro, sin que el cobro por adelantado garantizara resultados. No obstante lo irregular de tales prácticas, no debe pensarse mal de sus practicantes. En el fondo, se dedicaban al chiquitaje, rémoras discretas de los restos que escapaban de las mandíbulas de los verdaderos tiburones, los funcionarios más cercanos al propio Shögun. Estos sí que hacían la diferencia. Por el nivel de negocios que manejaban, ya no se trataba de algunas bolsitas repletas de monedas sino de fortunas enormes que terminaban cambiando de manos hasta caer en las de Ashikaga Takauji.

Desde una perspectiva moral, resulta reprobable que el hombre más poderoso de Japón empañara su nombre en estas cobranzas irregulares. Pero, más allá de los beneficios personales, su práctica denotaba altruismo: mediante estas exacciones sangraba imparcialmente a poderosos y menesterosos de tal forma que ya nadie contaba con el resto económico suficiente para soñar con iniciar una nueva y dispendiosa guerra civil. Así, la corrupción se trasmutaba en alta política. Por lo demás, Ashikaga devolvía parte de lo recaudado en obras públicas, por lo general de dimensiones escasas y fácil realización, básicamente senderos que llevaban a sus palacios o regaban sus plantaciones o las de sus prestanombres; las inauguraba y reinauguraba a cada cambio de estación. Al frente de cada una de esas obras consignaba la fecha de comienzo y terminación y el costo total estipulado (aunque las cuentas verdaderas eran muy otra cosa), y el lema: "Veloz como el viento, fuerte como el mar, eterno como la montaña. Shögunato Ashikaga. Takauji lo hizo".

Y eso no era todo. En época de sequía el Shögun dirigía personalmente el reparto de granos y en temporada de inundación se mostraba al frente de sus ejércitos cargando a los afectados sobre su espalda (aunque luego los abandonara a su suerte en los faldeos de las montañas). Según versiones, esta hiperactividad era aparente: se lo acusaba de emplear dobles, algo que en el fondo no disipaba el efecto de autoridad porque, de ser cierto el rumor, cada doble viajaba provisto por los atributos de mando, de los que nadie sabía si eran o no los originales, del mismo modo que nadie sabía cuándo era el mismo Ashikaga quien se hacía presente, pues en ocasiones se complacía en sustituir en el último momento a su reemplazo.

De todas maneras, el señor de Sagami estaba demasiado ocupado en sus propias cuestiones y no prestó oídos a los rumores. A falta de otro alojamiento se ubicó en una mansión rumbosa ubicada en la periferia de Kyoto, propiedad de Ryonosuke Nakatomi, un comerciante de especias coreanas. El dueño de casa nunca había tenido tratos con un verdadero daimyo, así que decidió dispensarle una atención conspicua, más agobiante aún que los mediodías de ese verano candente que siguió a la temporada de lluvias. Yutaka Tanaka prefería mantenerse oculto en su pabellón y cuando debía realizar los trámites preliminares para la obtención de una solicitud de audiencia salía disparado a la calle como una sombra en fuga. En cambio, los miembros de su comitiva, que había plantado tiendas en el parque, adoraban permanecer en los dominios del magnate. Estaban encantados con el fasto de sus jardines: umbríos montículos verdes, canaletas donde el gorgoteante chorrito de agua se deja caer sobre una piedra redonda con un toc de vagas resonancias místicas, y luego, arrastrando minúsculas sustancias bacterianas, se derrama sobre la laguna artificial para beneplácito de boquiabiertos y espasmódicos peces anaranjados.

A su turno, el señor de Sagami probó en carne propia la eficacia del procedimiento extractivo ideado por el Shōgun. Funcionarios de distinto rango le hablaron de la conveniencia de intentar múltiples vías conducentes a la posibilidad de obtener el acceso a la antesala donde se juntaban los solicitantes.

Históricamente, había sido un espacio pequeño y con mínimas comodidades. Pero, a medida que la importancia política de Kyoto aumentó, Ashikaga hizo valer ese incremento y, además de los métodos de expoliación indirecta ya citados, aumentó los turnos de espera y redujo la cantidad de personas a las que se les concedía la facultad de arribar finalmente a su presencia. El uso discrecional de las variables de tiempo y espacio subrayaba la dimensión de su poder, del que sin embargo el Shögun no abusaba, pues en compensación había mandado mejorar la ambientación del lugar, agregándole ilustraciones de carácter mitológico y permitiendo un libre uso de los refrescos y del personal, lo que incluía no solo a mujeres ligeras sino también bufones, cantantes ciegos, ejecutantes de canciones populares, etcétera. En ocasiones el Shögun dejaba pasar varios días sin atender a nadie. Permanecía en su sala privada, escuchando los rumores y los ruidos y las músicas que le llegaban de la antesala, oyendo esos ecos de una vida que solo podía vivir de manera indirecta.

Yutaka Tanaka comenzó su aprendizaje cortesano enviando la clase de obsequios pequeños, costosos y brillantes que se deslizan y desaparecen mágicamente en las manos untadas por la manteca de la gratitud. Luego, como la resolución de su pedido de audiencia no prosperaba, los fue racionando. En algún momento creyó que el secreto del éxito no radicaba en la naturaleza del soborno sino en la imposición de un estilo, y afectó una seguridad que ya estaba lejos de sentir. Pero los intermediarios no se dejaban impresionar por sus gesticulaciones. ¡Él podía ser todo lo poderoso señor feudal de la recóndita provincia que se le diera la gana, pero ellos eran funcionarios del Shögunato de Kyoto!

En trance de falsa humildad, el señor de Sagami depuso entonces su orgullo y recorrió personalmente oficinas y departamentos. "Tocó" al encargado de los asuntos administrativos, finanzas y política exterior; al encargado de los asuntos militares y la policía; al encargado de los asuntos jurídicos y supremo juez oficioso, pero ni siquiera consiguió que le dieran esperanzas de ser incluido en la lista de los aspirantes en ingresar a la antesala. Cada noche volvía a su alojamiento con el alma estrujada y la espalda inclinada como la de un mendigo, y a cambio del descanso se le imponía un nuevo tormento: el del anfitrión, animando su monólogo favorito (biografía, hechos y opiniones de Ryonosuke Nakatomi, expendedor de especias, contrabandista, aficionado al fetichismo pédico). Y ya mucho más tarde, apenas apoyaba la cabeza sobre la almohada, empezaba a oír el tintineo... Colgadas de cada alero de la quíntuple techumbre y de la rama de cada abeto, pino, cerezo, ginkyō, caña de bambú o estatua de Buda, las campanillas de metal y porcelana y jade sonaban con el viento, más persistente y monótono de lo que pudiera esperarse en aquel valle, un viento que solo se apaciguaba en la madrugada. Claro que entonces ya era la hora en que despertaba la casa y Ryonosuke Nakatomi aparecía cargando una bandeja con bollos de arroz azucarado, algas, sopa de pescado y tofu, y su monólogo recomenzaba en el mismo punto y la misma frase en la que se había detenido la noche anterior.

Esto duró un ciclo de tiempo indefinido. Menos que un eón, más que un cambio de temporada. En el curso de una de esas mañanas, cuando Yutaka Tanaka, ebrio de sueño, ya estaba pensando en regresar a su provincia con las manos vacías, el anfitrión hizo su entrada de siempre incorporando un gesto particular: la suela de madera de su sandalia izquierda se enganchó con el borde taraceado del biombo. Nakatomi perdió el equilibrio y trató de recuperarlo enderezando el cuerpo en una torsión increíble, dada su contextura física, sobrepeso y carencia de tono muscular, sus manos trataron de sostenerse en la columna invisible del aire, por lo que en el envión debió soltar la bandeja con el té y las vituallas, y todo junto cayó sobre el futón donde reposaba el joven daimyo, quien recibió el azote caliente del té y de las blandas bolas de arroz que decoraron en capricho simétrico sus pestañas. Segundos más tarde, luego de elevarse y flotar, una esquela con sello oficial cayó sobre su pecho. Comunicaba la fecha y hora en que lo recibiría el Shögun.

8

Si la espera se había caracterizado por su cualidad deprimente, el acceso a la sala de reuniones fue tan veloz que incluía tanto la ilusión de una respuesta pronta como el riesgo de la decepción. El Shögun: sentado sobre la tarima, piernas cruzadas, vestido con las ropas ceremoniales, la katana al alcance de la mano y la enjoyada wakisazi resplandeciendo contra la seda negra del kimono y la roja del obi. Atrás, la armadura, todo lo costosa y decorativa que podía esperarse, y los banderines y signos del clan gobernante. Sobre su cara, unos mostachos enormes, más propios de un bruto mongol que de un sofisticado exponente de la casta guerrera japonesa. Apenas Yutaka Tanaka se arrodilló e inclinó la cabeza, el personaje se los atusó como si quisiera prolongar su extensión, y con una voz más suave y aguda que la esperada, y más agradable también, dijo:

—Estimado daimyo, le ruego no lo tome a mal, pero mi marido y sus dobles han tenido que salir volando a apagar pequeñas insurgencias vecinales, creo que una en Higo, otra en Sumi, y si no me equivoco hay algunas cositas también en Iwami, Hoki e Ibizen. Mi señor Ashikaga Takauji lamenta lo ocurrido y pide que le transmita su esperanza de compensar el faltazo en un futuro próximo.

El señor de Sagami contuvo apenas la ira ante este comentario. ¡Al destrato anterior, ahora se sumaba una veta de sarcasmo femenino! Inaudito. Sus pies (dedos doblados sobre el tatami) empezaron un retroceso en vaivén, mientras el dueño iniciaba con voz monocorde la lista de excusas necesarias para la retirada. Advirtiendo ese movimiento, dama Ashikaga sonrió, tapándose los labios con la manga del kimono:

—Veo que no estás muy complacido ante este reemplazo inocente —dijo—. Hay coletazos de ballena enojada trazando curvas en tu frente. "¡La mujer a cambio del marido! ¡La cháchara a cambio del nombre que quiero!", piensas. Pero, mi querido Yutaka, no desesperes. Conversemos. No creas que será una pérdida de tiempo, que por otra parte está hecho para ser perdido y no para retenerlo. Fijar el instante es misión imposible y además los datos van y vienen. Uno habla, otro escucha y de algo se entera. Paciencia. No toda conversación es como el rumor de la lluvia ni toda consecuencia casual. Sobre todo, en nuestra posición y con nuestras responsabilidades. Así, por ejemplo, el Shōgun tuvo noticias de tu accionar...

—¿A qué se refiere la señora?

—¡Yutaka, Yutaka! ¿Un daimyo astuto como tú, fingiendo inocencia? ¡Pero por favor! ¡Hablo de tu maliciosa operación para encontrar al culpable del asesinato de tu padre y la deshonra de tu madre!

—¿Dama Ashikaga alude a...?

—¡Por supuesto! ¡Al cadáver de un cualquiera suplantando al cuerpo ausente de tu queridísimo padre! Cuando nos enteramos de la triquiñuela, Takauji me dijo: "El joven Tanaka, a quien aún no tengo el gusto de conocer, me ha dado una idea extraordinaria: a partir de ahora emplearé dobles para que todas y cada una de las regiones del país se subordinen simultáneamente a mi autoridad. Donde no esté yo, estarán mis imitadores". Es claro que mi marido ya los usaba desde hacía rato, pero el comentario era su manera de sincerarse, pues alguna que otra vez los utilizó cuando pretendía tomarse una noche libre y ocultar un desliz. Incluso, creyendo que en la oscuridad todos los gatos son pardos, en alguna ocasión se atrevió a mandarme en su reemplazo alguna de estas copias apestosas y maleducadas. Pero hay cosas con las que una mujer no se engaña, y por decoro me permitirás que no sea más explícita al respecto, omitiendo toda consideración sobre tamaños, gustos, ímpetu y conducta. Era una broma. Es claro que esto nunca ocurrió. Y mandaría a cortarte la cabeza si se te ocurrriera difundir un chimento parecido. En fin. Volviendo al punto. Si hay algo en lo que mi marido y yo estamos de acuerdo es en la originalidad de tu procedimiento, que despertó nuestra admiración. Duplicar a un ser vivo cuando se cuenta con los recursos suficientes, es algo previsible. En cambio, poner a un muerto sustituyendo a un cadáver inexistente para lograr un efecto de verdad, es una ocurrencia sublime.

—Pero entonces —se lamentó Yutaka—. Si yo, es decir, si usted... Y el Shögun, sabían...

—Que nos llegue el cuento a nosotros no equivale a que se entere todo el país.

—Desde luego, en beneficio de la causa de mis padres, imploro que sus excelencias...

—Faltaba más, joven daimyo. La discreción es un atributo de nuestro rango.

—Dama Ashikaga no puede saber el alivio que...

—Naturalmente, también sabemos que no obtuviste el resultado que esperabas. ¡Pero al menos tu fracaso sirvió para que te costearas hasta nuestra presencia! Y eso, a la corta o a la larga, quizá pueda resultarte de utilidad...

—Me atrevo a creer...

—Menos mal. No me gustaría estar gastando saliva con alguien que tuvo una buena idea pero que no está a la altura de su invención.

El señor de Sagami no pudo menos que hacer otra reverencia. Dijo:

—Si dama Ashikaga y el ilustre Shögun están enterados del empleo de ese recurso y de su falla, es porque fueron informados de ambas circunstancias por algún testigo presencial. Ahora bien, solo uno entre todos los asistentes a la ceremonia fúnebre estaba al tanto de que el cadáver dentro de la armadura no era ni podía ser el de mi padre, por lo que este informante necesariamente tiene que ser el criminal que lo atacó y asesinó. Con toda humildad, señora, le ruego que me revele su nombre.

—¿Será verdad que donde una mujer ilusa ve a un hombre hecho y derecho, una mujer de mayor experiencia encuentra siempre a un niño? —Dama Ashikaga acrecentó su aire reflexivo quitándose los mostachos y dejándolos a un costado. Con su rostro limpio, si se descontaban las sombras negras que estiraban sus cejas, se notaba la pureza de líneas. Ella siguió—: No es que quiera darte un no por respuesta, pero carece de sentido decirte si conozco o no el nombre que buscas, porque si lo sé y callo, obro como una mujer frívola y caprichosa, y si lo sé y lo suelto sin contar con la anuencia de mi marido, le estaría restando autoridad. Además, si conociera el nombre del criminal y te lo dijera, tú partirías de inmediato a tomar tu hermosa venganza, y mi señor, vuelto de sus combates, perdería la oportunidad de encontrarse contigo. Y puedo asegurarte que eres uno de los pocos vasallos que de momento despierta su interés. ¿Qué crees tú, amigo mío? ¿Conozco o no el nombre que esperas? ¿Callo por saber o por ignorancia?

—Creo que callas porque te complace prolongar mi búsqueda.

—Me gustas, Yutaka Tanaka, señor de Sagami. Dices lo que piensas sin pelos en la lengua. Un encanto de hombre y un hombre encantador. Algo ingenuo, tal vez. Inexperto. La clase de hombre que imagina que es posible llegar al centro de las cosas, como si hubiera cosas que resolver. La mujer que te eduque querrá verte de cerca para gozar de ti, teniéndote entre sus brazos, y luego querrá verte de lejos para comprobar hasta dónde vuela la flecha de tu ambición. Educar es perder. Por eso mi marido prefiere mantener al pueblo en la ignorancia. El pensamiento ocupa lugar en la mente. ¿Y qué necesidad tiene alguien de un cerebro lleno? Takauji dice: "Para el pueblo lo que es del pueblo: arroz y danza ritual sintoísta". Pero esas simplicidades no rigen para gentes como nosotros. ¿Has pensado en la posibilidad de que, si a fin de cuentas yo terminara soltándote algún nombre, ese nombre no fuera necesariamente el del autor de tu desgracia familiar? ¿Y si mi marido me pidió que te mienta? ¿Y si me dio el nombre del culpable y yo decido cambiarlo por el de mi suegra para alimentar mi diversión? ¿Y si Takauji conoce el nombre verdadero pero me dijo otro cualquiera para inducirnos a ambos a error? ¿Y si él y yo mentimos y al cambiar el nombre que él me dijo acierto con el verdadero pero tú das por hecho que estoy mintiendo y...? Estoy agotada de esta combinatoria, y esto es solo el comienzo. ¿Tú que crees?

—Antes de venir a esta ciudad ya me había hecho una composición de lugar acerca de lo probable, lo posible y lo imposible...

—¿Te dije lo mucho que me agradas? —Sonrió dama Ashikaga—. ¿Un té?

—¿Cómo decir que no? —Sonrió a su vez Yutaka Tanaka.

El resto de la conversación discurrió amablemente. Las palabras tejieron futilidades, abordaron usos y costumbres de Kyoto. La Shögunа soltaba chismes y anécdotas con gracia ligera. El tiempo de una entrevista normal había sido traspasado pero el encanto de la charla disipaba la conciencia de la duración. A la vez, Yutaka permanecía alerta, sabía que aquello tenía su pizca de deliberación; dama Ashikaga pretendía lograr un clima de intimidad. Y aunque se sentía inclinado a creer que eso podía atribuirse en parte a su propia importancia, lo impecable de su aspecto y lo agudo de sus réplicas, vislumbraba el propósito de tanta deferencia. En términos políticos, no tenía sentido que el Shögun se malquistara con él: después de todo, era el daimyo de un territorio extenso y comandaba un ejército de número respetable; le convenía tenerlo de su lado. Y como en apariencia había decidido no comunicarle (aunque fuese momentáneamente) el nombre de su enemigo, a cambio compensaba su destrato con la Shöguna, cuyo parloteo sujetaba con los lazos más agradables.

Pero, por atractivo que fuera mantener un diálogo chispeante con ella, no había que cerrar los ojos a lo evidente: o el Shögun conocía el nombre del asesino de su padre y prefería callarlo, o lo ignoraba y estaba aguardando a que la información le llegara de un momento a otro, y una vez que la recibiera decidiría qué hacer. En cualquier caso, había que disfrutar del presente y no dormirse. La misma dama Ashikaga lo había prevenido, pidiéndole que no perdiera su principal atractivo, la lucidez. Y al final de la charla supo agregar otro elemento:

—Yutaka: puedes creer que miento a sabiendas o que digo la verdad, pero te aseguro que me siento inclinada a obrar en tu favor. Te veo noble y sincero y además confieso que de a ratos la conversación de mi marido me aburre. En cambio, en la tuya se respira el aire fresco de la montaña. Así que...

En suma, todo había sido tan prometedor y tan intrigante que el joven daimyo volvió satisfecho a su alojamiento. La cosa marchaba, y tanto que el mismo Nakatomi corrió a higienizarle las manos con perfumados paños húmedos:

—¿Y? ¿Lo vio? ¿Vio a nuestro Shögun? ¿Qué le pareció? Imponente, ¿no? Dicen que es más alto que el resto de los mortales. ¿Tiene o no tiene un aspecto de lo más distinguido...?

El entusiasmo de Nakatomi no cedió al confiarle Yutaka Tanaka los detalles.

—¿En serio lo recibió dama Ashikaga en persona? ¡Pero eso es mejor aún! No voy a cometer la estupidez de soltar alguna frase acerca de quién manda en la intimidad del hogar, pero admitamos que la Shöguna es una mujer extraordinaria. Y toda la historia...

—Sí. Cierto. Sin duda... —cabeceó el señor de Sagami. La entrevista con la esposa del Shögun le había hecho concebir la esperanza de una pronta satisfacción de su demanda, y ahora se sentía más tranquilo y dispuesto al descanso. Claro que el natural verborrágico de Nakatomi arrasaba con cualquier percepción del estado ajeno, por lo que pasó por alto los cabezazos de su huésped y continuó con su tema, que había iniciado hace rato:

—¿...No? ¿No lo sabía?

—¿No sabía qué?

—¿Cómo puede ser que el noble daimyo esté hace tanto tiempo en Kyoto y...?

—¿Y qué? Nakatomi... Ya es tarde y...

—¿En serio no tenías noticia de la manera en que se conocieron?

—No...

—¿En serio que no...?

—No... ¿Eh? ¿Qué? ¿Quiénes?

—Increíble. Mi invitado entró y salió de la boca del dragón sin que se le quemara un solo cabello. Ni un mísero chamuscón de sus estilizadas cejas. A eso llamaría yo un milagro. Menos mal que estás en la humilde morada de un hombre capaz de abrirte los ojos acerca de las intrigas de la corte. Vivir es aprender y todo conocimiento es ganancia.

—...

—Por tu serena expresión y tu aspecto concentrado, advierto tu interés en los hechos que pasaré a contarte. ¿Quién podría resistirse a escuchar un relato que revela zonas inexploradas del alma humana?

—...

—¡Qué maravillosa manera tienes de otorgar callando! Pues bien. ¿Te la cuento?

—...

—¡Te la cuento! Esta es la historia: como recordarás, tras derrotar al ejército de Kusunoki Masashige, Ashikaga Takauji depuso y envió al exilio al Emperador Go Daigo y lo reemplazó por el Príncipe Imperial Kazuhito. Cuando este falleció al año de mandato, ubicó en su puesto al Príncipe Imperial Yutahito. Cualquiera, en lugar del nuevo Emperador, se habría esforzado en mostrar su eterno agradecimiento al hombre a quien le debía todo. A cambio de eso, Yutahito, una vez que fue bautizado como Kōmyō, cometió la inexcusable torpeza de distanciarse de

Takauji y dedicó sus días a construir su Corte del Norte en el Palacio Imperial. Desde luego, quien pudo visitarlo sabe que es un reino de insoportable y artificiosa suntuosidad, el paraíso del más deletéreo aburrimiento; allí resalta lo efímero de los objetos que lo componen y la atonía de las personas que lo habitan; en definitiva, su fragilidad. Bastaría que una banda de ninjas hambrientos golpeara sus puertas para que todo se derrumbara. Y por cierto que, si nuestro Shögun hubiera actuado de acuerdo con lo esperable, aquello no habría durado ni un segundo. Pero algo, un remordimiento secreto o un inexplicable sentimiento de lealtad a su propia creación, impidieron que procediera según los usos corrientes (degollando al insensato y colocando a un nuevo idiota en su lugar). Y es solo por eso que la Corte del Norte sigue existiendo y el inútil de Kōmyō continúa siendo su Emperador. Estos pestañeos tuyos no me engañan, señor de Sagami. Me estás escuchando con la más intensa de las atenciones. Pues bien. A partir de entonces, Ashikaga Takauji no tuvo sino un propósito: construir su propia versión de aquella burbuja. De haberlo querido, con sus capacidades y sus talentos recaudatorios, no le habría resultado difícil montar una corte verdaderamente imponente, algo que superara en fasto, ceremonial y lujo cada detalle de la Corte del Norte, corte que además solo se sostiene por las cifras exorbitantes que mes a mes le remite nuestro extravagante Shögun. En mi opinión, no es extraño que, cuanta más devoción muestra por ese mundo, más señales de frialdad recibe por parte de este. Nadie, y mucho menos un Emperador, se complace en admitir su deuda. Y por supuesto, nadie tampoco está libre de esperar aunque sea una mínima ración de afecto y reconocimiento. Ahora bien, dadas estas dos emociones confrontadas, la resolución del caso es imposible. En el fondo se trata de odio, odio condensado, una pasión más profunda aún que el amor, algo que a ambos los vuelve intensamente conscientes de ser el objeto de la abominación del otro, y eso, mi querido amigo, para ciertas personas puede constituir una forma exquisita de la felicidad. Así, a cambio de destrozar a su Emperador bobo y ponerse la corona y dominar Japón formal y realmente, Ashikaga Takauji decidió crear su propio mundo paralelo en el Ala Izquierda de su palacio gubernativo. Por cierto que el espacio dedicado a ese proyecto es enorme si se lo compara con mi mansión, pero pequeño respecto de un mundo verdaderamente grande. Y allí fue armando su reino a escala, donde impera como único amo. Una corte que en su origen tuvo como propósito ser la irrisión, la copia hiriente de la original, pero que luego, por impulso de la naturaleza de toda práctica, adoptó una dinámica propia y se convirtió en una obsesión devoradora de la que terminó sacando provecho quien luego se convertiría en la Shögunа.

—¿Cómo? —Yutaka Tanaka parpadeó. La mención de dama Ashikaga lo arrancó por unos segundos de su somnolencia.

—¿Qué cómo lo hizo? —dijo Nakatomi—. Diría que obró a la manera del dios Hachiman, cuyo peto brilla tanto en la batalla que refleja al enemigo, pero transformando los cuerpos y las proporciones y el espacio... un efecto de la convexidad. De ese modo Hachiman se vuelve invulnerable ya que toda katana hiende el aire y no lo toca, y huye atacado de espanto quien ve su figura aureolada por ese resplandor, porque ¿quién soporta hallarse en espejo deforme, ya estirado hacia lo ancho, ya altísimo y fino, ya afantasmado y monstruoso? Según la tradición, en las guerras el peto de Hachiman termina por absorber y aniquilar lo que se le enfrenta. Y así va el dios chupando universos y acumulando poder. ¿Qué te parece? Yutaka Tanaka. ¡Yutaka! ¡Eh, señor de Sagami! Qué maravilla... Tu concentración, ilustre daimyo, es perfecta, y tu soberbio silencio me obliga a continuar sin interrupción. ¿Sigo? Sí. Claro que sí. Puede ser entonces que, sumido en los abismos del despecho, en un principio nuestro Shögun buscara auxilio de magos, sacerdotes y truchimanes para convertirse en un Hachiman terreno, alguien capaz de generar un ámbito o peto divino que succionara entera a la Corte del Norte, incluyendo a su Emperador. Pero damos por descontado que no lo consiguió: las proezas

sobrenaturales son potestad de los dioses y no de los hombres. A cambio de eso, con paciencia y con dinero, concibió su propósito burlesco. Eligió uno de los tantos pabellones desocupados del Ala Izquierda, originariamente destinado a cultivar la noción del vacío, y lo fue llenando con muñecos articulados que, gracias a toscos dispositivos interiores, alcanzan a dar unos pasos, mover los brazos, parpadear y girar las cabezas. Como sabrás, esos muñecos son comúnmente usados en el teatro bunraku. La extrema rigidez de su andar, lo limitado de sus movimientos y la expresión impasible de sus rostros representaban el grotesco envaramiento y la pompa ridícula de la Corte del Norte y de su Emperador. El más desastrado, el de movimientos más torpes y de menor autonomía, llevaba por nombre Kōmyō, y así sucesivamente. ¿Un poco de agua? ¿No? No. Yo sí. Tengo la boca seca. Ah... ¿No prefieres beber a ver beber? ¿No...? ¿Sigo? Sigo. Los muñecos karakuri como sustitución... No. Las cosas no son tan fáciles. Incluso no descarto la posibilidad de que Ashikaga Takauji llegara a establecer alguna relación entre ambas realidades, ya fuese trasladando mediante alguna magia maligna los automatismos de esos mecanismos a los habitantes de la Corte del Norte y volviéndolos lentamente muñecos sin alma (lo que en cierto sentido ya eran), o absorbiendo sus espíritus y asignándoles prisión perpetua dentro de aquellas piezas de resorte, paño y madera. Pero, si me lo preguntas, yo tengo serias dudas de que nuestro Shögun esté perdiendo el tiempo en magia negra y supercherías propias del pasado. En mi opinión, está harto de los desaires de Kōmyō y decidió darle un cierre al asunto. De seguro que, pese a mantener viejas rencillas, él y Go Daigo terminarán por juntarse y llegar a un acuerdo. Pronto, con su auxilio, la Corte del Sur avanzará sobre la del Norte, y luego de la reunificación nuestro Shögun resultará el hombre más poderoso del país. Y si esto no ocurriera...

—¿Qué me habías dicho hace... segundos... acerca de dama Ashikaga? —Yutaka Tanaka abrió los ojos y volvió a cerrarlos de inmediato. El sueño lo vencía pese a todo.

—Me rindo ante los recorridos de una mente superior —dijo Nakatomi—. Ya me había extraviado en las volutas de la alta política. ¿Y qué puede saber de eso alguien como yo? Ashikaga Takauji. Dama Ashikaga. Sí. Estábamos en el pabellón de las muñecas karakuri. Noches de goce ligero. Estimulado por su círculo íntimo, el Shögun bebe sake y hace caminar a las muñecas para que choquen y caigan. De pronto comienza a sentir algo como... una inquietud. Comprenderás que no pueda definir esa sensación. Solo estoy reconstruyendo los retazos de lo que escuché por ahí y agregué rumores atribuidos a fuentes confiables, a eso le sumo lo que imagino y de esa combinación extraigo algo semejante a lo que debe de haber sucedido. Entonces. Viendo noche tras noche, las karakuri, su comportamiento a la vez desolado y conmovedor —¿quién no ha sentido alguna vez que la vida es como el caminar de una muñeca ciega que choca contra otras en una habitación desierta?—, Ashikaga Takauji se abocó a considerar sus mecanismos. De algún modo, y aunque ya empezaba a hartarse, las karakuri funcionaban afectando su alma. Había ingresado en el reino inexplicable de los autómatas. Y una vez dados los primeros pasos dentro de ese dominio, no pudo abstenerse de lanzar a sus emisarios en búsqueda de esas maravillas. "¡Autómatas!", pedía.

—¿Autómatas? —repitió el joven daimyo, a quien el grito de Nakatomi había sobresaltado.

—¡Autómatas, claro! Que empezaron a llegar. Los primeros proveedores fueron los descendientes de los radhanitas, que desde hace siglos visitan el bárbaro Occidente y llenan barcos con eunucos, esclavas, muchachos, seda, pieles de marta, osos y castores, y luego los descargan en Farama y los vuelven a cargar a lomo de camello y en al-Kolzum los descargan y atraviesan el Mar Rojo y desembarcan hasta al-Jar, y luego se dirigen a Sind, India y China, donde colocan esa mercancía y regresan cargados de almizcle, aloe, alcanfor y canela... especias que yo les compro y luego vendo en mi comercio. Como la fuente de ingresos del

Shögun es inagotable, no se fijaba en los precios ni en la calidad o estado de la mercancía que adquiría. Pagaba fortunas por antigüedades egipcias tales como estatuas de bronce de Osiris y de Amón. También le llegó una costosísima reliquia de tiempos de la dinastía Qin, que consistía en una orquesta mecánica completa, integrada por veinticuatro muñecos que ejecutaban una composición que recomenzaba apenas concluía. Se entretuvo con esa repetición durante semanas y luego remitió el obsequio a un vasallo que detestaba, con la intención de enloquecerlo. Estos mismos radhanitas le consiguieron un artilugio utilizado por un tirano griego. Tenía forma de mujer, llevaba clavos en pecho y extremidades y abrazaba mortalmente a todo ciudadano que no pagara sus impuestos. Desde Arabia le trajeron un árbol de plata con sus respectivas hojas y pájaros cantores, a cuyo pie se instalaban leones y grifos mecánicos. De mañana las bestias pretendían dormir y a partir del mediodía giraban alrededor del árbol, tirando zarpazos mientras los pájaros piaban con su canto uniforme y aterrorizado. Este objeto satisfizo a Ashikaga durante meses, hasta que la rotura de una polea, tornillo o rotor detuvo su marcha. De más está decir que los autómatas de arribo más usual eran ingenios que atendían a las visitas, sostenían bandejas y hasta eran capaces de arreglárselas con los rudimentos del manejo de la cocina. En estos, la función primaba sobre el diseño y costaba encontrarles apariencia humana. Viéndolos, Ashikaga sentía a veces la nostalgia de estéticas más logradas e incluso fantaseaba con realizaciones capaces de producir movimientos regulares y armónicos y a la vez de saltarlos en obediencia a leyes internas de asimetría. Objetos así deberían ser al mismo tiempo sencillos y complejos, geométricos y bizarros, pluralidades aberrantes y excelsas que no se parecerían a lo conocido, y que, provistos de mecanismos mudables, se transformarían a sí mismos perpetuamente.

—¿Eh?

—Entiendo tu desconcierto, señor de Sagami. Ni siquiera era posible pensar qué clase de materiales serían necesarios para dar a luz tales invenciones. Nuestro Shögun estaba en el momento en que un coleccionista se topa con los límites de su colección y comienza a anhelar lo desconocido. Lo que no quiere decir que estuviera disconforme con lo que poseía. Simplemente, un ansia secreta lo impulsaba a desentenderse de las realidades representadas de manera limitada y meramente mecánica, y lo conducía hacia perspectivas más abstractas. Y lo abstracto, en virtud de la tensión que generaba en su mente, determinaba de alguna forma su demanda, porque él ya no se limitaba a recibir los envíos sino que exigía producciones de superior calidad y sus proveedores rastrillaban la tierra en procura de conformarlo. Así consiguieron que el tataranieto de Al-Jazari se desprendiera del reloj elefante que estaba arrumbado en los establos de la choza de su tatarabuelo... ¿Me escuchas, querido daimyo?

—¿Qué?

—¿Estás cansado tal vez? Quizá mi charla te harta al punto de que preferirías dejar pasar esta noche, incluso esperar unos días, antes de que te refiera cómo Ashikaga Takauji conoció a la que hoy es nuestra dama Ashikaga...

—Sigue, por favor, sigue...

—Yo sospecho que, bajo el anhelo de formas nuevas, en nuestro Shögun se escondía el deseo de una reiteración hipnótica y espectral, el movimiento de lo mismo que una y otra vez reproduce el funcionamiento del pensamiento cuando este se ha vuelto monótono. ¿Por qué? No sé. Lo cierto es que cada vez recibía piezas más elaboradas: pavos reales que abrían y cerraban su plumaje y comían porotos aduki y excretaban pasta con sabor metálico; intérpretes que no solo ejecutaban músicas predeterminadas sino que podían ejercitarse sobre el koto, arrancando sonidos que una vez se asemejaban a los de una mula pariendo y otra al rugido de la tormenta en el desierto; damiselas que alzaban sus extremidades para ofrecerse o empolvarse la nariz. Los artilugios ya desbordaban el pabellón de guardado y recorrían los jardines. Chocaban, saltaban, tropezaban, giraban en redondo, soltaban suspiros, exclamaciones, ruidos, perdían sus engranajes y se destripaban entre sí con una saña que hacían temblar a los cortesanos ante la sospecha de que en una noche sin Luna aquellas máquinas terminarían por atacarlos. Déjame tomar un poco de aire. Ahora sí.

"Ashikaga Takauji no dejó de advertir las molestias suscitadas por la parafernalia de objetos y tampoco desconocía los rumores que lo acusaban de haber descuidado las tareas de gobierno. Y había comenzado a pensar en la necesidad de limitar sus gastos justo cuando ese anhelo de lo nuevo, como un gran pájaro de plumaje azul, descendía en su alma. Solo que lo nuevo no era ni pájaro ni tenía plumas azules ni había cielo alguno que lo cobijara: era una formación pura de su esperanza, que de alguna manera luchaba por abrirse espacio en medio de todo aquel cachivacherío que ya no le producía sino fastidio y remordimiento. Incluso, en alguna que otra oportunidad, terminó pateando alguna cabeza parlante que había hecho nido en el jardín y le vaticinaba negros futuros cuando salía a dar un paseo. Pues bien. Una tarde, en medio de ese panorama desolador, el Shögun recibió un presente inesperado. Era la concreción del sueño de un fabricante de autómatas: convertir a la materia que es copia grosera de lo real en ideal del arte que se vuelve pura vida. Se trataba de una mesa de grandes dimensiones, hecha en pulida madera de kaya, sobre cuya tapa se había pintado un tablero de go. Pero lo extraordinario no era aquello (también estaba el tazón, con las piedras negras y piedras blancas), sino el maniquí o autómata que a partir de la cintura nacía de un agujero hecho en un extremo de la mesa, y que en su quietud sugería la palpitación íntima de la existencia. El Shögun nunca había visto nada de una perfección semejante. El maniquí figuraba a una mujer, y no a cualquiera. Debía de representar el modelo estilizado de una emperatriz de la antigüedad, tal vez una diosa. Su fabricante no había ahorrado en vestuario. Llevaba un traje karaginu mo, de entre veinte y cuarenta capas (lo que se deducía del volumen y esponjado de las telas superpuestas, y por su apariencia de peso), y cada una de estas capas tenía el aspecto delicadamente artificial del estilo "ala crujiente", sabia combinación de laca y almidón vegetal. El Ju-ni hitoe, lógicamente, se derramaba sobre la superficie de la mesa, pero a la vez estaba recogido en sus extremos, las telas acomodadas en pliegues y repliegues que sugerían los regadíos del faldeo de una montaña. La maniquí llevaba las cejas delineadas con acierto caligráfico, el maquillaje blanco se distribuía en sereno equilibrio, el pelo caía pesado y abierto en dos bandas, era aquel pájaro azul que se precipitaba a tierra resplandeciendo. Y miraba fijo a los ojos del Shögun y sonreía al tiempo que alzaba una mano, dejando ver sus exquisitos brazos delgados bajo la manga del kimono, mientras realizaba un giro de muñeca, mostrando la palma, invitándolo a iniciar la partida.

—¿La máquina? ¿A él?

—¿Despertaste por fin? Así parece, mi estimado huésped. Una máquina invitante. En sí mismo, ese movimiento ya era un prodigio superior: la mano no se movía en bloque sino que presentaba una apertura coordinada de cada dedo desplegándose sucesivamente, con la naturalidad de lo que se realiza sin esfuerzo, y la cobertura de esos pequeños y deliciosos mecanismos (que Ashikaga se prometió investigar, destripando la pieza apenas sufriera la menor rotura) no debía nada al brillo de la madera o de la porcelana, que reflejan la luz, sino que la absorbía como si estuviese hecho de piel humana. A su pesar, el Shogün se sintió invadido por la sensación incómoda de que la pieza lo miraba (efecto que los autómatas producen por simple fijeza inerte de sus bolitas de vidrio pintado). Aún más, tenía la molesta impresión de que estaba leyendo su mente mientras él dudaba acerca de si aceptar o no el desafío. Por supuesto, su vacilación provenía del desconcierto que le provocaba el obsequio, como si de algún modo la cosa aquella le estuviera transmitiendo un mensaje de su autor. Al respecto, no se llamaba a engaño. El hecho de que se tratara de un regalo inesperado y no de una adquisición, lo volvía un problema de Estado. ¿Cuál era el próposito del obsequiante desconocido? Él no conocía a nadie que lo apreciara tanto como para desprenderse de semejante maravilla sin esperar alguna clase de compensación. Pero ¿debía retribuirlo? ¿Deseaba hacerlo? ¿Y si se trataba de la ofrenda artera hecha por un enemigo para cautivarlo, enloquecerlo o asesinarlo mediante algún veneno, lanza, clavo o flecha oculta dentro del dispositivo? La famosa prenda envenenada... Quizás el arma estaba escondida tras de los ojos, o se dispararía cuando el maniquí abriera la boca, o en medio de una jugada...

"Por prudencia, mientras pensaba, Takauji se movía en líneas asimétricas, abruptas, dando vueltas alrededor de la mesa como un bailarín loco. Así, a la vez que evitaba ofrecerse como blanco fijo se permitía evaluar con mayor detalle la suntuosidad de esa joya y constataba su inmovilidad relativa, ya que la autómata no seguía su trayectoria girando sobre el eje sino que se limitaba a vigilarlo con la mirada. Eso permitía inferir que carecía de un mecanismo rotor o que no era una máquina incompleta, de las que se construyen de tronco hacia arriba, sino que su 'cuerpo' continuaba bajo la tapa de la mesa. Amigo o enemigo, el inventor era un maestro de la orfebrería, y sin duda la maniquí resultaba el mejor exponente de su género... Pero también —y Takauji no pudo menos que sospecharlo—, también debía de ser la prueba más dolorosa de sus limitaciones, ya que no existía ni existiría nunca autómata ni mesa automática capaz de realizar la cantidad de operaciones necesarias para desempeñarse en el go, o siquiera para simularlo. Era una pena, pero ese bello milagro derivaría en mamarracho cuando empezara a mover las piedras a tontas y a locas. No sería la primera vez que un autómata entraba en convulsiones o se destruía a sí mismo cuando debía realizar tareas que excedían sus posibilidades.

"Por un instante, el Shögun consideró el gesto de la autómata y pensó en extender él mismo su mano y estirar un dedo y moverlo a uno y otro lado, rechazando la invitación, incluso estuvo a punto de decir 'no quiero jugar, gracias', como si se apiadara de los riesgos que correría esa apariencia de mujer. ¿No habría en todo aquello una especie de extraña perversión? ¡Hablarle! 'Te iba a hablar, objeto inerte', exclamó riendo, y dio un paso en su dirección. Y luego, la duda: ¿Y si verdaderamente la autómata estaba preparada para jugarle una partida? ¡Pero no! Suponiendo que pudiera realizar las operaciones indispensables para tomar dos o tres piedras negras, ¿cómo las distribuiría sobre el tablero? Imposible calcular la cantidad de roldanas, cuernos, ruedas dentadas, sogas, tuercas, tornillos y manivelas necesarias para realizar quince movimientos maquinales de cualquier clase. Y ni hablar de los que harían falta para abordar una partida completa. Ni siquiera tenía sentido pensarlo. Pero entonces, ¿cómo se le había ocurrido a alguien fabricar un objeto tan fastuoso solo para destinarlo a fracasar de manera tan evidente? ¿Sería a la vez un genio y un idiota? Quizá la creación de algo verdaderamente novedoso exigía ciertas limitaciones intelectuales, la amputación de la perspectiva necesaria para contemplar las posibilidades reales de lo que uno sueña... No. No era eso. El autor no era un imbécil sino un ilusionista, un tramposo y un fraudulento. ¡¿Cómo no se había dado cuenta antes?! (Ashikaga se pegó un cachetazo en la frente). Aquello no era un autómata... sino un títere. 'Ah', pensó, 'es muy simple. Dentro de la mesa se oculta un jugador enano. Está en cuclillas. ¿Cómo hace para enfrentarme y seguir una partida que se plantea fuera de su campo de visión? No es tan difícil. En el interior de una caña de bambú se dispone a cuarenta y cinco grados una serie de espejos rebotantes. La caña es introducida por el recto de la falsa autómata y luego se le adicionan dos espejos principales. Uno, en la parte superior, se oculta tras de los *ojos* de la muñeca y permite atisbar el exterior. El espejo inferior está a la altura de los ojos del enano, que desde allí observa los movimientos del oponente y en consecuencia determina su propia jugada'.

"Entendido esto, el Shōgun se entregó a un acceso de buen humor. ¡Qué divertido! Desde luego, y esto entre nosotros, mi querido daimyo, la nueva hipótesis de Ashikaga Takauji eliminaba de cuajo la idea de que la máquina incluyera la totalidad de la figura humana. Abiertas las puertas delanteras y traseras del mueble y con su escaso espacio interior a la vista, habría sido difícil de imaginar donde podía estar metido el enano, salvo que fuera enanísimo, una elipsis de persona, casi un garbanzo. El Shögun contuvo el impulso de inspeccionar el interior del mueble y sacar al intruso de las orejas. ¿Para qué arruinar su entretenimiento? Al menos, vería qué clase de contrincante se atrevía a enfrentarlo...

—¿Ashikaga Takauji juega bien al go? —preguntó Yutaka Tamaka.

—¿Puede un general jugar mal a un juego de estrategia? Él es un jugador y un guerrero excelente y fue entrenado por los mejores maestros. El Shögun se frotaba mentalmente las manos de contento imaginando el instante en que el enano saldría gateando de su escondite, reconociendo la derrota... Así que avanzó, dispuesto a no demorarse más, y tendió su diestra para tomar la primera piedra. Pero, inverosímilmente, la títere (¿o había que reconsiderar la posibilidad de su condición de autómata?) alzó su mano en gesto de negativa. A Ashikaga Takauji le sorprendió la velocidad y justeza del movimiento. Evidentemente, aquella mesa-autómata o títere lograba lo imposible, el progreso en la perfección, porque si su propio movimiento fue impremeditado, incluso para él, en consecuencia, tampoco había podido anticiparlo su contrincante, así que la rápida respuesta de esta indicaba una sutileza excepcional, un extraordinario ajuste en los aparatos de comando. Ashikaga Takauji hizo entonces el gesto de retirar su mano, y la mano de la autómata (o títere) avanzó. Él adelantó la suya, como si quisiera impedir la captura ajena, y la mano ajena se detuvo. Segundos de expectativa. Los labios de la autómata se despegaron. Era tan portentosa la invención aquella que nuestro Shögun hasta creyó ver la demora en el despegarse de una minúscula porción de piel del labio superior, quizás adherida al inferior por exceso de pintura. Claro que aquellos no podían ser labios ni carne humana, sino confección hecha con un material misterioso. Como fuere, los labios se despegaron y la autómata dijo:

"—Empiezo yo.

"Al escuchar la femenina dulzura de esa voz, Ashikaga dedujo que no se trataba de *un* sino de *una* enana oculta en el interior de la mesa. ¡Increíble! En toda la historia de nuestro país el número de mujeres que se dedicaron seriamente al juego se cuenta con los dedos de mi mano. Y la mayoría corresponden a épocas antiguas, cuando la esposa de un samurái acompañaba a su marido al combate. Ashikaga Takauji recordaba un solo nombre, el de Tomoe Gonzen, que peleaba en el campo de batalla y en las jornadas de descanso practicaba posiciones de ataque disponiendo piedras sobre el tablero. Pero eso había pasado hacía tanto... ¿Cómo se explicaba entonces...? Quizá durante siglos sobrevivió en secreto una tradición de guerreras que fueron transmitiéndose la enseñanza de generación en generación. Y la última, para tristeza de su género, debía de ser la enana deforme encerrada en un cubículo de madera... El Shögun se dispuso a no ser cruel (presumía de tener un corazón compasivo) y se determinó a no derrochar las evidencias de su supremacía. Vencería a su adversaria, pero por muy poco, evitando la humillación ajena...

"—Sí. Tú empiezas —dijo—. Tienes las negras.

"Comienzo de partida. La adversaria colocó sobre el tablero su primera piedra. Durante los primeros movimientos el Shögun estuvo más atento a su mecánica que al juego en sí, por lo que tardó unos minutos en advertir que esta se disponía a realizar un desplazamiento envolvente. Era una audacia propia de aficionados. Todavía quedaban más de trescientas cuadrículas vacías. Técnicamente, equivalía a ir al combate solo con la infantería. Enana y torpe... ¿Cómo disimular el chasco? Ashikaga Takauji realizó adrede un par de movimientos groseros y previsibles, con el propósito de prolongar el cotejo y permitir que su competidora ocupara más líneas con sus piedras. Por supuesto, ya había decidido lanzarse hacia la esquina inferior izquierda con todas sus fuerzas, pero comprobó que la maniquí, a cambio de distribuir las piedras negras buscando mayor dominio posicional, trataba de encerrarlo y cortar su cadena blanca en las intersecciones adyacentes. Una verdadera insolencia que reclamaba completa destrucción. Olvidando su piadosa determinación anterior, se arrojó a la pelea, pero la adversaria logró neutralizar su ataque cerrándose. Takauji se detuvo a estudiar el escenario. 'Suerte de primeriza', se dijo al cabo, 'consigue cierta superioridad mediante el simple expediente de ubicar sus piedras juntas. Eso dificulta sus posibilidades de extenderse en el tablero, pero me impide realizar las salidas expansivas con las que calculé envolverla en las próximas jugadas'.

—Suena extraño que un jugador soberbio se vea complicado por una advenediza... —observó Yutaka Tanaka.

—Cierto. Pero ¿podía pensar seriamente en su estrategia? Buena parte de su mente estaba aplicada a considerar cómo se las arreglaba la autómata (o la enana) para producir un movimiento respiratorio regular, expeliendo finas corrientes de aire tibio y perfumado. ¡Así no se podía jugar! Ashikaga Takauji tenía las manos húmedas, las piedras resbalaban entre sus dedos y caían en cuadrículas equivocadas; eso lo forzaba a corregir el movimiento, resultando en una conducta del todo irregular, pues piedra que se coloca, piedra que ya no se mueve. Pero lo curioso era que ni así lograba ventajas significativas. Apenas creía haber obtenido una ganancia en una zona del tablero se daba cuenta de que era víctima de una artimaña de su oponente, que basaba su progreso posicional en la reducción de sus pérdidas en una zona para amplificar su poder en otra, en tanto que él, cuando perdía en una zona, efectivamente perdía. Era lo inconcebible realizado. Sus piedras iban agotando libertades en cascada. Casi no le quedaban puntos abiertos. De cuatro a tres, de tres a dos, a una... Ya solo eran dos, tres grupos de piedras entre espacios separados. Pero la mayoría eran piedras muertas que rodeaban las piedras enemigas. Decidido a resistir, se lanzó a la carrera de captura, pero su debacle fue mayor aún. ¿Cuántas horas habían pasado? No lo sé. Empezaron a jugar al atardecer y los servidores ya habían encendido las lámparas y se retiraron dejando al alcance de la mano del Shögun una bandeja con presas de caza suculentas y un nihonshu fuerte y perfumado. Pero él ni olió ni se sirvió ni probó pieza alguna, y ciertamente tampoco ofreció nada a su rival. A cambio de ocupar el centro del tablero y abrirse tentacularmente hacia los extremos (recurso en el que se tenía por especialista), estableció posiciones en las esquinas y alrededor de los bordes del tablero, fingiendo que ignoraba que ya era tarde para hacerlo. Esa línea carecía de efectividad a largo plazo y parecía buscar una angustiosa forma de "vivir" montando tardíamente territorios potenciales con formaciones joseki, cuando en realidad pretendía una situación en que las piedras propias y ajenas pudieran ser capturadas y recapturadas repitiendo en cada captura la posición anterior, hasta lograr la repetición infinita, escenario que está prohibido en el go, en la vida y en los cielos, pero no en los autómatas. Arteramente, Ashikaga Takauji quería resolver el asunto hartando a la enana (si la había) o dejando en movimiento perpetuo a la autómata hasta que colapsara. Pero aquello a lo que se enfrentaba no tuvo un instante de vacilación. Ya era una masacre. El Shögun quedó sin ánimo de colocar una piedra más y solo atinó a rascarse la cabeza. Fue entonces cuando su oponente dijo:

"—El desenlace es claro y me siento algo entumecida. ¿Puedo pasar al retrete?

"Y sin esperar respuesta la futura Shöguna apoyó las manos sobre la mesa y ágilmente sacó a la luz la mitad de su cuerpo escondida.

"Y así fue como se conocieron Ashikaga Takauji y...

—¿Dama Ashikaga es una autómata o fingió serlo? —dijo Yutaka Tanaka.

Por respuesta, Nakatomi lanzó una carcajada.

9

Apenas iniciado el segundo encuentro, y en razón de un confuso, recién experimentado sentimiento de lealtad, el joven daimyo se sintió en la obligación de comunicarle a dama Ashikaga que Nakatomi lo había puesto en conocimiento de las circunstancias en que se conocieron ella y el Shögun.

Yutaka Tanaka había previsto que esa infidencia le acarrearía algún disgusto y se dispuso a soportar mansamente alguna expresión de malhumor de la Shöguna, ya que nadie —mucho menos una mujer— agradece enterarse de que su intimidad ha sido expuesta por terceros. Sin embargo, dama Ashikaga no pareció sentirse molesta. Al contrario, sonrió con cierta malicia:

—¡Este Nakatomi es más malo que chancho tuerto! Qué difícil resulta atar una lengua chismosa y vulgar... Pero no me gustaría que te llevaras una impresión equívoca acerca del asunto. ¿Te dijo algo el gordo acerca de mi familia? ¿Imputó venalidad a mi conducta?

—No recuerdo que...

—La versión más difundida y falsa que circula acerca de mi persona reduce todo a cuestiones económicas. Creo que sería incorrecto que hoy abandonaras mi compañía sin conocer la verdad. Supongo que no tendrás apuro, así que... —En el marco de su elegante rigidez, dama Ashikaga pareció acomodarse para iniciar un relato de cierta extensión. Incluso, contempló pensativa su abanico. "Mala señal", pensó el señor de Sagami, pero contestó como correspondía:

—La señora puede disponer de mi persona y explayarse durante las horas que hagan falta para contarme lo que estime necesario.

—Ah, Yutaka, pero es que, para hacerlo con propiedad, tendría que hablar de mi familia y eso me obligaría a remontarme algunos años, unos cientos en realidad. Con todo gusto comenzaría en el período Heian, pero antes ocurrieron tantas cosas que verdaderamente...

A su pesar, el daimyo no pudo contener una mueca de inquietud. Si dama Ashikaga se iba a demorar revisando el pasado remoto, eso pospondría todo acercamiento a su tema: el nombre del responsable del asesinato de su padre y la humillación de su madre.

La Shöguna lanzó una risita:

—Adivino el parpadeo de tu mente considerando la posibilidad terrorífica de que me detenga a evocar los dichos y hechos de cada uno de mis antepasados y recorra la trama de sus existencias, demorándome en los detalles de sus matrimonios, concubinatos, ascensos y descensos en la escala nobiliaria, viajes, mudanzas, alianzas, decesos y eventuales resurrecciones. No temas. Trataré de ser, dentro de lo posible, breve.

—Mi señora puede extenderse todo lo...

Dama Ashikaga lo golpeó jocosamente en la frente con el abanico cerrado.

—¡Cállate! ¡Hipocresía es coquetería! —Nuevo golpe, casi una caricia—. Mi nombre de nacimiento es Shikuza y pertenezco a una familia cuyo origen se pierde en el principio de los tiempos. Somos del linaje de la diosa Amaterasu, cuyo bisnieto fue nuestro primer antepasado, el emperador Jinmu, que tuvo al fundador de nuestro linaje con Omoikizu, su esposa favorita pero no la principal, por lo que el fruto de su vientre no podía aspirar al trono. De todos modos, Omoikizu dio a luz un príncipe, Mishamoto no Okami, y gracias a él seguimos emparentados con el emperador Suizei y luego con Annei y con Itoku y Kôshô y

Kôan y Kôrei y, en definitiva, con todos los del primer período: Kôgen, Kaika, Sujin, Suinin, Seimu y Chüai. En su momento, el príncipe Mishamoto se casó, tuvo sus concubinas, la familia se expandió. Más allá de alguna que otra mezcla inconveniente, aún conservamos la sangre real y divina del primer emperador. Bien. ¿Sigues la línea de mi linaje?

—Perfectamente —se apresuró a decir Yutaka Tanaka.

—Es decir, ya estás perdido. No importa. El interregno imperial producido durante la regencia de Jingü Kogo nos agarró mal parados: erramos en la elección de bandos, en la concertación de matrimonios, hicimos inversiones ruinosas, tuvimos descendencias improbables... No voy a entrar en detalles, ya que nos separan mil quinientos años de aquel período. Las eras Ôjin, Nintoku, Kofun y Asuka tampoco favorecieron nuestro ascenso en la corte. Es verdad que la mayoría de mis antecesores no se destacó por su perspicacia: la ceguera política es un estilo como cualquier otro, y quien lo practica debe justificar su falta de astucia escudándose en la fidelidad a una causa o una persona destinada a la derrota. No es mi caso. Yo no nací para caer e inclinarme sino para alzarme hasta el cielo que nos dio origen. ¿Qué te pasa, Yutaka? No tiembles que no estoy pensando en hacerte participar en una intriga contra mi marido. Si quisiera utilizarte para tales fines ya lo habría hecho. Y tardarías tanto en darte cuenta que... En definitiva, soy la mujer del hombre más poderoso del país, Takauji ve a través de mis ojos y me da lo que necesito, y si en lo que me da hay algo que falta, no te preocupes que me lo consigo sola, gracias.

—Creo entender.

—Más te vale. No me escuches tan en serio, tampoco. Me gusta alardear y a veces amenazo solo para entretenerme. Tu presencia misma me entretiene. Sabes escuchar, sabes hablar, y cuando callas la veladura de tu mirada impide escrutar tu pensamiento y eso me agrada porque puedo suponer por unos instantes que existe algo o alguien capaz de escapar a mi dominio. Era una broma, mi joven daimyo. Estoy lejos de ser una manipuladora y me gusta imaginar que mi comportamiento está regido por las reglas más estrictas de la ética. Pero eso no se aplica a todos. Por ejemplo, tú. Que yo no piense en utilizarte en una conspiración no implica la recíproca. Quizás estés intrigando en mi contra y, aunque por intuición femenina yo lo sospeche, mi absurda inclinación por ti y por la mueca de inocencia que sabes componer me llevaría a exculparte, lo que me dejaría inerme. ¿Eres tramposo y traidor? No lo creo. De hecho, tiendo a confiar en quienes se acercan para pedirme un favor. Por eso me permito cierto grado de indefensión al referirte algunas cuestiones de familia. Y quien empieza por ese rumbo, sigue y empeora, así que, o me refreno o terminaré por contarte algún secreto... Pero ¿por dónde andará mi marido que no viene a silenciarme? ¡Este Takauji! En fin. Quien se preserva, gobierna. Así que en el punto en el que estamos, para mantener la integridad de mi rango debería entregarte a los leones... lo más conveniente sería hacer determinado gesto y entonces los tres guardias sordomudos que esperan ocultos tras ese mueble de doble fondo se precipitarían a despedazarte. Preveo tus gritos de furor hinchando el noble pecho, la triple eficacia silenciosa, tu derrota y agonía. Aunque debes de ser un guerrero formidable, ¿no?

—Me las arreglo...

—¿Crees que aun habiendo dejado tus armas fuera de este pabellón podrías reducir a mis guardias con la fuerza de esas tremendas manos tuyas? ¡Qué hombre tan temible! —Dama Ashikaga soltó una risita, hizo una mueca de fingido espanto—. Y ¿qué ocurriría luego? Yo quedaría librada a tu voluntad, una mujer frágil, más débil que un copo de nieve a punto de derretirse sobre una flor de cerezo.

—Señora... Si me lo permites, la comparación es inexacta. La nieve cae en invierno y los cerezos florecen...

—¡Yutaka! ¡Yutaka! ¡Solté una figura poética, no una precisión estacional! La atmósfera por encima de todo... Me extraña que, siendo tan inteligente como te supongo, te muestres rudimentario. Claro que eso tiene su atractivo, sobre todo en esta corte. Es un milagro encontrar a alguien con algo de carácter entre las piernas en medio de este desfile de alfeñiques. Quizá finalmente termine concediéndote lo que verdaderamente pretendes...

—¿El nombre del asesino...?

—¿Qué dije? Un rústico. Pero es comprensible. En el fondo, ¿qué se puede esperar de un hombre? Es esto o la nada misma. ¿Sigo? No. En realidad, debo pedirte disculpas. Aunque tu conducta obstinada aparezca como fastidiosa a ojos de un tercero, en sí misma es un modelo de devoción filial. ¿Qué otra cosa encuentra una en la vida además de padres y madres? Hay hijos, naturalmente, aunque arruinen nuestra silueta. Solo eso. Vivimos disueltos en la materia insoportable de los asuntos de familia. Y eso explica tu torpeza al mencionar todo el tiempo y a deshora la cuestión de la ofensa a tu clan. Deberías distraerte un poco. Pero no puedes. Y te entiendo. El deseo de venganza sostiene la mayor parte de tu ser aunque te anule para el descubrimiento de otros panoramas. Además, vuelvo a decirlo, eres hombre y poderoso en tu región, pero dentro del mapa total de las sesenta y tres provincias en que se divide nuestro país te achicas hasta alcanzar el tamaño de una hormiga. En cambio, yo soy el águila que debe contemplarlo todo. Por eso tú puedes darte el lujo de cultivar tu obsesión puntual y en cambio yo debo mantenerme en las alturas de lo improbable. Para no mencionar que ambas perspectivas se subordinan a nuestros respectivos géneros. Por alevosía, quietud y silencio, somos las esposas quienes cargamos los signos invisibles pero reales de las atribuciones de mando. ¿O por un segundo pudiste creer, como creyó mi marido, que yo era una autómata?

—Que él no advirtiera tu condición de mujer me extrañó menos que el hecho de que lo derrotaras en un juego de estrategia.

—Qué tonto eres —otro golpe de abanico, ahora sobre la tonsura del señor de Sagami, que sintió el roce de las hojas de metal abriendo un pequeño surco en la piel—. Mi representación estaba dirigida a confundirlo, llevándolo a preguntarse cómo era posible que una máquina se pareciera tanto a un humano sin serlo. Esa simulación debía inquietarlo y cautivarlo, impidiéndole emplear sus mejores recursos en la partida. De todos modos, aun sin el empleo de mi artificio, él no contaba con ninguna posibilidad de triunfo. Lo hice pedazos. Puré de Shögun. Créeme: no hay en todo el país un rival a mi altura. Ya abordaremos esa cuestión a su debido tiempo. Pero... Sangras, mi querido daimyo, y no me dijiste nada... Un hombre, ni más ni menos. Te las aguantaste mientras yo me envanecía irresponsablemente de mi maestría en el go...

—No sentí... ¿Dónde?

—¡No te toques! ¡Deja tranquilo tu cráneo exquisitamente cóncavo! Arruinarías la perfección de ese diseño azaroso. Es apenas una línea de color, una uña de dragón de un rojo delicado que contrasta con el pálido marmóreo. ¿Te dije rústico? Me arrepiento. O corrijo. Físicamente, eres un ejemplar masculino de la mejor categoría y solo puedo resistirme a tu seducción debido a la presencia de los guardias y a mi impulso de entregarte antes que nada los secretos de mi alma.

—La señora bromea conmigo. Eso no está bien —se lamentó el señor de Sagami, verdaderamente complacido.

—¿Ese insignificante hilito de sangre debilitó tu entendimiento al extremo de que comprendes el significado de mis palabras pero no su sentido? Cuando digo que me gusta un hombre, es porque ese hombre me gusta.

—Pero ¿y tu marido?

—Mi marido es mi marido y no tiene nada que ver en este asunto. De mi confesión no se desprende que vaya a ocurrir algo entre tú y yo. Debo mantener las formas. Soy estímulo e ideal de pasión, inspiración de poetas, y no veo por qué tendría que ceder a los vulgares retorcimientos de la carne. De hecho, me hallo en la obligación de instarte a cumplir las normas del protocolo que he fijado yo misma.

—Una verdadera exponente del período Heian... —suspiró el joven daimyo.

—Sí. La edad de oro del Japón, los tiempos del emperador Ichijô. Una de mis fantasías predilectas es la de ser la encarnación de mi tataratataratía, la dama Sarashina. ¿Leíste su libro de recuerdos? No. Claro que no. Animal. *Sueños y ensoñaciones de una dama de Heian.* ¡Ella sí vivió en una buena época! Hace cuatrocientos años los caballeros eran galantes, el frufrú de los kimonos de seda erizaba las pieles, las intrigas de palacio eran una delicia inocente, asistir a un claro de Luna en el monte era un espectáculo imborrable. Ese mundo idealizado y tan cercano fue el alimento que consumió mi familia luego de caer en la oscuridad y rozarse con la miseria. Y solo esa fantasía me permite soportar las inclemencias de este presente sin estilo y sin gracia. En aquel entonces expresábamos nuestras emociones de manera indirecta, insinuábamos nuestras predilecciones sentimentales a través de un perfume, un poema sincero, una caligrafía primorosa en la que se valoraban detalles como el tipo de papel, sus dobleces, la presentación y la gradación de la tinta. Por supuesto que todos esos signos podían ser considerados evidentes o secretos, según quien los recibiera o contemplara. Una forma casual podía estar llena de sentido para el destinatario exacto... ¡Las cosas que hice yo, dama Sarashina! Las mujeres de la corte elegíamos cuidadosamente los colores de los doce vestidos de seda superpuestos, dedicábamos horas a combinar aromas, a cuidar nuestras largas trenzas negras, a blanquear nuestros rostros y oscurecer nuestros dientes; en ese mundo, el amor y la seducción dependían de criterios estéticos y no de valores morales. En ese siglo, mi joven daimyo, tú reposarías sobre mi tatami y... Y me gustaría que consideraras la posibilidad de extraer un pañuelo de tu manga y secarte la frente. Hay una gotita de bermellón a punto de manchar el piso recién lustrado...

—Mis disculpas. ¿Así está bien?

—Sí. Me agrada ser tu espejo. ¿En qué estábamos?

—En el período Heian...

—Ah, sí. Nosotros, nuestro clan, la familia Okami, vivimos ese período de manera incidental, nos contentamos con sus migajas. Viniendo directamente de la cuna de los dioses, siendo sangre de la sangre del primer emperador, no hicimos otra cosa que decaer. ¿Te mencioné ya algo al respecto, no? Sí, claro. Durante años, generación tras generación, esperamos vanamente a la sombra de los árboles de nuestro castillo o al calor del fuego encendido en las vasijas de barro de nuestros pabellones a que una peste o una serie de oportunos asesinatos eliminara a todos los candidatos principales al trono hasta que el respeto por el orden sucesorio condujera hasta llegar a los príncipes de nuestra sangre. Pero esto no ocurrió. Los hijos de las esposas principales de los emperadores morían a raudales, pero nunca en cantidad suficiente para que nos tocara nuestro turno. Nos conformamos. Al menos manteníamos el derecho consuetudinario a sentarnos en el Gran Consejo del Imperio. Pero nuestra modestia, nuestro decoro, nuestro servilismo, no rindió frutos. Nadie pensaba en nosotros, nadie nos necesitaba. Fuimos descendiendo de rango con el paso de las generaciones. De hablar en nombre del emperador pasamos a ser nobles a su servicio. Era una degradación inaudita, pero al menos podíamos estimar con nuestras manos la corrección en la caída del kimono imperial, aún se nos autorizaba a corregir un pliegue. Y hasta ese pobre consuelo se disipó cuando caímos al cuarto o quinto rango. Seguíamos conservando el acceso al palacio interior, pero no establecíamos contacto con nuestro pariente directo y lejanísimo; solo se nos autorizaba a alzar la vista y contemplarlo a la distancia. Luego, directamente fuimos apartados. Oh, sí, claro. Seguíamos siendo nobles de baja categoría, parte de la tribu mendicante que compone el funcionariado y asume puestos de gobernadores y vicegobernadores de provincias, cada una de ellas más apartada de la capital. Nobles como la gata Myôbu, con título otorgado por el emperador Ichijô, nobles como fantasmas y navíos... Pero acortemos un par de siglos mi relato y vamos a lo importante, a mi niñez... ¡Oh! Veo que has manchado el pañuelo con tu sangre. Es mi culpa. Dámelo que te lo lavo.

—No podría aceptarlo...

—Si lo guardas en un bolsillo y te lo llevas, manchará tu kimono y despertará sospechas. "Dama Ashikaga recuperó mágicamente su virginidad y mágicamente volvió a ser desflorada. Ja, ja", dirán las damas de compañía tapándose los labios. O: "¿El visitante habrá herido a nuestra señora?". Dámelo y evitaremos rumores.

—Pero...

—Dámelo te digo. Lo lavaré con mis propias manos.

—Es un honor...

—...Inmerecido. Ya sé. Espero que no lo hayas usado para sonarte la nariz. Mocosito. ¡Mi infancia! Nada para contar. Luces de estío. Susurro de la fronda. Visitas a los templos. Recorrido por jardines geométricos saturados de senderos helicoidales y piedras cuadriculadas. Contemplaciones de las vestimentas femeninas, pensamientos entusiastas ("Seré la mejor de todas, una mujer única, a la altura de una diosa"), aprendizaje de las artes del susurro, la elegancia, la quietud y la espera. Ejecución del koto y el samisén. Caligrafía. Soy experta en trazos y en calidad de papel, en pasar el peine con la inclinación adecuada para que la fricción lance chispazos de ardor de plata sobre la espesura negra de mis cabellos. El arte del exilio: nos rodeábamos de signos de distinción a medida que nos íbamos alejando de Kyoto, que era nuestro centro del mundo. Mi padre ni siquiera profería el nombre actual de la ciudad, sino que estiraba los labios, su barbilla temblaba al murmurar los nombres antiguos: Miyako o Kyō no Miyako. Al pronunciarlos se sentía por un instante viviendo como antaño, perteneciendo a todo aquello. Pero nosotros íbamos de aquí para allá, nos trasladaban de prefectura a vicegobernación y sus sienes encanecían a cada disgusto. Estaba envejeciendo de dolor, pero mantenía la dignidad y conservaba mi amor y mi respeto. Estuvimos en Harima, en Mino, en Hida, en Kosuke, Shimotsuke,

Echigo, Noto, y finalmente nos enviaron a Dewa. Si tienes en mente el mapa del país, veras que cada destino nos apartaba más de su anhelo. Dewa es una provincia extensa y lejana y para llegar allí ni siquiera contábamos con palanquines, solo caballos que cada tanto rodaban por los precipicios de montaña arrastrando bienes y servidumbre. Los ascensos y descensos fatigaron a mi madre, que cursaba un embarazo difícil, el segundo. Pero el trayecto no ofrecía descansos y una noche sin Luna, en medio de una inundación de sus aguas rojas, murió dentro de una mísera choza de montaña pidiéndole perdón a mi padre por no haber podido acompañarlo hasta el fin en su destierro. Cuando exhaló su último aliento, con tal suavidad que hacía pensar que era una detención entre un suspiro y otro, mi padre soltó su mano y salió de la choza. Yo fui tras él, no quería quedarme a solas con el cadáver. El cielo oscuro se derramaba sobre nosotros, absorbía la negrura de su kimono y el ocre profundo del mío, pero a cambio de arrastrarnos hacia lo alto nos dejaba en tierra y lanzaba sobre nosotros el espectáculo insoportable de sus estrellas fugaces. Papá alzó la vista, pero tenía la mirada perdida y no pude saber si se había dado cuenta de que estaba a su lado. Murmuraba "Kyō no Miyako", "Kyō no Miyako", y yo sentí el temblor de su odio y lo tomé para mí y me prometí quebrar con mi voluntad la indiferencia del cosmos, lo doblegaría y convertiría su dimensión fría y desmedida en algo infinitamente pequeño, y cuando pudiera albergarlo, con su peso inmenso reducido a una bolita de almizcle pálido, me lo tragaría y lo dejaría alojado en mi nuez, soltando su relente amargo. Así que es ahora, querido amigo mío, mi queridísimo joven daimyo Tanaka Yutaka, señor de Sagami, cuando debes preguntarte si es posible que mi experiencia nos acerque en alguna forma, al menos lo suficiente para que yo comprenda tu sufrimiento y tu espera y tu deseo de venganza. ¿Y? ¿Qué piensas?

—Tu alma me expresa y me contiene y al mismo tiempo habla de algo que no conozco y me excede.

—¿Adviertes algo a la vez indefinible e ilimitado? Quizá sea mejor que no digas nada. Tienes el vicio de querer explicarlo todo. Y ese vicio proviene de otro peor, el de querer entender algo. ¿Me das tu pañuelo, por favor?

—Tómalo, mi señora.

—Te lo devolveré lavado y planchado y perfumado, y tal vez en alguno de sus pliegues se guarde alguna lágrima derramada en recuerdo de tu apostura.

—¿Es esta una despedida...?

—¡De ninguna manera! Nuestra charla recién comienza. ¿Té? ¿Gustas un matcha bien usucha y batido a la vieja usanza, con chasen? ¡Chicas! ¡Tengo la garganta seca! ¿Por dónde andábamos...? Ah. Dewa. Madre. Su muerte. Como la tradición indica, realizamos un banquete funerario en su honor. Nadie asistió a nuestro onishime. Salvo Yûgao, la segunda esposa de mi padre, y algunos sirvientes. Estábamos en lo alto del monte Haguro. Colocamos flores en vasos de bambú, ramas de sakaki, agua e incienso en sus recipientes. Cada anochecer, al frente de la choza, colgábamos una lámpara de papel para guiar el alma de mi madre hasta la tumba, y cada mañana arrojábamos piedras al techo de paja para indicarle que ya era hora de partir. Pero su espíritu parecía deleitarse con aquellos paisajes y en la noche las piedras rodaban desde el techo y caían con ruido de despeñadero, y a la madrugada, cuando las buscábamos, no había nada salvo pequeños granos de trigo. Mi padre comenzó a preocuparse porque lo esperaban en la capital provincial para que asumiera su cargo. Yûgao se mostraba muy afectada. A cada instante creía ver a mi madre en forma de humo o de hongo o de alce. Como supondrás, no podíamos abandonar el sitio sin concluir adecuadamente los rituales funerarios. Pero ¿era posible hacerlo sin contar con la aceptación de la difunta? En esa espera nos encontró la temporada invernal. Ah, aquí llega. Dejen el té y retírense.

—¿No quieres que tus damas de compañía...?

—No. Puedo servirlo yo misma. Ya sé que es un gran honor para ti. Cuidado que está caliente. No te quemes.

—Gracias.

—¿Recuerdas lo último que dije?

—Desde luego: mencionaste que la temporada invernal los encontró...

—Sí. Temblando. Yûgao me decía: "Tu madre se ha vuelto naturaleza". Si era tal, crecía y se alzaba cubriendo de nieve el pasto y las rocas. Cuando dimos por cumplido el ritual ya era tarde para continuar el viaje. Las heladas habían liquidado a nuestras bestias de carga y nos alimentábamos de sus restos, que cocíamos y salábamos y guardábamos. Aún recuerdo que dejamos al caballo de un mayordomo en la parte trasera de la choza. Había estado atado ahí por días, y era tan manso que olvidamos su existencia y solo nos la recordó el chasquido de los dientes de los lobos masticando su carne helada. Papá comprendía la desazón de nuestra comitiva y cada tanto enviaba a un par de servidores en busca de auxilio. Había que ver a los pobres hombres, a la vez demudados y resignados a su destino. Con maderas atadas a los pies se deslizaban grotescamente ladera abajo, y a la tercera o cuarta caída ya no se levantaban. Incluso, en lo peor de la helada, había que contenerse hasta lo imposible, porque quien salía de la choza con la intención de soltar aguas mayores o menores corría el riesgo de congelarse en posición innoble. Fue entonces cuando aprendí a permanecer quieta como un autómata que no funciona. Casi no respiraba. Ahorraba energías bajando mi temperatura corporal. Mi inmovilidad me mantenía viva. Además, en esa detención yo dialogaba con mamá. Aún no se había hecho de amigas en el sitio donde se hallaba y sentía nostalgias de mis besos, así que se me aparecía y hablábamos horas y horas. Supongo, mi querido Yutaka, que te gustaría enterarte de nuestros temas de conversación, pues los hombres imaginan que nos juntamos para hablar de ellos. Ignoro si eso es cierto o falso porque en mi posición carezco de iguales. No dialogo con el resto de las mujeres: les doy órdenes. Y en el caso de los hombres, cuando se juntan a hablar de mujeres, doy por hecho que es para hablar de mí. Por presencia y función represento el ideal de lo femenino y no la estúpida verdad de cualquier mujer de nuestra época. Con esto no quiero decir que el mundo masculino sea mejor. Al contrario, es aún más idiota... Pero, volviendo a mi madre: en el caso de lo que ella me decía y yo le respondía, el tiempo fue borrando sus palabras y por más que me esfuerzo no puedo recuperarlas. A veces, mientras duermo, veo que ella se acerca y me habla y me veo contestándole; no sé qué nos decimos, pero las imágenes son vívidas y plenas. Eso dura lo que dura, el momento eterno del dormir, y al despertar todo se disipa. No puedo quejarme. Tuve la dicha de contar con una madre lo bastante generosa para dejarme soñar despierta el sueño tibio de la vida y mostrarme la ensoñada vida verdadera cuando duermo. Porque mamá nunca fue egoísta. Aun cuando estaba recién muerta y me extrañaba, permitía que yo me tomara el tiempo necesario para acompañar a mi padre, que no encontraba alivio para su dolor, ya que Yûgao nunca fue una compañía entretenida y su frágil equilibrio se resquebrajó durante el encierro en la choza. Había perdido el recato y se mesaba los cabellos, hablaba sola y por lo general permanecía horas con la mirada fija en el fuego, frotándose las manos. Creía que así, junto a la llama y cubierta de mantas, escapaba a mi madre, cuyo fantasma batía los postigos y hacía ulular el viento. "¡Me dice que salga, me pide que me entregue a su abrazo!", gritaba. Y no había quien pudiera convencerla de que esas voces únicamente repicaban en su mente enferma. Hoy creo que mi madre no murió de agotamiento sino víctima de algún hechizo o veneno que le inoculó Yûgao, que rabiaba por no ser la favorita y que tras asesinarla debió de verse presa del remordimiento. Una mañana se arrojó a las llamas y sus doce kimonos ardieron, primero los ocho morados interiores, plegándose hacia arriba como techos de una pagoda que están siendo succionados por los poderes celestes. Luego los cuatro blancos. Yûgao despertó del pasmo cuando el fuego abrazó su cuerpo. Corrió hacia la nieve y mamá se abrió para recibirla y pareció encenderse durante unos instantes y perdonarla, y luego fue volviéndose agua a su alrededor, un pequeño charco negro que atrapó el cuerpo calcinado y no demoró en volver a congelarse.

Dama Ashikaga calló, apenas por unos segundos, como si estuviera pensando en la forma de continuar su relato. A cambio de eso dijo:

—Creo que va siendo hora de que interrumpamos nuestra conversación, justo cuando estaba poniéndose interesante. —Y tendió una mano—. ¿Vas a darme o no ese pañuelo para que lo lave?

10

Concluido el segundo encuentro, al señor de Sagami se le hizo evidente que el estilo sinuoso de dama Ashikaga condensaba y magnificaba la modalidad dilatoria de la corte. A cambio de aliviarlo de su incertidumbre, la Shöguna había agregado los enigmas que se desprendían de su propia persona, a los que sin duda se sumarían otros —si es que los encuentros continuaban—. Porque en verdad se habían despedido sin más promesa que la de lavarle el pañuelo. Quizá se trató de una mera cortesía de despedida, pero tampoco era igual que irse con las manos vacías. Y entretanto había que esperar una nueva invitación.

Atrapado por los tiempos de una decisión ajena, Yutaka Tanaka buscó distraerse y aliviar la espera: empezó a salir de noche, a probar el vino de arroz adulterado que vertían en tabernas infames. Iba al barrio de las geishas y a veces buscaba el roce de la seda, pero la experiencia le sabía a poco. Asediado por el recuerdo de una figura que solo podía vislumbrar en los corredores y espejos de la galería de los sueños, no tenía lo que buscaba. Durante el día paseaba por los sitios relevantes de Kyoto. Admiró los techos y las construcciones y las estatuas de los templos de Kamowakeikazuchi-jinja, Kamomioya-jinja y Kyo-o-gokoku-ji, encendió pebeteros con incienso de sándalo en Kiyomizu-dera, Enryuaku-ji y Daigo-ji, meditó piadosamente con el sonido de las campanas de bronce en Ujigami-jinja, Kôzan-ji y Saiho-ji, recorrió los jardines de piedra asimétricos de Tenryü-ji, Kinkauku-ji y Ginkaku-ji, se aburrió en las procesiones de Ryôan-ji, su ojo de guerrero estudió las virtudes y defectos de las murallas del castillo Nijö. A falta de algo mejor se aficionó a los combates de los sumotoris de la zona; lo atraían las técnicas de atrapamiento, los empujones alevosos y los desplazamientos de chancho rengo, y siguió las carreras de los luchadores. Incluso, para ejercitar sus músculos, cada tanto condescendía a quedar en taparrabos y enfrentar a algún aficionado. Eran roces inconsecuentes, ganar o perder no significaba nada. Se trataba de aquello o de cualquier otra cosa. Pero el impulso que lo arrojaba a esas nuevas pasiones en algún momento desaparecía y hasta olvidaba haberlas vivido. En un momento se preguntó si no debería dedicarse al ikebana. Cultivar la paciencia era un arte y la escuela ikenobo le pareció la más adecuada para despejar la mente. La cuidadosa selección del material —ya fueran flores, ramas secas o con hojas frescas— trazaba un camino de despojamiento que quizá terminaría en una reducción a la esencia, con una blanca bandeja laqueada ubicada en el centro de un blanco pabellón y conteniendo la nada en su interior. Llegado ese punto, ya no existiría propósito, ni revancha, ni realidad, ni personas, ni su yo ni un tú cualquiera. En un abismo de estremecimiento comprendió que estaba imaginando un extremo de lo femenino, tal como podía entenderlo un hombre. Pero esa posibilidad ni siquiera incluía el riesgo o la tentación de encarnarlo. Era la fantasía de entrar en la representación de una dama de rango superior y que pertenecía a otro hombre.

De esas humillaciones de la inactividad lo rescató la compañía de Nakatomi. En los últimos tiempos su anfitrión se le había adherido como un kawahori mojado se pega al cuerpo de un espadachín. Luego de algunas salidas inocentes el comerciante le propuso ir una noche al Akinawara. El daimyo no lo conocía.

—Es un fumadero construido sobre unos palotes hundidos sobre el Kamogawa. El río sufre crecidas durante el verano, los palotes se mueven y la construcción oscila y el movimiento te hace sentir como una flor de loto arrastrada por la corriente —explicó.

Finalmente, en uno de esos apagones de su alma, Yutaka Tanaka aceptó.

El Akinawara era la costosísima reproducción de un tugurio donde los habitués consumían el mejor cáñamo del país, libre de tierra, polvo y ramas, pura hoja y flores recién arrancadas. El contraste entre la estudiada precariedad del lugar y lo escogido de la mercadería suscitaba la admiración de los entendidos. Nakatomi había reservado la habitación más exclusiva, compuesta de persianas corredizas que ya no se deslizaban, biombos maltrechos, paneles enchastrados y ajadas reproducciones de estampas antiguas (dioses litigando, fornicando o creando mundos; damas de la corte higienizándose; perros-demonios; pulpos succionadores...), todo estratégicamente rasgado y lo bastante roñoso para sorprender con el contraste de una terraza de madera que ofrecía una vista incomparable del río y el cielo. Cuando los visitantes entraron, ya ardía el cáñamo, dispuesto en montón prolijo sobre una vasija del período Jômon medio. Olía a sotobosque, como si la materia fuese una combinación de helechos, musgo y hongos.

—El cáñamo merece todos los elogios... —empezó Nakatomi—. Lo cultiva un amigo que...

"Este gordo fofo no va a parar de hablar", suspiró mentalmente el daimyo, y para sustraerse a la charla (climas, precios, importación y exportación) buscó concentrarse en la aspiración del producto. Ahuecó las manos y las llevó a la altura de su pecho, poniendo una palma sobre la otra en forma de cuenco, y luego las movió hacia el centro de la vasija y atrajo para sí el humo. Distante de su punto de ignición, la vaharada ya no conservaba el calor pero sí la delicada intensidad de su perfume; tenía también algo de sándalo (seguramente una pizca mínima, evocativa) y un resto de nuez. Un cultivador menos sofisticado habría prescindido de ese fruto, que solo incidía alusivamente en los efectos. Porque si había algo determinante en el consumo del cáñamo era su relación simpática con las circunvoluciones del cerebro, que nada representaban mejor que las volutas de la nuez pelada. Yutaka Tanaka apreció ese indicio. Su respiración no se había modificado aún, pero sus manos habían encontrado un ritmo propicio para traer el humo, respirarlo, y luego, volviendo hacia la vasija, exhalarlo y prepararse para una nueva aspiración.

—Admiro tu técnica —dijo Nakatomi, que apenas había aguantado unos minutos de rodillas y ahora estaba derramado (él creía que reclinado) sobre el tatami—. Tus manos producen la ilusión de un encantamiento. ¡Con qué rapidez alcanzaste la serenidad! Este humo es poderoso. Yo mismo ya siento su influjo. Me gustaría dormir y olvidarme de todo, aunque no recuerdo de qué parte de todo estoy hablando. ¡Me siento tan infeliz! —sollozó de pronto.

—Bueno, hombre, bueno...

—¿Qué? ¿No te gusta derramar una que otra lágrima de tanto en tanto?

—¿Llorar? ¡Soy el señor de Sagami!

—¡Ah, pero yo no, por suerte! Llorar me aligera, me vacía. Si pudiera llorar un día entero terminaría bajando de peso. Y si llorara todo lo que necesito el mundo terminaría inundándose con mis lágrimas. ¡Tengo tantos problemas!

Yutaka Tanaka contempló de reojo a su compañero. Desde el momento mismo de conocerlo se había vuelto una pesadilla, un sumidero de propensiones indignas y de intenciones de baja estofa. ¡Pero que además pretendiera derramar encima de él la grasienta sustancia de su alma! Por un segundo, el joven daimyo pensó en extraer su puñal y degollarlo, tironear luego de sus bofes hasta el borde de la terraza y empujarlo al agua, que lo llevaría hasta la desembocadura del río y luego al mar abierto, donde se indigestarían los caimanes. A cambio de eso, y dando por hecho que la velada se le había arruinado, realizó otro movimiento de inspiración y dijo:

—La queja es inútil.

—Por el contrario —respondió Nakatomi—. Es la consecuencia deleitosa de la autocompasión. Soy un comerciante próspero y respetado, mis hijos me aman y esperan piadosamente el momento de heredarme y mis dos esposas y mis tres concubinas, apenas me retiro de encima de ellas, se apresuran a decirme lo mucho que han gozado de mi abrazo. Así que me quejo de lleno que estoy. La queja del dichoso, amigo mío, es la ofrenda a un estado de cosas perfecto. ¿Te digo algo? Para mí que el humo ya me hizo efecto: me siento más laxo e inteligente. ¡Qué razón tiene Confucio cuando dice que el hombre de bien actúa sobre sí mismo sin tregua! Si no me equivoco en la cita, el maestro dice que ese hacer sigue el ejemplo de la marcha del cielo.

—No puedo imaginarme una frase que tenga por puntos de comparación tu escandalosa gordura y la levedad de lo celeste —rio Yutaka Tanaka, imprevistamente. El incienso los había afectado a ambos, disipando la pesadez de la atmósfera. Nakatomi también rio.

—Sí. Viéndome con estos flotadores, se hace difícil creer que yo también me disolveré en el vacío supremo.

Nuevas risas. De pronto eran amigos. No de abrazarse, pero sí de mantener una conversación amable. Y con los amigos uno podía compartir sus asuntos.

—¿Conoces el motivo de mi presencia en Kyoto? —soltó el señor de Sagami con su tono de voz más suave.

Nakatomi pareció despejarse lo suficiente.

—Algo me chismorrearon tus asistentes y mayordomos y el resto de los integrantes de tu comitiva, pero con tanta reticencia y medias palabras... Sea cual sea el problema que te inquieta, ese motivo real se ha vuelto aparente, porque lo desplazó la espera del encuentro con nuestro Shögun.

—Lo que has dicho es una insolencia.

—¡Échale la culpa al humo, te lo ruego! Y continuemos. En tus dos visitas a palacio, el Shögun fue sustituido por la Shöguna. Eso añade complejidad al asunto. ¿Quieres respuesta de uno o presencia de la otra? ¿Prefieres ausencia de uno para continuidad de presencia de la otra? ¿Buscas la solución a tu problema o el pretexto que te permitiría ingresar en una cadena de nuevos encuentros con dama Ashikaga? Me temo, mi joven amigo, que estás atado a una situación que promete continuarse por tiempo indefinido. De hecho, podría ser que terminaras por no ver nunca al Shögun, o no verlo del todo.

—¿Cómo es eso? ¿Terminar...? ¿Ya empecé a verlo y no me di cuenta...? ¿Estaba oculto tras de un biombo? ¿Me escuchaba...?

—¡Pero qué lengua la mía! ¡No estoy diciendo que el Shögun juegue a las escondidas ni que sea un ser en proceso de formación! No estoy refiriéndome a ninguna "Shögunidad" que en nuestros sueños se despliega lenta como la cola de un dragón y que no acabó de mostrarse cuando nos despertamos, sino a un rumor que corre por todo Kyoto. ¿No te pica la curiosidad enterarte del detalle?

—Si no hay más remedio...

—Tu respuesta, una convención de fingida indiferencia, indica que ya aprendiste los rudimentos del estilo cortesano. Pues bien. Sé que ardes en deseos de saber, así que te cuento... —Nakatomi se enderezó, suspiró, susurró al oído de su invitado—: Dicen que la Shöguna ha dado un corte a la situación (no sé si me explico con esto o hace falta que me pase el dorso de la mano por el cuello) suprimiendo discretamente a Ashikaga Takauji y que se las arregla perfectamente para gobernar sustituyendo al muerto con sus dobles. Y dicen también que para evitar que a cualquiera de estos se le ocurra ocupar el puesto aprovechándose de su parecido con el original, al momento de eliminar al Shögun mandó cortarles las lenguas y los miembros viriles, reduciéndolos a la condición de muñecos de exhibición para ocasiones ceremoniales. El plan se completaría con la completa supresión de estos vestigios de la existencia anterior del Shögun y su progresivo reemplazo por dobles de la propia dama Ashikaga. No uno o dos, sino una verdadera multitud, que se esparcirían a lo largo y a lo ancho del país, y que por supuesto harían lo que la señora quisiese que hicieran.

—¿La crees capaz de organizar algo así? ¿Crees que ella va por todo?

—¿Hay límites para una mujer? ¿Cuándo los hubo? En cualquier caso, si existió una conspiración y resultó exitosa, se trataría de un hecho que sin duda te beneficiaría.

—¿A mí?

—¡Por supuesto! Dama Ashikaga ya te ha demostrado su favor al recibirte. En cambio la demora de Ashikaga Takauji no anuncia nada bueno. En mi opinión, dentro de un marco general de diferimiento, si la Shōguna ha tomado el lugar del Shōgun, a la larga terminará dándote una respuesta que justifique tu espera.

—¿Una respuesta que me satisfaga? —Se ilusionó Yutaka Tanaka—. ¿Y cuál sería esa...?

—¿Y yo qué sé lo que esperas tú? —Nakatomi lanzó una carcajada. El daimyo lo miró furioso. ¡Qué falta de respeto! ¡Ahora sí merecía la muerte! ¡Sacar la katana...! De un golpe limpio... descabezarlo... El lechón ni se daría cuenta... De pronto, él también lanzó una risotada. ¡Ahora veía claramente! Todo era tan fútil... Lo absurdo... Su viaje... Su esperanza... Su espera... Sus padres, sí, claro... Pero también... También había ido a Kyoto para aprender... O más bien a reconocer... Algo que ya sabía...

—El camino no puede ser oído —en un impulso empezó a recitar a Zhuangzi—, lo que se oye no es él. El camino no puede ser visto, lo que se ve no es él. El camino no puede ser enunciado, lo que se enuncia... Lo que se enuncia...

—Lo que se enuncia es humo en tu mente —rio Nakatomi. Después, poniéndose serio, siguió—: Lo que se enuncia no es el camino. El camino no puede ser enunciado ni engendrado. Quien engendra las formas es sin forma. El camino no debe ser nombrado. ¡Qué pesadilla! ¡Qué manera de complicar las cosas este chino taimado! Por su culpa...

Pero Yutaka Tanaka ya no escuchaba. Su mente recitaba: "Quien responde a quien pregunta por el camino no conoce el camino, y el solo hecho de preguntar por el camino demuestra que ni siquiera se ha oído hablar del camino". Entretanto, no podía menos que pensar que, al omitir la respuesta a sus preguntas, dama Ashikaga se mostraba en posesión de un saber superior al suyo. "La verdad es que el camino no tolera ni preguntas, ni respuestas a las preguntas. Preguntar por el camino que no entraña respuesta es considerarlo como una cosa finita". ¡Y la verdad era que sí, él esperaba una respuesta concreta a una pregunta concreta y finita! ¿Estaba mal eso? Determinar quién era el culpable de la muerte de su padre y la humillación de su madre, ¿obstaculizaba la continuidad de algún camino en particular...? "Responder sobre el camino que no contiene respuesta es considerado como algo que carece de interioridad. Quienquiera que responda sobre lo que no tiene interioridad a quien pregunta por lo que es finito es alguien que no percibe ni el universo exterior ni su origen interior. No cruza el monte Kunlun; no va hasta el vacío supremo".

Todo esto era cierto, pero ¿le hablaba o no le hablaba íntimamente de sus motivos y de su ser? ¿Lo ilustraba acerca de las intenciones de dama Ashikaga? ¿Lo iluminaba?

11

Abismado en su soliloquio, Yutaka Tanaka no se percató del ingreso de las bailarinas. Eran tres, vestidas con túnicas de seda blanca, y se movían de espaldas al paisaje del río. Primero abanicos que se abren y se cierran, luego agitación de las espadas. El resplandor de la Luna en ascenso hacía brillar el aceite de camelias que embadurnaba sus cabellos, pero sus rostros se mantenían hermanados por la sombra.

—¿No es hermoso ver a mujeres que saben hacer lo mismo, al mismo tiempo, con el mismo ritmo y la misma intensidad? —dijo Nakatomi—. Las shirabyôshi me traen pensamientos agradables. Además, a mi edad, soy partidario de dejar todo en manos del talento femenino y entregarme a la ley del menor esfuerzo. —Y dirigiéndose a ellas—: ¡Espero que hayan traído sus largos y gruesos dirudos, señoritas, para ayudarme a brindarles una satisfacción completa!

Aunque no era un niño de pecho en asuntos de tatami —un daimyo tiene asegurado desde temprano el favor de las mujeres—, a Yutaka Tanaka le desagradó el comentario. Tal vez los habitantes de Kyoto estuvieran acostumbrados a tratar ligeramente esas cuestiones, pero en su provincia se tendía un velo sobre los nombres y los hechos de la intimidad y solo se aludía a estos mediante diminutivos. Sinceramente, no podía explicarse cómo fue que durante un par de horas pudo tomar por amigo a aquella bestia. ¡A qué extremos conducía el incienso de cáñamo!

¡Su propia dignidad se veía afectada por andar en compañía de semejante zafio!

Como era tarde para abandonar el lugar (la función ya había empezado y faltaba mucho para que culminara), Yutaka Tanaka decidió retirarse a un rincón de la terraza, aparentando interés en los desplazamientos de la shirabyôshi que estaba más cerca.

Al rato, un codo se le incrustó en el costado:

—Dime si esas vocecitas no agregan un estímulo más a las ganas de voltearlas, ¿eh?

¿"Dime"? ¿Ahora el monstruo se atrevía a tutearlo?

—¿Una? ¿Dos? ¿Quieres las tres para ti? Ja. ¿Y qué me dejas? ¡Chicas, chicas! ¡Apuren el trámite! Mira ese giro, esos culos. Monumentos de piedra...

El señor de Sagami se corrió aún más hacia el lado de la sombra protectora, mientras que Nakatomi batía palmas y estiraba los dedos tratando de atrapar a las bailarinas por el borde de las prendas. Lo único que faltaba era que empezara a arrojarles monedas de cobre. El daimyo agradeció a los dioses cuando terminó el tormento. Por fortuna, alguien se había ocupado de preparar un servicio decoroso —sobre un hakozen de madera esmaltada, un delicioso ichijū-sansai— y Yutaka Tanaka pudo invitar a una de las bailarinas a compartirlo mientras Nakatomi se retiraba al interior de la habitación con las otras dos, bajo pretexto de mantener un intercambio de opiniones.

La shirabyôshi mostró una educación esmerada, porque ni sus cejas verdaderas ni las pintadas en la frente se movieron siquiera una fracción de chô cuando comenzaron a sonar las risitas de sus compañeras de danza y los carcajeos de Nakatomi, para no hablar de los ruidos sordos de su carne floja chicoteando contra la de las mujeres. Ajena a todo aquello, manejaba los palillos con la despreocupación de una experta y no había grano de arroz que se perdiera a mitad del recorrido entre el bol y sus labios. Y entretanto comía, sus movimientos adoptaban la dignidad propia del ceremonial. Era, sin duda, una bailarina de categoría, a la que únicamente una sucesión de hechos infortunados debía de haber conducido al Akinawara. Sus gestos lentos y estilizados expresaban un soberbio autocontrol, hasta el punto de que parecían regulados por un maestro interno que a cada segundo dictaba la posición correcta. Desde luego —se dijo Yutaka Tanaka—, ese maestro no existía, en realidad era una comparación momentánea con algo, con una enseñanza o un relato que él había escuchado hacía un tiempo... O quizá no tanto. Era... ¿cómo no darse cuenta de inmediato? ¡El humo, el humo distractor! La contención distinguida de la shirabyôshi ilustraba el relato de Nakatomi acerca del modo elegido por dama Ashikaga para presentarse ante el Shögun. Ese relato resumía y condensaba la experiencia de siglos, que insensiblemente había conducido a las mujeres japonesas a acercarse al ideal de las autómatas. Y era claro que él mismo no habría arribado nunca a esta conclusión si la Shögunа no hubiese encarnado esa idealidad conservando la ventaja de ser, además, un modelo vivo. Para toda mujer, entonces, el desafío era llegar al estadio de copia indistinguible de una máquina para luego trasmutar ese arquetipo en la perfección verdadera. "Estoy pensando tonteras", se dijo en este punto. "Permanezco en silencio y aburro a mi agasajada".

—Disculpa mi momentáneo ensimismamiento —dijo—. Soy Tanaka Yutaka, señor de Sagami. ¿Puedo conocer tu nombre?

Una inclinación.

—El señor puede llamarme Misaki.

—Ah. Flor hermosa. Además del movimiento de tus pétalos, escuché tu voz, incomparable en el canto, ascendiendo limpiamente. Espero que no tomes a mal el elogio.

Dicho esto, el joven daimyo enrojeció, consciente de haber dicho demasiado. En muestra de delicadeza, Misaki inclinó la cabeza.

Permanecieron callados durante un rato, mutuamente inhibidos. Para romper el copo de nieve del silencio, él señaló los paisajes nocturnos y comentó:

—Dicen que, durante el día, la vista de los montes cercanos no tiene par. Se los ve azules, bordeados de nubes, con las cumbres coronadas de un blanco purísimo, sin rastros de gris.

—Oh —dijo Misaki—. No he visto hasta el momento un blanco tan blanco en un objeto inmóvil de la naturaleza. Claro que la Luna es distinta. No hay blancura como esa en un cielo despejado.

Yutaka sintió un ramalazo de inspiración, y algo habló por él:

El racimo cuelga, el líquido se derrama
Radiante, mi cara a la luz acaba
¿Es la misma que alguna vez rozó tu cabellera?

—Es mi primer haiku. Ni siquiera estoy seguro de que métricamente pueda denominárselo un poema... —dijo—. Disculparás su torpeza, lo impreciso, incluso la apariencia soez de su sistema alusivo.

—Entiendo que se refiere al resplandor lunar y a la lluvia de otoño, tanto como a la semilla masculina derramada en vano —sonrió Misaki—. Me alegra haberte acompañado en la pérdida de tu virginidad poética.

Ambos rieron. En ese acercamiento producían una especie de campana acústica que a la vez los protegía y separaba de los rumores acompasados y los envolvía con la magia del entorno. La Luna ahora resplandecía sobre las aguas, tramaba hilos de plata en cada cintilación y los disolvía como si fueran mantos de estrellas efímeras, que por otra parte titilaban contra un fondo demasiado brillante y demasiado claro y demasiado negro.

—En mis tierras solemos apreciar más los amaneceres que los anocheceres. Nos gusta ver cómo el cielo, recortado por las crestas de las montañas, empieza a iluminarse débilmente, pincelada a pincelada, mientras la niebla, colgada de las copas de los árboles, cubre todo con un manto de gasa —dijo Yutaka Tanaka—. Pero debo reconocer que el encanto de esta noche no cede en nada a lo que llevo visto.

—Oh, sí. Pero también hay Lunas del alba que son especialmente luminosas en el recuerdo —dijo Misaki—. Y no estoy de acuerdo en que una Luna sangrante de eclipse resulte un aviso de litigios. Preferiría noches sin Luna y días sin sol si eso asegurara una paz perpetua en nuestro país.

Al daimyo le resultó extraño escuchar esa clase de comentario en medio de tanto paisajismo. Como si la shirabyôshi, repentinamente, mostrara una nueva faz. De todos modos, recién la conocía, así que no podía juzgarla ni anticipar sus intenciones.

—¿Qué me dices del otoño? —dijo, tentando otra cuerda—. ¿Y de una noche brumosa en primavera? Se puede percibir la placidez del cielo y esa vaga distensión de la Luna que parece flotar y extenderse en la neblina. Quien mira fijo su esplendor por más tiempo del debido, enloquece, salvo que cuente con la protección de los dioses.

—Yo podría mirar esta Luna hasta perderme —dijo Misaki.

—Ah, claro, yo también, por supuesto... —Yutaka Tanaka advirtió lo débil de su respuesta. ¿Qué más decir? Faltaba mencionar el sonido del viento, el canto de los insectos, los acordes animados del koto, el sonido transparente de la flauta, los tonos trémulos y vibrantes del hichiriki, volver a temar con la alta amiga pálida derramando su luz helada sobre el río y la ribera... ¿Y luego qué? ¿Debería imitar tal vez al gordo asqueroso y lanzarse sobre esa mujer? De pronto, mientras vacilaba, sintió que algo volaba o se agitaba en su dirección, era una delicada mancha pálida, de un perfume envolvente, extraordinario: el pañuelo que sacudía las manos de la shirabyôshi.

—Sígueme —dijo Misaki.

Él la siguió, perdida su voluntad.

Salieron del fumadero y durante un rato orillaron la ribera del río. El perfume lo había cautivado, no en el convencional sentido de una fascinación instantánea sino ingresando en él como si contuviera pinzas inmateriales que lo arrastraban por aquellos rumbos, deformando además su percepción visual, de manera que las líneas rectas de los bambúes se estiraban y retorcían y los colores se intensificaban, aumentando su vivacidad hasta el punto de que en medio de esa noche cerrada se creía atravesando la maraña chillona de un carnaval chino. "Estoy borracho sin haber bebido, drogado sin haber respirado más que un poco de humo", se dijo. Las ropas de Misaki flameaban a pocos metros de distancia, ella corría y en su mareo él no podía hablar, gritarle o detenerse. ¿Iría hacia una celada, una encerrona? Quizá la bailarina era parte de un encantamiento complejo, un fantasma maligno vuelto mujer, que luego de procurarle la muerte se transformaría en zorra blanca. Pero ¿quién querría su fin? Era absurdo. O no. El odio no siempre tiene explicación, las ambiciones sí. Podía ser un rival que deseara sus territorios. O su enemigo oculto. ¿Estaría esperándolo? ¿Lucharían? Tal vez se verían las caras, cualquiera que fuese el resultado del combate. O no.

—Misaki... —dijo.

—No te detengas...

—Misaki...

—Guerrero flojo... —y una risa espectral.

Así corrieron, ágiles como demonios, entre el brillo y la sombra, hasta llegar a un claro. Allí, Misaki giró y lo enfrentó y de nuevo pasó por delante de su nariz aquel pañuelo perfumado. Era papel de seda. Una carta.

—Mi ama te la envía. Podrás leerla a gusto en cuanto vuelvas a la mansión del gordo cochino que se precia de ser tu amigo. Entretanto, me ordenó que te hiciera dos preguntas. La primera dice: "¿Cuánto te veré de nuevo?".

—¿Dama Ashikaga me lo pregunta a mí?

—¿Cómo es que los hombres entienden tan poco de mujeres? Sí. Esa es la primera pregunta. Y la segunda es: "¿Soy linda?".

Y dicho esto, la shirabyôshi desapareció de su vista.

12

Apenas Misaki se perdió en la penumbra (y era imposible seguirla; parecía volar), Yutaka sintió que de su mente desaparecían las volutas del humo, dejando lugar a un relente de malhumor que no paraba de aumentar. El cañaveral se adensaba y debió extraer su katana para abrir un sendero en la espesura. Alzaba el arma, hachaba, maldecía, alzaba el arma, hachaba, maldecía. ¿Quién le mandaba salir de parranda? Ahora su mente no se detenía (el ejercicio físico aumentaba la circulación de sangre en su cerebro) y él ya no podía dejar de cortar y pensar. Cortar y pensar. Un golpe, una idea. Por supuesto que no había que tomar en serio las fabulaciones de Nakatomi acerca de que la Shöguna hubiera asesinado a su marido... Cada paso que daba, metía más los pies en el barro. Las dos preguntas de dama Ashikaga... Claro que era hermosísima y que no pensaba en otra cosa sino en volver a verla... Pero, si Ashikaga Takauji llegaba a enterarse... Por mucho menos él podía perder la cabeza. ¡Y eso sería tremendamente injusto, porque con relación a dama Ashikaga se había mostrado imperturbable, leal al Shögun, fidelísimo, cuando este ni siquiera se había tomado la molestia de recibirlo! Claro que ella era una mujer sin igual... Pero, si lo que buscaba era una aventura, ¿por qué no divertirse con la cantidad de cortesanos de costosas vestimentas que anadeaban por los pabellones de palacio? ¿Qué le había visto a él? Cada una de las pruebas de su deferencia lo perjudicaban en lo relativo a los asuntos que lo habían conducido a Kyoto... Estaba chapoteando en el cieno, material y sentimentalmente hablando. ¿Y si Ashikaga Takauji y señora se estaban divirtiendo a su costa, uno con su ausencia, la otra con sus estratagemas de seducción? ¿Y si por las noches reían y conversaban acerca de nuevas formas de enloquecerlo? ¿Y si además habían decidido favorecer a su enemigo? Tres arañas siempre pueden contra una mosca. Y si la mosca se muestra dispuesta de combatir, peor para ella: más se enredará en la tela. En medio de aquella maraña vegetal, Yutaka Tanaka veía al Shögun y a la Shöguna y a su enemigo innominado y sin rostro extendiendo sus patas peludas... listos para lanzar su ponzoña... Pero sobre todo veía a dama Ashikaga... Y ahí ya no sabía qué pensar. Porque todas esas fantasmagorías del humo servían para no hacerse la pregunta más elemental de todas: ¿qué significaba esa mujer para él? Y si la respuesta a ese interrogante implicaba la dimensión del riesgo y de la entrega, debía añadirse otra pregunta: ¿qué estaba dispuesto a hacer por ella?

Naturalmente, esas cuestiones no eran algo para resolver esa misma noche y en su estado. Debía salir de aquel laberinto, despejarse y dormir. Pero, mientras seguía abatiendo la trama vertical del cañaveral, luchando contra la fiebre que amagaba con brotar, el señor de Sagami tenía que reconocer que su conducta no había sido todo lo impecable que debía esperarse de un samurái, un noble daimyo y un fiel vasallo de su Shögun. ¿A qué engañarse? Desde su primer encuentro con dama Ashikaga había vivido en un estado de expectativa y ensueño, entregado a la deriva de su pasión por una mujer fuera de su alcance. La Shöguna podía ser caprichosa, frívola y cruel, o quizá lo contrario. Pero era sobre todo un peligro, y el logro supremo de un peligro es conseguir que tendamos la mano en su dirección y desafiemos lo imposible; en lo imposible no hay punto ni resultado final; lo imposible solo se realiza en el infinito. Y hacia allí lo estaba llevando dama Ashikaga. Claro que él habría podido armar una conspiración, alzar su propio ejército y atentar contra la autoridad del Shögun; la propia dama Ashikaga había bromeado al respecto sin que él pudiera discernir si estaba descartando ligeramente el asunto o plantando en su alma la semilla de la posibilidad. Ahora bien, para rebelarse, él hubiera debido ser otro. Y quizás era eso lo que ella buscaba con sus provocaciones. Convertirlo en lo que no era. Una caña es una caña y de un solo corte se obtiene una caña quebrada. "¿Seré capaz de asesinar al Shögun y reinar junto a dama Ashikaga? ¿O la sombra de ese acto se arrastrará a mis espaldas como un manto de sangre? Tal vez la Shöguna estimó que para su plan magnicida necesita mi ímpetu, mi juventud y mi inexperiencia, como las mejores armas para ser empleadas y luego desechadas. Y, sin embargo, ¿si nada de esto resulta cierto y la única verdad es que ella sinceramente gusta de mí?".

Yutaka Tanaka llegó a la mansión de Nakatomi en el silencio de la alborada. Estaba tan cansado que ni siquiera atinó a quitarse el barro de los pies remojándolos en el estanque. Fue dejando una serie de surcos negros en los pisos de madera y apenas apoyó la cabeza en la almohada se quedó dormido. Soñó que guardaba algo entre ropa y pecho. Era una materia densa, que debía proteger con ardor reverencial. Se trataba de un secreto que de alguna manera le atañía íntimamente. Al despertar comprendió que su sueño aludía a la carta de dama Ashikaga, que ocultaba entre sus prendas. Por un instante temió haberla perdido en el curso de la agitación de la noche, pero no. Allí estaba, protegida dentro de un discreto sobre de un suave amarillo. Sus dobleces, la presentación y la gradación de la tinta eran excelsos. Yutaka abrió la carta... Lo conmovió la sutileza y grosor del papel, cuya opacidad absorbía las cualidades de la blancura reinante, en un fino contraste con la tinta cuya frescura permitía imaginar un trazo reciente. Las kanas de la escritura de dama Ashikaga acompañaban esa impresión. Era una caligrafía soshô, ágil y de líneas suaves, trabajada en la escritura man'yôgana, propia de la nobleza que cultiva las formas del pasado, aunque con las leves curvas inclinadas del hiragana, que permitía adicionar los prefijos y sufijos y preposiciones de los que carecen los kanjis chinos, y se adecuaba más a la sutileza psicológica propia de lo femenino. Así, la Shōguna podía trasmitirle su mensaje con la distinción necesaria y permitiéndose de tanto en tanto pinceladas de rebuscada ilegibilidad, propias del estilo rementai, que dejaban abierta la interpretación de tiempos, modos y géneros, y que eventualmente le permitirían desligarse de cualquier comentario suspicaz al respecto, respondiendo: "Yo no he escrito eso que tú has creído leer".

Queridísimo daimyo:

Deseo que en el curso de tus noches llenas de tentaciones no te hayas apartado en exceso de la búsqueda de una respuesta a los graves asuntos que te condujeron a nuestra presencia. Lejos de mí la intención de turbar tu espíritu con reproches, pero me veo en la obligación de señalar lo mucho que me sorprendió el hecho de que durante los dos encuentros que mantuvimos no hayas insistido lo bastante y te abstuvieras de forzarme a ceder a tu requerimiento y a facilitarte aquello que decías haber venido a buscar, ya se trate del nombre de quien mancilló el honor de tu clan, o de cualquier otra cosa que pretendieras. Yo estaba dispuesta a hacer todo lo posible para brindarte satisfacción, pero tu reticencia me llevó a pensar que tal vez esperabas algo distinto, algo que por razones que ignoro te privas de mencionar, y que a cambio preferías dejar que yo, volublemente, ocupara todo nuestro tiempo refiriéndote mi historia familiar.

"Si es así", pensé, "que así sea", y en primera instancia me decidí a continuar con esta tónica en los próximos encuentros, mas luego reflexioné que tal vez tu aparente falta de impulso respondía a un exceso de discreción, por lo que me pareció mejor resumir y culminar los hechos que venía narrándote, imaginando que a su término podremos dedicarnos a asuntos de mayor provecho mutuo.

Habíamos interrumpido en el momento en que mi madrastra se desintegró entre el fuego y el hielo en las alturas del monte Haguro. Su fin significó el comienzo de la relación más verdadera que tendré nunca: la que se fue tejiendo entre mi padre y yo. Por supuesto, el afecto siempre había existido entre nosotros, dulce como una fruta madura. Pero el suyo había sido el trato que se dispensa a una criatura, y yo tampoco solía concederle la mayor de las atenciones porque en nuestra casa solariega mi día estaba lleno de actividades y a él lo veía de a ratos, cuando entraba a cambiarse el kimono negro luego de una reunión y se dirigía a la siguiente vistiendo el kimono morado; apenas alcanzábamos a saludarnos y a intercambiar frases afectuosas. No obstante, en la soledad de la montaña, y a medida que todo lo demás se desvanecía, nuestro vínculo se fue ahondando y puliendo hasta alcanzar el esplendor de la Luna de agosto. Sabíamos, sin necesidad de decirlo, que si la nieve no cedía pronto nos esperaba la muerte por hambre. Pero entretanto mi padre y yo vivíamos al amparo, y en esa intimidad fuimos sabiendo el uno del otro; permanecíamos en derredor del fuego sin quemarnos, hablábamos o callábamos.

A veces, mientras recuerdo aquellos días en la montaña, me pregunto si tú habrás vivido algo semejante a esta intensidad de relación, me refiero a la que mantuviste con tu padre y con tu madre, o si tu devoción por ambos es consecuencia de un mandato de honor que debe ser satisfecho y no de un amor teñido de nostalgia. De hecho, tu madre sigue viva y nunca la mencionaste. Sé que para un joven daimyo orgulloso de su linaje debe ser muy incómodo referirse a los actos infames que te determinaron a venir a Kyoto en busca de justicia, y sobre todo, encontrar una explicación a la circunstancia de que, luego de su profanación, Mitsuko no practicara jigai. Pero ¿cómo saber por qué no se cortó la garganta? En tu reserva adivino las pruebas de un dolor profundo y no quiero revolver en tu herida. Por eso prefiero volver a mi historia de amor filial y lo que se derivó de esta.

Una mañana mi padre regresó de sus abluciones matutinas y me comentó que el clima se había vuelto más amigable. Incluso, la nieve estaba derritiéndose en las ramas altas. Se trataba de un fenómeno de la naturaleza, excepcional pero no tan infrecuente, que en medio de los infiernos helados abre una especie de zona de protección o de abrigo, y que dura un par de días. Este microclima podía abarcar superficies amplísimas, provincias enteras, o limitarse a unos pocos centenares de hin. Pero al menos nos permitió salir. Aprovechamos para sacar unos taburetes y mi padre armó una parrilla en la que cocimos una pata de caballo. Yo tenía la esperanza de un deshielo próximo y de un próximo regreso a territorios civilizados. Pero él se mantenía sombrío y pensativo. Finalmente, me dijo:

—Hoy habrá un eclipse sangriento.

Le pregunté si aquello se debía a un litigio entre dioses y si auguraba un colapso, pero no me dio respuesta y al atardecer me invitó a ascender a la cima del Haguro. Fue una excursión riesgosa, porque la licuefacción de la nieve abría surcos de agua, y en caso de resbalón o tropiezo se habría hecho imposible evitar una caída. Pero el firme brazo de mi padre me sostenía. A medida que ascendíamos, la temperatura se elevaba. El aire se hacía más difícil de aspirar, raspaba la garganta, a la vez que mostraba un carácter purísimo, dotado de una cualidad metálica.

Llegamos a la cima justo cuando caía el sol. Luz, enrojecimiento, apagón. La Luna se ocupaba de brillar, dando relieve por contraste a lo que permanecía en lo oscuro. Su fulgor asomaba detrás de la montaña y se expandía por el valle tiñendo de ceniza a un cielo cargado aún del oro solar, envolviendo su forma tosca en un manto de seda clara. Al revelarse recortada del fondo de tinieblas, la montaña flotaba en la distancia. No obstante, siendo que solo la Luna ascendía, al no mostrarse, su luminosidad indirecta parecía mover el bloque de apariencia triangular, alzándolo primero y hundiéndolo después, en lentitud, dentro de la masa opaca de la tierra. Y finalmente empezó a salir. Yo nunca había visto una Luna tan espléndida, por lo que pensé que mi padre había errado al pronosticar el eclipse. En el marco perfecto de su montura estelar, nada anticipaba el enrojecimiento. Era una pupila blanca que debía de abrirse a otras dimensiones. Su luz explicaba por qué brujas, magos y demonios vuelan por los aires: no para nadar en lo incorpóreo sino para perderse en ese agujero. Al contemplarla sin pestañear, su efecto extraía humedad de los lacrimales y armaba una bruma que borroneaba el contorno del aro, pero a la vez permitía advertir, en la zona más aureolada de su borde, el movimiento de unos vientos de succión, que, de continuar, terminarían absorbiendo la materia íntegra del Universo, y una vez que este se colara, la Luna empezaría a cerrarse y luego todo se disolvería hasta entrar en la nada.

Después de su aparición, ella flotó dentro del cuadro de sombra. Había estrellas, sí. Puntos rojos o dorados, azul alguno que otro, y también cometas que destellaban y se fundían en segundos. Por lo duradero, el espectáculo resultaba cansador y yo tenía frío, pero me gustaba estar de la mano de papá. Su presencia disipaba el peligro, no solo el de las bestias que aullaban a la distancia sino también los riesgos de lo que estaba por suceder, una inminencia suspendida. Y entretanto, él murmuraba algo como un rezo, del que solo escuché las palabras "alma" y "pedazos".

—¿Qué sucede?

—Mira, hijita mía.

Una nubecilla se posó en el borde inferior de la Luna, limando su concavidad con una grisalla que fue aumentando de espesor. Con su ascenso menguaba el brillo, lo que alivió nuestros ojos. El recorte de esplendor parecía una lastimadura en creciente; el paisaje no se oscurecía pero iba atenuándose la distinción entre las cosas; la naturaleza se volvía espectral, el gris se difuminaba como un vapor. Aguzando la vista pude distinguir el dibujo cónico de los pinos; sus ramas que se entremezclaban perdiéndose en lo amorfo. En ese momento entendí que el eclipse, con toda su parsimonia, no robaba al mundo la diferencia en sus partes para brindar el recuerdo del caos originario, sino que estaba imponiendo esa preexistencia uniforme. Se trataba entonces de la catástrofe. En pocos minutos, cuando la nube hubiera cubierto toda la faz de la Luna, la realidad desaparecería y ya no habría ni padre, ni yo, ni las manos que nos unían. Quizás él había pronunciado un rezo para salvarnos o, ante la evidencia de la hecatombe, se resignó a lanzar una frase: "Tengo el alma hecha pedazos". Pero, si estábamos por acabar, ¿a qué decirlo? ¿Para quién? ¿Con qué objeto, salvo la inútil persistencia de lo humano, se sostenía la voluntad de dejar testimonio?

La Luna, finalmente, fue cubierta. Era una superficie añadida, he-

cha de nubes o de un planeta leve que no tapaba su resplandor sino que lo atenuaba, y al hacerlo se dejaba filtrar por su luz; cuanto más abajo en el círculo, más intensa era la reverberación. Parecía que la Luna estuviera trasladándole su sustancia o tal vez irradiándola para esmerilarla. Quizás esa superficie añadida era el velo o materia que necesitaba para arder impúdicamente, lanzando al espacio su incandescencia interna; con ese velo se veían sus relieves. La nube o planeta leve se había vuelto una piedra negra ribeteada de fuego que se esparcía y empezaba a unirse en arcos, en pestañas curvas. Y cuando toda la superficie de lo añadido se volvió llamarada, entonces apareció la sangre. Mi padre se inclinó en reverencia ante la Luna roja, tironeó suavemente de mi mano para que yo hiciera lo propio, y me dijo:

—Ya puedes despedirte.

—¿De quién? —pregunté.

—De tu madre.

¿De veras él creería que aquel fenómeno era el modo en que mamá nos dejaba para entrar a los paraísos celestiales? Mientras emprendíamos la vuelta recordé que en ocasiones la apodaba cariñosamente "Señora Luna", porque ella protegía la palidez natural de su piel sustrayéndose al contacto del sol. Si fuera así, si aquello era su adiós, se trataba de una larga despedida.

Los días siguientes el frío arreció y ni pudimos asomarnos al exterior de la choza. Era un nuevo invierno que crecía dentro del anterior. Por suerte, durante el descenso mi padre había recogido gran cantidad de pequeñas piedras que en el encierro fue puliendo hasta convertirlas en fichas chatas y de forma redondeada, y luego cubrió una mitad con pintura negra y la otra con pintura blanca, que fabricó macerando hongos silvestres. Hecho esto, dispuso sobre el piso un kimono sobre el que trazó con tinta cada una de las extensiones de un tablero de go. Y comenzó mi educación en sus reglas.

No me costó nada incorporar los rudimentos del juego, el modo de mantener vacías las intersecciones adyacentes a mis piedras a la vez que las desplegaba para cubrir el mayor territorio posible. Mi instrucción era silenciosa. Cuando cometía un error, mi padre meneaba la cabeza y regresaba la piedra que había movido a su posición anterior. El aprendizaje no me resultó difícil. A mi mente acudían fluidamente los recursos, ya fueran las técnicas de abordaje urgente o las estrategias de largo plazo, y pronto supe moverme en ese ámbito y aprendí a reconocer cuando la ganancia en la esquina inferior de mi lado izquierdo significaba la pérdida en la esquina superior derecha, o cuando la combinación de esas alternativas suponía confusión en la zona intermedia... No voy a entrar en detalles técnicos, la referencia solo sirve para ubicar el contexto en que luego derrotaría a Takauji Ashikaga. No se trata únicamente de las horas que mi padre dedicó a mi enseñanza, sino de la intensidad de la concentración. De alguna manera, continuábamos bajo el halo de esa Luna roja. Mencioné que aquello se había producido como inminencia de algo que debía ocurrir pero que permanecía en suspenso. En realidad, descubrí, lo que se había suspendido era la misma suspensión, y lo inminente, al no terminar de precipitarse, drenaba en forma de sustancia lumínica. ¡Cómo aprendía! Jugando, resultábamos lo mejor de nosotros mismos. Y yo era feliz. Estaba entregada a una inmediatez que me parecía eterna e ignoraba los planes que mi padre tenía para mi futuro. Sin que lo supiera entonces, la entrega dichosa a ese presente sería mi primera ventaja respecto de la actitud del Shōgun frente al juego. Él había sido entrenado por los mejores jugadores del país y por maestros chinos y coreanos que lo beneficiaron con un conocimiento histórico-evolutivo, desde sus lejanos comienzos, cuando se lo llamaba weiqi o "juego de tablero de envolvimiento" y se lo empleaba para realizar lecturas de la suerte o diseñar planes de ataque en mapas. Pero esa instrucción se subordinaba al propósito principal: prepararlo como general de sus ejércitos. Con semejante carga, no fue extraño que el juego de mi Takauji resultara tan intenso como imperfecto: los maestros le habían cercenado la posibilidad de conocer la pureza espiritual del movimiento como movimiento. A cambio de revelarle el sentimiento de constelación de formas sobre el vacío le habían impuesto el peso de una preocupación pragmática.

Obviamente, papá me educó en el juego con una finalidad semejante, pero se cuidó muy bien de comunicármela. Comprendí esto luego de ganarle la partida al Shōgun, y a partir de entonces no volví a tocar una piedra negra.

En algún momento la temporada invernal concluyó y pudimos bajar del monte Haguro y dirigirnos a Dewa, donde mi padre asumió sus funciones. Es claro que en el desempeño de su cargo ya no podía dedicarme la misma cantidad de horas, pero mi entrenamiento había concluido justo cuando despuntaban mis encantos. Y así fue que un día mi padre me habló como si ya fuera adulta. Me contó acerca de Ashikaga Takauji y y de su entusiasmo por los autómatas. Durante un largo rato no entendí por qué me imponía el conocimiento de esas pasiones ajenas cuando mi mente estaba ocupada por un problema teórico que hasta el momento se había mostrado irresoluble: ¿cómo sostener la repetición infinita en una posición, con captura y recaptura idéntica de piezas, y que en igualdad de fuerzas obligue al adversario a declararse derrotado? Pero él insistió en el asunto: reiteró el dato monótono de la pasión del Shögun por los autómatas y mencionó su infatuación por los logros obtenidos en el go y me dijo que había planeado combinar ambos elementos para conquistar su corazón y ligarme a él en matrimonio. Mi alma tembló y yo le dije: "Padre, yo solo quiero seguir empleando piedras negras contra piedras blancas y cuando ya no tenga rival digno de enfrentar, cortaré mi pelo y entraré a un monasterio". Mi padre sonrió: "Puedes casarte en breve y retirarte del mundo luego de cumplir los treinta años. Entretanto, ayudarás a tu familia". "¡Pero mi familia eres tú!". "No olvides a nuestros ancestros, que nos miran y esperan que restituyamos el esplendor y el nombre de nuestro clan. No olvides a tu madre, que compartía conmigo esa esperanza. Y yo estoy viejo, querida hija mía, y el plan que se me ocurrió es arriesgado, pero Ashikaga Takauji es el hombre más poderoso del país y es la mejor opción que se nos ofrece".

Resultado: la pequeña Shikuza, frente al Shögun, encarnando a una autómata. No fue tan difícil. Parte de mi educación consistió en asistir a sesiones de bunraku y allí aprendí a conducirme como ningyō; así que sabía bien qué hacer cuando llegó el momento. Y mi padre no reparó en gastos para vestirme con ropas dignas de una emperatriz y ordenar la hechura de la mesa. En principio, yo solo tenía que mantener mi apariencia hierática, administrándola sabiamente a la hora de mover una pieza en una posición inesperada. Y todas lo eran para Ashikaga

Takauji, porque, seducido por mi belleza, él no esperaba que, como máquina, yo poseyera algo parecido a la inteligencia.

Entre paréntesis: reconozco que yo había llegado al Palacio Shogünal impulsada por la curiosidad. Quería comprobar si Ashikaga Takauji me sería útil a efectos de resolver mi preocupación teórica. Pretendía colocarlo en ese punto de repetición sin fin que lo volviera a él un objeto propio de su sueño, es decir un autómata. Si lo conseguía, me aliviaría al menos del peso de esa representación que realizaba en cumplimiento del mandato paterno. Pero no fue posible arribar a ese momento porque, ya con ver mi movimiento inicial, Takauji se sintió azorado ante la evidencia de que estaba ante un ser pensante —ya fuera enana o autómata milagroso—, y entonces se plantó como si tuviera que darme batalla. Primero organizó sus piedras a la manera de la tradicional cabeza de flecha, Hoshi, pero al descubrir que esa formación tambaleaba recurrió al cerrojo de Saku, considerada la disposición más apropiada para la defensa en un combate cuerpo a cuerpo. Ahora bien, en el go no hay lanzas ni arqueros ni espadas y cada piedra vale lo mismo que la otra. Así que, como ese recurso también se mostró inútil, Takauji se volcó hacia Kakuyoku, creyendo que las "alas de grulla" de sus extremos me rodearían y con su agresión repentina moderarían mi ímpetu permitiendo el ataque de sus guerreros blancos del medio del tablero, de manera de reducir mi despliegue y concentrarme en esa zona. Yo me reía para mis adentros porque ni siquiera necesitaba emplear los recursos más exigentes de mi repertorio para anularlo. Con lo elemental alcanzaba. Si hubiera querido destruirlo del todo, habría bastado con alzar mi mano y, a cambio de realizar el próximo movimiento, usarla para taparme la boca simulando un bostezo y decir: "Oh, Shögun, tu juego es de una simpleza desesperante". Por su parte, él veía claramente el abismo, pero no se daba por derrotado. Más que en las alternativas del juego estaba pensando en la manera de averiguar las reglas de funcionamiento de lo que tenía por mecanismo. De alguna manera pretendía viajar hacia el interior de la mente de mi creador imaginario para develarlas y así estar en condiciones de anularme. Si alguna vez amé a ese hombre, fue durante aquel día. El resto es aceptación y costumbre. Una se desposa con alguien para volverlo invisible a fuerza de presencia. Pero, en este caso, observar cómo su kimono se oscurecía y humedecía por su transpiración nerviosa, verlo secarse la frente con la manga... Me conmovió. Se lo veía sufrir, pensar, sufrir... En ese punto, perdido por perdido, advirtió que yo poseía un amplísimo repertorio de combinaciones y que registraba y era capaz de responder a sus movimientos, pero en lugar de reconocer su derrota se ilusionó con la peregrina idea de que mi capacidad de sostener las variaciones de una partida no podía ser ilimitada porque, de serlo, esas capacidades hubiesen debido estar contenidas en una máquina tan grande como el propio mundo. Así que se determinó a producir una serie de movimientos inesperados y completamente ridículos. Hacer lo absurdo para quebrarme. Esa decisión lo serenó. Ahora sonreía. Se sirvió una taza de té, bebió y me dijo: "Ahora vas a ver la que te espera". Entonces sacó una piedra del cuenco, la apoyó sobre el borde de la mesa, dobló el dedo índice sobre el pulgar, tensó ambos y luego soltó el índice dando un tincazo sobre la piedra, que se disparó rodando sobre el tablero, pasó rozando a las demás piedras pero sin correrlas de su lugar (tal cosa habría interrumpido la partida) y, finalmente, llegó de mi lado. Y cuando estaba a punto de saltar de la mesa y caer al piso yo interpuse mi propio dedo índice, más precisamente mi uña laqueada, y la piedra rebotó allí, giró sobre sí misma y cayó sobre el tablero, justo al lado de otra de sus piedras. Yo sonreí y dije: "Un golpe de dedos no auxiliará a tu azaroso juego". Ashikaga inclinó su cabeza: "Es inconcebible. También para lo inesperado has tenido reacción", dijo y sonrió, admitiendo la derrota. Fue entonces cuando revelé mi condición femenina y el Shōgun se rindió en todos los sentidos de la expresión.

Ahora bien, mi queridísimo Yutaka: quiero que entiendas que aprecio en mi marido la voluntad de luchar cuando ya estaba perdido; creyendo que enfrentaba a una autómata, lo arriesgó todo para descubrir una debilidad de mi funcionamiento. Pero, en el fondo, aun de existir, no habría podido averiguar cuál era; las complejidades de un autómata de categoría escapan al escrutinio de los aficionados y la preservación de sus secretos aumenta el encanto siniestro que los distingue y los encarece como producto. Lo mismo pasa con nosotras, las mujeres. Los hombres podrían limitarse a adorarnos desde el pozo de su incomprensión. A cambio, en vez de reconocer que nos aman cuando nos desconocen y que fueron hechos para no entendernos... pretenden investigar nuestros mecanismos. Volviendo a lo nuestro, me adelanto a aceptar que ignoras cómo hacer tu propia movida, así que te la facilitaré. Mañana, a la hora nona, un palanquín cerrado pasará a buscarte por la chabacana mansión del seboso cerdo chismoso de Nakatomi. Vístete con ropas modestas.

Recuerda también que esta carta nos compromete. Como habrás notado, fue perfumada con sándalo y arderá agradablemente en el brasero al que la arrojarás de inmediato.

Nakatomi regresó a su mansión a primera hora de la tarde. Mostraba el aspecto satisfecho del hombre que confirmó sus talentos carnales a lo largo de una noche de excesos. El sentimiento de su eficacia chorreaba como las notas arrancadas a un samisén mal afinado, por lo que ahora su alma, tañida por la vanidad, lo inclinaba a mostrarse como un ganador, a dar consejos:

—Veo que te has bañado y perfumado puntillosamente, mi señor —le dijo a Yutaka Tanaka—, lo que indica que lo de anoche fue lo bastante bueno como para que ansíes una reiteración inmediata. ¿Puedo preguntarte hacia qué rumbo se encaminarán hoy tus pasos? ¿Me permites sugerirte un nuevo...? —El joven daimyo, fastidiado por ese despliegue de cortesía idiota, esbozó un gesto de irritación. Nakatomi alzó las manos en gesto de disculpa—. ¡Ciertamente, tu destino no me incumbe! Pero permíteme que te diga que fingir enojo no disimula tu propósito. Conozco lo suficiente de los entretelones de palacio como para saber que la shirabyôshi que te llevaste al monte es una de las emisarias de dama Ashikaga...

—¿Ahora te dedicas a espiarme...?

—¡Jamás! Soy tu mejor amigo, ya que tu permanencia en mi hogar incrementa mi fortuna. Es por eso que me permito aconsejarte en tu beneficio, que también es el mío. Si bien la visita al Akinawara estaba convenida de antemano en cada uno de sus detalles, excepto el de tu conocimiento previo, es a casusa de mi devoción por tu persona que debo advertirte acerca de los peligros a los que te expones cortejando a la Shöguna. Esa mujer...

—Tu grosera insinuación presenta las cosas de un modo indecente. Mis visitas a palacio fueron impuestas por la necesidad de resolver el problema que me trajo a Kyoto.

—¡Ah, señor de Sagami, qué ingenuo eres! Ashikaga Takauji en cambio no lo es. Simula que no ve, pero su ceguera se mantiene dentro de ciertos límites. Una conversación elegante que distraiga a su esposa es bienvenida, pero yo no me arriesgaría a más que eso. ¿Conoces la historia de la montaña de nieve que levantó Sei Shōnagon? Me la contó mi primera esposa, yo no tengo tiempo para leer. Ni soñando. Quien lee confiesa su ignorancia, porque el que todo lo sabe, ¿qué gana quemándose las pestañas? Un día, para disipar el tedio cortesano, Sei Shōnagon, dama de compañía de cuarto rango, levantó con sus propias manos una pequeña montaña de nieve en el patio de la residencia de otoño de la Emperatriz. La corte aplaudió su iniciativa y enseguida se cruzaron apuestas acerca de lo que duraría sin derretirse. La mayoría aseguraba que, como mucho, llegaría hasta fin de mes. Su autora, en cambio, estimó que la fecha de extinción se estiraría a mediados del mes siguiente. Contra todo pronóstico, la montañita atravesó indemne el plazo arriesgado por la mayoría. Sei Shōnagon se levantaba y acostaba pensando en su obra. Había decidido que el día fijado por su anhelo recogería la nieve en una canasta y la enviaría a su Emperatriz, junto con un poema alusivo. Incluso, cuando debió abandonar la residencia de otoño para dirigirse a palacio, encargó al jardinero que cuidara su montañita, evitando que los niños se subieran y la aplastaran, y a cambio de su atención prometió obsequiarle galletas dulces y una prenda de vestir. Pues bien, en la madrugada del día quince envió a una criada con una gran canasta. "Rastrilla la nieve y descarta la sucia, y luego llénala con la pureza más pura, porque es nieve que le enviaré a mi Emperatriz". Pero la criada volvió con la canasta vacía. ¿Cómo era posible que una pila tan grande se hubiese derretido así de rápido? El jardinero se retorcía las manos jurando que la noche anterior aún había visto su blancura entera y brillando a la luz de la Luna. En esos momentos de angustia llegó un mensajero con una nota de la Emperatriz, que preguntaba si la montaña seguía en pie. Sei Shōnagon contestó que, habiendo existido más de lo esperado, había desaparecido de pronto, lo que le permitía afirmar que alguien decidió abatirla por despecho. "Crees que en mi corte se alientan las conspiraciones?", le contestó la Emperatriz. Días más tarde, al retornar a palacio, Sei Shōnagon volvió a comentar el asunto, que la tenía perpleja, y la Emperatriz soltó la carcajada: "Para serte franca", le dijo, "la noche catorce envié a algunos criados con orden de destruirla y dispersar lo que hubiera quedado. Estoy segura de que tu montaña podría haber permanecido en pie, y aun crecido, durante las próximas nevadas". Cuando el Emperador oyó la historia, les comentó a sus cortesanos: "¿A quién se le habría ocurrido una competencia tan extraña? El hecho es que mi Emperatriz no quería que Sei Shōnagon ganara su apuesta". Así que, volviendo el ejemplo a tu caso, te diría que cuides de poner tus dos cabezas en lugar inadecuado, no sea cosa que alguien más poderoso que tú mande a que te las corten para colocarlas, o no, en canasta alguna...

—No necesito probar mi valor —dijo fríamente Yutaka Tanaka—. Pero ¿no habías mencionado la sospecha de que nuestro Shōgun fue eliminado en secreto por su propia esposa? Si así ocurrió, tu advertencia resulta superflua y a quien debería temer en realidad es a dama Ashikaga.

—¿Y por qué crees que te conté ese cuento?

—Cierto —admitió el joven daimyo—. En estos tiempos, y en la práctica, una Shöguna es tan poderosa como una Emperatriz.

—Sin embargo, diría que debes guardar parejas dosis de reverencial temor por ambos. Si el Shōgun sigue vivo es temible y la perspectiva que se te presenta es preocupante. Si en cambio dama Ashikaga lo eliminó, el panorama se agrava: al pánico que debería suscitarte una mujer capaz de todo tendrías que sumar la voluntad de venganza del difunto. Yo te sugeriría que me pagues por adelantado el resto del mes de alojamiento, cosa de compensar mi lucro cesante, y luego recojas en silencio tus suntuosas prendas y huyas ya mismo y sin mirar el paisaje que se abre a tus espaldas. Samurái que huye se reserva para otro enfrentamiento.

Yutaka Tanaka, señor de Sagami, sonrió, suspiró suavemente y dijo:

—Ahora que me mencionas el asunto de la vestimenta, quería pedirte un favor...

13

Cumpliendo con el pedido de dama Ashikaga, Yutaka Tanaka vistió prendas de corte grosero que le proveyó uno de los asistentes de Nakatomi y se mantuvo en cuclillas a las puertas de la mansión del comerciante, esperando el palanquín. Para mejor representación de su papel de mozo de limpieza, cada tanto sacaba un paño de estopa y frotaba la trompa de un demonio de la buena suerte. Tampoco lucía mejor el palanquín que arribó a buscarlo. Era un cascajo devastado por la intemperie. Antes de subir y correr las persianas, el señor de Sagami se preguntó si, en lugar de una invitación de dama Ashikaga, aquello no sería el comienzo de una lección que le deparaba el marido a consecuencia de las versiones malintencionadas que ya debían de correr por todo Kyoto.

Entretanto él pensaba en los riesgos del encuentro, el palanquín recorría los senderos del norte, con vistas de los jardines del antiguo Palacio Imperial. Cruces a ambos lados de la carretera principal, área Sakyo y área Ukyo. Rápida pasada por la zona de las oficinas del gobierno (Dai-dairi). Luego, desplazamiento al este del río Kamo, con avistamiento de la ciudad militar donde residían los samuráis. Cada tanto los porteadores se detenían para que contemplara a lo lejos los paisajes montañosos del Kitayama. Había que reconocerlo: si esos eran sus últimos momentos, al menos el Shögun le estaba concediendo una despedida de inmejorable gusto. La ciudad era un brocado de esplendores, y al fin del recorrido lo esperaba dama Ashikaga.

Se había vestido con ropas de confección basta y su esfuerzo por pasar inadvertida se confundía con el intento de una mujer del montón por asemejarse a una mujer de rango; esa oscilación parecía complacerla. Estaba de buen humor y sonreía: "¿Y? ¿Qué tal?", dijo y tomó las faldas de su kimono de lana gris y alzó el ruedo para que viera sus delicados pies protegidos de la suciedad del suelo por sandalias trenzadas en tallo tierno y hojas de bambú. Después, afectando el estilo natural de las clases bajas, lo tomó del brazo y le dijo:

—Ayer hizo un tiempo loco, pero hoy el día está precioso.

—Sí —admitió Yutaka Tanaka, y para disimular la impresión que le causaba el roce de los dedos sobre la manga (un frufrú eléctrico), recitó:

Los copos de nieve no se dispersan aún
Por el cielo invernal
Fingiendo ser flores de cerezo

—¡Ah! ¡Conoces los triviales poemas dedicados a la temperatura! —Dama Ashikaga se mostraba de buen ánimo—. Empecemos a caminar. Hoy te toca asistir a una experiencia educativa. Visitaremos el templo de Imakumano...

—Me han dicho que es un ejemplo de la nueva arquitectura de corte budista...

—Sí, pero no nos dedicaremos a las burdas materializaciones de lo espiritual, sino a las espiritualizaciones de lo inmaterial.

—¿De qué se trata? —dijo Yutaka.

—¿Por qué siempre hay que explicarlo todo? Ya me conoces, mi querido daimyo, y no es que yo crea que la palabra es superflua. Pero, si te adelanto el contenido de lo que has de vivir, al momento de experimentarlo inevitablemente habrás de compararlo con lo que te anticipé, perdiéndote en ociosas especulaciones acerca de la coincidencia o discordancia entre promesa y resultado. Y si callo, mi silencio cargará la espera de tantos sentidos posibles, que cuando el acontecimiento finalmente ocurra se te arruinará por exceso de expectativa. Por eso me limito a informar: asistiremos a una velada musical a cargo del maestro Tokedo Shangon.

—No conozco el nombre del artista, pero imagino que el evento no puede menos que rozar lo sublime...

—¿Esperas algo de calidad?

—¿No debería?

—Advierto que el trato con personajes de baja estofa te volvió insensible al matiz irónico —se burló la Shōguna—. Si Tokedo Shangon compusiera y ejecutara música de calidad, nosotros estaríamos yendo en otra dirección. "¿Calidad?". Puaj. —escupió, dichosa de poder hacerlo. Un cúmulo arremolinado de burbujas de plata flotó en el aire y fue explotando en pequeños universos de saliva.

—Pero ¿estamos por asistir a un espectáculo tosco, horrible o deforme?

—No. Se trata de otra cosa. Doblemos aquí. Ah, allí se divisa el templo. Deberemos subir trescientos cincuenta escalones antes de llegar al vestíbulo principal. Me temo que con estas sandalias mis pies terminarán hechos un desastre. Muy simples, sí, pero incomodísimas. Pobres los pobres, que aguantan cualquier cosa con tal de estar a la moda. Claro que nadie me obligó a vestirme así. La oportunidad de saborear un poco de anonimato me atraía, pero la verdad es que no compensa este tormento. Oh, qué resbalón. Acabo de pisar una piedra blanda, si tal cosa es posible. Quizá sea mierda de perro. No me inclinaré a oler la suela. La frotaré contra el primer escalón. Así. Discúlpame, pero en lo sucesivo deberé apoyarme en tu brazo. ¿Te molesta? No vaciles, Yutaka. Ahora eres un changarín y yo una mujer del pueblo. A esta altura del recorrido, te preguntarás por qué nos sometemos a esta prueba de inelegancia...

—Dama Ashikaga solicitó prudencia y discreción.

—¿Quemaste mi carta, tal como lo pedí?

—¿Tenía acaso otra opción?

—Claro que no. Pero me alegra que lo hayas hecho. En este caso no se trataba de proteger a Takauji del chismorreo ni a mí de Takauji ni a él de mí ni a ti de él, ni mucho menos a ti de mí o a mí de ti. En realidad, me propongo cuidar al maestro Shangon.

—¿Es tu amante? —exclamó Yutaka sin poder contenerse.

Dama Ashikaga rio:

—Al verlo comprenderás lo insensato de tu pregunta. Claro que lo amo por lo que hace. Por eso pretendo protegerlo de los efectos venenosos de la fama. Hoy en día casi nadie lo conoce y su arte supera mi capacidad de alabanza. Pero, si se corriera el rumor de que dos personas de categoría asistieron de incógnito a una función musical del maestro, el efecto de emulación terminaría llenando la sala de arribistas.

—¿Y eso qué tendría de malo? Un músico busca que su obra sea conocida por el pueblo y apreciada por los entendidos...

—Detente unos momentos, mi apuesto disfrazado, porque el corazón se agita en mi pecho y aún no hemos cubierto ni la décima parte del ascenso. No sé por qué hacen tan altos los escalones. Tomo aire, exhalo. Tomo aire, exhalo. Sí. Era mierda de perro, nomás. O de gato. Qué olor tan fresco. Sigamos. Ya puedo escalar y hablar al mismo tiempo, aunque ignoro si no te fatiga escucharme. No respondas ninguna inconveniencia y trátame confianzudamente, como si fuera tu hermana mayor.

—Vuelve a apoyarte en mi brazo, hermana.

—¡Qué tenso está! Qué soberbia musculatura. Este brazo no me dejará caer.

—Así lo ruego.

—No me distraigas con tus insinuaciones, Yutaka, mientras estoy atendiendo a tu educación estética. El maestro Shangon no deseó ni pretendió ni pensó siquiera en divulgar su obra, y eso por un sencillo motivo...

—¿Es un idiota?

—¿Nunca llegó a tus oídos el famoso koan "El que lo dice

lo es"? Entiendo que habla por tu boca el personaje vulgar que adoptaste a mi pedido.

—Yo no pretendía...

—Volviendo al maestro Shangon... Existen tres clases de artistas. El artista menor, que crea una obra para volverse rico y famoso mientras pretende que "lo entrega todo por amor al público". Esta clase de artista abandona su profesión si no consigue las monedas y la difusión y repercusión que estima indispensables. Luego hay un segundo nivel, el de los artistas impuros, que entienden que la riqueza es un modo de intercambio y mientras afectan indiferencia por los requiebros de la celebridad, se desesperan por obtener prestigio y aspiran a codearse con el mundillo donde se presume de reconocer y diferenciar lo verdadero de lo falso y lo auténtico de lo realmente auténtico.

—Pero ¿acaso para un artista existe algo superior a obtener el reconocimiento de la sociedad elevada?

—Si el excremento que aplasté bajo mi suela tuviera alma, imaginaría que es la cosa más preciosa del mundo. Pero, así como la bosta es algo desagradable y sucio, así el artista impuro procede arteramente, manipulando su propia imagen de excelencia para satisfacer las expectativas de distinción de quienes fingen apreciar su labor. Estos falsos finos son un fraude más peligroso aún que los ingenuos artistas menores, porque parecen apostar a la creación de una obra cuando solo persiguen la construcción de consenso favorable dentro de un sector previamente escogido. La suya no es una tarea de creación artística sino de fabricación de simulacros de identidad estética. Pero la ilusión no es la cosa misma, como acabo de demostrarte. Lo que pierde a los artistas impuros es no advertir el valor de la renuncia, no conocer el sentido de un verdadero sacrificio. Tú deberías saber de qué te estoy hablando.

—Espero que sí. ¿Si? ¿Yo? ¿Por qué?

—No afectes modestia. Conmigo es innecesario. Seguro que lo sabes.

—¿Estás agitada?

—Conmovida. Pensar en Tokedo Shangon como un artista que se inmola siempre me emociona.

—Debe de tratarse de un ser maravilloso, si así te afecta. Ardo en deseos de conocerlo.

—En persona parece insignificante. Ni siquiera creo que pueda dar razón de la actividad que realiza, aunque está lejos de ser un cretino. Pero hablar no es lo suyo. Vestirse y proceder con decoro, tampoco. Una vez lo vi escarbarse las narices sin el menor pudor y extraer un grumo de jade verde.

—Comprendo entonces que lo que te atrae de él no es lo que dice sino la forma en que se escucha lo que hace...

—¡Por fin, Yutaka! ¡Temí que persistieras en tu empeño por decepcionarme! Volvamos a mi delicada fantasía inicial. Con estos disfraces que estamos luciendo, trato de evitar la terrorífica posibilidad de que se corra el rumor de nuestra presencia en uno de sus conciertos. De inmediato, Tokedo Shangon ganaría fama y su público se incrementaría espuriamente y él, sorprendido por esa repentina afluencia y habiendo sido ajeno al efecto y a sus motivos, tal vez cometería el error de creerse en posesión del "secreto del éxito" y de que ese secreto depende de una u otra clase de formulación musical. Si tal cosa ocurriera, fatalmente se enamoraría de lo conseguido y dejaría de ser un artista puro, el único que yo conozco, y terminaría renunciando a hacer... lo que hacía hasta el momento en que nos cruzamos en su camino. Si esto ocurriera, sería una tragedia artística. Y nuestra la responsabilidad de lo ocurrido.

—¿Consideras tu misión preservar a Tokedo Shangon del contacto con las impurezas de los otros niveles de artistas? —dijo el señor de Sagami—. ¿Buscas, mediante esa protección, evitar que decaiga o se degrade el goce que su música te ha proporcionado?

—Estamos empezando a entendernos —dijo dama Ashikaga—.

No sigamos perdiendo el tiempo en conversaciones. Un instante de afinidad se cultiva mejor en el silencio y amerita esta ascensión infernal. Escaleras espantosas.

Pese a su comentario, dama Ashikaga siguió hablando volublemente, comentando las alternativas del paisaje, preguntándose si el hielo rociado con jarabe de frutas sería sabroso o indigesto... Por su parte, el señor de Sagami no abrió la boca, menos por cumplir el pedido de la propia solicitante que por la extraña sensación que lo había asaltado justo cuando ella aseguraba haber descubierto un acuerdo o sintonía de sus almas. Por el contrario, era como si un biombo delicado y encantador se hubiera descorrido de manera abrupta, revelando una figura distinta de la imaginada: era una nueva visión de la propia Shöguna. En ese nuevo marco, el joven daimyo empezaba a sentirse invadido por un fastidio que quizás había estado presente (pero amordazado) desde el primer encuentro, y que ahora emergía. Después de todo, ¿a cuento de qué estaba corriendo el riesgo de mancillar el honor del Shögun y perder su vida en consecuencia, si no había conseguido lo que buscaba y todos eludían la promesa de brindárselo algún día? Estaba ahí como por azar, él también un falso autómata, pero sin plan ni propósito, un pelele semimudo al que una mujer charlatana y aburrida del trato con su marido arrastraba por las narices. "¿Para qué me coquetea y me pasea, me pone en riesgo y se arriesga? Y ¿cuánto hace que estoy en esta situación? Pasaron las estaciones, vi nevar y derretirse la nieve de las montañas, vi arder el sol sobre los parques y luego oscureció de nuevo el cielo y regresaron el cierzo y la lluvia helada. ¿Se puede medir en tiempo la falta de información y desgaste, o acaso estoy atrapado en un sueño ajeno, en la eternidad donde se aloja el propósito incumplido y siempre postergado...? Tal vez Nakatomi diría que estoy perdido, dispuesto a renunciar a todo con tal de conocer el chitsu de...".

—¿Qué te pasa, Yutaka? Has palidecido... ¿Quieres que nos detengamos?

—No. Falta poco para llegar a la explanada —dijo el joven daimyo y dio un paso rápido, desconsiderado. Estaba enojado con ella, con todo, con su propia debilidad. Dama Ashikaga tuvo que aferrarse a su brazo para no caer.

—Qué bruto —dijo.

Pero su tono de voz dejaba entrever que la complacía la brusquedad de su acompañante. O al menos eso pensó el señor de Sagami. "Qué raras son las mujeres. Quizá disfruta del contraste. Debe de estar abombada de tanta pleitesía rendida a diario y agradecería si la aniquilo con mis propias manos, luego de una previa violación con ingreso anal incluido. Marejadas de goce a lo bestia. Claro que eso sería impropio de un daimyo. Pero sí, las mujeres son completamente raras. Toda su charla imposible, hecha a base de generalizaciones incomprobables... Ridículas y enojosas... Ese cotorreo sobre artistas menores, puros e impuros...".

—Veo que algo de lo que dije te molesta —soltó dama Ashikaga.

—¿A mí? No. Nada.

—Mientes mal, como todos los hombres. Algo te incomodó, lo sepas o no.

—¿Sabrá disculpar la Shöguna si me reservo mis pensamientos?

—Oh, sí —dijo ella—. Disfruta del día, mi querido muchacho.

Entonces, él casi estalló:

—¿Puede alguien disfrutar de...?

—Shhhh. No alborotes. Mira la cantidad de cabezas que giran en nuestra dirección. Si quieres decirme algo, puedes decírmelo ahora. Estoy tan cansada que no tengo más remedio que escucharte, ya ni puedo despegar los labios. ¡Y faltan todavía como doscientos treinta y cuatro escalones!

—Sí. Tal vez ya sea hora de que diga lo que pienso.

—Adelante, nadie te lo impide.

—Pues bien...

—Di lo que quieras, pero por favor cuida el tono y las formas y no llames la atención. No sabes los peligros a los que me arriesgué para estar un rato a tu lado.

—¿Peligros? ¿Por qué la Shöguna los menciona si ella misma ha decidido correrlos? ¿Me consultó al respecto? ¿Sé, acaso, de qué se trata todo esto...?

Dama Ashikaga suspiró suavemente:

—No sé si lo que falla en tu alma es la intuición o la emoción. Y de manera poco sutil, todo se convierte en enojo. O tal vez en cobardía.

—¿No habíamos quedado en que...?

—Sigue, sigue. ¡Qué carácter! Creí que solo estaba ayudándote a despejar el rumbo de tus pensamientos, por lo general lentos y confusos. Te escucho. Ardo en deseos de escucharte, joven y apuesto daimyo. Pero, si de lo que se trata es de abordar la cuestión Padre-Madre-Enemigo anónimo, permíteme que te diga que todo llega a su debido momento...

—Momento que conoce la Shöguna y no este lento y confuso y tal vez cobarde samurái... —Yutaka Tanaka lanzó la frase de su resentimiento en un tono de voz elevado. Para su sorpresa, ella pareció, por un instante, afectada. Era la primera vez que la veía tan frágil y débil, tan pálida, tan conmovedoramente femenina. Ella se soltó de su brazo y dijo:

—Así no podemos seguir. Y lo triste es que nada ha comenzado. —Y girando sobre sus pies inició el movimiento de descenso. Sin pensarlo, Yutaka Tanaka dijo "no" y dama Ashikaga se detuvo y lo miró a los ojos. En sus facciones se retrataba un sentimiento sin expresión definida, podía significar cualquier cosa. Finalmente, giró de nuevo y pasó delante de él, reiniciando el ascenso, mientras decía:

—Está bien. Supongo que debo aceptar tus disculpas. Ahora puedes decirme lo que piensas. Guardaré mi aliento.

Yutaka Tanaka se dio cuenta de que ella se había recuperado. "Mi momento de dominio duró un segundo y luego se desvaneció", pensó. Ahora, para retomar la conversación, tenía que retroceder hasta el tema inicial, hablar como si nada hubiera sucedido:

—Es obvio que a dama Ashikaga la fastidian los "artistas menores" y los "artistas impuros" porque son justamente los que se promocionan en la corte con premios, becas y mecenazgos —dijo—. Pero su pretensión de compararlos peyorativamente con los pretendidos "artistas puros" es un absurdo, porque presupone que una obra es exitosa cuando es reclamada por el público y reproducida una y otra vez por su autor. Pero eso solo puede ocurrir durante un breve período. Reiterada abusivamente, aun la canción más dulce, la melodía más pegadiza, la versificación mejor rimada, termina hartándonos y debemos ir a la busca de lo nuevo que reemplazará el placer ya caduco. Por lo tanto, la fórmula del éxito artístico no puede encontrarse en ninguna de las dimensiones del Universo porque el éxito, para serlo, tendría que volverse uno con la fórmula de la repetición. Y ningún artista, por malo que sea, adoptará gustosamente la perspectiva de reiterar a perpetuidad aquello que alguna vez le dio resultado.

—No puedo creer que hayas podido razonar algo así —dijo dama Ashikaga, y parecía sencillamente admirada—. Es como si fueras otro...

—Es que me habías tomado por un idiota —dijo el señor de Sagami, y al manifestar su secreto temor se sintió libre de este y, ya más despejado, pudo pensar también: "Tiene razón. Es como si fuera otro, porque a su lado mejoro, me aproximo a aquel que quisiera ser". Naturalmente, no se atrevió a confesarlo y siguió—: ¿Imaginas, en tu catálogo de artistas despreciables, a un patán empeñado en producir obras que no muestren la menor diferencia entre una y otra?

Ella sonrió:

—Esa pregunta es tu tormento. ¿Existe algún enemigo capaz de mandar a producir armaduras exactamente iguales y carentes de rasgos distintivos, tales que te impidan todo reconocimiento?

—No lo sé. Yo no estuve allí, en el momento necesario para defender el honor de mi clan. Pero ¿por qué pasamos de los artistas a los samuráis?

—¿Tan distinto es el hombre capaz de llevarnos a las cimas sensibles de la vida de aquel capaz de arrebatárnosla? La ética del samurái y la ética del artista puro son idénticas. O al menos una mujer inexperta como yo querría creer eso.

—¡Pero sus medios no resultan semejantes! Imagino que un artista encuentra sentido en su tarea cuando a la tradición que lo precede le suma una nota o un verso o un signo distinto, algo nunca antes visto o escuchado, siquiera una forma particular de agitar el plectro a la hora de tañer el samisén. En cambio, el arte de eliminar adversarios...

—No creo que un guerrero consumado carezca de estilo —afirmó dama Ashikaga—. Por supuesto, no me refiero al arquero del montón que en medio de la batalla lanza su flecha sabiendo que caerá sobre algún rival, sino a aquel que muestra tal conciencia de sus recursos que de antemano intimida al enemigo.

—Cierto —admitió el señor de Sagami—. Es el caso de Takemon Okusawa. Dicen que bastaba con verlo apoyar la mano sobre la empuñadura de su katana para que el adversario se diera a la fuga. Claro que se trata de un guerrero legendario.

—Y por lo tanto, esa versión posiblemente es falsa. Entre las mujeres se dice otra cosa de él: que era un posador y un farsante y lo único que sabía era apoyar ahí la mano, eso sí, con toda la suficiencia del mundo, porque por lo demás ni en ese campo ni en los otros se desempeñaba con eficacia, y si alguien hubiese decidido alguna vez enfrentar su estampa le habría propinado una lección —dama Ashikaga rio y de nuevo miró fijo a su compañero de subida. Estaba de buen humor—. Qué bello eres.

—Qué superficial eres.

Ahora rieron ambos.

—De todos modos, la comparación me sirve para volver al tema que nos ocupa: Tokedo Shangon —siguió ella—. Así como un guerrero que entrena pasa de torpe a sabio en el curso de los años, al punto de que en algún momento de su oficio ya no es él quien decide los golpes sino el arma que habla en su nombre, así un artista puro... No frunzas la frente, Yutaka, que en el esfuerzo estás resquebrajando tu maquillaje. No te toques, tampoco. ¡Hay que ser tarambana...! ¿Cómo se te ocurrió venir disfrazado de pobre y con la cara cubierta de polvo de arroz? ¡Menos aún hagas eso! ¡Fuera esa uña rascadora! En fin, y resumiendo: un guerrero, cuando llega al ápice de su arte, ya es famoso. En cambio, un artista puro sabe que el prestigio es la ilusión en la que se pierden los colegas que quieren obtener algo a cambio de lo que hacen, mientras que él ya se ofreció a sí mismo: atravesó todas las fronteras, se consumió en el altar de su arte y al cabo lo que queda es un restito insignificante, ceniza fría y mustia caca de perro.

—No puedo concebir a un artista que no busca nada, no consigue nada y solo lo conocen los extraviados de su misma calaña... Más que alguien dotado de un espíritu superior, parece un idiota.

Dama Ashikaga se tapó la boca para ocultar su risa:

—De hecho, podría serlo. El arte pasa a través de él y lo que él hace es dejar que eso ocurra. Por supuesto, esto lo digo yo que no entiendo nada del asunto.

—Pero, ¿y si el hombre no resulta un artista tan puro como lo imaginas? Tokedo Shangon o cualquier otro... Al fin y al cabo, hay que vivir, hay que comer, hay que prevalecer... Esa es la ley...

—Sí, mi apuesto galán... Si nadie alcanza a medir qué grado de maldad subsiste en los ámbitos celestiales, ¿cómo podríamos entonces averiguar qué es la pureza en este mundo?

—Pareces apenada al decirlo.

—Es que tal vez mi escala de valores es errónea y digo niñerías y soy una ingenua que se pierde en futilezas acerca de la aristocracia de espíritu. Incluso es posible que aquellos que describí como artistas puros se equivoquen adorando la mecánica de una actividad que los deja solos, en tanto que aciertan quienes buscan el reconocimiento y aprecio de sus semejantes... ¿quién no quiere amor, Yutaka? El amor es impureza y abandono y hasta las mejores intenciones son llevadas por esa emoción, arrastradas a la catástrofe. Definitivamente, me equivoco al definir al arte y a los artistas y nada de lo humano me es propio y soy frívola y vacua... Pero también es cierto que una vez, en un concierto del maestro Tokedo, sentí... creí encontrar algo que... nunca... Y desde entonces vuelvo y vuelvo a sus conciertos como una polilla hipnotizada por el fulgor de la llama...

Yutaka estuvo a punto de decir algo, pero calló. Dama Ashikaga lo miró de reojo y sonrió.

14

Llegaron en las preliminares. Tal como la Shöguna había anticipado, la concurrencia era escasa: paseantes que visitaban el templo aprovechando el buen tiempo y un par de asistentes que habían elegido las mejores ubicaciones previendo un lleno que no se produciría. Lo vacío de la sala favorecía el pensamiento, así que, apenas tomaron asiento, el moscardón del pensamiento de Yutaka Tanaka empezó a dar vueltas alrededor de algunos temas abordados durante el ascenso.

En principio, y siguiendo con la comparación entre artistas y guerreros, aquello a lo que dama Ashikaga le había prestado poca atención era al vínculo entre acto y consecuencia: mientras un músico está en plena ejecución de una obra solo atiende a su tarea, pero eso no impide que, una vez concluida, evalúe los beneficios a devengar de su esfuerzo. Del mismo modo se emplea un samurái en la destrucción de su enemigo, pero una vez terminado el combate se ocupa de estimar lo que consiguió, trátese de castillos, dinero, mujeres, territorios, prestigio o poder. ¿Puede entonces considerarse menor o impuro el talento marcial de un guerrero?

Por otra parte, si la lógica del artista puro es el desasimiento de toda ganancia, de esa posición no se desprende lo sublime sino la insustancialidad. Suponiendo que alguien pudiera elegir su condición y decidiera ubicarse en el lugar de artista puro, ¿se permitiría hacer cualquier cosa? (En un instante vertiginoso imaginó a un artista puro como un loco que junta restos de comida, ruido, una vasija, un poema incompleto, una rama de cerezo florecida, una caparazón de tortuga rota contra una piedra y sus ideogramas disueltos en el caos, una sombrilla doblada por el viento, la sombra de un retrete, un ovillo de hilo negro, un carozo de aceituna, una aguja de costura). Quien elige definirse como artista puro, ¿sería capaz de aseverar: "Esto es arte porque lo hice yo"? ¡Las cosas no funcionan de esa forma! Hay instituciones, niveles de calificación y de exigencia. Yendo al propio Tokedo Shangon, de seguro que no había conseguido que le facilitaran la sala principal de un templo respetable por su linda cara... Y ni hablar de que para que a alguien lo llamen "maestro", el interesado tiene que ser capaz de difundir su propio mérito... Para eso, más que novedad y capricho hacen falta constancia, obediencia a la tradición y conocimiento de las reglas. "Quizá la sensación inexpresable que invadió a la Shöguna al asistir a los conciertos de Takedo Shangon se deba menos a la música que a su inadecuada preparación para estimarla correctamente... En todo caso, pronto lo averiguaremos...", se dijo el daimyo.

Dama Ashikaga murmuró:

—Se acerca el momento en que se manifestará el espíritu de un artista liberado de todo, que renunció hasta a renunciar.

—O comprobaremos la dimensión de tu error.

—¡Qué porfiado eres! Ah, ahí entra Tokedo Shangon...

El maestro no apareció solo sino como parte de la orquesta, cuyos integrantes comenzaron a subir a la tarima en lenta procesión ritual, se arrodillaron y comenzaron a ajustar sus instrumentos. Yutaka Tanaka había supuesto que vestirían prendas blancas y despojadas de ornamento, como una representación de las virtudes ascéticas. Pero llevaban atuendos lujosos y se movían con la aparatosidad propia de las personas habitadas por el sentimiento de la importancia personal. "Si ofrecen buena música, que vistan como gusten", se dijo encogiéndose mentalmente de hombros.

Ya empezaba a sonar algo, aunque no pudiera discernirse aún de qué se trataba: el ejecutante de la ryuteki soltó un par de chiflidos, alzando primero el dedo índice y luego el meñique, y después se quedó contemplando su flauta, mientras que el del hichiriki mostraba alguna dificultad para apoyar sus labios en la doble lengüeta, porque tras arrancar el lamento caprino de su instrumento, se resignó a apoyarlo contra su pecho. Entretanto, el primer ejecutante del sho aguardaba a que cesara el esfuerzo de sus colegas y se limitaba a soplar en la embocadura y a tapar los agujeros hasta extraer una melopea exangüe.

Así pasaron algunos minutos de tedio. A esa altura de la velada, el señor de Sagami ya esperaba alguna muestra de disgusto de parte de su compañera: sería la señal para abandonar el templo antes de que la confusión inicial pasara a hecatombe estética. Pero dama Ashikaga no hacía el menor gesto ni permitía que de su expresión pudiera inferirse opinión alguna. Incluso sus dobles cejas negras se mantenían quietas. Quizá nada había empezado aún. Armarse de paciencia. De hecho, al primer sho ahora se incorporaba un segundo y un tercero, dando al menos la impresión de que existía una base para que se sumaran los hichiriki y ryuteki. Lo que no significaba que al daimyo le gustara lo que escuchaba. Pero tampoco quería prejuzgar, porque no era un entendido sino un sencillo señor de provincias y porque recién ahora hacía su ingreso el biwa, que, con sus trémolos mantenidos, sus crecimientos y decrecimientos, tal vez sumara mérito al conjunto.

El daimyo se acomodó, apoyando las palmas de las manos sobre los muslos. Superado el momento de incomodidad inicial, cuando los músculos de los hombros exigen tensión al cuello, la pose del león expectante permite mantener la espalda recta y relajada. Ya más sereno, decidió otorgar algún crédito al asunto. Al menos el taiko y el shoko y el kakko agregaban sus golpes, dando espesor y profundidad rítmica. El resultado general seguía pareciendo caótico, pero tal vez se tratara de un movimiento preliminar que evocaba los ruidos de una tormenta, con su arrastre indiferenciado de hojas, flores y frutos, la sacudida de las ramas, el ulular del viento y el chapoteo de la lluvia sobre los pastos... claro que había que esforzarse para seguir esa línea asociativa, porque si se contempla el paisaje desde un aposento en penumbras y con el cuadro enmarcado por una sucesión de biombos entreabiertos, el resultado es satisfactorio. En cambio, aquí no había nada que ver ni oír...

Pese a todo su esfuerzo y a su inclinación concesiva, Yutaka Tanaka comenzó a fastidiarse. Volvió a contemplar de reojo a dama Ashikaga tratando de sorprenderle un gesto, pero nada. Ella había cerrado los ojos. Lo que se dibujaba en sus labios, ¿era una vaga sonrisa o un signo de espera? "Quizá —se dijo— su mente habita un ámbito de perturbación sonora, de gritos de violencia e imágenes de pesadilla, y solo encuentra algo de calma en medio de ese bochinche".

—Shhh... —susurró en ese momento la Shögunа.

—Pero si no hablé...

—Oigo el rumor de tu cerebro...

El señor de Sagami inclinó la cabeza. ¿Leería ella sus pensamientos o solo había espiado su expresión?

—Pero, señora... ¿Cómo puedes concentrarte en este ruido? —exclamó. Y apenas dicho esto advirtió que en todo aquello había una base falsa. Lo que el maestro Tokedo Shangon estaba ofreciendo no era un concierto, nada que pareciera una sucesión sonora destinada al agrado del oyente, nada que formara parte de la tradición y del recuerdo, melodía que se pudiera silbar ni armonía que pudiera emocionarlo... ¿Dónde estaba el alma? ¿Dónde la música? Medido con las reglas tradicionales, lo que Tokedo Shangon ofrecía era puro y simple caos, por lo que forzosamente debía de tratarse de otra cosa... Y la atención que le prestaba dama Ashikaga no era entonces consecuencia de un sentimiento de elegancia enrarecido y tal vez decadentista, no había allí una inaudita sofisticación ni cita con el momento sublime de una nueva estética... Sino...

¿Cómo no se había dado cuenta antes?

Ella no estaba ahí para escuchar un concierto sino para recibir un mensaje en clave. Cada nota en particular, emitida en determinada frecuencia, duración e intensidad, debía de responder a un signo en particular, y el sentido del concierto se desplazaba de la música a la escritura cifrada.

¡Entonces Tokedo Shangon sí sabía! La escena representaba el ritual de su renuncia a su condición de compositor en aras de su eficacia como espía y como transmisor de un mensaje secreto. Y su destinatario era, por supuesto, la propia dama Ashikaga.

Se trataba ni más ni menos que de una conspiración.

¡Desde luego!

Ahora sí que las piezas se acomodaban...

¡Desde luego! Él nunca había terminado de creer la historia que Nakatomi le había contado sobre Ashikaga Takauji y su disputa con Kōmyō, Emperador de la Corte del Norte. Y ¡desde luego! tampoco creyó por completo el relato de dama Ashikaga acerca del modo en que conoció y sedujo al Shögun. Quiso hacerlo, quiso creerle... Pero no había podido. Cuando algo suena demasiado complicado es porque se trata de una invención. La realidad es simple. Decepcionante. En cambio... todo esto... formaba parte de lo mismo: un plan diabólico para hacer coincidir elementos inconexos alrededor de un eje central. Dama Ashikaga era un elemento. La orquesta de Tokedo Shangon, otro. Y él, y el asesinato de su padre y la humillación de su madre, otro. Y Ashikaga Takauji y Nakatomi y las shirabyôshi, otro. Y el autor del plan que los incluía a todos, que incluía al amor y a la guerra y a la venganza como parte del juego de la política, no era ni más ni menos que Go Daigo, el Emperador de la Corte del Sur.

15

¡Desde luego! La música, o sea, eso que se escuchaba en aquel momento, había hecho lo suyo para que el señor de Sagami pensara como se acaba de referir. El reguero de notas de apariencia inconexa brindaba una especie de modelo del que, sin advertirlo, Yutaka se había apropiado para realizar su propia composición mental.

Lógicamente, en su revelación, la mente del joven daimyo había condensado los diversos asuntos que pululaban en su conciencia. Y como algunos de estos se remontaban a momentos anteriores a su tragedia familiar (aunque la incluyeran), no era extraño que afloraran con violencia repentina en aquel momento y lugar. Pero, ya fuera cierta o errónea la atribución de toda responsabilidad de los hechos a Go Daigo, deberíamos sosegar el ritmo del relato para dar a conocer el modo en que el joven daimyo arribó a esta conclusión. Y eso supone un breve repaso de los acontecimientos históricos de aquel período de Japón.

Como se menciona a comienzos de esta crónica, al verse enfrentado a la necesidad de combatir con éxito la rebelión de los Emishi, el Emperador Shōmu tuvo que sustituir a los inútiles de su parentela por generales formados en los campos de batalla, lo que favoreció el surgimiento de los Shögunes. A lo largo de los siglos, estos se fueron apoderando del aparato del Estado, desplazaron eficazmente a las dinastías sagradas y las limitaron a cumplir un papel ceremonial. Estos movimientos no se obraron sin lucha.

A principios del siglo XIV, Go Daigo, Emperador de la Corte del Sur, intentó reducir las atribuciones del Shögunato y restaurar los poderes propios de su investidura. Pero el poderoso clan Höjo se enteró de sus propósitos y envió un ejército dispuesto a derrocarlo, y Go Daigo debió huir llevándose las insignias imperiales legadas por los dioses y que legitimaban su mando (la espada Kusanagi, el collar de joyas Yasakani no magatama y el espejo Yata no kagami que reflejó el esplendor de Amaterasu y devolvió la luz al Universo). Finalmente encontró refugio en Kasagi, donde se hizo fuerte con el apoyo de los monjes guerreros. Al cabo de un tiempo los Höjo ofrecieron respetarle la vida a cambio de que abdicara. Ante su negativa, decidieron coronar a un pequeño traidor de la propia familia imperial. Sin embargo, carecían de las insignias reales y no pudieron llevar a cabo la ceremonia. La lucha continuó. Go Daigo se refugió en el castillo de montaña de Kusunoki Masashige, quien, pese a no contar con un ejército numeroso, aprovechó las ventajas que le proporcionaba su yamashiro para ofrecer una resistencia feroz.

Pasaron meses y años de combates sangrientos y en 1332 las fuerzas del clan Höjö prevalecieron. Mientras el fiel Masashige huía dispuesto a continuar la lucha y defender la honra de su emperador, Go Daigo fue capturado y llevado al cuartel general de los sublevados en Kyoto y luego exiliado en la isla de Oki, donde permaneció en custodia.

Entretanto, Masashige había logrado construir en Chihaya un castillo con mejores murallas que el anterior. Especialista en técnicas de defensa, logró inmovilizar a las fuerzas de los Höjö y concentrar su atención al extremo de que Go Daigo aprovechó un descuido de sus captores para huir de Oki y levantar un ejército en la montaña Funagami. Para arrostrar el viento de la indócil fortuna, que parecía haber cambiado de dirección y soplar en su contra, los Höjö recurrieron a uno de sus más hábiles generales: ni más ni menos que Ashikaga Takauji. En un principio Ashikaga obedeció a sus superiores y combatió con éxito a Go Daigo; pero pronto descubrió que le resultaba más beneficioso aliarse con él y lanzar en conjunto un ataque al cuartel general del clan situado en Rokuhara. Luego de una serie de batallas, los Höjö fueron vencidos y Go Daigo recuperó la plenitud del poder y en 1333 nombró Shögun a su hijo mayor, el príncipe Moriyoshi. Esa decisión resintió el ánimo de Ashikaga. ¡El Emperador le había prometido el cargo en agradecimiento de sus servicios y a cambio de cumplir con su palabra favorecía a un hijo cortesano!

Desde luego, Go Daigo no obraba de manera impremeditada. Tras la restauración de su poder, no solo desatendió el reclamo de Ashikaga, sino que se negó a repartir las tierras tomadas al clan Höjö entre la tropa y los samuráis leales, buscando limitar las ínfulas de los daimyos y acotar sus constantes disputas territoriales. Por supuesto, el propio Ashikaga Takauji también aspiraba a unificar el país bajo un liderazgo fuerte. Así que no tardó demasiado en rebelarse contra el Emperador de la Corte del Sur y en 1335 estableció la sede de su gobierno en Kamakura y entronizó al pánfilo del príncipe Moriyoshi, que duró un suspiro antes de ser degollado. Go Daigo, ardoroso de revancha, nombró entonces como Shögun a otro de sus hijos, el príncipe Nariyoshi, que tampoco pudo imponer respeto. Emperador y guerrero se enfrentaron, y triunfó el guerrero.

Habiendo conquistado Kyoto, Takauji obligó a Go Daigo a entregarle las insignias imperiales que le otorgaban legitimidad como emperador, y en prueba de sumisión y respeto a la tradición las cedió al príncipe Tsuguhito, designándolo por este acto como Emperador Kōmyō. Tsuguhito era hijo de Go-Fushimi y pertenecía a la línea sucesoria Daikakuji, por lo que tenía tanto derecho como el otro a considerarse emperador. Entretanto, Go Daigo huyó de Kyoto y se refugió en Oshino, desde donde declaró solemnemente que, siendo Ashikaga Takauji un ladrón y un traidor, él le había cedido lo que se merecía: insignias imperiales falsas, que solo servían para erigir falso emperador a otro falso como Ashikaga. Las verdaderas, dijo, era él quien seguía conservándolas.

La proclama de Go Daigo generó un problema insoluble: ¿cómo saber si el depuesto emperador mentía ahora por desesperación o había timado antes a un enemigo ansioso de apoderarse de esos símbolos? De hecho, ¿cómo saber qué era verdadero o falso en un período histórico donde la fugacidad dejaba su marca y el fraude y el tráfico de imitaciones de antigüedades era ley? De cualquier manera, a Ashikaga Takauji las palabras de Go Daigo le importaron menos que el zumbido de una mosca, porque entretanto Kōmyō lo había nombrado Shōgun.

A partir de entonces, con la ambición de Ashikaga Takauji en apariencia satisfecha, se generó una especie de apaciguamiento provisorio, algo que favoreció la existencia de dos cortes. La del Sur, con centro en Yoshino y regida por Go Daigo, y la del Norte, con sede en Kyoto y liderada nominalmente por Kōmyō bajo la mano de hierro de Ashikaga Takauji. Ambas cortes, ¡desde luego!, conspiraban una contra la otra, realizaban maniobras alambicadas que escapaban a la comprensión de las mentes más sutiles, y que incluían intrigas, canjes de espías de pertenencia imprecisa, asesinatos y envenenamientos, etcétera. Así y todo, la paz se afirmaba en el Japón bicéfalo.

Voviendo al caso de Yutaka Tanaka, ¡desde luego!, y aunque hubiese llegado a Kyoto por asuntos ligados al honor de su familia, no desconocía la realidad política del momento. Así, ese saber infuso había obrado su efecto y ahora, mientras el grupo musical de Tokedo Shangon seguía chirriando, todo explotaba en su mente mostrándole un diseño que él tomaba como la trama secreta de los hechos. Una trama compuesta de diferentes hilos que se unían para dar lugar a lo que ocurría en ese momento: el concierto de la conspiración.

¡Desde luego!

¡Ahora entendía (o suponía entender)!

A partir del momento mismo de su arribo a Kyoto había sido objeto de una manipulación: mientras se desgastaba solicitando un encuentro con Ashikaga Takauji era desviado sutilmente en dirección de su esposa. Tal vez el Shögun ignorara incluso su presencia en la ciudad. Tal vez, de haberla conocido, lo habría recibido de inmediato con el objeto de comunicarle el nombre del asesino de su padre. ¿Cómo saberlo? La maquinaria había sido montada a base de engaños y mentiras. Nakatomi, ¡desde luego!, con sus cuentos ridículos acerca de autómatas y de rivalidades ficticias con Kōmyō, tratando de ocultar que la única rivalidad posible y harto conocida era la que el Shögun mantenía con Go Daigo. ¡Desde luego!, ese relato estaba acordado con dama Ashikaga, que con sus modos lo había cegado al punto de llevarlo a olvidar su principal interés, y eso, ¿con qué fin? Atraparlo en su telaraña. ¡Desde luego!, dama Ashikaga era la agente principal de Go Daigo, quien a su vez había fabricado todo el asunto para atrapar a...

Para atraparlo a él.

A Yutaka Tanaka, hijo de Nishio y Mitsuko Tanaka. Noble daymo de la provincia del noroeste. Señor de Sagami.

Ahí estaba todo. El diseño completo.

"Go Daigo", se dijo, "envió a sus esbirros a que mataran a mi padre y mancillaran el honor de mi madre para que yo busque verdad y justicia en Kyoto y a cambio de eso caiga en las redes de dama Ashigaka, con el propósito de que esta, haciendo uso de su seducción, me indisponga con su marido y me impulse a sumar mis fuerzas a las del Emperador de la Corte del Sur". La cuestión era ¿por qué ella arriesgaba su elevada posición junto al Shögun, corriendo el riesgo de perderlo todo, y ayudaba a Go Daigo? ¡Muy sencillo! La Shöguna misma se lo había dicho: pertenecía a una de las líneas laterales de la divina sangre imperial, y ella y sus fantasmas ancestrales padecían nostalgia por su pasado glorioso. "Go Daigo", dedujo Yutaka Tanaka, "le prometió que la desposaría luego de vencer (contando con mi auxilio) a su actual esposo. Él unifica las dos Cortes y ella, la Shöguna del Norte, asciende a Emperatriz de todo Japón".

16

Al arribar a estas conclusiones Yutaka Tanaka estaba en un grado de excitación difícil de disimular. En su mente todo giraba y se acomodaba y desacomodaba y volvía a acomodarse, cada pieza encajaba y se desajustaba segundo a segundo, abriendo y cerrando series de dibujos de trazo cambiante.

—Te noto inquieto —dijo dama Ashikaga—. ¿Disfrutas del concierto?

—Oh, sí. Muy estimulante. —El señor de Sagami inclinó la cabeza sobre su pecho, afectando concentración en el estropicio sonoro. Curiosamente, justo ahora que aquilataba en toda su dimensión lo peligrosa que era esa mujer, empezaba a entender y apreciar la consistencia de su personalidad, y, más extraño aún, a sentirse a gusto a su lado. Hasta entonces se había sentido atraído por ella (desde luego), pero también lo habían irritado sus idas y vueltas, su proceder arriesgado y caprichoso y su verborragia y sus retinencias a la hora de revelarle la identidad del asesino de su padre. Hasta entonces, para resumir, había sido una mujer tan fascinante como insoportable. Pero ahora estos aspectos empezaban a concentrarse y parecían apuntar a una dirección particular, y Yutaka se sentía agradecido a los dioses de que le hubiesen permitido asomarse a ese misterio. ¿Qué otra mujer podía compararsele? Dama Ashikaga era capaz de traicionar a su marido (y hasta de asesinarlo) y carecía de escrúpulos a la hora de llevar a cabo sus propósitos. Eso indicaba un corazón feroz y decidido, que no palpitaba al ritmo de sentimientos bajos y rastreros sino a impulso de razones tan valederas como las suyas.

"Si atrapó con sus encantos al Shōgun cumpliendo con el designio de un padre que buscaba corregir el rumbo descendente de su clan, al aliarse con Go Daigo no hace otra cosa que perfeccionar ese designio, pues es el Emperador y no un Shōgun la fuente de la verdadera nobleza y del linaje divino. Y de seguro que si el padre sigue vivo aprobará su procedimiento, si es que directamente no lo ha inspirado. Así, un hecho en apariencia indigno se transfigura en un gesto de sublime renuncia personal. Porque si la conspiración tiene éxito, dama Ashikaga se calzará la triple corona de Emperatriz, pero todo Japón la tendrá por una mujer infame, de una bajeza sin límites, ignorando su impecable sumisión al mandato paterno, una obediencia tan extrema que se convierte en la hija perfecta pagando el precio de manchar su nombre para siempre...".

¡Qué complejo se volvía el mundo bajo la luz de Luna de la intención humana! Faces opacas y claras, contrastantes, brillos mórbidos y aviesos, tentadores... Desde luego, dentro de ese marco, él tendría que pensar en su propia conveniencia. Y no olvidar ni por un momento que, si Go Daigo había mandado asesinar a su padre y humillar a su madre con el objeto de empujarlo a formar parte de su bando, esa atrocidad clamaba por revancha... aunque hubiera que cumplirla contra el mismísimo Emperador. Y también incluía admitir que, habiendo funcionado como cómplice de este, dama Ashikaga merecía el condigno castigo.

Pero era muy temprano aún para decidir los siguientes pasos. Entretanto, Yutaka se solazaba en la contemplación de su propia inteligencia al haber podido dar cuenta de las complejidades de esa trama, permitiéndose incluso disfrutar de la sensación de paz que lo inundaba al contemplar de reojo a la Shōguna. Sí. Era una mujer extraordinaria. Y tan bella que hasta podía perdonársele que tomara a los demás como instrumentos de su accionar.

En algún punto, podía decirse que eran almas gemelas. Ambos buscaban restituir el honor familiar y no escatimaban en recursos para lograrlo.

—¿Qué te pasa? —dijo dama Ashikaga y posó durante unos instantes su mano pálida en la boca de la manga del kimono del joven daimyo.

Yutaka contempló esa mano de dedos largos y uñas deliciosamente esculpidas.

—Nada —dijo y la miró a los ojos. Ella le sonrió, volvió la vista en dirección de la tarima, volvió a mirarlo de manera más fugaz, con un gesto desvalido y tímido. Luego retiró la mano y concentró su atención en los movimientos de los músicos y en el sonido de la música, es decir en su mensaje.

"Ya no es necesario que me engañes de esta manera, hermosa mía", pensó. "Admiro tus manejos y te rindo homenaje".

De alguna manera, el curso de las cosas simplificaría todo. Llegado el momento, él decidiría si se aliaba al asesino de su padre y traicionaba a Ashikaga Takauji, o si por el contrario se arrimaba al Shögun y le revelaba el plan de Go Daigo y de su propia esposa. Ambas perspectivas ofrecían enormes riesgos y ventajas escasas y, sin embargo, enfrentándose a ese panorama, seguía sintiéndose sereno y en paz. ¿Sería que se había reconciliado con su destino, o era que algo inesperado y nuevo se derramaba como un bálsamo sobre su alma? Todo resultaba tan extravagante que hasta sentía deseos de entregarse a la ocasión, desangrarse en la expectativa, casi morir... Por primera vez se veía incluido en una intriga que no lo tenía por causa última. Porque había sido objeto único del amor de su madre y sujeto privilegiado de las enseñanzas guerreras de su padre, pero ahora... "Seré una piedra negra o una piedra blanca que al desplazarse mueve otras piezas y que es movida a su vez por otras. En esta partida, mi suerte es azarosa, el resultado es improbable y la duración puede ser infinita. Bienvenido, Yutaka Tanaka, hijo de Nishio y de Mitsuko Tanaka al mundo adulto, el mundo de la política", se dijo. Y volviéndose hacia dama Ashikaga sus labios modularon las dos palabras, pero su boca no se abrió para decir: "Te amo".

—¿Qué? —dijo ella.

—Shhh. No dije nada. No distraigas a los músicos —dijo él. Y en ese momento decidió: se aliaría con... el Shögun, ya que al menos no era responsable de la infamia cometida contra su familia, y luego de denunciar las maniobras de Go Daigo y la Shöguna lo traicionaría acostándose con su esposa.

—Yo también —dijo dama Ashikaga. Volvió a apoyar su mano sobre el brazo de Yutaka Tanaka, en muestra de entrega y de confianza, y se abandonó al rumor de la música. Tan concentrada estaba que ni siquiera descubrió que un insecto minúsculo y de cuerpo redondeado, con pequeñas alitas manchadas de círculos rojos y negros se deslizaba por la palma y hacía un recorrido curvo y rumoroso; esto duró apenas unos segundos, el temblor de una vida, y luego ese caparazón quitinoso se alzó y otras alas ínfimas brotaron y se agitaron y vibraron y el insectito se perdió en el azul.

17

La experiencia carnal del señor de Sagami se limitaba a encuentros fortuitos. Empuje, descarga, sueño y olvido. En cambio, con dama Ashikaga conoció los matices y las variaciones. En la exaltación gemían y se abrazaban estremecidos de anhelo, durante el éxtasis rezaban para que el tiempo se suspendiera, a cada instante temían ser sorprendidos por un Shōgun iracundo que llegaba a cobrarse la ofensa. Se guarecían en casitas de té alzadas en jardines de aspecto ruinoso o en habitaciones que se abrían al anochecer. El diseño de los muebles, las plantas de los edificios, los perfumes... Todo estaba dispuesto para celebrar el amor.

Yutaka Tanaka conoció el mundo de los biombos, de los paneles corredizos y las cortinas, del aroma a incienso en las prendas íntimas y de las gradaciones de color en los vestidos sobrepuestos. Era el mundo de las mujeres, el reino acogedor de la discreción y de la sombra. Entraba allí envuelto en la flama de su ardor y el manto de su desconfianza. Algunas veces creía que se encaminaba a una trampa donde sería asesinado por un ataque a traición. Otras, temía que, harto de él, dama Ashikaga lo dejara plantado o que lo citara en una mansión laberíntica y negra en lo alto de una montaña, cuya única habitación no tenía paredes y estaba rodeada por un vacío murmurante al que debería arrojarse. Su desconfianza cedía recién cuando se encontraban. Ella lo esperaba cubierta por los doce kimonos damasquinados que apenas duraban unos instantes sobre su cuerpo antes de abrirse.

Luego, en la madrugada, no bien la prudencia indicaba la necesidad de partir, el ritmo natural del pensamiento restituía el peso ominoso de la amenaza.

Se besaban, se abrazaban, se llamaban por nombres tiernos. Entintaban sus pieles escribiendo poemas que luego borraban. Fantaseaban con andar al aire libre y a cara descubierta, con paseos en bote y caminatas a plena luz del día por algún sendero de montaña. Dama Ashikaga soñaba con asistir al festival del décimo mes, cuando la nieve cae en copos deshilachados sobre las ropas blancas y azules de los hombres y sobre las flores que las mujeres llevan en sus tocados. La sensación tormentosa de lo clandestino les quitaba toda naturalidad, dejándolos a cambio empapados del sentimiento de lo íntimo. Con la cabeza apoyada en la almohada, dama Ashikaga le decía:

—Sé que piensas en matar a Takauji para que yo sea enteramente tuya, pero jamás aceptaría algo así...

—¿Por qué no? —le decía Yutaka, cediéndole la línea dominante del diálogo.

—¿Eres tonto de verdad o me estás probando? —Risita y palmada en el zenwan de su amante—. Una cosa sería perder a mi marido en una batalla común y corriente, y otra muy distinta incitar a un adelantamiento de su fin. Sería horrible que me manifestaras tu disposición a cometer semejante acto, y sería aún peor que yo te alentara a realizarlo, porque, una vez cumplido, no podrías ya tocarme.

—¿No? ¿Y por qué?

—¡No me mires como si te estuviera presentando un acertijo! Quien consiente por una vez un asesinato se ve forzado a reiterarlo en lo sucesivo. Además, si te diera mi anuencia, me volvería una mujer cruel y distante, lejana, y todo entre nosotros pasaría a ser sospechoso e imposible de soportar. No lo hagas, Yutaka, no mates a mi marido en ninguna circunstancia, ni siquiera si mañana mismo te lo pidiera. Puedo sufrir un rapto de desesperación, pero también mido las consecuencias. Quien mata por amor sobrepasa un límite que no debe ser franqueado, porque el frenesí de la sangre lo aleja de su amante y porque aprende que, así como mató, puede en lo futuro ser la siguiente víctima. Y yo no necesito que muera Takauji para tenerte. Él solo existe para que se cumpla una necesidad ajena, la de perderte algún día.

—Tus palabras son tristes y me desaniman —decía el joven daimyo.

—Nuestro amor, por oculto y prohibido, posee la exquisita condición de lo efímero. Si mataras, y recuerda que sería espantoso que lo hicieras, correrías un riesgo peor que el de ser juzgado y condenado por el consejo de sabios. Muerto el actual Shögun, pronto habría que buscar un reemplazo, y como el sometimiento a las realidades de la política supera los ideales abstractos de la justicia... Terminarías siendo mi esposo.

—¿Y ese te parece el peor de los destinos posibles? ¿No te gustaría levantarte por la mañana y decirme "mi Shögun"?

—¿Qué sueño albergarías si todos se te cumplieran, incluso los que no soñaste? ¿En qué pensaríamos cada día? Tendríamos que afrontar al recuerdo del crimen que cometimos solo para perdernos en la bruma de una cotidianidad que ya no sería tan dichosa como la imaginamos... ¿Y cuál sería para mí la ventaja de cambiar de marido y la tuya al reemplazarlo? Tedio, rencor y sospecha. Empezarías a temer que durante mis pequeñas ausencias (aunque solo me encuentre en mis aposentos privados), esté deslizando en el oído de otro hombre el veneno de mis palabras, sugiriéndole la conveniencia de eliminarte...

—Pero nunca podrías decir eso...

—No estés tan seguro. ¡Si tú mismo esperas que te invite a asesinar al Shögun! Pero no. No lo haría ni lo haré. Salvo que fuera una bruja o un demonio animista.

—¿Lo eres?

—Idiota. Soy una mujer que te ama y conoce las oscilaciones del amor. Por eso sé que el único modo de quebrar la cadena de causas y efectos es acudir a la iluminación que proporciona la abstinencia. Claro que eso es imposible, porque por el momento no puedo prescindir de tu bâga. Eres tan dulce, Yutaka... Tan musculoso... Y tu sabia savia sabe tan bien...

—Tus juegos de palabras me excitan...

—¿Qué dije? Idiota...

—Asesina...

—Provinciano...

Entonces se abrazaban y el juego recomenzaba. A veces, en descanso, el daimyo apoyaba su heddo sobre las chibusa de su amada mientras le acariciaba distraídamente las denbu o pasaba el hitosashiyubi sobre la bakku. Así, apenas iniciado el roce, la ahohiroi hada de dama Ashikaga se volvía sobrenaturalmente han tômei no hifu, al punto de resplandecer en la oscuridad. Entonces ella gemía, separando apenas las rappu y entonces asomaba la shita entre los kuchibiru; sus futomomo se abrían también, dejando ver el dibujo rosado de su chitsu deliciosamente enmarcado por un kami suave y esponjoso. Dama Ashikaga se acomodaba y lo miraba fijo a los ojos y decía "Sheru. Toda tuya. Mi sheru. Mi tú". Y con el ardor de sus palabras se erguía el sashimasu de Yutaka, que ansiaba separar de ella sus in kuchibiru y adentrarse, pero no era tiempo todavía. "Chitsu seikô", decía ella, ya abierta, y entonces él se inclinaba a darle satisfacción, mojándose los rippu en el ori mono, entretanto ella, con una torsión, estiraba los yubi de su te y desplegaba el hitosashiyubi, el oyayubi, el nakayubi, el koyui y el yubi y le aferraba con ellos el buzai, sin dejar afuera el hôhi. "¡Sekkusu, orasekussu!", decía y se lanzaba de rappu sobre su penisu, haciendo uso de kuchibiru y frotando su inkeikitô contra la cara interior de la húmeda hoho. Entonces Yutaka Tanaka, perdido el menor respeto, la tomaba por la uesuto y la hacía inclinarse y tomaba su mata de kami en un puño mientras con la otra te abierta como un látigo golpeaba el tierno shiri de su querida, que ya al primer estallido pedía: "Anarusekkusu. Quiero tu buzai hasta el fondo". Ella ordenaba y él embestía y todo se perdía entre gemidos. El señor de Sagami la sujetaba por los zenwan, luego le frotaba el kuritorisu de grano de arroz perfumado, sintiendo cómo el seishi se agolpaba en su inkeikitô y debía contenerse para no derramarlo. Por eso clavaba sus tsume sobre el bakku de dama Ashikaga o tironeaba de su mimi o le clavaba los tisu en un kata y hasta se imaginaba devorándola como un manjar: empezaba por los ashi, subía por el ashikubi, seguía por las fuku-ra hagi, su hara y entraba directamente y tragaba su chô, sus haizô... La amaba tanto que no se animaba a morder su corazón...

Por supuesto, era ella quien manejaba los tiempos y fijaba cada encuentro. A veces pasaban días enteros sin que Yutaka Tanaka recibiera noticias suyas, y luego, de pronto, se veía asediado por cartas de una pasión absorbente, por mensajes como signos (una piedra blanca dentro de un envoltorio hecho con hojas de sauce; una jarra con agua que debe agitarse para que desde el fondo ascienda una rama de pino). Alguna vez pasó más de una semana sin verla y cuando ya temía haber sido olvidado recibió un mensaje que solo incluía lugar y momento de la cita. Él ya no se detenía a evaluar los riesgos, aunque creía que la circulación constante de mensajes y mensajeros era más peligrosa que el acto carnal. Lo enfurecía pensar que el Shögun debía de estar haciéndose el desentendido ante el asunto. La indiferencia era una exageración del desprecio. ¿Sería posible que a Ashikaga Takauji le importara poco y nada de su mujer? En cuanto a sus teorías, las que se había formulado durante el concierto del maestro Tokedo Shangon, seguían alojadas en un sector de su mente. Así, ni siquiera en los momentos de máxima fusión relegaba la sospecha de que ella, al tiempo que se acostaba con él, estaba trabajando a favor de su intriga política. Ni siquiera lo descartaba en los momentos de máxima pasión. ¿Podía una mujer dar todo y a la vez simularlo todo? Si había alguna capaz de semejante duplicidad, era ella, dama Ashikaga, su amor.

18

Aún sumido en los retorcimientos de su pasión, Yutaka Tanaka se hizo de tiempo para leer la misiva enviada por su consejero principal. Con el estilo escrupuloso, lleno de precisiones inútiles y de digresiones propias de los viejos, Kitiroichï Nijuzana lo ponía al tanto de los asuntos cotidianos de Sagami (impuestos, nacimientos y defunciones, cosechas y chismes locales). Aun teniendo en cuenta la pesadez general del asunto, la carta dejaba traslucir el perfume de los asuntos de su tierra y la nostalgia de los vasallos por el amo distante, y a su pesar el joven daimyo se sintió conmovido, por lo que respondió con afectación de importancia y tratando de disimular lo empantanado que estaba en la investigación que lo había llevado a Kyoto. Además, se empeñó en analizar en detalle la situación política del país (Corte del Norte versus Corte del Sur, el rol del Shögun, los daimyos, etc.) y en referirle las sospechas concebidas durante el concierto de Tokedo Shangon respecto del posible papel de espía de dama Ashikaga. Naturalmente, también se prodigó en alusiones ineptas y en torpes circunloquios que le permitían nombrarla de nuevo.

En su respuesta, Kitiroichï Nijuzana fue directo al grano:

Mi señor:

He leído con preocupación todos tus dislates, que me gustaría atribuir a un rapto de fantasía. Pero ¡cómo temo estar equivocado! Y si por casualidad fuese cierto que los aires de la ciudad capital te llevaron a extraviar la cordura, permíteme una sugerencia: sería conveniente que volvieras estilo ese extravío, porque al loco se lo tiene por sagrado y protegido por los dioses. Así, en beneficio de tu propia salud y atendiendo a que mantengas tu cabeza montada sobre tu cuello, te aconsejo que dances solo por las calles, que eches ceniza en tus cabellos y abraces a las bestias de carga muertas de agotamiento y lamentes su triste destino mientras agitas sus belfos; puedes incluso vestir ropas rasgadas a la altura del culo, reír mientras te tiras pedos en la cara de los niños y aprovechar para ejercitarte en relaciones inusuales de nuestra lengua hasta el punto de terminar inventando un idioma carente de sentido, salvo el que le atribuyan quienes te escuchen. ¿O acaso no hiciste lo mismo con la composición del maestro Tokedo Shangon, cuando asististe a su concierto?

Yendo a ese punto, y ateniéndome a tus comentarios, me parece por lo menos caprichoso que vincules una obra musical con un sistema de transmisión de mensajes políticos en clave, porque ¿cómo dilucidar si en la información cada nota equivale a un ideograma, o si la equivalencia se establece a lo largo de una serie determinada de notas, ya en sucesión melódica o en relaciones armónicas?

Digo esto para que veas la complejidad de una operación semejante. Y no quiero ni pensar qué ocurriría si estableciéramos un vínculo entre nota-melodía-armonía-tono-intensidad de tañido-calidad y condición de cada instrumento. El caos total.

Y suponiendo que el concierto hubiese transmitido un mensaje, ¿quién sería el destinatario capaz de leerlo, cuando la cantidad de combinaciones entre los elementos posibles de ese lenguaje encriptado-musical excedería en mucho la suma total de los ideogramas existentes, y por lo tanto la capacidad humana de memorizarlos? Y ¿cuál sería la notación de cada palabra en particular? ¿Se establecería por forma gramatical? ¿Y qué hacemos con las inflexiones de género y número?

Llevémoslo a un extremo de cómica exageración para que veas la pesadilla en la que te metiste. Por tu relato, no me caben dudas de que asististe a un concierto de Gagaku en su variante orquestal (kangen). El Gagaku es la música oficial de la Oficina Imperial de Música, cosa que por supuesto sabes y que de seguro fue lo que te llevó a establecer una relación entre ese concierto y una presunta intención oculta del Emperador Go Daigo (aunque no sé por qué excluir del asunto al Emperador Kōmyō). ¡Pero los Emperadores no saben nada de música! Ignoran todo acerca de dinámicas ascendentes o descendentes, no saben si una introducción debe ser lenta o rápida, si su ritmo debe mantenerse libre o sujetado, y su movimiento moderado con base en diversos comportamientos... En fin. Por todo ello es imposible que recurran a lo que desconocen para transmitir las simplicidades que suelen comunicar a sus agentes y espías ("mata", "soborna", "secuestra", "espera", "sigue", "¡a degüello!", "te envío dinero", "necesito provisiones", "¡ataquen!").

Por cierto, lo que me escribiste acerca de dama Ashikaga me hizo reflexionar. Entiendo que al enigma central de su personalidad le agregaste otro. Permíteme que te lo pregunte: ¿De veras crees que un Emperador puede considerar seriamente la alternativa de emplear la voluble conversación femenina como eje de su estrategia de unificación de los dos tronos?

Te hablo, Yutaka, como si fueras mi hijo. Un hijo díscolo al que hay que obligar a sentar cabeza. Piénsalo. Si Go Daigo hubiese querido establecer un vínculo conspirativo secreto, habría optado por el recurso tradicional: correos llevando mensajes cifrados que se transcriben mediante el uso de manuales de claves. Y de querer proponerte una alianza te habría enviado un emisario con su oferta. Más bien creo que te has enrollado como una cortina de bambú en las operaciones de la mencionada dama, con nulo beneficio para la resolución del tema que te condujo a Kyoto, y riesgos que podrás imaginar mejor que nadie. En tu lugar, yo pensaría si no llegó la hora de regresar a los pagos natales.

Los comentarios de Kitiroichï tocaron el lugar donde la herida seguía supurando. Desde el inicio del romance con la Shōguna, Yutaka Tanaka no había vuelto a abordar la cuestión relativa al asesinato de su padre y la humillación de su madre. Esto se debía a varios motivos. Primero, se negaba a escalar hacia los cielos del dolor que sufriría si terminaba cerciorándose de que su amante era parte del hecho, lo que lo obligaría a interrumpir abruptamente (y quizá violentamente) la relación. En segundo lugar, y no menos importante: aun cuando lo resentía el silencio de dama Ashikaga respecto del asunto, le parecía poco delicado mencionarlo en un descanso entre los arrebatos carnales. Y, por último, alentaba la fantasía pueril de que la verdad se le revelaría de un día para otro, ya gracias a un nombre soltado por su amada, ya de manera inesperada.

Además, había otra cuestión inquietante: la frecuencia de sus citas clandestinas estaba disminuyendo. Al principio, el señor de Sagami había tendido a atribuirlo a un acceso de prudencia de dama Ashikaga. Quizá Kitiroichï tenía razón y él se había trastornado creyéndola una espía de Go Daigo; quizás era solo una mujer que se arriesgaba por amor y que aun en su elevada condición seguía sintiéndose indefensa y expuesta a las represalias de su marido.

En cualquier caso, había que cuidarse.

Cedido el ritmo alocado de los primeros encuentros, los siguientes fueron ganando en gravedad y dulzura. Era la hora de las emociones profundas, laqueadas por el riesgo y la inminencia del fin, que deleitosamente se postergaba. En esa demora encontraban la dimensión de absoluto que hasta entonces los había esquivado. Si cada palabra y cada gesto podía ser el último, no había manera de escapar al sentimiento de lo definitivo. Los poemas se susurraban en voz baja, las caricias se eternizaban. Desde los pabellones que daban a los jardines, desde las verandas donde aparecía el redondel amarillo y enloquecido de la Luna, un mundo arborescente se abatía sobre ellos derramando la promesa de una caricia de muerte.

Y cuando no estaban juntos se escribían, lo que era una forma distinta y más reposada de pertenecerse. Yutaka Tanaka redactaba sus misivas con el cuidado de quien sabe que las palabras no son su fuerte. Dama Ashikaga, en cambio, se entregaba a todos los encantos y excesos de la escritura. Al leerla, el joven daimyo no cesaba de preguntarse cómo era posible que, siendo tan maravillosa, insistiera en declararse enamorada de él. ¿Estaría bromeando? Tal vez Kitiroichï Nijuzana erraba en lo esencial. La música podía convertirse en una clave política y el pensamiento era una rama de curso irregular y los perfumes evocan lo que no existe, así que ¿cómo iba él a orientarse en la trama de los hechos si había accedido al amor buscando el rumbo preciso donde perderse?

19

La correspondencia de dama Ashikaga se volvía cada vez más extraña. En crepitante papel de arroz le enviaba suminagashis de tinta flotante y marmolada. Al contemplar las curvas ambiguas de esos ideogramas, Yutaka Tanaka no sabía si lo estaba invitando a un paseo por la montaña, le prometía una pronta aparición o le anunciaba su fuga. Pero ¿a quién preguntarle? A cambio de mensajes explícitos le remitía objetos diversos —una langosta recién hervida y con las pinzas humeando, una rama de paulonia, una piedra oblonga y de tono mate apoyada sobre una piedra chata y hueca, una caja que contenía otra caja que contenía otra y así hasta la más pequeña que guardaba un fragmento cascado de caparazón de tortuga.

Esos envíos duraron un buen tiempo. Luego empezaron a llegar arreglos florales. Eran exquisitos desde el primero al último, con cada elemento cuidado al máximo: desde los jarrones, ya fueran altos o bajos, pasando por la calidad de los pinchos que atravesaban el extremo oculto de las ramas y determinaban la torsión de cada hoja. El joven daimyo tendía a pensar que su amada quería compensar la escasez de contacto físico con la imagen de los cuerpos de ambos como naturaleza entrelazada. A veces los arreglos poseían una cantidad de plantas y frutos asociados a lo boscoso, otras aspiraban a la sequedad y a la escasez, a la línea depurada de la flor que asciende hacia las nubes. Esa alternancia hablaba de las variaciones y riquezas del amor. Yutaka Tanaka dispuso al primero de esos arreglos en el tokonoma: completaba el vacío de la habitación. Pero los arreglos continuaron llegando, así que los acomodaba en los rincones para que no ocuparan espacio. Cada día cambiaba el agua de las vasijas, reemplazaba una rama rota o quitaba una hoja seca, iba de un lado a otro con una regaderita de cerámica y una tijera de podar, imitando los movimientos lentos de los monjes, y al cabo de un rato sentía haber entrado en estado de concentración, aunque el objeto de su pensamiento no fueran los dioses ni el Universo sino el chitsu de su amada.

Con el paso de los días la situación se complicó, tanto por las limitaciones de espacio como por la transformación de los obsequios recibidos. Las depuradas líneas iniciales se iban subordinando crecientemente a un criterio de abundancia salvaje. Los colores eran más intensos, las torsiones primaban sobre la extensión, se superponían y enredaban. Además, ya se tratara de ramas, de frutos o de hojas, los arreglos parecían tener una vida suplementaria, posterior al momento en que fueron retirados de la tierra o cortados de los árboles. Algunos venían en fuentones que contenían una materia barrosa, negra y casi líquida, donde las raíces o los nudos cortados de las ramas parecían moverse. Antes de dormir, el señor de Sagami les echaba una última mirada y al despertar volvía a estudiarlos. Básicamente, los nuevos envíos parecían haber empleado la noche para estirarse en dirección de los antiguos. A veces creía que las transformaciones eran obradas por su recuerdo durante el sueño. Pero al cabo de algunas semanas la evidencia se impuso: esos deslizamientos no eran producto de su imaginación sino de la pasión de los arreglos por apoderarse de las formas ajenas en el espacio. Y, además, crecían. Los regara o no. Las ramas engrosaban, las hojas se iban volviendo más espesas y nudosas, algunas desprendían una suerte de goma espesa o aceite de un perfume rechazante.

Ya que la reanudación de los encuentros parecía demorarse,

Yutaka Tanaka decidió cortar con lo elusivo. Le envió una carta a dama Ashikaga, solicitando información acerca del asunto que lo había llevado a Kyoto. Y diciendo además que si ella no estaba dispuesta a confiarle el nombre que buscaba, le informara con quién debía hablar a cambio. Su carta era breve, cortante y, él creía, definitiva. Pero la respuesta se demoró, y al llegar no se trataba de lo esperado: era otro envío. Las masas vegetales parecían cuerpos carnosos y una mosca verde y brillante zumbaba sobre el pistilo de la flor más grande. Por un segundo él creyó que se trataba del último milagro de la ciencia de los autómatas, y que la mosca duraría allí hasta que la flor se pudriera, pero, con una vieja sabiduría aviesa, la flor fue cerrando sus pétalos uno por uno y se zampó a la mosca, haciendo crujir sus membranas y dejando que por un borde amarillo se deslizara el jugo negro de sus élitros.

A partir de entonces, el señor de Sagami se acostaba con su katana desenvainada. Pero al despertar se avergonzaba de sus prevenciones, porque, por mucho que los arreglos nuevos se hubieran estirado y deformado durante la noche, trazando arcos y curvas, cayendo sobre otros y agregando sus volúmenes y armando paisajes inextricables, no se acercaban a él ni se derramaban sobre su cuerpo.

Se pasaba el día encerrado. Nakatomi, que antes no se privaba de molestarlo a toda hora por cualquier insignificancia, ahora se limitaba a rozar con sus uñas la hoja de una mampara, avisándole con ese gesto mínimo que había depositado en el piso la bandeja con su comida. Y si llegaba a cruzárselo camino del retrete, retrocedía como si estuviera frente a un sentenciado. Sin embargo, una vez se decidió a mover el panel corredizo de la habitación de su huésped y se quedó quieto durante un par de minutos contemplando la maraña:

—El olor a podrido no me importa —dijo después—. Lo que me llama la atención es la versatilidad de nuestro matrimonio de Shögunes. Él se pierde por las cosas a cuerda que toman apariencia de vida, ella alienta a las plantas a que se adhieran a las figuras inertes.

El último obsequio llegó al fin de un atardecer. Era más pequeño que los anteriores y estaba envuelto en una caja montada sobre una estructura de cañas finísimas y recubiertas por un manto de seda. Al abrir la caja, Yutaka Tanaka encontró una especie de rectángulo de carne macerado y apretado hasta volverse pulpa, solo que la carne estaba hecha de pétalos de tulipán rojo, aplastados y atados con hilo de cáñamo en una serie de nudos idénticos. El frescor del jugo le empapó las manos.

A la mañana siguiente recibió un sobre lacrado y con sello del anillo del Shögun.

20

Era la tercera vez que se presentaba en el palacio, y Yutaka Tanaka, señor de Sagami, no las tenía todas consigo. Pero, ya fuera a vencer o a morir, a saber o a ignorar para siempre la verdad acerca del asunto que lo había llevado a Kyoto, decidió no asistir protegido por su armadura de samurái: hacerlo hubiera sido una infatuación, y además le serviría de poco si Ashikaga Takauji elegía castigar su ofensa. Optó entonces por vestir sus mejores prendas civiles. Cuando el palanquín pasó a buscarlo, además de sus dos espadas, que desde luego retendrían en la antesala, llevaba pantalones de un gris verdoso, de seda estampada, un manto color cerezo sobre tres vestidos escarlata, y sobre su cara había distribuido el maquillaje con el mayor de los cuidados, porque si se trataba de afrontar la muerte era mejor hacerlo con decoro. También se había rebajado el pelo de la frente, porque ya estaba harto de que lo tuvieran por un muchacho que recién abandonaba la adolescencia.

El Shōgun no lo esperaba en la posición hierática que es habitual en las recepciones oficiales, sino cómodamente sentado sobre la banqueta y agitando el aire con el abanico de transmisión de las señales de guerra. Aquello podía ser un anticipo de la informalidad en la que transcurriría la reunión, un signo nefasto, o simplemente una señal de que al Amo Militar de Japón le dolía la cintura. Ashikaga Takauji había optado por un atuendo informal para cubrir su cuerpo (pantalones de seda adamascada, un traje blanco brillante con un forro oscuro y una chaqueta de mangas negras corta y jaspeada) y lucía su casco de combate, en cuya cimera se veía a Taishakuten, guardián budista de Oriente, aplastando a un demonio. En una primera observación, mientras se inclinaba, Yutaka Tanaka pensó que el gesto de ocultar el rostro bajo el casco implicaba alguna clase de solidaridad alusiva con el asesino de su padre y la humillación de su madre. Si no, ¿para qué esconderlo? Pero enseguida el Shögun se lo quitó y lo dejó a un costado, diciendo:

—Cuando me duele la cabeza me lo pongo un rato y, no sé por qué, el dolor termina desapareciendo. ¿Cómo te trata la vida, mi querido daimyo?

A la distancia en que se hallaban, el señor de Sagami no pudo menos que sentir una ligera sensación de disonancia al escuchar la voz del Shögun. Era rasposa y llena de autoridad, pero al mismo tiempo había en ella una vibración clara, como un resto blanco. ¿Sería un señor perdido por el amor de los pajes? Quizá eso explicaba el tiempo que se había tomado en citarlo. La lujuria lo toma todo y deja a la indiferencia a cargo del resto. En la duda, alzó levemente la cabeza para observarlo. Había imaginado una figura a la vez imponente y evanescente, un señor aterrador y sutil. Y lo que veía no carecía de autoridad. Los ojos, muy abiertos y enérgicos, brillaban como los de un buitre. Entre ellos, sobre la nariz, había un pequeño bulto carnoso. Profundas arrugas le cruzaban ambas mejillas estirándose hacia las comisuras de la boca y confiriéndole una expresión irritada. Tenía un bigote hirsuto, hecho de pocos pelos largos y ensortijados, y una perilla que no seguía la moda de la época sino que parecía crecer por puro descuido. Por otra parte, tampoco mostraba las carnes musculosas y curtidas esperables en un guerrero. Su flacura, su extrema consunción, incluso sugerían incapacidad para sostener una katana. Como fuera, él tenía que contestar a la pregunta, pero apenas empezó con las generalidades de uso ("Es un honor inmerecido", etcétera), el otro lo interrumpió:

—No quiero hacerte perder un segundo. Disculparás que te haya citado sin estar presente mi Takauji, pero es mi hijo único y lo crié con excesivas concesiones y él abusa de su situación de privilegio y si no estoy yo ahora no hay quien se encargue de las tareas de gobierno. Cuando no es una campaña militar, es una procesión religiosa y si no un festival de contemplación de la escarcha. Yo me pregunto: ¿Las personas no tienen memoria? ¿Nadie se acuerda de que ya vio nevar cientos de veces? Si buscan siempre lo mismo, ¿qué quieren ver de nuevo? Y a Takauji siempre le insisto: "Hijo, no puede ser que no sientes cabeza. Andas de acá para allá y nunca paras en palacio. ¿No te das cuenta de que ya estoy grande? El día que yo te falte, ¿quién se ocupará de los asuntos importantes?". Pero él ríe y no me contesta. En todo caso, muchachito, te mandé buscar porque no tiene sentido retenerte ni un solo día más en Kyoto. Para lo que te trajo por aquí tanto puede recibirte el cabeza fresca de mi hijo como su sensata madre. Al respecto, sería conveniente que me dieras algún detalle de tu pequeño tema familiar... refrescarme los acontecimientos... Mi memoria ya no es lo que era y ya no sé si me entero y olvido o no sé nada y nadie se toma la molestia de informarme...

—¿Cómo podría negarme a una solicitud de la Shõguna Viuda? —dijo Yutaka Tanaka y repasó brevemente los hechos que lo habían llevado a Kyoto. Naturalmente, no creía que ella los ignorara. Ni ebria ni dormida. A la Shõguna Viuda debía de importarle un rábano la resolución de su problema familiar, pero de seguro estaba muy interesada en impedir las consecuencias del adulterio de su nuera, cualesquiera que fueran. Era claro que pretendía mandarlo de vuelta a Sagami, volando si era posible. Y aunque eso significara el fin de su romance con Dama Ashikaga —un fin que no implicaba efusión de sangre sino discreción y amables sobrentendidos, el tiempo y la distancia disipando cualquier posible escándalo—, presuponía también un beneficio, porque desde luego que él no estaba dispuesto a abandonar la ciudad sin conocer antes el nombre del asesino.

Se trataba entonces de una negociación, un intercambio, y la Shöguna Viuda era la encargada de llevarlo adelante. Quedaba un pequeño misterio por develar: si actuaba en representación de su hijo —quien por dignidad debía mantenerse ausente— o por decisión propia. "En ambos casos —decidió Yutaka—, no es mi asunto". El implícito requisito previo que motivaba el encuentro —que él abandonara Kyoto de inmediato y sin despedirse de su amante— era de lo más comprensible, y el señor de Sagami no podía menos que apreciar la delicadeza con que la Shöguna Viuda abordaba el tema: ya hacía un rato que había iniciado su monólogo y todavía no había mencionado una sola vez a dama Ashikaga.

—Terrible tu historia, terrible. Queridísimo Yutaka: me abochorna nuestra dilación y me disculpo de no haberte recibido antes. Donde hay una necesidad nace un derecho. Y tú lo tienes a conocer la verdad. Vuelvo a disculparme. Es que cada día está lleno de ajetreos inútiles y lo efímero se vuelve más urgente que lo importante... Créeme que más de una vez pensé en ti: "¡¿Cuanto hace ya que nuestro Yutaka Tanaka está perdido en esta ciudad llena de luces y tentaciones y todavía no tuve oportunidad de conocerlo?!". Pero por fin estamos frente a frente, tú y yo. El hermoso daimyo imprevisible y la vieja bruja, según me llaman. Y ahora que me refrescaste la memoria creo estar en condiciones de colaborar contigo obsequiándote algunas reflexiones que podrían serte de utilidad.

Yutaka inclinó la cabeza en asentimiento:

—Agradezco que la Señora haya reparado en mis asuntos, con la cantidad de temas importantes y de resolución inmediata que deben de asaltarla a diario —dijo empezando la negociación propiamente dicha—. Por eso es que tal vez podría ahorrarse algunos minutos de su precioso tiempo si tuviera la deferencia de soltar el nombre que espero. Con un solo nombre me alcanzaría, y una vez conocido, este rústico provinciano volvería a sus dominios a planificar su venganza, y entretanto la Señora y su hijo contarían con mi eterna gratitud...

Dicho esto, Yutaka creyó que tenía media partida ganada: ofrecía su lealtad, garantizaba su silencio y prometía su salida de Kyoto a cambio del nombre buscado. Pero el rumor incómodo de las vestiduras de la Shögun Viuda lo hizo alzar la cabeza. Ella se había enderezado y sus ojos brillaban de furia:

—Joven daimyo: si mi hijo y yo creyésemos necesario castigar tu insolencia, hace tiempo que tu agradable cuerpo sería ceniza, así que no busques irritarme creyendo que tienes algo que ofrecer en trueque por la ayuda que viniste a buscar. Si lo tuvieras, ya lo habríamos tomado. Eres irresponsable, pero entiendo que la demora en la resolución de tu enigma doméstico pueda haberte confundido lo suficiente como para conducirte de modo indigno de un vasallo leal. El resto lo hicieron tu sangre caliente, tu juventud y tu inexperiencia. Eso nos invita a la clemencia y estoy dispuesta a obrar en tu favor, si en lo sucesivo te diriges a mí en los términos adecuados. Un par de reverencias tampoco estarían mal...

Perdido por perdido, el primer impulso de Yutaka fue obedecer, pero a mitad de su inclinación se detuvo, congelado por la comprensión de algo en lo que hasta el momento, y de manera egoísta, no había reparado: su salvación personal y la resolución de su problema familiar no libraban (sino todo lo contrario) de un castigo ejemplar a dama Ashikaga. ¡Tal vez debía levantarse y correr por todo el palacio, apartar cada biombo, alzar cada cortina, empujar cada panel corredizo hasta encontrarla y alertarla, incluso hasta morir con ella! Pero la Shögun Viuda se le adelantó:

—¡Sométete, Yutaka! No puedes obrar sobre lo que te excede. Y consuélate pensando que sacrificarte por quien no lo merece no te servirá de nada. Ahora, ¿me regalarás o no esas inclinaciones? Me alcanza con que tu frente golpee tres veces contra el piso de madera. No voy a esperar a que callen los grillos y comience el destellar de las luciérnagas. Eso es. Ah... Ahora veo... Tu cráneo está perfectamente rasurado. Así. Otra vez más.

Esta te va saliendo bien. Ahora otra... Así, así... Buen muchacho. No te engañes creyendo que abandonas lo que nunca tuviste. Esa a la que no quiero mencionar ni siquiera existe. Es un fantasma que crea tu ilusión, aunque está mal que yo hable así de mi nuera. No creas entonces que morirá, porque los fantasmas son capaces de todas las transformaciones. Su madre era igual. Lo sé porque la conocí. No me pidas más detalles porque a una mujer la verdad siempre la incrimina. ¿Soy clara?

—No podría asegurarlo.

Ella sonreía al continuar:

—Bien. Olvidémonos por un instante de esa persona y concentrémonos en el modo inicuo en que el honor de tu clan fue arrastrado por el fango. Deja que sean mis propias palabras las que revisen los hechos. ¿Estás prestándome atención?

—Sí.

—Empiezo entonces: una tarde cualquiera, mientras mantenías una reunión en el Castillo Principal de Sagami, el Tercer Castillo fue atacado por una banda de samuráis carentes de signos de pertenencia a un clan y poseedores de armaduras idénticas. Luego de asesinar a tu padre y, según se dice, mancillar groseramente el honor de tu madre, se retiraron cargando los restos troceados del difunto, que no has encontrado aún, como tampoco pudiste ubicar al autor intelectual y a los autores materiales de tamaña profanación. Hiciste todo lo posible, recurriste a todos los medios a tu alcance, y al fin peregrinaste hasta el Shōgunato de Kyoto en la creencia de que, por posición, conocimiento y dominio de la totalidad de los territorios de nuestro país, mi hijo podría facilitarte el nombre de tu enemigo. O al menos su pertenencia a un clan en particular.

—Exacto. Supuse que, así como el águila que surca el cielo conoce a la rata que se oculta bajo una piedra, así mi señor Ashikaga Takauji...

—Tampoco hace falta que te muestres tan obsecuente, Yutaka. Ahora bien, me sorprende que, siendo un muchacho de una finura intelectual y una capacidad de invención admirables no hayas considerado nunca la posibilidad de que tu enemigo no fuera solo externo, sino también, y sobre todo, interno. ¿No escuchaste nunca el famoso refrán que dice que no hay nada más extraño que lo que uno tiene cerca, nada más peligroso que lo íntimo?

—No —reconoció Yutaka Tanaka.

—Penosa falta de cultura popular. En fin. Continuemos. Tras aquellos horribles sucesos estimaste que tu enemigo recurrió al anonimato para sustraerse a tu venganza, sometiéndote a la duda y a la inacción. Evaluaste las fuerzas de los daimyos de los territorios vecinos, analizaste las relaciones de fuerza y las rivalidades y alianzas entre ellos, buscando que de esa red se desprendiera el nombre del culpable. Y tampoco se te reveló durante las honras fúnebres que le dedicaste al cadáver sustituto de tu padre. Lo que me sorprende es que nunca se te ocurriera examinar el hecho en sí. Al no hacerlo, procediste de acuerdo con la modalidad complicada de tu temperamento, que desconoce las ventajas de una línea recta, y al criminal anónimo le atribuiste una sutileza de la que carece la mayoría de los daimyos. Obviamente, pintaste el retrato de tu enemigo atribuyéndole tus propios rasgos. Es hora de que acuerdes conmigo en que el ataque a tu clan no fue concebido en términos de ocupación y dominio territorial. Si ese hubiese sido el motivo, a cambio de asaltar el castillo donde descansaban tus padres habría irrumpido en el tuyo.

—Es cierto que los daimyos siempre hemos procedido así... —aceptó Yutaka.

—Exacto. Sin dilaciones. Yendo de frente, a suerte y verdad. Ataque, degüellos y apropiación de los territorios del vencido. De esa manera también obró tu padre cuando se apoderó de la tierra y los castillos que pertenecían al clan de tu madre. Y quedándose con ella, de paso. Pero en este caso en lugar de la acción directa asistimos a una mascarada de propósitos ambiguos. Una mascarada que, ha llegado el momento de decirlo, se corresponde más con la mentalidad femenina que con la de un guerrero hecho y derecho...

—¿Qué está sugiriendo la Shōguna Viuda?

—¿No lo adviertes aún? El hecho de sangre no es ni ha sido causado por cuestiones de orden político o territorial, sino familiar. "Sugiero", para citar tu eufemismo, que la responsable de todo es tu madre.

—¡Pero qué disparate!

—¡Modera tus expresiones, jovencito!

—Es que... ¡Mi madre jamás habría intentado matarme!

—¿Y quién dijo que buscó hacerlo? Respira hondo, profundo, y piensa. ¿Con quién estoy hablando? Si algo queda claro es que ella mandó a matar a su marido.

—Mi señora. Por mucha buena voluntad que ponga en respetar tu superior criterio, me resulta inconcebible imaginar que mi madre armó en las sombras una operación militar destinada a manchar el nombre de nuestro clan humillándose ella misma en primer término. ¿Y todo para qué? Si se trataba de eliminar a mi padre, hubiese bastado con un veneno derramado dulcemente en un oído a la hora de la siesta, o dispuesto en una exquisita porción de sukiyaki... Y si se trataba, además, de confundirme y debilitarme para quedarse con mis posesiones...

—Sigues pensando cómo piensa un hombre, Yutaka, y eso te limita. No dije que la astuta Mitsuko hubiese pretendido apoderarse de lo que te corresponde. De haberlo deseado, nunca habría impulsado ni permitido la prematura renuncia de tu padre a su condición de daimyo, ya que, a partir del momento en que delegó el cargo en tu favor, Nishio dependió de ti para subsistir. En cambio, tu madre (tanto como yo, si me lo permites) es una mujer acostumbrada a los encantos de los pabellones interiores, al goce del chismorreo y la intriga, y debe de estar muy poco interesada en los toscos procedimientos de la política real, cuando el verdadero poder siempre fue nuestro y se esconde en los dominios blandos, en el reino del matiz, la opacidad de las prendas perfumadas y el secreto transmitido a media voz.

—Así que es usted quien impulsó al señor Takauji a concebir su desatinada pasión por los muñecos autómatas... Para distraerlo de...

—No saques conclusiones apresuradas, pequeño tirano de provincias. Pero sí debo decir que en ese entretenimiento inocente de mi hijo no estaba contemplada la aparición de la intrigante de mi nuera, cuyos ardides aprecio en lo que valen. No siempre una se encuentra con una rival a su altura. Sobre todo, cuando se trata de dominar el corazón y la razón de un hombre, en este caso mi hijo. ¡Pero volvamos a la escena del crimen...! Tu devoción filial te impidió colocar a la querida Mitsuko en la lista de los sospechosos. Y siempre creíste que el ataque fue realizado chapuceramente porque no concluyó en tu asesinato. Habiendo partido de premisas erróneas, se deduce que no obtuvieras el resultado correcto. Y, por supuesto, a cambio de reconocer la lógica impecable de mi razonamiento, ahora prefieres creer que digo idioteces a causa de mi edad. O que busco confundirte para favorecer algún designio diabólico. Pero sigamos. Si es que no prefieres que nos tomemos unos minutos y bebamos un té, de modo que puedas descansar y poner en orden tus ideas... Un tecito verde con granos de arroz tostado, aromatizado con cinamomo y coriandro...

—Ni siquiera podría aspirar sus vapores...

—Sigamos entonces. Como te resulta imposible imaginar que tu madre no tuvo participación en el asunto más que en su papel de víctima, sigues creyendo que el ataque al Tercer Castillo fue dirigido en tu contra. Combinando ambos errores, deduces que Mitsuko carecía de motivos para asesinarte. ¡Pero yo no dije que buscara hacerlo! Aunque existen miles de razones para que una madre desee matar a su hijo, y como soy madre las conozco mejor que tú, no creo que este sea el caso. Bien. Sigamos, sigamos. Supongamos incluso que su sentimiento materno hubiese desaparecido del todo y que alguna de esas miles de razones la determinó a apartarte de su camino... ¿Para qué organizar un ataque tal como fue realizado? Habría bastado con que una flecha volara desde la cerrada fronda oscura hacia tu rojo corazón cualquiera de esos días en que salías a cazar ciervos en la montaña. Y ese es solo un ejemplo. Por eso insisto en que tu madre fue la instigadora del ataque pero que su propósito se limitaba a la cruenta supresión de su marido, tu padre...

—Volvemos al sinsentido inicial. Al momento de su crimen, mi padre solo era un noble retirado... ¿ganaba algo ella eliminándolo?

—¡Qué buen hijo eres! Precisamente por eso no acertaste con la verdadera trama de los hechos. Porque piensas en el poder y en la guerra y no en el amor. ¿Por qué abres así de grandes los ojos? Tu madre tenía un amante, eso es obvio. ¿Qué mujer no lo tiene en un momento u otro? Comprenderlo todo es perdonarlo todo. Fue ese amante quien se ocupó de organizar el asesinato, y lo hizo de manera a la vez aparatosa y cuidadosa, cumpliendo con el verdadero objetivo de semejante derroche de fuerzas: confundirte y sustraer su propia persona y la de Mitsuko a tu investigación ulterior. Todo ese despliegue fue realizado para mejor ocultar la motivación real: que tu madre, Yutaka, mandó a matar a tu padre porque quería gozar en libertad de sus amoríos con otro hombre.

—Con todo respeto, Señora: lo que plantea es imposible, y además es inverosímil...

—Te perdono ese tonito de dignidad ofendida, joven daimyo, porque un hijo no puede representarse el anhelo carnal de su madre y menos aún aceptar sus fluctuaciones. Y de ese impedimento se desprende otro, donde radica el secreto de la esencial estupidez masculina: un hijo jamás aceptará que su madre desee a otro hombre que a su padre. Hacerlo equivale a entender que corrió el riesgo de no haber nacido. Ahora bien. Ese riesgo subsiste de muchas maneras y en tu caso se actualiza en el presente, ya que el hecho de que Mitsuko se haya librado de Nishio y goce carnalmente con su asesino, no implica que ambos acuerden en todos los puntos de la relación. Independientemente del modo en que ella delineó su plan para preservarte de todo riesgo, independientemente de lo que hayan convenido al respecto, en algún momento su amante buscará suprimirte porque sabe de los riesgos que corre si llegaras a conocer su identidad. Desde luego, todavía ignoras su nombre, que permanece oculto en el corazón de tu madre, y de cuya revelación dependen en gran medida tus posibilidades de supervivencia. Si ella habla, buscarás venganza; si calla, tarde o temprano te conviertes en un blanco móvil. ¿Te das cuenta ahora que el amor de una madre no lo es todo? Al permanecer en silencio, de manera indirecta sostiene la mano que alzará el arma que te asesinará algún día.

—¿Por qué se comportaría mi madre de esa forma? ¿Por qué, siguiendo tu línea argumental, me preservaría primero solo para sacrificarme después? Si yo hubiera sido atacado y muerto durante aquella incursión sorpresiva, incluso si hubiese muerto combatiendo junto a mi padre, ella habría quedado libre y...

—¿Por qué? ¡Y yo qué sé por qué! No ocupo lugar dentro de la cabeza de Mitsuko, no conozco sus pensamientos. Solo estoy brindándote los rudimentos de información que necesitas para obrar en consecuencia. Y ahora, teniendo en cuenta lo inconveniente y peligrosa que se ha vuelto tu presencia en Kyoto, te aconsejo que regreses lo más rápido posible a Sagami y obligues a tu madre a protegerte. Pídele que reconozca su crimen y pague su error revelándote el nombre del asesino. ¿Te das cuenta de los deleites de la vida, Yutaka, del color y el sabor de sus paradojas? Como hijo no pudiste entender aquello que empezará a hacerse claro en tu mente apenas reflexiones acerca de las fantasías criminales que albergaste acerca de mi hijo en tu condición de amante de mi nuera. No hace falta que te despidas de nadie, noble daimyo. Espero que tengas un buen viaje de regreso a tus dominios, y que no vuelvas nunca más, si es que ya empezaste a entender qué es lo que te conviene.

Yutaka Tanaka volvió a inclinar la cabeza. La Shögune Viuda agregó:

—A propósito. ¿Cómo estará la querida Mitsuko? Cuando la veas, no olvides transmitirle mis afectuosos saludos.

21

La orografía de los alrededores de Kyoto fue una transcripción de su estado de ánimo. Sagami había despedido a un muchacho impetuoso y de mal carácter y se preparaba para recibir a un adulto experimentado en las gracias del amor y su ausencia, en el juego de la traición y los recovecos de la política. Perdido en el bosque de bambúes gigantes de Sagano, Yutaka Tanaka contemplaba a la distancia las cumbres de los montes mientras meditaba acerca de esos asuntos. El Fuji, como un helado de nieve salpicado de fresas, el Hiei con su cresta dorada como la campana del santuario de Füshimi. Solo aquietaba el rumor de sus pensamientos el cóncavo canto de las aves y la brisa vibrando en las hojas perpendiculares de las cañas, pero al mismo tiempo esa vibración establecía una frecuencia solidaria, en tono más grave, con la reiteración de sus ideas. "Quisiera ser una caña, zumbar y no pensar", se decía. Entretanto, los integrantes de su comitiva protestaban en voz baja, disgustados porque el regreso al hogar les cortaba la temporada de geishas, escuderos, sake y parranda. El ocio los había engordado y más que samuráis parecían mercaderes: sacudían los abanicos ante el primer revoloteo de una mosca y alzando el culo de sus monturas trataban de sustraer el brocado de sus prendas al desgarro de la enramada. Pero, a medida que la selva iba abriéndose al paso de los caballos, el gusto por la simplicidad y lo natural regresó por sus fueros y la alegría y el instinto volvieron cuando apareció la caza y las flechas surcaron el aire. Yutaka también empezó a sentirse más liviano y parecido a quien fuera, y por la noche, mientras los perros se peleaban por las entrañas crudas y el ciervo dejaba chisporrotear sus grasas sobre la hoguera, se dedicó a poner en orden sus reflexiones.

Gracias al efecto vivificante del viento de la montaña, su mente obraba rápido y el sentido de los acontecimientos corría como por una cinta fantástica, de anverso y reverso idénticos y pegados en los bordes para producir un efecto de sinfín, donde hechos y personas se deslizaban sobre la parte superior de la superficie y luego desaparecían por un extremo (como los exploradores que en los mapas antiguos se hundían en los precipicios del fin del mundo) y segundos más tarde reaparecían por el opuesto. Para peor, la cinta giraba en el aire, de modo que los atletas de su pensamiento ya no solo atravesaban corriendo una extensión, se esfumaban y volvían a aparecer, sino que se enrocaban, debían subir y saltar y pasar de un lado al otro sin solución de continuidad. Bajo el mandato de ese modelo, pensó el señor de Sagami, uno podía cortar camino o extraviarse, sobre todo porque la cinta seguía retorciéndose y en cada doblez se acortaba. Y no sería extraño que, si esos retorcimientos llegaban al punto de convertirse en un solo nudo inextricable, la única solución posible se presentara bajo el filo de la katana separando el cordaje de los intestinos.

Pero nada de eso sería necesario, porque apenas llegó a esta conclusión deprimente Yutaka se durmió, tan rápidamente que el sueño lo alcanzó en medio del proceso de escarbarse los dientes con un palillo. Despertó antes de que amaneciera. Su ánimo era fresco y optimista, y había tomado tal distancia de los hechos de Kyoto que ahora podía considerarlos serenamente.

Para ayudarse en un repaso, extrajo su tintero, mojó la tinta y con un pincel recién estrenado fue anotando punto por punto sus pensamientos, dudas y afirmaciones:

1. La Shōguna Viuda me expulsa de Kyoto para evitar que se difunda la noticia de mi romance con dama Ashikaga. Está en juego el honor de su hijo (en apariencia poco interesado en defenderlo) y la estabilidad del gobierno. Nadie tolera un Shōgun débil.

2. ¿Por qué Takauji Ashikaga permitió que mi romance con Shikuza prosperara? ¿Por qué no mandó asesinarnos?

3. ¿Por qué pasan las cosas? ¿Por qué me acosté con ella?

4. ¿El amor es más poderoso que la muerte?

5. ¡Vergüenza! ¿Cómo fue posible que dedicara más tiempo y energías a mi trato con dama Ashikaga que a averiguar el nombre del asesino de mi padre y la humillación de mi madre?

6. A cambio de ordenar que me asesinen en defensa del honor de su hijo, la Shōguna Viuda construye un puente de plata para mi partida, ofreciéndome un "dato": acusa a mi madre de ser la autora intelectual del crimen de mi padre. Primera reflexión: la acusación es una burda mentira. Segunda reflexión: es una mentira innecesaria. Si de todas formas yo estaba obligado a regresar a Sagami sin dilación alguna, ¿por qué la vieja bruja lanzó ese infundio? ¿Por qué lo puso como premisa para la investigación de la verdad? ¿Fue una simple artimaña? ¿Me ofreció el nombre de una falsa culpable para acelerar aún más mi salida de Kyoto, o para que yo no continuara tratando de descubrir la identidad del asesino? ¿O ambas cosas a la vez?

7. Una investigación no debe prescindir de ninguna pista, por más absurda que parezca. Para descartar a conciencia la acusación de la Shōguna Viuda debo interrogar a mi Madre, obtener su descargo. Una vez constatada su inocencia, vuelvo al principio del círculo. Crimen irresuelto y sin sospechosos a la vista.

8. ¿Y si en la maraña de infundios de la Shōguna Viuda existe un elemento cierto? ¿Y si el silencio de Madre, el poema que en su momento lanzó por toda respuesta, escondía algo?

9. Mirar a Madre a los ojos.

10. "Los gansos salvajes no se proponen reflejarse en el agua
El agua no piensa recibir su imagen"

11. ¿Qué pasa si la mirada de Madre no refleja nada?

12. Si advierto que Madre pretende ocultarme algo, le diré que lo sé todo y que solo quiero su confesión. El simple y trajinado recurso de obtener de mentira verdad. Claro que ignoro si tiene algo que ocultar, y si lo tiene, no sé si seré capaz de detectarlo...

13. Reconsiderar las afirmaciones de la vieja bruja. Ella habló de mi error al suponer que el criminal es un enemigo externo y no lo más íntimo y cercano. Lo más íntimo y cercano a mí es Madre. Y en segundo lugar, mi consejero principal.

14. Kitiroichï Nijuzana.

15. ¿Kitiroichï, a su edad, ambicionando el cargo de daimyo? ¿Kitiroichï, amante secreto de Madre? ¡Imposible! Un perro fiel y sin más ambición que servir a sus amos. Además, un perro viejo y en peor estado físico que Padre en el momento de ser asesinado. Una ruina sostenida solo por el orgullo de su inteligencia. Incapaz de dar satisfacción a una mujer.

16. ¿O no?

17. ¿Y si es cierto? Después de todo, fue él quien me sugirió la conveniencia de investigar el crimen lejos del escenario de los hechos. Kitiroichï me envía a Kyoto, la Shögun a me reenvía a Sagami.

18. ¿Puede mi madre haberse acostado con un servidor?

19. ¿Y por qué no? La lógica de los afectos no estipula la obligatoriedad de la relación entre pares (de hacerlo, dama Ashikaga no habría puesto sus ojos en mí, un vasallo de su marido). Claro que, dentro de ese panorama, habría sido más adecuado que, de traicionar a Padre, Madre hubiera elegido a otro daimyo o, para seguir con la afirmación de la Shöguna Viuda acerca de "lo más íntimo", a alguno de los hermanos de Padre. Pero mis tíos murieron hace años, combatiendo por sus respectivos feudos.

20. ¿Puede una mujer —aun Madre— intimar con el espíritu de los muertos? ¿De la cópula incesante y oculta con el fantasma de alguno de esos tíos puede desprenderse la consecuencia real de un hecho y la perturbación de mi alma?

21. Demasiado absurdo, demasiado complicado. Por otra parte, si Kitiroichï fuera el amante de Madre, se explicaría su consejo de investigar en Kyoto lo ocurrido en Sagami. Cuidarme y apartarme. Pero también me escribió alertándome contra las asechanzas de Kyoto e instándome a volver de inmediato a Sagami. Eso sería contradictorio. ¿Debo cambiar de sospechoso? ¿O no? En su carta, Kitiroichï me escribió: "Te hablo, Yutaka, como si fueras mi hijo". ¿Y si lo fuera?

22. Si mi padre fuera Kitiroichï, soy un daimyo bastardo y la venganza del crimen de Nishio no me compete sino en apariencia.

23. ¿Kitiroichï, amante de mi madre? ¿Mi madre, amante de Kitiroichï? Imposible. Todos viejos. Madre vieja, viejo Kitiroichï, viejo mi Padre muerto. Además de inmundo, el sexo en la ancianidad es un impulso débil.

24. Para un hijo, su padre siempre es un anciano. Pero eso no impide que los ancianos sientan el ardor de la vida y los imperativos de la carne, que hiervan y sean capaces de cualquier cosa con tal de seguir alentando ese frenesí. ¿Qué sabe un hijo de lo que alienta en el corazón y en el chitsu de su madre? Me lo dijo la propia Shöguna Viuda con palabras que apenas pude escuchar, que apenas pude soportar: "Tras la dulcísima apariencia del amor filial, la mirada del hijo cubre con un velo protector a la madre, pero ese velo es desgarrado por los avatares de la vida, cuando ella tiene que elegir entre mostrarse mujer o madre. Un hijo es un acontecimiento central en su existencia, pero en el fondo resulta un efecto del pasado. Los hijos crecen y se apartan, pero un amante puede durar y exigir muertes y holocaustos a cambio de brindar satisfacción hasta el fin. Si el hijo se pone en el camino del goce irrepresentable de una madre, la mujer que existe en ella puede retomar todos sus atributos y apartarlo, o hacerlo callar, o mandarlo a matar".

25. ¿Son ciertas esas palabras? No lo sé. ¿Qué contesté a eso? Nada.

26. La Shöguna Viuda dijo también: "Uno de los motivos por los que tiendes a creer en la inocencia de tu madre se debe al espectáculo proporcionado por su humillación. Mitsuko, según creemos, fue maltratada y asaltada carnalmente de múltiples maneras luego de que tu padre sucumbiera. Pero ¿por qué descartar la posibilidad de que semejantes maltratos y asaltos sean parte de su plan? Nada nos impide pensar que ella concibió cada golpe y cada ingreso en cada una de sus partes mancilladas, sin sustraer ninguna al contacto, obteniendo en esa humillación el colmo de su placer. Por lo que a mí respecta, conozco y comprendo a las mujeres que extraen el néctar de su goce en el tormento. Pero ¿para qué te digo esto? Si en tu condición de hombre entiendes poco de las mujeres en general, en tu condición de hijo no puedes ni siquiera aproximarte al enigma de tu madre, y jamás comprenderás la clase de mujer que tu madre es".

Qué vieja asquerosa.

22

De regreso en Sagami, y en otra de sus inesperadas alteraciones del ánimo, Yutaka Tanaka dejó correr los días cuando lo razonable hubiese sido que procediera de acuerdo con la premura del caso. Antes de encontrarse con Mitsuko y obtener de ella una confesión o la prueba de su inocencia, se ocupó de cuestiones menores, tales como rebeliones de poca monta en localidades apartadas, refuerzo de las defensas de su castillo, reorganización del sistema impositivo de su provincia (exenciones, incrementos, tasas de retención), apertura de canales de riego para la mejora de la siembra de arroz y restauración de templos sintoístas y budistas. Tal vez su demora en enfrentar a su madre deba atribuirse a la modificación de su carácter, rociado por las primeras gotas de la madurez, tal vez a lo que aprendió en Kyoto sobre el arte de la dilación. Fuese cual fuera el motivo, los súbditos bendecían a los dioses por el impulso de su daimyo, que parecía augurar una época de prosperidad. Contrató maestros en distintas artes, bufones, herreros y samuráis sin amo, lo que parecía indicar planes de expansión territorial y voluntad de conformar una corte provincial de mayor categoría. Además, como espejo y memoria de la historia narrada por dama Ashikaga, se empeñó en superarse en el juego del go. Pasaba horas enfrentando a Kitiroichï Nijuzana, horas durante las que estudiaba a fondo las facciones de su adversario, pareciéndole cada vez más improbable que su Consejero Mayor se hubiera acostado con Mitsuko y planeado con ella el asesinato de Nishio. La desconfianza cedía paso a la pasión pura por el juego y a la conciencia de que el pobre viejo no era rival para él. A Kitiroichï esas largas partidas lo dejaban de cama y por último pidió ser eximido de sus obligaciones lúdicas, a lo que el señor de Sagami cedió de buen grado, ya que otro asunto lo reclamó.

Su madre, luego de raparse en la soledad de sus aposentos en el Tercer Castillo, había tomado los hábitos de monja e ingresado al monasterio de Tanjo Ji.

Estaba decidida a morir en vida y a preservarse viva en la muerte, iniciando el proceso de automomificación denominado "camino del sokushinbutsu", que ofrece alcanzar la iluminación, el nyūjō, por la vía de la reducción extrema de carnes y grasas corporales.

Mitsuko, se enteró el hijo, estaba avanzada en su práctica, lo suficiente como para haber dejado atrás la segunda etapa y estar cumpliendo la tercera. Su reclusión, entonces, había comenzado hacía mucho, tal vez antes de que él partiera hacia Kyoto. Pero ¿cuánto tiempo había estado en la ciudad capital? ¿Cuánto había tardado en ir y volver? ¡Todo había sucedido rapidísimo! Ahora, en el recuerdo, se le volvía brumoso el paso de los días y las horas, de cada uno de los segundos vividos en la capital. ¡Pero entretanto Madre se consumía y ninguno de sus subordinados se lo informó! Y, más importante que eso, ¿por qué había decidido someterse al sokushinbutsu? ¿Por la humillación sufrida? ¿O acaso la Shöguna Viuda tenía razón? Si su madre había mancillado el lecho conyugal, gozando suciamente del cuerpo de otro hombre, tal vez, en algún momento, su conciencia, atormentada por la culpa ante un placer que derivó en asesinato, la había impulsado a purgar sus pecados por la vía de la disolución carnal...

Pero, ya fuera inocente o culpable, Mitsuko era su madre y él no quería que partiera sin verla, quería disuadirla de ese ritual primitivo y bestial, conservarla a su lado, no perderla, despedirla si se iba, rogarle que no lo abandonara...

Te amo, Madre, nunca pude decírtelo.

No habrá vida en esta tierra si pasas a guardiana de mis sueños en la tierra sin fin del más allá.

O quizá quieres ir a encontrarte con Padre.

Madre, Madre.

Yutaka Tanaka se desmayó.

23

Poco antes de morir, Buda entregó ocho de sus cabellos a dos hermanos mercaderes para que los llevaran a Birmania, donde quería difundir su doctrina. Los hermanos los trasladaron a la pagoda de Shwedagon, una estupa de más de cien metros de altura, enteramente recubierta en oro. Una noche de tormenta, cumpliendo órdenes del emperador Kötoku, un Capitán del Quinto Rango imperial robó uno de esos cabellos y lo guardó en un relicario de palosanto incrustado en piedras preciosas y perlas barrocas y lo trasladó en secreto al monasterio de Tanjo Ji, que se alza en el extremo este de Kasuza, la provincia lindera de Sagami, cerca de la costa marítima. Mediante la apropiación de la reliquia devocional Kötoku pretendía legitimar la transmisión del budismo en Japón. En la época en que transcurre esta historia se creía que si un mortal veneraba ese resto capilar podía cortar con la cadena de causas y efectos, romper con el karma de las vidas sucesivas y obtener la iluminación. En el momento de ingresar al monasterio, el superior soplaba dos frases en el oído de los aspirantes a monjes, una en cada oreja: "Naces piedra, vives piedra, mueres piedra" y "Si no eres pelo, te vuelves pelo". El contraste entre lo que permanece y lo que se transforma buscaba quebrar la lógica del enfrentamiento de los opuestos y preparar al aspirante para el sokushinbutsu.

Ese proceso de automomificación alberga una vieja fantasía de nuestra especie, la de retrotraernos al apretado núcleo inicial, anterior a la explosión cosmológica, cuando imperaba lo único. El monismo al que aspira el sokushinbutsu pretende menos la disolución de la materia que la de la conciencia, intención que, paradójicamente, se cumpliría en la reducción de la carne a puro cuero seco. Cuál es el estado al que se llega cumplido por completo el sokushinbutsu, no hay manera de saberlo, porque el monje que llega a la condición de Buda sigue vivo pero no habla, sino que atraviesa las centurias y los milenios como momia divina. Y quienes iniciaron el camino del sokushinbutsu pero no arribaron a destino pueden relatar aspectos de su travesía, pero su fracaso es tomado por prueba de poca fe y no los habilita como testigos fiables del recorrido. Así, quien cuenta no sabe, y quien sabe calla. La revelación es incomunicable, consecuencia y no prerrequisito de una mística del silencio. Así, Mitsuko Tanaka cortó sus cabellos y abandonó su nombre secular por uno secreto —Hikaru—, se despojó de sus trece kimonos de seda y terciopelo (del blanco inmaculado al escándalo escarlata), vistió la túnica de algodón naranja y comenzó su recorrido de consunción.

Durante mil días comió solo de los frutos del bosque y bebió el agua suficiente para no deshidratarse y poder cantar a toda hora los sutras devocionales. Su piel, que tenía la blancura de la leche y estaba unida firmemente a la carne, empezó a volverse más prieta y oscura a medida que la grasa se fundía. A veces, en medio de un rezo, Mitsuko sentía la punzada del hambre y no podía menos que distraerse y pensar en alimentos bien preparados, en sazón y abundancia. Sentía la nostalgia de la liebre cocida a la manera de Tokyo, extrañaba el arroz y los picantes, el roce de una tela suave, la blandura de su tatami y la manera en que la almohada se adaptaba a la forma de su cabeza, que ahora debía tener por único apoyo su brazo dolorido. Dormía mal o no dormía, se despertaba con el cuerpo entumecido y durante el día sufría raptos de debilidad.

Así pasaron esos mil días, la primera etapa del sokushinbutsu.

Toda la belleza de Mitsuko (casi sobrenatural, según el testimonio de las crónicas de la época) había desaparecido. Su piel era una trama de arrugas atravesadas por las líneas azules de las venas, tironeada por los tendones como ramas y a punto de ser perforada por los extremos de los huesos, y ella misma era una sombra que se arrastraba por los pasillos mientras sus labios musitaban los primeros versos del Sutra del Loto. Cada palabra tenía su propia luz y color, el conjunto era un relicario iluminado. Por las noches, a cambio de dormir, se estremecía de fiebre. Taisen Agakura, el superior del monasterio, no cabía en sí de alegría. Hacía años que una dama de tamaña calidad no permanecía tanto tiempo dentro de los muros del monasterio ni mostraba semejantes progresos en el Camino. La mayoría solo visitaba el templo y se alojaba durante unos pocos días, menos para purificarse que para huir de un amante molesto o perder algunos kilos incómodos. ¡Pero Mitsuko (Hikaru) era una joya, un diamante sin falla! Así que la instó a pasar a la segunda etapa.

Mitsuko no vaciló, tal vez a causa de la atonía de su estado. Ignoraba que su tormento no había hecho más que empezar.

El caleidoscopio de luces y desmayos que fue su consuelo en la primera etapa dio paso a una creciente sensación de opacidad. Había limitado su alimentación al consumo exclusivo de raíces y cortezas de pino tan duras que a veces creía estar royendo su propia dentadura. Y en ocasiones esto terminaba resultando así, porque los huesos se habían debilitado tanto en su boca desgastada por el ayuno que los dientes se mantenían en su lugar por ligazones cada vez más tenues. Si alguno saltaba en la mordida, Mitsuko se lo tragaba, por desesperación de hambre. Las raíces de pino eran negras y de gusto amargo, tanto, que afectaban el alma con su naturaleza oscura. Y lo mismo ocurría con la corteza, aunque esta a veces venía acompañada de algún hongo o de algún parásito, cuando no de insectos que habitan el interior de la madera y que le recordaban el gusto suave de los alimentos del pasado. Pero en general su dieta carecía de estas compensaciones, y además Taisen Agakura le había advertido que dejara a un lado la degustación de esos pequeños seres vivos, porque la absorción de su energía demoraba la profundización del proceso. Ella masticaba entonces su menú, extraía con dedos temblorosos a las ciegas larvas blancas y las dejaba a un lado, sabiendo que, si no las había comido, no podría ofrecerse ella tampoco en alimento, ya que se aproximaba el tiempo de beber el líquido momificante.

Mitsuko había recibido la instrucción básica al respecto. Sabía que antiguamente la savia del árbol urushi se utilizaba en el laqueado de piezas de porcelana y que en algún momento comenzó a emplearse en el sokushinbutsu, ya que una vez eliminada la grasa corporal, la infusión hecha a base de esa savia se desparrama por las vísceras y se difunde por todo el organismo, saturándolo lentamente y volviéndolo venenoso para toda la fauna cadavérica. Así, una vez laqueado el interior del Buda vivo-muerto, su cuerpo se vuelve incorruptible.

La primera ingesta del té de urushi resultó una ceremonia de iniciación realizada ante el altar situado en el patio central del monasterio. Las galerías estaban vacías de monjes y el propio superior del monasterio acomodó las tazas, viejísimas y cascadas en ciclos de vitrificación que imitaban el zurcido de los relámpagos. El vapor brotaba del pico de la tetera y el aire se llenó con el perfume salvaje de la infusión.

—Te envidio, Hikaru —dijo Taisen Agakura, sirviéndose primero—. Nadie querría tanto como yo acompañarte en tu tránsito. Si no fuera por mis responsabilidades... —y dicho esto, lanzó el contenido de la taza por sobre su hombro, en señal de buena fortuna—. Claro que la envidia es un sentimiento innoble y solo he tratado de expresar lo dichoso que me siento de que emprendas el Camino. Ahora es tu turno, mi querida. Bebe.

Y llenó la taza de su monja hasta el borde.

Mitsuko inclinó la cabeza para respirar a fondo. El olor del urushiol le anticipaba una experiencia poderosa que la arrebataría brutalmente y la llevaría a las alturas donde se halla el Buda. Al mismo tiempo, en un reflejo de astucia instintiva, decidió demorar el momento a fin de disfrutarlo más plenamente. Podía permitírselo, ya que luego el tiempo desaparecería para siempre...

Una vez que sus labios se apoyaron en el borde de la taza, sintió el calor difundido en la porcelana. Era tan quemante como amable, a la vez invitaba y exigía. Se trataba de una sustancia flotante y oleosa, de una densidad llena de capas y matices, como el pliegue de una prenda de seda derramada sobre el tatami. La punta de su lengua examinó la superficie de la infusión, que mansamente se abría a su examen.

—Bebe —insistió Taisen Agakura—. No te demores.

Mitsuko no obedeció de inmediato; el té poseía un picor agradable, como si hubiera sido especiado con jengibre rallado, ramitas de canela y polvo de curry...

—Bebe —repitió el superior, y rozó apenas la taza con un dedo, en un levísimo empujón ascendente. Aunque la porcelana chocó contra los incisivos centrales superiores de Mitsuko, tampoco podía decirse que en ese movimiento hubiera violencia, sino apuro en su favor. Estimulada por esa muestra de buena voluntad, ella tomó su primer sorbo.

El efecto fue inmediato, en principio nada distinto de lo esperado. El picor se exaltó, pareció introducirse por garganta y vías respiratorias como una liberación; era como respirar por primera vez en su vida, como si un fuego inmaterial escarbara dentro de cada celdilla pulmonar y se colara por sus venas. Mitsuko sintió que su sangre hervía y su carne castigada se elevaba, pero ese fue el primer momento, porque después la picazón se volvió una lanza que la atravesaba mientras iba dividiéndose en miles de agujas de acero que la recorrían oprimiéndole la garganta y quitándole el aire hasta llevarla a soltar un grito sin articulación y sin sonido. Involuntariamente soltó la taza, pero Taisen Agakura la atrapó en el aire antes de que su contenido se derramara y lo volcó dentro de la boca abierta de la monja.

Y mientras la aferraba por la nuca para que no se retobara, le decía:

—¡Tómatela! Así, así, trágatela toda, buena muchacha... Buda está contigo...

24

La dieta seguía aunque Mitsuko ya no llegara a roer la materia. Se limitaba a chupar el borde de las raíces y a dejar piezas cada vez más pequeñas de corteza de pino durmiendo bajo la lengua y destilando sus propiedades. No tenía hambre, solo quería dormir y olvidar el rumor de sus tripas, la quemazón constante. El té de urushi, al tiempo que revestía la superficie de las vísceras, iba laqueando los órganos en profundidad, volviéndolos asquerosos para todo consumo y encogiéndolos a fuerza de contracciones. Como cualquier practicante del rito, ella no hacía más que orinar y vomitar el líquido apenas bebido, y la arcada y el vómito expulsaban el resto de jugos gástricos y humedades interiores. Se había ido doblando sobre sí y sus resecos órganos internos ya tenían el tamaño de los de un niño de tres años.

La tradición oral indica que en este punto del sokushinbutsu todo aspirante no desea otra cosa que continuar el camino de la consunción búdica. Eso está lejos de ser cierto. Si lo fuera, cada monasterio guardaría centenas de ataúdes conteniendo centenas de monjes que alcanzaron la iluminación final, cuando en realidad y hasta aquel momento solo once aspirantes habían arribado a la instancia definitiva, mientras que la mayoría renunció apenas la dieta se volvió exigente. Pero, para instalarse y prosperar, una tradición debe proponerse como exitosa de antemano, y al cabo termina siéndolo. En este caso, Mitsuko podría haberse abstenido de su padecimiento y no lo hizo. Creía haber sido llamada a ser la duodécima integrante de la lista. Y sobre todo no quería decepcionar a Taisen Agakura, que tantas preocupaciones tenía por su causa. Cada mañana el superior pasaba por su celda, le servía una taza de té caliente de urushi y le acariciaba la cabeza, impulsándola a beber. Luego recitaba las palabras sagradas con ella, que apenas podía despegar los labios.

Una de esas mañanas, a cambio del superior del monasterio, entraron en su celda dos monjes de las órdenes menores y la alzaron con cuidado y la desvistieron y procedieron a lavarla con tibios paños mojados, mientras un tercero entonaba un mantra propiciatorio. Finalizada la higiene, fueron vistiéndola con prendas ceremoniales. Eran ropajes superpuestos, suaves y suntuosos, concéntricos como un sueño ajeno, y estaban dispuestos con tal arte que la ligereza de los claros, que caían sobre su cuerpo, era compensada con la mayor pesadez y rigidez de aquellos oscuros que los iban encimando, los recubrían y envolvían hasta terminar en una especie de estructura sólida, de un morado profundo que evocaba el negro: era el equivalente sacerdotal del atuendo de un samurái, una armadura creada para sostener en posición de loto a un cuerpo a punto de derrumbarse.

Por lo general, llegado este momento, al aspirante se lo introduce en un ataúd de madera que se coloca tres metros bajo tierra. Luego se clava la tapa del ataúd y sobre esta se arrojan paladas de tierra hasta que no quede señal alguna del lugar, a excepción de una caña de bambú hueca cuyo extremo superior sobresale en la superficie y cuyo extremo inferior pasa a través de un agujero en la tapa, permitiendo que el aspirante respire y reciba su ración diaria de corteza de pino y raíces. Esas raciones llegan a ser tan infinitesimales que no alcanzan a recorrer la totalidad del intestino, sino que son procesadas y consumidas en el trayecto. Así, aunque permanezca en el ataúd durante meses o años, el encerrado vivo no requiere artefacto u hoyo alguno para descartar sus deposiciones.

Previo a su entierro, al aspirante se le entrega además una

campana de cobre que debe hacer sonar una vez por día, de modo que el resto de los monjes sepa que aún no dio el paso definitivo. Cuando la campana deja de sonar, se retira la caña de bambú y se deja en maceración al viajero búdico durante mil días. Luego se desentierra el ataúd, se retira su tapa y se evalúa el cumplimiento del proceso. Si el cuerpo permanece incorruptible, su dueño se ha convertido en un ser semidivino.

Por supuesto, siendo Mitsuko Tanaka viuda de daimyo y madre de daimyo, el rumor de su reclusión se había expandido desde el inicio por la comarca y rápidamente la noticia llegó a las provincias vecinas. Taisen Agakura decidió coronar ese hecho auspicioso montando un espectáculo que determinara una duradera supremacía de Tanjo Ji respecto de los monasterios de la zona. Así, a cambio de enterrar a la aspirante en un ataúd ordinario, ordenó la construcción de un sarcófago de piedra caliza, que llegado el momento se colocó en el altar mayor del templo sobre una tarima cubierta por alfombras de terciopelo chino adornadas con motivos fantásticos.

El cuerpo de Mitsuko entró en el ataúd en un suave susurro y ella misma no pareció sentir nada, ni siquiera la mano del superior posándose sobre su cabeza, ya para darle una última caricia, ya para estimar si la altura del sarcófago era la correcta y, de no serlo, empujarla para que entrara a presión. Pero no hizo falta. Mitsuko tenía el tamaño de un mono de la nieve. Los monjes corrieron la laja sepulcral. En el interior del ataud la oscuridad era acogedora pero no perfecta, porque la abertura para la caña de bambú dejaba entrar flechazos de luz irregulares. Mitsuko no los advirtió: había entrado en la sombra con los párpados bajos.

Los cantos de los monjes comenzaron. La debilidad de Mitsuko era tan grande que aquellas voces le llegaban como de otro planeta. En esos primeros momentos de encierro, mientras los sonidos la acunaban sin dejarla dormir, creyó percibir algo. Como seguía con los ojos cerrados, primero pensó que se trataba de una ventaja del nuevo estado que le permitía ver sin ver, verse sin mirarse, encontrarse con la verdadera realidad tanto dormida como despierta. Pero rápidamente se dio cuenta de que no se trataba del aquietamiento de su cuerpo acomodándose al tramo final del proceso de muerto-vivo, sino de algo que era distinto y exterior a ella: un zumbido. ¿Una mosca dentro de un ataúd? ¡Demasiado temprano! Ella seguía viva y la mosca no podría sacarle provecho... Además, su cuerpo ya no se descompondría. "No hay nada de mí que te interese, mosca", le dijo mentalmente. Quizá se había colado tratando de escapar de los ardores del verano en la promesa de fresco y oscuridad de aquel refugio de piedra. Pero, aun si se trataba de un simple insecto volador y no de un demonio que quería arrancarla a su concentración, el asunto no era menos exasperante. El zumbido de los élitros no se interrumpía. Ahora bien, ¿cómo echar a esa fastidiosa de allí? ¿Qué pensarían sus hermanos de monasterio y los iluminados que la precedieron en el sokushinbutsu si de golpe hacía sonar la campanilla? Mejor aguardar a que la situación se resolviera sola. Una vez aliviada del calor, la mosca intentaría seguir con su vuelo y recién entonces advertiría que se hallaba prisionera y buscaría la salida. El problema se incrementaría si no estaba destinada a encontrarla durante el resto de su existencia. ¿Cuánto vive una mosca común y corriente, una de esas verdes, de caparazón brillante y ojos negros aureolados de rojo y alas desplegadas y oscuras? Quizá se dedicaría a hurgar por los rincones hasta encontrar el agujero propicio para la huida. Y en el sarcófago había uno solo, el extremo abierto de la caña. La mosca podía recorrer su interior y encontrar la salida por el extremo opuesto. Pero si no lo encontraba seguiría zumbando... Dando vueltas... Enloqueciéndola...

Exprimiéndose el cerebro en busca de los recursos que proporciona la desesperación, Mitsuko accedió a una imagen: despegar los labios, cosa que le costaba un esfuerzo enorme, abrir la boca —otro esfuerzo—, dejar caer la mandíbula contraída y sacar la lengua... Una monja en posición de loto y con la lengua afuera componía una figura extraña, pero la necesidad era más fuerte que el sentimiento del decoro. Y si en alguno de sus recorridos la mosca se posaba allí, existían dos alternativas. O se envenenaba de inmediato a causa del urushiol concentrado, o ella misma cerraba de golpe la boca y capturaba al bicho. Le alcanzaba con representarse el momento en que la lengua apretaba a la mosca contra el paladar, la apretaba y disolvía su caparazón crujiente, la minúscula telaraña áspera de sus élitros, sus patitas esponjosas, sus diez mil ojos cristalinos, y entraba en contacto con la crocante y mínima materia y los jugos, la convertía en papilla y se la tragaba.

Bastaba esa representación para darse cuenta de que —en vida— una mujer no puede escapar a la condena de la carne.

25

Para aligerar su marcha hacia Tanjo Ji, Yutaka optó por ir sin compañía, montando alternativamente en Tatsumaki y Gösuto, sus dos corceles favoritos. Galopaba en jornadas completas y cuando uno de los caballos estaba a punto de desplomarse de agotamiento saltaba a lomo del otro y seguía viaje. Indiferente a los reclamos del cuerpo y las seducciones decorativas del paisaje, atravesó riscos, valles, cañaverales, quebradas, montes nevados, lagos quietos, bosques, espíritus de muertos recientes. Solo quería llegar.

El primer aviso de proximidad se lo dio el viento, que traía el olor de la sal. El segundo, la aparición a la distancia de una roca alta y quebrada verticalmente, manchada por una espuma gris y verdosa, rodeada de puntos negros y blancos que giraban en su derredor, las gaviotas, mientras que, aplastados por la perspectiva, se veían regueros de hormigas cargadas de ofrendas. Eran los procesantes haciendo fila para entrar en el monasterio y rendir tributo a su madre.

Erguido sobre un palafito de roca de cuarzo, en simulacro de enfrentamiento con el farallón marino, Tanjo Ji fue fundado a comienzos del siglo VIII bajo la normativa confesional de la época: pagoda de tres a cinco pisos, con tejas en pendiente y techitos curvos, decorados en los puntos cardinales por dragones-canaleta a través de cuyas fauces de bronce corría el agua en temporada de lluvia, Gran Salón de reuniones y otro de estudio monacal; levantado el edificio, los aspirantes empezaron a llegar de todas partes. Tanjo Ji fue sometido a un proceso de ampliaciones y modificaciones. La estructura original incorporó puertas, prolongó pasillos y añadió claustros siguiendo el modelo refinado de los antiguos palacios chinos, aunque con un toque de brutalismo propio del estilo coreano. Con el aumento de la población estable, el monasterio debió multiplicar el espacio del Gran Salón de reuniones así como los ámbitos de estudio monacal, las celdas de reclusión tanto como los espacios de circulación, y también los espacios de meditación que rodeaban a los patios. Su desarrollo ya lo asemejaba a una ciudadela que iba creciendo a expensas de los terrenos adyacentes y perjudicaba los cultivos e irritaba a los campesinos, hasta que a mediados del siglo X, el superior del monasterio, Yukio Akami, decidió evitar problemas con el vecindario y mandó a sus monjes a aprovechar el paisaje rocoso. Tanjo Ji se expandió entonces en dirección de los acantilados, que a lo largo de millones de años habían sido tallados de forma irregular por el mar y ofrecían salientes y superposiciones inusitadas, cavernas profundísimas y minúsculas, separadas unas de otras por toneladas de roca o por lajas delgadísimas que se quebraban al simple contacto de un cincel. Mientras duró el magisterio de Akami, los monjes se dedicaron a abrir espacios y facilitar la circulación entre una y otra caverna: las vistas del atardecer ofrecían espléndidos motivos de reflexión sobre la transitoriedad de la forma. Algunos incluso permanecían día y noche en sus cavernas y solo asomaban para contemplar al sol del crepúsculo tejiendo sus iridiscencias.

Tanjo Ji fue una colmena industriosa que prosperó durante la vida del noble Akami. Luego de su muerte derivó en modelos urbanísticos y disciplinarios que privilegiaban las líneas rectas, las columnas altas y gruesas, las entradas de doble techo y la regularidad en los horarios. Ese retorno al clasicismo repelía toda irregularidad, así que los habitáculos marinos empezaron a ser abandonados por la congregación y terminaron invadidos por las alimañas de la zona. Impuesta la corriente ortodoxa, cuyo sueño secreto es el rigor y la abstinencia, no fue extraño que el monasterio impulsara el sokushinbutsu, una actividad que combina el impulso humano hacia la autoeliminación con una política de renunciamiento y esfuerzo solo al alcance de los elegidos, ya que el pueblo llano a diario renuncia y se esfuerza, no para morir de hambre, sino para salvarse de padecerlo.

Durante siglos, entonces, y aunque se presentó como una actividad prestigiosa y exquisita, el sokushinbutsu no lograba la difusión deseada entre los sectores aristocráticos, que hubieran debido tomarlo como el último grito de la moda, el gesto de elegancia suprema en lo relativo al despojamiento personal. A lo sumo, sus difusores conseguían que estos sectores financiaran los monasterios donde se lo practicaba; quienes se entregaban al proceso eran monjes medio dementes o santos medio idiotas que predicaban con el ejemplo, pero no podían ser exhibidos como personalidades ejemplares. Después de todo, ¿qué tiene para perder un monje que no haya perdido de antemano? Es un despojado del despojamiento. Por fortuna, esto se modificó con la decisión de Mitsuko (Hikaru) Tanaka. Ella aún era una mujer joven y de la mejor condición social, por lo que su conversión en una muerta viva era un signo de renuncia verdadera. Ella sí daba su ser hasta dolerse, hasta volverse emblema del martirio trascendental.

Como está escrito, Taisen Agakura no perdió un segundo de tiempo apenas tuvo entre manos semejante presente del cielo. Que una dama de su calidad se ofreciera en holocausto era un milagro, pero un milagro único no alcanza. Para favorecer el nombre del monasterio y multiplicar el río de donaciones se necesitaba de una política milagrera. Así que primero mandó a correr la voz de que el sarcófago de piedra emitía resplandores; luego, que en las noches de Luna llena dejaba salir miríadas de espíritus bondadosos que desparramaban sus beneficios sobre las cabezas de los visitantes; después, que tocarlo curaba a los enfermos y, por último, que los peregrinos que pasaran por el monasterio e hicieran su ofrenda recibirían a la semana la visita del espectro de Mitsuko, sentada en el aire en posición de loto, brillante y pálida y dispuesta a cumplir todos sus deseos.

Los resultados no se hicieron esperar. Las filas de devotos de la santa reclusa aumentaban. El monasterio, que por ubicación geográfica había mantenido una posición discreta dentro de la constelación budista, pasó a ocupar un lugar central.

Naturalmente, la religiosidad popular adopta siempre sus propias pautas de estilo. Había quienes llegaban a Tanjo Ji recorriendo el camino de rodillas y otros saltando sobre un pie o arrastrándose como orugas. El reguero se volvió muchedumbre y no había espacio para contenerlo. Tal situación generó comercio en las inmediaciones. Se crearon pequeños barrios marginales, hechos de barro, maderas y telas coloridas y groseras, donde se comía y defecaba a la intemperie y se traficaban reliquias de Mitsuko, desde los tradicionales dientes podridos y recortes de uña y de pelo, pasando por desgarros de la tela de su túnica y fragmentos mascados de cortezas de pino, hasta las tazas que habría usado para tragarse el té de urushi. Y el monasterio mismo debió volver a entrar en reformas. A las salas se agregaron salas, que en algunos casos los procesantes empleaban para dormir o entretener sus ocios jugando al go, al mahjong, al renju, al ninuki y al shögi; incluso se modificó el altar mayor. Por mucho que las antorchas iluminaran a pleno, el efecto de su luz rebotaba contra las muchedumbres y tendía a producir un efecto mortecino y los pequeños ventanales circulares ya no alcanzaban para la correcta ventilación, por lo que se abrieron aires y luces. A veces los obreros montados sobre los travesaños picaban con descuido las paredes de la estupa dejando caer polvo sobre los devotos y sobre el mismo sarcófago, polvo blanco que antes de aplastarse sobre las personas y las cosas flotaba creando una atmósfera sobrenatural. El plan de Taisen Agakura recién comenzaba a tomar forma: se proponía crear la gran ciudadela mística de Oriente. El aumento constante de peregrinos le permitía avizorar el momento de independencia de su causa primera: los devotos seguirían llegando aunque, a fuerza de meditación y abstinencia, la monja reclusa se hubiera muerto o se hubiera convertido en Buda o en una carcasa de tamaño menor a una pasa de uva. Incluso a veces el superior del templo mandaba a cargar el sarcófago por la noche (se precisaban diez monjes para soportar su peso) y guardarlo en una habitación lateral. El altar mayor quedaba entonces como un espacio vacío y los peregrinos tomaban esa ausencia como resultado de una desmaterialización milagrosa. A la noche siguiente, cuando el sarcófago era regresado a su sitio, el efecto resultaba doble.

¿Qué sintió Mitsuko desde el comienzo de su encierro y hasta su fin? ¿En qué ocupaba su mente mientras pasaba el tiempo? Dentro de la perspectiva de los interminables mundos posibles, una versión asevera que la monja terminó haciéndose amiga de la mosca. Otra, que la mosca se mostró perseverante y voraz y con el tiempo se volvió inmune al veneno y fue comiendo a Mitsuko trozo a trozo, y en el momento de su muerte, cuando la mártir alcanzó el éxtasis último, justo entonces la mosca tragó su último bocado y se hizo ella misma parte de Buda o se comió al propio Buda. La realidad de los hechos juega siempre del lado de lo imposible.

Lo cierto es que finalmente Yutaka Tanaka llegó al monasterio y descabalgó. La muchedumbre era una trama que debió ir destejiendo a fuerza de empujones. Al ignorar el funcionamiento del lugar, su avance no era lineal. A veces, luego de golpear espaldas por horas, terminaba en un patio cerrado, o se perdía por los claustros, o se encontraba en ámbitos que parecían ruinas. Otras veces caía en lujosos salones repletos de fumadores de cáñamo que babeaban tirados sobre tatamis. Pero, cuando finalmente acertó a arribar a las inmediaciones del altar mayor, no tuvo dudas de que allí se hallaba su madre. En esa alargada oblonga nave negra y blanca. Se acercó, cruzó sobre la tapa del sarcófago el resplandor de su katana y se volvió en gesto de dominio hacia los procesantes, que retrocedieron. Luego se inclinó y besó la piedra fría.

—Madre —dijo. Pero era difícil que el sonido de su voz atravesara esa materia. Entonces se estiró hasta llegar al extremo de la caña de bambú—. Madre —repitió.

No hubo respuesta, salvo la de su propio aliento, que le volvió envuelto en el miasma que provenía del interior del sarcófago.

—¿Qué te condujo a esto, madre? Durante meses y años busqué respuestas y ya no sé quién miente y quién dice lo cierto. ¿Debo acaso creerle a la Shöguna Viuda? ¿Fuiste capaz de...? ¡Háblame, madre! ¿Por qué sigues manteniendo tus labios apretados, por qué los sellas doblemente en este encierro? ¡Aparta esa laja mortuoria y contempla cómo tu silencio me deja en el estado en que estoy! Objeto de odio para los dioses, vagué solo, el corazón devorado por la pena, buscando el nombre de quien infamó el honor de nuestra familia. Por eso, madre, si alguna vez me amaste, si alguna vez fui tu hijo adorado, en recuerdo de ese amor líbrame del peso de la intriga y dime la verdad. Dime lo que debo saber, aunque de ese conocimiento resulte lo terrible. Es hora de que el agua refleje la identidad de esos gansos salvajes.

Después de unos segundos de espera, Yutaka Tanaka escuchó un susurro debilísimo, un quejido, el movimiento ínfimo de un cuerpo que se arranca a la quietud, y por fin el esfuerzo de la voz:

—Déjenme en paz. ¿Qué quieren de mí? —dijo Mitsuko Tanaka, y luego calló.

26

El señor de Sagami abandonó el monasterio. Si su propia madre rehusaba una repuesta, sintió, él ya no tenía nada más que hacer. Su padre, Nishio Tanaka, seguiría sin venganza y sin sosiego, los miembros amputados y esparcidos en la oscuridad de la tierra, los muñones ensangrentados agitando el aire estancado de la muerte en busca de las partes faltantes. Y él viviría el resto de su vida afrontando la vergüenza de no haber sido capaz de encontrar al criminal.

Así se lo pasó durante todo su camino de regreso, lanzándose duros reproches y alimentando el aspecto lunático de su personalidad. Por suerte para él, al mismo tiempo que ahondaba en esa faceta melancólica empezó a dejarse ganar por la irritación. La ira quemaba su garganta y hubiese querido ser capaz de soltar fuego por la boca... Su enojo habría podido incendiar el mundo, pero, aun cuando concebir una hoguera no es lo mismo que encontrar una respuesta, en ese fuego interno se templaba y adquiría forma definitiva su naturaleza de guerrero. A la hora de entrar en sus dominios ya había tomado una decisión: nunca más dependería de la palabra ajena. En adelante seguiría su propia ley. Y cuando pudiera, la impondría. Como en el caso que se le presentó de inmediato.

Una banda de samuráis de la vecina provincia de Musashi que respondían al noble y poderoso daimyo Kikuji Terukuni intentó cruzar el límite de fronteras sin rendir el pago correspondiente. Alegaban que nuevas disposiciones del Shögunato los eximían de aquellos tributos. El pretexto era de difícil constatación, habida cuenta de la distancia respecto de Kyoto. Pero lo que sobre todo irritó a los vasallos del señor de Sagami fue la actitud insolente con que se expresaron. Incluso, de haberlo hecho con corrección, los encargados del puesto los habrían dejado pasar, ya que la circulación entre territorios vecinos estaba regida menos por estipulaciones monetarias que por reglas de cortesía. Pero la grosería del tono, el aspecto desafiante con que los samuráis sostenían las riendas de sus caballos y escupían de costado, y ciertos comentarios musitados entre dientes que buscaban menoscabar el nombre del señor de Sagami, colmaron la paciencia de los vigilantes del puesto, por lo que se negaron a dejarlos pasar sin oblar el pago. A esto, los hombres de Terukuni recurrieron a una mentira burda y que además dejaba mal parado a su señor, argumentando que estaban sin dinero. Los vasallos de Yutaka Tanaka les propusieron entonces que dejaran en prenda de garantía caballos, armas y armaduras, que recuperarían una vez honrada la deuda. Los samuráis de Terukuni se mostraron escandalizados: estaban sin moneda porque habían salido del castillo del señor de Musashi para celebrar una partida de caza, siguiendo a un ciervo blanco famoso por su capacidad para esquivar las flechas. Lo habían corrido de aquí para allá, entreviéndolo en la floresta. ¿Qué culpa tenían ellos de que al perseguirlo se hubieran alejado tanto de sus dominios hasta llegar a esos confines abandonados de la mano de los dioses? Si descabalgaban, no podrían continuar la caza; si dejaban sus arcos y flechas no podrían asaetear al ciervo; si se despojaban de sus armaduras quedarían en taparrabos, asemejándose a campesinos. Como los vasallos del señor de Sagami hicieron caso omiso de estas protestas, el tono de la discusión se elevó y pronto las katanas mostraron sus filos y hubo un par de muertos de cada lado.

El incidente era menor y todo se habría arreglado fácilmente con un cruce de emisarios y un encuentro diplomático entre daimyos realizado en algún punto limítrofe. Al menos, Kitiroichï Nijuzana aconsejó a su amo que procediera de la manera habitual. Pero Yutaka Tanaka encontró en esa desavenencia la ocasión perfecta para desquitarse de los bofetones del destino, así que alzó a su ejército al ritmo de los tambores de combate e invadió el territorio del señor de Musashi.

Por supuesto, al obrar de esta manera estaba quebrantando la frágil paz del país y arriesgaba su propia posición, ya que desde los tiempos de Minamoto no Yoritomo el Shögun se reservaba el derecho de castigar la invasión de los territorios de un daimyo por parte de otro con la ocupación de su feudo y el reparto de sus tierras. Ahora bien, el señor de Sagami estaba lejos de actuar impremeditadamente. Su acción militar precede en pocos meses al comienzo de la Guerra Genkö, el levantamiento en contra de Ashikaga Takauji que finalmente organizó el emperador Go Daigo y que duró cinco años. Esta concordancia de acciones beligerantes permite suponer que Yutaka Tanaka debía de haber establecido alguna clase de acuerdo con el Emperador de la Corte del Sur, y posiblemente explica también, de manera indirecta, los motivos por los cuales en su momento partió con vida de Kyoto. Resulta evidente que Ashikaga Takauji o la Shöguna viuda evaluaron que la expulsión de la corte era un castigo ligero y una implícita forma de perdón que obligaría al eterno agradecimiento y lealtad del joven daimyo, o al menos a su neutralidad. A cambio de eso, Yutaka Tanaka evaluó la delicada situación política y militar en que se hallaba el Shögun y su dificultad para ejercer con mano de hierro el control de toda la nación, y decidió ocuparse con tranquilidad de sus propios asuntos: las tropas del señor de Sagami invadieron los dominios de Kikuji Terukuni. En su avance no encontraban resistencia, a lo sumo algunos flechazos arrojados lánguidamente desde la cima de algún morro, pequeñas lluvias que ni siquiera horadaban las armaduras. Así, el arribo ante las puertas del Castillo Principal del señor de Musashi fue un paseo.

Apenas contempló la mole alzada en la montaña, Yutaka se sintió asaltado por un sentimiento mezcla de entusiasmo y decepción. Por una parte, estaba ante su primera batalla, el primer desafío del camino del guerrero. Por la otra, sabía que los motivos de aquel asedio eran insuficientes. Él no ambicionaba las tierras del feudo vecino y tampoco odiaba a su dueño, por lo que para combatirlo eficazmente debería construir el fantasma necesario de su verdadero enemigo ausente y dirigir contra este todo su rencor.

El Castillo Principal de Musashi era la típica construcción de madera que recién entonces empezaba a ser reemplazada por piedras en su base; la técnica de sustitución, llamada "ladera esculpida", servía menos a los efectos de resistir el ataque enemigo que a la destrucción ocasionada por los movimientos tectónicos, y por lo general cada daimyo plasmaba en esa materia el sueño de perduración de su clan. El pretencioso señor de Echizen, por ejemplo, ordenó levantar un nuevo castillo hecho en piedra, desde las murallas hasta los tejados, pasando por los tatamis y los tokonomas y los paneles divisorios internos, logrando de ese modo un monumento a la imposibilidad de habitarlo. Pero no eran estas las cuestiones que en ese momento Yutaka tenía en mente. Contemplaba la distribución de las fuerzas adversarias, contaba el número de guardias dispuestos en los atalayas y en las torres de vigilancia, calculaba la cantidad de reservas de alimento y barriles de agua guardados en sus almacenes, y sobre todo meditaba acerca de la inminente llegada del invierno. Era claro que no convenía encarar el clásico asedio prolongado, ya que su rival estaba más preparado para resistirlo que él para mantenerlo. La mejor oportunidad de inclinar las cosas a su favor consistía en forzar un enfrentamiento a campo abierto.

Ahora bien, ¿por qué motivo los sitiados abandonarían la fortaleza? Militarmente, era un absurdo. Por lo tanto, había que encontrar la manera de que Kikuji Terukuni dejara a un lado la prudencia. Lo que no significaba otra cosa que descubrir su punto débil.

Por el informe que le brindaron sus vasallos en ocasión del conflicto fronterizo, Yutaka Tanaka sabía que lo más irritante de la situación había sido el pavoneo injustificado de los samuráis, conducta que debía de ser el reflejo grosero de la fatuidad del amo. De hecho, Kikuji Terukuni era famoso por ese rasgo. No había reunión en los Consejos Regionales de daimyos en que no aburriera con sus aspavientos de finura (ropa, maquillaje, higiene personal y perfumes). Presunción que solo se explicaba por el temor infantil a que su galería de superioridades ilusorias se esfumara si por un segundo dejaba de desplegar el plumaje de la vanidad.

Así, su estrategia se resumió en enfrentar a aquel rival con su terror secreto. Cuando Kikuji le envió, como era habitual en los casos de despliegue de tropas, un emisario para solicitar su retirada a cambio de una recua de mulas cargada de costosísimos presentes, Yutaka Tanaka lo recibió sentado sobre una alfombra de pieles de leopardo y despreció la oferta manifestando que todo lo que pudiera ofrecerle el señor de Musashi era una migaja insignificante comparada con las riquezas que él atesoraba, y que esos obsequios no bastaban para compensar el fastidio de haber tenido que desplazarse hasta ese triste y atrasado rincón del país con el solo objeto de darle a su daimyo la lección que su insolencia y la de sus hombres merecía.

A Kikuji Terukuni la respuesta le pareció inverosímil. No se le había pasado por la cabeza la idea de que alguien pudiera rechazar una oferta suya y descargó su malhumor rompiendo algunas estatuillas de porcelana, delicadas pero de poco valor. Luego, más aliviado, instruyó a sus emisarios para que volvieran al campamento rival y ofrecieran el doble de mulas. Pero la respuesta fue la misma:

—Kikuji Terukuni se equivoca al creer que está encarando una negociación —dijo Yutaka Tanaka—. A mí no me importan sus bienes ni sus territorios yermos ni las feas mujeres que se precipitan a la vera de los caminos para solicitar que las atiendan mis hombres, ya que los de Musashi son torpes y prematuros en los asuntos carnales y sus penes son pequeños, blandos y huelen a cuajada podrida.

Los emisarios del daimyo alzaban las manos, escandalizados, y Yutaka Tanaka se divertía tanto al proferir esos insultos que durante un largo rato continuó derivando en las formas del desdén y de la ofensa. En un momento el emisario principal no aguantó más y preguntó:

—Pero ¿qué pretende el señor de Sagami? Mi amo querría saber, si no es mucha molestia, con qué retribución se daría por satisfecho y levantaría el sitio.

Yutaka Tanaka sonrió, cerró la mano sobre la empuñadura repujada de su katana y apoyó su mandíbula sobre el puño, como si tuviera que pensarlo. Luego, gravemente, contestó:

—En los comienzos habría bastado con un pedido de disculpas. Ahora, ni todo el oro del mundo compensaría la falta, porque se trata del honor.

Los emisarios abandonaron el campamento enemigo y regresaron al Castillo Principal. Cuando le comunicaron la respuesta, Kikuji, como dicen los antiguos poetas, "no cabía en sí de asombro", expresión misteriosa que solo el tiempo pudo degradar a lugar común.

—¿El honor? ¿Y eso con qué se come? ¡En estos tiempos nadie pelea por un concepto tan vago! —gritó el señor de Musashi—. Además, ¿qué clase de daimyo es el hijo de Nishio Tanaka que se siente *tan* afectado por una disputa minúscula entre mis vasallos y los suyos?

Por toda respuesta, el emisario principal, de rodillas sobre el tatami, la cabeza inclinada sobre el pecho, respondió:

—No lo sé.

—Idiota. ¿No viste nada en su expresión, en lo que dijo o en lo que dejó de decir, que te permitiera saber el verdadero motivo por el que ha montado esta escalada ridícula?

—No, mi señor.

Kikuji Terukuni ya hablaba solo, claro que para ser visto y admirado:

—Le ofrecí por su retirada más de lo que vale todo su ejército. ¿Cómo se atreve a rechazarla? ¿Por qué quiere pelear? ¿Qué gana con eso? ¿No sabe quién soy yo? ¿El clan Tanaka quiere guerra? ¡Tendrá guerra! No sería la primera ni la última vez que... Pero ese no es el asunto. Nadie en su lugar... Eso significa... ¿Qué pretende de mí este muchacho? O, para decirlo de otro modo, ¿qué tiene él que no quiere lo que le ofrezco? ¿O debería preguntarme qué debo hacer para que le interese lo que yo tengo?

Luego de hacerse estas preguntas, Kikuji se atusó el bigote y sonrió. Se le había ocurrido una idea.

27

Entretanto permanecía a la espera de que su provocación diera resultado, Yutaka Tanaka dispuso el asedio al Castillo de Musashi, mandando trazar un cerco en forma de triple herradura que impedía que las fuerzas enemigas atravesaran sus líneas en busca de refuerzos, suministros o provisiones, y ubicó su campamento principal en un promontorio de poca altura, situado frente a una llanura despejada (pastos secos, polvo arenoso, serpientes adormiladas). En cada entrada de su pabellón mandó colgar los estandartes, pendones, emblemas de su clan y signos de su condición de comandante general del ejército invasor, lo que constituía una invitación para que Kikuji lo atacara, considerándolo desprotegido.

Durante los primeros días de enfrentamiento ocurrió lo habitual. Flechas incendiarias, intentos de escalamiento, rechazos de los defensores, insultos y provocaciones por parte de ambos bandos. Cada tanto, un grito de dolor, un hombre que caía atravesado por una lanza. Las formaciones sitiadoras corrían de un lado al otro, se entrecruzaban sacudiendo las banderas con los colores distintivos de cada división y regimiento. Esos colores no se fundían entre sí, ya que las telas se rozaban apenas, pero al superponerse en la perspectiva cambiaban a cada instante la definición de la trama, eran el espejismo de un arco iris derramándose sobre la superficie de la tierra.

Fin de la semana. Mañana espléndida. El sol cae a pleno

sobre las alas de los cuervos que destellan su negrura mientras hacen vuelos rasantes sobre las rocas laterales del castillo buscando llevarse las cuerdas exquisitas de una eventración, y si no es eso bien viene picotear un ojo saltado o una oreja cortada. Un sujeto de mediana edad, suntuosamente vestido (faldones verdes repujados, kimono naranja y con brocado, gorra ceremonial de pura seda negra de damasco), sube las escalinatas que conducen a la torre principal del Primer Castillo. Puede ser un cortesano de mediana categoría, un Capitán de Cuarto Rango, o tal vez un adivino que quiere averiguar el futuro. El personaje sube lento hasta el espacio cuadrangular desde donde tradicionalmente arrojan sus flechas los últimos defensores de una fortaleza cuando el resto ha sucumbido. Quien observe su trayecto podrá observar también, de paso, los picos triangulares del tejado, de neto estilo chidori-hafu, y sus estructuras onduladas (kara-hafu). El adivino o capitán o cortesano llega al quinto piso, se inclina, desaparece, luego vuelve a aparecer: lleva en sus manos una tela blanca que ata a una soga y deja colgando del lado exterior del muro. Ahora baja las escaleras. La tela empieza a agitarse con el viento. Es de un material más denso que el algodón, aunque no es terciopelo, porque el terciopelo cae pesadamente. Tampoco es seda, porque la seda no se pliega ni se arruga fácilmente. Yutaka Tanaka ve esa agitación, ese ondular. La tela traza formas, gira sobre sí misma, se enrosca y desenrosca, el viento juega con ella o ella juega con el viento. El señor de Sagami no está seguro del significado de aquello. En ese momento las puertas del castillo se abren, baja el puente de madera que atraviesa el foso externo, y las fuerzas del señor de Musashi se lanzan contra los sitiadores.

Como es de rigor, primero aparecen los samuráis montados en sus caballos. A medida que salen a campo abierto van abriéndose en dos flancos y adoptando la forma de un ala. A la cabeza se encuentran el general Hoshimaru Masataka y sus lugartenientes. Parecen demonios feroces, sus espadas abren surcos entre los sitiadores que de a pie resisten la incursión. Masataka intenta aprovechar la sorpresa, producir fuertes pérdidas en el enemigo y retirarse luego. Pero el señor de Sagami adivina su estrategia. Ya ocupa su puesto en el faldeo del promontorio, mueve los banderines instruyendo a la tropa de a pie para que abra paso a la caballería enemiga, produciendo la ilusión de una retirada. Los caballos ven el claro y se precipitan, pero deben frenar contra las defensas de varas afiladas de bambú, algunos se ensartan pese a sus pecheras metálicas, otros se desgarran por el vientre; el campo se vuelve resbaloso de sangre y de vísceras, de flema y orín y mierda y sudor. Más de un samurái decapita a un enemigo y en el momento de recoger su cabeza es asesinado a su vez. En ambos ejércitos se instruyó a los combatientes en el sentido de no cosechar recuerdos del campo de batalla porque esa propensión sentimental disminuye la eficacia de la siega, pero un samurái no puede contra sus atavismos. ¿De qué vanagloriarse al fin de una dura jornada, cuando su geisha favorita le sirve el té y le masajea suavemente las plantas de los pies, sino de la cantidad de cabezas que rebanó durante el día?

La suerte del enfrentamiento no está definida. Yutaka Tanaka agita los banderines que flamean impartiendo órdenes de despliegue, avances y retrocesos. Entretanto, el señor de Musashi ha subido a la torre central y observa la acción, su mano acaricia la tela blanca, luego empieza a agitarla en imitación de los movimientos de su rival. La simulación es grotesca, parece una lavandera o un muñeco articulado y con el mecanismo roto. Pero, al mismo tiempo, en esa representación hay un gesto desesperado, como si Kikuji buscara en el aire el alfabeto de una lengua que aún no se inventó. Su bamboleo irrita al señor de Sagami, siente que su adversario degrada la dignidad de la batalla, pero, sobre todo, y más allá de todo, siente el olor de la sangre. Ya es el mediodía y el sol resplandece en las armaduras enceguecer a los guerreros que dan golpes en derredor como si sus espadas fueran abanicos que tratan de amortiguar el brillo; la sangre fluye y se eleva en vapor cada vez más espeso, es una bruma que flota; luego, su condensación gravita y cae, esparciéndose sobre la llanura hasta llegar al sitio desde donde el señor de Sagami dirige a sus hombres; primero envuelve sus pies, que desaparecen; luego absorbe pantorillas y muslos, consume el bajo vientre. En segundos él ya no puede verse las manos. Oculto por lo rojo, el daimyo piensa que lo arrastra una marea que lo llevará al cielo, a ser sometido al reproche de su padre: "¿Qué haces perdiendo el tiempo de esta manera penosa, a cambio de herir al mundo hasta vengarme?". Arrastrado por el calor, conducido de aquí para allá por remolinos, el vapor de sangre se disipa, asciende absorbido por el sol o es comprimido por ráfagas de viento frío, dejando zonas despejadas dentro del campo de batalla, momento que los contendientes aprovechan para recuperar la precisión de movimientos y perfeccionar la matanza, con la consecuencia lógica del aumento de la densidad nubosa. Yutaka Tanaka deja caer la mirada sobre el cadáver de uno de sus guerreros. Es un samurái raso, de contextura sólida, parecida a la suya. Ha sido degollado de un solo golpe y cayó a tierra casi sin derramar sangre sobre la armadura; es evidente que cuando el rival quiso apoderarse de su cabeza, la nube roja se cernió sobre él, dificultando la visión, y luego los avatares de la batalla lo llevaron por otro rumbo y le impidieron recoger la pieza. Para sorpresa de sus lugartenientes, el señor de Sagami abandona el puesto de observación y se dirige hacia el cuerpo del samurái, y al llegar a su lado estudia la técnica de degüello: un golpe seco, dispensado con la justeza necesaria para cortar el cuello entre la quinta y la sexta vértebra cervical. El filo entró por la estrecha zona que la armadura no protege, por lo que separó carne y huesos tan limpiamente que dejó visibles los canales de la vértebra seccionada. La cabeza rodó apenas unos pasos y quedó bocarriba, dejando ver la mueca de dolor y sorpresa del degollado. "Este es un corte de alta escuela", se dice Yutaka, "posiblemente a partir de una postura modificada de Hasso-no-kamae. La katana vertical, la hoja apoyada en el lado derecho de la cara, y el golpe partiendo de allí con toda fuerza. Una técnica impecable". El instinto de emulación, o tal vez el impulso de venganza, lo llevan a despojarse de su armadura y a vestir la del muerto, y así se arroja a la batalla. Aunque se trata de su primer combate, Yutaka Tanaka muestra la sapiencia y el espíritu de un samurái experimentado. Su brazo es fuerte y siega vidas a mansalva, partiendo de la guardia con la hoja de metal pegada a la mejilla y realizando el movimiento hidari-kesa, que corta desde el hombro derecho del oponente y llega hasta el hueso de la cadera izquierda, seccionando la columna vertebral y dividiendo pulmones, hígado y parte alta de los intestinos. La sangre salta, chorrea, salpica, lo baña. La tarea del daimyo aumenta la densidad del vapor que ahora tapa la visión del sol, produciendo una sombra ocre. Su postura es impresionante, nace de una extrema quietud y después el brazo se dispara y divide en dos al oponente. Con el tiempo, ese movimiento lo hará famoso. Ahora alcanza para volverlo magnífico y terrible. Crea un círculo, un aura de invencibilidad a su derredor, y al mismo tiempo genera la fuerza de atracción suficiente para que los rivales se lancen en masa sobre él. Por lo que el señor de Sagami extrae la wakisazi con el objeto de producir un movimiento fluido y envolvente, defender atacando y atacar defendiendo, la punta de un arma dirigida hacia quien lo enfrenta, la otra alzada sobre su cabeza para parar más golpes y así moverse, girando sobre sí mismo hasta que los enemigos caen, desaparecen, vuelven siendo otros: la mascarada de la multiplicidad que es el centro único de la pelea. En los momentos de descanso apoya la katana en tierra, o la guarda en su roja funda, de modo que cuando vuelve al arrebato el arma sale cortando. El daimyo mata, troncha manos, degüella, y como no hay rival digno de él, a cambio de juntar cabezas, cosa imposible ya que está dejando un tendal mientras avanza hacia la primera ciudadela, las toma por el rodete y las hace girar, de modo que la sangre se esparce en remolinos, y cuando el chorro se agota las arroja y esparce el pánico sobre los enemigos de a pie, que huyen tomándolo por el mismísimo Hachiman. Y también lo hacen las tropas montadas, los capitanes vuelven las riendas gritando "¡Retroceso!". El señor de Sagami avanza, algunas flechas vuelan en su dirección, pero él las va apartando a golpes de su katana. Extrañamente, aunque las tropas defensoras ya regresaron, el puente del castillo sigue tendido. El fin del combate ha disipado la bruma, que ahora cae sobre los campos. El joven daimyo está íntegramente bañado en esa lluvia fina que se desliza sobre su armadura y penetra por los resquicios empapándolo. Y su cuerpo, caliente por el esfuerzo, la evapora, produciendo la ilusión de que él mismo es una irradiación de sangre. Cosa que parece haber advertido el propio Kikuji Terukuni, quien, vestido con un impecable kimono blanco restallante y con detalles de hilo de oro, avanza por el puente, hace un gesto de bienvenida y le dice:

—Nunca había visto semejante despliegue de un mismo color en toda su gama.

El ejército derrotado apoya rodilla en tierra e inclina la cabeza en señal de rendición y homenaje. El señor de Musashi no parece muy preocupado por su propio destino. Tomando con confianza a su vencedor por el codo metálico, lo hace ingresar en la fortaleza y conduce en dirección del palacio interior; la sangre sigue deslizándose por la armadura de Yutaka y mancha la mano del anfitrión, que la seca despreocupadamente sobre su prenda mientras habla sin parar. El señor de Sagami se mantiene callado. "¿Pero este tipo será loco, tarado, o me estará tendiendo una trampa?", se pregunta. Kikuji sigue:

—...Agradezco que me libraras de la absurda necesidad de mostrarme como un combatiente experto. Entre las armas y yo, un abismo. Soy un raro caso, espero que no el único, de autofagia del cuerpo por el alma. Es claro que vivimos tiempos difíciles y casi nadie, mejor dicho nadie, me comprende. Por eso me alegré con tu visita.

—¿A qué te refieres?

—¿Lo tuyo es modestia o coquetería? —Con el abanico plegado Kikuji golpea amistosamente el pecho del señor de Sagami, haciendo resonar su peto—. No te hagas el que no entiende. Mi amiga queridísima, dama Ashikaga, me advirtió que bajo tu apariencia algo brutal se esconde un espíritu atormentado pero no carente de perspicacia, detalle que comprobé durante nuestro enfrentamiento. Y no aludo a la distribución de las fuerzas de tu ejército sino a la cuidadosa combinación y arreglo de sus banderas, banderines, señales y emblemas. Muy inspirador. No hagas esas muecas, apreciado Yutaka. Sé que soy un tanto expansivo, pero ¡mantener una buena charla en estos páramos es más difícil que extraer ámbar del cerezo! Nadie tiene la paciencia suficiente para esperar el desarrollo de mis monólogos, que se desenvuelven entre las afirmaciones y negaciones y florecen al amparo de revisiones y constantes modificaciones de lo expuesto. En ese sentido, tu natural silencioso ofrece el contraste ideal para este conversador solitario. Hablaré y me escucharás. ¿Puedes imaginar un panorama más grato? Yo, no. Y por eso me alegró que picaras el anzuelo.

—¿Anzuelo?

—Sí, sí. Por supuesto. Acabamos de librar un combate. Ganaste. ¡Gran triunfo! Te felicito. Pero habrás notado que no mostramos mayor empeño en resistir, ¿no? ¿Por qué esas muecas, querido vecino?

—¿Nuestro conflicto fronterizo...?

—¿No te habías percatado? Ni por un momento se me pasó por la mente que tomaras en serio esa estupidez y di por hecho que te resultaba transparente mi intención de encontrar un pretexto para conocernos... Y en ese sentido, qué mejor que armar una guerrita para fomentar el comienzo de una hermosa amistad...

—No sabes de lo que hablas...

—¡Nunca! Al menos, nunca del todo.

—Iniciada la acción, debes enfrentar su consecuencia.

—Claro, claro. La consecuencia. Sí. Justamente. Cada acción genera su reacción. Justísimo. Ineluctable. La consecuencia. Con perdón. Pero en el orbe en que vivo una acción única puede obrar consecuencias incontables, y como yo me paso la vida pensando y no vivo verdaderamente, toda verdad resulta para mí una experiencia intelectual, percepción filtrada por la mente. Así que, ¿qué consecuencia? ¿Cuál de ellas?

—La que establece el código del guerrero.

—Oh, perdón. Estuve muy ocupado y realmente no tuve tiempo... ¿Hay un código? ¿Me indicarías la página y lo que dice, así vamos ganando tiempo?

—¿Necesitas que te asista?

—¿Asistirme para qué?

—Debes cometer seppuku.

—¿Yo?

—¿Quién otro? Será un honor cortar tu cabeza, que caerá en reparación de tu derrota. Prometo hacerlo de manera rápida e indolora.

—¡Pero no! ¡Qué horror! Tengo mejores planes que mostrar mis intestinos en público, y menos aún cometería la torpeza de rodar descabezado por tierra. ¿Por qué? ¿Para qué? ¡Si la vida es linda!

"Es un idiota", se dice Yutaka Tanaka. Y enseguida: "O simula serlo". De hecho, con su conversación, el señor de Musashi está tejiendo una trama de insustancialidades que cumplen el efecto de adormecerlo, para no hablar del bochorno del calor del mediodía que cae sobre su armadura recalentada y seca la sangre que ahora se pegotea sobre su piel y la irrita. Sí. Con su cháchara Kikuji quiere distraerme del punto donde clavó el aguijón al nombrar a dama Ashikaga. Pero ¿qué relación puede mantener este cretino con la mujer que amo y a la que debí abandonar? ¿Por qué la menciona? ¿Cuál será su conocimiento de la relación que mantuvimos? ¿O querrá sugerir que también él...? No. Ridículo...

Mientras el señor de Sagami se hace estas preguntas, Kikuji continúa:

—...también es cierto que agonizo, espiritualmente hablando. Me devora la pasión que pongo en rescatarme. Pero ¿a quién no? Oh, esa nube, tan oportuna. Dirán lo que quieran, pero la resolana es mejor que el sol directo. El mundo es intolerable sin atenuaciones. Y aun así, todo resulta tan difícil... No desesperes, Yutakita, unos pocos pasos más y estaremos a la sombra, tomando refrescos hechos con hielo de montaña. Ah, desde acá se divisa mi palacio, me disculpo de antemano por su bochornosa sencillez. ¿Mencioné ya el efecto que me produjeron tus banderas desplegadas en el campo de batalla? Una urdimbre notable. Había en estas algo que todavía ignoraba su propio valer, desconocía la dimensión de sus posibilidades, porque en el fondo estaba destinado a desafiarme y conmoverme. Sí, sí. No lo niegues. Conozco mi fama. Y como sabes que no hay nada peor que contemplar cómo alguien imita y exaspera un rasgo propio, pues bien... Por eso me ofreciste ese espectáculo. La poesía de la guerra.

—No tengo la menor idea acerca de lo que me estás hablando.

—¿No? ¿O sea que esa maravilla de forma y color en el espacio resultó un afortunado ensamble de casualidades momentáneas? ¡Pero eso es mejor aún! ¡El azar como gran artista! Aunque una serie de azares acertados suponen siempre una intención que los convoca. Pero, si no fue tuya la intención, ¿de quién...?

—Los dioses, seguramente.

—Sí —dice Kikuji, mientras abre con sus propias manos la gran puerta de su palacio interior—. Seguramente. Pero vamos directo a lo que quiero mostrarte. Ah, antes que nada. Recuerda. Forma es vacío y vacío es forma. Bienvenidos los que llegan hasta mi hogar. Adelante los que fueron invitados. Por favor, pasa, ilustre daimyo, Yutaka Tanaka, señor de Sagami.

28

El palacio interior del señor de Musashi era de una simplicidad extrema. Gruesos pilotes de madera de cedro sostenían la nave central, un enjambre de travesaños y arcos que avanzaban hacia el cielo, cerrándose progresivamente hasta llegar a una especie de cúpula con lugar apenas para un nido de avispas, pero que dejaba grandes espacios abiertos para el aire y la luz. Y la luz entraba a raudales, se colaba por las ventanas de papel, atravesaba las persianas de junquillo, desplegaba su filigrana radiante encendiendo el polvillo, los bastoncillos de materia irisada que vibraban y luego se desvanecían. Yutaka Tanaka debió alzar su brazo izquierdo para protegerse del resplandor. Sus ojos, ardidos por la dulce sangre que los había empapado durante horas, cansados del resplandor de las armas y del reflejo del sol en los escudos, sucios del polvo depositado en sus lacrimales, primero se cerraron, anhelando el negro absoluto. Pero desde luego que allí no había nada que se le acercara, y además ese negro no es una sustancia o ámbito determinable sino un punto precedido en su existencia por el remolino de lo oscuro, y que apenas descubierto se entrega a su propia desaparición. Lo que había era la pequeña explosión que atravesaba el filtro de sus párpados bajos, y sobre el rojo general estallaban las estrellas y las líneas. El señor de Sagami permaneció durante unos instantes así, esperando. Luego, despacio, volvió a abrir los ojos. Ya había empezado el fenómeno de adaptación.

—¿Te pasa algo? —preguntó Kikuji.

—No. Nada.

—Pero ¿es algo que viste, o se trata de lo que no viste?

—¿Cómo ver lo que no veo?

—¿Acaso hay asunto de mayor interés?

Yutaka Tanaka tuvo el impulso de extraer su katana y callar definitivamente al dueño del castillo, pero en ese mismo momento algo llamó su atención. Ese algo estaba adscripto o condensado o controlado por la luz, flotaba o permanecía dentro de sus ámbitos, pero manifestaba una naturaleza diferente. Su condición más densa le permitía reflejarla al mismo tiempo que la absorbía en parte. Se trataba de una materia desplegada y sostenida por parantes de madera. El daimyo parpadeó un par de veces más y pudo precisar lo que tenía frente a sí. Se trataba de una serie de kimonos de terciopelo de gran tamaño, como los que vestían los gigantes de las épocas antiguas. Colgados o expuestos en sucesión, las mangas rozándose para favorecer la idea de continuidad, cada kimono llevaba un motivo propio de la naturaleza y la serie completa reflejaba el transcurrir de las estaciones, del verde ardiente del verano a la blancura de la nieve invernal. No se trataba de una simple ilustración del paso del tiempo sino de la clase particular de eternidad que permite la concentración del todo en sus motivos. La serie de los kimonos no reproducía (a pérdida) el Universo, no era una duplicación alucinada y móvil o un catálogo ordenado de sus invenciones. Yutaka Tanaka vio animales y vegetales y humanos y dioses desconocidos, sin relato de sus hechos, sin pasado ni futuro. Ausentes lo primero y el después, solo había enlaces de partes. El terciopelo pasaba del oro al borravino, de la montaña a la rama quebrada, de las fauces del lobo brotaba la rana violeta que copulaba con un templo donde se alzaba una máscara rota que se hundía en un valle. En ese engarce no había ocasión de encontrar la propia identidad ni sentimientos de pérdida o de dicha, lo que se imponía no era la emoción, sino lo que era y había sido y subsistiría cuando se hubiera aniquilado todo observador.

Así, el sol que fulgía en el tercer kimono de la serie era un sol a la vez viejísimo y nuevo. Así la Luna y los lagos y los brotes de bambú y la mano que brotaba del cieno y la mosca que bebía del oído del difunto devorado por la zorra blanca.

El señor de Sagami sintió que aquella obra, al tiempo que lo agobiaba, empezaba a serenarlo. No era un bordado infinito (el número de kimonos apenas pasaba de cincuenta) sino un trabajo a perpetuidad hecho por decenas, quizá cientos de bordadoras. Y era eso, el hecho de que la serie no representara todo por siempre sino que fuera solamente una cosa más, una cosa que contenía muchas y era a su vez contenida por otras (empezando por el palacio interior y siguiendo en perspectiva ampliada), eso lo tranquilizó.

—Algo así no habrás visto nunca antes. Ni en lo de mi amigo Ashikaga, ni en lo del bobo de Kōmyō, ni en lo del avieso especulador de Go Daigo.

—Te felicito —dijo Yutaka Tanaka, resoplando para que el otro se callara.

—No cansa, ¿eh? Dijo Confucio: "El arte verdadero es una operación de síntesis: la intuición pintada de un punto que contiene todas las formas de la existencia". Y Matsuo Bashō le contestó: "El asunto es cómo lograr el despliegue de una realidad que contenga las formas de lo inexistente".

—¿Me tomas por imbécil? Los dos habitaron países diferentes y vivieron en siglos distintos.

—Ah, por supuesto, pero ¿a quién le importa la verdad?

Siguieron por una serie de pasillos o corredores que se iban angostando mientras se reducía la altura de los techos. A través de los paneles laterales, a medias descorridos, podían verse mujeres vestidas suntuosamente, quietas, sostenidas solo por el apoyabrazos; jóvenes semidesnudos que fumaban opio en largas varillas; ancianos sumergidos en la contemplación de su futuro. Kikuji seguía hablando, ahora en susurros, y sus frases se perdían en el aire:

—...prefiero niños pajes... una alacena bien repleta... la traducción de un poema... pieles oscuras y doradas... un jarrón... jaspeadas por el esperma que vuela blanco en su estallido...

Durante un rato siguieron yendo y viniendo por la maraña de pasillos (izquierda, derecha, atrás, adelante, bifurcaciones) hasta que desembocaron en uno que se extraviaba en la pequeñez y la penumbra. No se podía avanzar más que en esa dirección, casi de rodillas. Las maderas del piso tecleaban con sus pasos. Por un instante el señor de Sagami pensó que se enfrentaba a la más vieja de las tretas, un pozo-trampa que se abre de golpe y la víctima cae sobre una superficie erizada de puntas de lanza. Pero Kikuji caminaba delante de él de manera descuidada. Al final del pasillo había un panel corredizo diminuto, que parecía agitarse por efecto de un resplandor verde caledonia. Al ser descorrido por el señor de Musashi, el panel chilló.

La luz provenía de un altar vacío, salvo por su lámpara de jade. La mecha estaba chamuscada a medias, casi todo su filamento se hundía en el aceite. A cada instante la llama preludiaba el apagón, se retorcía y parecía ahogarse, su gota de brillo se volvía azul, angosta, con un hilo dorado en el centro, el hilo temblaba y se doblaba al borde de la extinción, consumiendo el halo externo, hasta que de golpe se enderezaba, por unos instantes lanzaba un resplandor blanco y alto y después volvía a caer y enderezarse. Durante esos segundos de transición entre un estado y otro, Yutaka Tanaka vio un bulto ubicado en el centro de la habitación. Tenía el tamaño y la apariencia de volumen de un osezno, pero ahí terminaba el símil, porque al plantígrado lo hubiese denunciado su respiración pesada y su hediondez natural. En cambio, de aquella masa serena y silenciosa brotaba un perfume exquisito: extracto de paulonia, té verde, jazmín y almizcle blanco, sazonado con una fragancia de flor de limón. El bulto parecía irradiar un resplandor veteado, a la vez opaco y quemante, una claridad particular que iba destilándose camino de la esencia. "Quizá sea una transfiguración del perfume, un olor encendido", se dijo el daimyo. El bulto se movió y lo que dejó oír fue un susurro de telas, un deslizarse de capas sobre capas. Nunca antes había escuchado un sonido tan sensual y a la vez tan chirriante. Como el que suelta la carne demasiado asada cuando le entra el filo del cuchillo. La carne gime.

Kikuji se inclinó sobre el kimono.

—Desde la valva y hasta los relieves internos, las capas de la ostra —dijo—. En el medio, los labios y la lengua húmeda. Una vez abierto, lo recóndito ofrece la perla.

Y fue quitando los kimono capa a capa, del ocre profundo y oscuro, pasando por el rosa pálido y con hibiscos dibujados en fucsia, naranja y hojas verdes, hasta llegar al deslumbrante blanco puro y sin diseños que se fundía con el cuerpo desnudo:

—Yutaka Tanaka, señor de Sagami, te presento a Juriko, mi esposa.

Juriko era pequeña y plena y se tapaba los pechos con ambas manos mientras sonreía con los ojos clavados en los ojos del visitante; entretanto, sus rodillas empezaban a separarse y a mostrar, justo antes de que la candela se apagara, el monte negro y la caverna roja como la sangre.

29

Instantes antes, en el silencio, mientras los dedos finos y alargados del señor de Musashi iban apartando una por una las capas de kimono, Yutaka Tanaka albergó la esperanza de que la mujer envuelta por las telas fuese la mismísima dama Ashikaga, escapada de Kyoto para reunirse con él. Esa fantasía no era tan desatinada, ya que el propio Kikuji la había nombrado sin que al parecer viniera a cuento. ¡Encontrársela de nuevo! ¡Besarla y abrazarla sin temor de que se descorriera un panel y apareciera una horda de guardias del Shögun! Él se había contenido para no abalanzarse sobre ella, y cuando por fin aquel cuerpo quedó al descubierto le costó disimular su decepción. Pero después... Al apagarse el candil, ahogado en su propio aceite, el señor de Sagami sintió cómo unas manos hábiles soltaban las cintas de su armadura y lo despojaban de su peso, en tanto que otras, también amigas, le pasaban paños húmedos tibios suaves mientras terminaban de desvestirlo. Mientras se entregaba a esas operaciones, su vista empezó a acostumbrarse a la penumbra. La piel de Juriko era lo más claro que había en el lugar.

Por supuesto, ella no era la que anhelaba su corazón, pero al yacer en su compañía reconoció cuanta hambre de mujer tenía. Hasta su encuentro con dama Ashikaga se había contentado con la frecuentación de cortesanas. Así, la Shöguna lo encontró emocionalmente virgen y en el tatami supo revelarle un mundo hecho de astutas reticencias y caricias hechiceras, que ofrecían el deleite y alimentaban el ansia. Pero, al mismo tiempo, esa experiencia nunca lo libró de la sensación inquietante de estar subordinado a lo que la sabiduría de su amante ofreciera. Incluso, en algunas ocasiones, tuvo la impresión de ser el pasto seco que el fuego de dama Ashikaga buscaba para encenderse, pero que ese incendio podía eventualmente pasar de él o servirse de cualquier otro elemento que tuviera a su alcance. En cambio, aquella noche se enfrentó a la desesperación más antigua. Juriko clavaba las uñas en su espalda, gritaba sin pudor y él se perdía en el pozo negro de su boca. Recién al concluir la primera arremetida Yutaka notó la ausencia del marido. Aunque la desaparición no era completa. Mampara de por medio que se lo oía cantar antiguas canciones de gesta, acompañado del tañido de la biwa y de las voces de sus efebos.

Repetida y agradable, la pequeña aventura nocturna careció de implicancias sentimentales. A la mañana siguiente, el señor de Sagami mandó levantar el sitio.

Una vez vuelto a sus dominios, apenas desmontó de su caballo en el patio del Castillo Principal, le hicieron entrega de una carta de Nakatomi. Antes de su precipitada partida de Kyoto habían acordado que le enviara informes detallados de la situación de la corte y de la ciudad capital. Convertido en su espía, durante meses "el gordo Ryonosuke" (como firmaba en absurda clave) no pasó de transmitir chismes insustanciales que, apenas leídos, Yutaka Tanaka arrojaba al fuego. Pero ahora empezaba a justificar su salario. Después de las fórmulas de rigor, escribía:

Estimadísimo daimyo:

Antes de que temas lo peor, quiero decirte que estoy bien, y también lo está una persona femenina de tu conocimiento, si captas la sutil alusión.

Pocos días después de que nos abandonaras, en el curso de una no-

che calurosa, las llamas ardieron consumiendo buena parte de la ciudad. Por fortuna, Kyoto está situada en medio de un valle y protegida de los vientos más fuertes por el cinturón montañoso. De lo contrario, y debido a la cantidad de madera ligera y papel utilizados en su construcción, nada habría quedado en pie. Como es habitual, la impericia de nuestro cuerpo de bomberos agravó las cosas: para crear espacios cortafuegos demolieron el sector que había sobrevivido a las llamas, así que en los días subsiguientes pude adquirir a precio ventajoso algunos lotes humeantes y recién desocupados. Pero no quiero perder el tiempo refiriéndote las minucias de mi vida, así que paso a cuestiones que serán de tu interés.

En la noche del incendio, según versiones que no carecen de asidero, el propio Ashikaga Takauji contemplaba el espectáculo desde la terraza de su residencia de verano situada en la montaña Kitayama. Quienes lo vieron dicen que, mientras el fuego se elevaba lamiendo el borde inferior del cielo, el Shögun cantaba acompañándose con el koto, e incluso comentan que su voz era de una dulzura y gravedad inusitadas, lo que sorprendió a sus cortesanos y los llevó a pensar que había llegado inesperadamente a la perfección en un arte en el que se ignoraba estuviera tan adelantado, o bien que fue sustituido por alguien físicamente parecido a él y dotado de talentos canoros superiores.

No desconocerás que estos rumores se suman a los que circulan desde hace tiempo sosteniendo que el Shögun original fue reemplazado por uno de sus dobles. Esta versión encuentra su origen en el interés de algunos daimyos por disminuir los gravámenes y apoderarse de sus tierras, y que habrían encontrado la oportunidad de sustituirlo mediante un golpe realizado en secreto y sin más derramamiento de sangre que la del propio afectado. Quienes transmiten el chisme no vacilan en asegurar que estos daimyos eran apadrinados por Go Daigo, y que fue la mismísima dama Ashikaga quien hundió el puñal en el cuerpo de Takauji y luego eligió el doble que lo supliría. Desde luego, la verosimilitud de esta versión se ve afectada apenas admitimos lo complicado que sería para una débil mujer arrancarle la vida a puñaladas a un hombre con el corpachón de nuestro Shögun; sobre todo en el estado en que se halla actualmente la Shöguna. Es claro que otro habría sido el asunto si ella se las hubiera arreglado para acuchillarlo aprovechando el relajamiento que acontece tras un momento de intimidad. Pero no creo que algo semejante haya sucedido. Aún más, sé de buena fuente que las visitas de Takauji al pabellón de su esposa se interrumpieron hace tiempo, y no hace falta que me preguntes a causa de qué. O por culpa de quién...

Otra versión, más interesante y compleja, dice que el incendio fue responsabilidad del propio Shögun, que con semejante acción buscaba concluir la obra a la que se dedicó con mayor tesón en los últimos años: su ejército de autómatas. Supongo que recién ahora te enteras de esto e imagino tu expresión de asombro. Pero permíteme que te diga que durante tus meses de residencia en Kyoto tenías tan puestas ambas cabezas en tus asuntos privados que permaneciste ciego a lo que ocurre en el resto del Universo. No se te escapará, sin embargo, el hecho de que un Shögun debe llevar firmes las riendas del país y no puede empeñar su vida en entretenimientos inconsecuentes. En suma: de su pasión por los autómatas el Shögun pretende extraer ventajas geopolíticas.

¿Cómo es esto?

Muy sencillo.

Durante centurias fuimos asediados por nuestros vecinos, China y Corea, que nunca cejan en sus intentos por conquistarnos. Es cierto que nuestros valientes samuráis lo impidieron en numerosas oportunidades, sin que hubiera grandes victorias ni grandes derrotas en ninguno de los bandos. Pero a mediano y largo plazo este equilibrio fortuito podría desembocar en un desastre definitivo para nuestras armas, y eso por dos motivos. El primero, la estupidez de nuestros daimyos, que solo aceptan de mala gana someterse al poder central y prefieren matarse entre ellos por migajas a combatir de manera unificada al enemigo externo. Y el segundo, que nuestra tasa de nacimientos es baja y eso da por resultado que de generación en generación no aumente en número suficiente la cantidad de guerreros, en tanto que nuestros adversarios se reproducen como conejos.

Por tales motivos, entonces, Takauji concibió la idea de ir recolectando las invenciones que se vienen produciendo en el campo de los autómatas. Bajo la apariencia de una diversión onerosa y frívola, su pasión de coleccionista ocultaba el serio propósito de atender a la defensa nacional. Así, en el curso de unos pocos años fue armándose un mapa que contenía los nombres y direcciones de los fabricantes de autómatas esparcidos por el mundo. Y cuando encontró al más afín a su designio, lo contrató para que encarara a ritmo acelerado la producción de un ejército apto para seguir órdenes sencillas, capaz de combatir de manera incansable y diseñado de tal forma que la destrucción, mutilación o falla de sus piezas no impidiera un rápido reemplazo.

Naturalmente, semejante ejército no podía salir de las manos de ese único fabricante, así que este debió contratar a su vez a una legión de fabricantes aptos para ocuparse de cada una de las partes del encargo. Pues bien, tanto los especializados como el fabricante original (que se reservó para sí la tarea de ensamblado de las piezas) provienen de Europa y carecen de las nociones de deber, honor y sacrificio propias de nuestro pueblo; son, en definitiva, asquerosos occidentales, es decir bárbaros malolientes y mercenarios, por lo que Takauji tuvo que garantizarles retribuciones altísimas y condiciones privilegiadas de existencia (mansiones, comidas, vestimenta, mujeres), así como el ámbito de trabajo más adecuado para un proyecto de semejantes dimensiones. A tal fin, y para mantener el secreto, nuestro Shögun mandó construir una fábrica-laboratorio que es el espejo exacto de su palacio interior de verano, y que se situó exactamente bajo su superficie. Allí, día a día, por meses y por años, estos rubios inmundos extranjeros se dieron a la tarea encomendada.

Desde luego, la fabricación de autómatas atendería primero a cubrir las cuestiones relativas a nuestra defensa. Pero, una vez resueltas, estaba prevista una segunda etapa de producción, acelerada y a mayor escala, que culminaría en el envío del ejército de autómatas a la conquista de los países vecinos. Pero la imposición de una idea extraordinaria no es tarea sencilla... Ya fuese porque la casta de samuráis en pleno se enteró del intento, ya porque lo hicieron nuestros tradicionales enemigos externos, ya por los problemas propios de una producción en masa, lo cierto es que las dificultades crecieron, el estado de ánimo general del país se fue volviendo inestable y todos murmuraban con resentimiento ante los gastos que implicaba el emprendimiento de nuestro Shögun, y fue entonces que nacieron las especulaciones acerca de su reemplazo. Entre estas, se impuso la que dice que los fabricantes eran agentes de sus propios países y estaban a cargo de llevar a cabo el derrocamiento simultáneo de los dos Emperadores y el Shögun utilizando al ejército de autómatas concebido y financiado por nosotros mismos, y de fundar luego un Protectorado Europeo. Al parecer, el plan comenzaría a ejecutarse cuando a Takauji lo sustituyera el mejor de sus dobles. Pero de algún modo nuestro Shögun se enteró de esos planes y decidió adelantarse: el incendio habría empezado en el corazón mismo de la fábrica, el palacio subterráneo, y consumido al ejército de autómatas. Eso explicaría su canto solitario en la veranda de su palacio de verano: sería un canto de liberación nacional. No obstante, como te referí al comienzo de esta carta, hay quienes aseguran que la perfección inesperada de la voz del cantor en la montaña indica que Takauji sucumbió y fue reemplazado por una copia, y eso indicaría que se vienen tiempos difíciles para el Japón.

Hasta ahora, el recuento de estos rumores y sus consecuencias no te afecta directamente. Sin embargo, existe otra posibilidad, a la que deberías prestarle atención: que el incendio no haya consumido al ejército de autómatas oculto sino solo a la colección visible, la decorativa y de museo que se conservaba en la superficie, y que Takauji siga vivo, insustituido, y planeara todo esto con un solo propósito: vengarse de la humillación a la que lo sometiste acostándote con su mujer. ¿O no resulta claro para ti que ese ejército de máquinas sin marcas reconocibles es idéntico a la banda de samuráis que hace años asesinó a tu padre y violentó el honor de tu madre?

Con esto no estoy afirmando que el Shögun sea responsable de ese doble crimen: que yo sepa, carecía de motivos para hacerlo. De haberlo querido, no habría necesitado encubrir su acción bajo la máscara del anonimato, ya que la diferencia de poderío entre un daimyo y un Shögun es abismal. Con un chasquido de sus dedos habría contado con cientos, miles de samuráis dispuestos a cumplir con su pedido. Así, si mañana o pasado se produjera el ataque de ese ejército; si tus ciudadelas exteriores fueran destruidas y cayeran vencidos los muros de tu Castillo Principal y el enemigo ingresara a tu palacio interior y te vieras obligado a cometer seppuku, ¿qué ocurriría? Terminaría degollándote un autómata y así podría decirse que por fin encontraste tu destino, pero que en definitiva Nadie te condujo hacia este.

Tu humilde servidor
Gordo Ryonosuke

Perdón. Qué distracción la mía. ¡Me olvidaba! ¿No te parece extraño lo que está ocurriendo?

Como sabes, en su momento dama Ashikaga sedujo al Shögun simulando ser una autómata que reproducía a la perfección las capacidades humanas, con lo que logró la representación del ideal que alentó la creación de estos juguetes: algo que redujera la grieta entre nuestra especie y sus invenciones. Porque el drama de estos autómatas era que solo proporcionaban imitaciones groseras, su tosquedad les impedía ser nuestros reflejos, los volvía risibles. La representación de Dama Ashikaga probaba que un humano podía copiar los movimientos de un autómata hasta resultar indiscernible de su modelo, pero que los autómatas no podían confundirse con nosotros.

Ahora eso cambió.

Han comenzado los nuevos tiempos y ya tenemos la horrible señal de su transformación.

Cuando sospechamos que el sublime canto de Takauji en la montaña brotó de la garganta de una máquina, es porque admitimos la posibilidad de que hayan llegado a un punto de evolución que nos supera. Si eso fuera cierto, ¿qué impediría además que terminaran reconociéndose a sí mismos como mejores que nosotros y obraran en consecuencia? Desde luego, ignoro cómo se dará el paso de la imitación a la autoconciencia. Pero, si tal milagro ya hubiese ocurrido, ¿qué impediría entonces que un ejército superior en fuerza, determinación y raciocinio, un ejército no nacido del vientre de madres, un ejército indestructible, decidiera suprimirnos y crear el Primer Reino de los Autómatas?

30

Yutaka Tanaka leyó y releyó la carta y, antes de tomar cualquier decisión, consideró prudente mostrársela a Kitiroichï Nijuzana. En los últimos tiempos su consejero principal había envejecido tanto que apenas salía de las habitaciones de palacio. Usaba vestiduras pesadas y oscuras que lo asimilaban a un fantasma. Las mujeres y los pajes (entre ellos algunos bromistas que le hacían cosquillas con plumas de ganso) aseguraban que ya estaba con la mente en brumas, que se meaba encima y tropezaba con las palabras, combinándolas de manera graciosa o acertando con formas retóricas antiguas, propias de los tiempos animistas, cuando el lenguaje estaba en sus comienzos y toda construcción verbal adoptaba el carácter y la dimensión de las profecías.

Kitiroichï, sin embargo, no parecía haber perdido del todo sus facultades, porque examinó aquellas hojas con expresión concentrada y luego, con deliberada suavidad, las depositó sobre el tatami:

—¡Qué mal escribe este hombre! —suspiró—. ¡Qué falta de refinamiento! Propone mucho y no concluye nada; especula irresponsablemente y oculta sus fuentes. ¿Estás seguro de que es un corresponsal fiel?

—¿Puede alguien estar seguro de algo en los tiempos que corren? —murmuró Yutaka.

—Es cierto. Pero imaginemos por un instante que tu dinero compró su lealtad y veamos si de esta marea de murmuraciones obtenemos algo cierto. Empecemos por lo más improbable. Hasta el presente Japón se las arregló para repeler los ataques externos y nada indica que esto vaya a cambiar en el futuro próximo. Y aunque la suerte de las armas es siempre dudosa, parece aventurado afirmar que el Shögun planea el reemplazo de la base de sustentación de todo jefe militar, sus soldados, que lo aman y lo admiran, por indiferentes máquinas costosas y lentas y de respuesta insegura. La simple sospecha de que puso en marcha una operación como esa socavaría su poder, y pronto tendríamos otro Shögun ocupando el cargo. Pero supongamos por un instante que tal absurdo se hizo realidad, que efectivamente Ashikaga Takauji consiguió disimular sus intenciones y que el incendio de Kyoto forma parte de ese ocultamiento. Demos por cierto incluso que ese ejército es capaz de comprender y acatar órdenes, ser implacable y discreto, y a eso sumemos las ventajas propias de la máquina: su duración superior, su falta de necesidad de descanso, evacuación y alimentación, la posibilidad de ser reparada y volver a la batalla en caso de mutilación o rotura del mecanismo... ¿por qué, dadas estas condiciones, semejantes maravillas permanecerían subordinadas al Shögun? Tu corresponsal formula la graciosa hipótesis de un futuro reino de autómatas, pero ni menciona que el primer paso para conseguirlo sería eliminar al creador de ese ejército. Y por supuesto no me refiero al inventor material, sino a Ashikaga Takauji. Este paso, de darse, lo veo como un episodio de justicia poética, ya que un artista siempre es consumido por su obra, cuando no aniquilado por esta. Pero supongamos que el Shögun logró fundar y disciplinar a su ejército de autómatas tras concebirlo a imitación de los samuráis que liquidaron a tu padre y mancillaron a tu madre, ¿qué necesidad tendría de emplearlo para atacarte...? Le alcanza y sobra con las fuerzas que tiene.

—Sí. La misma carta de Nakatomi deja constancia de eso.

—Cierto. Pero dejemos atrás la fantasía. El punto es: ¿puedes temer alguna represalia de parte del Shögun? ¿Es cierto que te acostaste con su mujer? No es que yo sea un moralista, pero ¿no había otra menos peligrosa a tu alcance?

—¿Qué decir...?

—¡Amor! ¡Amor! Esa es la palabra que debería prohibirse. En fin, mi señor. El hecho es que Ashikaga Takauji permitió que abandonaras Kyoto y eso nos lleva a preguntarnos si será de reacciones lentas o si lo sucedido le importó poco. Y yo no me puedo representar a un Shōgun desprovisto de orgullo, por lo que tiendo a sospechar que favoreció tu partida con la intención de instilar en tu alma el temor a una revancha diferida.

—¿Dices que está jugando conmigo?

—Sin duda. No siempre el gato liquida de un zarpazo al ratón. En ocasiones finge distraerse y permite que su presa aliente la esperanza de conseguir una vía de escape. Pero el punto de fuga es imposible, la estrategia del gato es el agotamiento del ratón y se divierte con el aumento de su desesperación. Pretende que en el momento de su muerte el ratón tenga la imagen más terrible y completa de su asesino. Hasta aquí, su juego. Pero ¿qué le queda al ratón? Una vez consumidas sus energías, perdida ya la ilusión de la huida, comprende que solo hay dos salidas. Una, dejar que el terror y el cansancio lo abracen hasta reventarle el corazón. La otra, mostrar las uñas y saltar a la cara del gato. Es lo único que el felino no espera.

—¿Me estás proponiendo que alce a mis hombres y ataque Kyoto?

—No. Sería una acción imposible, condenada al fracaso de antemano y en modo alguno imprevisible para Takauji. Él sabe que entre tu bagaje de recursos se cuenta el gesto inesperado: ya lo atacaste en su honor, acostándote con dama Ashikaga. Al no mandar a suprimirte, él reaccionó a su vez de manera inusual, y eso te desconcertó entonces y sigue dándote que pensar. Esta vez, a cambio de comportarte como lo venías haciendo, deberías imitarlo y hacer algo que esté fuera de sus posibilidades de anticiparlo. En resumen, te convendría obrar de otra manera.

—¿Y qué sería lo inesperado para el Shōgun?

—Atacar al daimyo que asesinó a tu padre y violó a tu madre. Si lo hicieras le probarías que no necesitas de su auxilio para conocer el nombre del criminal, así como no requeriste de su permiso para intimar con su esposa.

—Pero ¿cómo? ¡Nunca supe si Ashikaga Takauji conocía al infame...!

—Y por supuesto que tampoco lo conoces tú —sonrió el consejero—. Pero no dejes que la hoja de abedul te tape el paisaje boscoso. Para mostrar determinación y valor no hacen falta certezas absolutas. Elige un daimyo cualquiera, aquel que te caiga menos simpático, y atácalo responsabilizándolo de aquellos sucesos. Tu gesto será observado por tus pares. Advertirán tu voluntad de no dejar la ofensa sin castigo, más allá del destinatario particular sobre el que se ejecute.

—Pero, si yo elijo a un inocente, él pagaría una culpa ajena...

—¿Culpable? ¿Inocente? Todos los daimyos lo son. Si decidieras obrar no castigarías solo a una persona, sino que ejercerías tu venganza sobre un poder y una época. Coincidirás conmigo en que parte de lo mal que andan las cosas en este país se debe a la excesiva concentración de poder de tus pares, señores feudales de ambiciones mayúsculas y sesos mínimos. Suprimir siquiera a uno de ellos sería colaborar, aunque sea en pequeña escala, con el mejoramiento de nuestra nación. Por supuesto, al hablar de esta manera, mi señor, queda en claro que no te incluyo en la lista de los daimyos perniciosos, sino en la de los pocos de quienes aún puede esperarse algo bueno...

Yutaka Tanaka se sonrió de costado, disimulando la pena que le daba la adulación de su viejo consejero, y respondió:

—O sea que me propones que sorprenda al Shōgun atacando a uno de sus vasallos, en la esperanza de que eso de algún modo demore o impida que él se adelante a atacarme a mí... Y eso porque crees que se sorprendería de que no lo ataque a él mismo.

—Sinceramente dudo de que semejante acción te proteja de las consecuencias de tu conducta en Kyoto. Ashikaga Takauji apoyará al daimyo a quien elijas para lavar el honor de tu clan. ¡Pero no pienses en las consecuencias! Tú atacas, te vengas. Luego, el Shögun te ataca y te vence. La muerte es ineludible a corto o mediano plazo, así que al menos puedes elegir tu forma de morir. Con la que te propongo pasarás al otro mundo habiendo pagado la deuda con tu padre, quien así podrá sentirse satisfecho de tu comportamiento, pues en el fondo, ¿cómo sabrá si lo vengaste o no en la persona del culpable, cuando no vio el rostro de sus asesinos?

—No lo sabría él, pero sí lo sabría yo.

—Tampoco. Supongamos que decides ir contra el señor de Mikawa. ¿Cómo te enterarías al atacarlo si te equivocaste en la elección o acertaste de pura casualidad? Hagas lo que hagas, amo mío, mi honorable y triste señor de Sagami, tu destino es la incertidumbre. Una vez que te llegue el día y pases a flotar en las brumas del inframundo, seguirás ignorando si cumpliste o no con el mandato que te impusiste, pero al menos llevarás tranquilidad al espíritu de Nishio, habiéndole demostrado tu esfuerzo por cumplir plenamente con el deber filial.

—Todavía no es tiempo de preocuparse por las alternativas del más allá, cuando aquí queda tanto por hacer.

—Cierto. Sé cruel y eficaz, es lo único que importa. Si te decides y atacas al daimyo escogido y lo vences, quizás el resto de tus pares comience a temerte y reflexione acerca de si les conviene mantenerse fieles al actual Shögun o seguir tu estrella en ascenso. La traición es cuestión de fechas y oportunidades. Y si de alguna manera comenzara a difundirse la noticia de que tuviste entre tus brazos a dama Ashikaga y que, sabiéndolo, su marido no se comportó a la altura de la dignidad de su cargo, el futuro de...

—Mi honor me impide emplear un recurso tan bajo...

—¡Ni hablar! Del chusmerío me encargo yo. Y tampoco es difícil conseguir un par de adivinos expertos en el arte de la profecía retrospectiva. Bien aleccionados, dirán que años atrás fueron convocados por Ashikaga Takauji para estudiar el futuro y que en las líneas del caparazón de una tortuga leyeron tu nombre como el del próximo Shögun. Que tú lo matarías y luego te casarías con su viuda. Y que, conociendo esa sentencia, él trató de revocarla enviando a sus samuráis enmascarados para eliminarte, y que al no encontrarte desfogaron su irritación asesinando a tu padre y mancillando el honor de tu madre.

—¡Pero nada de eso ocurrió!

—¿Y a quién le importa? Estamos construyendo una noticia falsa, una historia que debe asumir la apariencia de una verdad revelada. En ese punto, los hechos reales son un engorro. Lo que debe quedarles claro a todos tus posibles aliados es que ya te acostaste con dama Ashikaga, así que lo que falta para que la profecía se cumpla es que mates al esposo y te cases con ella. La circunstancia de que ya hayas probado los encantos de la mujer agrega un condimento especial al relato: sirve para aportar a nuestro cuento la apariencia desprolija que es propia de los acontecimientos ciertos. Por lo que, una vez lanzado al viento nuestro pequeño relato, solo nos faltaría realizarlo. Desde ya, para que todo esto ocurra de acuerdo con nuestra previsión, deberemos insuflar en cada japonés que se sume a tu bando el sentimiento de ser partícipe de una causa justa. No alcanzará entonces con que las insignias de nuestro clan flameen gallardas y agiten sus bonitos colores. A medida que tu ejército en crecimiento avance en dirección de Kyoto, deberás promulgar edictos y leyes, prometer reducciones de impuestos, líneas de crédito generosas y cualquier otra cosa que los campesinos, comerciantes, daimyos, sacerdotes, comerciantes, banqueros, marineros, traficantes y guerreros quieran escuchar. En conclusión: si actúas apropiadamente, cuando por fin llegues a las inmediaciones de la ciudad capital tu ejército se habrá vuelto un río imparable, una fuerza de tal magnitud que Ashikaga Takauji no tendrá otra posibilidad que darse a la fuga o cometer seppuku. Y entrarás por las calles cuadriculadas de Kyoto y recibirás los vivas de la población.

Serás su nuevo héroe, el que expulsó al monstruo incendiario. Y cuando llegues al palacio del Shögun, ¿quién te esperará vestida con sus mejores galas? Dama Ashikaga. La mujer que amas, cuyo chitsu extrañas, y a cuyo lado siempre quisiste estar. ¿O niegas que tu sueño es convertirte en Shögun y gobernar a su lado?

Yutaka volvió a sonreír:

—No estoy seguro de seguir todos los recorridos de tu mente. Pero ¿dices que debo pagar bien con mal? Ashikaga Takauji, que me perdonó la vida y no castigó mi desliz, ¿a cambio debe padecer deshonra y exilio, tal vez la muerte?

—Solo estoy realizando una composición de lugar. Creo que el Shögun te perdonó para convertirte en su mejor enemigo y poder librar una batalla decente, después de haberse pasado toda la vida combatiendo contra montañeses ignorantes de los rudimentos del arte de la guerra. Si así fuera, habría obrado con la alevosía de un político y la impecabilidad de un verdadero samurái.

—Me llama la atención lo mucho que te inclinas por la perspectiva de una batalla final. En este mundo de simulacros y de representaciones cambiantes, querido Kitiroichï, quizá también tú fuiste capaz de intercambiar veladamente alguna correspondencia con su odiado rival, el Emperador Go Daigo...

Fue el turno de que Kitiroichï Nijuzana sonriera:

—Si todo es posible, nada es probable. Pero déjame decirte algo, ya que soy un viejo sentimental. Fui fiel a tu padre y te soy fiel a ti, y estoy en el fin de mi existencia y nada de lo que alguien pudiera ofrecerme bastaría para conmover esa fidelidad. Ser fiel es la manera que este perro encontró de permanecer en el mundo. Pero haces bien en desconfiar. Desconfía, ponme a prueba, mátame si quieres, y luego elige qué opción tomar. El asunto que aquí se dirime no es quien soy o lo que aparento ser, sino qué harás tú.

31

Yutaka descartó de plano la sugerencia de su consejero principal en lo tocante a suprimirlo (de seguro el viejo prefería una conclusión honorable a manos del amo que un cachetazo de la vida despenándolo de un momento a otro), y se ocupó de reflexionar acerca del panorama que se le abría a continuación. Si se abstenía de atacar, renunciaba a la posibilidad de alcanzar la cima del poder y a hacer definitivamente suya a dama Ashikaga, pero cumplía en cambio con su obligación de ser un subordinado leal y pagaba en cierto modo su deuda con el Shögun. Ante la duda, prefirió seguir una de las sugerencias de Kitiroichï y en el undécimo mes de 1334 lanzó sus fuerzas contra Ozuma Miyai, daimyo de la vecina provincia de Kai.

En términos estrictamente militares, parecía tratarse de un objetivo fácil. El señor de Kai vivía una vida licenciosa y descuidada y abochornaba a sus pares. En las reuniones de la confederación de daimyos solía utilizar expresiones vulgares y bebía sake inmoderadamente y terminaba lanzando risotadas idiotas en un rincón y vomitando sobre la pechera de su armadura. Su degradación era tan ostensible que más de una vez Yutaka sospechó que se exhibía de esa manera para ser tachado de su lista de sospechosos por infeliz y por bruto. En cualquier caso, era cuestión de averiguarlo.

Así que alistó a sus soldados más leales y mejor entrenados. Previamente había enviado a un puñado de espías a registrar la topografía del lugar, y luego juntó los datos y armó un mapa y memorizó los detalles. Una vez hecho esto, emprendieron la marcha. Atravesaron valles y llanuras, dormían de día en lo hondo del bosque y se movían oscuros en la noche solitaria. Contando con el factor sorpresa y una preparación inmejorable, la suerte del combate parecía resuelta de antemano. Pero por algún motivo el enfrentamiento no se verificó.

El Castillo Principal del daimyo de Kai está enclavado en lo alto de una montaña rocosa y de aspecto inexpugnable, ubicada en medio de una isla limitada por el torrentoso Shinano. Esas características habían exacerbado la indolencia de Miyai, quien estimaba que la naturaleza colaboraba a su mayor seguridad. Una de las vertientes de la historiografía oficial refiere que la noche elegida para el ataque Yutaka envió tres barcas cargadas de guerreros a cruzar el río, pero la corriente era tan fuerte que las volcó una tras otra y los hombres fueron arrastrados hacia el fondo por el peso de sus armaduras, y aquellos que pudieron salir a flote murieron de hipotermia o aplastados contra los rocas. Sin embargo, sería conveniente mantener cierta reserva ante esta versión. Como sabemos, el señor de Sagami conocía de antemano los detalles orográficos e hidráulicos de la zona, por lo que resulta dudoso que haya tomado una decisión tan errónea.

Por otra parte, como vimos en ocasión del enfrentamiento con Kikuji Terukuni, el joven daimyo era de sangre caliente, por lo que no habría consentido mansamente que se ahogaran sus hombres sin desafiar él mismo al destino. En algunas crónicas de la época se consignan alternativas para la misma escena. Refieren, en principio, que el curso del Shinano estaba sobrenaturalmente sereno durante aquella noche y que las barcas se desplazaban río abajo sin que fuera necesario el uso de los remos. En el silencioso ambiente se escuchaba con nitidez el canto de los pájaros y el zumbido de los insectos (lo que descartaría la muerte por hipotermia: era verano). La Luna, cubierta por un gordo acolchado de nubes, iluminaba sin denunciar el paso de las embarcaciones.

Todo fue calma por un largo rato. Pero en algún momento los márgenes de ambas costas se angostaron y el agua empezó a correr; la espuma se enroscaba y subía a borbollones, tramando su bordado de plata sucia sobre el filo de las olas, y entonces se hizo necesario remar a contracorriente. Además, las rocas se alzaban desde el fondo en trechos cada vez más cortos. Cada roca albergaba una entidad animista primitiva que chorreaba a perpetuidad su ahogo en las aguas. Los hombres empezaron a temblar. Yutaka les daba aliento llamándolos por sus nombres, gritándoles que eran unos perros cobardes. En aquel momento, al pasar un recodo del río, asomó en lo alto, sobre el basalto negro de la montaña, el macizo piramidal del castillo de Kai. Era el espectro mayor, que dominaba todo. Los samuráis quedaron suspendidos de terror y soltaron los remos durante un par de segundos, por lo que la corriente tomó a las barcas sin resguardo y las sacudió. El señor de Sagami, que iba de pie en la proa de la primera, cayó al agua. El peso de la armadura lo hundió un par de metros, hasta que un remolino lo atrapó y lo hizo girar como una peonza, hacia arriba y hacia abajo, y luego, en el momento de mayor velocidad del giro y como si le tuviera asco, lo soltó arrojándolo contra una roca filosa. Yutaka Tanaka dio con el hombro contra un borde aguzado y su brazo se separó del cuerpo. El daimyo ni siquiera pudo gritar. Si despegaba los labios lo abandonaría el poco aire que le quedaba. Instintivamente trató de recuperar la parte perdida, que ya arrastraba la corriente. En la turbulencia negra veía su extremidad moviéndose como si tuviera vida propia, los dedos se abrían y cerraban en un espasmo de dolor o de despedida mientras la sangre manaba en chorros de ambos lados del corte, tejiendo guirnaldas ocres, a veces atravesadas por las paladas de los remos que en su desesperación hundían los samuráis tratando de encontrar a su amo. Por fortuna, en aquel momento se produjo una doble iluminación. En el cielo se despejó la trama de nubes y el resplandor de la Luna encendió toda la superficie del río y a las aguas las atravesó una fulguración, el gigantesco cuerpo fosforescente y veteado de violeta y las pupilas negras girando locas y ardiendo de fuego interior: era un Namazu.

De un tremendo coletazo, el Namazu se lanzó sobre su presa: atrapó el brazo y se dio a la fuga. Aunque la aparición era espantosa, los samuráis no se quedaron petrificados. El destello de la bestia les había mostrado la zona donde Yutaka flotaba desmayado. Cuando lo subieron a su barca lanzaba agua y una baba verde. Salía de su garganta como un surtidor y subía más alta y más recta, y en el momento en que llegaba a su máxima altura, justo entonces, el Namazu surgió desde el fondo oscuro, alzándose en su vuelo como impulsado por un resorte. De su mandíbula colgaba el brazo del daimyo. Tosa Satsuma, el más avispado de los hombres de Yutaka, lo lanceó. El metal atravesó limpiamente el cuerpo del Namazu. La bestia soltó un chillido tremebundo, sus escamas entraron en ignición, y en cosa de segundos su densa masa se desvaneció ardiendo en el aire mientras el brazo mutilado caía sobre el fondo de la barca.

Pocos recuerdan ya que el Namazu es un siluro gigante que vive en las profundidades acuáticas, capturado e inmovilizado por su guardián, el kami Kashima; cada vez que Kashima descuida la vigilancia, el Namazu se agita y su movimiento produce un terremoto. Mito antiguo o realidad soterrada, es posible que para estas crónicas hubiese sido más fácil achacarle el fiasco al siluro que admitir que el daimyo sufrió las consecuencias de una acción bélica mal diseñada. Quizá fue el propio señor de Sagami quien pagó a los cronistas para que redactaran explicaciones benevolentes de su desastre militar. Sea como fuese, y a seguir por lo escrito, Yutaka Tanaka mandó descarnar su brazo y envolverlo en telas lujosas y enterrarlo, lo que resulta una actitud propia de un noble de elevadas miras, pero un tanto inverosímil para ser cumplida en un momento en que debía estar pasando de un desvanecimiento a otro y cerca de morir desangrado. Lo más probable es que alguno de sus hombres haya cauterizado la herida con la hoja de su katana puesta al fuego, y que luego la expedición fracasada haya vuelto a Sagami, cargando al malherido, en la esperanza de que se salvara o al menos muriera en la tierra que lo vio nacer.

Pero Yutaka Tanaka sobrevivió. Y en este punto se hace necesario aclarar que los historiadores más serios que abordan este período mantienen serias diferencias acerca de lo ocurrido. Algunos consideran absurdo suponer que el señor de Sagami concibiera el ataque sorpresivo recién referido. Tal operación sería más propia de ninjas oportunistas que de un guerrero honorable, y además presentaba dificultades de realización que la volvían impracticable. Y desde luego que todos descartan la intervención de dioses o de siluros gigantes. Así, al tenerla por falsa, dan por inexistente la historia del ataque por río y no se ocupan del tema de la mutilación del daimyo.

Ahora bien, manco o no, al poco tiempo Yutaka Tanaka emprendería la campaña militar esperable en alguien de su condición y rango. Es claro que, por tratarse de él, ciertos aspectos de esa campaña exhibirían rasgos particulares.

32

Tanjo Ji se estaba expandiendo hasta lo inverosímil gracias a la noticia del sokushinbutsu exitoso de Mitsuko. Los fieles no cesaban de llegar y sus ofrendas las administraba celosamente el propio superior, que invertía la mayor parte en mejorías edilicias del monasterio, en cuya nave central se exhibía el ataúd donde meditaba la muerta-viva. Para volver más fluido el tránsito de los peregrinos y la adquisición de recuerdos de la visita, el superior había mandado a construir una sección interna de ocho lados, circundada por un polígono de dieciséis, formando un pasillo circular entre ambos. Cada terminación de lado, al juntarse con otra, daba por resultado un ángulo donde un monje del monasterio atendía una tiendita con ofertas de ocasión. En general, se trataba de reproducciones a escala reducida del ataúd de Mitsuko, y no faltaban mandalas, copias manuscritas del Sutra del Loto y la típica estatuilla del Buda meditando. Por su parte, la nave central comprendía dos plantas con una cúpula envolvente. Esta cúpula pasaba del ancho inicial a una especie de punto de fuga simulado cuya visión de todos modos obstruía el ataúd, que colgaba a cuatro ken de altura gracias a una compleja ingeniería de nudos, roldanas, retenes y parantes, y que difuminaban las diversas fuentes de luz, básicamente lámparas de aceite puestas en nichos, y gruesos velones de mecha parpadeante, además de la miríada de ínfimas perforaciones en las paredes, hechas con mechas irregulares, y que permitían distintas gradaciones de espesor y densidad de la radiación solar. Esas fuentes de luz chocaban contra los aparejos y las sogas y contra la masa del sarcófago, proyectando sombras erráticas y cambiantes sobre la concavidad de la cúpula, que además estaba tachonada de pequeños pedazos de espejos rotos. El efecto total era el de la realidad multiplicada, la existente y su reflejo, una precipitación de formas, una trama, un tejido en tensión y movimiento. Y por si hiciera falta flotaba además la cosa en sí, la amenaza del ataúd colgante, que debido a las ráfagas de viento que entraban por las aberturas se agitaba lentamente sobre las cabezas de los visitantes.

Al entrar en la nave central, Yutaka Tanaka se sintió mareado por el tufo de los perfumes y por la atmósfera general. No había manera de sustraerse al monumentalismo del lugar y a su misticismo agobiante, pero por encima de eso le pesaba la evidencia de que todo había sido construido para sacarle el jugo al extravío de Mitsuko. Desde su posición, no podía distinguir si la caña de bambú permanecía aún en su sitio, atravesando la piedra caliza y permitiendo la respiración de su madre, o si ya había sido retirada por innecesaria. El daimyo no se hacía ilusiones al respecto. La ascensión del sarcófago permitía imaginar lo peor, era una especie de entierro invertido. Y eso conllevaba un dolor agudo (Madre, madre...) e implicaba una consecuencia: que ella había decidido guardar silencio hasta el fin. Y ahora el señor de Sagami se preguntaba por qué en su primera visita no insistió más, por qué no quebró su resistencia a fuerza de súplicas o gritos y la retiró a la fuerza de su encierro. Si Mitsuko estaba definitivamente muerta, él ya no podría saber si había callado para proteger a su amante —como había sugerido la Shöguna Viuda— o por puro deseo de olvidar lo sucedido.

Como fuera, había que resolver aquello. Echó una mirada en derredor, buscando el extremo de una soga gruesa y nudosa, lo bastante fuerte para resistir el peso del sarcófago, y que debía de estar atada a alguna de las columnas principales. No la encontró. Tras una revisión más demorada, descubrió una, bastante delgada. Era una cosita de nada, pero servía al propósito de la sujeción e ilustraba además acerca de la admirable ingeniería de roldanas y poleas que permitía sostener todo en el aire. Estaba anudada alrededor de una columna que exhibía la efigie rota de un dios animista. Del dios apenas quedaba la base y un pie trunco a la altura del tobillo, alrededor del cual se enrollaba el resto de la soga. Yutaka Tanaka la fue soltando con delicadeza, tratando de evitar cualquier movimiento brusco que inquietara a su madre, si es que seguía con vida, pero, apenas la tuvo entre sus manos, un desajuste en el sistema de poleas provocó un sacudón. El sarcófago se inclinó hacia un lado y de su tapa cayó una vasija de porcelana pintada a la antigua usanza, que apenas hizo ruido al estallar, se quebró sin astillarse, y su contenido, a cambio de rodar o estamparse contra el suelo, permaneció quieto y acomodado. Eran tres bollos de tamaño mediano, amarillentos y resecos, como gastados, cruzados por trazos continuos, líneas verdes, vegetales. Al acercarse, Yutaka Tanaka vio que eran los intestinos, los pulmones y el corazón de su madre, laqueados por el veneno de urushi.

El joven daimyo lanzó un grito de furor y soltó la cuerda. El sarcófago empezó a caer enrollándose y desenrollándose en la maraña, como una ballena gris que da saltos en el aire, y en su caída recorría la nave central de un extremo al otro. Aterrados, los presentes trataban de huir y caían uno encima del otro. Finalmente, el sarcófago se desplomó aplastando a algunos desdichados; sus carnes amortiguaron el golpe contra el piso. Desentendiéndose de los lamentos de los agonizantes, el señor de Sagami debió usar todas sus fuerzas para correr la tapa del ataúd. Del interior subió un olor a orines y encierro y humedad y miedo; el olor condensado de la incertidumbre y la espera, el rezo acumulado del sueño de la salvación. Mitsuko estaba sentada en posición de loto, y en lugar de sus ojos había dos oquedades y en lugar de uñas tenía los hollejos de la piel raspados porque las había gastado arañando las paredes de caliza, y las ropas estaban rasgadas y podridas porque no se habían embebido del veneno, y a través de sus agujeros aparecía el triste cuero amarillento, la cosa seca, sus huesos amontonados.

Y Yutaka Tanaka le habló. Le dijo todo lo que no le había dicho en vida. Pero, recién cuando cargó ese cuerpo vaciado, cuando abrazó todo su espanto, recién entonces pudo decir:

—Madre, madre...

Y nadie se atrevió a detenerlo cuando partió del monasterio llevándola en brazos. Volvió a Sagami y en lugar de procurarle un entierro a la altura de su condición la sentó sobre una tarima y mandó extender sus brazos (el cuero se estiró y desgarró y hubo que asperjarlo con vapores de aloe para que recuperara la flexibilidad) y sostenerlos en una especie de cruz que la dejaba como advertencia o espantapájaros. Y luego, a modo de amenaza o estandarte, colocó a su madre a la cabeza de sus tropas y atacó y venció a Ozuma Miyai, señor de Kai, con un despliegue impecable de tácticas que aún hoy se estudian en las academias militares.

Ozuma Miyai fue sometido a las torturas conocidas y a las que la inventiva de su vencedor pudo procurarle. Lo descoyuntaron y le aplastaron el cráneo, comprimiendo los huesos hasta que se rompieron sus alvéolos dentarios y se le fracturó la mandíbula mientras que en el interior de una jaula afirmada sobre su vientre una rata le rasguñaba la piel y empezaba a abrirse camino entre sus tripas para escapar del acoso de unos atentos samuráis que a través de los barrotes la azuzaban introduciendo pequeñas antorchas en su recto. Ozuma no podía moverse ni rehuir a ese tormento porque estaba encerrado en un dispositivo de hierro tachonado de clavos que martirizaban su carne apenas se retorcía; entretanto lo asfixiaban introduciéndole agua por la nariz e impidiéndole que la expulsara mediante trapos que tapaban su boca. Y solo cuando inclinó la cabeza a punto de expirar le arrancaron la rata de las tripas (la bestia se aferraba con uñas y dientes, enloquecida por el sabor y el olor) y le quitaron los trapos de la boca y soltaron sus ligaduras. Y entonces Yutaka Tanaka le habló:

—Alza tu faz y contempla esta devastación que apenas conserva la apariencia humana —y le señalaba el cadáver de su madre, que se iba desgajando de su cruz—. ¿En qué se convirtió aquella por la que tanto horror esparciste? ¡Dime qué ves ahora, dime al menos que reconoces tu crimen y que te equivocaste al haber llevado el amor a su extremo, a no importarte nada más que el amor!

En vez de contestar, Ozuma Miyai bizqueaba, hacía burbujas de flema roja que se derramaban sobre su pecho, por lo que el propio señor de Sagami tomó su látigo de mando, un instrumento de mango de hierro y siete tiras de cuero anudadas en las puntas con tachas de metal, y con ella lo azotó. La sangre del señor de Kai brotaba como lágrimas, hasta que al fin habló:

—Diré lo que esperas, cualquier cosa que esperes, con tal de que cejes en tu obstinación. Pero, si ahora dijera "fui yo el responsable" o "no lo fui", si a causa de mi dolor reconociera la autoría del crimen del que me acusas o soltara el nombre de algún daimyo, ¿cómo sabrías que mis palabras dicen la verdad? El tormento al que me sometes agrega incertidumbre a tu incertidumbre, tu propia conducta preserva el secreto que quisiste develar. Cuando tu padre fue asesinado y tu madre fue mancillada, ¿qué hiciste, pedazo de infeliz? A cambio de realizar discretas averiguaciones entre nuestros pares o solicitar respetuosamente al Shögun que te concediera el nombre del culpable, dispersaste tu energía en investigaciones indirectas y en representaciones absurdas, y para colmo de males pusiste el penisu en el chitsu de la única mujer del mundo que te convenía evitar. Si había una puerta que te abría el acceso directo al conocimiento, tú mismo te encargaste de cerrarla, y ahora, en mi carne, representas la trágica farsa de seguir buscando esa revelación. Déjame que te diga algo más, Yutaka Tanaka, señor de Sagami. Tu padre murió honorablemente y tu madre merece el mayor de mis respetos y tu indagación acerca de sus cuestiones íntimas parece impropia de tu condición y la desdeñaría hasta una vieja chismosa de baja ralea, por lo que huelga decir que, aun si en circunstancias normales me hubiese enterado de algo al respecto, habría preferido cortarme la lengua antes que comunicártelo, así que te imaginarás que ahora me resulta del todo imposible. Puedes trozarme, abrirme en porciones, arrojar mis huevos a los perros, que no diré una sola palabra. Sí, en cambio, quiero transmitirte una información: eres la vergüenza de tus ancestros, la ruina de tu clan y la irrisión de todos los daimyos, y si por un instante te asomaras a la dimensión completa de tu bochorno deberías proceder en consecuencia, introduciendo el limpio filo de la katana en tus entrañas hasta que la mierda que infecta tu alma se derrame sobre la hoja de tu arma y entonces alguien se apiade de ti y corte tu cabeza mientras dice: "El tiempo de la infamia ha terminado".

Loco de furor ante tamaña insolencia, Yutaka Tanaka ordenó que desnudaran al señor de Kai y lo acostaran sobre una mesa, con los miembros estirados al máximo y atados a anillas de hierro, y colocaran trozos de madera bajo muñecas, codos, rodillas y caderas, de modo que uno de sus hombres pudiera martillar los huesos y quebrarlos con facilidad. Luego dispuso que lo colgaran en posición invertida, de modo que la sangre se condensara en el cerebro, y pidió que otro de sus hombres lo serruchara, empezando por la zona del pubis, del cual previamente habían sido cercenados los órganos genitales, que le fueron introducidos a la fuerza en la boca. Entretanto, una sujeción de cuero le atrapaba la cabeza y lo obligaba a contemplar a la momia de Mitsuko, contemplarla sin pestañear, ya que sus párpados habían sido atravesados por palillos de madera que impedían el menor movimiento. Y entretanto el señor de Sagami le decía:

—Mira si del amor que no tuvo límites puedes encontrar ahora algún consuelo.

Una vez descoyuntado y castrado, el resto de lo que había sido el orgulloso daimyo de Kai fue atado con sogas que colgaban de un árbol y fue izado y dejado caer sobre una pirámide de hierro de punta aguzada. La punta entraba por el ano y desgarraba los intestinos. Cuando la gravedad hacía su obra de empalamiento, volvían a izar a Ozuma Miyai y a soltarlo para que la nueva caída profundizara el desgarro. También le extraían finas láminas de piel con un instrumento dotado de garfios y cuyos surcos se asemejaban al rastrillar del arado en la tierra seca.

—Tal vez creas que resistir es una política posible y que tu queja puede suscitar en mí el menor asomo de piedad —le decía Yutaka Tanaka—. Pero, si persistes en continuar callando, si sigues manteniendo entre pecho y espalda la confesión que espero, entonces mandaré que comiencen con los peores tormentos, de los que te sustraje en tu condición de noble y de persona de calidad.

Naturalmente, Yutaka Tanaka seguía hablando para desfogar la cólera contenida durante tantos años, porque Ozuma Miyai hacía ya rato que había muerto. Así que habló y habló, insultó al cadáver y le pateó la cabeza y hasta orinó en su boca abierta. En algún momento, al exceso de ira lo sucedió el cansancio, la sensación de futilidad, y esta cedió paso a un impulso de respeto. Entonces mandó que descuartizaran el cuerpo y dieran su carne a los perros, y cuando los restos del señor de Kai quedaron, dentro de lo posible, limpios, ordenó que se encendieran dos hogueras, próximas una de la otra, y que en una depositaran los huesos de su enemigo y en la otra a su madre momificada.

La piel de la mujer era un pergamino reseco y ardió rápido, mientras que los huesos del señor de Kai tardaron largo rato. Las llamas de la hoguera de Mitsuko se elevaban blancas y radiantes y el humo de la hoguera de Miyai tramaba largas ristras negruzcas que iban en su dirección, bailaban sus encantos, su voluntad de seducción, como si fueran los signos de un novio amante que hasta en la muerte quiere unir ambos corazones.

33

Tal y como había previsto Kitiroichï Nijuzana, la noticia del trato infligido a Ozuma Miyai modificó la percepción que tenían los pares de Yutaka Tanaka. Ahora no se lo mencionaba entre risas o en medio de expresiones de desdén. Se decía que había atravesado todo límite y que su descontrol insultaba hasta a los mismos dioses.

Enterado de esa modificación, Yutaka Tanaka se determinó a realizar otra expedición guerrera. Quizá, con un nuevo triunfo y la aplicación de idénticas dosis de salvajismo consiguiera que el resto de los daimyos (o incluso el propio Shögun) consideraran más conveniente revelarle la verdad que permitir la continuación de las masacres. No obstante, antes de lanzarse a la elección de su contendiente decidió consultar el asunto con Kitiroichï. Pero su vasallo había ingresado en un estado crepuscular; ya no hablaba y tampoco parecía escuchar a nadie. Si le dirigían la palabra, revoleaba los ojos como si estuviera contemplando las figuraciones del vacío, sonreía mientras dejaba caer un hilito de baba por el costado del labio, sin tomarse siquiera la molestia de secárselo con la manga. "Viejo avieso", pensaba Yutaka Tanaka, "simula su afección a fin de evaluar con calma si su consejo fue útil o por el contrario significa el principio del fin de la casa de Sagami". Tal posibilidad se le antojaba cómica. Que a su edad Kitiroichï optara por emplear recursos de comediante para librarse de un eventual castigo podía tomarse como prueba de que su mente seguía funcionando como siempre.

Por supuesto, el joven daimyo no se quedó cruzado de brazos mientras trataba de dilucidar ese enigma. Extendió su red de espías e informantes en busca de alguna noticia que le permitiera divisar los panoramas del porvenir. Pero los datos eran confusos y contradictorios. Perdido en la maraña, decidió alimentar su reciente fama de implacable imitando a alguna bestia feroz. Instintivamente eligió al tigre blanco, que en invierno se oculta en lo alto de la montaña y se alimenta de lo que capturó durante el verano. Sus mandíbulas se mueven lentas porque no quiere que las reservas se consuman antes de tiempo, pero tampoco guarda demasiado, evitando así que el olor de la abundancia llame la atención de otros predadores que actúan en manada, por lo que no cesa de comer y día a día esparce por los alrededores de la cueva las muestras fétidas de su dominio. Así, Yutaka se entregó a satisfacer su propio impulso. Encerrado en su castillo, se fue volviendo brutal y obsceno. Pasaba noches y días en medio de banquetes licenciosos que lo dejaban gordo al punto de que se agitaba al respirar, y luego se sometía a ejercicios físicos extenuantes, al cabo de los cuales quedaba con las fibras musculares más marcadas y mejor entrenado que nunca. Sus admiradores aseguraban que en todo Japón no había samurái que manejara la katana con maestría equivalente. Llegó a decirse que era capaz de cortar longitudinalmente el cabello de alguna de sus geishas. Desde luego, es un absurdo, porque ni aun con el máximo de fuerza y velocidad puede lo más grueso hendir lo más fino, pero exageraciones como esta nos acercan al conocimiento del nivel alcanzado y muestran la desesperación del guerrero impecable que no encuentra rival de su calidad. Eso explica su descenso a las lunas negras del exceso, la violencia que en ocasiones ejerció sobre los cuerpos de sus cortesanas. Y también puede entenderse en parte su necesidad de actuar y el deseo de observar cosas nuevas, que lo empujaron al trato de malas compañías, muchas veces menos aburridas que las buenas. Esa especie de instinto que lo mezclaba con hombres de baja calaña no nos impide, sin embargo, admitir que quería conocerlos para dominarlos mejor. Por primera vez había entrevisto el tedio de las maneras demasiado perfectas y de la fría cortesía que escondían el fantasma de la debilidad y el monstruo de la conspiración.

En esas actividades se entretuvo, pero a la larga la novedad se convirtió en rutina y la inacción melló el filo de su prestigio. En los informes recabados por sus espías en los feudos vecinos se dejaba traslucir que, no habiendo hecho nada aterrorizante tras el episodio de Ozuma Miyai, los daimyos empezaban a tenerlo por satisfecho en lo relativo al honor de su clan y se despreocupaban de su persona. Eso resultaba una ofensa para la idea que Yutaka Tanaka tenía sobre sí mismo, pero al mismo tiempo ofrecía una posibilidad estimulante: demostrar quién era justo cuando ya nadie pensaba en él.

Por inercia o costumbre decidió hacer un último intento de consultar la situación con Kitiroichï, lo que de paso le permitiría examinar su estado. En los últimos meses, el viejo parecía haber vuelto a la infancia, resucitando un entretenimiento que en sus primeros años alcanzó el apogeo y luego pasó al olvido: la lucha de grillos y mantis religiosa. Era una costumbre importada de China. Como se la tomaba por una diversión para niños, pocos habían reparado en su particularidad, que se deducía de observar las fintas y amagues de los insectos enfrentados, esa dialéctica entre suspensión y repentismo que abre surcos en el tiempo para aquel que se detiene a contemplar fijamente una cosa. Yutaka Tanaka no era ajeno a esa experiencia y los arrebatos de su vida lo habían instruido en los sentidos sutiles de la demora. Por lo tanto, se sentó a gusto frente a Kitiroichï.

La lucha entre la mantis religiosa y el grillo ofrece siempre el mismo resultado: gana la mantis, que termina quebrando la columna de su adversario y se lo devora lujuriosamente, empezando por las patas quitinosas o por la cabeza. Pero lo interesante no es el destino sellado de antemano, sino el cortejo de reticencias y amenazas que se despliega entre el débil y el fuerte. En principio, puestos frente a frente en un pequeño corral de porcelana de bordes altos (así se evita la fuga de los contendientes), ambos permanecen inmóviles, en espera del primer amague del otro. El grillo pega saltos más largos, la mantis es más rápida en el ataque corto, pero cada cual ignora el mejor recurso ajeno, y ambas, gobernadas por sus instintos, aguardan a que el primer movimiento lo realice el adversario. Por eso, como las apuestas no se hacen acerca del resultado de la batalla sino sobre su duración, en algún momento los apostadores empujan a los insectos a la batalla, presionando sus lomos con varillas de madera (la presión debe ser levísima, para no dañar a los combatientes).

A diferencia del común de las gentes, Kitiroichï se pasaba horas observando esas poses estatuarias, en apariencia sin intervenir, aunque de algún modo su perfecta atención delineaba la naturaleza del encuentro. Quizá grillo y mantis se privaran de confrontar en homenaje a su presencia, conscientes del carácter experimental del asunto. Si el viejo consejero, como decían muchos, había quedado idiota, era posible que hubiera accedido a un estado asimilable al de los seres poco evolucionados, e incluso que ya fuera menos inteligente que estos bichos. De todos modos, se notaba una diferencia: Kitiroichï miraba aquello y sonreía. Y otra, más inesperada aún. En esta oportunidad, a cambio de un grillo, frente a la mantis se situaba un camaleón.

—Es —dijo el viejo consejero—, alguna, en caminando, o, sin. Lo que, sí, coso, estrádulo, a menos...

Y así siguió un rato más. Había llegado a una dimensión de significado pleno o ni siquiera advertía que su lenguaje había perdido toda función comunicativa, pero su entonación conservaba la exquisita cortesía de antaño. Yutaka Tanaka no pudo decir nada. A lo sumo asentía con la cabeza. Por algún motivo, el viejo había reemplazado al grillo por una bestezuela que tenía idéntica y hasta superior capacidad mimética que la de su rival.

Esa modificación le hizo recordar algo que le contaron hacía unos pocos días. En uno de esos combates diarios organizados por el viejo consejero, un grillo había logrado vencer a la mantis, saltando sobre su pecho y destruyendo su único oído. Al perder ese sentido, la mantis, desconcertada, había tratado de sustituirlo colocándose en posición supina para ampliar su radio visual, con tan mala fortuna que el grillo quedó a sus espaldas, se montó sobre su cabeza y la aplastó. Los testigos del evento quedaron asombrados por ese resultado y más de uno opinó que el grillo era en realidad una mantis disfrazada, cosa que se deducía de su técnica de ataque y de su éxito final. Ahora, si así hubiese sido, ¿qué pretendía Kitiroichï al reemplazar al tradicional contendiente en desventaja por un par encubierto del adversario? ¿Y por qué desequilibrarlo todo introduciendo a un camaleón?

En principio, Yutaka Tanaka creyó descubrir en esas opciones una especie de reflexión silenciosa sobre el arte del combate. En el primer par de contendientes (grillo-mantis), el duelo se resolvía por el triunfo del más fuerte; en el segundo, a estricta paridad (mantis-mantis), las mayores posibilidades asistían al que fingía ser lo que no era (grillo y débil), porque su apariencia engañaba al rival y eso le permitía tomar ventaja. El misterio a develar, ahora, era qué pretendía demostrar Kitiroichï con la novedad (mantis-camaleón). El camaleón es el maestro supremo en el arte de ocultarse en la foresta, maneja el tornasol de sus colores y se achaparra hasta volverse parecido a una hoja o un poema o una serpiente, en tanto que la mantis apenas puede adoptar en su defensa el aspecto de un par de ramitas secas. Y por supuesto, el camaleón cuenta con la superioridad de su peso, la invulnerabilidad de su cuero escamoso y su lengua retráctil y gomosa, capaz de dispararse y envolver a su presa y llevarla a su garganta ya asfixiada y en proceso de disolución. Y todo esto lo sabía mejor que nadie el propio camaleón, el cual, fuera de su ámbito natural, su reino de personificaciones falsas, y exhibido en su monstruosa desnudez de gnomo en el fondo de aquel recipiente, giró lentamente hacia la mantis, que retrocedió, las patas delanteras alzadas en su posición de rezo, y esperó. El camaleón despegó la mandíbula inferior dejando visible el pequeño punto redondo cargado de su baba gelatinosa. Yutaka Tanaka observaba de reojo la escena mientras estudiaba el rostro de Kitiroichï. El viejo ni parpadeaba. De pronto, la bola de la lengua asomó; en cosa de un segundo, la mantis resultaría envuelta. Pero, a cambio de eso, algo ocurrió: del lomo de la mantis, como se despliega una vela con un golpe de viento, se disparó algo. No de otra manera hacen los samuráis cuando alzan sus estandartes y banderas para impresionar a los rivales. Solo que aquí, el gesto inesperado de la mantis abrió un mapa de finos colores desplegables que hasta parecían desprenderse de la materia: un círculo, líneas, curvas, un ojo redondo y sin pestañas. El camaleón ya no supo qué hacer. Segundos más tarde, Kitiroichï metió la mano en el recipiente, atrapó al camaleón y se lo entregó a su amo, con un leve movimiento de inclinación y homenaje.

El señor de Sagami pasó la noche desvelado en su tatami, contemplando a la bestezuela que se desplazaba lenta por la habitación. Al amanecer pudo cerrar por fin los ojos y perderse en un ligero entresueño, y cuando despertó el camaleón había desaparecido o iniciado su metamorfosis, fundiéndose con el papel mate de las mamparas o la rugosidad de las cañas. De todas formas, la lección estaba cumplida: no era la mente sino el lenguaje de Kitiroichï lo que había sufrido mengua. Solo se trataba de entenderlo. En este caso, para sobrevivir y lograr su propósito, Yutaka Tanaka debería mostrarse débil como un grillo, carente de recursos como la mantis, y, cuando le tocara enfrentarse a un enemigo superior en fuerza o recursos (Takauji Ashikaga o su adversario ignoto), tendría que recurrir a lo inesperado.

—¡Kitiroichï tiene razón! —gritó—. ¡Debo ser imprevisible! Y a la vez, ¿qué otra cosa hice durante toda mi vida si no mostrarme fuera de la norma?

Llegado a este momento de decisión, se puso en pie y abandonó velozmente su habitación; en su apuro, ni siquiera advirtió que había pisado y tal vez aplastado una pequeña y crujiente masa viva.

34

La nueva carta de Nakatomi (gordo Ryonosuke) le llegó con la demora esperable en período de lluvia y anegamiento de caminos.

¿Estás loco, mi señor, o te picó una serpiente venenosa y aún no te enteraste? ¿Necesitabas tratar de modo inmisericorde al pobre Ozuma Miyai, que con sus vicios no molestaba a nadie? ¿Esa es tu forma de mostrarte original y volver visible tu justa causa?

Apenas enterado de tu estropicio, el Shögun convocó a la multitud a reunirse frente a su incendiado palacio de verano con el objeto de anunciar que haría tronar el escarmiento. Por suerte para ti, Takauji últimamente ha tenido algunos problemas de salud (dicen que es un reblandecimiento de la tripa, producto de su inmoderada ingesta de dulces) y por eso se retuerce al hablar y hace muecas y arrastra tanto las vocales que nadie le entendió una palabra, así que el pueblo llano se limitó a aplaudir y a gritar "¡La vida por el Shögun!". Como imaginarás, lo confuso de su formulación no disipa la amenaza, pero, al mismo tiempo aligera un tanto su gravedad, porque nadie va a tomarse el trabajo de reclamarle el cumplimiento de una proclama incomprensible. Lo cierto es que, luego de su acto, nuestro Shögun mandó alistar de inmediato a sus tropas con el propósito de darte una lección, pero, como bien sabes, en Kyoto el decir no es idéntico al hacer, y el prometer no equivale a realizar. Así que quizá la energía del señor Takauji se consumió en la advertencia de su represalia, que una vez lanzada consideró consumada y se desprendió de las consecuencias prácticas, lo que no significa que a partir de ahora puedas dormir tranquilo sino, simplemente, que tu condena flota en el aire del tiempo. O quizá se trata de que el estado de salud del Shögun es aún más delicado de lo que sabemos, y que a cambio de aburrirse educando a pequeños rebeldes de frontera como tú, debe ocuparse de atender asuntos más importantes, como el de su propia sucesión. Lo cierto es que el príncipe Yoshiakiro aparece como un heredero magnífico, aún más robusto que el padre, y mucho más inclinado a las actividades bélicas que este, lo que resulta una buena noticia para los señores feudales y los samuráis del país. Y también podrías alegrarte tú, en la parte que te toca. (¿Me explico? Imagina que te estoy guiñando un ojo...)

Entretanto, un dato para tu diversión: me estoy volviendo inmensamente rico. A mis negocios habituales de importación y distribución (acerca de los que nunca me extendí para no afectar tu espíritu elevado), ahora he sumado un nuevo rubro: empresario de juego.

¿Recuerdas mi relato acerca de lo sucedido a partir de la noche del incendio en Kyoto? Al día siguiente la ciudad estaba regada de distintas piezas del reino autómata del Shögun. Máquinas rotas, carcasas humeantes, facciones deformadas por la carbonización, pero también otras en buen estado. Por fortuna, mi mansión apenas se vio afectada por las llamas y mis jardines amanecieron poblados de una galería de autómatas bípedos y de plumajes muy vistosos que graznaban, ululaban o chirriaban de espanto, y que encima se topeteaban entre ellos. Parecía como si el calor y la llama hubieran modificado sus mecanismos, dejándolos dispuestos para la destrucción mutua. Y eso me dio una idea: en las temporadas de crisis la población cree que solo el azar puede mejorar su destino. Por supuesto, siempre hay una mente astuta que alimenta y saca provecho de esa convicción idiota, así que monté un reñidero de autómatas y levanté apuestas. La ganancia es monumental. Lo único que lamento es que cada tanto un picotazo bien dado desmantela el funcionamiento de alguno de mis ejemplares, pero gracias a los fastuosos emolumentos con los que me retribuyes pude darme el lujo de contratar a un especialista que me cayó del cielo para que los repare: de origen *chino, se llama Lun Pen Lui, y creo que en realidad es mago y busca o ya posee la fórmula de la inmortalidad.*

De todos modos, como el mundo es pura fluctuación, apenas esta vertiente comercial empiece a mostrar señales de agotamiento me procuraré nuevas fuentes de ingresos. Te confío mi anhelo: quiero convertirme en el hombre más rico de Japón. Los tiempos están cambiando y ustedes, daimyos, Shögunes, samuráis y guerreros de toda laya, con su gusto por la guerra gastan más de lo que recaudan y terminan clamando por alguien que les financie el derroche. En ese sentido, un prestamista vale su peso en oro. ¡Imagínate en mi caso! Llegado el momento, si alguna vez necesitaras el auxilio de este servidor, te ruego no vaciles en solicitármelo, que yo te concedería la suma que precises fijando tiempos y tasas de interés de lo más amistosas.

¡Ah! ¡Casi olvido mencionarte una información importante! El capitán Omiro Mitzume, cliente del Akinawara y encargado de la custodia del Ala Oeste del Palacio Principal del Shögun (que ahora es pura ceniza), le comentó a una de mis geishas que Takauji se había pavoneado ante un grupo de funcionarios asegurando haberte tendido una trampa. De creerle a esta fuente, el Shögun habría dicho que el cadáver que rescataste en Tanjo Ji no era Mitsuko. "Todas las viejas momias son iguales", me dijo la geisha que dijo Omiro que dijo el Shögun. Tu madre habría sido retirada viva a comienzos mismos de su sokushinbutsu y llevada a un palacio situado en un paraje montañoso, donde se la trata como a una reina y un ejército de sirvientes (¿autómatas?) vela por su salud. Ashikaga Takauji habría dicho: "No importa la jugada que haga Yutaka Tanaka para conocer la verdad; yo me anticipo y lo privo de esta". Lo que indicaría que nuestro Shögun está realizando una serie de acciones combinadas: en principio, te mantiene en la ignorancia respecto de la información que buscas; en segundo lugar, sugiere que siempre supo de tu asuntito con dama Ashikaga y que si no obró de inmediato y de manera fulminante fue porque... solo él sabrá por qué; en tercer lugar, que tu incursión contra Ozuma Miyai estuvo prevista y hasta alentada por él, con el propósito de aumentar el sentimiento de inutilidad de tus acciones y tu desgaste; en cuarto lugar, que eres un lunático que no re-

conoce a su propia madre ni viva ni muerta, y que no sabes qué son ni qué quieren las mujeres, y que en cambio él sí entiende del asunto y es capaz de llevarte a engaño con el pergamino seco que puso en el lugar de la pobre Mitsuko y al que jactanciosamente definió como "el simulacro de los simulacros".

En fin...

Tras leer la carta de Nakatomi, Yutaka Tanaka se sentó a reflexionar. De aquel fárrago de inexactitudes, deliberada confusión y mentiras —se dijo— debía extraer alguna porción de verdad, al menos la necesaria para seguir combatiendo por el honor de su clan. En ese sentido, la vanidad del Shögun lo beneficiaba: si Mitsuko seguía viva, cabía la posibilidad de que alguna vez supiera de sus labios la realidad de lo ocurrido. "Madre, madre, cuantos tráficos se ejercen en tu nombre". Viva y en poder de Ashikaga, Mitsuko se convertía en un rehén de la verdad no revelada y Ashikaga se asumía como el responsable de esa captura de información, y por lo tanto en el enemigo que él debía enfrentar y derrotar. El mensaje del Shögun, entonces, era que no buscara más subterfugios y lo enfrentara de una buena vez. Pero, al mismo tiempo, si tal era, resultaba redundante. ¿O no lo había declarado en rebeldía por el asunto de Ozuma Miyai? ¿Para qué necesitaba confiar a sus íntimos que había secuestrado a Mitsuko? ¿Sería un modo de mandarle a decir "si te acostaste con mi mujer, yo, antes que tú, hice lo propio con tu madre"? Absurdo, e imposible. ¿O no? ¡Sí! ¿No? Ashikaga tenía... O debía tener... Unos cuantos años más que él... Pero no tantos como para... ¿O sí? Pero... ¿cuándo y cómo pudo haber ocurrido? ¿Su madre y el Shögun? Imposible. Completamente imposible. Sagami está lejos de Kyoto... Aunque no tanto... El Shögun intentaba confundirlo... Urdir una suma de falsedades con el único propósito de hacerle saber que tenía todo lo que él amaba: a Mitsuko cautiva y a dama Ashikaga criando al heredero de una sangre de origen ambiguo. ¿O podía ser, finalmente, que Yoshiakiro fuese su hijo y que a su vez él mismo fuese un hijo no reconocido del Shögun? En ese caso, la muerte de Nishio no era la muerte de su verdadero padre, y la necesidad de tomar venganza quedaba suspendida. En ese caso, también, el Shögun terminaba siendo el abuelo de Yoshiakiro, el hijo que su hijo no reconocido (Yutaka Tanaka) tuvo con la esposa... es decir, su madrastra... ¿Era posible esto? ¿Sería finalmente factible que el mundo y su historia contuvieran en su seno un cuento tan enrevesado?

35

Yutaka Tanaka ya no sabía en qué creer. Ignoraba si Nakatomi le había escrito con el propósito de auxiliarlo o si era un doble espía que trabajaba a favor de Ashikaga Takauji. La duda lo sumió en la inacción, lo que no resultó perjudicial para nadie. Luego del verano llegó el otoño y luego el invierno y los caminos se volvieron intransitables y el señor de Sagami permanecía meditabundo en su castillo solitario, sin saber cuáles eran los siguientes pasos a dar y sin tener con quien consultarlo. Kitiroichi nunca recuperó el correcto uso del habla, y además el ya no tan joven daimyo le había perdido la confianza, pareciéndole que era parte de una trama cuyo sentido no podía terminar de descifrar: ¿o no era extraño que jugara a enfrentar las mantis religiosas con grillos o con camaleones mientras Nakatomi hacía lo propio con los pavos reales autómatas? Al mismo tiempo, semejantes correspondencias no terminaban de interesarle. Quizá, sin saberlo, estaba ingresando en el período de madurez, cuando la creciente comprensión de nuestra finitud nos lleva a despreocuparnos de las líneas de acción secundarias. En lo relativo a su vida, nada había terminado de empezar, nada empezaba a acabar, y él seguía suspendido de las cuerdas de la irresolución del misterio. ¿Aquel estado era un aviso del fin o solo una intermitencia más, un estado de hibernación moral que se resolvería en un nuevo acceso de violencia? Todo lo real se iba apagando, amaestrado por la blancura del entorno.

Un amanecer salió a ventilar sus pensamientos caminando en medio de la nieve. Para el ojo entrenado de un japonés del siglo XIV, el blanco absoluto no existe; solo hay infinitas gradaciones de lo blanco, que se complementan y contraponen. Así, el señor de Sagami disfrutaba de esos matices, de la diferencia de tonalidad entre un copo y otro de acuerdo con la condición de los átomos que hubieran rozado en su caída. Blancos eran los cerezos, que parecían colgar yertos de los barrancos, y blanca la materia misma del Universo, pero diversa. En su caminar, distraído y a la vez atentísimo, notó una condensación de esa blancura, arracimada en una forma quieta y levemente ovoide, como un muñeco de nieve que, doblado sobre sí, se mantuviera rezando. Por costumbre pensó que se trataba del fantasma de su padre, que lo esperaba, pero al primer vistazo supo que se trataba de Kitiroichï, que había consumado su fin en medio del silencio del paisaje. "Perfecto", se dijo, "murió en medio de la caída de los copos, como una lluvia de flores de cerezo de invierno".

Desde luego, ese error de observación estacional y atmosférico (los cerezos florecen en primavera y sus flores caen en verano), no dejaba de ser un acierto estético.

36

Las crónicas de época no precisan si Yutaka Tanaka pudo al cabo encontrarse con su madre, viva o muerta, o al menos determinar si la mujer cautiva en los palacios interiores del castillo perdido en la montaña era o no Mitsuko. La mayoría de los historiadores acuerda con que finalmente Ashikaga Takauji, Primer Shōgun de la familia Ashikaga, encabezó un ataque contra las fuerzas de Yutaka Tanaka, en cuyo transcurso el señor de Sagami luchó como un león, pero fue derrotado por el mayor número de sus adversarios y la traición de algunos de los suyos. Si se otorga crédito a las fuentes consultadas, el daimyo evitó la humillación final cometiendo seppuku y su cabeza fue luego cortada y entregada al Shōgun, quien volvió a Kyoto sosteniendo el resto macabro sujeto por su coleta y lo alzó ante la multitud en prueba de triunfo. Otras versiones, sin embargo, atenúan el tono exaltado de la escena, que habría sido exagerada ex profeso para ocultar un hecho de orden pasional que no deja bien parado al victorioso. Según estas, poco antes de entablada la batalla, dama Ashikaga consiguió introducirse en el castillo sitiado y reanudó su relación con Yutaka Tanaka. El encuentro tuvo tanto de encuentro pasional como de ceremonia fúnebre, y fue ella quien, tras la derrota de su amante, le cortó la cabeza y la sepultó en lo profundo de la foresta, privando del trofeo a su marido.

Pese a su carácter romántico, esta lectura no parece adecuarse a la lógica de aquellos tiempos. Aun tratándose de una mujer excepcional, a dama Ashikaga la regían las generales de la ley y es difícil de admitir que su marido le permitiera manejarse con la libertad suficiente como para escapar de su lado y ponerlo en ridículo otra vez. No es este el único punto dudoso en el que la historia de Japón se funde con el mito. Tampoco existe evidencia incontrastable de que el Shögun enfrentara y derrotara a Yutaka Tanaka. En las fechas tentativas que se proponen para establecer la ocurrencia del combate, ya no podía abandonar su lecho; agonizaba de un cáncer de estómago. Es claro que eso no elimina la posibilidad de que lo sustituyera un doble (y en un extremo, que a su ejército lo liderara un autómata), pero todo tiene un aire tan improbable que resulta mejor descartarlo de plano. En rigor, antes de sucumbir a su enfermedad, Ashikaga Takauji mostraba más interés en reformar urbanísticamente Kyoto que en obstaculizar las investigaciones familiares de un señor feudal provinciano. La concebía vasta y proliferante como una extensión de su casa natal y de su propio cuerpo ulcerado; debía ser construida como una especie de "ciudad de todos". De ese empeño apenas sobreviven algunos muros de piedra que se van derrumbando lenta y gloriosamente en los suburbios de la Kyoto real, y cuyo diseño extravagante alienta la visita crepuscular de los cuervos y el alojamiento de las ratas.

En cuanto al propio Yutaka Tanaka: al parecer, buena parte de su ánimo belicoso se enfrió luego de la excursión fracasada contra Ozuma Miyai, en cuyo transcurso habría perdido el brazo. De este acontecimiento militar y de la mutilación subsecuente no existe más evidencia que la aportada por un retrato del daimyo (atribuido al maestro Josetsu) que se exhibe en el Museo Nacional de Artes Decorativas de Tokyo. Allí se ve cómo su cuerpo robusto llena sobradamente la armadura, excepto la manga de hierro del brazo izquierdo, que cuelga laxa. Tal mutilación le habría pesado tanto que terminó entendiendo que en su situación ya no podría tomar venganza, precisamente, de propia mano.

De haber sucedido así las cosas, el misterio acerca de la identidad del asesino de su padre y violador de la honra de su madre (ya fuera esta consentida o no por la propia afectada) siguió siendo lo que siempre fue: un misterio velado. Desde esa perspectiva misérrima, se da por hecho que el señor de Sagami subsistió sin gloria durante el resto de su vida, teniendo por único consuelo el recuerdo de sus días y noches de amor con dama Ashikaga.

最初の部分の終わり

SEGUNDA PARTE

TEATRO DE SOMBRAS

1

Mago, inventor y alquimista, a Lun Pen Lui la pasión por su tarea le impedía disfrutar de las distracciones que encandilan al común de los mortales. Pero como no siempre podía ocuparse de su magna obra, ya que en el mercado de Beijing a veces faltaban los componentes alquímicos y otras decrecía la demanda para sus tareas, se veía obligado a consumir raciones de ocio forzado que le dejaban los nervios a la miseria. El tiempo que pasa en vano es veneno. Y lo peor era que, ya promediada la cincuentena, sus talentos creativos comenzaban a decrecer, con gran asombro de su parte. Por fortuna, o por un golpe del azar, o porque los dioses aprietan pero no ahorcan, la disminución de sus facultades un día fue compensada. Ese día, un día cualquiera, y de pura casualidad, mientras estaba en su laboratorio realizando la acostumbrada serie de gestos de carácter vagamente místico que brindaban el marco a su labor, de repente cayó sobre la mesa de trabajo un objeto de forma irregular, hecho de materiales extraños y que parecía tener vida o funcionamiento propio, ya que movía alguna de sus partes al tiempo que otras se calentaban y otras acumulaban hielo, mientras arrojaba un vapor agradablemente perfumado. Esta aparición fue solo el comienzo de un ciclo nuevo. A partir de ese momento, moviera él o no las manos, cumpliera o no con los gestos habituales, le caían objetos, cada uno distinto del anterior. Por suerte solían ser pequeños como son los regalos de las damas, por lo que en primera instancia no resultaban un peligro.

Así fue durante un tiempo. Pero otro buen día y de pronto, sin nada que indicara la alteración de la nueva rutina, la velocidad de arribo aumentó. Además, cada objeto recién llegado era más raro que el anterior, las formas y funciones se volvían a cada instante más complejas y Lun Pen Lui seguía sin tener la menor idea acerca de qué cosas eran aquellas. En esas circunstancias, hizo lo que hubiera hecho cualquiera, invitó a sus mejores amigos (intelectuales, artistas, filósofos, colegas) con el pretexto de consultar opiniones y la secreta intención de vanagloriarse de su buena suerte. Como es lógico, los amigos trataron de mortificarlo diciéndole que aquellas apariciones eran pura basura, mera superfluidad, pero lo cierto es que se pusieron verdes de envidia y habrían dado un dedo de cada mano y dos de cada pie por tener la fortuna del anfitrión. Sea como fuera, la voz de la novedad se fue corriendo y pronto empezaron a visitar la modesta casa de Lun Pen Lui curiosos de toda clase, y también llegaron interesados en adquirir esas piezas e investigar por cuenta propia su naturaleza y comportamiento. Los arribos se volvieron la fuente principal de su economía. Lo que no quiere decir que tuviera el asunto resuelto. Era cierto que en la llegada de aquellas cosas había una especie de ritmo regular, constante y creciente, y así también venían los compradores: la mano invisible del mercado funcionaba perfectamente. Pero de golpe, quizá porque el Universo obedece a sistemas de producción y circulación anárquicos, a veces llegaban demasiadas cosas (y Lun Pen Lui debía salir corriendo del laboratorio, no fuera que alguna le cayera encima), en tanto que otras pasaban semanas enteras sin novedad. Esos eran momentos terribles porque Lun Pen ya no sabía qué hacer ni en qué pensar y para ocupar su tiempo libre empezaba por la mañana a morderse las uñas y cuando estas quedaban roídas hasta la raíz seguía por las cutículas. En esa progresión, habría terminado devorándose a sí mismo si no fuese que, un día de esos, un día cualquiera, a un comprador se le cayó un pergamino del bolsillo de su túnica. Con una rara intuición, Lun Pen Lui advirtió el incidente pero no dijo nada, y cuando el comprador partió, recogió y desplegó el pergamino. Contaba una historia clásica, que las madres refieren a los niños para que aprendan los rudimentos del lenguaje. Se trataba de la historia del teatro de sombras.

Como cualquier otro chino, Lun Pen conocía el cuento a la perfección y lo había olvidado perfectamente. Pero, al encontrarlo escrito, lo olvidado volvió hacia él con la fuerza de lo nuevo, llenando su imaginación.

Luego de la muerte de su amada esposa Shui, Wu Ti, séptimo emperador de la dinastía Han, cayó en un estado de profunda desesperación. Los sabios y cortesanos de palacio organizaron diversos juegos y montaron guerras y le trajeron las mujeres más bellas de todos los confines, pero nada le servía de consuelo. Wu Ti permanecía extraviado en la ausencia y ni siquiera respondía cuando le hablaban. Finalmente, cuando la situación se volvió imposible, alguien mencionó a Fa Wong, un sacerdote taoísta que dominaba las artes de la magia y el ilusionismo; es decir, que poseía una experiencia equivalente a la que proporciona el sueño del amor.

Emisarios de palacio buscaron a Fa Wong por todos los rincones de China y lo encontraron meditando en quietud en la montaña sagrada de Qualung. De allí lo trajeron en volandas. Una vez en presencia del emperador, Fa Wong le aseguró que gracias a su intercesión vería a Shui todas las veces que lo solicitara, pero también le advirtió que ella ya pertenecía a los territorios del Cielo Azul, de los que nadie vuelve por completo, por lo que Wu Ti debería aceptar los límites de su retorno. "Prométeme que nunca intentarás besarla, tocarla ni hablarle, porque ella no te besará ni te tocará ni te hablará. Prométeme que te contentarás con contemplarla en las condiciones en que aparezca. De lo contrario, Shui volará al Reino Celestial para no volver jamás".

Perdido por perdido, Wu Ti aceptó. Esa misma noche, en un patio cerrado de palacio, el sacerdote taoísta tendió una larga tela de seda blanca entre dos palos. El fuego de las antorchas trazaba franjas de resplandor y opacidad sobre la seda, promesas de cuerpos planos y evanescentes. Se escuchó el redoble de algunos tambores, luego el sonido de una flauta de jade con sus fumarolas de opio acústico, y al rato, cuando Wu Ti ya empezaba a aburrirse y la decepción estragaba su ánimo, una sombra o bulto se movió detrás de la tela, realizando encantadoras fintas y vaivenes idénticos a los que en las noches de su vida Shui realizaba como preámbulo a la fiesta del lecho. Inundado por el sentimiento de gratitud, el emperador lloraba a descubierto, sin vergüenza, y los sirvientes enjugaban sus lágrimas con paños de lino crudo.

—Shui, mi Shui... —decía.

Noche tras noche el espectáculo se repitió de manera similar y de principio a fin. Prendidas las antorchas, crepitante su flama, tendida y tensa la seda, comenzaba la música y luego Shui tramaba su repertorio de seducciones y giros, su cuerpo delicado y grácil contorneado en líneas de sombra. A veces Wu Ti tendía a preguntarse si las torsiones de su amada configuraban un mensaje de amor o de distancia, su cuerpo como un ideograma que le estaba enviando una solicitud de auxilio o de espera, o si aquello que veía era todo el mensaje que debía leer: el fantasma como presencia que surca la memoria de manera más poderosa que la muerte y el olvido. Pero por lo general esas preguntas duraban apenas instantes y luego la plenitud de aquellos signos capturaba su atención y él volvía a ser hipnotizado.

Durante esos días Wu Ti fue feliz y desdichado. Mientras su esposa vivió, sobraban los malentendidos y disgustos y rabietas, las crispaciones de la cotidianidad. En cambio ahora, de manera absurda, la distancia entre los reinos los conectaba más hondamente. A veces Wu Ti se preguntaba si Shui habría muerto solo para que la nostalgia se la trajera convertida en su propia esencia. No obstante, en algún momento, justo cuando creía haber alcanzado el elixir de la perfección sentimental, su cuerpo rebosante de vigor empezó a exigir sustancias más sólidas.

No hay que olvidar que un emperador es en el fondo un niño consentido que busca satisfacer cualquier deseo. Por lo que a Wu Ti, semejante en prerrogativas y caprichos a cualquiera de sus colegas, los límites impuestos para la vuelta de su amada se le antojaron una insolencia. Lo indignaba que un simple sacerdote fijara las reglas del encuentro y se preguntaba por qué razón, habiendo tenido antes a una Shui completa, ahora tenía que conformarse con sus figuraciones.

Así, según se cuenta, una noche, mientras la sombra de la mujer trazaba sus diseños chinescos, Wu Ti abandonó el trono y fue hacia la tela y la apartó de un manotazo. A partir de aquel momento las versiones se trifurcan. La primera versión duda de la existencia de semejante escena, ya que la tela debía estar tensada entre los dos postes y no flotando alegremente, por lo que el apartamiento del obstáculo, si lo hubo, debió ejercerse mediante violencia y con algún instrumento cortante. La segunda versión asegura que al descorrer la seda el emperador descubrió que Shui era una ilusión creada por el movimiento de manos de Fa Wong, que proyectaban su imagen sobre la tela, y que perdonó la vida del sacerdote taoísta porque su truco le había proporcionado algún entretenimiento. Pero es conveniente calificar esta segunda versión de falsa: de haber ocurrido así las cosas, lo seguro es que Wu Ti habría considerado la representación como una burla y un insulto a su dignidad, y mandado a decapitar a Fa Wong. La tercera versión estima que la escena del teatro de sombras no fue un fraude ni un juego de manos, sino que en verdad las artes ultraterrenas de Fa Wong consiguieron rescatar a Shui y hacerla bailar, y que el único responsable de su desaparición y regreso al reino de la muerte era el propio Wu Ti al quebrantar las condiciones impuestas. La culpa y el castigo eran para el soberbio.

La lectura de la historia del teatro de sombras dejó su marca en Lun Pen. Conocida en la infancia como un relato oral, había producido un gran influjo en él, llevándolo en dirección de la magia y el ocultismo. Pero ahora, leída con una mirada adulta, sentía cierta insatisfacción estética respecto de su resolución: le parecía injusta con el sacerdote taoísta, convirtiéndolo en un simple intermediario entre el pedido del emperador y la respuesta de los dioses, y no en lo que en verdad era: el protagonista del asunto. Desde luego, que Lun Pen atendiera más al papel del sacerdote que a la dimensión amorosa del relato indicaba que en su lectura primaba la identificación personal. Tan es así que Lun Pen la dio por cierta. Lo hizo sin la menor transición, y sin atender siquiera a la posibilidad de que la historia del teatro de sombras fuera total o parcialmente ficticia, ya que Wu Ti y Shui eran personalidades históricas, pero de Fa Wong no había la menor constancia probatoria de su existencia.

¿Estaba loco Lun Pen? Claro que no. Pero, al igual que la mayoría de las personas dotadas de un interés excluyente, consideraba su actividad como lo más importante del mundo e interpretaba la historia de la humanidad como un sistema evolutivo en el que las acciones de sus precursores funcionaban como una vislumbre de aquello que culminaba en su propia obra. Por lo tanto, eligió tomar a Fa Wong por una luminaria primitiva que había ofrecido la anticipación de la práctica mágica que él estaba llevando a su máximo esplendor. Y esa creencia, más que prueba de vanidad pueril o demencia senil, en el fondo revelaba el temor de que alguno de sus precursores en el camino de la magia y de la alquimia hubiese coronado la cima, y peor aún, que resultara mejor que él. ¿Era Lun Pen lo suficientemente bueno en lo suyo como para competir? Él creía que sí. Y por eso prefería pensar que el sacerdote taoísta efectivamente había logrado traer a la emperatriz del más allá, pero que sus poderes no alcanzaron para retenerla de manera duradera. Así, porque su recuperación fue incompleta y débil, la pobre Shui se vio forzada a regresar al otro mundo, y eso con independencia de que Wu Ti incumpliera el acuerdo. "Yo, en cambio", se daba ínfulas, "todo el tiempo traigo objetos, maquinarias de funcionamiento impreciso, geometrías e informidades diversas del tiempo y el espacio, y las mantengo a mi lado sin el menor esfuerzo. Las traigo y listo". Pero lo que nunca había conseguido ni buscado, lo que jamás se le había ocurrido hacer, era traer a una mujer del otro lado de la muerte y retenerla.

En conclusión: incluso en su fracaso relativo, el intento de Fa Wong había sido de realización más difícil que el suyo y parecía poseer mayor mérito intrínseco. De solo pensarlo, a Lun Pen lo arrebataba el impulso de la competencia. Y a partir de entonces empezó a releer diariamente el pergamino. Tanto lo inquietaba y fastidiaba lo leído, que decidió quitarse las dudas y dirimir la cuestión de la supremacía haciéndole una visita a su noble precursor.

Claro que decidirse a hacer algo es fácil, pero hacerlo ya es otra cuestión. Reduciéndola al extremo, su labor se limitaba a la atracción, recepción y posterior venta a precios altísimos de objetos que provenían de ámbitos desconocidos del Universo. Era un negocio a beneficio puro, ya que el costo de esa mercadería cósmica —descontado el gasto psíquico de traerla— equivalía a cero. Pero lo que nunca se había producido era el fenómeno inverso: él jamás mandó hacia ninguna parte alguna de las obras que de tanto en tanto fabricaba por encargo, y menos aún se había mandado a sí mismo hacia otro tiempo y lugar. ¿Valía la pena correr ese riesgo solo para dirimir quién era el supremo artífice de los traslados?

Lun Pen no tenía respuesta para esa pregunta y la duda lo devoraba. Quizás un intento semejante evocara el estúpido manotón de Wu Ti contra la seda de lo ignoto. Por ese desafío a los poderes desconocidos (dioses o fuerzas extrañas) podría ser castigado, perdiendo su emprendimiento comercial y su prestigio, y hasta su propia vida, sin conseguir nada a cambio. Para no hablar de que, así como ignoraba la manera de trasladarse mágicamente, tampoco sabía cómo llegar a sitios y épocas decididas de antemano. ¿Qué pasaría si en lugar de arribar a la época legendaria del emperador Wu Ti terminaba rodeado de una tribu de caníbales africanos? Por otra parte, si todos los riesgos precedentes eran superados y él efectivamente lograba cruzar los abismos del tiempo y el espacio y caer justo frente a Fa Wong, eso no implicaba por necesidad que el sacerdote taoísta se viera obligado a transmitirle sus conocimientos. De hecho, Fa Wong bien podría negarse a su demanda, decirle: "¿Y a usted quién lo conoce?". Incluso, y aun de mostrar la mejor disposición al trato, la lengua en la que hablarían (el mandarín culto) se había modificado tanto en el curso de las centurias que lo más probable era que solo pudieran entenderse por señas. Y aun si lograban comunicarse de tal forma, una vez iniciado el sistema de rotación de signos manuales, ¿qué pasaría? Él movería un dedo, como quien dice "hola, ¿qué tal?", Fa Wong movería otro, contestándole, "bien, gracias", y el diálogo mudo empezaría: "¿Se pueden hacer cosas con las palabras?". "Sí, seguro, lo que no se puede es hacer palabras con las cosas". "¿Usted cree que es más fácil decir mentiras o hacerlas?". "¿Pero cómo se hace para hacer una mentira? Porque decirla es fácil...". ¿Y si de golpe, en plena charla, los signos combinados abrían una nueva puerta del Universo e inesperadamente caía frente a ellos lo inimaginable (una vaca, una perla, un objeto eterno, un planeta fantástico), o ambos pegaban al unísono un salto abismal, separándose de nuevo y yendo a parar a... vaya uno a saber dónde?

¿Qué hacer entonces?

Lo mejor, abstenerse de más conjeturas y ocuparse de averiguar cuál era la manera de viajar en el tiempo y el espacio hasta encontrarse con Wu Ti y Shui y Fa Wong.

2

En principio, como cada noche, Lun Pen fue hacia el sector Feng Shui de su laboratorio-taller: era la única zona libre de objetos y de cintas con inscripciones herméticas que colgaban del techo con el propósito de espantar a los ladrones. Lo demás estaba abarrotado de cachivaches de utilidad dudosa y apariencia desconcertante. Ya ubicado en el centro, elevó su brazo ceremonial, el izquierdo, y apuntando con el dedo índice hacia la pared trazó su movimiento favorito, de derecha a izquierda. Una vez concluido el arco dejó caer ese brazo, alzó el derecho y repitió la operación a la inversa. En ese segundo movimiento, más lento que el anterior, tras un instante de temblor y bruma del espacio, siempre ocurría algo. En general se trataba de una corriente de energía suave y benéfica que ingresaba a través de su dedo índice, se colaba bajo su uña y trazaba líneas verdes como expansiones instantáneas de musgo, y tras abrirse soltando chispas azules recorría todo su cuerpo hasta envolverlo en un halo protector que empezaba a vibrar y a virar al dorado, y luego al rojo, a medida que la conexión con el nuevo Universo (o quizá fuera el de siempre) se establecía. El dedo alzado era el punto de conexión, la soga que levanta el telón que separa los mundos, y en el momento de máximo contacto, antes de entrar a esta dimensión, lo esperado parecía consumirse y desintegrarse por la fuerza ignífuga del roce; entonces el cuerpo de Lun Pen se ponía rígido por un instante y luego el halo empezaba a despegarse en capas y se condensaba como una sola línea de intensidad de fuerzas que sacudía a su portador mientras lo iba abandonando para trasladarse a la abertura. Primero, iluminado por los chispazos, se veía el negro apretado de aquel Universo. La luz parecía chocar contra la masa uniforme y volver rebotando como una miríada de agujas brillantes, capaces de atravesar toda sustancia o ser que se le enfrentara, pero en realidad el rebote era aparente y la energía lumínica continuaba haciendo su trabajo puntillista sobre la resistencia de la oscuridad hasta producir horadaciones de filigrana. Era ese dibujo siempre cambiante lo que trabajaba la forma de la cosa a aparecer. Solo que esta vez no se trataba de que algo viniera hacia él, sino de que él partiera hacia los otros, básicamente hacia Fa Wong.

Y quizá todo era más sencillo que lo imaginado. Quizá, con invertir el procedimiento o invertir la inversión, invertiría el resultado. Por lo que alzó el brazo derecho en lugar del izquierdo y a cambio de trazar imaginariamente una curva de derecha a izquierda la trazó de izquierda a derecha y luego hizo lo propio con la mano izquierda, también al revés, acelerando el movimiento, y no se asombró de que ocurriera algo distinto de lo habitual: la energía convocada por ese movimiento ya no era suave ni agradable, sino que le produjo algunos espasmos y unas pequeñas convulsiones. Luego no hubo ni chispas ni conexión con nada. Fue eso y se acabó.

Como primer experimento dejaba mucho que desear, pero al mismo tiempo lo sucedido era una novedad respecto del ritual anterior. "Si algo viene al mover mis manos, tal vez algo (ya sea yo u otra persona o cosa) pueda irse si muevo los pies", pensó y se quitó las sandalias, se tiró sobre unos almohadones y pataleó. Obtuvo idéntico resultado que en la prueba anterior, con el añadido de una contracción creciente del nervio ciático y la sensación de ridículo derivada de su zangoloteo. Estaba pagando, además, la falta de ejercicio, porque terminó sin aire y con el corazón en la boca. A sus años, ¿qué lo mandaba a buscar variaciones? ¿Qué sino un sentimiento de creciente desasosiego y de malestar consigo mismo? Traspasada hacía rato la barrera de la mediana edad, su mente hizo una especie de balance y concluyó en que no había obtenido logros relevantes. Ese déficit restaba serenidad a su alma. Por supuesto, el tormento nacía de una exigencia personal monstruosa, y la exigencia es una poción maléfica y sin antídoto (el único eficaz es la estupidez). Es claro que en su balance Lun Pen no omitía la fama ganada gracias a su tráfico de objetos siderales, y sabía perfectamente que más de un colega lo consideraba dotado de un talento superior. Pero en ese punto la opinión ajena no le servía de consuelo porque esa fama y ese prestigio derivaban de algo de lo que no se consideraba responsable. Movía sus manos y las cosas aparecían. Los resultados eran sorprendentes, geniales, incomparables. Pero el mérito era del Universo. Quizá, si hubiera tenido la suerte de toparse con un maestro zen, en el momento de comunicarle sus cavilaciones habría obtenido por toda respuesta un trompazo iluminatorio en la nuca y la frase esperable: "No te envanezcas ni te deprimas. Nada es tuyo, nada es ajeno. Es *ello* lo que ocurre". Pero, como esto no ocurrió —el zen nacería siglos más tarde en Japón—, su autoestima andaba por el subsuelo, y tal vez era por eso que había fijado su atención en la historia de Wu Ti y Shui, y sobre todo en el accionar del sacerdote taoísta. Si verdaderamente había logrado arrancar cada noche a Shui del reino de la muerte y hacerla bailar ante el emperador, si el relato no era un fraude, lo hecho resultaba una demostración de eficacia en la aplicación de su magia, es decir, un logro personal.

En ese punto, entonces, y secretamente, algo dentro de Lun Pen admitía que el tema de la primacía estaba dirimido. Fa Wong no era solo su precursor, sino también su maestro. Tenía que admitirlo aunque lo corroyera la envidia. Y tal vez por eso, de puro envidioso y a causa de su inclinación a complicarlo todo, no le bastaba con atribuir al sacerdote taoísta la condición de modelo a imitar, sino que quería viajar para conocerlo en persona.

Pero entretanto, como no había conseguido nada de lo buscado y ya era tarde y tenía ganas de un poco de cerveza y compañía, Lun Pen dirigió sus pasos a su antro favorito: el Nuevo Hua Fu Tcheng.

3

Como siempre, una vez que rumbeaba para el prostíbulo se preguntaba qué hacía yendo hacia allí. La respuesta era obvia, solo opaca para él. Obnubilado durante años por su actividad, había postergado los mandatos del amor, la paternidad y la familia, permitiéndose solo los placeres de la amistad y la frecuentación del género femenino, trato este último que limitaba a visitas esporádicas a distintas casas de placer de la ciudad imperial. La satisfacción estaba garantizada, era una rutina física de la que conocía el principio y el fin. Gustaba de algunas posiciones que tendía a reiterar y descartaba otras por cuestiones de comodidad, ajuste, fricción y humedad. Tampoco tenía favoritas. Cuando un conocido recomendaba los encantos de alguna "señorita", ya fuera experta en técnicas como "lengua de jade" o "tigresa sedienta" o "perlas sucesivas", Lun Pen se encogía de hombros: "A estuche más prieto, duración más acotada. A estuche amplio, agotamiento asegurado". Por supuesto, tales declaraciones lo hacían pasar por un hombre de vasta experiencia mundana, equívoco que le agradaba sostener. Sobre todo porque a esta altura de su vida había reparado en que sus hábitos de higiene sexual se veían perturbados por la aparición de signos inquietantes. Intensidad, calidad y volumen de la expulsión espermática habían disminuido; sus posiciones habituales se le hacían cuesta arriba y debió abandonar su favorita, "cabalgando a la yegua celestial" debido a una incipiente artrosis de cadera. En su situación, la mayoría de los clientes de los prostíbulos aceptan los achaques de la edad, limitan sus subidas al primer piso a lo estrictamente indispensable y se acostumbran a permanecer en planta baja, disfrutando del ambiente laxo, la compañía, las bebidas y la conversación, o, ya resignados, comienzan su tránsito hacia el hervor cadavérico volviéndose habitués de los fumaderos de opio.

Pero Lun Pen no era de aquellos. Apenas advirtió esa mengua se esforzó en compensarla. Importunaba a las putas preguntándoles si lo encontraban tan joven y vigoroso como siempre, y por supuesto estas callaban la verdad, que era un viejo lastimoso indistinguible de los otros viejos y un amante tan mediocre como el resto. Sin embargo, en esta ocasión no había visitado la casa de placer para echar su triste chorrito blanco (ahora convertido en dos o tres gotitas babosas), sino para conversar con el dueño del lugar: necesitaba de una oreja amiga para descargar el peso de sus preocupaciones...

Hua Fu Tcheng fue lo bastante amable para escuchar las meditaciones de su cliente y recién a la media hora de monólogo se decidió a interrumpirlo:

—A mí me parece que no fue la irritación ante las condiciones impuestas para el regreso de Shui lo que impulsó a Wu Ti a quebrarlas y pegar el manotazo que arruinó todo. Desde que aprendemos a leer nos enseñan a observar la virtud moral de este relato, que nos inclina a aceptar las leyes que no podemos derogar. Pero en mi opinión lo que impulsó el gesto de Wu Ti no fue ni la rebelión contra el mandato divino ni la esperanza de recuperar plenamente a la bella Shui, sino su hartazgo ante la repetición del espectáculo.

—Pero, ¡si él mismo pidió volver a verla y la danza era sugerente y atractiva y encantadora! —protestó Lun Pen.

—Sí, seguro que sí. Es muy lindo ver bailar todas las noches a una mujer detrás de una seda o un telón o un biombo. Pero, ¿cuánto tiempo pasó entre el momento en que pidió la restitución de su amada, siquiera parcialmente, y aquel en que la consiguió? ¿Quién dice que de verdad quería lo que pedía? ¿Quién asegura que no se trataba de otro capricho imperial, uno que se agotó en el instante mismo de formularlo? ¿Y si se le habían ido las ganas de recuperar a Shui y solo el respeto por la dignidad de su investidura le permitió tolerar la danza del espectro nocturno?

—En ese caso debe de haber odiado al sacerdote, que le consiguió lo que pedía y lo enfrentó a la frivolidad de su espíritu.

Hua Fu Tcheng negó con la cabeza:

—Creo que, luego de descorrer la tela de seda, Wu Ti ordenó asesinar a Fa Wong, o él mismo lo degolló.

—Esa sería una reacción exagerada —observó Lun Pen—. Si yo fuese emperador y consiguiera a alguien capaz de traficar seres muertos y vivos y convertir unos en otros, comprendería que encontré un instrumento valiosísimo. Si soy un emperador guerrero, con la ayuda de Fa Wong me propondría alzar ejércitos de muertos a gran escala y conquistar el planeta. Y si fuera un emperador ilustrado, buscaría reunirme con las mentes más preclaras de la historia para debatir sobre cielo e infierno y sobre el justo arte de gobernar.

—Estamos especulando ligeramente —murmuró Hua Fu Tcheng—. En verdad ni siquiera sabemos si al descorrer la tela Wu Ti se encontró con Shui o con una mujer cualquiera, aquella que los poderes del sacerdote pudieron rescatar del reino de la sombra. Después de todo, bastante milagro ya es traer desde allí una imagen o un cuerpo etéreo o incluso una presencia resucitada, como para encima pretender que sea justo la de cierta mujer que uno quiere. "Dichoso es aquel que agarra lo que venga y se contenta con lo que tiene, infeliz quien se retuerce en la búsqueda de lo que le falta".

—No creo que a Wu Ti le diera lo mismo una mujer que otra. Su deseo de recuperación de la emperatriz muerta es inédito en los anales de la humanidad. Imagina la escena: el emperador tira de la tela de seda o la rasga y ¿con qué se encuentra? ¿Con un fantasma? ¿Con una mujer plena? En cualquiera de los casos, ¿quién es esa mujer y qué ocurre con ella? Y, ¿cómo se desvanece, terminada la función? ¿Entera y rápidamente, o lentamente y por partes? Si fuese esto último, ¿cómo va desapareciendo? ¿Primero se ocultan sus labios y la nariz, luego el pelo y las mejillas, las orejas, y después el resto del cuerpo...?

—No me dejaré atrapar por los bordados de tu imaginación. Sé que esos detalles te importan menos que el modo en que Fa Wong se las arregló para animar un espectro...

—No. Ese fenómeno es elemental y de resultado corto. Lo efímero no me dice nada. La garantía de realidad y el triunfo de la magia superior exigen la duración de lo convocado.

—¿...un espectro que pasa a cuerpo vivo?

—Exacto.

—¡Ah, pero qué pícaro! A mí no me engañas, Lun Pen. Tú no quieres limitarte a realizar una visita social para decirle a Fa Wong que lo elegiste como maestro y que llegaste a su altura. No. Somos monstruos de egoísmo. Nuestro abismo cimbrea ante nosotros con su mugrienta espuma. Lo que quieres es ir y a pavonearte ante él refregándole por la cara la evidencia de que eres el mejor mago de la historia.

Lun Pen sonrió:

—Bueno, debo admitir que, si pudiera presentarme ante Fa Wong, yo mismo y en mi propia carne, estaría dando un triple salto de calidad. Pasando de recibir a enviar y yendo del tráfico de lo inanimado a lo animado y de lo animado a mi propia mismidad...

—Si omitimos el pequeño detalle de que uno no sabe bien qué es ni quién es, si lograras algo como eso estarías poniéndole la tapa a tu antecesor, pasándole el trapo.

—Esa es mi intención.

—Al menos no lo ocultas. Pero estás lejos de haber coronado tu ambición.

—Debo admitirlo —se lamentó Lun Pen.

—Me parece que tu sensación de desencanto es fruto de la envidia del mérito ajeno. También creo que es un poco apresurada, consecuencia de haber obrado al azar y conseguido las cosas sin método alguno. Por ejemplo, nunca me quedó en claro cómo pasaste de fabricar tus propios objetos a atraparlos en el aire. ¿Hiciste algún curso... te inscribiste en algún centro de altos estudios cósmico-mágicos...? No. Claro que no. Te engolosinaste con lo fácil, con el efecto instantáneo. Un pase de manos y ya está. Lamento tener que decírtelo: aquel milagro inicial quizá ya no se repita. Una mariposa no sabe cómo vuela. Lo hace. Pero, si de golpe se viera a sí misma y descubriera que su vuelo es consecuencia de un mecanismo complejo, ¿qué pasaría? Paralizada por su iluminación se precipitaría a tierra. Y si no se estropeó en el aterrizaje, tal vez la comprensión adquirida le serviría luego para volar mejor. O tal vez no. Perdida su naturalidad, sucumbiría al terror. ¿Qué haría entonces? ¡Es una mariposa y tiene que volar!

—¿Se fabrica un mecanismo ortopédico?

Rieron. El vino de arroz ya estaba haciendo de las suyas y entre copa y copa empezaba a volcarse sobre la mesa. Hua Fu Tcheng siguió:

—Lo que hacías ya no te basta, lo que pretendes aún no puedes hacerlo. Además, las pruebas que vienes llevando a cabo son peligrosas y proseguirlas es un disparate completo. Si se trata de algo nunca antes realizado, ¿cómo es que se te ocurrió enviarte a ti mismo a los tiempos de Fa Wong o a cualquier otro tiempo o espacio? ¿Qué bicho te picó?

—Pero ¿qué hacer a cambio de eso?

—La experiencia es muy buena... En el otro. Lo que necesitas es verificar el resultado positivo de tus esfuerzos y no arriesgar tu vida en los primeros intentos. Prueba y error, mi querido amigo. Si sucumbes, la puerta se cierra. Eres uno de mis mejores clientes, tanto en frecuencia como en nivel de consumo, y, dicho sea de paso, no les has dado gran trabajo a mis chicas, por lo que de ti obtengo buenas ganancias y poco desgaste de material humano. Te cobro cifras disparatadas por esos pequeños espasmos tuyos que a veces contemplo a través de una pequeña abertura en el panel para reírme un rato... así que en muestra de agradecimiento estoy dispuesto a ceder sin cargo a una de mis putas para tus experimentos. No será la más agraciada ni la más joven ni la más solicitada por el público, pero su cojera es leve y la falta de uno de sus ojos no perjudica a nadie y sus nietos la adoran, por lo que puedes tomarla y enviarla adonde se te dé la gana y de paso quitarme el problema de su manutención.

—Pero ¿y si llegara a pasarle algo? ¿Y si muere en el transcurso de...?

—¿Qué pregunta es esa? Así como la traición es cuestión de oportunidad, la diferencia entre un ser vivo y un cadáver es cuestión de tiempo.

4

Al día siguiente, un palanquín ricamente adornado y custodiado llegó a la puerta de la casa de Lun Pen.

El regalo tardó un rato en decidirse a descender. El pequeño misterio de su demora se afeaba con el jadeo de una respiración profunda, más parecida al ruido de piedras frotándose que al ronroneo del felino en la espesura. Cuando, harto de esperar, Lun Pen alzó la cortinilla de bambú, se encontró con una gorda cuya carne se derramaba en todas las direcciones. Ella alzó sus pestañas y parpadeó. El ojo único y salpicado de venillas de irritación contempló al inventor y mago, mientras que la cuenca vacía del otro cargaba una piedra de jade barato que reflejaba malamente el brillo del atardecer.

—¿No vas a ayudarme a bajar, mi señor? —dijo la mujer—. No pido que me cargues en brazos ni des prueba alguna de entusiasmo y vigor porque te ves aún más enclenque de lo que temía. ¿De chico no te dieron de comer? ¿Qué clase de milagro pretende realizar conmigo un alfeñique como tú? —se dirigió a los porteadores del palanquín—. Ustedes, idiotas, ¿están seguros de que han traído a Jia Li a la dirección correcta? Yo creí que Hua Fu Tcheng era más criterioso en el cuidado y suministro de su mercadería. En fin. A lo hecho pecho. Si me alzas en brazos te destruyo, pero al menos tiéndeme la mano, ¿o no ves que soy renga?

Ya en el interior, Jia Li se lamentó de la estrechez, oscuridad, ausencia de limpieza y falta de ventanas de su nueva vivienda. De inmediato visitó el depósito y procedió a arrojar la mitad de los alimentos al patio interior alegando que se trataba de comida en mal estado, indigna de un perro con sarna; luego pasó a la habitación principal, de la que retiró los biombos por feos, las cortinas por rotas y sucias, las sandalias del dueño de casa por malolientes, y dejó todo eso en la puerta de calle y solo se detuvo ante la entrada del taller-laboratorio cuando Lun Pen se atravesó en su camino y le dijo: "Aquí entras cuando yo te diga". Entonces, Jia Li sonrió de costado:

—Ah, qué interesante. La mosquita muerta trata de parecerse a un hombre. ¿No pretenderás meterte en mi cama, no?

Lun Pen se limitó a señalarle la dirección del cuarto de invitados, bastante distante del propio y solo unido por el pasillo que conducía a los retretes. Y aunque su gesto guardaba cierta apariencia de dignidad, lo cierto es que el comentario de Jia Li lo sorprendió. Nunca, a lo largo de su vida adulta, había pasado la noche entera junto a una mujer; la sola idea lo llenaba de espanto. No por lo que pudiera ocurrir en su transcurso (aunque no descartaba la existencia de una loca dispuesta a acuchillarlo), sino porque temía que al dormir las mejores ideas escapasen de su cerebro y pasaran al de su compañera ocasional. ¡Y ni pensar en el riesgo de que las ajenas penetraran en su mente! Así, durante años y años se había limitado a asistir a los prostíbulos al atardecer, donde bebía, comía, se echaba su polvito y luego partía con los riñones aliviados y dispuesto a tener un regio descanso, paso previo a un nuevo día de trabajo. Así que mejor que mejor si la gorda se negaba de antemano a lo que él jamás le propondría.

La servidumbre le preparó una comida ligera, que Lun Pen comió en su habitación mientras escuchaba que en la cocina Jia Li gritaba que el arroz estaba pasado de punto y a la carpa frita no le habían quitado las espinas. "Al menos servirá para espantar a los fantasmas", se dijo al escucharla encaminándose a su habitación tras pasar ruidosamente por el retrete. Segundos más tarde sonó una frecuencia de serrucho irregular, que empezaba con una vibración grave y luego se elevaba al silbido asmático, para precipitarse después en rumor de rocas derrumbándose por la ladera de una montaña, y vuelta a recomenzar. ¡Lo bien que había hecho al mandarla al otro cuarto!

Lun Pen se durmió creyendo que permanecería despierto durante el resto de la noche. Soñó que aparecía en cuerpo y alma ante Wu Ti, se convertía en Fa Wong y se casaba con la emperatriz, materializada en carne y hueso. El pequeño inconveniente para el cumplimiento de ese plan onírico fue que, justo cuando estiraba la mano para acariciar la carne tensa y traslúcida de Shui, una cierta opresión se instaló en su pecho y un olor tenaz y poderoso ofendió su olfato. Durante la cena Jia Li se había comido ella sola una cabeza entera de ajo, cuyos dientes ni se molestó en pelar, y ahora echaba la respiración en su cara. Lun Pen trató de apartarla pero la gorda pesaba tres veces más que él y encima lo asfixiaba con su apestoso aliento diciéndole frases incitantes mientras se le derramaba encima como una catarata de gelatina líquida, por lo que debió entregarse a lo inexorable. Jia Li lo sacudió y lo montó primero y después se lo puso encima, trayéndolo y apartándolo mientras le decía linduras como "clávame tu lanza", "ensártame, potro endemoniado" o, simplemente, "dame, dame, dame".

En medio de esa vorágine cuyo centro eran tanto los frotes de la carne acuosa como los gritos de Jia Li, descubrió que la gorda empezaba a gustarle.

5

A Lun Pen no se le escapó que las maneras mostradas por la mujer durante su intrusión nocturna condensaban y al mismo tiempo modificaban agradablemente el carácter podrido que exhibía durante el día. Así, satisfecho su miembro y contento su corazón, prefirió tomar sus gritos y demandas diurnas como otra muestra de personalidad y prescindió de reaccionar ante sus arranques, que se repitieron durante los días siguientes. Por supuesto, su indiferencia era aparente. Creía que aplacaría a la fiera mostrándose manso y tranquilo, y que incluso la dulcificaría. Entretanto, ella, después de despedir a las sirvientas acusándolas de inútiles y ladronas, completó su contribución al caos cotidiano denunciando al reducido círculo de amigos de Lun Pen (poetas, pintores, químicos, astrónomos y metafísicos) por hacerle proposiciones deshonestas. Lun Pen tendía a suponer que se trataba de una mentirita inocente para darse importancia, y en caso de ser cierto tampoco se habría opuesto a la consumación. Si antes de llegar a su casa la mujer fue de cualquiera que pagara el precio convenido, ¿por qué cambiar ahora?

Pero pensar es una cosa y revelar lo pensado es un error. Cuando le dijo que era libre de hacer con su cuerpo lo que quisiera, Jia Li pegó unos gritos tremendos. Cornudo y maleducado fueron las acusaciones más ligeras que debió soportar. En conclusión, ella terminó echando a escobazos a los integrantes del círculo, lo que no disgustó del todo al dueño de casa, que ya estaba en ese momento de inminencia que precede a la acción y no quería perder tiempo en las pequeñas y agradables conversaciones de costumbre. Ya recuperaría a sus amigos cuando concluyera su experimento.

Al respecto, se había tomado el trabajo de anticiparle a Jia Li algunos aspectos del asunto y ella reaccionó con calma, con sospechosa aceptación, lo que permitía inferir que previo a entregársela Hua Fu Tcheng le había advertido que le quebraría la pierna sana y le arrancaría el ojo restante si manifestaba el menor reparo a las demandas de Lun Pen. Como fuese, llegado el día del primer intento, ambos descendieron por la rampa que conducía a los ámbitos del taller-laboratorio.

Apenas ingresaron Jia Li deslizó algunos comentarios despectivos acerca del desorden del lugar y la inutilidad de la serie de piezas recién llegadas y aún no colocadas entre la clientela, pero su voz dejaba traslucir admiración y respeto. Claro que esa variación duró segundos, y luego continuó en el tono habitual:

—El lugarcito no está mal y va a mejorar cuando me ocupe de limpiarlo de porquerías, pero estamos metidos entre cuatro paredes construidas bajo tierra, así que no puedo menos que preguntarme cómo harás para desmaterializarme y sacarme de acá. A mi edad y con mi contextura física, no quiero terminar estampada contra el techo y chorreando sangre como si fuera una alfombra voladora mal teñida. ¿No sería mejor que hiciéramos tus estúpidas pruebas a cielo abierto y a plena luz del día?

Era una pregunta para la que Lun Pen no tenía respuesta.

—La verdad —reconoció— es que nunca mandé nada ni a nadie a ninguna parte, ni volando ni gateando ni arrastrándose, así que quizás estás en lo cierto o quizá no.

—¿O sea que pretendes mandarme al culo del Universo sin saber si lo cruzaré con la levedad de una espora o estallaré al chocar contra este techo mugriento?

—¿Cómo saberlo de antemano?

—¡Ni siquiera pensaste en lo más elemental! En fin. No tengo problema en ser parte de tus diversiones dementes, pero debo cuidar de mi salud y me gustaría saber también qué beneficio obtendré de estas.

—¿Beneficio? —Lun Pen admitió para sí que tampoco había pensado en este aspecto del asunto—. El beneficio... Bueno, en principio será mío. Mi nombre resplandecerá y... Y luego será para toda la humanidad. Yo estaría inaugurando el ciclo de los viajes por el tiempo y el espacio, ¿te parece poco?

—Muy bonito. Tú quedas como un gran hombre, ¿y yo qué gano?

—¿Qué te gustaría conseguir?

—Si todo sale bien y yo voy de acá para allá saltando como una gacela, en algún momento me gustaría volver a ver a mi madre cuando era joven y de paso verme a mí misma de criatura. Mi madre me llamaba la dulce niña de las trenzas doradas. Yo era tan bella... Y si llego a mi pasado y me encuentro con la Jia Li de nueve años... ¿me reconocerá? ¿Aceptará que soy ella viniendo del futuro?

—¿Cambiaste mucho desde tu infancia hasta el presente?

—¡Qué pregunta estúpida para hacerle a una mujer! Si digo que sí, me degrado a mi misma. Si digo que no, quedo como una ridícula. ¿Qué crees que debería contestarte?

—No lo sé.

—Claro. El señor presume de saberlo todo pero no puede responder ni al interrogante más sencillo. Si mañana voy y me encuentro conmigo a los nueve años, al contacto de ambas realidades, ¿nos reconoceríamos? ¿O una de las dos se disiparía?

—Tampoco puedo responder a eso. Pero, lógicamente, de ocurrir algo así, deberías ser tú la que desapareciera, porque si lo hiciera tu yo infantil... Tú no existirías luego, es decir ahora, en este presente.

—Acabemos ya con esta conversación y vamos a las cuestiones más sencillas. Me mandes adonde me mandes, y teniendo en cuenta que seré una especie de embajadora de tu proeza, no me gustaría llegar ante la divina criatura que yo era con este vestido rotoso, los dientes torcidos, el ojo mocho y la renguera, así que debería ponerme presentable antes de lanzarme a la aventura...

En resumen, Jia Li estaba chocha de formar parte del proyecto.

6

No fueron pocas las pruebas realizadas por Lun Pen. Al cabo de unos días se hizo evidente que su experiencia en la atracción de objetos seguía siendo insuficiente para producir el envío de los sujetos.

—¿Qué clase de mago eres y adonde crees que me vas a conducir con esas payasadas? —se exasperaba Jia Li—. No sé por qué me habrás tocado en suerte tú, justo cuando se me presenta la oportunidad de mi vida. Como mago, un fraude. Como hombre, un fiasco.

Etcétera, etcétera.

Con la cuota de humor indispensable para no dejarse arrastrar por la desesperación, Lun Pen se decía que Hua Fu Tcheng debía ser en verdad su mejor amigo porque al encajarle a esa gárgola incordiante, esa dragona lanzaimproperios, lo estaba estimulando para encontrar lo más rápido posible manera de sacársela de encima. De todos modos, ese razonamiento tenía una falla: Jia Li se transmutaba durante las noches, volviéndose una atracción tan poderosa como sórdida. Las cosas que él le hacía a ella y las que ella le hacía a él son resabidas y ni falta hace enumerarlas. A gran escala todo es repetición y solo dentro de esa escala es posible detectar un elemento más pequeño, el núcleo de lo nuevo, y dentro de ese núcleo, a su vez, encontrar un componente más reducido, el fantasma de lo viejo, y así sucesivamente. En el fondo, Lun Pen estaba tan enamorado de la gorda como harto de ella y en esa oscilación se alternaban su felicidad y su desdicha, su sorpresa y su hartazgo, elementos que Jia Li detectaba de inmediato, y ante el surgimiento de la menor evidencia de tedio en su partenaire se ocupaba de disiparla mediante los recursos adquiridos durante sus años de profesional: retorcimientos de pezones, ceras calientes, sofisticaciones posicionales, asfixias, acrobacia bucal, vendas, bandas, pinchos, gomas, arneses... Sometido a esa instrucción erótica, Lun Pen pasaba del éxtasis al asco. Y fue en una de esas ocasiones cuando lo buscado ocurrió. En medio del frenesí, Jia Li había reclamado unos azotes y él se apuró a preguntar dónde, y ella le contestó: "¡En las nalgas, papanata! ¿O te parece que quiero perder el ojo que me queda?", a lo que el buen hombre se vio necesitado de consultar: ¿debían ser fuertes, muy fuertes, violentos, violentísimos, de esos que dejan mácula en la carne y rasgaduras en la piel, o más bien suaves, tirando a cariñosos?

Irritada por aquel pedido de precisiones que enfriaba su temperatura, fue la misma solicitante quien alzó la mano, separando los cinco dedos para dar ejemplo de la fuerza requerida y la superficie de aplicación del chirlo, y en ese momento, cuando la mano caía sobre la jeta de Lun Pen, el milagro sucedió: Jia Li se desvaneció de golpe, desapareció toda, excepto por una pequeña porción de algo de consistencia cárnea y apariencia vagamente similar a un corazón quieto o a un pulmón desinflado. Lo que fuere, se hizo presente con toda su pequeñez en el lugar que venía ocupando Jia Li, y cuando ella se esfumó, ese algo, impulsado por el viento de la ausencia, rodó hasta el borde de la cama y cayó humeando al piso y allí quedó.

Al cargarla, la cosa reveló un peso considerable y una consistencia cambiante. Lun Pen la depositó con cuidado en una bandeja de porcelana, como a una flor de exhibición, y la llevó a su laboratorio. Allí se pasó el resto de la noche contemplándola y pensando acerca de los sucesos recientes. Todo era distinto de lo imaginado. A cambio de ser él quien impulsó el viaje de Jia Li, había sido la propia afectada quien obró su traslado. Eso suponía una gran diferencia respecto de la idea original. Y también era nuevo lo que Jia Li dejaba en su lugar. Por mucho que lo observara a la luz de las velas, no podía reconocer su pertenencia al esquema músculo-visceral-esquelético propio de lo humano: cuando hundía un dedo en la masa sentía una resistencia superior a la que pudiera esperarse de cualquier superficie carnosa. Parecía algo en tránsito a lo coriáceo. Además, y por muy caliente que resulte un órgano interno, dejado al aire libre se enfría en pocos minutos y en ningún caso sigue humeando parejo como aquello. Lo que Lun Pen tenía ante sus ojos carecía de la consistencia y la suavidad de una epidermis. Era una textura perforada de grumos y atravesada por capilaridades venosas, algunas finas como agujas y de apenas un par de milímetros de extensión, en tanto que otras engrosaban y se conectaban entre sí, formando una trama de vasos comunicantes. Estas capilaridades estaban atravesadas a lo largo y a lo ancho de microperforaciones que soltaban una exudación vagamente parecida a la de la sangre, pero de una densidad muy superior. Y lo más llamativo era que de todo el conjunto no brotaba olor que recordara a los de la ausente.

Luego de estudiarlo durante horas, Lun Pen concluyó que aquello no pertenecía a un organismo vivo conocido. Sin embargo, presa de un temor reverencial, se preguntaba si, a pesar de todas las evidencias en contra, no sería un resto de Jia Li. En ese caso, se preguntaba si, al toquetear esta materia, estaría lastimándola o acariciándola. Y de serlo, en cualquier estado en que se encontrara ahora ella, ¿mantendría alguna conexión con ese resto? ¿O el desprendimiento habría sido completo, total?

"Tal vez no se trate de esto ni de lo otro, sino de una tercera posibilidad. O de una cuarta, una quinta...", se decía. "Quizás haya una especie de modelo de economía interestelar o cósmica que para su funcionamiento precisa de la existencia de una serie de agentes de intercambio que hacen circular personas y cosas. Supongamos por un momento que yo soy uno de ellos. Cuando, por ejemplo, traigo alguno de esos objetos indeterminados, tal vez, simétricamente y en ese mismo momento, desde algún sector de nuestro planeta algo se dispara hacia la otra parte, ya sea una manzana, una hoja de trébol, un colibrí, una piedra jaspeada, un caparazón de tortuga hecho pedazos, una moneda de bronce herrumbrada o un ser humano cualquiera. De ser así, la lógica de esos intercambios no exigiría equivalencia sino disimilitud en los envíos. Pero también es posible que en los ámbitos donde se realiza el doble pasaje esa disimilitud aparente responda a alguna clase de afinidad o correspondencia superior entre los elementos enviados. O quizás eso no suceda así. Yo qué sé".

En el fondo, lo que lo hacía devanarse los sesos era la pregunta acerca del significado de aquella cosa. Lun Pen no podía determinar si lo que estaba observando era un órgano interno, una promesa del futuro o un ser vivo y autónomo. Lo que sí sabía era que se trataba del único vestigio que le permitía recordar a Jia Li.

7

Durante los días que la tuvo a su lado, Lun Pen creyó que la cháchara incesante y ruidosa de Jia Li era la causa del fracaso de sus intentos, que su exceso de presencia le robaba toda concentración; ahora, en cambio, se veía estragado por el ulular de un silencio que no registraba ni siquiera un eco de su voz añorada. Se pasaba las horas en blanco, mirándose los dedos de los pies, a lo sumo se asomaba a la veranda a contemplar el jardín descuidado y ralo que tenía en la parte trasera de su casa, un matorral que servía de refugio de ratas y cagadero de pájaros que alzaban vuelo apenas lo veían, cruzándolo en su trayectoria y bombardeándolo con sus proyectiles líquidos, así que ni siquiera contaba con el consuelo de sentarse en una mecedora y contemplar el atardecer. Ahora, la paz que anheló resultaba el tormento del deseo cumplido. Su preocupación excedía lo puramente romántico; también se reprochaba no haber tomado la menor precaución para mantener su experimento bajo control. El azar lo dominaba todo, desde el inicio, y el hecho de que Jia Li hubiera partido inesperadamente aumentaba su sentimiento de culpa. ¿Qué iba a hacer en lo sucesivo? No tenía la más pálida idea. ¿Cómo se le había ocurrido compararse con Fa Wong, un modelo de insuperable decisión operativa? ¡Si él era tan inútil que tuvo que ser la propia Jia Li quien consiguió el cruce hacia otro tiempo y espacio! Y por supuesto, tampoco había previsto una mecánica posible para su regreso. ¿De qué le servía su partida si no sabía cómo regresarla para que le brindara un informe completo de la experiencia? ¡Ni siquiera se le había ocurrido establecer algún modo de comunicarse a distancia!

En fin, ya era tarde para lamentarse, así que mejor ocuparse de ver con qué contaba. Que a esa altura de las circunstancias se reducía a la cosa aquella, que permanecía sobre un plato y había comenzado a modificarse y crecer. En la expansión de volumen, al menos, se parecía a Jia Li: ya superaba los límites del plato y se derramaba sobre la mesa, dificultando el trabajo. Las pilosidades del inicio se habían desprendido de la materia ("¿se estará quedando calva o calvo?") y luego de esparcirse sobre el tablero de madera de agar habían hecho allí una especie de nido o enraizamiento, como un pastizal, en tanto que la materia en sí iba oscureciéndose y adoptando una textura puntiforme, de una consistencia débil, que le permitía estirarse y excretar seudópodos.

Nadie nunca se había topado con algo semejante. Lo que tenía ante sí podía ser una cosa previa a la existencia del reino humano, o su reemplazo. Tal vez percibía y tocaba aunque no tuviera ojos ni brazos ni uñas; y aunque era opaco y denso, quizá tenía órganos internos y era capaz de enfermarse y sufrir, incluso pensar. Por las noches, en medio de las pesadillas de la duermevela, Lun Pen se estremecía pensando que tal vez esa masa fuera la propia Jia Li, no como él la había conocido, sino como se la devolvió el Universo después de someterla a sus propias reglas y modificarla.

"¿Será eso o esto el aviso de una transformación general del mundo y de nuestra especie, el inicio de un plan mayor?". Devorado por la angustia, presa del terror de su propia futura deformidad, Lun Pen corría hacia el estanque oval de su jardín, bordado de nenúfares podridos. Pero, cuando trataba de contemplarse, el agua estancada y repleta de mosquitos no sabía reflejar su rostro.

8

A la madrugada lo despertaron unos golpes en la puerta de calle. Durante unos segundos aguardó a que atendiera la servidumbre, pero luego recordó que Jia Li la había despedido. Y como los golpes se repetían corrió a atender, vestido a medias, antes de que le tiraran la puerta abajo.

El molesto era alto, crenchudo y bigotudo, y su gordura resultaba familiar.

—Déjame pasar. Soy Chungwhaa y vengo a ver a mi madre —dijo poniéndole un dedo en el pecho.

—¿Jia Li? No está. —Lun Pen no se apartó pese a que el empujón del dedo lo hizo tambalear.

—Imposible —Chungwhaa sonrió—. Me dijo que viniera hoy. Habíamos quedado en que pasaría a buscar unos dinerillos.

—Ignoro qué pueda haberte dicho, pero no tengo una moneda y ella no está y no sé cuándo vuelve.

—¿Cómo te atreves a dudar de su palabra y de la mía? No hay razón alguna para que no esté cuando habíamos arreglado que estuviera.

—Eso escapa a...

—¿Por qué faltaría ella a su palabra?

—Temo que...

—¿Y adonde estimas que puede haber ido, así de repente y sin aviso?

—No lo...

—Hay algo que tú sabes y no quieres decirme.

—No es mi...

—Me aburrí de tus monosílabos y tus omisiones, Lun Pen. Para ser franco, conozco perfectamente la situación, por lo que deduzco que tuviste éxito en tu intento de enviarla a... adonde fuera. Sinceramente, te felicito.

—Pero es que yo no...

—Lun Pen, Lun Pen... No seas modesto. Y admitamos que mamá no era fácil de remontar... Así que tu trampolín de lanzamiento de mujeres obesas debe de ser admirable. Imagino que para construirlo habrás contado con el financiamiento de tus riquísimos amigos y admiradores, y doy por hecho también que te guardaste algo de lo recaudado, así que, volviendo al tema que nos reúne...

—Es que de verdad...

—¡Por favor, mi amigo! Es hora de entendernos. Mamá sabía los riesgos que corría y estaba dispuesta a sacrificarse por el bien de nuestra familia. Por eso me instruyó para te exigiera una compensación en caso de que se produjera su lamentable pérdida.

—Acá nadie se perdió y yo no la mandé a ninguna parte, es temprano y quiero dormir, así que será mejor que saques tu hinchado pie del vano de la puerta si no quieres que te lo apriete al cerrar.

—Antes de formular tu risible amenaza, proyecto de aborto mal hecho, deberías haber considerado nuestras diferencias de altura, edad y peso. No me costaría el menor esfuerzo aplastarte como a una babosa. Te lo advierto, enano pulguiento. Si para mañana a esta misma hora no me entregas una bolsa repleta de monedas de oro, te denunciaré ante las autoridades por secuestro y asesinato. No es que tenga algo personal en tu contra, pero debo mantener a mis esposas e hijos y erigir un túmulo adecuado para honrar el nombre de mi difunta madre...

—Ahora escúchame bien tú a mí, y conviene que te saques la cera de los oídos porque no volveré a repetir mis palabras.

Soy un mago poderoso y si llegas a alzar tu brazo, con un gesto mínimo que yo haga se desprenderá de tu cuerpo más seco que una rama muerta, y si vuelves a abrir la boca haré que tu lengua se convierta en una serpiente venenosa y que tus ojos de sapo salten de sus órbitas y, por último, si no te retiras ya mismo obraré contigo exactamente como lo hice con Jia Li y andarás saltando de mundo en mundo y gritando "¿Dónde estás mamá?".

Chungwhaa meditó acerca de lo dicho por Lun Pen y antes de irse contestó:

—Tengo ocupaciones que me reclaman, pero no te sorprendas si pronto tienes noticias mías. Adiós.

Lun Pen respiró aliviado. Intimamente, no había estado seguro de que sus advertencias surtieran efecto. Su poder se basaba en la falacia de que era él quien había producido la desaparición de Jia Li. Y la rápida partida de Chungwhaa probaba que carecía de información acerca del verdadero modo en que ocurrieron los hechos. La deducción lógica, entonces, era que, si Jia Li seguía subsistiendo en este o en otro Universo hasta el momento no había establecido contacto con su hijo. Pero ¿cómo era posible que, de seguir existiendo aquí o allá, en este u otro planeta y en tiempo presente, pasado o futuro, una charlatana como ella permaneciera en silencio? Quizás había entrado en una zona donde costaba establecer una comunicación... O ya no quería hacerlo... ¿Y si lejos de su familia estaba bien? ¿Y si lejos de él se sentía más feliz y completa? ¿Y si estaba con otro más joven y ardiente, alguien que la atendía mejor?

9

—Me causa gracia tu preocupación por mi puta —dijo Hua Fu Tcheng mientras se aproximaba con un tecito bien caliente y el primer bolo de arroz dulce, su delicia de desayuno—. Y me alarma que hayas salido corriendo de tu laboratorio para visitarme a estas horas, porque eso indica que eres víctima de un estado mental confuso y ya no distingues el día de la noche.

Si las noches de placer alimentaban el comercio, las mañanas correspondían al descanso. Hua Fu Tcheng mostraba gran deferencia al atenderlo, exponiendo la contracara de la impecable presentación nocturna, con botellas de vino derramadas, mesas con restos de comida y meretrices que recién comenzaban a levantarse y se rascaban el trasero mientras iban en batón al baño. Al recibirlo en esas condiciones, Hua Fu Tcheng ya lo tenía más por amigo que por cliente. Lun Pen se ruborizó:

—Pido disculpas, pero ya no sé qué más hacer para reintegrarte a Jia Li sana y salva.

—¡Entonces, deberíamos celebrar con lo que nos ahorramos en alimento y problemas! —rio el dueño de la casa de placer, pero su risa se cortó pronto ante la expresión de su visitante—. ¿Crees que estás en una situación grave? Si precisas más putas para la continuación de tus ensayos, puedo obsequiarte nuevo material de descarte: la triste verdad es que cuando termina el tiempo de obtener renta de sus servicios estas mujeres se vuelven un gasto innecesario y me parte el corazón echarlas sabiendo que no tienen hogar donde volver...

—Pero eso no sería posible...

—¿Por qué no? Si te sacaste una de encima, puedes hacerlo con dos, tres, diez. Ni siquiera te pregunto el cómo. Me harías un gran favor...

—La verdad es que no fui yo sino la propia Jia Li quien produjo su desaparición...

—Tiempo al tiempo. Si la propia Jia Li pudo hacerlo, también tú lo lograrás. Mi propuesta sigue en pie. ¿Cuántas viejas arruinadas quieres llevarte hoy?

—Es que partir es solo el comienzo, no tiene sentido enviarlas a ningún sitio si no consigo regresarlas luego...

—Tienes ojos solo para los obstáculos y eso te priva de la estimación de los matices. Mientras te limitaste a recibir objetos del cosmos todo estuvo bien para ti. Pero tu propósito actual es mayúsculo y excede las dimensiones de tu ambición personal. Eres el hito inicial de una circulación de cosas y personas a lo largo y a lo ancho de los universos conocidos y desconocidos, algo inédito hasta el momento. ¡Debería abochornarte tu autocompasión y tu lamento por el destino de Jia Li! Si tanto te afecta la pérdida de esa o de cualquier otra mujer, la próxima vez utiliza un perro callejero. Pero imagino que te sería menos útil... ¿De qué te serviría andar todo el día esperando que te llegue un ladrido del cielo?

—Exacto. Necesito de alguien en condiciones de discernir y atestiguar la naturaleza y sentido de su experiencia. Y Jia Li es una persona muy atenta e inteligente y podría informarme...

—¡Te asombras de carecer de noticias como si te debiera una lealtad a toda prueba! Las personas cargan con sus propios problemas y constituyen un mundo en sí mismas. Claro que, si mi pupila sobrevivió a su viaje, y vio y vivió lo que ni siquiera podemos imaginar, su silencio la vuelve más preciosa para ti, y también más enigmática.

—Exacto. Nunca me quedó claro por qué quiso sumarse a mi proyecto. Los argumentos que me dio fueron tan inconsistentes...

—¿Te das cuenta de cómo hemos enriquecido su ser? Hace un par de meses era un rompedero de quinotos que me alegré de tirarte por la cabeza, y ahora se ha vuelto la reina del misterio... Un misterio bifronte, como es nuestra relación con el pasado y el futuro. Por eso es que no puedo arriesgar ninguna hipótesis acerca de las razones de su silencio; puede que esté muerta, puede que no tenga manera de comunicarse contigo, puede que no quiera hacerlo. Me lo dirás cuando logres averiguarlo. Sí, en cambio, se me ocurre una explicación para sus motivos...

—¿El dinero? —dijo Lun Pen.

Hua Fu Tcheng descartó esa posibilidad con una mueca:

—Las mujeres son dueñas de un tesoro de sabiduría que escapa a nuestro alcance. Tal vez esa sabiduría es ilimitada y existe a condición de no revelársenos abiertamente. De seguro Jia Li habrá tenido sus propias razones para aceptar tu propuesta.

—¿Cuáles?

—¿Eres bobo de nacimiento o en la noche te sorbió el seso un tiangou, confundiendo tu calvicie con la luna? ¡Fue por ti!

—¿Por mí? ¡Si apenas me conocía y se lo pasaba diciéndome "enano mugriento", "lacra inmunda", "perro piojoso" y otras linduras semejantes!

—¿Te asomaste alguna vez a la sospecha acerca del peso y el significado que tiene para las mujeres la palabra "amor"?

—Así que, en tu opinión, todas sus quejas, todos sus caprichos y arrebatos...

—Amor es la palabra. Si no se trata de eso, es que estaba completamente loca. O ambas cosas a la vez. Loca de amor. Por amor, loca. Loca de amor por ti.

—¿En serio? ¿Amarme a mí una mujer que me maltrataba de día y se acostaba conmigo de noche, una mujer que...?

—Es increíble que te muestres ciego a la evidencia que proporciona la conducta de la tuerta.

—¿Debo aceptar melancólicamente el poder transformador de su amor, ahora que se ha ido?

Hua Fu Tcheng se permitió una sonrisa:

—Jia Li aceptó partir sabiendo que la impulsabas a irte de su lado. Así que más bien deberías prepararte para enfrentar las muestras de rencor y resentimiento que sería capaz de ofrecerte si se le antojara volver.

10

Lun Pen dejó la casa de placer más desconcertado que al llegar. Como todo el mundo, creía contra toda evidencia que el amor eleva el alma a regiones purísimas y no que arroja a sus víctimas al mar de las emociones confusas. A esta altura de los hechos se hace necesario aceptar que un genio de la proto-ciencia puede ser también un idiota en asuntos del corazón. O, en todo caso, que los fundamentos implícitos de su tarea profesional —la coherencia interna de los elementos, el criterio de falsabilidad y su opuesto, el resultado constatable— no brindan respuesta en cuestiones sentimentales. "¿Por qué no se comunica conmigo? ¿Qué puede hacer ella en mi contra, esté donde esté?", se preguntaba. "¿Serán las amenazas de su hijo Chunghwaa el inicio de una serie de hechos inimaginables?".

Pronto tendría algunas respuestas a esos interrogantes, aunque no fueran las que esperaba.

A la puerta de su hogar lo esperaba el famoso Guo Ze, miembro de número del Ala Oriental de la Jinyi Wei, la policía secreta del Celeste Imperio. Formalmente, su visita debía considerarse un honor, ya que se trataba de un funcionario de rango elevado, pero en realidad era un aviso de la desgracia: su rápido ascenso en el escalafón laboral se debía al talento heredado del padre, Hao Chibao, un cirujano notable por su pericia en la ablación testicular, especialidad empleada para producir eunucos destinados al servicio palaciego. Pero, a diferencia de este, Guo Ze utilizaba el cuchillo para interrogar a los sospechosos de haber cometido algún crimen. Se decía que encontraba tal satisfacción en la tarea que hundía el cuchillo hasta en acusados de delitos menores. "De esta manera se verifica la amenaza de Chungwhaa", se dijo Lun Pen. Luego trató de razonar: "Chantajeado muerto no paga. Así que esta es una visita de advertencia".

Guo Ze se le arrimó hasta pegar los labios a su oído izquierdo:

—No es necesario que se orine encima como muestra de la alta estima en que me tiene —susurró—. Entiendo que sus temblores se deben a una admisión de culpa anticipada. ¿O debo tomarlos como un cálido reconocimiento de mi fama? En cualquier caso, apúrese a decirme qué se ha hecho de Jia Li, o, lo que vendría a ser lo mismo, qué hizo de ella. No es que me preocupe personalmente el destino de una prostituta jubilada, pero la armonía debe reinar bajo los cielos y el asunto reclama justicia.

—Jia Li desapareció y yo soy inocente —dijo Lun Pen.

—Toda conversación acabaría antes de empezar si la gente dijera la verdad de inmediato. Pero ambos sabemos que estás dispuesto a decir cualquier mentira con tal de librarte de mi cuchillo. Ahora mismo te preguntas si es preferible confesar o te conviene contarme un cuento tan bien contado que, tras de su fin, yo termine yéndome de aquí convencido de la veracidad de tus palabras. Lamentablemente, nadie es inocente, o, lo que es lo mismo, todo el mundo miente y por ello todos merecen en mayor o menor medida mi tratamiento, exceptuando por supuesto a nuestro divino Emperador. Debo advertirte además que ejerzo a conciencia mi oficio y me arrogo el derecho de tomarme el tiempo necesario hasta concluir mi interrogatorio.

—Crueldad no es sinónimo de verdad y el bien no se ejerce con saña —dijo Lun Pen.

—Me asombra tu coraje, mi querido maestro —Guo Ze se inclinó en reverencia—. Eres el primer hombre que se atreve a enfrentarme. Pero permíteme que te asegure que tus premisas son falsas. Del ejercicio razonado del tormento deriva todo progreso en la búsqueda de la verdad.

—Esa búsqueda es una aspiración sublime. Pero si, forzado por su arte, yo dijera lo que usted quiere escuchar, el triunfo de su habilidad manual significaría un fracaso para su oficio de policía —dijo Lun Pen.

—¿Dije yo que iba a empezar de inmediato? De ninguna manera. Amo los prólogos y las demoras y me encanta perderme en los detalles. Yendo al punto. Utilizaste una expresión, "habilidad manual". ¿Podrías decirme cuánta hubo en la desaparición de Jia Li? Considera esta pregunta el inicio formal de mi interrogatorio. Y, si no es mucha molestia, me gustaría que el resto de nuestra conversación se continuara en tu laboratorio, al que a partir de ahora denominaré la escena del crimen.

Lun Pen inclinó la cabeza y precedió a Guo Ze. Caminaba arrastrando las sandalias, tratando de hacer todo el ruido posible, en la esperanza de que al escuchar sus pasos la cosa aquella —el resto absurdo de Jia Li— tuviera la prevención de ocultarse. Claro que, ¿por qué iba a hacerlo si carecía de oídos y, de tenerlos, quizá desconociera el significado del término "policía"?

—Cuidado al bajar —dijo—. La entrada al sótano tiene el techo bajo.

—No pierdo la cabeza tan fácilmente —rio Guo Ze—. Aunque sé lo mucho que te gustaría que tal accidente ocurriera. Si me permites una paradoja verbal, la luz brilla por su ausencia. ¿Quién puede trabajar aquí, salvo que busque el ambiente propicio para asesinar a alguien?

—¿Qué motivo tendría yo? —Lun Pen se encogió de hombros mientras encendía un farol de papel.

—Me lo dirás cuando llegue el momento. Al final, todos hablan. Un sopapo para que empiecen a hablar, otro para que se callen. Y en el medio algunos cortes. ¿Qué son estas rarezas? Nunca vi nada igual. Ni en cuanto a aspecto, forma y apariencia de los materiales...

—¿Viene a mi hogar y no sabe a qué me dedico?

—¿Debería? —dijo Guo Ze y estiró una mano para tocar alguno de los objetos acumulados.

—¡Cuidado! Todavía no sé para qué sirve ni cómo funciona. Podría arrancarle un dedo, o quizás hacerlo feliz.

Guo Ze retiró rápido la mano, mientras comentaba:

—Más fácil lo primero. Claro que estoy enterado de tu actividad. Yo también miento. ¿Cómo consigues...?

—No lo sé.

—¿Cómo hiciste para...?

—Tampoco sé.

—Lo que me asombra, querido maestro, es tu inconsecuencia. De otros mundos trajiste cosas cuya naturaleza y funciones aseguras desconocer, mientras que el rumor asegura que enviaste a Jia Li hacia esos otros mundos... ¡y no puedes dar explicación del procedimiento! ¿Qué ocultas?

—¿Yo? ¡Nada! Fue ella misma quien consiguió trasladarse.

—¿Y cómo estás tan seguro de que es ella y no tú quien logró el milagro?

—Porque ella intentó golpearme...

—¿Una mujer a un hombre? Absurdo. Inverosímil.

—Se lo juro, estimado inspector. Ella alzó su mano para golpearme y cuando yo... y en ese momento...

—¿Y si fue tu mano alzándose para defenderte y no la suya elevándose para pegarte la que logró el pasaje...?

—Es cierto —dijo Lun Pen—. No lo sé. Nunca lo sé. Eso ocurre y es todo.

—Nunca ocurre un "todo" del que desconozcamos por completo su funcionamiento. Solo que a veces no sabemos que lo sabemos. Y eso no es lo mismo que ignorar algo. Oficialmente debo informarte que, si Jia Li no retorna pronto, deberé considerarte un criminal y suministrarte el castigo.

—¿Y si ella volviera...?

—Entonces el castigo se suspendería de inmediato. Creo.

—¿Y si no quiere testificar a mi favor?

—El simple hecho de su presencia resultaría tu mejor prueba. Así que, si pretendes conservar la vida, lo mejor sería que te tomaras el trabajo de regresarla.

11

La monomanía ajena es tolerable solo en raciones escasas, así que Hua Fu Tcheng se permitió un pestañeo de fastidio cuando a la mañana siguiente Lun Pen se le apareció con sus preocupaciones a cuestas.

—Me pasé todo el día dando vueltas con mis operaciones mágicas y no obtuve el menor resultado. Peor aún, después de revisar palmo a palmo el laboratorio y el resto de la casa, no encontré ninguna señal de la presencia de la cosa que sustituyó a Jia Li. ¿Qué significa eso? ¿No es señal de perversidad que ella haga desaparecer su último resto corporal (en caso de que lo sea) justo en el momento en que más la necesito? ¿Qué pretende esa mujer? ¿Eso es amor? Guo Ze va a terminar cortándome en pedacitos...

Hua Fu Tcheng lo dejó quejarse un rato y después lo interrumpió:

—Habrás notado que la visita de Guo Ze no tuvo por consecuencia inmediata tu trozamiento. Es de suponer que el imperio espera grandes cosas de tu experimento con el tiempo y el espacio. O quizá nadie espera nada de ti y él se complace jugando con tu desesperación. O tal vez en su alma obra alguna clase de temor acerca de lo que podrías hacerle, mágicamente hablando, si se le ocurriera desplegar el atado de terciopelo rojo donde guarda su instrumental.

—¿Son varios implementos? —tembló Lun Pen.

—¡Obviamente! No existe un cuchillo que cumpla con todas las funciones que un perfeccionista como Guo Ze necesita para su tarea. Dicen que su talento es de tal magnitud que abre nuevos panoramas incluso en sus víctimas. Y si fueras más observador, habrías notado ejemplos de su oficio en la carne de algunas de mis empleadas.

—¿Acaso Jia Li...?

—De ninguna manera. Guo Ze trabaja sobre pieles lisas, sin pliegues, rollos, pozos ni arrugas... La leyenda de este policía se construye con sustancia de eternidad, aunque su obra encuentre los límites de la vida humana. En mi establecimiento Guo Ze cuenta con un cuarto especial, el más suntuoso, para su uso exclusivo. Está aislado del resto y tiene paredes acolchadas, forradas en seda color ocre. No es un visitante frecuente, pero cuando se encierra con una de mis chicas pasa días y noches buscando encarnizadamente la perfección, y si ellas no mueren las deja tan exquisitamente trabajadas que cada corte es un kanji supremo. Y déjame decirte también que cuando entro en ese cuarto (y para entonces Guo Ze ha partido), las descubro con los cabellos desparramados sobre la almohada, las heridas restañadas y una expresión de completa entrega. Ahora bien. Como no eres ni mujer, ni prostituta, ni joven, tiendo a creer que de semejante tratamiento no obtendrías la menor ventaja, así que mejor que te esfuerces por conseguir un resultado positivo para tu experimento...

—No sé qué podría hacer que no haya hecho.

Hua Fu Tcheng soltó un bostezo, indicando que la conversación había concluido:

—Al parecer solo te queda por probar lo impensado y lo no sabido.

El consejo parecía de lo más adecuado, pero ¿cómo hacerlo? ¡Triste destino el del desamparado, rebotando de su casa al puterío y del puterío a su casa! Lun Pen volvió caminando despacio, disfrutando del atardecer, más entrañable por tratarse de uno de los últimos que vería. Nubes rosaditas, sol deshaciéndose chirle sobre los tejados rojos, refracción de la luz hiriendo las retinas y difuminando los volúmenes de objetos y personas, entre estos el muy amplio de Chungwhaa, que lo esperaba en la puerta de su morada.

—Supongo que con la visita de Guo Ze te habrás hecho encima y luego corriste a buscar la bolsa repleta de monedas de oro, escasa compensación para la sensible pérdida de mi madre. Sus nietos la lloran, sus nueras, inconsolables, la reclaman... —empezó.

Lun Pen no escuchó el resto de la cantinela.

—Estoy atravesando un período de dificultades financieras —dijo—, pero poseo mercadería que los entendidos me sacan de las manos. Cuento con algo recién llegado, fresquito, que si se lo ofrecieras a un coleccionista...

—No quieras engañarme o te aplasto como a una cucaracha —Chungwhaa alzó la mano convertida en puño sobre la cabeza de Lun Pen, que entretanto abría la puerta.

—Nada más lejos de mí. Con esta nueva adquisición podrás obtener mucho más de lo que esperas.

—¿No me mientes?

—Por favor, adelante. Que tus propios ojos...

Chungwhaa dio un primer paso, inesperadamente tímido. Acogedora oscuridad del interior de la casa.

—¿Esto no será una tramp...?

Una masa tirando a enorme, más que deforme amorfa, y más que amorfa en transformación, se derramó sobre el visitante y fue envolviéndolo con sus tentáculos. Era la cosa aquella que se expandía hasta llegar al techo, aunque no podía saberse si lo que iba creciendo era su materia o la sombra que se proyectaba y luego caía sobre Chungwhaa. La masa chorreó en oleadas y se solidificó sobre el cuerpo de su presa, penetró en su garganta y, una vez diseminada en su interior, lo alzó como a un muñeco, lo azotó contra las paredes, y luego lo dio vuelta como un guante y se lo zampó limpiamente. Una vez hecho esto, se achicó a la velocidad del rayo hasta que de ella y de Chungwhaa no quedó ni un resto.

12

A Lun Pen, la desaparición de Chungwhaa le planteó algunos interrogantes. ¿Se trataba de un simple traslado de persona, como en el caso de la partida de Jia Li, o de un asesinato liso y llano? Y en el segundo caso, ¿quién era el responsable? ¿La cosa aquella o la mismísima madre de la víctima, vuelta filicida para castigar al hijo por su avidez y avaricia, y de paso protegerlo a él del chantaje? Y él, él mismo... ¿Cuál era su papel en el asunto? Legalmente podía achacársele participación, incluso complicidad, ya que la cosa se había alojado en su casa. Lo indudable era que en lo inmediato le había quitado un problema, pero también lo acercaba aún más al filo de los cuchillos de Guo Ze.

Perdido por perdido, Lun Pen se encerró en su laboratorio tratando de conseguir... algo. A esta altura sería ocioso repasar las piruetas a las que se entregó. La magia se había esfumado justo cuando más la necesitaba, pero siguió intentándolo aun después de perder toda esperanza. Lo hizo durante horas y horas, y en esa desazón luminosa encontró la verdadera dimensión de dignidad que exigía una práctica como la suya y que hasta entonces, sin saberlo, no había alcanzado porque en los años previos simplemente lo acompañó la suerte. Pero haberla tenido cuando no la merecía funcionaba como contrapeso del actual momento, en que moralmente se volvía merecedor de la recompensa que la realidad le retaceaba.

Sucesos como el referido ocurren frecuentemente entre los

colegas de su gremio, que en el fracaso se purgan de la vanidad y retrospectivamente se vuelven aptos para desempeñar el oficio del que ya fueron expulsados. Si esa expulsión ocurre a una edad temprana, el mago o inventor retirado tiene el resto de su vida para contemplar melancólicamente las glorias del pasado y aceptar la ruina del presente, y ese proceso de purificación lo encuentra en las mejores condiciones para iniciarse en el arte elegido cuando es tarde para todo excepto morir. Para peor, Lun Pen estaba lejos de ser un muchacho en la flor de su edad y su ascesis se volvía más dificultosa, porque no hacía más que bambolearse de un lado para el otro y zapatear como un demente mientras se sometía a toda clase de movimientos ridículos, sintiendo como sus músculos se acalambraban y cómo crujían sus viejos huesos anquilosados. No obstante eso, siguió, y las lágrimas ardían en sus mejillas, y como no quería abandonar su ritual ni para ir al retrete, la vejiga empezó a gotear y el piso de madera recibió su tibio chorrito dorado, sobre el que finalmente cayó dormido cuando ya no pudo más con su alma.

Despertó húmedo y maloliente en la madrugada. Cuando se asomó a la puerta de su casa para ver si el día estaba fresco o soleado o amenazaba lluvia, se encontró con una carta de Guo Ze.

Estimado maestro Lun Pen Lui (ahora lo trato de usted):

No sería lo que soy si no tomara el ejercicio de mi arte como un método de indagación. El dolor que sienten mis víctimas es un precio escaso para pagar el conocimiento que en semejante circunstancia obtienen gracias a mí. Y desde luego, lo mucho que aprenden no puede compararse con lo que descubre este humilde servidor mientras los trabaja. Con sus expresiones de tormento, con sus retorcimientos de inesperado placer, ellos indican la dirección de cada corte.

Desde luego, a lo largo de mi carrera me encontré con una amplia variedad de lo humano. En ese sentido, continué y amplié las enseñan-

zas de mi padre. Él era el mejor en lo suyo. La castración fue su especialidad. Quirúrgicamente, la producción de eunucos resulta simple. Dos testículos caen sobre un platillo, segundos después una pequeña víbora mustia los decora, y la terminación del conducto espermático es quemada con un hierro al rojo vivo mientras que en lugar del miembro viril queda apenas la raíz y la pequeña vía abierta para que fluya el orín. Pero no quiero aburrirlo con estos detalles. Como ya le decía, a lo largo de mi carrera me encontré con toda clase de gente y aprendí de todos dándoles lo que necesitaban para llegar al punto de máximo descubrimiento de las verdaderas condiciones de sus almas. Pero nunca, a lo largo del ejercicio de mi profesión, me había encontrado con alguien tan próximo a mí como usted. En ese sentido, el hecho de retardar el momento en que mi cuchillo ingresará en su carne permite que se amplíe la perspectiva de mi trabajo. Ese momento se acerca, pero no ha llegado aún, y usted se desvela anticipando lo qué sentirá apenas el filo frío se apoye en su piel. Que usted calle, que yo le permita callar aún... ambas circunstancias no disipan la realidad de los hechos, pero aumentan la expectativa. Espero que aprecie mi contención cuando ya no lo ampara el beneficio de la duda. ¿Verdaderamente hacía falta eliminar a Chungwhaa luego de producir la desaparición de su madre? ¿Pretende incriminarse? Me pregunto si estará buscando construir una serie que comienza con el doble crimen y continúa con su propia supresión, que deja a mi cargo. Le confieso que me molesta la irregularidad y simpleza de ese designio y espero que su fealdad ostentosa esconda en sus repliegues una belleza que se revelará en el curso de mi investigación. Hasta que esto no suceda, mi cuchillo seguirá abrigado por su paño de terciopelo, durmiendo en el interior de su caja de madera de paulonia.

Yendo al hueso del asunto... Me gustaría que, así como yo le transmití a grandes rasgos la naturaleza de mi labor, usted me confiara los secretos de la suya.

Comienza el interrogatorio.

Preguntas: Esos objetos que se acumulan en su laboratorio, ¿cómo llegan hasta allí? ¿Los acarrea o simplemente van cayendo en sus manos? ¿Es usted responsable de su forma y funciones? Sé que la demanda de su clientela aumenta y también aumentan los precios que obtiene, aunque nadie supo explicarme el motivo de su compra ni la función que desempeñan. Cómo hizo para crear una necesidad donde nada falta es un misterio encantador, que no cede ante el misterio primero, el modo en que se las arregla para obtenerlos. He meditado al respecto. Puede ser que efectivamente entienda poco y nada acerca del motivo por el que empezaron a llegar y siguen llegando. Pero al menos reconózcame que alguna vez se habrá preguntado si esos objetos poseen algún mérito intrínseco, algo que escapa a las fluctuaciones de su precio y que no se encuentra en cada pieza sino en su totalidad, en su pase a este lado del Universo y a la relación que establecen entre ellas, ya sea juntas o separadas. Que tales cosas tengan algún propósito o no, también lo ignoro. Pero, si acerté hasta ahora, permítame que siga adivinando: usted pretende viajar no por mera curiosidad o para disipar su ocio, no trata de ir de Shanghái a Beijing para enterarse de las últimas novedades en decoración de interiores, sino que quiere conocer la Fábrica Central donde se producen estas rarezas y averiguar su forma general y su razón de ser, lo que en última instancia supone conocer al Gran Fabricante.

Dicho esto, y continuando con el interrogatorio: si pudo hacer sus pequeñas pruebitas con Jia Li y con el idiota del hijo, cuénteme por qué no se transportó usted mismo luego de despacharlos. Incluso, de estar preparándose para ese viaje, ¿tendría la deferencia de considerarme apto para acompañarlo?

13

En vista de las circunstancias, Lun Pen entendió que su proyecto de traslación se estaba convirtiendo en necesidad de huida. Por desgracia, seguía ignorando cómo viajar. Ahora todo le resultaba peligroso y desconocido y lo único que conocía era el punto de partida: su casa. Dejarla era abandonar la memoria de sus ancestros y permanecer equivalía al tormento y a la muerte lenta a manos de Guo Ze. A esta altura de los hechos se preguntaba por qué un sedentario como él había fantaseado con ir de acá para allá, viajando por el tiempo y el espacio, llevando una vida de aventuras. Incluso, ¿por qué se le había ocurrido realizarlas si alcanzaba con imaginarlas? ¡Y encima ahora le caía un candidato inesperado para acompañarlo en su viaje imposible! Si para preservar su vida aceptaba la presencia de Guo Ze, poco tardaría este en darse cuenta de que él no tenía la menor idea acerca de cómo moverse, ya no en los universos hipotéticos, sino ni siquiera en qué esquina pararse y extender la mano para tomar un rickshaw... Por supuesto, el policía terminaría cortándolo en pedacitos. Para eso, mejor que lo liquidara cómodamente en su propia casa. Pero Guo Ze se demoraba en hacerlo y entretanto había que vivir, y la vida obligaba entre otras cosas a alimentarse, por lo que Lun Pen decidió salir a hacer las compras.

Espectáculo de la feria al aire libre: el color de las prendas, el olor de las frituras, el griterío de los pregoneros y el chillido de los animales enjaulados, las voces de las mujeres, los roces impúdicos, el perfume del barro que en el curso de las horas se vuelve chiquero... La riqueza de la realidad externa le señalaba por contraste la grisura de su existencia, que por único pago a sus esfuerzos le entregaba la triste moneda de la soledad, el encierro, la incomprensión general... No tenía esposa ni hijos ni futuro alguno, pero su obra, que él mismo no comprendía (porque no era su autor, sino su intermediario, a lo sumo su intercesor), había sido su pasión, así que ya nada quedaba por hacer al respecto, salvo resignarse.

Perdido en esas divagaciones monótonas a la vez que capturado por el hervor de los detalles (el ojo torcido de una gallina en el momento en que le cercenan el cogote, las escamas de los pescados brillando al sol, la variedad de hongos comestibles y venenosos expuestos en las canastas...), Lun Pen no advirtió la presencia de Guo Ze, que en medio del tumulto se iba aproximando en su dirección, ocultándose entre el gentío para no dejar vislumbres de su cuchillo. Y menos aún se le ocurrió alzar la vista a las alturas en medio de su invocación. De hacerlo habría notado la aparición de un bólido que a velocidad creciente surcaba el cielo de la tarde soltando chispazos blancodorados y cuyo resplandor tampoco percibía la muchedumbre. Era la Supernova 1572, la explosión de la luz de una estrella ya muerta volviendo de otro espacio y otro tiempo, y montada sobre ella venía Jia Li. Pero, como está dicho, Lun Pen no percibió ni a uno ni a la otra, salvo cuando ya era muy tarde para otra cosa que exclamar: ¡Oh! y preguntarse hacia dónde era arrastrado.

14

La primera sensación fue la de un suave desvanecimiento. Era un éxtasis moderado, no una muerte plácida sino una pequeña fluctuación de sus células, que así reaccionaban ante la atracción de la gravedad. Y al influjo de esa atracción su cuerpo reaccionaba expandiéndose moderadamente, dejándose llevar. Lun Pen observó que flotaba en dirección de una zona de sombra, como un anillo de oscuridad que giraba sobre su eje. Aquella zona parecía abarcarlo todo, pero eso era aparente. En realidad giraba sobre algo, un espacio neutro, mayor que la propia zona de sombra, y que la contenía en su rotación. Y era ese proceso lo que absorbía aquella materia densa y opaca que se dejaba arrastrar como él mismo estaba siendo arrastrado. El anillo crecía a ojos vistas y a medida que Lun Pen iba en su dirección pudo entender que lo que producía el efecto de atracción era su rotación parsimoniosa. Alguna vez, en su laboratorio, había recibido un objeto de funcionamiento similar, una máquina que giraba sobre sí misma y al hacerlo se agrandaba o achicaba. Para estudiar el efecto había arrojado en su centro vacío una pluma y una pelusa. La pelusa fue absorbida y a causa del movimiento centrífugo terminó adherida a la pared interna; la pluma, más pesada, cayó hasta el fondo. Siguiendo con la comparación, tenía que averiguar si él mismo era pelusa o pluma. De resultar lo primero en un cosmos desconocido, sería absorbido por ese anillo de materia galáctica y lo esperaba la muerte o la mayor destrucción.

"Me expandiré a causa del poder atractivo hasta que mis células revienten", se dijo. Lo pensó con total serenidad, justo él que había vivido cada segundo de su vida inmerso en el terror. Terror al fracaso, al desprecio ajeno, a no ser querido ni reconocido, al cese de la aparición de los objetos, a la miseria económica. Y ahora, tratándose del fin, solo sentía la paz de lo cumplido. La muerte era una experiencia superadora. Y sin embargo no se estaba muriendo, solo se estaba acercando al anillo.

Ya de más cerca pudo observar un fenómeno curioso. Siendo oscuro, una sombra redondeada pero informe, el anillo tenía un borde externo adensado, una especie de capa espesa que al girar se cargaba de electricidad. Había chispazos en su borde, líneas de fuego plateadas e irregulares, cientos de miles de veces más grandes que una montaña, aunque diminutas en comparación con la medida total del anillo. Por supuesto, cualquiera de esos chispazos habría bastado para aniquilarlo, era increíble que eso no hubiese ocurrido. Y sin embargo Lun Pen seguía acercándose y su cuerpo incluso se sentía estimulado, excitado por la estática. "Quizá no esté a punto de morir, sino de convertirme en un dios", se dijo. Bien podía pensar que aquellas guirnaldas de fuego se tejían para exaltar su transformación teomórfica y no su aniquilamiento. En ese caso, todas sus dudas y angustias del pasado, la conciencia dolorosa de su condición de infeliz con aspiraciones, habían sido el requisito previo para su apoteosis. ¿Y si los objetos que él recibía en la tierra eran formas que empleaba el anillo oscuro para la producción de divinidades? Cada objeto una divinidad en sí misma. Algo de eso había intuido tal vez Guo Ze cuando en su carta le habló del Gran Fabricante. Quizás ese anillo era el Dios Supremo, un dios acechante y monótono cuyo único propósito era producir emanaciones disímiles de su condición. En ese caso, también él, que había recibido versiones y versiones de ese Motor Primero, estaba siendo atraído o ascendido hacia su Forma Mayor para ser convertido a su vez en... ¿qué?

Sumergido en sus lucubraciones, Lun Pen tardó en notar un comportamiento particular de los rayos que brotaban del borde exterior del anillo. Despedidos de ese borde por impulso de su masa eléctrica, se disparaban hacia los confines diseminándose en miles de ramificaciones que tejían una trama de luz duradera: los rayos ya no estaban allí pero la velocidad de su huida dejaba sobre los cielos su impronta, que era modificada o enriquecida por las sucesivas tramas de los rayos sucesivos; así, cuando comenzaba a menguar, cada rayo era atravesado a su vez por las miles de ramificaciones de los rayos siguientes, por lo que a la corta o a la larga debería darse un fenómeno de luminosidad acumulativa, no la luz absoluta (porque a su término los rayos dejaban de resplandecer), sino una poderosísima.

"Quizás estas luces son la alfombra que me tiende el Dios Supremo para recibirme. O no", se dijo. Como fuese, aquello seguía ocurriendo, las luces nuevas se imprimían sobre la arborescencia creando explosiones instantáneas de tal intensidad que Lun Pen debía desviar la vista hacia las zonas de mayor negrura, lo que paradójicamente lo obligaba a mirar al centro del anillo oscuro, atravesando el área de creación del resplandor, y eso hería aún más sus pupilas. Sin saber ya qué hacer echó una mirada hacia los confines, como si allí pudiera encontrar su salvación, pero para su asombro se encontró con que, llegados al extremo de lo visible, o aun habiéndolo superado, en algún momento los rayos perdían su fuerza de diseminación y empezaban a responder al poder atractor del anillo. Los rayos no cedían sin resistencia, se curvaban en arcos que iban desgajándose, la violencia de la torsión los enlazaba en nudos vertiginosos, en geometrías irregulares. Eran como los dibujos incompletos de las constelaciones en el cielo de verano, multiplicados por millones y emprendiendo su camino de retorno al punto de partida. Así, el anillo oscuro era solo una parte del mecanismo, se engarzaba con un anillo mucho mayor, la trama de rayos y de fuego que él mismo disparaba. Y quizás el motor verdadero era esa misma luminiscencia en gran arco que hacía girar todo y que trasladaba las cosas y las personas. De hecho, recién entonces Lun Pen descubrió que su cuerpo estaba siendo perforado por cientos de miles de minúsculas centellas que entraban en él sin lastimarlo y lo conducían al centro del anillo.

Hasta entonces había sido arrastrado horizontalmente, flotando sin esfuerzo en dirección del vórtice, pero de pronto empezó a girar sobre sí mismo. El movimiento era lo bastante lento como para no marearlo ni generarle trastorno estomacal. Donde estuvo la cabeza ahora estaban sus piernas. Además, luego de algunos segundos, también empezó a rotar sobre su eje. Eso lo perturbó. Mientras avanzaba por el espacio en estilo pecho creyó que evitaría hundirse en el centro del anillo volviéndose de espaldas y moviendo los brazos como si nadara en reversa. Pero ese río no estaba hecho de agua, sino de estrellas y gases y polvo cósmico y materia oscura, y ahora que giraba en ambas direcciones se dio cuenta de que ya no estaba surcando la corriente, sino hundiéndose en el abismo. Quiso gritar pero su voz se perdió en medio de un rugido bajo y profundo. Era el sonido del espacio o del anillo, que comprimía y mantenía unido todo en su entorno, tanto que sintió el efecto de esa compacidad en su propio cuerpo. Como ya estaba cerca, notó que ese sonido o música calentaba el ambiente. Se preguntó si tendría alguna relación con el arco mayor de los rayos. Quizás era la música de la condensación final del Universo llamando a las partes de la explosión inicial a fusionarse de nuevo, impidiendo que los elementos se dispersaran por el vacío. El anillo, entonces, el doble anillo de oscuridad y de rayos, debía de ser el instrumento que la ejecutaba.

15

El sonido se volvió atronador y la temperatura aumentaba. A Lun Pen comenzó a devorarlo la fiebre. Su mente crepitaba hacia el olvido. Para no perderse trató de recordar escenas, conversaciones mantenidas a lo largo de la vida, pero solo encontraba el estigma de haber vivido sin amor, sin amigos verdaderos ni descendencia, sin rumbo y sin futuro. Al borde de la hecatombe no podía rescatar un resplandor, un día claro, alguna felicidad reconocible...

En los pocos segundos que le quedaban se preguntó cuál había sido su error, aquel que lo había precipitado todo. ¿Vender los objetos que le llegaban? ¿Juntarlos? ¿Recibirlos tal vez? ¿O quizá lanzarse por ambición a la búsqueda de una manera de superar a Fa Wong? Había que ser idiota, más que idiota...

El anillo de oscuridad lo absorbió. Un suave tironeo de una masa invisible y gomosa lo hacía bajar de culo por pequeños escalones de aire. Eran golpecitos tolerables. Ahora ya no veía nada a su alrededor. Era una pura negrura burbujeante. "Quizá —se dijo— estoy retrocediendo en las eras, atravesando la materia del anillo hasta llegar al momento mismo de su formación, al principio de los tiempos".

El traqueteo duró un rato. Como seguía girando sobre su eje, a veces el golpeteo se concentraba en sus nalgas y otras en su abdomen. Fruto del temor, su miembro había desaparecido en la cavidad pelviana, pero los testículos seguían colgando y a cada giro repiqueteaban contra las escalinatas invisibles. Estaba padeciendo la tortura de la gota de agua: ningún golpe es excesivo, pero la sucesión termina perforando la piel y los huesos del cráneo, solo que en esta versión el tormento era más sofisticado porque la relativa blandura de sus huevos amortiguaba cada golpe, pero a la vez producía un efecto de resonancia que prolongaba el sufrimiento. Terminaría convertido en papilla.

Otro golpe.

Y otro.

Lo insoportable.

Quiero morir del todo o salvarme.

Como si el anillo pudiera leer su mente, el movimiento giratorio se aceleró. Ahora apenas pasaban dos o tres segundos entre vuelta y vuelta. La túnica había desaparecido y al sufrimiento físico se agregaba ahora la sensación de indefensión que le provocaba su desnudez. Ya se había orinado encima, ya había soltado un vómito ácido, ya su mierda se había desparramado luego de ensuciarlo. Y cuando estaba dejando de resistir y ya se entregaba a esa abyección interminable, el movimiento se desaceleró. Durante un largo rato cayó como un peso ligero que atraviesa una superficie espesa buscando el reposo del fondo. El interior del anillo estaba cerrándose, lo apretaba, empezaba a llevarlo al borde de la asfixia, lo arrojaba al punto más negro de la sombra. Al estirar sus manos no pudo contemplar siquiera el contorno de la piel, y al apoyar las yemas de los dedos sobre sus pupilas tampoco vio nada. Era la muerte en la muerte. El sonido rugiente recomenzó. "¡Saquenme de aquí!", gritó. Pero siguió flotando en su caída y empezó a rotar en un movimiento circular y envolvente, un helicoide que parecía adquirir un carácter ascensional —aunque en el interior del anillo no había arriba ni abajo—. Entre giro y giro empezó a ver, a la distancia, las columnas de fuego, tan juntas que se alzaban como el muro de un noble castillo. Eran una sucesión de larguísimas lenguas: oronegroazuladas en su base, ascendían restallando hacia lo violáceo y se perdían en un resplandor rojo, un agujero. Y hacia allí se dirigía. Estaba cerca, cerquísima de las llamas, pero ahora el muro de fuego se había reducido en tamaño y a medida que se acercaba el diámetro se iba achicando, de modo que en el momento mismo de someterse a las llamas sintió un ardor, el roce de un pequeño sol privado, y luego aquella boca, haciendo un ruido de succión, se lo tragó.

16

Cayó girando en el círculo oscuro, entre rugir de vientos. Algo tironeaba de él, amenazaba con desgarrarlo, pero no concluía su tarea. Eso duró un largo rato y al cabo amainó. Estaba ingresando en una zona de claridad relativa. El rugido del viento se resolvió en una especie de rumor de olas; a la distancia se veían magníficas franjas de espuma hechas de rayitas de luz iridiscentes. A medida que iba acercándose a ese borboteo empezó a percibir un incremento de la humedad. Tras de la luz, el agua. Y el ruido a tormenta era el de olas, el océano del Universo, su materia oscura. "Me incineraré y me ahogaré a cambio de ser aplastado", se dijo preparándose para el impacto: una pizca de espíritu científico lo animaba a asistir al espectáculo de su propia extinción. Estaba cerca y el calor aumentaba, por lo que en segundos tendría que convertirse en un bólido de fuego. Se preguntaba cuánto duraría la conciencia en semejante momento, si sería algo medible, equiparable a alguna clase de experiencia previa, o resultaría un tormento instantáneo, la cumbre del dolor. Lo extraño era que todavía pudiera pensar... Porque sentía el ardor en su cerebro, pero no la detención de su mente. Quizás el fuego era el instrumento que aquello (ya fuera masa, ente, organismo o Universo) empleaba para transubstanciar su carne en algo más elevado. Después de todo, ¿qué otra cosa había sido él a lo largo de la vida sino Espíritu?

En ese momento, una contingencia lo distrajo. El calor lo había relajado a tal punto que sus vísceras volvieron a aflojarse y soltaron el resto de su contenido. Líneas doradas y marrones se estamparon y ardieron contra las rayitas de luz. Lo asombró la grosera eficacia de esa modalidad de purificación, y a la vez tuvo que admitir que ya estaba preparado para dar aquel paso, si es que se trataba de eso y no de la simple muerte.

Pero la muerte, al menos como la imaginaba, no ocurrió. Su tracción se detuvo a pocos chi de la línea de fuego. Tenía frente a sus ojos la sucesión de rayitas de luz ascendiendo y descendiendo como en un giróscopo. Ahora todo giraba de acuerdo con momentos angulares extremos, y él, mareadísimo, empezó a vomitar. Las rayitas de luz absorbieron también aquel charco de bilis y baba. Al cabo de su lanzada empezó a sentirse vacío, ligerísimo y sereno. Además, la temperatura descendía hasta volverse agradable. Así, sobrevivía siendo quien era, permanecía pero a la vez estaba convirtiéndose en alguien distinto, parecido al que siempre había deseado ser. Ahora lo entendía: la transubstanciación era imposible; solo era admisible la consubstanciación: el Espíritu descendía sobre la materia y en esa fusión la materia se volvía otra sin modificarse físicamente.

¡O tal vez sí!

Lun Pen se pegó una palmada imaginaria en la frente, el golpe para despertar a la inteligencia. ¡Quizá la transformación había ocurrido antes, en el momento inicial de su partida! "¿Cómo fue que ni por un segundo se me ocurrió pensar que estoy viajando en el tiempo lineal convencional y dentro de uno de los objetos de siempre?", se dijo. "Si así fuera, yo no estaría atravesando el Universo sino recorriendo el interior de uno de esos (mis) objetos. Pero, como estos nunca excedieron la dimensión necesaria para que pudiera transportarlos o almacenarlos, entonces, previamente, debo de haberme reducido de tamaño... Luego, permanezco en el laboratorio y no estoy recorriendo el espacio infinito, sino su dimensión infinitesimal".

Pasar de petiso común a enano absoluto no resultaba una idea agradable, pero ¿qué le hace una mancha más al tigre? Fuera como fuese, todo lo que ocurría era inexplicable.

17

De pronto, las rayitas de luz titilaron y se apagaron. A cambio de entrar en una nueva noche, Lun Pen se deslumbró con el fogonazo del apagón y pudo ver aquello que hasta entonces había vislumbrado oscuramente: detrás de la trama lumínica el océano negro se agazapaba para soltarse en forma de múltiples remolinos que se tejían furiosamente, uno encima del otro, y finalmente comenzaron a unirse en una sola masa que se alzó como una pared festoneada de anchas fajas de espuma. Lun Pen alzó la vista, pero no vio los límites. "Ahora sí, ahora sí todo cae sobre mí", se resignó. Ya estaba harto de ese estallido general de espantosa grandeza. Pero justo entonces, cuando cerraba los ojos aceptando sucumbir, los rayitos de luz volvieron a titilar y, así como las aguas se habían integrado como bloque, esos rayitos revelaron una estructura: eran parte de un tubo que se elevaba retorciéndose y oscilando y que nuevamente lo arrastraba. Lo que no dejó de ser una suerte porque unos instantes más tarde la pared de agua se derrumbó arrasando con lo que encontraba a su paso.

Tardó un tiempo en adaptar sus pupilas a la nueva intensidad. El resplandor era un fuego lunar y frío. A causa de la falta de espacio entre rayito y rayito, en ocasiones podía ver su reflejo: miríadas de Lun Pen desparramándose por esas estancias, una miniaturización proliferante que tal vez multiplicara su presencia en innumerables planetas semejantes o diversos de aquel que había abandonado, si tal cosa efectivamente había ocurrido.

De pronto reparó en que, a cambio de seguir disparándose, el tubo de rayitos comenzaba a rotar sobre sí. La sucesión de movimientos ya era tediosa: giro, retorcimiento y centrifugación. Y, además, las paredes del tubo empezaron a expandir su diámetro. Además de ascender, Lun Pen comenzó a girar en su interior a una velocidad creciente: era un torbellino que arrastraba cosas o restos de cosas. Vio fragmentos de embarcaciones, techos de pagodas, troncos de árboles, muebles, cajones rotos, convexas tablas de barril separadas de sus anillos de hierro, un litófono de jade que no colgaba de ningún armario y cuyas dieciséis piedras golpeaban contra la luz soltando un sonido estridente; también vio a una mujer vestida con una túnica extraña: corría entre los rayitos, como si escapara de una persecución, y en su fuga las cuentas de su collar de perlas se iban desprendiendo y flotaban en el vacío; y vio también a una recua de elefantes blancos, la trompa del último de la fila tomaba la cola del anterior, y todos ellos pisaban caparazones de tortugas gigantes, y las caparazones estaban íntegramente escritas con signos desconocidos, y de tal modo saturaba esa escritura que algunas caparazones eran una pura superficie de tinta negra. Lun Pen vio todas aquellas cosas y muchas más y en un momento el tubo lo absorbió en su tránsito ascendente, bucles y cuerdas de luz, y en otro momento se dio cuenta de que estaba llegando al apogeo del arco mayor respecto del anillo oscuro, y apenas comprendido esto, se desplomó en medio de las llamas.

Cayó. Durante su viaje se había sentido desnudo, pero en realidad conservaba sus prendas, solo que chamuscadas, y también su coleta había ardido en gran parte y soltaba el olor repugnante del pelo quemado. Exceptuando esos detalles se encontraba bien, vivo y saludable, y el ámbito que lo rodeaba parecía ser el de un mundo conocido, con la lógica variación que supone el cambio geográfico y la que impone un incendio. Era como un campo arrasado por un meteorito. ¿Cómo no se había hecho puré al volver a tierra? Y en todo caso, ¿dónde estaba?

Apenas movió la cabeza en una u otra dirección, Lun Pen descubrió a un individuo que lo observaba. Era alto y gordísimo y le recordaba a Hua Fu Tcheng, solo que su amigo vestía con la discreción propia de su oficio de proxeneta y este, en cambio, llevaba vestimentas rumbosas y estrafalarias. El corte de pelo indicaba que era miembro de una casta nipona surgida recientemente, compuesta de mercaderes, intermediarios y especuladores. En su afán de consolidarse socialmente adquiriendo prestigio y cultura, muchos de sus integrantes habían cruzado el mar con embarcaciones propias para comprarle alguno de sus objetos. Pero el gordo no se le acercaba como cliente:

—Dos milagros en el curso de este día y apenas promedia la mañana —dijo—. El primero, una erección súbita y su consecuencia, el derrame de un par de ardientes copitos de nieve. ¡Un efecto sin causa visible, y a mi edad! El segundo te incluye: hace apenas segundos el paisaje era un desierto lleno de hierbas quemadas, y de golpe apareciste tú, de la nada.

—¿Dónde estoy?

—Por tu lenguaje carente de nexos, artículos y preposiciones, advierto que eres un bárbaro chino. Estás en Kyoto, ciudad capital de Japón, gobernada por nuestro Shögun, el ilustre Ashikaga Takauji. Y más precisamente te encuentras en los jardines algo devastados por el fuego de la mansión de quien te habla, tu humilde interlocutor, Ryonosuke Nakatomi. ¿Cuál es tu nombre y a qué debo el honor de tu visita?

Lun Pen evaluó que por el momento no convenía ahondar en el asunto, porque el japonés lo tomaría por loco.

—Me llamo Lun Pen Lui. Se me conoce como artesano, alquimista y artista —pronunció lentamente su nombre y sus oficios en la esperanza de que al otro le hubiera llegado algún eco de su fama. Pero en la jeta sebácea de Nakatomi no se reflejó nada similar al reconocimiento—. Soy habitante de Beijing y mi emperador es el ilustre Longqing, de la dinastía Yuan. Lamento informarte que no tengo la menor idea de qué es lo que hago por aquí.

—¿Longqing? ¿Dinastía Yuan? No tengo noticias de su existencia.

—Tal cosa no es posible. El emperador...

—Bueno, bueno... —dijo Nakatomi—. De China a Japón hay un trecho largo y el tiempo pasa los emperadores van y vienen y debes tener hambre y sueño y ganas de pegarte un buen baño. Así que, sea por lo que fuere que llegaste, bienvenido a mi modesto hogar: eres mi invitado.

18

El desayuno relajaba de tan abundante, pero Lun Pen se descubrió hambriento y dio buena cuenta de una sopa de miso, barazushis crujientes, okonomayaki, gyoden de caballa, gyosas de salmón, yakimeshi de carne y pollo y pastelitos de arroz estilo kansai para los postres...

Nakatomi lo contemplaba con expresión de deleite:

—¡Qué envidia tu apetito! Ah, si yo pudiera... Pero la acidez me tiene a mal traer... Dichosas las épocas en que devoraba un cochinillo relleno de una sentada. ¿Qué más puede necesitar un hombre? ¡Pero cuéntame algo de ti! Por ejemplo, ¿cuántas esposas tienes? ¿Es cierto que las chinas tienen un chitsu más estrecho y húmedo que las nuestras? ¿Es rosadito también? ¿Y su botón de arroz...?

Lun Pen fingió atragantarse con aquellas delicias mientras se tomaba un tiempo para responder. Le parecía extraño que aquel gordo se mostrara tan sedoso, tan deseoso en su decir, como si quisiera seducirlo. Descartado el homoerotismo (llegado el caso, se darían asco mutuamente), parecía tratarse de pura curiosidad por su arribo. Sí. Nakatomi parecía un chico con un juguete recién sacado de una bolsa repleta de regalos.

—Mujeres... Yo... Mhhh. Mucho no... —dijo finalmente.

—¿Cómo que no? ¡Picarón! Debes haber atrapado más hembras con tu buzai que moscas la lengua de un sapo...

—Me cohíbes —dijo Lun Pen, en el fondo contento de que

aquel rústico se desviara de las cuestiones importantes—. ¡Pero qué rico está esto!

—Es un ágape improvisado. Realmente no te esperaba...

—Desde luego, yo tampoco quería...

—¿Y cómo fue que...?

—...molestar. ¿El dulzor de los pastelillos se logra con miel natural, o...?

—...¿Llegaste así como así en mi morada? Sin ánimo de ofender: para dios, careces de envergadura. Para espía, tu arribo resultó aparatoso. Así que, ¿quién eres en realidad, amigo mío? ¿Debo llamar a la policía? De seguro está tan ocupada con los detalles de la quemazón general que, si los molesto con esa menudencia, te cobrarán en sangre el precio de la distracción, y eso es algo que lamentaría que ocurriera. Me parece que tú y yo podríamos llegar a entendernos sin necesidad de...

—Aprecio tu delicadeza —dijo Lun Pen.

—No te atragantes, come tranquilo. No era una amenaza sino una humorada, aunque la palabra "humor" quizá no sea de lo más afortunada en un día como este, en que las llamas siguen lamiendo la madera y la ceniza vuela y el humo se expande llevando su nube tóxica a los pulmones de los habitantes de los barrios bajos. Claro que un bárbaro chino como tú es incapaz de apreciar las sutilezas lingüísticas. ¡Pero come, come! ¡Métete en esa pancita escuálida los últimos veinte o treinta bocadillos de arroz! Sería una lástima que tuviéramos que dejar los restos a los perros o a los pobres. Come despacio, haciendo lugar a la comida. O mejor apúrate, que tengo que mostrarte mis dominios.

19

Caminaban lado a lado. Nakatomi dijo:

—No quiero parecer insistente, pero me gustaría que me confiaras algo acerca de ese pequeño y delicioso detalle...

—¿Te refieres a cómo es que yo llegué...?

—No. Al apretón del chitsu de tus compatriotas. Es un chiste. Claro que ese es un tema que también me importa. Duro es lo que dura y triste es lo que cede. Y yo debo reconocer que mi arbolito ya no crece con la misma prontitud y vigor que en mis años mozos y reclama auxilio para cumplir con la tarea completa. Tanto o más que una piel suave o un aliento perfumado, lo que necesito es un precioso estuche húmedo y receptivo. No siempre una retención es una prisión, como pronto comprobarás.

—¿Estoy preso?

—De ninguna manera. Estás haciendo la digestión mientras paseas conmigo por mi parque. Y hablando de digestión, creo que podríamos resultarnos de mutuo provecho. Por supuesto que muero por saber cómo preparaste el truco de tu caída y me gustaría conocer los motivos que te trajeron hasta aquí. Ya me contarás todo cuando me gane tu confianza. Dices ser artesano. ¿Qué sabes construir o reparar?

—Dime que quieres que haga y te diré si puedo hacerlo. Creo que podría arreglar casi todo lo existente —mintió Lun Pen.

Nakatomi le dio un palmotón amigable en la espalda (un grumo de shikabuzi escapó de la garganta del chino y salió volando por los aires, un grano de arroz untado en aceite de sésamo, embadurnado de saliva, y cayó sobre el ojo de un renacuajo calcinado). El gordo dijo:

—¡Este es mi hombre!

Años después, Lun Pen entendería que caer de una estrella de fuego a un incendio terrestre no fue el acontecimiento más extraño de su vida, y que lo singular de su singularidad no había hecho sino comenzar. La caminata estaba salpicada de descubrimientos bajo la forma de pequeñas simulaciones de vida desmembrada que se agitaban. Cabezas sin torso, con ojos ciegos, saltados o salidos de sus órbitas, mientras las lenguas recorrían labios en un intento de lamida o de buscar la palabra justa; ánades de alas rotas dando vueltas en círculo sobre un recorte de tierra seca y trazando en cada giro un redondel más profundo, perros de metal petrificados por el calor; águilas cuyo bronce a medias derretido dejaba traslucir los desajustes de su orfebrería...

—Son mecanismos a los que no podríamos imputarles voluntad —dijo Nakatomi y con un chasquido de sus dedos hizo aparecer a dos servidores, que empezaron a juntar aquellos restos en grandes bolsas de lino crudo—. Sin embargo, el hecho de que hayan huido de la llama invita a la reflexión, ¿no?

—Si cada ente quiere permanecer en su ser, eso se aplicaría también a los objetos —meditó Lun Pen.

—¿Posee ser un ente inerte? Demasiado complicado para mí —dijo Nakatomi—. Pero ya que estamos salpicando el aire con nuestras preguntas, ¿qué debería sugerirnos la curiosa circunstancia de que aparecieras justo el día en que las llamas casi acaban con Kyoto? ¿No serás un autómata tú también? —Lun Pen se estremeció de temor ante la posibilidad de que la pregunta tuviera una respuesta positiva, hasta el momento ignorada por él mismo. Pero el propio Nakatomi la descartó de momento—. Creo que no. Sería demasiada coincidencia. Si sabes reparar estas cosas no eres parte de ellas sino algo o alguien distinto. ¿Eres capaz de hacerlo?

—Puedo intentarlo —dijo Lun Pen.

—¡Cierto! Ya me lo habías dicho. Bueno, entretanto disfrutamos de los efluvios de un sol que aparece ceniciento entre la humareda, mis servidores están preparando una habitación destinada a que arregles estos juguetes. Me resulta raro que no hayas mostrado interés por la razón de semejante desparramo. No creerás que me dedico a convertir mi parque en un depósito de monstruosidades, si es que lo roto o lo incompleto puede tildarse de monstruoso.

—Mas bien, veo este desparramo como la manifestación de una belleza en trance de completarse —dijo Lun Pen.

—¡Qué magnífica observación! Te imaginaba tan abrumado por la extrañeza de tu situación que no creí que pudieras atender a la extrañeza general.

—Al contrario...

—¿Tenías alas y las perdiste al ingresar en la atmósfera? ¿Cómo fue que al caer no te estampaste como un ideograma sobre una túnica de seda? ¿Te materializaste recién al tocar tierra?

—Si pudiera...

—Sí, sí, claro. La experiencia no se conoce a sí misma. Uno puede hablar de lo que no sabe, pero en cuanto nos extendemos demasiado corremos el riesgo de revelar nuestro desconocimiento. En consecuencia, si me dijeras mucho, te descubrirías. Y diciéndome nada como ahora, o entiendes en exceso o eres astuto y temes que yo descubra tu ignorancia. ¿Cuál es el caso, Lun Pen? ¿Qué sabes acerca de lo que ocurre? Y si sabes, ¿lo sabes por ti mismo o porque alguien te envió a mí luego de haberte informado?

—¿Vuelves a insistir con la sospecha de que soy un espía?

—Tampoco me creas tan estúpido. ¿A quién se le ocurriría mandar como agente encubierto a un chino para que en pleno mediodía caiga del cielo en mi jardín?

—¿Y entonces?

—¿Y entonces qué?

—Si tú no sabes y yo no sé...

—¡La ignorancia es doble y la conversación resultará interminable! —rio Nakatomi.

Lun Pen también se dio a la risa, pero de labios para afuera. Había algo que le preocupaba. En el curso de su travesía había visto objetos y seres innumerables desplazándose en el espacio, pero ninguno se parecía a lo que continuaban recolectando los servidores de Nakatomi; cosas mutiladas, incompletas, metáforas tenues de una desdicha preternatural. Si estas cosas, como él mismo, venían desde otro tiempo y espacio, ¿cómo era posible que no se las hubiese cruzado en su recorrido? ¿Por qué habían arribado al mismo ámbito, destrozadas, y en cambio él se mantenía entero? ¿Significaría eso que no había un solo puente o vía de circulación de objetos, entes y personas, sino que el tránsito era variado y constante y algunas rutas imprimían signos más violentos a su recorrido? "Después de todo, entonces, tuve bastante suerte", se dijo. Nakatomi pareció leer su mente:

—Bajaste en una bola de fuego que se esfumó luego de tu caída. En cambio, los autómatas llegaron hasta aquí escapando del incendio iniciado por nuestro Shögun. Y pese a que las llamas empezaron a elevarse anoche y que están lejos de extinguirse, ya la ciudad hierve en rumores acerca de los motivos de semejante acción. El más difundido asegura que Ashikaga Takauji se hartó de las tareas de gobierno, enloqueció de repente, dio cuerda a su colección de autómatas (entre los que habría algunos hechos a su imagen y semejanza), los hizo andar sin orden ni concierto, inició el incendio y aprovechó la confusión general para darse a la fuga. ¿Quién, en medio del ardor y la ceniza que invadió Kyoto, se habría tomado el trabajo de identificar a esa figura que escapa con el rostro cubierto en dirección de destinos desconocidos? Incluso se comenta que albergaba el deseo de conocer reinos continentales. Pero esa idea solo se le puede haber ocurrido a un extranjero. ¿Por qué querría renunciar a sus funciones alguien que posee la suma del poder público? Takauji no trabaja de Shögun. *Es* Shögun. Y un Shögun hace lo que quiere, incluso renunciar a su cargo sin dejar de conservarlo. Por lo demás, nadie tomaría en serio semejante decisión: todos creerían que se trata de una trampa para ver quién levanta la cabeza durante su ausencia con el propósito de regresar luego y cortársela. En mi opinión, él aprovechó la circunstancia fortuita del incendio para tomarse unos días de descanso e irse de caza, pesca, campamento y parranda con algunos amigotes. En lo personal debo decir que lo sucedido me resultó beneficioso: el azar me obsequió buena parte de su colección de autómatas, y como ya soy lo suficientemente rico para permitirme el lujo inocente de la ostentación, se me ocurrió que es hora de comenzar mi propia colección de muñecos. El "Museo Nakatomi de los autómatas".

—¿Buscas compararte con tu Shögun?

—¿Me crees imbécil? Esa sería la manera más fácil de ganar mi propia ruina. No. Lo que quiero es que corra la noticia de que estoy reparando sus pertenencias para restituírselas cuando regrese de sus diversiones. Desde luego, ningún Shögun aceptará la devolución de obras que ya no son de primera mano y que fueron sometidas a una intervención ajena. Semejante gesto iría en desmedro de su autoridad. No. Si yo le ofreciera la devolución de las piezas reparadas, incluso si se las enviara a palacio, Takauji agradecería mi gesto, pero me las retornaría. Por lo que en definitiva podemos prever que yo me quedaré con lo suyo a un costo muy bajo (tu alimentación y un salario módico), mostrándome al mismo tiempo como su súbdito más devoto y más fiel.

—Un negocio redondo...

—Veo que nos entendemos. ¡Ah, pero qué coincidencia agradable! Justo ahora nuestros pasos nos han llevado hasta el sitio que destiné para que comiences con tu trabajo...

20

Nakatomi lo dejó ante la puerta y se retiró. Lun Pen entró en su nuevo ámbito laboral. La habitación era amplia, un espacio lleno de nada, excepto una mesa de madera cubierta por una tela de seda blanca sobre la que estaba posada, o mejor semiderrumbada, una garza de bronce. Tenía una pata encogida y la otra quebrada, por lo que el aparato se volcaba en cuarenta y cinco grados y el pico, clavado sobre la mesa, terminaba sosteniendo la posición. Las plumas, hechas de un metal finísimo, se habían alzado para repeler el exceso de calor y proteger el mecanismo interno, que de todos modos parecía chamuscado en partes, ya que el simulacro de piel sobre el cual se había entretejido cada una de estas plumas era de un material inflamable que al calor de las llamas se había fundido o plegado sobre sí, como los labios de una herida, dejando a la vista la ingeniería de la máquina. De hecho, la mayoría de sus cálamos terminaron fusionados con aquellos mecanismos que ofrecían una copia fidelísima de los órganos internos del ave verdadera.

Aun en su estado, era una pieza extraordinaria, y Lun Pen, que jamás había visto una garza eviscerada y no podía evaluar la perfección de su mímesis, contuvo la respiración para que su aliento no alterara la paz del objeto, que permanecía impasible, excepción hecha del ojo izquierdo, más que machucado mormoso, y cuya pupila átona iba girando, cayendo hacia el piso del párpado inferior, hasta que finalmente desapareció por la abertura dejando por recuerdo una brillante lágrima de aceite. Lun Pen no tuvo dudas. Incluso de haber poseído algún conocimiento acerca de la manipulación de autómatas, era tan intrincada la trama de nudos, pequeños hilos y alambres que establecían las conexiones entre las partes, que la sola idea de entender su diseño general requeriría meses de estudio y de pruebas. Sin ir más lejos, ¿cómo se sujetaba el ojo al mecanismo general de la visión? ¿Cómo se hacía para alzar y bajar el párpado? ¿Qué pegamento usaría para fijar los delicados filamentos de sus pestañas? La garza era un aparato complejo y frágil. ¡Pero incluso uno mucho más sencillo excedería sus capacidades! Él no tenía el menor talento para el trabajo manual, jamás había reparado nada, ni una taza de té resquebrajada...

La sensación de lo imposible oprimió su alma, sumiéndolo en una especie de asfixia moral. De seguro Nakatomi mandaría eliminarlo al comprobar que era un inservible...

Decidido a no resignarse, pero sin la menor convicción acerca de sus posibilidades de salvación, estiró una mano, rozó una pluma. La pluma se desprendió y cayó sin ruido sobre la tela de seda. Se inclinó para observar de cerca ese exoesqueleto semiderretido, tocó un pedacito con el dedo índice. Al frotarlo contra el pulgar comprobó que tenía la consistencia de la goma blanda. Su poder adhesivo debía de haberse desvanecido al contacto con el calor, conservando solo su pegajosidad. Tocó dos o tres plumas, y el mismo efecto. Se caían al menor roce. A ese ritmo, en pocas horas más, la garza quedaría pelada como un pollo a punto de entrar al horno. Solo que en este caso revelaría su sistema interno. Quizá —se dijo Lun Pen— una eventual reconstrucción de su aspecto exigiría la invención de una piel más adherente y más sólida. De todas maneras, antes de ocuparse de la terminación, era indispensable revisar las roturas, empezando por la pata quebrada...

Unió los extremos rotos en la parte del gozne con la misma delicadeza que se emplea para entablillar a una garza viva. A simple vista parecía una tarea sencilla, pero apenas trataba de articular las piezas sobre el eje común, el extremo móvil no coincidía con el fijo. Quizá faltara un tercer elemento que permitiera el encastre. No se desanimó. Un poco al azar, un poco por desesperación, tocó un cable que vio suelto y asomando entre un revoltijo de plumas, y lo ligó a otro, algo más oculto pero del que parecía haberse desprendido. El enlace se le antojó prometedor, aunque no estaba seguro de que fuera el correcto. Los anudamientos presentaban particularidades, como si hubiera primado un criterio asimétrico en el esquema de sostén de sus elementos.

De todas formas, lo satisfizo haberse animado a realizar un primer ajuste. Claro que con esa simple acción la garza no estaba reparada —no había abierto los ojos ni alisado su plumaje ni hecho ruido de motor ni dado un solo paso—, pero lo hecho tampoco parecía perjudicarla. Había que dejar que el instinto obrara hasta dar con la maniobra indicada. Cada prueba disminuiría el número de errores pasibles de ser cometidos, acomodándose en la contabilidad del acierto o de la falla, y eso obraría dentro del marco general de las combinatorias hasta que, al menos en teoría, la garza estuviera reparada en un tiempo menor que infinito. Y a su vez había que vigilar esas combinatorias, no fuera cosa que un número de errores superior a los aciertos concluyera transformando el mecanismo de la garza en uno similar al que rige la movilidad de un sapo. En cualquier caso, algo terminaría saliendo de todo aquello. Así, manoseando un pequeño sector de la pata rota de la garza (arandelas, cables, filamentos, fibras de yute sueltas, aglomeraciones minúsculas de estopa, calcificaciones de origen impreciso, etc.), se había puesto de buen humor. Una sabiduría que desconocía poseer le iba indicando las opciones y él se dejaba llevar.

En el curso de su trabajo descubrió que en un sector alejado de la mesa había una pequeña caja de madera laqueada y pintada de blanco; contenía herramientas que revelaron sus utilidades apenas las fue probando. Una pinza diminuta, por ejemplo, le permitió estirar los tegumentos sin romperlos, y unos ganchitos afirmarlos contra la carcasa como si fueran las cintas que sostienen abierto un telón. El interior de la garza era complicadísimo. Vagas geometrías que debían de ascender, rotar, desplazarse, expandirse y encogerse, unidas y sostenidas por tramas de hilos y nudos que atravesaban poleas ínfimas y se enroscaban alrededor de malacates y cabrestantes que tramaban órganos, músculos y huesos. Cómo funcionaba el mecanismo general era ya un misterio de orden compositivo. Y eso, también misteriosamente, lo atraía. "Terminaré entendiendo", se dijo. Y continuó.

La habitación no tenía aberturas y el panel corredizo solo contaba con una manija externa, pero las mamparas de papel de arroz permitían el paso de una luz uniforme que podía provenir del sol o la Luna o de lámparas dispuestas a distancias regulares. Lun Pen no supo si era de noche o de día durante las horas que trabajó hasta caer rendido. Al despertar advirtió que alguien observaba a la garza rígidamente sostenida sobre sus dos patas.

—Qué curioso —dijo Nakatomi—. Creí que te ponía ante un problema sin solución. ¿Caminará?

—Así lo espero.

—Una garza mecánica bien reparada debería poder capturar con el pico simulacros de peces que se mueven en estanques vacíos o que flotan hasta oxidarse sobre corrientes hechas de papel metalizado. ¿Estás orgulloso de tu tarea?

—No lo sé. Pero estoy aliviado.

—¿Aliviado? ¿Te asusté? ¡Supongo que no habrás tomado en serio mis amenazas! ¿Qué podría hacer yo en contra de alguien capaz de presentarse como tú lo hiciste? Doy por cierto que si quisieras desaparecer lo harías del mismo modo en que llegaste, en un abrir y cerrar de ojos... Realmente eres un huésped de lo más extraño y es un honor tenerte en mi hogar, así que cualquier cosa que precises no tienes más que pedírmela... —Nakatomi se inclinó ante Lun Pen.

—No se trata del temor a tus represalias. Y no te vayas, por favor. Aún no entiendo qué es lo que me ha ocurrido y necesito hablar. De mí. El problema es que nunca supe bien quién soy...

"Uf", pensó Nakatomi, "cuando aparece el tema del ego, hasta el genio se vuelve aburrido", y trató de atravesar la situación con una broma:

—Yo tampoco lo sé, pero cuando miro mi reflejo en el agua veo que la incertidumbre se desparrama a lo ancho... ¿Cómo se las arreglará la nada para ocupar espacio?

—...y sigo sin descubrirlo. Pero mientras trabajaba con la garza me encontré con algo inesperado. Me sentí satisfecho con lo que hacía. Mi alma se expandió... ¡Qué extraño que le hable así a un desconocido!

—¿Y eso qué tiene de raro? Cuando necesito descargarme de algún pensamiento, jamás elijo de oreja a mis mujeres. Hablo con las plantas, aunque a veces se pongan mustias, o me subo a un jinrikisha (vuestro rickshaw) y atormento con mis cuitas al conductor...

—Como sea, estás aquí y lo que me ocurre se debe en gran medida a tu encargo, así que te estoy inmensamente agradecido, Nakatomi... —dicho esto Lun Pen abrió su corazón y le reveló todo: el modo en que el constante arribo de objetos desconocidos lo había acostumbrado a pensar en sí mismo como alguien hecho para grandes cosas, la historia del teatro de sombras de Fa Wong y su arte invocatorio. Confesó su deseo de superar lo hecho por el sacerdote taoísta, dando vida y duración a los espectros.

Escuchándolo hablar, Nakatomi primero pensó que estaba ante un idiota y después decidió que su huésped era un simple chiflado, pero en el tramo final del relato tuvo la impresión de que conservaba algo de razonabilidad, aun cuando lo que decía viniera bañado por una incomprensible y espesa salsa de contrición y arrepentimiento.

Lun Pen seguía:

—Gracias a tu intercesión estoy trazando mis primeros ideogramas en la escuela de la modestia. Mis pretensiones me estaban arruinando la vida. Ahora, en vez de querer alterar la esencia de los fenómenos, trayendo lo que no es y convirtiendo lo que hay y lo que no hay en algo distinto, descubrí el alivio de ser útil resolviendo los problemas de funcionamiento de lo existente. A partir de este momento me limitaré a arreglar mecanismos sin aspirar a modificarlos. Ahora no quiero ser otra cosa que esto en lo que me convertí: un artesano —dijo.

21

Creyendo que daba sus primeros pasos en la escuela de la humildad, Lun Pen se había inflado del orgullo propio de haber inaugurado el oficio de reparador de autómatas. Lo cierto es que los fabricantes que dieron origen a esas máquinas ni siquiera habían concebido la necesidad de su eventual arreglo porque conjeturaban que sus fechas de obsolescencia se situaban en un futuro lejano. Creían además que la dinámica de la evolución técnica daría por resultado autómatas de una perfección inconcebible, mientras que el fabricante original de cada pieza estaría muerto.

Con su labor, en primera instancia, Lun Pen resolvió esa carencia, y además incorporó un nuevo rubro a la vasta tradición japonesa que celebra los desgastes producidos por el tiempo. Así como una tetera cuenta su historia luego de que sus cascaduras son cubiertas con finas líneas de oro (kintsugi), sumando al diseño primero la belleza añadida del relieve, así Lun Pen mejoraba y agregaba encanto a los autómatas que Nakatomi iba trayéndole. A veces, incluso, Nakatomi le rogaba que no los optimizara tanto, de modo que, cuando llegara el momento de presentárselos al Shögun, este no atribuyera la diferencia a la intención arrogante de corregirlo y superarlo.

Lun Pen ignoraba cómo responder a esos pedidos porque no podía proponerse trabajar mal: semejante deliberación hubiese ido en contra de su moral de reparador recién adquirida. Pero tampoco quería perjudicar a Nakatomi, que ya le caía simpático.

Por lo que el asunto pareció convertirse en un problema sin solución, es decir, en objeto de charla:

—Pides que me empeñe en hacer algo menos bueno que aquello para lo que estoy facultado —decía Lun Pen—. Eso, que parece fácil, es lo más difícil del mundo. ¿Podrías rogarle a una araña que se esfuerce en tejer deliberadamente mal su tela? Ningún ser es por debajo de sus facultades: es siempre todo lo que puede ser.

—Eres un maldito embaucador, que pone en relación términos incomparables —reía Nakatomi—. Para la araña no existe algo como "deliberación" o "mal". Ella conoce el propósito pero no concibe significados. En cambio, en nuestra especie existen el progreso, el retroceso, la detención y la alevosía. A nuestros actos no los rige la naturaleza sino el cálculo, la expectativa del resultado final y sus dos consecuencias posibles: satisfacción o decepción. Si trabajaras peor de lo que puedes me harías un inmenso bien; en cambio, la entrega a tu modo "natural" de reparar podría depararme un enorme perjuicio.

—¿Dices que de proceder incorrectamente te auxiliaría y que un comportamiento correcto de mi parte derivaría en...?

—No es una paradoja imposible de comprender.

—¡Es que lo que hago no depende de mi intención! En el cumplimiento de mi tarea no decido yo, sino mis manos, así como su tela no es para la araña el sello que marca un poder soberano sobre el pueblo de las moscas, sino una creación despegada de sí y arrojada al mundo...

—Ese es un error propio del idealismo ingenuo, señal de tu propensión a desligarte de los asuntos prácticos, y se explica en tu suerte de haber vivido gracias a la venta de esas cosas u objetos que te venían de vaya uno a saber dónde. Naciste con una cucharita de oro en la boca y tienes más culo que cabeza. Si la tela no sirviera para atrapar insectos, ten por seguro que la araña se las arreglaría para fabricar nuevas trampas, porque existe una adecuación esencial entre el hambre y el alimento.

—Si yo confabulara contigo para engañar al Shögun, sacrificando mi integridad para no afectar su orgullo de coleccionista, mi conducta lo sustraería a la evidencia de que el tiempo y la acción humana cambian las condiciones de nuestra existencia. ¡Pretendes abolir nada más y nada menos que la noción misma de progreso!

—¡Qué idiotez! Si devolvemos algo en las mismas condiciones en que lo recibimos, ¿dónde está el engaño? Y si lo hubiera, ¿cómo lo detectaría el Shögun?

—El engaño se oculta en la intención, y el Shögun lo detectaría por la evidencia que proporciona el gesto lujoso de creer que uno puede permitirse no ofrecer lo mejor de sí. El desdén por el otro se nota en la obra. ¿Para qué ir a menos, Nakatomi, en la esperanza de que así cuidamos a Ashikaga de una decepción y una ofensa, y que al mismo tiempo nos protegemos de su enojo? ¿De dónde sacaste que el Shögun desea que lo preservemos de algo? ¿Qué le pasaría si a cambio de restituirle exactamente lo que perdió, le ofrecieras algo distinto y mejor? Entreguémonos al albur, al riesgo, a no saber lo que hacemos y a desentendernos de la deriva de nuestros actos. Para decirlo en las palabras de un antiguo poeta: "No existe una segunda oportunidad: esa es la ilusión. No habrá sino una. Trabajamos en las tinieblas... hacemos lo que podemos... damos lo que tenemos. Nuestra duda es nuestra pasión y nuestra pasión es nuestra misión. El resto es la locura del arte".

—¡Qué sentimental! Un condensado de mala fe aplicada a la exaltación del instinto...

—Sea. Por mi parte, yo ya he perdido demasiado tiempo de mi vida y no quiero tener ningún control sobre el resto. Que Ashikaga Takauji juzgue tu lealtad por el resultado. Aceptemos lo que ocurrirá, y listo.

—Supongo que tienes razón y no hay más que hacer —dijo Nakatomi—. Incluso arriesgaría algo: el incendio de Kyoto y de la colección de autómatas parece indicar que el Shögun estaba harto de los que tenía o que no le preocupó conservarlos. Por lo que una restitución lisa y llana implicaría para él una molestia similar a la que experimentamos ante la solicitud de retorno al hogar de la esposa que repudiamos. Así que... me convenciste. Ofrezcámosle algo distinto al Shögun. Una pieza que signifique el comienzo de una nueva colección.

Durante unos instantes, Lun Pen se vio invadido por la fuerte sensación de su triunfo estético y ético. Después, la duda. Miró fijo y de frente a Nakatomi.

—Me estabas desafiando.

—Claro.

—Me llevaste al punto adonde querías que llegara.

—Por supuesto —sonrió Nakatomi—. ¿En serio creíste que busco anticiparme a lo que quiere o no quiere mi Shögun? Solo pretendía comprobar si estás lo bastante poseído por la sinrazón, por la locura de tu propio arte...

—Hacemos lo que podemos —sonrió también Lun Pen.

—Viéndote trabajar me pregunté si valía la pena tenerte años y años reparando a los autómatas que cayeron en mi jardín, y que deben de ser solo una parte infinitesimal de los que se desparramaron por todo Kyoto. Por supuesto, no ignoro que la destrucción de la mayor parte de la colección traerá grandes oscilaciones en los precios de mercado. Si el incendio fue voluntario, provocado por el Shögun, eso indicaría su desinterés por la colección existente. Aún más, su retirada como cliente principal, lo que llevaría los precios a la baja e impulsaría a los poseedores y traficantes de estas piezas a desprenderse de sus mercancías. Pero eso es una manera limitada de considerar el flujo del comercio de objetos suntuarios, cuyo valor debe estimarse de diferente manera que en el caso de productos elementales y sin valor agregado como el arroz o la sal. En principio, porque la desaparición de un coleccionista no supone el fin de una rama de la actividad, sino solo su complejización.

—¿Estás apostando a la baja para quedarte con la mayor parte de los autómatas que puedan conseguirse en Japón?

—Un comerciante exitoso no piensa en términos de un país sino de un continente, o del mundo entero. Pero eso es solo un aspecto de mi estrategia. Jugando a adquirir o recolectar lo que hoy nadie quiere, mañana puedo volver a operar para que renazca el deseo desaparecido y obtener ingentes fortunas con su venta.

—Incluso podría pensarse que el Shögun se desprendió de sus adquisiciones porque quería empezar de nuevo: quería la novedad y no el repaso del placer ya sabido. Claro que podría haber obrado generosamente, donando sus posesiones a los niños pobres.

—¿Para que al hambre que los acompaña a diario sumen en la noche la pesadilla donde avanza sobre ellos algo dotado de un movimiento maquinal...? —rio Nakatomi—. Tengo mis propias ideas acerca de los motivos del Shögun, pero no es momento de comunicártelas. Al respecto, podemos esperar la evolución de los acontecimientos. Averiguarlo es cuestión de tiempo y paciencia. Pero volvamos al tema de la riqueza. Puedo acumular todos los autómatas, tenerlos gratis o a precios regalados, y operar para que suban sus valores. Pero ¿para qué lo haría? ¿Quiero volverme más rico de lo que soy?

—No sé qué decirte. Yo nada tengo.

—Cierto. Llegaste hasta aquí prácticamente desnudo. Pero volvamos a mi caso, que es de lo más interesante. Soy mucho más rico que bello y conozco lo suficiente acerca de los placeres derivados de la acumulación como para saber que no conseguiré tantas y tan diversas maneras de disfrutar de mis posesiones: a mi edad el cuerpo no defiende con rigor el sueño innumerable de la vida. Así que hace un tiempo empecé a pensar en mi futuro. Y en ese sentido, la quema de la colección de autómatas del Shögun y su desparramo en mis jardines fue providencial. Llegaron hacia mí y me impulsaron a meditar sobre la cuestión de mi finitud, porque los autómatas son tiempo medido y tiempo desatado. Y tu arribo desde el cielo completó el panorama.

—¿Y qué relación existe entre mi caída y los autómatas?

—No pongas esa cara de sorpresa, mono bobo. Ni siquiera un chino ignorante como tú desconoce que los autómatas nacieron del intento de agregar movimiento a las estatuas que representaban a los dioses con el propósito de aumentar el poder de sugestión de los símbolos de cada fe. En el inicio, para lograr un efecto de mayor verosimilitud, bastaba con ahuecar una estatua y colocar en su interior a un monje gritón o provisto de una antorcha para que el "dios" despidiera llamas por los ojos o tronara promesas y amenazas. Luego, gracias a la aparición de piezas mecánicas, los artilugios mejoraron. Había tronos que reproducían jerarquías celestes, con pájaros cantores, leones y grifos que se alzaban del suelo hacia el techo, las estatuas subían y bajaban los brazos, los pájaros volaban, las puertas se abrían y cerraban. Insensiblemente, a la función religiosa se fue agregando otra distinta y complementaria: el entretenimiento. Por lo costosos, a esos autómatas solo podía comprarlos un público perteneciente a las castas más elevadas, que rápidamente los convirtieron en un nuevo signo de distinción; eso determinó el surgimiento de artesanos capaces de realizar obras elaboradas, aptas para sorprender y maravillar. Por supuesto, ninguno de estos juguetes bastaba para llenar de gracia toda una vida, y esa carencia esencial, por efectos de su vacío intrínseco, a cambio de hacer desaparecer una industria multiplicó la exigencia de invenciones superiores, y consecuentemente colaboró en el desarrollo de la técnica del autómata. Pronto quedaron pocos artesanos cuentapropistas, la mayoría se agrupaba en talleres dedicados a esa rama de la producción, y dedicaban todos los esfuerzos a la obtención de productos raros, excepcionales y hermosos. Pero llegó el momento en que ya había más fabricantes de juguetes que ricos compradores dispuestos a adquirirlos. El precio bajó entonces para reducir el sobrante de producción acumulado en las fábricas y talleres.

—¿Podríamos pensar entonces la quema de autómatas realizada por el Shögun como un intento drástico de subir el precio, así como a veces los campesinos queman o dejan que se pudra parte de su cosecha de arroz...?

—No. Lo que hizo la industria fue buscar una solución original e inventiva. Agotada la política mercantil del autómata único, se volvió moda la combinación en series ambientales y temáticas (guerra, amor, corte, sexo, trabajo, etcétera), el tablado que permitía teatralizar la realidad. Eso era posible porque ya resultaba técnicamente posible fabricar autómatas grandes como elefantes o pequeños como una hormiga. Desde luego, para que esto ocurriera, para que la apariencia de esos juguetes se acercara cada vez más a lo que representaban, se buscó a los mejores escultores y pintores. En resumen, el propósito era salir de la crisis mejorando el producto para estimular su consumo. Repasemos el asunto: los autómatas se habían desprendido hacía ya tiempo de su función de auxiliares de la fe, y se habían convertido en objetos destinados a agregar un poco de misterio a la existencia. Que se mostraran más torpes que lo representado constituía un valor añadido, en el fondo resultaban risibles...

—Risibles para quien los adquiere —observó Lun Pen—. Pero los artesanos eran completamente serios a la hora de hacerlos, ya que de ellos dependía su honra y su sustento.

—Sí. Y no puedo menos que inclinarme ante los recursos que emplearon para continuar manteniendo en buen nivel los precios. Cada fabricante de autómatas, antes de empezar siquiera una pieza, sabe que el monto de dinero a ganar con la venta tiene que superar el costo del esfuerzo y los materiales empleados en la realización. Además, debe contemplar otras variables, una interna, inherente a la obra, que es el tiempo de su producción, y otra externa y tan definitoria como la anterior, que es el efecto de su producto en el mercado. Al principio, cuando se les hizo evidente que existía cierta saturación, todos los fabricantes de autómatas atendieron a la segunda variable y apostaron a la diversidad y a la serie, imponiendo el criterio de la colección por sobre la posesión única. Apostar a esto implicaba un conocimiento exacto de la naturaleza humana y la mutabilidad de su deseo, que vuelve imprescindible una novedad durante un lapso y luego se cansa (de lo contrario, miraríamos siempre la misma cosa hasta desfallecer). Pero la primera variable era también fundamental: el tiempo de realización y oferta y colocación de autómatas en el mercado debía acelerarse para que cada novedad produjera su efecto, pero no uno absoluto, que determinara la interrupción de la serie por éxtasis y quietismo perpetuos de cada comprador. Al contrario. La novedad como concepto supremo debía estar siempre presente. De ser posible, cada día había que encajarle un autómata nuevo a cada cliente. Chico, grande, lindo, feo. Daba lo mismo. Pero había que hacerlos. Cada vez más rápido. Cada vez más. Y más. A un ritmo cada vez más acelerado. Ese ritmo era el ritmo del tiempo. Por motivos económicos, entonces, el tiempo se volvió el elemento fundamental a la vez que el objeto de su representación, pues no hay arte que escape a la narración de su propia experiencia y de sus condiciones de existencia. Claro que esto, ¿qué podía importarle al daimyo o al comerciante o al sacerdote o a la favorita decididos a comprar un autómata? Las cuestiones abstractas le importan a muy poca gente. La mayoría diría: "El tiempo representado. ¿Y eso con qué se come?". Los artesanos tuvieron que disimular su obsesión productiva convirtiéndola en un motivo temático atractivo. Y, ¿qué mejor manera de tornar seductora la cuestión del tiempo (y el dinero) que fabricar autómatas musicales? La música no es más que tiempo organizado en variaciones sonoras que agradan al oído y nos ayudan a olvidar que segundo a segundo nos encaminamos hacia la muerte. La música no expresa sino el paso del tiempo distribuyéndose a lo largo de su propia duración.

—Daría la impresión de que no te gusta la música, o su significado —dijo Lun Pen.

—Me rebelo contra la sordidez de su razón de ser, aunque admiro a los fabricantes que concibieron esas cajas de música automática para quitar de nuestra memoria el recuerdo de la muerte. ¡No se te escapará la amarga paradoja de que las inventaron como modo de ganarse el plato de arroz! En definitiva, ya musical o silencioso, el autómata era una representación rítmica de la medición del tiempo. Para simplificar, me estoy refiriendo solo a los autómatas de apariencia humana, pero mi comentario abarca todas las apariencias: marsopas, tigres, carámbanos, orugas, árboles, rocas, elefantes, cañas, escolopendras, mariposas, cebúes, liendres, manzanas...

—Es cierto que mientras el mecanismo de un autómata funcione, su representación puede antecedernos y sucedernos. A nuestra escala, entonces... sería... como una representación maquínica de la duración...

—Exacto. Y aquí apareces tú: un reparador de esa imagen material. Un dador de tiempo. Pero no nos adelantemos. Conservado durante generaciones en un hogar, un autómata tenderá a ocupar el lugar de la memoria de los ancestros, con el paso de los siglos se volverá símbolo y testigo de la pervivencia de un apellido, de tradiciones familiares y posesiones. Como nuestra especie no soporta la certeza del propio fin y su consecuencia, la descomposición de la carne, inventamos dioses que representamos como autómatas para alentar la ilusión de eternidad con esas figuraciones de lo incorruptible. Aun siendo cómico, ridículo, torpe, incompleto en su desarrollo, lleno de chirridos y bisagras, el autómata fue siempre un puente tendido para volver tangible y visible esa ilusión. Pero ya me cansé de hablar. ¿Picamos algo? ¿Lo acompañamos con una cervecita?

22

Después de que dieron cuenta de los manjares acostumbrados, Nakatomi siguió:

—Me quedaría tirado panza arriba hasta sacarle ronchas al tatami —dijo—. Si pudiera dormir, dormir un día entero, un mes más que un día, un día más que un mes, me quedaría roncando hasta que mis pulgas llegaran al tamaño de perros beijineses. Pero tengo tantas responsabilidades...

Durante unos minutos estuvo soltando toda clase de vaguedades, consecuencia de la satisfacción gastronómica y etílica. El impulso de la siesta lo llevaba a acortar las frases, a interrumpirlas y a cambiar de tema entre uno y otro cabezazo: decía haber vivido siempre al servicio de los demás, ocupándose de satisfacer las demandas de sus esposas y las necesidades de sus hijos, pero ahora empezaba a preguntarse quién era él, él mismo, y qué deseaba para sí. Y a la vez sabía que era tarde para afrontar semejante interrogante, tarde por la hora y tarde porque ya estaba en el otoño de su existencia... Y era por eso, también, que necesitaba que Lun Pen, chino bárbaro y milagroso... chino taimado... chino... mi amigo chino...

Se durmieron casi al unísono. Al despertar dieron un paseo para desentumecer los miembros. El paisaje era el mismo, los jardines de la mansión de Nakatomi, solo que grisáceo por la ceniza y adornado por nuevos contingentes de autómatas en diferente estado de destrucción. También se habían multiplicado los sirvientes que iban juntándolos y que en ocasiones debían enfrentar cierta resistencia, en apariencia involuntaria, de las piezas. Lun Pen se detuvo a contemplar a un niño-autómata. Tenía la piel del cuerpo rosada y el rostro tiznado y a medias comido por la llama, que dejaba visible su carcasa de marfil y madera. Los dientes le brillaban en una media sonrisa y el pequeño movía un brazo de izquierda a derecha, como si estuviera intentando segar un haz de trigo o tomar a su madre de la mano. Debía de tener un mecanismo de pinzas afiladas, pues cuando un servidor trató de atraparlo, la mano del pequeño se aferró a él, aferrándolo a la altura del codo, y con una rápida presión le seccionó el brazo. El servidor pegó un grito y se desmayó.

—Desviémonos por aquel sendero —señaló Nakatomi—. Soy sensible y el espectáculo de la sangre me cierra el estómago. Otra boca que alimentar.

Siguieron durante un rato, en silencio, hasta llegar a un bosque de árboles enanos. La fronda les llegaba a la altura del bajo vientre y su verdor extenso y parejo tramaba ribetes de falda. Era un paisaje de ensueño y por un instante Lun Pen se preguntó si seguiría durmiendo sin saberlo. Lo dominaba la sensación de flotar en lo ambiguo. ¿Cuánto hacía que había llegado al Japón? ¿Cuánto había durado su viaje? ¿Qué pretendía Nakatomi? La propia conversación que mantenían se estiraba como un hilo de baba... Pero ese hilo no era una simple extensión, estaba compuesto de pliegues minúsculos donde el tiempo jugaba a esconderse, y la conversación era lo que encuadraba toda la escena. Sí, estaba en un parque del tiempo, no sucesivo sino acumulativo y divergente, y él iba subiendo y bajando por sus recovecos...

—¿Qué te pasa? —le dijo Nakatomi.

—Nada. Nada...

—Mentiroso. En tu rostro no se refleja satisfacción digestiva sino inquietud e incertidumbre.

—¿Cuánto permaneceré aquí? ¿Cuánto hace que nos conocemos? ¿Cuántos autómatas reparé desde mi llegada?

—Si tú no llevas la cuenta... Desde que arreglaste el pato...

—La garza.

—¿Era una garza?

—Una garza real.

—La figuración de una garza real no es una garza verdadera —rio Nakatomi—. Bueno, da lo mismo. ¿En qué estábamos? Ah, ya recuerdo. Me adelanté un poco en el relato de la evolución de la ciencia y el arte de los autómatas, intercalando fragmentos del futuro, que es desde luego este presente caótico. Pero, volviendo al punto, quiero señalar esto: el progreso técnico de la disciplina no se detuvo al arribar al autómata como caja de música. Con la aparición de las ruedas dentadas, las paletas sobre ruedas, la suspensión de hilo, los trenes de movimiento, la doble leva, los péndulos, los escapes de áncora, las pesas y contrapesos, los reguladores con clavijas y todo el resto, la música de los autómatas dio lugar a la relojería. Esa novedad pasó inadvertida a ojos de las clases altas, a las que no les importa medir el tiempo, ya que su lujo es despilfarrarlo. Pero Japón ya era para entonces un país donde los mercaderes empezaban a hacerse notar y sus actividades exigían controlar el paso del tiempo en unidades regulares, subdividirlo, establecer plazos entre una actividad y otra. En su nuevo uso, el autómata no expresaba la eternidad, sino su contrario, el tiempo fugitivo en el que se miden las pérdidas y las ganancias. Desde luego, era una función más, agregada a un mercado en expansión. Obviemos los detalles. Con el autómata-reloj la industria del sector ingresa al reino de la necesidad, que en algún momento, y por dinámica de los acontecimientos, reclama a su contrario. Así, un sector de la producción pega un salto y se independiza: es la hora del autómata por amor al arte. Las técnicas seculares que sirvieron para fabricarlos de acuerdo con la norma ya no sirven para dar a luz obras que empiezan a ser concebidas con base en raptos inventivos, sin modelos fijados de antemano. Es la ocasión para que los audaces prueben sus conceptos más arriesgados o se arriesguen a la falta de concepto.

Cada fabricante busca tanto expandir los límites de su talento como encontrar al cliente ideal, capaz de reconocerlo y adquirir su obra.

—Por extraño que parezca, suena como si estuvieras hablando de mi vida anterior —dijo Lun Pen.

—¿Ah, sí?

—Sí. Solo que yo era más un receptor que un productor y mi tarea se limitaba a encontrar al cliente. Claro que ni siquiera tenía que buscar mucho. En general me sacaban aquellos envíos de las manos...

—Pero qué interesante. Entonces no es el caso. Volviendo a mi historia... A lo largo de este período hubo muchos compradores que parecían destinados a convertirse en ese cliente ideal, pero ninguno, por amplio de criterio que fuese o poderoso que resultara, estaba en condiciones de adquirir una cantidad ilimitada de productos. Muchos de ellos comenzaban con buen criterio y luego se lanzaban a adquirir cualquier basura. Eso inhibió en alguna medida a los inventores más originales, que contuvieron su impulso creador y se resignaron a ofrecer versiones chirles de sus verdaderos talentos. Lo convencional imperó durante un par de siglos. El resplandor de los autómatas parecía apagarse en el mundo. Hasta que apareció un espíritu preclaro, dotado de una sublime perspicacia y de una dotación económica inagotable. Me refiero, claro está, al amado Shögun, mi señor Ashikaga Takauji. Con su sagacidad, con su sabiduría, impuso el orden sin necesidad de restricciones: simplemente, se ocupó de organizar su colección de acuerdo con un criterio estético supremo...

—¿Y cómo podrías determinar lo supremo de un criterio...?

—El poder organiza el saber y define los atributos.

—En ese caso...

—Bien. Durante años, a medida que armaba su colección, Takauji fue el cliente ideal. Admitía cualquier oferta, por extraña que pareciera. El único requisito para su adquisición era que fuese realizada de acuerdo con criterios de calidad superlativos.

Libertad total. No se trataba solo de satisfacer un deseo apenas concebido, sino de volverse el mecenas que generaba la posibilidad de imaginarlos todos... Así que se lanzó al deleite de su pasión sin freno alguno. Abrió un ala de su palacio para albergar las novedades que le iban llegando de todos los continentes, y cuando esta ala no alcanzó, abrió otra, y otra, y así sucesivamente, hasta que la extensión de ese Museo de Autómatas se fusionó por contigüidad con las salas donde se impartía justicia o las cortesanas realizaban sus encantamientos y los sacerdotes sus rezos y los arúspices y magos sus conjuros, de modo que el palacio se asemejaba a una feria de los milagros y en más de una ocasión los jueces confundían a un autómata con un acusado y los veterinarios curaban de piojos a un hototogisu hecho en paulonia y papel de arroz. Tal estado de cosas despertó las simpatías del pueblo, cuyas privaciones naturales se veían compensadas por el espectáculo de su señor viviendo la vida como un sueño. No obstante, en algún momento Ashikaga Takauji se sintió insatisfecho. No se trataba de un caprichito, sino de la percepción de un límite. Si poseía un patrimonio sin igual, ¿qué le faltaba? Puedes imaginarte sus paseos en la noche, caminando por las galerías surcadas por sus autómatas y custodiado por guardias que se esconden afantasmados en la sombra. Su colección era incomparable, superior a la de cualquier otro poderoso en el mundo. Todo aquello que poseyera movimiento podía circular libremente (es decir maquínicamente) por el palacio, ofreciendo la ilusión de una pululación incesante, de una especie de realidad concentrada. Y en el silencioso mundo nocturno, cada ruido de deslizamiento, cada sonido de gorjeo de pájaro mecánico o deslizamiento de rueditas de oruga adquiría un carácter abismal. Para no hablar de que había autómatas que se encendían y apagaban sin concierto, y muchos de ellos eran, en sí mismos, reducciones de modelos sociales (dioramas, paneles, retablos, panópticos). De modo que en sus paseos el Shögun podía disfrutar tanto de la simpleza de las máquinas individuales como de entramados de máxima sofisticación. De la saturación y el vacío.

—Pero, ¿y entonces? ¿Cuál era el problema?

—Toda respuesta es tentativa. Creo que acertaré si te digo que en el fondo se trataba de que la oferta nunca estuvo a la altura de su expectativa. Porque todo aquello que te enumeré era consistente con los modelos más básicos del arte, con representaciones de la realidad literal, folklórica o fantástica, y eso en definitiva no significa sino una forma de duplicación. En cambio, él había empezado a advertir que anhelaba la aparición de algo único e irrepresentable, la innovación absoluta: lo aún no concebido. En ese sentido, su colección era la prueba de su fracaso. Solo hubiese tenido que alzar la mano e indicar su deseo para poner en marcha la innovación. Pero no supo, o no pudo, o no se le ocurrió hacerlo. Había sido abyectamente igual a los demás.

—Entiendo...

—Si entendieras yo no necesitaría seguir hablando, chino ladino. ¿Qué hizo, entonces? En su lugar, cualquier otro Shögun se habría desprendido de la colección repartiendo los autómatas más elaborados entre los miembros de su corte, y luego, en orden decreciente de calidad y méritos, entre los funcionarios de la ciudad capital, y luego entre los jerarcas provinciales, y así hasta llegar a la choza más humilde del rincón más apartado del país. Podría incluso haber organizado jornadas públicas de distribución. Se habrían juntado muchedumbres interminables, esperando a sol y a sombra, ansiosos de recibir un autómata de manos del propio Takauji. ¡Imagina el besamanos, la gratitud, el amor de sus beneficiados! "¡Gracias, mi Shögun!", "¡A las órdenes mi Supremo!", "¡Presentes, mi samurái mayor, para lo que guste entregarnos!", "¡La vida por Ashikaga Takauji!"... Pero él no hizo nada semejante. A cambio, prendió fuego a su colección. Y en ese acto inesperado radica su grandeza. Por supuesto, yo no lo vi alzando su antorcha pero mis informantes aseguran que él mismo lo hizo, de propia mano. Si su gesto hubiera implicado, como concepto, la pura negatividad, el Shögun habría reunido sus autómatas en una pira gigantesca, capaz de iluminar el cielo anochecido y ocultar con su llama el loquear de las estrellas. Pero el incendio poseía también un carácter didáctico. El hecho tenía que conocerse. Y es por eso que previo a su acto no suspendió el movimiento de los autómatas, no los apiló ni los encerró en una habitación para rociarlos con material inflamable y luego quemarlos, sino que fue acercándoles la antorcha uno por uno y los soltaba apenas empezaban a arder, para que en los azares del último recorrido mostraran al mundo la señal de su desprecio por lo existente. Con este gesto revelaba el signo de su libertad y de su estado de disponibilidad para recibir algo mejor de lo que había tenido. Y aquí entras a tallar tú...

—¿Yo? ¿Y yo qué hice?

—Nada, comparado con lo que harás.

—¿A qué te refieres?

—Tiempo al tiempo. Está refrescando. ¿Volvemos?

23

Empezaba a caer el sol y estaban a gran distancia del sendero principal. Habían caminado por horas y recién volvían a la zona de los bonsái de pino gigante. Tal vez por efecto del frío creciente, a Lun Pen la trama cerrada de las acículas le raspaba los muslos. Probablemente terminaría con la piel desgarrada y sanguinolenta, y eso atraería a animales salvajes.

—¿Corremos algún peligro? —preguntó.

—¿Qué? ¿Dónde? ¿Aquí? El único riesgo es que se nos enfríe la comida —dijo Nakatomi y achinó los ojos para ver mejor—. Me llama la atención que no nos hayamos cruzado con un autómata. Tal vez se oculten en la negrura. O sean parte de ella.

—Dicho así, suena estremecedor. Pero no habría nada que temer, ¿no?

—Mejor no digo nada. ¡Ah, allí! En aquel matorral...

—¿Qué hay ahí?

—¿No ves un humito que se alza, un cuerpo que se esconde?

—Ah, sí. Ahora asoma. ¡Se escondió de nuevo!

—Ahora se levanta, como si comprendiera que lo descubrimos.

—Admirable la velocidad de su giro. E inesperada.

—Es que se vio sorprendido y pretende huir. Se habrá enterado de que mis sirvientes están cazándolos...

—“¿Enterado?”.

—¡Eh, autómata! No. Mejor no llamarlo o se ocultará de nuevo.

—Nakatomi, ¿por qué está ocurriendo todo esto? ¿Qué pretendes de mí? ¿Qué espera el Shögun? Sigue pareciéndome extraño que se desprendiera de la colección. ¿Qué quiere a cambio de lo que arrojó al fuego?

—En mi opinión estaba convencido de que el sacrificio de su Museo era necesario como gesto preliminar y como ofrenda al futuro... ¡Ah, mira cómo corre aquel otro! Escapa, escapa. Es evidente que no quiere que lo observemos.

—Un autómata no sufre de vergüenza... En principio, no sufre...

—¿Qué sabes tú si existen transiciones entre cosa y ser? ¿Eres autómata? ¿Lo fuiste alguna vez? ¿Lo soy yo? Creo que no. ¿Cómo podríamos saber...? Quizás, al quemarles la perspectiva de una duración ilimitada, Ashikaga Takauji les confirió también un atisbo de conciencia. No sé cómo lo hizo, si es que lo hizo. No sé en qué parte de un autómata anida la posibilidad de comprender que puede morir. Que agoniza y está muriendo. Eres tú, Lun Pen, el más capacitado para decírmelo. Lo cierto es que el Shögun se comportó con ellos como un dios cruel, alguien que sin otorgarles la vida les dio fin. Quizá lo hizo de puro resentido porque no eran su obra ni habían sido concebidos por él.

—¿Estás sugiriendo que la piromanía de Takauji obedece al deseo de no ser un coleccionista pasivo sino un creador, el mayor de todos, aquel que traza un punto y aparte en la cadena de evolución de los autómatas?

—Un propósito modifica en principio a quien lo alberga. Y aun admitiendo que incendiar máquinas es más fácil que hacerlas, del acto de Takauji se deduce la voluntad de corregirse retrospectivamente y dar comienzo a su propia creación.

—Siempre ha sido así. Uno honra a sus ancestros y todo eso, pero la verdad es que la tradición de todas las generaciones muertas oprime como una pesadilla el cerebro de los vivos.

—Yo no podría decirlo mejor.

—Por eso lo dije yo. Ahora bien, volviendo a tu metáfora del dios cruel, ¿para qué necesitaría un dios, autosuficiente por definición, de una obra externa, si él mismo es su mejor obra?

—Para volverse otro. La insatisfacción es su motor y la realidad su campo de experimentación. En ese sentido, nadie avanzó tanto en su propia transformación como Takauji, porque abolió de un golpe aquello con lo que contaba y lo alejó de sí, como los dioses crean los planetas y los ponen a girar en el espacio.

—Pero los autómatas son lo creado y en cambio los dioses...

—En tu susurro percibo el ronroneo de la incomprensión. La única pregunta que ahora deberías hacerte es: "¿En qué podré serle útil al Shögun?".

—¿De ello depende mi salvación?

—¿Cómo saberlo? Yo mismo me lo paso buscando la manera de satisfacer las expectativas de Takauji Ashikaga. Y creo que tu talento para la restauración de autómatas es la mejor vía para lograrlo. Entretanto, y como ya estamos llegando a mi mansión, te pido que reflexionemos en silencio acerca de lo conversado.

24

El silencio se extendió durante la cena y recién concluyó cuando dueño de casa e invitado quedaron pipones después de tragarse una pila de dulces ankos y una parva de exquisitos pastelillos estilo Kansai. En ese lapso, Lun Pen terminó descartando por absurda la posibilidad de que los autómatas fueran también individuos. Él mismo había destripado y rearmado la suficiente cantidad de ejemplares para saber que eran maravillosos pedazos de materia inerte y nada más. Y eso tampoco debían de ignorarlo Nakatomi y el propio Shögun. ¿Qué esperaban entonces de él? Después de un suave, contenido eructo de satisfacción, el dueño de casa empezó a decírselo:

—¿Un tecito digestivo? ¿Menta, tal vez jazmín? ¿O petalitos de rosa? ¿No? Bien. El punto es... Si un Shögun mira a una mujer, se la traen; si su dedo demarca un territorio en el mapa, los ejércitos se lanzan a la conquista. Esa facilidad puede ubicarlo en la frívola posición del hedonista satisfecho. Pero con su quemazón de autómatas Takauji indicó que buscaba otro camino. Si hubiese querido eliminarlos de cuajo lo habría hecho. Pero al soltarlos a medio arder para que se desparramen por todo Kyoto... lo inconcluso de ese gesto, mezcla de masacre y duración, resulta en sí mismo una señal. Así que lo primero que pensé al mencionarte lo del "autómata nuevo", es que este debería ensamblar los restos de autómatas que mandé recolectar... en su estado presente...

—Pero eso sería una máquina imposible... un cambalache. La mayoría de las piezas están dañadas. Además, cada autómata tiene su propio esquema de funcionamiento, incompatible con los del resto. E incluso si pudiera hacerlo, ¿cuánto tiempo me llevaría unirlos? Y aun si pudiera dar fin a esa tarea alguna vez, nada indica que el resultado terminaría siendo del gusto del Shögun. Y no olvidemos el detalle de la apariencia. Lo más probable es que esa cosa resulte un adefesio.

—¿Desde cuándo lo novedoso debe ser bello?

—Pero, ¿y si yo me pongo a trabajar, trabajo meses y años como un burro, y entretanto el Shögun encuentra la pieza que lo represente, el autómata perfecto, hecho a la altura de sus sueños?

—El riesgo está, pero ¿no te estimula el desafío?

—No creas, Nakatomi, que no advierto la sonrisa socarrona oculta bajo los pelos de tu bigote. Ahora me doy cuenta de que el Shögun es el pretexto que encontraste para provocarme y obtener lo mejor de mí.

—¿Creés que Ashikaga Takauji no existe y que mi propósito...?

—No dije eso. ¿Quién sino él o alguien como él podría haber desparramado semejante cantidad de autómatas? Ese desperdicio es prueba de poder. Lo que sostengo es que tu relato fue dirigido a lograr... mi aceptación plena. Y no sabes hasta qué extremo lo conseguiste. De hecho, ¿para qué conformarme con armar la mescolanza que me propones? Si el Shögun pretende acceder al signo de lo nuevo, resulte esto lo que resulte, lo que deberemos entregarle es lo nuevo absoluto, algo que vaya más allá de cualquier reconocimiento, más allá incluso de nuestra capacidad de comprensión. En ese sentido, avanzar en ese rumbo sería como retrotraerme a mi punto de partida y corregir mi error inicial. ¿Te conté ya de los objetos que me llegaban desde distintas regiones del Universo...?

—Sí, claro. Ochenta veces por lo menos —suspiró Nakatomi.

—Pues bien. En esa, mi otra vida, en China, nunca me tomé el trabajo de averiguar de qué se trataba todo aquello. Jamás abrí aquellos objetos ni los puse en funcionamiento, y eso que eran lo irrepresentable por definición, el misterio mismo, materializado.

—Como tu viaje...

—Tal vez, en ese momento, yo mismo fui un objeto trasladado... Por acierto o error. Como sea, aunque quizá nunca me sea concedida la capacidad de entender del todo lo que hago, sí poseo la inteligencia suficiente para saber que debo seguir haciéndolo, porque mi destino parece atado a lo incesante de esa realización. Quizás (ahora todo es quizás) ese destino se complete cuando yo mismo fabrique objetos (llamémoslo máquinas o autómatas o cosas) y estos terminen viajando como aquellos que en su momento recibí. Por eso, Nakatomi: déjame hacer algo que me coloque a la altura de la expectativa del Shögun y que me permita volverme alguien digno de respeto y no una mierda extraviada como ahora me siento.

—Dime una cosa, ególatra demente... ¿De dónde sacaste que, librado a tu propia imaginación, podrías hacer algo absolutamente nuevo y no una simple porquería? En este momento, mientras conversamos, mis servidores siguen juntando esos restos de autómatas en sus distintos estados de conservación y destrozo. Como bien dijiste, cada uno de ellos posee un sistema distinto y cada uno testimonia la existencia de diversas escuelas e industrias nacidas y desaparecidas a lo largo de distintos períodos históricos. El Shögun guardaba en su Museo buena parte de los mejores ejemplares de la historia de esa evolución, que es social y colectiva. ¿Crees que tú mismo, librado a tu propio arbitrio, podrías concebir algo a la altura de semejante cúmulo de conocimiento e imaginación desplegados? Ni siquiera lo pensaste, porque el pequeño mito del genio individual te obnubila. Por otra parte, sobreestimas la capacidad de impacto que produce el encuentro con algo "absolutamente nuevo". Hasta lo sublime, extendido en el tiempo, harta. ¿Si no, por qué crees que voy sumando esposa tras esposa, engaño tras engaño? Porque la satisfacción y el éxtasis que me produce cada nuevo chitsu puede medirse en días, horas o segundos, y después la magia se vuelve costumbre, hábito. "Oh, oh. ¿Te gusta así, mi amor?". "Sí, sí, claro". "¿Te encanta? ¿De verdad te encanta?". "Sí, sí, claro, como siempre". "¿Me doy vuelta entonces, mi amor?". "Sí, sí, claro, como siempre". Así que, por extremadamente original que sea, lo mismo ocurrirá con cualquier cosa que produzcas. La lucha de la novedad contra la costumbre está perdida de antemano.

—Entonces piensas que el deseo del Shögun es pura fantasía, por lo que tu alegado propósito de ofrecerle algo a la altura de su expectativa resultará un fraude.

—Me tienes harto. Cierra el pico de una buena vez, cerebro de mosquito. Vete a dormir y mañana mismo te pones a trabajar en mi encargo.

25

Consciente de haber tensado un límite, Lun Pen obedeció la orden y se encerró en su habitación; el ascetismo de aquel espacio se le antojó una celda. Y como a su vez era presa del insomnio, en el curso de la noche repasó lo conversado con su anfitrión. Ya fuera Nakatomi un estafador que quería aprovecharse del Shōgun para colocarle un producto a precios astronómicos, ya un comerciante que lealmente pretendía brindar satisfacción al cliente más difícil del mundo, el gordo tenía razón en un punto: no existe obra que produzca un estado de emoción perpetua; finalmente, uno se acostumbra a la experiencia vivida y cuando quiere refrescar la primera impresión, debe revisar los rincones de la memoria. Y una vez hecho esto tendrá que aceptar también que esa refrescada no posee la misma intensidad de la experiencia originaria. Así, por muy multiforme y plural que resultara el monstruo recombinado, por muy extraordinario que resultara lo nuevo que él fuese capaz de inventar, algún día Ashikaga Takauji pasaría a su lado sin verlo...

Salvo...

Salvo que el trabajo de creación, recombinación y agregado fuera incesante... Un autómata en transformación perpetua...

El amanecer lo descubrió en el vasto aposento donde los sirvientes iban acumulando aquellas maquinarias en sus distintos estados de destrucción. La tenue luz flotante trazaba minúsculos arcoíris en el aire brumoso, brillos metálicos competían con los restos de incendio que nadie se había molestado en apagar. Sin embargo, como por un efecto de discreción, las llamas de cada una de ellas consumían el material propio sin invadir las ajenas y la ignición continuaba a ritmo lento, amenazando con apagarse a cada instante. En el amontonamiento, Lun Pen distinguió autómatas de forma humana que aparentaban edades y oficios diversos (bailarinas, escribas, guerreros, músicos, campesinos, cortesanas, funcionarios de alto rango, leñadores, sacerdotisas, boteros, mendigos), así como otros que aparentaban ser mesas dentadas, animales de todo tipo, serruchos con labios, piedras ahuecadas, instrumentos de navegación, vidrios emplumados, árboles, insectos, frutos espinosos. Si semejante variedad resultaba solo una parte pequeña de lo dispersado entre Kyoto y sus alrededores, el total de autómatas tenía que ser incontable, de lo que se deducía que las posesiones abandonadas del Shōgun no se habían reunido en un Museo ni formado parte de una Colección en la que primaban el criterio y el discernimiento, sino que su ambición había sido la de acumular toda representación mecánica de lo existente y de lo imaginable. Y ¿cómo competir con eso? ¿Cómo convertir esa duplicación infinita en unidad? "Mejor no pensar y empezar ya".

Así que metió mano en el bulto y después de un par de tirones extrajo un pedazo de autómata. Parecía haber representado un animal carnívoro, quizás un felino de gran porte. Al primer contacto la mandíbula inferior se alzó violentamente y chocó contra la superior y los colmillos hicieron "chac-chac". El mecanismo interno, ubicado en la zona ventral, estaba devastado por el fuego y su carcasa atravesada en varios puntos por lo que debían de haber sido un par de cuernos poderosos (¿habría sido atacado por un autómata búfalo o por dos rinocerontes?), dejando a la vista los resortes y alambres. Su primer impulso fue repararlo, tarea que le insumiría no más de un par de horas, pero a cambio de eso decidió conectar las partes sueltas con las de otro desquicio de materiales en el que pequeños muñequitos se movían al ritmo de una música pueril. Lun Pen enlazó ambos mediante el simple expediente de anudar un alambre con otro y colocar un par de chavetas. Con esto no pretendía que el carnívoro se alzara sobre sus patas o que la calesita volviera a girar, sino ponerse en movimiento él mismo, pensar relaciones en actividad. ¡Cuánto tiempo había perdido especulando ociosamente con Nakatomi! Al fin, las palabras no hacían las cosas, sino la mente impulsada por la acción. Solo el trabajo era inteligente, más que eso, era lo único real...

Durante horas estableció conexiones. Las manos se le iban solas. En su hacer no había reflexión previa, ni un antes o un después. Cada agregado era una corrección de lo anterior. Poco importaba que lo resultante se desplazara o permaneciera quieto, que sus piezas fueran pequeñas o grandes (un oso cuya pilosidad se imitaba penosamente con agujas de hierro o un verme de lapislázuli que movía sus patitas tratando de reptar), porque lo que él buscaba era la agregación constante. Alguna vez el autómata nuevo alcanzaría una forma definida, y recién entonces empezaría a ocuparse de dotarlo de alguna clase de movimiento articulado, construyéndole una especie de mecanismo central al que estarían ligadas todas las partes: un corazón.

De todos modos, como siempre ocurre, la propia labor modifica las intenciones. En el curso de los días, a medida que seguía combinando elementos, a veces Lun Pen se encontraba con piezas que por azar recuperaban sus aptitudes de traslado y que unidas a otras traccionaban el total, desacomodando el conjunto, por lo que él debía recomponer sus mecanismos para luego volver a ligarlas al autómata principal. Que seguía aumentando de tamaño. De hecho, para facilitar su tarea había ordenado a los sirvientes que tiraran abajo algunos techos y paredes, dejando parte de la estructura a la intemperie; algunas máquinas que aún ardían se fueron apagando con el rocío matutino, en tanto que otras comenzaban a oxidarse. Cada tanto, Nakatomi daba una vuelta por la zona. Se quedaba horas mirando. Parecía a punto de decir algo, pero al cabo se limitaba a toquetear algunas partes del autómata, sobre todo las que colgaban laxas. Una cabeza que parecía buscar el ojo perdido, un brazo sin epidermis y con todas las terminaciones metálicas mochas y el índice temblando, el cuerpo de una mariposa con un ala y media...

Al respecto empezaba a producirse un fenómeno interesante. Debido a las nuevas conexiones de los circuitos el movimiento de una parte recién instalada se trasladaba al sistema general. Por ejemplo, un "campesino" realizaba el gesto de la siega y ese movimiento derivaba como un oleaje secreto por el resto de los circuitos, de modo que el trazo en arco característico de ese gesto se convertía en una nueva capacidad del autómata. Esto ocurría en momentos inespecíficos, no se podía prever cuándo ni cómo. El autómata sumaba todo y no era parecido a ninguna cosa preexistente, salvo que un ojo atento lo descompusiera en sus partes: desde un punto de observación, un toro alado; desde otro, una máquina de guerra; desde un tercero, una torre aberrante, y desde todos un caos plural.

No obstante, un día aquello se irguió en todo su tamaño y como si fuera una sola estructura, arrastrando sus colgajos, chirriando. Algunas piezas se desprendieron y cayeron como basura amontonada. Lun Pen tuvo que pegar un salto hacia atrás. El autómata se desplazó un par de metros, se detuvo, rotó hacia izquierda y derecha, se detuvo, crujió, pareció desinflarse y se aquietó.

—Escuché ruidos y pasé. —Apareció de repente Nakatomi y lo miró—. ¿Creció, se expandió o ambas cosas? —El autómata hizo otro movimiento, pareció desinflarse—. A mí me parece que la cosa esta nos invita a subir. ¿Qué esperas, Lun Pen?

—Yo que tú no me tomaría tanta confianza —dijo Lun Pen.

—¡Vivir es peligroso! ¡Arriba! —Y dando el ejemplo Nakatomi empezó a escalar. Dentro de la anfractuosidad general de requechos enlazados había una zona que era como una lomada o un lomo, y ahí se instaló. Segundos más tarde, Lun Pen hacía lo propio—. ¿Se moverá, esto?

No solo eso. El autómata alzó vuelo.

26

Segundos más tarde andaban muy por encima de los tejados del templo más alto, en franco ascenso y yendo en dirección este.

—¡Qué perspectiva privilegiada! —dijo Nakatomi—. Lo que estás viendo se llama Kyoto, ciudad capital del este. Si nuestro autómata no se desploma a tierra, podrás observar sus monumentos más representativos, entre ellos el Palacio Imperial, el Castillo Nijö, el Kinkaku-ji, el Ginkaku-ji y el Fushimi Inari-Taisha. Y entonces comprobarás como el genio inventivo de mi nación logró transformar la fuerte influencia arquitectónica de tu país natal, con su chabacana saturación del espacio y su esencial horror al vacío, en formas sencillas y depuradas.

—¿Qué son esos puntos? Desde aquí algunos parecen hormigas, y otros mosquitos buscando posarse sobre la piel...

—¿Tan mala vista tienes o tan alto habremos llegado que no distingues a los autómatas? Según las últimas noticias, los extraviados empezaron a desplazarse en bandas, como samuráis sin amo. El pueblo les teme y se oculta en las casas. Encima, la mayoría de ellos tiene apariencia humanoide y por lo consumidos parecen muertos vivos recién levantados de sus tumbas. Claro que el fuego es lo opuesto a la corrupción y lo incendiado no se pudre. Pero ¿quién puede educar al ignorante? Bien. Si aguzas un poco la vista, a mano derecha tenemos los restos del Kiyomizu-dera, magnífico templo de madera apoyado por pilares, mientras que a tu izquierda podrás disfrutar de la disposición de las alas del Saihö-Ji o Templo de las fragancias del Oeste...

Durante un rato Nakatomi se entretuvo mostrándole templos y santuarios y palacios y castillos y fortalezas. Parecía un vendedor de nuevas urbanizaciones. Lun Pen empezó a adormecerse, acunado por el vuelo agradable. El autómata se desplazaba sobre las grandes regiones, subía y bajaba cautamente en previsión de bolsones de aire. A esas alturas el sol picaba fuerte.

—Cambiando de tema —dijo de pronto Nakatomi—. Ahora que nadie más que tú y la cosa esta pueden escucharme, te contaré la verdadera razón por la que te contraté...

—¿Estoy contratado? —Lun Pen entreabrió los ojos.

—Eres un inmigrante clandestino, así que olvídate de reclamar papeles en regla. Como sabes, alcancé una edad respetable, próxima al momento en que uno termina como un infeliz, rabiando contra la luz que se extingue. Lo que estoy diciendo, Lun Pen, es que necesito un tiempo suplementario. Quiero cambiar de vida, huir de quien soy y ser otro... siendo yo mismo, el mismo Nakatomi de siempre, ¿si no qué gracia tiene?

—Pero vivir una vida nueva es imposible...

—¿Tú crees? Cuando te vi caer en mis jardines entendí que eras un regalo del cielo, la señal de algo que existía o estaba a punto de concedérseme... Al principio no sabía qué. Después, cuando descubrí tu talento para las reparaciones, me di cuenta. Todo encajaba... Ya me extendí demasiado acerca de la historia de los autómatas, y quiero ir al punto central: si pudiste trasladarte en el tiempo y el espacio, es porque estás informado de las reglas de la duración y de la ubicuidad, tienes el poder de...

—Pero yo...

—No me discutas, piojoso extranjero, preciosura mía, mi amigo más preciado, joya de mi corazón. Tú mismo eres la mejor prueba de que es posible alcanzar la inmortalidad. En rigor es eso lo que produces, tiempo en un espacio físico, tiempo en el mecanismo de los autómatas. Y ¿qué son ellos sino un paso revolucionario que da nuestra especie para liberarse de la tiranía de la muerte? Los autómatas son la primera realización humana que nos separa del reino de la naturaleza. Y como mi cuerpo siempre ha sido asqueroso, soy el candidato ideal para realizar una operación de traspaso a una nueva forma. Introduce mi alma en un autómata hermoso e irrompible, hazme durar para siempre, para siempre, para siempre. Te lo ruego, Lun Pen.

—¿No temes aburrirte?

—¿Yo? ¡Con lo divertido que soy!

—Si vivieras eternamente y sin cambiar, ¿cómo podría conmoverte el encanto de las cosas? Las cosas son bellas precisamente porque son fugaces e inconsistentes.

—¿Y a mí qué me importa? En una vida infinita la variedad podría ser infinita. ¡Ayúdame!

—Lo haría con todo gusto —dijo Lun Pen—. Pero ¿cómo se hace para traspasar un alma?

—¿Cómo hace quien ama para creer que está en el otro? —rio Nakatomi.

—¡Pero una cosa es la creencia en la fusión sentimental y otra muy distinta el trasvasamiento de un alma indivisa y propia a un mecanismo articulado y ajeno!

—Yo qué sé. ¡Ya te las arreglarás! Proponerse algo es conseguirlo a corto o largo plazo. Dime que sí, que lo harás, o te tiro de esta cosa voladora de un sopapo.

—No puedo prometerte...

—Qué idiota. Una palabra no dice nada y al mismo tiempo lo esconde todo. Y a cambio de esa palabra que dices sin compromiso, te salvas ahora mismo de una muerte segura.

—Y tú también te salvarías si consigo trasladar tu alma a un autómata, ¿no? Dudo que te atrevas a tirarme.

—¡Este es mi amigo y esa es la actitud que yo quiero! —Nakatomi lo abrazó. Lun Pen no se dejó chantajear por la emoción:

—Todo muy bonito, pero te advierto que en caso de que pudiera hacerlo, encontrarías tremendamente incómoda tu nueva situación. Tu cuerpo, con toda esa grasa y esas flotaciones acumuladas, es tuyo y estás acostumbrado a cargarlo. En cambio, los autómatas solo brindan una simulación grotesca del original que pretenden copiar...

—¿Dices que nadie me reconocería bajo mi nueva apariencia?

—No. Pasarías a ser un desconocido para tus mujeres y tus hijos... Incluso si les avisaras, nadie te creería. Eso te alejaría de tu familia, porque serías un desconocido para ellos...

—Lun Pen: no nos engañemos. Nadie me quiere. Fui la decepción de mis padres y la vergüenza de mis esposas y el fastidio de mis hijos. Estoy dispuesto a pagar todos los precios en beneficio de tener otra oportunidad: la de mi propia salvación.

—Pero ¿eres consciente de que, aun si fuera posible cambiarte a otro cuerpo, habría cosas que perderías? Desde luego que la función sexual, aun de resultar materialmente practicable, no traería de suyo la posibilidad de la descendencia...

—Cierto. Pero también habrá ventajas, como no gastar más tiempo agachado en el retrete, esperando que salga la viborita marrón. Y me asombra tu falta de visión prospectiva. Los autómatas que hoy vemos no son sino el primer esbozo de una evolución que algún día dejará muy atrás las prestaciones del cuerpo humano. En ese futuro, cada uno de nosotros optará por pasarse al autómata de su mayor gusto, y serán pocos los integrantes de nuestra especie que se resistirán a ese cambio. A partir de ese momento cambiará el modelo de familia, de relaciones sociales y laborales, el mundo. En cuanto a mí, que soy lo que me importa... El primer autómata que me toque habitar será de una rigidez intolerable, pero el siguiente resultará mejor. Y como el progreso es irreversible y gracias a ti yo seré eterno, mi alma irá ocupando los cuerpos de autómatas sucesivos hasta llegar al autómata perfecto. Y tú serás el responsable de esos pasajes... Porque a su vez también tú te habrás trasvasado...

—Un alma, dentro de un autómata, obrando el tránsito de otra alma al cuerpo de otro autómata...

—Por los siglos de los siglos... Cambiando de envoltura y conversando, tú y yo...

—El milagro de la resurrección, realizado.

—De la reencarnación.

—¿Y eso te parece una experiencia fascinante? Yo lo veo como una condena. Un par de años de conversación y agotaremos todos los temas...

—¡Qué falta de imaginación! Eso no ocurrirá. Nos volveremos dueños de nuestra eternidad, gobernaremos nuestros destinos. ¿No te gusta el cuerpo que te tocó en suerte? ¿Se siente un poco duro al acostarse? ¿Se oxidaron las chavetas? ¡Lo cambias y listo! Frente a ese panorama no habrá autoridad ni moral que nos detenga. Seremos el hombre nuevo. Es por eso —la voz de Nakatomi tembló de emoción—, es por eso que te ruego, te ordeno que me permitas ser el primer exponente de la mutación de nuestra especie...

—Pero ¿qué clase de ser es un autómata habitado por un alma? ¿El resultado serías tú, otro yo, un fantasma?

—¿Es eso un koan? ¿Acaso no somos fantasmas ahora mismo? Ah, mira, hablando de autómatas, estamos emprendiendo el descenso... Si no me equivoco, vamos en dirección noreste-sureste, siguiendo las ondulaciones del Kamogawa. Mira aquellos cañaverales que crecen en la ribera. Son tan tupidos y cerrados que cuando allí se comete un crimen, el muerto no llega a desplomarse, su cuerpo es sostenido por las cañas y solo cae a tierra cuando ya no es más que un montón de huesos. Bah, no a tierra, porque las cañas crecen en un medio fangoso. Incluso se dice que su tamaño excepcional se debe a la fermentación cadavérica, que es el mejor de los abonos... Saliendo del cañaveral, si fuerzas un poco la vista, verás una extensión de zonas verdes a la orilla izquierda del río. Es una región ideal para tirar una manta y gozar de una tarde en familia al aire libre. El padre disfruta de su merecido descanso, acostado panza arriba, tirándose pedos y mirando las nubes, las conversaciones de las mujeres zumban como mosquitos y los niños quieren pescar carpas y arrojan al agua sus anzuelos donde se agitan los gusanos. La felicidad total.

—Para ser el día posterior al incendio, hay bastante gente, ¿no?

—Así parece.

—Sin embargo, los veo bastante estáticos...

—Supongo que son autómatas que dejaron de funcionar.

—¿Y por eso quedaron así, de cara al sol?

—Mira hacia donde apunta mi dedo. Pasando el tercer puente y antes del cuarto. Ese es el barrio de geishas de Kion. Cuando quieras procurarte diversión con descuento en la bebida, te daré una tarjetita que te habilita a ingresar en el establecimiento. Pero hoy, en premio de tu esfuerzo, visitaremos un sitio escogido. Prepárate para el aterrizaje. ¿Ves, allí, esa enorme veranda de madera con columnas de dragones que se alza en ese recodo? Es solo la parte visible del establecimiento más sofisticado: el Akinawara.

—¿Y cómo sabes que bajaremos...?

27

Apenas se posó sobre la terraza del establecimiento, el autómata soltó algunos zumbidos y empezó a replegarse, por lo que a sus pasajeros no les costó descender. Nakatomi aplaudió y de inmediato se corrieron las persianas de papel de arroz y apareció una corte de servidores que ofreció toallitas húmedas y calientes para limpiarse las manos. A Lun Pen le llamó la atención que su compañero se desplazara por el lugar con la naturalidad de un dueño de casa. Lo fuera o no, el asunto carecía de importancia, comparado con otros. Por ejemplo: ¿Cómo era posible que conociera el rumbo que tomaría el autómata? ¡Sí era él quien lo había armado! Eso revelaba mayor conocimiento acerca del tema que el suyo, y si era así ¿para qué lo necesitaba? Y otra cuestión, aun anterior. Le preguntó directamente:

—El Shögun y mi trabajo para el Shögun, ¿son un invento?

—¿Invento? —Nakatomi pareció sinceramente sorprendido—. Nuestras vidas correrían serio peligro si él nos escuchara debatir acerca de su existencia. Pero ¿por qué...? Ah, aquí viene el fiel Chao Ming, que es mudo, a avisarnos que ya está servido el banquete.

Ingresaron en una habitación espesamente perfumada y de iluminación irregular. Los alimentos estaban distribuidos sobre platillos dispuestos en zonas de opacidad y tiniebla. Lun Pen se alegró de contar con palitos, le molestaba la idea de estirar la mano en la oscuridad y tocar algo baboso y blanduzco. Las paredes del lugar estaban forradas de una tela oscura y gruesa y su distribución no era uniforme, como si hubiese sido troquelada o tal vez perforada para permitir que espiaran el interior a través de agujeros. Se desparramaron sobre los almohadones y empezaron a comer. Durante un rato solo se oyó el ruido de succión, masticación, ingesta y eructo.

—¿Hay algo que te alarme? —Nakatomi había notado la expresión preocupada del chino—. Si es por la falta de postres, di instrucciones de que los salteemos y pasemos directamente al té con masas que se servirá en la terraza descubierta.

—No se trata de eso. No me entra un bocado más.

—¿Te asustó lo que dije del Shögun? Tampoco es que esté atento a nuestras conversaciones. Él tiene asuntos políticos y personales más importantes de los que ocuparse, además de nuestros chismorreos.

—Pero ¿sabe de mi llegada?

—¿Cómo podría no haberlo hecho? Caíste como un bólido brillante. Primero un azul purísimo y ardiente que a gran velocidad tramaba helicoides, luego un trompo dorado, después el zumbido, y cuando todo el mundo alzaba los ojos para ver el punto donde se desplomaría el meteorito... apareciste en mi jardín. Lo primero que hice fue enviar un mensajero al Shögunato para comunicar la noticia.

—¿Y qué espera él de mí?

—Todo.

—No me tomes por idiota, Nakatomi. ¿Qué relación existe entre la alegada expectativa del Shögun respecto de la creación de un autómata ideal con tu pedido de traspaso para preservarte de la muerte? Esa debe de ser otra de tus fabulaciones. En rigor, los términos en que expresaste los deseos del Shögun y aquellos que empleaste para explicar tu propósito resultan sospechosamente parecidos, como si hubieran sido dichos o imaginados por la misma persona.

—Así suenan porque fui yo quien habló, y tuve una vida tan

dura que no me quedó ni tiempo ni ganas de pulir mi lenguaje. Así que todo lo que brota de mis labios parece dicho por mí y no por el que quisiera ser. Volviendo a mi punto: Ashikaga Takauji lo tiene todo y puede desprenderse de todo. Yo soy nada y con tu auxilio quiero obtener la inmortalidad. ¿En qué podríamos asemejarnos?

Durante un segundo Lun Pen no supo qué contestar. Después, la angustia acumulada lo impulsó:

—He visto que te las arreglas para manejar a los autómatas mejor que yo, así que, ¿para qué demonios me necesitas?

—¿A qué vienen tantas preguntas? Ven, vamos a la terraza que las chicas nos esperan.

Salieron. Habían llegado pasado el mediodía, pero ahora la Luna ardía contra un rebaño de nubes estampadas sobre el fondo negro. Lun Pen se preguntó si el ágape había durado más de lo esperado o si él se habría dormido en su transcurso. Tal vez el tiempo corría más rápido en Japón y eso explicaba el apuro de eternidad de Nakatomi. El ensueño de la brevedad de la vida agregaba una gota de incertidumbre al panorama, que se completaba con la presencia de una especie de tela pesada y suntuosa, de una extensión no menor de tres yo, que colgaba de dos altos palos largos y flameaba sin que no corriera una gota de viento, como si un par de dedos invisibles la agitaran. Con uno solo, índice, gordo como un embutido de cerdo, Nakatomi indicó que tomaran asiento sobre una pila de almohadones.

—¿Algo está por comenzar? —dijo Lun Pen.

—Siempre —dijo Nakatomi—. En principio, ¿qué te evoca esto?

—¿Esa tela ahí colgada?

—Sí. Y el silencio. Y el aire cargado de expectativa.

—Parece una deliberada imitación de la escena central de la historia del emperador Wu Ti, su amada Shui y el sacerdote Fa Wong...

—Exacto. Ese cuento que tanto te cautivó.

—...una imitación deliberada y grosera...

—¡Me alegra que lo captes de inmediato! Sí, mi querido Lun Pen, he montado esta escena y tantas otras a favor de tu ilustración...

—¿Hay algo que ignoro y que debo saber?

—¿Hay algo que sepas y que deberías ignorar? Esa es la verdadera pregunta.

—No lo sé.

—Esa es la verdadera respuesta. Pues bien. ¿Crees que si yo ahora me pusiera en pie y descorriera esa tela o telón, me convertiría en Wu Ti y por un instante podríamos ver a la emperatriz en el momento de desaparecer?

—Creo que no.

—Claro que no. ¿Qué es lo que se transforma y qué lo que permanece? Cuando me contaste tu versión del motivo inicial de tu viaje, lo que primero me llamó la atención fue que creyeras ciegamente en la existencia real de los personajes de la historia del teatro de sombras. Concretamente, me sorprendió que adoptaras una perspectiva moralista para referirme un relato que ilustra acerca del deseo y sus límites, acerca de la carne, la pérdida y la desesperación. En tus labios, ese cuento sobre los mandatos de ultratumba, esa desoladora negación de que el amor es más poderoso que la muerte, se convertía en una fábula rosa. Como si consideraras al mundo y a las personas bajo el punto de vista de la santidad, que no es más que un efecto del idealismo propio de la inmadurez.

—Quizá yo sea solo un niño... —murmuró Lun Pen.

—¿Quién no? En nuestro anhelo siempre lo somos, en cambio nuestra mente adulta estima las cosas habiendo comprendido y admitido la finitud. Fíjate en mi propio caso, que tanto te inquieta y te ha llevado a confusión. Yo soy o puedo creerme el más fiel vasallo del Shōgun, a quien sirvo de múltiples maneras. Pero también tengo intereses propios y por eso no descuido mi beneficio mientras me inclino ante él. Si llegaras a fabricar el autómata que Takauji anhela y entretanto me traspasaras a otro, garantizando mi propia inmortalidad, atravesaríamos dos pájaros de un flechazo.

—¿Y esto qué tiene que ver con...?

—La comparación es pertinente y explica el motivo de tu presencia en Japón. Lo que quiero indicar es que el encargo de Wu Ti a Fa Wong podía inspirarse en los sentimientos más profundos que es capaz de albergar un emperador, pero quien hizo todo el trabajo para recuperar a Shui, quien la rescataba todas las noches de los dominios del Cielo Azul y la veía bailar más cerca que nadie, era el propio Fa Wong, que a lo largo del tiempo y la diaria entrevisión nocturna del cuerpo adorable de la emperatriz debe de haber alimentado tremendas ganas de ponérsela. Por muy sacerdote que fuese, ella debió de ser un bombón y la carne es débil y nada hay más imperioso que entregarse a las tentaciones, sobre todo si en nombre de la virtud uno se toma algún tiempo para resistirse a ellas. En ese sentido, la interdicción que le planteó al emperador ("no la toques", "no quieras besarla", "no pretendas recuperarla", "mírala pero mantente a distancia") fue presentada como una advertencia acerca de condiciones planteadas por los dioses, pero también puede entenderse como una maniobra astuta del propio sacerdote para impedir que Wu Ti tomara a la mujer que él había empezado a querer para sí.

—¿Crees que la prohibición de los dioses era un invento de Fa Wong y que alguna vez, con tiempo y paciencia, Wu Ti habría podido recuperar a su mujer en cuerpo y alma y no solo por la vía de la imagen?

—Tiendo a pensar que Fa Wong trajo a la hermosa Shui enteramente y que el impedimento fue urdido con el propósito de no cedérsela al emperador. Incluso creo que la emperatriz se entregó desde el primer día a Fa Wong. Quizás esto te suene inapropiado, teniendo en cuenta la diferencia de categoría entre ambos, pero no sería extraño semejante ofrenda por parte de una mujer agradecida. Un chitsu no se gasta, es mucho más suave que una funda de terciopelo y desde luego más húmedo, y se sabe que los sacerdotes taoístas conocen los secretos del placer sexual y de la retención espermática como nadie en este mundo. Así que Fa Wong unió lo útil a lo agradable y a cambio de anunciarle al emperador que recuperaría a su amada mediante el simple recurso de estirar el brazo y apartar la tela, obró con deliciosa perversidad. ¿Qué mayor satisfacción puede encontrar uno en esta vida que la de apoderarse en secreto de la mujer ajena, hacerla propia a diario y a escondidas, y mostrarla luego, evanescente e intocable, noche tras noche, a su legítimo marido? ¡Un maestro, tu maestro! Creo que el verdadero relato debe ser contado así, como un relato picaresco, y concluye cuando Fa Wong se harta de burlarse íntimamente de Wu Ti y de poseer a escondidas a la emperatriz, porque finalmente se enamoró de ella. Entonces, de un manotazo soberbio descorre el telón de sombras y "hace desaparecer" a la hermosa Shui, es decir, se la lleva en secreto a su montaña, decidido a calentarle la cuevita hasta el fin de los días.

—¿Y qué pasó con Wu Ti?

—¿Qué importancia tiene el destino de un cornudo? Quizá, con suerte, en algún momento percibió la verdad de los hechos y comprendió que era preferible no empeorar las cosas manifestando su voluntad de venganza. O tal vez no entendió nada de lo ocurrido pero tuvo al menos la dignidad de dedicar el resto de su vida a recordar a su amada, construyendo monumentos en su memoria...

—O sea que... Piensas que toda mi vida cambió a causa de mi error en la lectura de esta historia...

—¿Qué tendría de raro? Nada más estimulante que un error, nada más útil que sus consecuencias. Ese cuento no solo modificó tu vida, sino también la mía, la del Shögun y la de alguien más que pronto tendrás el gusto de conocer.

—¿A quien...?

—¿No puedes parar de hablar? Shhh. Cállate. Aquí también se descorre el telón. Y no me preguntes de quién es esa mano.

28

Lo primero que vio Lun Pen fue una especie de chapa de latón, recortada en forma de círculo, que colgaba a un ken de altura y figuraba la Luna. Salpicando el espacio a su alrededor, puntitos de iridiscencia rojos, azules, amarillos y blancos, las estrellas. Los alumbraban lenguas de fuego que brotaban de un par de tachos. Distribuidas de modo casual, clavadas en los entresijos del piso, había cañas de bambú de distintos tamaños. La composición espacial parecía concebida por una mente que pretendía arruinar el espectáculo. Pero quizás eso era un efecto buscado, porque el conjunto encontraba su verdadera función al apoyarse en el paisaje del cielo. Así, la Luna de chafalonería tenía su justificación de existir volviendo más cierta a la verdadera. Y lo mismo pasaba con las estrellas: titilaban en su serenidad de eones, proyectadas en un plano junto a sus acompañantes hechas de papelitos de colores que seguramente se arrugarían y desteñirían con el primer rocío de la madrugada, si antes no los iban cortando los filos de las dos katanas que relampagueando ingresaron a escena antes que sus portadoras. Eran dos, ellas, vestían túnicas de seda blanca y entraron bailando su coreografía de espaldas. El resplandor de la Luna real, que iba en ascenso, arrancaba chispas al aceite de camelias que empapaba los cabellos de las shirabyôshi, pero las bailarinas seguían de frente al río, con sus rostros hermanados en lo oscuro. Así danzaron, cruzando katanas con abanicos de metal que plegaban y desplegaban monstruos pintados con tal maestría que por momentos Lun Pen fantaseaba con la posibilidad de que se soltaran de la sujeción y abriendo las alas saltaran al combate contra las bailarinas.

—¿No es hermoso ver a mujeres que saben hacer lo mismo al mismo tiempo y con el mismo ritmo y la misma intensidad? —dijo Nakatomi.

Las shirabyôshi se volvieron al unísono, como si le contestaran. Silenciosamente, Lun Pen debió admitir que el efecto se intensificaba por arte de simetría.

—Estos pimpollos me traen recuerdos agradables —suspiró el gordo.

Ellas giraron sobre las sandalias afelpadas y ofrecieron sus caras a la luz. Eran idénticas. Idéntica la blancura del maquillaje en sus mejillas, idéntico el trazo de las cejas falsas sobre la frente y el ritmo de sus movimientos y la apariencia general de sus cuerpos. Idéntica fue también la entrevisión que permitieron de sus dientes, parejos, teñidos de negro, cuando despegaron sus labios idénticos para cantar una sakura.

En el cielo hay una red de perlas
Si miras una, ves a las demás reflejadas en ella
Cada objeto del mundo no lo es en sí mismo enteramente
Incluye a todos los demás y es todos los demás
En cada partícula de polvo se encuentran Budas sin número

Lun Pen se estremeció de gozo. El canto de las shirabyôshi habría hecho palidecer de envidia incluso a los cantantes profesionales. Con su timbre metálico ellas unían la pureza del sonido, la precisión del movimiento y de las entonaciones, la corrección y el sentimiento, que poseían o sabían afectar. Al borde de las lágrimas, y luego llorando sin pudor, Lun Pen pensó que decían lo que oscuramente él sintió sobre sí mismo y la circulación de objetos, su pasaje de un Universo al otro como algo que lo excedía y a lo que finalmente podía entregarse sin temor alguno. Se vivía a pérdida, y el mundo desperdiciaba y consumía talento a cada instante. ¡Qué ridícula le parecía ahora la demanda de inmortalidad de Nakatomi! ¿Qué querría guardar de sí, para sí y para siempre? Las shirabyôshi cantaban:

En el cielo hay una torre grande como el cielo
Dentro de la torre hay palacios y pórticos y ventanas
Escaleras barandas y pasadizos
Vidas interminables se gastarían en recorrerla
Y en su interior hay también cientos de miles de torres
Cada una de ellas tan espaciosa como la principal
Tan grande como el cielo
Y todas esas torres de número incalculable
Tanto se rozan como se mantienen apartadas entre sí
Todo está contenido en una y una contiene el todo.

Un poco de didáctica budista tampoco estaba mal.

Terminado el canto, las shirabyôshi detuvieron sus movimientos, también al unísono, y quedaron con las bocas entreabiertas. Para mostrar su agrado con la canción, Lun Pen inclinó la cabeza, pero las bailarinas no ejecutaron movimiento similar. Él se volvió hacia Nakatomi.

—Ni siquiera parpadean.

—¿Te gustan?

—Claro...

—Todas tuyas, entonces. Esta noche es tu noche.

—¿Son...?

—¿Autómatas? Por supuesto.

—Pero... ¡Parecen muy superiores a todo lo que yo reparé!

—¿Y qué?

—¿Y qué? ¿Qué? ¿Cómo qué?

—¿Cómo cómo qué? ¿Qué...?

—¡No pongas esa cara de estúpido, Nakatomi! ¿Crees que no hay nada que decir! ¡Hay mucho por decir! En principio, deberías aclararme la razón por la cual...

—...Por la que...

—...Por la cual me tuviste trabajando con lo que evidentemente son los restos descartados de la colección del Shögun, en vez de presentarme a estas piezas insuperables...

—¿Te piensas que Ashikaga Takauji se chupa el dedo? —respondió Nakatomi—. Por supuesto que lo mejor se lo guarda para sí.

—Pero, ¿y por qué dejó ir a semejantes maravillas? Estas autómatas son...

—¿Y quién te dijo que las dejó ir?

—No entiendo. No paro de no entender. Mi incomprensión es...

—...una torre llena de cientos de miles de torres de incomprensión —rio Nakatomi.

—Ni siquiera es entendible por qué... Por qué... El mecanismo de estas máquinas ha de ser tan complejo que si llegaran a sufrir alguna clase de percance yo no sabría repararlas. ¿Para qué me necesitas? Para conservarte inmortal, ¡pídele a su fabricante que te haga un autómata de esta calidad! Y dime cómo alguien logró quedarse con estos ejemplares, cómo escaparon del dominio del Shögun... ¿O fue él quien consintió...?

—No tengo por qué responder a tus preguntas. Solo lo hago cuando tengo ganas, y desde luego no siempre me ajusto a la verdad de los hechos. Y ahora calla y sigue escuchando...

Dicho esto último, las shirabyôshi alzaron la cabeza y volvieron a cantar. Con la Luna muy alta en el cielo, las voces parecían elevarse aún más puras, como si en su desprendimiento quisieran hablar de lo que desconocían. Eso, además de revelar un dispositivo afinadísimo para la producción del sonido, dejaba trasuntar la existencia de estados emocionales que quizá se correspondieran con los de su fabricante o que, no habiendo sido creados por este, se habían desarrollado por efecto mismo del canto. La esencial inhumanidad de la música las afectaba de alguna manera. Y, sin embargo, para Lun Pen, era imposible que el sentimiento que transmitían tuviera por límite y por causa las variaciones mecánicas. Incluso si las shirabyôshi carecían de alma y sus voces transmitían solo la voluntad estética de su fabricante, la serenidad y desapego manifestados revelaban igualmente la existencia de un espíritu muy elevado. Desde luego, esa revelación escapaba al conocimiento de Nakatomi, que, acunado por la canción, había cerrado los ojos para descabezar un sueñito, pero Lun Pen sí creyó que la comprendía o que al menos podía intentar algún contacto con esta. La voz era música en estado puro y la letra era solo el pretexto fónico para que esta música se mostrara. Y con ella hacía su ofrenda. El mundo podía servirse o no de esa ofrenda, pero no había en ello ninguna imposición. La música, al soltarse, solamente existía. Todo estaba ahí, puesto en la belleza de las bailarinas, en la vibración de sus voces, ahí era donde estaba el alma. "Tan bello es esto, tan bellas son ellas, que si pudiera las amaría", se dijo Lun Pen.

Y apenas formuló ese pensamiento, las shirabyôshi interrumpieron su canto y fueron hacia él.

29

Ni sus rutinas como cliente del Nuevo Hua Fu Tcheng ni las cabalgatas desaforadas a las que lo había acostumbrado Jia Li le sirvieron de preparación para lo que ocurrió. Exquisitas y contenidas en sus expresiones, las shirabyôshi lo fueron llevando del rígido y tembloroso acercamiento inicial a un recorrido por la seda. Sus pieles eran suaves al tacto y nada en ellas permitía extrañar la consistencia y la blandura de la carne. Aún más, sus temperaturas estaban un par de grados por encima del promedio humano, y se elevaron apenas iniciados los primeros roces. Lun Pen trató de entregarse sin reticencias, pero su mente permanecía en un punto al margen, tratando de determinar si la sabiduría de esas máquinas era instintiva o programada. Tal vez habría debido consultar a Nakatomi, que ya había abierto los ojos e indelicadamente se abstenía de dejarlo a solas. Pero ni siquiera consideró esa alternativa. Estaba enojado, irritadísimo con el gordo. ¿Cómo demonios podía uno entregarse al disfrute en esas condiciones?

Sin saber bien qué hacer, Lun Pen optó por hundir la cara en los cuerpos de sus amantes, buscando así la discreción y la privacidad y el reparo perdidos. Agitó la cabeza, la hizo oscilar de un pecho a otro, de este al tercero, al cuarto, y vuelta a empezar, hasta que se sintió envuelto en el aura de un ritmo que lo ocultaba de la mirada ajena. Era dentro de ese ritmo donde se jugaba el destino de sus acciones, él iba ingresando en una zona de excitación que aquietaba sus pensamientos, pero intensificaba la búsqueda de algo que no sabía que había perdido y no sabía qué era ni donde se hallaba. Y lo singular era que todos sus movimientos iban tras de lo que verdaderamente lo estaba volviendo loco de calentura: buscaba los agujeros donde se introducía la pieza encastrante, el lugar de los engarces. Pero en las shirabyôshi no había claves evidentes de su condición. Tampoco chavetas y tornillos. Y en aquellos sitios donde hubiese creído que encontraría el olor del aceite lubricante (o del cuerpo humano) a cambio percibía aromas refinadísimos, esencias mareantes. Eran máquinas de placer provistas de algún grado de autonomía y entrenadas para exaltar el deseo y experimentarlo. Lun Pen sentía que ya no daba más, el esperma le hinchaba los testículos, recorría estremecido la columna vertebral, le subía como rubor por la cara y le chorreaba por las orejas... y las shirabyôshi aumentaban esa impresión de desborde rehusándole sus chitsus a la vez que frotándolos contra su gōngjī en movimientos que fingían una sofisticada inocencia torpe, matizada con frasecitas soeces, exclamaciones de deleite, gemidos, suspiros, diminutivos, palabras entrecortadas, murmullos, afirmaciones y reclamos, organizando sus frases en una secuencia melódica que se sumaba al ritmo de sus cuerpos, y así empezaron a cantar una melopea que era pura combinación de vocales y consonantes. Un verdadero canto real. Cerca ya de la disolución, Lun Pen escuchó una voz conocida, ahora aborrecida:

—No es que quiera inquietarte, pero ¿por cuál empezarás? —Nakatomi había ido avanzando sigilosamente, deslizándose sobre las nalgas y apoyando sus manos sobre el tatami—. ¿Será lo mismo o herirás la sensibilidad de una si atiendes primero a la otra? ¿Qué creés? ¿Les dará lo mismo? En la dimensión en que existen, ¿se excluirán la competencia y los celos?

—Cállate, por favor —suplicó Lun Pen.

—Soy tu mejor amigo y tengo que advertirte. Se te ha generado una situación compleja, ya que tu orgullo masculino te plantea necesariamente la cuestión de satisfacer a ambas y de manera idéntica. Pero sabemos que eso es imposible, porque hagas lo que hagas, estarás forzado a la precedencia y a la consecuencia. Si tomas a una, dejas a otra para después, y la compensación posterior...

—¿Podrías dejar de hacer esas muecas y abandonar el cuarto? ¡Estás salivándote en mi oreja!

—Qué quisquilloso. ¿Y qué decir de tu rastrito de babosa sobre sus pieles? Por suerte no son refractarias a nuestras viscosidades. Después de probarlas, ¿qué hombre puede seguir insistiendo con mujeres nacidas de vientre de mujer? Lun Pen, Lun Pen... Arribamos a un estadio de la humanidad en que nuestras pasiones solo pueden expresarse libremente gracias al mayor de los artificios... Puesto de otro modo, solo son verdaderas las mujeres dadas a luz por nuestra imaginación.

Y dicho esto, Nakatomi se retiró.

Durante unos instantes Lun Pen se quedó quieto, creyendo que el gordo se había ocultado del otro lado de la pared. Pero entretanto las shirabyôshi seguían en su canto, así que pronto su mente solo tuvo espacio para lo que sobrevino. Con una o la otra, o ambas juntas, acopladas, fundiéndose... Así que entró en ella o en ellas. Perdido en el abrazo, sintió que su miembro era rozado por una serie infinita de dientes rotativos que lo envolvían como pequeños filamentos acariciantes.

30

Como suele ocurrir luego de los grandes momentos, la mañana siguiente tenía gusto a cenizas. Nakatomi amaneció ojeroso y sus facciones se mostraban congeladas en la expresión de disgusto propia de quien espera y no consigue nada. Lun Pen tampoco quería mostrarse muy sociable: prefería guardar para sí la memoria de lo ocurrido y no rebajarla mediante conversaciones banales; ni siquiera se atrevía a preguntar si las shirabyôshi volverían. Para peor, los bollos de arroz y algas estaban secos y el té sabía a pasto y estaba frío.

Luego del desayuno abandonaron el Akinawara. Lo hicieron a pie, ya que el autómata volador había desaparecido. Incluso Lun Pen creía haberlo visto cuando se levantó a orinar en medio de la oscuridad: una masa enorme que se iba abriendo camino entre los bambúes y espantando a las luciérnagas a medida que se hundía en el barro. Pero aquello podía ser una fantasmagoría propia de los sueños agitados de su noche junto a las shirabyôshi.

Durante los días siguientes la situación pareció retrotraerse a los momentos iniciales. Ahora lo proveían de autómatas toscos, porquerías necesitadas de remiendos fáciles. Lun Pen no sabía si Nakatomi le había perdido la confianza o si lo estaba sometiendo a otra prueba. Para compensar un poco la desolación de ese panorama se entretenía recordando las semanas en que construyó al autómata multiforme: su momento de gloria ya desaparecido en el fango del pantano. El resto de la jornada se lo pasaba pensando en la noche del Akinawara. Lo curioso era que ese recuerdo se volvía más nítido a cada retorno, como si solo lo perdido pudiera tornarse cierto. Claro que el encuentro con las shirabyôshis había sido de una plenitud absoluta. Pero, si se lo dividía en la sucesión de sus momentos, cada uno de estos ricos y fugaces, sazonados por la alternancia entre el temor de que ese goce decreciera y el deseo de que continuara incrementándose, esa totalidad se había visto afectada por la certeza dulcemente melancólica de que no se repetirían. En cambio, en ese mismo instante podía repasarlos a gusto y cuantas veces quisiera. En ese tamiz aparecían o se multiplicaban riquezas no suficientemente aquilatadas, y que recién ahora aportaban todo su sentido. Y no se trataba solo del placer carnal. Meditando con calma acerca de los detalles de aquella noche podía concluirse en que lo realmente importante estaba ligado a su aproximación de primerísima mano y entrepierna a la mecánica de esas autómatas. Entrando en ellas había aprendido acerca de su funcionamiento mucho más que si las hubiera desarmado y armado de nuevo.

"Tal vez fui puesto en semejante situación para alcanzar mi propia maestría en la materia", se decía.

Claro que semejante idea era una simple sospecha. Al menos, daba que pensar el hecho de que, después de haber armado su encuentro con esas piezas extraordinarias, Nakatomi lo arrojara al más brutal de los contrastes, mandándolo a reparar objetos mecánicos de lo más toscos. Además, luego de aquella noche había dejado de hacerse ver, cuando antes no paraba de asediarlo con sus visitas y su charla inoportuna. Era todo muy raro. Y también lo fue la reaparición del gordo:

—¿Me extrañabas? —dijo y siguió—: Seguro que no. Yo sí. Es que tengo un corazón tierno... Como sea, las cosas han cambiado tanto en este tiempo... Todo se aceleró... Debemos purificarnos... Sobre todo tú.

—¿Purificarme de qué? ¿Para qué?

Nakatomi no respondió, salvo con un gesto: le alcanzó una

tela de algodón suave, unas túnicas de seda finísima, de colores combinados y superpuestos y perfumados con humo de incienso, y dos piedras planas y esponjosas.

—Para que enfrentes limpito tu destino.

Salieron. Por un rato anduvieron a paso lento, disfrutando del sol suave de la mañana. Cantos de hototogitsus que subían y bajaban en los columpios del cielo lanzando sus estridencias agudísimas, y detrás de ellos los canarios hossos que escuchaban esos trinos como si fueran rasguidos de abejorros y ascendían en su búsqueda hasta alturas imposibles y terminaban explotando en el aire. Moscas de fulgurantes caparazones verdosos pululaban buscando el néctar de la mugre. Zumbaban de irritación al posarse una y otra vez sobre restos de autómatas desperdigados sin encontrar el típico deleite de carne podrida. Mariposas iridiscentes, frutos de la cruza con luciérnagas.

El ascenso fue fácil, apenas una decena de metros sobre el nivel promedio. El aire era más fresco. Ramas, helechos, abortos del inventario vegetal se arrojaban sobre sus cabezas. Los chillidos del parque habían cedido a un silencio sobrenatural, tan completo que dejaba oír el rumor de los grumos de tierra empujados por el brote de las semillas y la masticación de los gusanos devorando generaciones de muertos. Llegaron a una planicie orlada de vapores que provenían de un estanque. Tras la bruma, el agua límpida permitía ver los líquenes verdes y azules del fondo y una multitud de pececitos anaranjados que flotaban panza arriba. A primera vista Lun Pen creyó que se adormecían al calor de la fuente, pero Nakatomi ya había puesto un pie en el líquido y exhalado un suspiro de agrado, por lo que, observando con más atención, se dio cuenta de que la pereza era ilusoria y que en realidad estaban ejecutando una operación violentísima, oprimiendo su musculatura interna para dar salida a ristras de perlas opalinas y gelatinosas que se iban disolviendo a medida que ascendían hacia la superficie, dejando libres a crías íntegramente formadas y minúsculas que, apenas salidas de su envoltorio, daban cuenta de las madres. En segundos la transparencia del estanque se volvió una especie de lago espeso, un abismo lácteo y salpicado por restos de piel naranja.

—Adentro —dijo Nakatomi—. Es el momento indicado. Cuando terminen su tarea se lanzarán sobre nosotros y nos irán quitando todos los epitelios sobrantes, seremos el aperitivo de piel muerta de estos gurrumines. ¿Qué miras con esa cara? No nos devorarán, solo servirán al propósito de nuestra higiene, incluso la íntima, si no eres muy cosquilloso...

—¿Qué hacemos aquí?

—¿No te lo dije acaso?

—Me dijiste algo sobre la purificación y el destino, pero no fuiste claro.

—Tal vez sea hora de que te metas en el agua, que está deliciosa, y me escuches...

—¿Me vas a contar toda la verdad?

—¿Cuándo hice otra cosa?

—En ese caso... No está mal. Es tibia...

—¿La verdad?

—El agua.

—Sí. Dan ganas de dormir. O morir. O soñar. Flotando. ¿Sientes el mordisqueo de los pececillos?

—Claro. Es como una caricia. Obscena.

—Cierto. Qué deleite... Después no digas que te someto a maltratos. Hace poco te obsequié una noche de lujuria mecánica. Y ahora este paraíso a cielo abierto... Mira los pájaros... Las nubes como estampas móviles... Siente la pureza del aire... El perfume de las flores... La magnificencia de...

—¿Qué ibas a contarme?

—¿Yo? Ah. Sí. Iba a hablarte de... ¿En serio quieres que conversemos? ¿No prefieres cerrar los ojos y entregarte a...?

—Nakatomi...

—Bien. Bueno. Ahora va. Resulta que... Me encanta este cosquilleo. Ja. ¡Ah, no! Así... ¡Ay, qué bichitos traviesos estos!

Bien. Sí. Takauji. Un poco de historia reciente. Cuando Ashikaga Takauji se hizo con el poder, el país se encontraba en estado ruinoso. Los costos de cada producto superaban lo que se obtenía con su venta. ¡Sal de ahí, pececito! ¡Qué boquita la tuya! Bien. La recaudación de impuestos estaba paralizada. Los precios de los alimentos y de las mercancías aumentaban sin parar, nadie tenía dinero para consumir nada y lo perecedero y lo duradero se pudrían o enmohecían. Mientras a lo largo y a lo ancho del Japón estallaban disputas territoriales entre los daimyos, las lluvias y las pestes arruinaban las cosechas y el campesinado migraba hacia las ciudades y se arracimaba en derredor de las murallas. Hambre y peste. Crisis y muerte. Así que apenas asumió el cargo, Ashikaga Takauji dijo: "Tengo que alimentar a mi gente" y mandó llamar a los economistas más ilustres, formados en la Escuela de la Sublime Moneda. Los expertos llegaron a palacio cargando parvas de papel de arroz repletas de cálculos y gráficos que auguraban el retorno del país a la edad de oro si el Shögun aceptaba reducir el déficit fiscal y achicaba el aparato estatal, limitándolo a la tarea de impartir justicia y garantizar la seguridad y la propiedad de los bienes de los sectores más favorecidos, ya que los miserables no tienen nada importante que perder excepto la vida, que en su caso carece de todo valor. El remedio de toda crisis, dijeron, es la libertad económica: la libertad ordena, asigna eficientemente los recursos y fija los distintos niveles de ingresos. Eso dijeron y el Shögun confió en sus palabras y dejó hacer. Al comportarse así, creía dar muestras de su grandeza de espíritu. Él, dotado del poder más absoluto, cedía sus potestades y dejaba hacer a la mano invisible del dios del mercado. Y los economistas alababan su sabiduría y su grandeza de miras, no sin advertirle que en un principio esa libertad provocaría dolores semejantes a los de una gravísima enfermedad, y luego sobrevendría la cura. Y así fue, al menos en parte. En un principio a todos los economistas de la Sublime Moneda les parecía un gran progreso que el valor de los productos de primera necesidad se multiplicara tanto como la desocupación y el hambre, y como el pueblo ardía de furia y se juntaba a protestar en las plazas debió ser apaleado o directamente asesinado, lo que en las cuentas significaba una disminución del gasto. Y llegó un momento en que el Shögun advirtió que esa medicina milagrosa terminaría salvando al país el día mismo de su aniquilación, por lo que decidió poner fin a ese estado de cosas. A cambio de lo anterior fijó una serie de impuestos progresivos bajo el lema de "cuanto más tienes más pagas" y utilizó parte de lo recaudado para la construcción de obra pública (puentes, acequias, fuentes, templos, caminos) y el subsidio de los alimentos básicos. Además, incentivó el gasto suntuario de los funcionarios y de las cortes de provincias, por lo que estos, henchidos del sentimiento de la propia importancia, empezaron a contratar los servicios de artesanos, ebanistas, pintores, silleros, peluqueros, etcétera. A esto sumó una adecuada política de estímulo a la exportación de arroz, katanas, vestimentas de seda y armaduras, entre otros productos. Todas esas medidas volvieron a poner en marcha la producción y el consumo interno. Un clima de prosperidad se extendió por el país. De noche los farolillos de colores colgaban de uno a otro lado de las calles iluminando las casas de comida y de placer, que estallaban de clientes. La música sonaba en el aire y todos deseaban larga vida, feliz matrimonio y nutrida descendencia al Shögun y a dama Ashikaga. Desde luego, gracias a la reactivación de la economía y el aumento de la recaudación impositiva, el Shögun se fue haciendo de un tesoro formidable, que en parte distribuía entre los daimyos de provincias, de modo de garantizar su fidelidad. Bien. ¿Estás a gusto, Lun Pen?

—No tengo de qué quejarme.

—Sigo entonces. Así como distribuía el dinero entre sus vasallos agradecidos, así también solía recibir riquísimos regalos de parte de estos. Era un circuito que iba desde él y hacia él, ya que el dinero circulante llevaba su rostro estampado. Por supuesto, los economistas de la Sublime Moneda ahora eran sus enemigos y criticaban este hábito del Shögun, que además solía bautizar escuelas y puertos y caminos con su nombre, y lo acusaban de soberbio. Pero, en el fondo, esa conducta era solo una pantalla de humo tendida para ocultar su propósito secreto...

—¿El Museo de Autómatas?

Nakatomi hizo chapotear sus manos contra la superficie del agua, como si pidiera tranquilidad a los pececillos, y dijo:

—Es el momento de ponernos serios. El Museo de los Autómatas nunca existió como tal, o al menos no como razón última de su conducta. Fue la historia que te conté para interesarte en el asunto. ¿Crees de verdad que Ashikaga Takauji perdería sus días en entretenimientos de coleccionista?

—Pero, si esto fuera así, ¿qué papel cumplo yo? ¿Para qué me pusiste a reparar autómatas?

—El Museo de los Autómatas fue la máscara que acomodó sobre su rostro para adoptar la apariencia de un guerrero-esteta al viejo estilo, esa suerte de samuráis filósofos que luego de segar vidas en el campo de batalla visten sus mejores prendas y meditan acerca del vacío arrodillados frente a su tokonoma... El propósito del Shögun fue siempre la creación de un ejército de autómatas. Máquinas capaces de luchar incansablemente, de resistir lo insoportable, de caer, ser reparadas y volver al campo de batalla. En ese sentido, más allá de su aparente función recreativa, la colección de autómatas era necesaria como instrumento de estudio, investigación y superación para el fabricante que estaba a cargo de ese proyecto. Y es hora de decir que el incendio que dio cuenta del Museo de Autómatas indica que estos ya cumplieron su función y que el Shögun obtuvo lo que buscaba. Por lo que ahora se abren posibilidades fabulosas: expandir nuestro imperio por el mundo o, si esto resulta engorroso, ampliar los ingresos de la nación exportando nuestros ejércitos de autómatas a los países que quieran contar con guerreros perfectos. Y como es un negocio que recién empieza, estamos lejos aún de la saturación de los mercados.

—Pero, ¿y quién construyó esos autómatas? ¿Quién fabricó a las shirabyôshi? ¿Para qué me necesitan a mí?

—¡El Universo gira en derredor de nuestro mundo y el señor solo piensa en sí mismo! —suspiró Nakatomi—. Está refrescando y es hora de salir del agua, mi estimado. Vístete. Tú servirás a una causa distinta.

31

Esa causa, al parecer, empezaría a develarse en las habitaciones interiores del Palacio Shögunal.

De rodillas y con la frente apoyada sobre el suelo, Lun Pen torció un poco el labio superior y en un susurro preguntó a Nakatomi si aquella presencia que destellaba en la tarima era una mujer de verdad o la autómata suprema que él debía reparar. Nakatomi torció a su vez el ojo izquierdo en expresión de espanto y lo urgió a que callara. Luego, costosamente, se enderezó lo suficiente como para empezar su retroceso. Sus articulaciones crujían y su carne se agitaba y dama Ashikaga rio:

—Puedes retirarte, Nakatomi, si es que alcanzas a ponerte en pie de una buena vez por todas —y agitó un pañuelo perfumado. Mientras el gordo desaparecía en medio de genuflexiones, dama Ashikaga miró al hombre restante y dijo—: Así que tú eres el famoso Lun Pen...

Lun Pen respondió:

—Así me llamo, aunque lo de mi fama debe de ser un error.

—Es cierto que no pareces gran cosa —admitió ella—. Si quieres, te enderezas y me miras. No temas, no voy a devorarte. ¡Si no lo hicieron mis shirabyôshi...!

—¿Esas maravillas son...? —Lun Pen se irguió de improviso y ahí sí pudo contemplar a su interlocutora—. ¿Eres la reina de los autómatas?

—¡Es el mayor cumplido que me han hecho nunca! —dama Ashikaga aplaudió de gusto—. Salvo que no te refieras a mi belleza, sino a la posesión de esas máquinas.

Él no supo bien qué contestar. Se sentía atrapado en una trampa verbal, en una situación tramposa. ¿Por qué Nakatomi lo había dejado en presencia de la esposa del Shögun? ¿Qué hacía allí? ¿Era una ilusión suya (una ilusión peligrosa) o Dama Ashikaga estaba jugando a seducirlo? Ella respondió a la última de las preguntas que no llegó a formular.

—Ni en tus sueños más encendidos —dijo, y luego pasó a la anterior—. He mandado llamarte porque tal vez me seas de utilidad.

—Estoy a disposición de la voluntad de la Shöguna. Solo que quisiera saber si...

—¿Si soy hija de hombre y mujer? ¡Por supuesto que tengo plena certeza de ello, dentro de ciertos límites! En cambio, ignoro si ese es tu caso...

Lun Pen parpadeó.

—¿Crees que yo podría ser un autómata, señora? —exclamó con voz afinada por la angustia.

—No creo ni dejo de creer en nada porque me muevo bajo el imperio de los hechos, que someto a mi libre interpretación —dijo dama Ashikaga—. Y me da igual lo que seas, aunque tiendo a pensar que eres un autómata singular, uno que posee facultades que escapan al resto de tu especie. Como mis shirabyôshi, sin ir más lejos. Y quizá por eso se llevaron tan bien ustedes, se ensamblaron tan íntimamente...

"Pero, si yo soy obra de otro y no nací humano, ¿cómo es que no me enteré antes? ¿Quién será entonces mi autor?", pensó Lun Pen. Y de pronto, como un golpe en el pecho: "¡Fa Wong!". Viajando por el tiempo para hacerlo, enviándole luego aquellos objetos... Pero ¿para qué? Todo resultaba demasiado disparatado. Y, además, no era momento de dudar de su naturaleza e identidad. Dama Ashikaga seguía hablándole:

—...¿Has comido algo? ¿Quieres tomar la merienda? Si a lo largo de tu existencia comiste y bebiste sin que tus interiores se oxidaran y sin requerir reparaciones, quizás en verdad seas un hombre, aunque es difícil encontrar un hombre de verdad. ¡Ni siquiera fabricándolo! Pero no voy a perder mi tiempo lamentándome. ¿Quieres saber qué estás haciendo aquí? Te convoqué porque un querido amigo mío precisa de tus talentos.

—Soy tu humilde servidor, señora.

—Más te vale. Se trata de Tanaka Yutaka, señor de Sagami, una áspera provincia perdida en el norte salvaje de mi país... —dama Ashikaga le contó toda la historia del daimyo, desde la muerte de su padre y la violación de su madre cubiertos de negras armaduras y máscaras negras, sus indagaciones desafortunadas, su arribo a Kyoto, sus esperanzas de conocer por intermedio del Shögun el nombre del criminal, y su decepción al no lograrlo. Lógicamente, se abstuvo de mencionarle la delicada relación que ambos habían mantenido...—. Yutaka Tanaka —siguió— es un simple guerrero que no sabe leer los secretos de la culpa o la responsabilidad moral en un rostro que se mantiene impasible; ignora cómo atravesar esa barrera y llegar a un corazón. A mí, en cambio, no se me escapa casi nada. Pero mi rango me impide ocuparme del tema. Así es que cuando me enteré de tu arribo y de tu capacidad para reparar autómatas, ya sean o no congéneres tuyos, pensé que resultarías útil a los fines de auxiliarlo. Si eres tan hábil como dicen, no te costará mayor esfuerzo fabricar una máquina indistinguible de un humano y capaz de detectar lo cierto y lo falso.

Lun Pen se inclinó a besar el suelo:

—Dignísima señora. Nada me gustaría más que cumplir con tu pedido y colaborar en la búsqueda de la verdad. Pero tu solicitud es un imposible práctico tanto como lo fue en su momento la demanda absurda que me planteó tu servidor Nakatomi.

Por primera vez desde el comienzo del encuentro, dama Ashikaga mostró cierta curiosidad:

—¿Así que esa bestia insiste con encontrar a alguien que le fabrique un envoltorio capaz de albergar su alma fofa? ¡Es increíble! ¿Para qué querrá una segunda vida cuando no hizo nada útil con esta? Hay gente que no escarmienta... No le prestes atención. Le funciona mal la cabeza. Me refiero a la visible, y según comentan, la otra también. —La Shôguna rio, complacida con su propia broma, y Lun Pen se sumó, más discretamente. Ella siguió—: No te pido que de la noche a la mañana me fabriques el prodigio que reclamo, porque en el apuro saldría una chapucería. Toma como ejemplo de semejante error la conducta del propio Yutaka, que tras la muerte de su padre y la humillación de su madre salió corriendo en averiguación de la identidad de su enemigo. Lo hizo enceguecido por emociones tan primitivas y tan intensas que demandan satisfacción inmediata. Pero un crimen cuya resolución se demora, gana en sutileza: se plantea como un enigma. Y un enigma es un camino lleno de escollos por superar. Conduce de la pregunta justa a la respuesta verdadera, pero solo a través de un cierto número de aplazamientos. De estos aplazamientos, uno de los más importantes es sin duda la mentira, el engaño. El buscador de la verdad se demora en ese rumbo y transita recorridos equívocos. Pero hay otro camino, más peligroso aún, que es el de suponer que el número de aplazamientos es mensurable de antemano. La cifra final aparece una vez develado el enigma, si es que alguna vez ocurre. En este caso, tú serías un instrumento para acortar ese recorrido. De lo contrario...

—Sí, ya lo sé. Si no logro lo que esperas, moriré...

—Qué tontería. Si no lo logras, será una pena y otra pérdida de tiempo que se sumará a las que ya viene sufriendo el pobre Yutaka. Pero te veo poco dispuesto a auxiliarme... ¿Será tal vez, Lun Pen, que quizá te interesa más satisfacer el pedido de Nakatomi, con lo absurdo que es, que atender al mío...?

Lun Pen no pudo menos que inclinarse y asegurar que haría todo lo posible. Cuando se irguió, dama Ashikaga había desaparecido en el mayor de los silencios.

32

Dos guardias lo condujeron a su nuevo laboratorio-aposento situado en las entrañas del Palacio Shögunal. Era una habitación enorme. Sobre las mesas bajas se apilaban piezas desarmadas y nuevas, purísimas, como recién salidas de fábrica, tan limpias que parecían competir con los lirios blancos que brotaban de macetas de cerámica. Después de su experiencia con las shirabyôshi, Lun Pen decidió apreciarlas con todos los sentidos, así que no solo las manipulaba, sino que también las olfateaba y hasta las lamía; pero ni aun así lo acercaban al recuerdo de aquella noche. Quizás un autómata recibía la consistencia adecuada y la potencia plena de su ser recién cuando terminaba de armarse. Era quizá por eso que la Shöguna le había solicitado lo que parecía irrealizable.

Y fue durante ese período cuando Lun Pen dio a luz las obras más extravagantes y las más exquisitas, aquellas que mejor reflejan su esencial delicadeza de espíritu y su deseo de sumar a los universos visibles e invisibles la belleza de lo inexistente. A veces obtenía autómatas de formas frágiles como ramas secas, y otros eran de una contundencia terrible. Por supuesto, como trabajaba a ciegas no ignoraba que solo de milagro su trabajo desembocaría en un autómata detector de mentiras, capaz de encontrar la respuesta que necesitaba el señor de Sagami. Sin embargo, y más allá del propósito asignado, por primera vez en mucho tiempo obtenía algo similar a la serenidad. No se trataba de la misma clase de serenidad, producto de la satisfacción que lo invadía en épocas remotas, cuando con el simple expediente de mover las manos de acá para allá conseguía que a su laboratorio llegaran los objetos desconocidos que provenían de otros mundos o galaxias. Aquellos habían sido regalos, esto era su propia obra y el resultado era suyo, aunque al mismo tiempo, siendo ajenos los materiales y la demanda, no lo expresara en términos personales ni en el sentido más inmediato de la palabra. Lo que iba apareciendo no salía de él: era algo que él hacía e iba hacia él, transformándolo.

Y así, del mismo modo en que su hacer lo convertía en otro, Lun Pen era consciente de su deuda con dama Ashikaga. Tal vez, en el fondo, también se había enamorado un poco de ella, como le había ocurrido con las shirabyôshi y con Jia Li. ¿Qué se puede hacer con una mujer, salvo enamorarse de ella?

Como fuese, y aun sintiéndose satisfecho en términos de esfuerzo y voluntad de trabajo, sabía que los resultados seguían siendo frustrantes. Sus piezas se mantenían en la región de los objetos vacíos de sustancia espiritual y mecánicamente incapaces de detectar, ya no la interioridad de un ser humano, sino la menor exterioridad. Eran máquinas ciegas, resultaban perceptibles pero no percibían. "Son cosas y no seres", se decía. Y aun si algún día pudieran alcanzar cierto nivel de autoconciencia, ¿llegarían al extremo de deliberación, inteligencia, determinación y capacidad de cálculo necesarios para resolver el crimen del clan Tanaka? ¿Cómo detecta un autómata una verdad oculta, cómo logra que emerja el monstruo de una mentira? ¿Cómo comunica luego su conclusión? Incluso las shirabyôshi le parecían incapaces de arribar a semejante estadio de sutileza (y en esa imposibilidad que las volvía incompletas radicaba parte de su encanto).

"No", se dijo. "Acá hay algo que no cierra". En un primer impulso se le ocurrió que debía solicitar una entrevista con la Shöguna para aclarar el asunto, pero un elemental principio de prudencia le indicó que no era la opción más conveniente, ya que ella podía ser parte del problema. A cambio, prefirió inclinarse sobre la mesa donde reposaban los instrumentos de escritura. Aplastó la tiza de tinta y la mezcló con agua, mojó la pluma y empezó a anotar sus reflexiones:

Ni Nakatomi ni dama Ashikaga ni, supongo, el propio Shögun, esperan que obtenga un autómata capaz de cumplir con el encargo. La demanda de mi servicio es aparente y sirve solo como carnada para que el tal Yutaka Tanaka crea que la solución de su problema está a mi alcance. Este daimyo debe ser medio idiota si hasta el día de hoy no se dio cuenta de que los asesinos de su padre y violadores de su madre fueron los integrantes del ejército de autómatas que posee el Shögun. Claro que tal vez no contaba con información acerca de su existencia, ni siquiera con los indicios que sarcásticamente deslizó dama Ashikaga en nuestra conversación al describir a estas máquinas como iguales de propósito, ignorantes de la piedad, implacables en el combate y carentes de signos distintivos. Solo le faltó aplicarles el adjetivo "mecánicas".

Me apena el destino del señor de Sagami: fue a buscar la solución de su drama familiar poniéndose directamente en manos del criminal.

Pero ¿para qué necesita un Shögun enredar así a un vasallo? ¿Para qué atormentarlo de esa manera? Es evidente que su designio no es la destrucción inmediata de Yutaka Tanaka. Y debe de haber razones que ignoro —las complejidades de la política local, problemas de tierras, celos, distribución de poderes, sutiles equilibrios de poder— que justifiquen esta serie de procedimientos que me incluyen. Quizá solo una incomprensible perversión y una sostenida voluntad de cometer el mal expliquen tanto la eficacia de la trampa como su tardanza en cerrarse...

El Shögun, o dama Ashikaga, o ambos, han inventado un recurso perversamente eficaz: el empleo de autómatas en la realización de un crimen. Es la negación misma de la identidad personal, la supresión de la autoría. Claro que eso es una falacia, un imposible lógico. Pero sirvió para engañar al señor de Sagami. Y la astuta culminación de esa política de ocultamiento de pistas acontece con la violación de la madre del daimyo por parte de los autómatas, hecho impensable, de inimaginable atribución a un autómata, salvo para alguien que conozca su actual estado de desarrollo.

Y sin embargo... Y sin embargo dama Ashikaga me ofreció los indicios necesarios para que yo descubriera ese plan. Porque si se exceptúa a Nakatomi y al fabricante de la nueva generación de autómatas, solo ella y yo (y posiblemente el Shōgun) sabemos que estos son capaces de mantener relaciones sexuales.

Pero entonces, dama Ashikaga y su marido, ¿se sienten atormentados por la culpa y buscan con quien confesarse o desean vanagloriarse ante mí de sus éxitos? Y si así fuera, ¿quién soy yo para ellos? ¿El testigo ideal, aquel que debe cargar con su secreto, o el depositario de una verdad que desaparecerá conmigo cuando dispongan mi asesinato (antes o después que el de Nakatomi)?

Debería huir, buscar a Yutaka Tanaka, contarle todo y pedir su protección. Pero ¿qué protección podría darme un simple señor de provincias frente al amo de todo Japón? Y ¿cómo llegar hasta Sagami si ni siquiera puedo moverme solo por Kyoto? ¡Yo salgo a la calle y me pierdo! ¿Y cómo me voy de aquí, si tampoco sé si estoy encerrado?

Aunque la lengua japonesa había evolucionado y se había flexibilizado tanto que ya presentaba solo una levísima semejanza con la originaria, derivada del mandarín clásico (pǔtōnghuà), Lun Pen creyó que se protegía de toda indiscreción al transcribir estos pensamientos temerosos en el dialecto wu, que en la propia China solo empleaba una ínfima cantidad de entendidos. Habría sido más cuidadoso aún de haberlos quemado de inmediato, pero creyó conveniente conservarlos para cuando quisiera refrescar sus ideas y continuar meditando sobre su situación. Al terminar, dobló cuidadosamente su escrito y lo guardó en un bolsillo oculto en su túnica y apagó las velas y se acostó a dormir.

A la mañana siguiente, dominado aún por el sueño, buscó sus anotaciones, pero no las encontró donde las había dejado. Dio vuelta sus prendas: no había doblez o agujero por donde pudieran haberse perdido. Por un momento, y antes de caer en la desesperación, pensó que era víctima de un recuerdo falso y que en realidad las había ocultado en el interior de alguna pieza o en alguna grieta de la habitación. Empezó a examinar todo con el mayor de los cuidados. Al rato, enfrascado en su búsqueda, no advirtió a sus espaldas el frufrú de las quince túnicas acercándose ni el perfume de los múltiples inciensos con las que habían sido sahumadas. Pero reconoció la voz:

—¿Cómo te permites la insolencia de acusarme de lo que no soy? —dijo dama Ashikaga—. ¿Por qué, a cambio de preguntar lo que quieres saber, escribes? ¡Los guerreros autómatas! ¿De veras Nakatomi te convenció de la realidad material de esa fábula ridícula? Es claro que el gordo descarado intentó convencer a Takauji de la necesidad de construir un ejército de esa naturaleza, ofreciéndose para encargarse del financiamiento y las cuestiones de producción. El resultado era improbable y el costo sideral y mi marido desestimó la propuesta con un simple parpadeo. ¿Te imaginas lo que hubiera durado su shogünato si llegaba a dar curso a una idea semejante? ¡Todos los daimyos y samuráis y ronines del país se habrían coaligado para echarlo a las patadas, una detrás de otra hasta hundirlo en el mar!

—¿Revisaste mis prendas mientras dormía? —dijo Lun Pen para disimular su desconcierto.

—¿Yo, personalmente? No estoy en los detalles menudos ni en los aspectos desagradables, de los que se ocupan mis guardias. ¿En serio crees que soy una criminal? ¿Tan difícil te resulta creer que me intereso en el destino de Yutaka Tanaka? Ni siquiera te diste cuenta de que cuidé de ti, te protegí desde que llegaste a mi país.

—¿Usted, señora?

—Claro. ¿Quién si no sería capaz de ofrecerte una velada perfecta?

—¿El Akinawara es...?

—...¿Mío? —dama Ashikaga sonrió.

Estaba tan cerca que Lun Pen podía observar detalles de su maquillaje de polvo de arroz, el mínimo resplandor intenso de los puntos dorados de sus pupilas. A esa distancia, no había manera de preservarse de la turbación que producía su hermosura. Para no caer rendido de inmediato, se tomó del argumento que ella le brindaba:

—Las gemelas shirabyôshi... A propósito, ¿fuiste hecha como una superación de ese modelo o tú eres el original y ellas la imitación, un grado menos perfecta?

Dama Ashikaga volvió a sonreír y apoyó un dedo cortés sobre un hombro crispado de su interlocutor:

—Imaginas estar acercándote de a poco a la verdad de los hechos y no al núcleo confundido de tu mente. Pobre Lun Pen... Sé lo que estás pensando. Leo en tu fruncida frente y en tus apretadas cejas el dolor de no comprender del todo, el drama de contemplar los paisajes de un acontecimiento que no puedes explicarte y el misterio de tu inclusión en esos paisajes. Ahora mismo sospechas que mentí al decirte que los ejércitos de autómatas no existen, pero también empiezas a advertir que el crápula de tu amiguito Nakatomi defiende sus propios intereses y te preguntas quién o quiénes son los que te manipulan, y por qué. Pero te garantizo que tu angustia cedería notablemente si admitieras que solo puedes confiar en mí y en la transparencia de mi propósito.

—Me gustaría creerte, señora. Pero desde que llegué al Japón estoy perdido. Y debo confesarme incapaz de lograr una proeza como la que me solicitas. Quien hizo maravillas como las shirabyôshi es mucho más idóneo que yo para obtener un autómata apto para detectar verdad o mentira. Si no lo consiguen las personas, menos aún...

—Eso lo sabía de antemano.

—Pero entonces, ¿para qué me...?

—Quise educarte para que aprendieras en su totalidad los secretos de un conjunto de mecanismos. Ahora busco que des un paso más, convirtiéndote tú mismo en una máquina de representaciones. Quiero que te concentres en la cuestión de la simulación. De cómo la simulación puede arrancar una verdad, si aquel que la produce es capaz de manejarla al extremo, previendo cuál será su efecto en los demás.

—¿La señora pretende que me vuelva un autómata?

—¿Eres ingenuo hasta un extremo enternecedor, o un completo bobo? Los autómatas ya son simulaciones, pero carecen de conciencia respecto de lo que producen... Lo que espero es que actúes el papel de la máquina que fingí solicitarte que inventaras. Dicho de otro modo, quiero que mecanices todos tus movimientos para que, al verte, culpables e inocentes crean que no pueden esconder evidencia alguna ante ti.

33

Lejos de producirle un efecto desolador, Lun Pen sintió que la última frase de dama Ashikaga era la promesa de algo nuevo, algo que habría de sobrevenirle o que tal vez él mismo encarnaría. De qué se trataba eso, estaba lejos de saberlo.

Entretanto, a cambio de regresar a lo de Nakatomi, fue conducido por unos guardias hasta el templo de Hana, un santuario antiguo y de aspecto semiderruido, próximo a la cima del monte Atago. Le tocó una celda monástica, donde recibió una muda de ropa y un par de medias de algodón. El tatami y la almohada eran duros y las paredes contaban con una sola ventana que daba al vacío, un vacío puro y límpido, sin detalles, salvo por el ocasional cruce de una rama de cerezo, sin flores ni frutos, que durante los días ventosos azotaba el marco. Se aburría bastante. A la semana, sin nada mejor que hacer, salió a dar una vuelta por el lugar.

Lo primero que le llamó la atención fue la ausencia de autómatas. No se veía ni un brazo cortado ni un escarabajo con el caparazón roto ni un ciempiés panza arriba y agitando sus patitas de alambre. El musgo crecía con descuido sobre la linterna de piedra y se rizaba sobre su copete y sobre los tejados del monasterio. Las rocas, escogidas expresamente por sus irregularidades, habían sido trasladadas de sus lugares de origen y colocadas de modo que mantuvieran un equilibrio inestable; así atenuaban toda evidencia de su manipulación. Eran ellas las que decidían los rumbos del paseante, ya que habían sido unidas unas con otras por cuerdas que delimitaban los senderos y conducían a un pequeño lago artificial en cuyo centro había un jardín, también rocoso, al que se llegaba a través de un puente curvo. Al fondo de otro sendero, recortada por la vigilancia de los árboles altos y proyectada contra los muros invadidos por la hiedra, se divisaba la estampa de un pabellón de té donde (según las malas lenguas) ocurrieron los primeros encuentros nocturnos, clandestinos, de la Shöguna y el señor de Sagami. Desde luego, Lun Pen ignoraba aquellas versiones, aunque al visitarlo días más tarde le llamaría la atención la persistencia de un perfume suspendido en la adormidera del aire. En aquel momento, luego de un rápido vistazo a los lindes, se detuvo a estudiar la profusión arbórea. Los bonsái estaban plantados siguiendo la inclinación del viento, y para los komatsu habían sido elegidos pinos jóvenes, de color azulado en la tarde. Y había piedras diminutas y con incrustaciones de mica que evocaban el rocío matutino. De ese modo, también, las copas de los árboles que sobresalían de tras los muros enmarcaban el jardín como un mundo adornado por la vigilia de otros mundos flotantes.

A Lun Pen aquel ámbito le pareció adecuado para comenzar a indagar en la dirección solicitada por dama Ashikaga, aunque no tenía ni la menor idea acerca de cómo hacerlo. Pero eso no resultaba intranquilizador. En su caso, el desconocimiento iniciaba siempre un nuevo derrotero. Era precisamente la ignorancia acerca de cómo y por qué se producían los saltos en su vida lo que lo había desplazado de su laboratorio mágico hasta aquel jardín encantado. Claro que el jardín también tendría que ser transformado a su vez, porque eso era lo que él hacía: tomar algo ya hecho entre sus manos e imprimirle su sello, convirtiéndolo en otra cosa... Y una vez que lo hacía, esa "impresión" modificaba de alguna forma las condiciones de su propia existencia, así que...

Tras meditarlo un poco, Lun Pen decidió que si finalmente la transformación era la ley que lo regía, la única manera de aprovecharla a su favor exigía reiterar las circunstancias de alguno de sus movimientos particulares y averiguar cuál era la lógica que seguía... si es que seguía alguna clase de lógica. En todo caso, el modelo más vívido, el que tenía más presente, era precisamente el primero, la historia del teatro de sombras de Fa Wong a partir de la cual había comenzado la serie de sus cambios. Por supuesto, no se trataba de convertirse en el propio Fa Wong a fuerza de imitarlo, sino que bastaría con reiterar algunos aspectos del modelo para que la propia dinámica de la acción produjera el cambio esperado. Qué saldría de aquello, no lo sabía. Y tampoco tenía la menor idea acerca de si mantendría alguna relación con el encargo de dama Ashikaga. Pero, de cualquier manera, algo había que hacer (la nada no puede ser hecha) y solo se trataba de empezar...

Así, recorrió el jardín buscando dos árboles de altura pareja y ató a sus ramas los extremos de una vasta tela blanca, y luego construyó una tarima de madera de ciprés. Cuando la tarima tuvo su piso alisado y a nivel, con los listones parejos y bien apretados, le pasó cera de abeja hasta que la madera brilló y quedó tan resbaladiza como la superficie helada de un lago. Y una vez que acabó con esa parte de su tarea, contempló el resultado y decidió que la tela blanca y sin aditamentos absorbería durante las noches una dosis excesiva de resplandor lunar. Para atenuar el efecto cortó de raíz un pino joven y abrió un espacio en el fondo del escenario y allí lo encajó. Luego colocó a su lado, en hilera, unas cañas de bambú de respetable altura, de modo que volvieran patente la figuración de lo natural. Era el clásico modo de la representación alusiva, que no pretendía reproducir la realidad sino inducir al sentimiento de lo esencial. ¿Se estaría volviendo, por frecuentación y contacto, japonés? ¿O solo se trataba de un modo de hacerse digno de la atención dispensada por dama Ashikaga? Aquello parecía el esbozo de una caja de muñecas que iba armando para cautivarla, solo que en ese espacio no había otro muñeco para ubicar que él mismo.

Sentado al pie de la tarima trataba de imaginarse en esa situación, pero le avergonzaba pensarse participando del espectáculo. La fuerza de las cosas, cuyo significado no conocía, lo iba arrastrando. Luego de observar horas y horas aquella estructura, de noche y de día, decidió montar una especie de pequeño habitáculo a un costado de la tarima. Allí, llegado el caso, se escondería de sí mismo, si es que finalmente decidía subir y moverse sobre el escenario. A veces dormía en algún rincón de aquellos jardines, otras se llevaba una manta y permanecía acurrucado sobre la tarima. Sin embargo, en general volvía a su celda: prefería sustraerse al rocío del amanecer y al escándalo de una Luna que hacía vibrar el aire con sus reverberaciones.

Una mañana, después de un desayuno ligero, se encaminó hacia la tarima. El día era inusitadamente cálido y por eso le llamó la atención el silencio de los jardines. Avanzaba a paso vivo, sintiendo la humedad del pasto que salpicaba sus sandalias y refrescaba los dedos de los pies. Sin darse cuenta se puso a cantar una canción que no conocía. Al rato, las aves merodeaban a su alrededor y algunas se atrevieron a posarse sobre sus hombros.

Sobre la tarima había una caja de madera de paulonia envuelta en cintas de seda roja a las que un trazo delicado había pintado los antiguos caracteres chinos del condado Jiangyong. Dentro de la caja encontró una máscara. La tomó entre sus manos, la observó, se la probó. Era de madera laqueada y coloreada, áspera. Sus orificios apenas permitían ver y respirar. Sin embargo, apenas se la puso, la máscara empezó a apoderarse de él.

34

Pronto Lun Pen comprobó el acierto del viejo refrán que dice que no es la fe sino la tonsura lo que nos vuelve monjes. Apenas colocaba la máscara sobre su cara y ataba las cintas tras de su nuca, se convertía en el depositario de la magia, sortilegio o dominio espiritual. No tenía duda de que era dama Ashikaga quien se la había enviado.

Entretanto, hasta que lo no dicho se volviera explícito, comenzó a explorar la tarima y su relación con el espacio circundante. La había construido sin pensar demasiado, siguiendo un impulso, y ahora veía la singularidad del resultado. Sus líneas rectas, sus cortes angulosos y todo su aspecto general, brilloso y limpio, contrastaban con aquellos senderos y pequeños rincones musgosos, esos puentes de encantamiento decorados de sombras, un ámbito de formas suavizadas por el tiempo y que recién ahora, con esa presencia, encontraban su verdadera función. La tarima era el alma naciente de un mundo que se implantaba en el anterior como un centro vivo, y el centro del centro, el alma del alma, estaba ahora adherida a su cara. Así como la tarima modificaba el entorno, revocando el sentido de su naturaleza anterior, así la máscara lo convertía en alguien distinto, alguien que se estaba preparando para encontrar y cumplir con su verdadera misión. En esa certeza, Lun Pen arrastraba los pies sobre el suelo como si fuera ciego, a veces cerraba los ojos para aprender los límites del espacio y recorrerlo luego, de memoria, en la oscuridad. Empezó a moverse con las piernas rectas, sin doblar las rodillas, como un ente onírico que sale de un bloque de piedra.

Pronto creyó también que la máscara le planteaba otras exigencias. Levantó una especie de habitáculo rectangular a la altura de la tarima, donde debían situarse los músicos para hacer sonar sus canciones, y luego trazó un puente que terminaba en un cuarto que dejó vacío hasta que en una noche de insomnio se le reveló cuál era su función: cargar con un espejo. Revisó el santuario hasta encontrar uno, rasgado en los bordes pero con el biselado intacto. Tenía un punto negro en el centro. Lo llevó al cuarto y lo puso detrás de la cortina. Cuando se detenía frente al espejo, ya era claro que la máscara disolvía toda pretensión de reconocimiento, era el fantasma de la falta de identidad. Si se contemplaba con ella puesta, o más bien la contemplaba, al rato empezaba a borronearse el detalle, dando lugar a una pululación de formas que parecían alentar tras el punto negro (que no era sino una ínfima cascadura). Una noche entendió que ese punto era la abertura que conectaba con el mundo de los muertos, adonde solo se accedía enmascarado. Entenderlo le permitió descubrir algo de ese Cielo Azul. Estaba habitado por almas. Las que en vida no habían terminado de cumplir con sus obligaciones y anhelos tendían a disolverse entre suspiros. Y había otras, de mayor definición, que al saberse observadas se volvían hacia él: eran las de muertos en hechos de violencia. Entre estas, con la frecuentación, distinguió un alma nítida y carente de cuerpo: era solo una cabeza que flotaba en el aire. Sus ojos fuertes y negrísimos, sus cejas pobladas, su frente impecablemente rasurada y su aspecto noble y melancólico le permitieron adivinar que se trataba de alguien que hacía ya mucho aguardaba que se le hiciera justicia: era Nishio, el padre de Yutaka Tanaka. Pero ¿por qué depositaba sobre él su triste mirada?

35

Dama Ashikaga arribó de improviso. Vestía sus mejores galas. Sorprendido en medio de un movimiento en el centro de la tarima, Lun Pen se quitó la máscara. La brisa secó el sudor de su rostro. La Shöguna se inclinó y sus damas de compañía se apresuraron a acomodar unos almohadones. Tras sentarse, le hizo un gesto a Lun Pen para que la acompañara.

—Abandoné mis ocupaciones y me tomé la molestia de venir hasta aquí porque me llegó el rumor de que avanzaste mucho en la dirección de mi encargo —dijo.

—Todo ha sido extraño durante estos días, señora. No sé bien qué hice ni qué dejé de hacer.

—¿Viajaste al otro lado de la Luna? —sonrió ella—. Tal vez sí, tal vez no. Por supuesto, esto es solo el principio, y como ya conviene a mis fines te revelaré la totalidad de mi propósito. Lo que quiero que hagas no es sino la intensificación o perfeccionamiento del movimiento que realizó Yutaka Tanaka luego de que su padre fue asesinado.

—¿Y ahora quieres matarme y convertirme en un cadáver sustituto como el que empleó el señor de Sagami para descubrir la identidad del asesino de su padre?

Dama Ashikaga desplegó el abanico y se tapó la cara para disimular una sonrisa:

—No te pido tanto —dijo—. El señor de Sagami hizo lo que hizo sin obtener el menor resultado. Su expectativa era en el fondo ingenua o fruto de la desesperación, pues a un guerrero se lo educa desde la infancia para disimular sus emociones y mantener una expresión inescrutable. Y eso Yutaka lo sabe mejor que nadie.

—Quiso extraer agua de las piedras... —dijo Lun Pen, más aliviado—. Por un momento creí...

—También cometió el error de interrogar a su madre, en la esperanza de que Mitsuko le revelara cualquier rasgo que permitiera identificar a los atacantes, ya fuera la máscara o el antifaz caído, el yelmo volcado, el casco roto, una singularidad del miembro exhibido... Por supuesto, a una mujer de su alcurnia le está vedado referirse a algo tan desagradable y hasta aludir al asunto. Las preguntas de su hijo aumentaron de tal manera su sentimiento de humillación, que Mitsuko guardó silencio y apenas se cumplió el período de luto cortó sus cabellos encanecidos y se refugió en un monasterio budista. Esta conducta perturbó aún más a Yutaka que los propios hechos que acabo de referirte. Consternado por la huida de su madre, que no sabía si tomar como renuencia, complicidad o revancha contra su difunto marido...

—¿Revancha? ¿Por...?

—¡Qué preguntas haces! Una mujer siempre tiene motivos para vengarse. Podría enumerar miles. En el caso de Mitsuko, ella pertenecía al clan Kasuza, y Nishio la desposó luego de aniquilar a sus padres y hermanos y quedarse con sus bienes y territorios, que abarcaban toda la provincia.

—O sea que la madre del señor de Sagami pudo haber encargado el crimen de su marido para lavar la sangre de su familia de origen...

—Es un buen motivo, aun si faltaran otros. Claro que, de ser así, se habría complicado el sistema de devoción filial de Yutaka, porque al deber de vengar a Nishio se le habría agregado el de castigar ejemplarmente a Mitsuko. Así, la justa reparación del honor paterno lo condenaría al matricidio, volviéndolo a la vez un hijo fiel y un horrendo criminal. Una perspectiva terrible. De todos modos, no creo que Mitsuko sea responsable de nada, pobre mujer... Pero dejemos las hipótesis de lado y volvamos a los hechos. Enloquecido al ver cómo se cerraban los caminos para resolver el crimen, Yutaka, cegado tal vez por los dioses, decidió atacar a sus pares indiscriminadamente, uno después de otro, en la convicción de que terminaría por castigar al culpable. Pasaban los nombres y los colores de las banderas, cambiaba el orden de las voces de alarma y los golpes y las ropas rasgadas y volaba la cálida sangre que mancha las armaduras, pero el enigma se mantenía. Esto duró unos meses. El desenfreno del señor de Sagami alteraba la calma de la región noreste del país. Para peor, durante una de sus incursiones perdió un brazo y a partir de entonces se encerró en su castillo y se entregó a tristes meditaciones acerca de su misión inconclusa. Ahora bien. Como su destino personal no me es del todo indiferente y temo que tras este período de calma aparente la ira del daimyo renazca en oleadas de una altura incomparable, concebí una solución que me parece apropiada. Quiero retomar y enriquecer el plan original de Yutaka, la visión en abismo del alma ajena. Si entonces falló fue porque su autor no recurrió lo suficiente a los efectos de la pasión y el terror. A nadie en su sano juicio lo conmueven las consecuencias de sus actos; estas solo nos afectan cuando alcanzan la dimensión de irrealidad más plena. No se trataba, en suma, de sustituir un cadáver por otro, sino de hacer aparecer ante los daimyos la mismísima presencia acusatoria de la víctima, alzándose de entre la sombra.

—Pero ¿cómo podía obrar el señor de Sagami ese efecto a voluntad?

—Él no; tú sí. Cuando llegue el momento, te encargarás de representar el papel de Nishio Tanaka para que el verdadero responsable del crimen pierda su impasibilidad y se vea obligado a confesar su culpa, creyendo estar ante el fantasma del asesinado que viene a tomar venganza.

—Pero ¿cómo haría yo...? No soy un guerrero ni estoy muerto ni...

—Eres todo eso y más, porque te estás convirtiendo en un actor.

—¿Actor?

—¿Por qué no?

—Qué destino el mío —sonrió Lun Pen—. Siempre me asignan tareas para las que no estoy preparado.

—Precisamente porque eres el héroe inadecuado para enfrentar cualquier problema, es que resultas perfecto. Tu torpeza, tu incomodidad y tu desconfianza agregarán a tu papel el rasgo de lo incompleto, que es aquello que distingue a los espectros.

—Tus deseos son órdenes, señora.

—Ahora bien, además del cumplimiento de mi encargo, quiero que te ocupes de una misión más íntima y que gestionarás de manera reservada. Me gustaría que construyeras un objeto inmaterial para enviar de mi parte a Yutaka Tanaka. Se tratará de algo exquisitamente no físico, algo que evoque, sin serlo, el frasco de porcelana que guarda el perfume que solo yo uso, y que a la vez contenga su esencia, las emanaciones de mi aura.

—Pero eso, señora, es lo imposible de lo imposible.

—Ya lo sé. Por eso mi verdadero pedido es más modesto, es un ruego. Cuando te encuentres con el señor de Sagami dile esto de mi parte: que si uno se ve impedido de amar, debería llevar esa condición como se lleva un signo distintivo, evitando así que los demás se hundan en el vacío de esa carencia.

36

Lun Pen abandonó el santuario en palanquín. Lo acompañaba un séquito de cortesanos acorde con el rango de un funcionario de categoría. El cambio en su posición social lo enorgulleció, aunque solo le correspondiera en su condición de enviado de la Shōguna. Viajó durante días envuelto en los efluvios de su repentino sentimiento de importancia. Al llegar a los territorios de Sagami lo sorprendió la pobreza de los campesinos y la desolación de sus campos, la tristeza de los cañaverales y el rumor opaco de los arroyos de montaña. Era como si un espíritu helado hubiera tocado cosas y personas. El paisaje general se correspondía con el ánimo del amo de la provincia. Más que sentado, el daimyo lo recibió derramado sobre las ya gastadas pieles de leopardo blanco, hurgándose alternativamente los dientes y la oreja izquierda con un aparato metálico que combinaba las funciones de palillo, puñal y escarbadientes, y con el que podía capturar el arroz grano a grano, cortar limpiamente carne y huesos y sacarse los mocos de la nariz. La falta de una extremidad era señalada por la manga de seda, que colgaba mustia como una babosa muerta. El polvo se hacía visible como grisalla sobre las cuadrículas del tablero de go, y todo, personas y objetos, tenía la marca del abandono. Durante unos segundos, y por costumbre, Lun Pen se preguntó si aquel castillo no sería un depósito de autómatas fallados que, faltos de destino, se entregaban a la molicie. Pero al menos el señor del castillo hablaba:

—¿Qué te trae por estos pagos? —dijo—. Aunque nada podría importarme menos... A veces recibo a las visitas, otras no lo hago, todo es igual...

—Vengo de Kyoto y me envía...

—En ese caso, no digas más —se apuró a interrumpirlo Yutaka Tanaka. Y dando dos golpes en el aire para que se oyera el silencio de su aplauso, hizo ingresar a los servidores cargados de platos y platillos. Sucesión de pescados desconocidos y crudos que ocultaban espinas alevosas, hongos de apariencia pútrida, carnes rojas de aspecto sospechoso envueltas en algas húmedas, sancochos de elementos ignotos y de formas toscas que borboteaban en marmitas de tamaño suficiente para hervir partes íntegras del cuerpo humano. Y el olor... Todo aquello, que se realizaba en su honor (o de la dama a quien representaba), rayaba en la descortesía. Encima que la comida era asquerosa, los presentes hablaban sin dirigirle la palabra y los temas se sucedían con una monotonía desconcertante. Variaciones acerca de lo mismo: cómo sitiar y penetrar en un castillo enemigo, cuál debía ser el tratamiento que merecían los heridos y los cadáveres de los derrotados. A medida que el sake circulaba los métodos ganaban en inventiva, abundaban disecciones, descoyuntamientos, compresiones, reducciones y recomposiciones. Lun Pen pensó que tal catálogo de horrores constituía el estilo particular que el señor del territorio empleaba para avisar al mundo de lo inexorable de su propósito, pero al cabo de las horas descubrió, por la estudiada progresión de aquellos relatos, que el recurso era circular y ya se había repetido infinidad de veces. Un vasallo tras otro se sucedía en el uso de la palabra, sin interrumpir al anterior y sin escuchar ni ser escuchado. Era como si hablaran de memoria. O lo hacían de puro aburridos o noche tras noche se esforzaban por presentar concreciones imaginarias para que Yutaka Tanaka olvidara el deseo de realizar sus designios... Después de todo, el miedo no es sonso y esos gordos samuráis preferían charlotear, beber y comer antes que agitarse en el combate. Aunque tampoco podía descartarse que todo aquello fuera una especie de comedia montada para hacerle creer a él —en su hipotético carácter de representante de la corte de Kyoto— que, luego de haber perdido su brazo en combate, el señor de Sagami ya no significaba un riesgo para nadie.

Cerca ya del amanecer Yutaka hizo un gesto y sus subalternos se retiraron entre inclinaciones. Indeciso, Lun Pen se mantuvo en su lugar. El daimyo lo miró torcido:

—¿Vas a darme el nombre?

—¿El nombre de quién, señor?

—Me lo suponía. Me envían a un mero chino para aplacar o manejar mis impulsos. La nada misma, como siempre. No sé si tomarlo como un insulto o una burla, otra más que se espera que soporte. Es una larga lista, ya... ¿cómo te llamas?

—Lun Pen, mi señor. Lun Pen Lui.

—¿Qué debo pensar de tu arribo a mi castillo, Lun Pen Lui? Si mandara cortar tu cabeza y la enviara de regreso a Kyoto, ¿cómo creés que lo tomarían?

—No lo sé, honorable. Sin duda yo soy un mensaje, pero no sé qué significo.

—Ignoramos qué sentido tiene tu venida de cuerpo entero, y la duda aumentaría si solo un trozo tuyo volviera al punto de partida.

—Nadie puede hacerse cargo de la mutación general de los sentidos. Pero me complace anunciarte que dama Ashikaga me pidió que te entregara este presente —dijo Lun Pen y le entregó un paquete primorosamente envuelto en ricas telas.

—Ah, era ella, no él... —susurró el señor de Sagami. Disimulando apenas su emoción, se apuró a alargar su mano restante, sostuvo el obsequio y lo apoyó sobre su falda. Luego, de a tirones, apartó las cintas y las telas y se encontró con una caja de madera límpida y blanca. Descubierta la tapa, entre algodones teñidos de rosa, había un trozo de soga de yute tan fino que parecía aspirar a la condición de hilo de seda. Yutaka tomó la soga, la hizo jugar entre los dedos y vio que tenía distintos entrelazamientos, apenas perceptibles. No obstante, una atención detenida permitía distinguir entre los nudos. Algunos de ellos eran sencillos, rozando lo elemental, y otros resultaban de una complejidad tal que parecía imposible realizar aquello sin romper las cuerdas. Era un trabajo de una delicadeza suprema: en ciertos sectores los nudos se sucedían como pequeños oleajes y en otros se superponían en tramas que producían un efecto visual similar al de los bosques más espesos, donde cada ejemplar se entrelaza con sus semejantes mientras crecen en busca de luz, y en esas combinaciones llega el momento en que, por falta de espacio, nacen arbustos sobre las ramas superiores de los ejemplares más sólidos y añosos. Así, la soga parecía una arborescencia múltiple.

—¿Sabes cuál es la intención que subyace a este obsequio? —dijo Yutaka.

Lun Pen se aproximó y estudió aquello.

—No tengo idea —admitió al fin.

—Si la soga fuese extensa y gruesa te azotaría con ella, arrancándote pedazos de piel y de carne con cada nudo —dijo el daimyo—. Quizás, extremando el esfuerzo, conseguiría que dijeras algo útil.

—No lograrías nada. Y mi castigo no haría más evidente aquello que se nos escapa.

—¿Cómo seguir, entonces? ¿Qué decir, qué pensar ahora? Confieso que me encuentro algo desanimado...

—¿No habrá omitido por casualidad el señor de Sagami examinar más atentamente el interior de la caja?

—¿Pero qué...? —empezó Yutaka, y tras hurgar entre los algodones con su pinza metálica extrajo el tenue y casi traslúcido papel azulado.

Queridísimo Yutaka:

Dicen que la palabra escrita nació del impulso de Cang Jie, ministro del Emperador Amarillo Huang Di, quién pidió que le entregara una pintura leve como las huellas que los pájaros dejan en la arena. Durante años Cang Jie armó su inventario de huellas recorriendo playas en busca de esas pisadas, y en el transcurso de esos años su vista se extinguió, perdida en el laberinto de la diferencia y los detalles fútiles. Pero la desgracia no anuló a Cang Jie, y con la colaboración de sus ayudantes reconstruyó sobre un papel de arroz extensísimo el recuerdo de cada una de esas marcas. Hay quien dice que los ocho mil caracteres conocidos de la escritura china son el probo recuento de esa labor, en tanto que otros aseguran que en ese papel no había un solo trazo reconocible, nada que guardara la menor relación con el encargo. Pero todos coinciden en que el Emperador Amarillo se inclinó en silencio ante el ciego, abrumado por la sabiduría del desdichado.

Como deducirás de mi obsequio, yo prefiero en cambio otra narración, tan mítica como la primera, que encuentra su origen en un sistema de nudos en cuerdas. Por lo que te envío un mensaje que quizá sepas leer, en manos de un integrante de la nación que inventó la escritura. Desde luego, a lo largo del tiempo, el arte de la palabra y el arte del anudamiento avanzaron mucho y siguieron caminos divergentes, lo que no obsta para que se junten en algún punto, o al menos eso intento hacer yo. De aquellos nudos primitivos se deriva hoy la técnica del shibari, que solo conozco de oídas, y que según dicen (y eso lo sabrás tú mejor que yo) tiene su origen en un método para aprisionar y señalar, mediante anudamientos específicos, la categoría del guerrero capturado y la de quien lo capturó. ¿No es curioso que shibari signifique también familia y que en los nudos de esta soga se lea también el nombre de nuestro hijo Yoshiakiro? Lo que se anuda puede desatarse, lo suelto puede unirse, pero un hijo es para siempre.

En cuanto al resto... Confía en lo que hará mi enviado Lun Pen, aunque él mismo solo conozca parcialmente su cometido. Si le facilitas los medios de llevar a cabo su misión, ese resto se anudará solo.

37

La carta de dama Ashikaga modificó el trato de Yutaka Tanaka con Lun Pen. Autorizó al chino para que se moviera con libertad por el castillo y sus inmediaciones y ordenó que atendieran a sus demandas. En cuanto a él mismo, moderó y finalmente fue suprimiendo sus francachelas nocturnas; las cenas eran decorosas, el sake ya no corría en ríos, las geishas se limitaban a cumplir con su servicio y los músicos solo ejecutaban canciones acerca de la transitoriedad de los sentimientos mundanos. Tal vez era su modo de enviar un acuse de recibo a la Shōguna.

Por su parte, Lun Pen empezó a buscar un sitio para construir una nueva tarima, más amplia y con añadidos que la enriquecieran respecto del primer modelo. Descartó montarla en el patio principal porque las construcciones laterales (chozas, caballerizas, graneros) eran de una pobreza oprimente. Necesitaba un ámbito despejado y contacto con la naturaleza. Finalmente, en sus paseos encontró un promontorio amplio y de suelo parejo. En las noches, la luz de la Luna aplastaba el suelo con la violencia de su blancura hasta dejarlo como un manto de nieve sucia. Antiguamente, en ese promontorio se habían librado grandes batallas y los espíritus de los guerreros se agitaban insomnes, erizando los pastizales en su intento por escapar del sepulcro de tierra. A la distancia, el castillo del señor de Sagami elevaba sus muros negros en medio del silencio rayado por las alas de los murciélagos. En suma, un ambiente de lo más propicio para atemorizar al daimyo inocente y producir reconocimiento y terror en el alma del daimyo culpable del asesinato de Nishio Tanaka.

En la tarea de construcción de la tarima, Lun Pen contó con carpinteros y albañiles que le facilitó el señor de Sagami. Eran torpes pero sumisos. Si algo salía mal y tenían que repetirlo por veinte veces lo hacían sin quejarse. Además, él daba órdenes y contraórdenes siguiendo los cambios que dictaba su fantasía. Aumentó la extensión del modelo original, le agregó techumbre, columnas de orientación y de ubicación de los actores, espacio para el coro, una pasarela enmarcada por pinos ubicados en orden de tamaño decreciente para ofrecer sensación de perspectiva, campanas, puertas corredizas, peldaños de acceso, una cortina multicolor que ocultaba al cuarto del espejo de la vista del público, y rodeó todo el escenario de un área de piedras de grava y canto rodado. Claro que, no habiendo público aún, la edificación se ofrecía como un monumento vacío, una especie de santuario sin paredes dedicado a un culto por venir y cuyo único oficiante era él mismo. Un día, en medio de los ensayos, advirtió que tenía dos espectadores. Uno, muy joven y de aspecto sensible, y el otro mayor, cansado y de mirada apagada. Padre e hijo. Se llamaban Zeami y Kanami, respectivamente, y eran bailarines y actores de kagura. Venían recorriendo el país, ejecutando sus ceremonias en homenaje a los dioses shinto, y deseaban tener un período de descanso. Lun Pen comprendió de inmediato que huían de algo o de alguien y que buscaban refugio. Los tomó a su cargo y en agradecimiento ellos le fueron transmitiendo sus conocimientos. El entrenamiento era duro: lo educaron en la imitación del estilo campesino y en el de la mujer del pueblo llano. Lun Pen aprendió a llevar con gracia un vestuario de mangas sencillas, a enderezar las caderas y a mantener flexible el cuerpo; con una peluca y un maquillaje apropiado presentaba una ilusión adecuada de lo femenino. El asunto se complicaba al imitar a las mujeres de alto rango, pues debía sumar un manejo de las mangas del vestido que impidiera la aparición de sus manos huesudas, cuya visión habría quebrado el artificio. No obstante sus dificultades, esas imitaciones eran relativamente sencillas si se las comparaba con hacer de anciano; allí comenzó para Lun Pen el camino para apoderarse de la flor de la actuación. Al poco tiempo de práctica ya doblaba las rodillas y encogía el cuerpo como un verdadero viejo. Zeami y Kanami lo elogiaban descaradamente diciéndole que en su caso la maestría era una consecuencia instantánea y que su talento había abolido el tiempo. Con esas estratagemas, además de ganarse el garbanzo, lo endulzaban para cuando llegara el momento de arribar a las imitaciones verdaderamente complejas.

Un día, en medio de los ensayos, pasó por el lugar Yutaka Tanaka. Regresaba de una excursión de cacería. Tenía un jabalí muerto cruzado sobre el lomo de su caballo y la sangre chorreaba sobre sus piernas. Pese a su aspecto tremebundo, el ya no tan joven daimyo parecía perturbado cuando descabalgó y tomó asiento al borde de la tarima. Después de hacer un gesto a Zeami y Kanami para que se apartaran, se dirigió a Lun Pen, quien recogió sus vestimentas y se acuclilló a su lado.

—¿Qué estás ensayando?

—Quiero ablandar un poco las articulaciones practicando el estilo florido de una dama del período Heian...

—Tienes el maquillaje corrido. Hacer de mujer no debe ser nada fácil, aunque representar a un hombre, un verdadero hombre, es tarea imposible. ¿Quién da la talla del ideal? Mi padre, alto en su universo épico, sin duda la daba... Pero yo...

—El señor de Sagami no debería atormentarse tanto. La Shöguna me aseguró que usted es admirable, un ejemplo de piedad filial.

—Ella es muy generosa al decirlo, pero debo decir que exagera o se equivoca. Ser un buen hijo es el primer paso en el camino de la vida, y no estoy seguro de haber dado siquiera ese. Lo cual me inhibe de emprender los siguientes y convierte toda mi vida en un completo fracaso.

—¿Es posible eso? —Lun Pen se sintió de golpe unido al

otro. Después de todo, él también andaba de acá para allá como bola sin manija...

—El hecho de que te brinde confesiones impropias de mi rango no debería rebajarme ante tus ojos —siguió Yutaka—. No cometas el error de disminuirme, y mucho menos el de apenarte por mí. Pero, si quieres comprender hacia dónde apuntan mis palabras, atiende a la totalidad de mi relato. Supongo que antes de enviarte a mí, dama Ashikaga te habrá contado algo acerca de los motivos que me llevaron a reclamar justicia en la corte de Kyoto, y algo habrá deslizado también acerca de la causa de mi rápida partida de la ciudad capital y de las circunstancias en que esta ocurrió, ¿no?

—Ella no me dijo nada, pero escuché una que otra cosa por el camino... —murmuró prudente Lun Pen.

—O sea, sabes y no sabes, comprendes y no comprendes a la vez. Pues bien. Vamos al grano. Asesinato de mi padre y violación de mi madre. Búsqueda de la verdad, Kyoto. Dilaciones, cinismo y confusión. Me lanzo a los brazos de dama Ashikaga. ¿Qué encuentra ella en mí? No lo sé. Intentamos ser discretos pero nos comportamos de manera imprudente. Las noticias vuelan. Víctimas de nuestro propio ensueño, ella y yo desdeñamos el peligro: el Shōgun no reacciona. Ordenar mi asesinato hubiese sido un reconocimiento, su prescindencia es una especie de desmentida. O al menos eso es lo que pienso ahora. Pero en rigor no lo sé. Lo que puedo decir es que en brazos de dama Ashikaga conocí por fin el amor y sus tormentos, pero aun en medio de la lujuria mi alma se retorcía de congoja porque el espíritu de mi padre debía de estar revolviéndose furioso por mi desatención a su asunto... ¿Qué opinas?

—No lo sé, señor. Pero, si el amor te sustrajo a tu tarea, tal vez también te ayude a regresar a ella. Como sabes, fui enviado por dama Ashikaga para ayudarte a cumplir con tu propósito...

—¿Y crees que eso no resulta humillación suficiente? Mi padre, que era un guerrero impecable, jamás habría aceptado ayuda de una mujer. De ser igual a él, yo ya habría resuelto el problema. Ayudarme... —Yutaka escupió a un costado—. Por lo demás, ni tu presencia garantiza eficacia alguna en la concreción de tu encargo, ni estoy tan seguro de que la persona que mencionas te haya enviado con los fines que alegó...

—¿Qué quieres decir con eso, señor? No entiendo...

—El hecho de que estés aquí prueba que el Shögun estuvo lejos de mostrarse implacable, no que me haya privado de su castigo. A veces sospecho que me lo inflige de manera incesante, arrojándome con movimientos lentos y pausados al abismo de la ignominia... Pero retomemos el hilo de la historia. Mis días y noches de pasión con dama Ashikaga. Somos imprudentes. La corte desparrama los rumores. Segundo a segundo espero la reacción del Shögun, que no llega. ¿Ignora el romance? Imposible. Un Shögun sigue siendo Shögun porque lo sabe todo. Un día soy citado a palacio. ¿Quién me recibe? ¿El propio Takauji? No. Su madre. La Shöguna Viuda. Luciendo los atributos de mando del hijo, ella me sugiere, más que sugerirme me invita, y más que eso me ordena que abandone Kyoto. Sé que una negativa me condenaría a la muerte, y aunque eso no me preocupa, sé también que en mi fin arrastraría conmigo a dama Ashikaga. Obedezco y dejo ciudad capital. En el curso de mi regreso a Sagami, en la sucesión de los días, repaso lo transcurrido durante mi permanencia en Kyoto y en mi mente se reitera la escena de mi encuentro con la Shöguna Viuda. Vuelvo a preguntarme acerca de las razones por las que se privó de entregarme a los guardias de palacio. ¿Fue verdaderamente para cuidar el honor de su hijo? No, me digo. El cuidado de ese honor prescribía mi muerte. ¿Fue para cuidar el nombre de su nuera? Difícil e innecesario. Una discreta supresión hubiese alcanzado. ¿Y entonces? ¿Se te ocurre algo?

—No.

—Esperaba algo más de ti, Lun Pen. Tienes cara de tonto y tal vez lo seas. En ese caso, ¿para qué te habrá enviado dama Ashikaga...? Pero no quiero pensar acerca de ello, aún. La Shöguna Viuda. Nuestro encuentro. Repasando cada una de sus expresiones, empecé a advertir que, dentro del marco de una situación compleja, había pliegues sobre pliegues. Cada momento se ofrecía a múltiples interpretaciones, pero sobre todo había una que se imponía sobre el resto y me aniquilaba. En definitiva, Lun Pen, empecé a pensar que me habían tomado por estúpido. Porque durante aquel encuentro la Shōguna Viuda había empleado locuciones verbales, frases y hasta tonos de voz similares a los que en alguna oportunidad escuché en boca de dama Ashikaga. Por supuesto, no resulta extraño que suegra y nuera terminen pareciéndose, sobre todo si se detestan. Las mujeres de condición elevada se expresan de manera similar, utilizan las mismas fórmulas y modulan sus voces para dar el tono apropiado. A la vez, ninguna quiere asemejarse a otra. Dentro de ciertos límites, todas prefieren mantener su singularidad. Por eso, durante meses y meses desconfié del significado de ese parecido. Mi sospecha me resultaba demasiado extravagante. Pero a la vez, ¿qué me había tocado vivir en Kyoto sino las peripecias mismas de la extravagancia? Dilaciones y aventuras oníricas y una pasión alimentada en noches de excitación y evanescencias, promesas de labios que besan. Kyoto había sido un largo monólogo ajeno, la capital del engaño, el gran valle montañoso de las burlas. Por eso me atreví a pensar que no fue la Shōguna Viuda quien me recibió y habló conmigo, sino dama Ashikaga, disfrazada. Si conquistó a Takauji Ashikaga representando el papel de una autómata, nada le habría costado desempeñar el de su suegra para hacerme a un lado.

—¿Crees que se había aburrido de ti y buscaba un modo elegante de correrte de su lado?

—¡Tal vez buscaba protegerme y salvar mi vida haciéndome creer que era yo quien salvaba la suya! No lo sé, Lun Pen. Ya no sé nada. Todo gira y da vueltas en mi cabeza. A veces me digo: "Es posible que dama Ashikaga se ocultara bajo las facciones horribles de la vieja, pero, ¿y si fue al revés? ¿Si fui objeto de otra burla dentro de la serie de Kyoto, y creyendo que me acostaba con la esposa del Shögun lo hice con la madre de este, metamorfoseada en su nuera...?".

—Parece una alternativa demasiado...

—A veces pienso que solo lo absurdo es real. Si así fue, todo el mundo debe haberse desternillado de risa a mi costa. Quizá, luego de mi partida, en la intimidad de los aposentos principales, el Shögun y dama Ashikaga, o el Shögun y su madre, o incluso los tres juntos, en amable compañía, bromeaban acerca de lo ocurrido, charlaban acerca de las múltiples maneras en que me habían engañado, recordando las mil y una zancadillas que me hicieron, llamándome ingenuo, señor feudal de pacotilla, pedazo de imbécil, pobre infeliz...

—¿Por qué razón una mujer que arriesgó su posición y su vida para vivir un romance clandestino con un vasallo de su marido se burlaría de él y ahora se arriesga de nuevo para socorrerlo? Yo soy la prueba física de la nobleza de su intención. ¿Por qué buscaría dama Ashikaga apartarse de ti y burlarse de si te amaba?

—El capricho femenino no tiene límites. —Yutaka resopló para disimular que su interlocutor había acertado.

—¿Cómo podemos saber qué desean verdaderamente ellas? —dijo Lun Pen.

—"Más fácil es que el infinito se quede sin estrellas, que conocer el corazón de una mujer" —citó al poeta el señor de Sagami. Y Lun Pen agregó:

—Sobre todo si son dos.

Ambos rieron. Salvando las distancias, empezaba a circular entre ellos una corriente de simpatía. Aprovechando el momento, Lun Pen transmitió el encargo que le había hecho dama Ashikaga. Yutaka escuchó en silencio mientras masticaba una brizna de pasto, pensativo. Luego dijo:

—¿Otro evento funerario con el propósito aparente de celebrar un aniversario de la muerte de mi padre? Pero ¡dama Ashikaga sabe que ya hice ese intento y que examiné los rostros de los invitados y en ninguno de estos encontré la señal indudable, el reconocimiento de la culpa! Fue hace... ¿cuánto? ¿Dos años? ¿Veinte? Si no conseguí nada durante la realización del primer evento, ¿qué puedo esperar que ocurra durante el segundo?

—Que esta vez se produzca la diferencia y aparezca la verdad reflejándose en el rostro del culpable.

—Pero ¿cómo?

—Mediante los recursos de la actuación. Eso me pidió que hiciera dama Ashikaga —dijo Lun Pen.

—¿Teatro? —parpadeó Yutaka Tanaka.

38

Los daimyos fueron llegando, vestidos con sus mejores galas. Nishio Tanaka había sido muy apreciado entre sus pares, así que los presentes estaban más que dispuestos a celebrar su recuerdo a lo largo de una semana de fraternidad etílica. También llegaron los daimyos de las nuevas generaciones, hijos de los coetáneos del difunto. Tenían aproximadamente la misma edad del actual señor de Sagami y asistían por curiosidad, por ganas de moverse un poco, o quizá para evaluar su fortaleza militar.

A Yutaka, siempre encerrado en su universo de sospechas y rencores, lo asombró ver caras nuevas. ¿Dónde estaban, por ejemplo, los poderosos Hosokawa, Ouchi, Hideyoshi? La desconfianza había fijado en su memoria los rasgos de daimyos ya extintos; los de sus herederos no impresionaban todavía en su retina. Que los hijos sucedan a los padres es la ley de la vida, y ahora, lleno de amargura, el señor de Sagami se preguntaba si el criminal que mató a su padre no estaría también muerto. Y en caso de que así fuera, ¿la venganza debería ser un fenómeno de ultratumba, su padre peleando en las tinieblas con su matador? En lo relativo a esos asuntos estaban quienes daban por lavada la injuria una vez fallecido el ofensor y quienes consideraban que la deuda tenía que ser pagada por los herederos. Pero, si él no había sabido develar la identidad del criminal, ¿cómo haría para descubrir la del sucesor? Todo el evento funerario estaba dirigido a culminar en una puesta teatral que, aludiendo al crimen de

Nishio, arrancara la reacción culpable de su autor. Pero, si este ya había muerto y era el hijo quien asistía a la ceremonia, ¿cómo evaluar sus reacciones? Incluso, ¿cómo saber si estaba al tanto de las acciones del progenitor?

Perdido en esos interrogantes, Yutaka apenas departía con sus huéspedes. Se mostraba como un mal anfitrión, retraído y cariacontecido. Sin embargo, el despliegue era tan fastuoso, tan magnífico el derroche de comidas y bebidas y partidas de caza con halcones y orgías nocturnas con cortesanas y servidores amables, que a la tercera jornada de festichola los daimyos ya lo abrazaban jurando que era el amigo más generoso del mundo.

Por su parte, Lun Pen había preparado una función a tono con la invitación cursada, y la dividió en dos partes. Para la primera escribió una pequeña pieza de apariencia tradicional, que tituló *Abanicos de seda china*, concebida para aburrir, exasperar e incluso adormecer a los presentes, con el propósito de agarrarlos con la guardia baja para el desarrollo eficaz de la segunda, en cuyo transcurso debía producirse la revelación. Su argumento era sencillo.

Fang Tse, una humilde hilandera que residía en el condado Jiangyong de la provincia de Hunan, decidió sustraer a su hija Chen Cheng de la pobreza en la que ambas vivían, colocándola como empleada doméstica en lo del señor Mei Fu, agente comercial del Celeste Imperio Chino en Kyoto, así que la embarcó de urgencia y con lo puesto. Recién cuando el sampán destinado a Japón se perdió en la línea del horizonte, Fang Tse advirtió que había olvidado entregarle *El perfume de la pureza radiante*, un breve escrito centenario que pasa de madre a hija y cuya existencia solo se da a conocer en el momento mismo de la transmisión. Ese escrito versa acerca del comportamiento, el decoro personal y la higiene íntima femenina, antes y durante el matrimonio.

"¿Cómo he podido olvidar así mis deberes maternos, dejándote partir al extranjero sin nuestro legado familiar, hija mía?", exclamó Fang Tse, y se dispuso a reparar su error lo más pronto posible. Pero, tras evaluar la situación, comprendió que no podía realizar un envío dirigido al domicilio de Mei Fu porque corría el riesgo de que el dueño de casa lo interceptara y conociera lo que solo debe saberse entre mujeres. A cambio del tradicional pergamino redactado en estilo gyosho de líneas redondas, suaves y abiertas, optó por el alfabeto silábico Nü shu y decidió disponer el mensaje de manera sencilla y sin complicaciones, pintándolo sobre hilos de seda con los que uniría las varillas de una remesa de abanicos que tenían por objeto aparente ser vendidos en la feria de artesanías de Kyoto. Sin embargo, sus años de tejedora la impulsaron a dar lo mejor de sí: el tejido tramado para atrapar el aire resultó un despliegue de maravillas irisadas y flotantes, con dibujos de dragones y espíritus y árboles secos y flautistas en la montaña. Vistas desde determinado ángulo, en esos paisajes podía leerse *El perfume de la pureza radiante*.

Una vez fabricados, Fang Tse guardó los abanicos dentro de un antiguo arcón que despachó en el siguiente sampán con destino a Kyoto. Durante unos días el cruce de la embarcación fue sereno, luego el mar se agitó y el movimiento sacudió fuertemente lo estibado en la bodega y despertó a las larvas de polilla que dormían en el interior del arcón. Una vez desplegadas sus alas, los insectos se lanzaron en busca de sustento y encontraron que las varillas de los abanicos, hechas en madera de sándalo, soltaban un perfume enloquecedor, así que dieron cuenta de gran parte de estas en pocas horas y luego se pusieron a devorar el arcón. En resumen, cuando el sampán arribó a costas japonesas, del envío solo quedaban varillas aisladas, hilos, hebras sueltas, tejidos incompletos, signos carcomidos.

Al ordenar el desembarco, el capitán bajó a bodega para contemplar el estado de la estiba, y entonces advirtió el pequeño desastre. Su primer impulso fue arrojar esos restos informes y coloridos al agua, pero luego, escrupulosamente, cumplió con su deber y los entregó a Chen Cheng, quien de inmediato advirtió el carácter encriptado de esas piezas carcomidas y las tomó por lo que eran: rastros o restos del corazón de su madre. Sirvienta en un país extranjero, lejos de sus seres queridos, Chen Cheng aceptó que aquellas hebras sueltas y su mensaje perdido eran su único tesoro, más valioso aún por el esfuerzo que debía hacer para restituir el sentido originario. Noche tras noche, en la soledad compartida de su oscura habitación húmeda (con ella vivían otras empleadas domésticas, estas japonesas) y a la luz tenue de las velas, Chen Cheng entretejía aquellos hilos, tramaba nuevas combinaciones de palabras que nunca eran las esperadas. El mensaje era incompleto y variable, nunca seguro, pero ¡cuánto agradecía cada encuentro y cada pequeña revelación! Los hallazgos iban sumándose y el panorama entrevisto era una totalidad que se perdía cuando estaba a punto de ser alcanzada.

Durante un tiempo las compañeras de habitación se burlaron de su empeño. Chen Cheng era distinta de ellas, tenía la nacionalidad de Mei Fu, el amo al que odiaban. Pero con el paso de los días su devoción filial las conmovió (ellas también eran hijas) y la curiosidad agregó lo suyo, así que al cabo de las semanas, tímidamente, le propusieron que les transmitiera los rudimentos del idioma secreto. Chen Cheng respondió de modo favorable a la solicitud. Pero, aunque la lengua japonesa y su caligrafía derivan de la china, las singularidades gráficas del Nü shu, su carácter fonético, lo apartan sensiblemente de, por ejemplo, el mandarín clásico, que es la base a partir de la que se crearon los signos japoneses. Sumando ambas diferencias, el examen de aquellos signos duró meses, años, décadas. Centurias más tarde, ya muertas Fang Tse y Chen Cheng y Mei Fu y sus hijos y nietos hasta la décima generación, el examen de los restos de abanico continuaba, pero ya como arte imitativa y decorativa. Las aprendices japonesas de Nü shu conocían el origen de la historia y la tomaban como algo puramente alegórico. Sin embargo, en algún momento, inesperadamente, el giro esteticista se corta, alguien comprende el sentido del mensaje y convierte el lenguaje en otro. El Nü shu se ha vuelto el hiragana, la lengua blanda y femenina de Japón en la que se escriben *El libro de la almohada* y *El romance de Genji*.

Por supuesto, con *Abanicos de seda china* Lun Pen lejos estaba de proponerse generalizaciones tanto lingüísticas como didácticas. Pretendía plantar en la mente de los daimyos el mensaje subyacente de la historia: el modo en que un hijo obediente (en este caso una hija) ocupa sus horas, sus días y su vida para averiguar qué espera de él su padre (en este caso una madre) y cumplir con su encargo. Si esa semilla germinaba en los cerebros de algunos de los espectadores, la tarea de la pieza teatral estaría cumplida. Empezarían por aparecer expresiones más o menos alteradas de ese público, lo que le permitiría recortar el número posible de sospechosos. Luego, para llegar definitivamente al culpable, confiaba en la eficacia de sus talentos de actor y en el impacto de la segunda parte de la función, en la que se representaría *El fantasma de Nishio Tanaka*.

39

Abanicos de seda china transcurrió como estaba previsto. Lun Pen encarnaba a Chen Cheng en el exilio. Sus pasos sobre el escenario permitían escuchar como un estruendo el susurro de las medias blancas, y su voz temblorosa provocaba un sonido espeluznante desde detrás de su máscara. A Zeami le había asignado el papel de Mei Fu y a Kanami el de Fang Tse.

Pese a sus esperanzas puestas en un resultado rápido, a lo largo de esa primera parte no pudo observar sino gestos de fastidio disimulados bajo remedos de buena educación. Los daimyos, arrodillados sobre cojines, se tapaban la boca con las mangas para ocultar los bostezos o los comentarios con sus vecinos de asiento. Cuando *Abanicos de seda china* terminó, los tres actores desaparecieron de la escena. De inmediato saltaron sobre la tarima unos servidores haciendo gracias acrobáticas y mimando las contorsiones de muñecos de madera, luego desaparecieron y reingresó Kanami, cuya velocidad de movimientos le permitía cambiarse de ropas en segundos. Comenzó la segunda parte.

Argumentalmente, *El fantasma de Nishio Tanaka* era de una sencillez extrema, ni siquiera era una obra, sino una serie de esquicios de apariencia inconexa, propios del sueño inquieto o de la pesadilla. En su inicio, Kanami, convertido en un sacerdote sintoísta, invocaba los espíritus de los muertos recitando un viejo poema:

¿Quién es ese tercero que camina siempre a tu lado?
Cuenta. Solo somos dos, tú y yo, juntos.
Pero cuando miro delante de mí sobre el sombrío camino
Siempre hay otra persona que camina a tu lado
Deslizándose en su armadura parda, con antifaz.
No sé si es hombre o mujer.
Pero ¿quién es ese que camina siempre a tu lado?

Por supuesto, la mención de la tercera persona, a la vez presente y ausente, indicaba la presencia del asesino de Nishio, cuya condición criminal se vería incrementada por el resplandor enfermizo de la Luna. Y para reforzar lo siniestro del ambiente, su caracter sobrenatural, a los cuatro lados de la tarima se habían encajado cuatro antorchas empapadas en aceite de mala calidad. Soltaban un olor acre y un humo espeso que se derramaba sobre los espectadores, buscando sugerirles que ellos mismos flotaban en la escena, como si cada uno fuese "ese que camina siempre a tu lado".

Mientras Kanami invocaba a los muertos con su voz profunda, que vibraba en distintas escalas desplazando el aire de la nariz a la garganta, en el cuarto de espejos Lun Pen intentaba quitarse las prendas blancas correspondientes al papel de Chen Cheng, que se le habían pegado al cuerpo a causa de la transpiración. La demora era un fastidio, pero no complicaba las cosas porque la resolución de cada momento dependía de lo que sucediera con el público. Si por efecto de lo representado se revelaba pronto la identidad del asesino, el resto de la representación se tornaría innecesaria; si la averiguación demoraba, la función se extendería por horas, incluso por días. En cualquier caso, Lun Pen había instruido a Kanami y a Zeami para que estiraran la escena ante cualquier alternativa inesperada. Así, mientras él luchaba con el pegoteo de su túnica, Kanami alargaba cada nota de su canto haciendo vibrar las vocales y consonantes.

Lun Pen se felicitó de haber empleado como coprotagonista

a un actor de tanto talento. Kanami llegaría todo lo lejos que se propusiera. De hecho, esa vibración (que imitaba el sonido de la flauta sakuhachi) buscaba inducir a los daimyos a un ensueño hipnótico. Sin embargo, el recurso no podía ser alargado por tiempo indefinido. Kanami ya lo estaba sosteniendo en exceso, en la extenuación el aire salía silbando y se retorcía. En el apuro por terminar de cambiarse, Lun Pen pegó dos o tres tirones y la seda de su túnica se despegó por fin de su espalda sudada. La túnica cayó al suelo, sonando a madera hueca. Junto con ella se despegó de su rostro la máscara que había usado para *Abanicos de seda china*. Era de colores claros, femenina, y apenas le cubría las mejillas, dejando sus orejas al descubierto. La segunda máscara, a emplear de inmediato, colgaba al lado del espejo. Era más grande y de color amarillento pálido. A cambio de ajustarse a sus facciones dejaba el espacio suficiente para que, en sincronía con la de Kanami, su propia voz produjera una reverberación grave y profunda: la del fantasma.

Pero ¿cómo producir el efecto tremebundo de esa aparición? Eso le había generado grandes dudas. En principio, Lun Pen había planeado construir un pasadizo secreto que uniera subterráneamente el cuarto del espejo con el foso y le permitiera llegar sin ser visto hasta el centro del escenario, donde habría un agujero de diámetro suficiente para que pasara su cabeza, simulando ser la decapitada del propio Nishio que se alzaba desde el reino de las sombras respondiendo al llamado del sacerdote. Pero el recurso era grosero y tosco, así que finalmente se decidió por usar una túnica teñida del negro de la noche, invisible a la distancia, que crearía por contraste la ilusión de que Nishio Tanaka era un verdadero fantasma que flotaba en el aire. Entonces, si esa aparición espectral borraba los límites entre la ficción y la realidad y los cabellos de los daimyos se erizaban, tal vez, entonces, en el rostro del culpable se dibujaría la mueca de la verdad y del reconocimiento del crimen.

Con esa convicción (o esa esperanza), Lun Pen, solo en el

cuarto del espejo, se puso la túnica negra y la ciñó al cuerpo como una tela mortuoria. A metros sonaba la voz de Kanami, agotándose en el esfuerzo. En sus modulaciones de agonía produciría un suplemento de inquietud entre los espectadores, ya que se escuchaba como el aullido de un perro afónico llamando a la desgracia. Sonaron también los tambores, preludio de su aparición en escena. Lun Pen retiró lentamente la gran máscara amarilla, se la calzó, ajustando con cuidado las tiras a su nuca, y se contempló en el espejo. No se trataba de coquetería ni de preocupación por la apariencia, sino de encarnar teatralmente el alma clamante del difunto. Se trataba de que Nishio Tanaka y su lamento y su antigua sed de justicia alcanzaran el grado justo de intensidad en el momento de su regreso al escenario. Y para eso debía darse la consecuencia paradójica de que él se dejara invadir por esa alma. Por lo que en esos instantes clavó la vista en el espejo, esperando en su concentración el momento de ser habitado. Así y no de otra manera le había ocurrido en otros tiempos, cuando traía los objetos mágicos a través del tiempo y el espacio.

Lun Pen, entonces, miró el espejo, se miró. Nada pareció ocurrir, en principio. Nada de nada. Quizá todo había sido una ridiculez de principio a fin, un cuento idiota. Eso pensó y estuvo a punto de quitarse la máscara, pero justo en ese momento algo le llamó la atención. Era una presencia en el espejo, en el punto cascado que tantas veces había visto. Esa cascadura era algo más que un simple punto negro, era una pequeña rajadura en la materia, perfectamente delineada, como los labios de una mujer en el momento en que se entreabren para sonreír, solo que la sonrisa venía de arriba hacia abajo, como un mínimo relámpago vertical, y detrás de aquello había una luz llena de vibraciones que empezaba a extenderse sobre toda la superficie y a girar como una masa eléctrica, produciendo un torbellino.

Lun Pen sintió que se le nublaba la vista, luego sintió un tironeo en su cuerpo, y de pronto advirtió que algo empezaba a desdoblarse. Pero eso no era él, sino el tiempo, que por una parte lo llevaba de arrastre, flotando por el espacio, y por otra lo retenía allí, segundo tras segundo, escuchando el llamado de creciente desesperación de Kanami, la voz que soltaba la primera frase:

"—Oh, tú, anciano guerrero que en la noche buscas la respuesta...".

Las frases siguientes se perdieron entre el rumor del viento que conducía a Lun Pen hacia las alturas. Y desde esas alturas vio como el tiempo le contaba el resto de la historia. El tiempo pasaba en ráfagas, como el azote sucio de un temporal, y él vio todo el futuro desplegado, y el ciclo de su propia duración, y la resolución del enigma. Pero eso no le importó, porque mientras esa parte de él estaba yéndose hacia otros espacios, hacia la nada de la Luna que lo atraía como un gran telón blanco, la otra permanecía allí y lo obligó a salir a escena, su rígido cuerpo negro sosteniendo en la oscuridad el claro esplendor de su cabeza de fantasma. Ya estaba allí y no podía huir como tantas otras veces, porque su arte se había anudado al mundo y él debía alzar la mano, seguir trazando signos en el aire.

40

La representación duró lo que debía durar, y más, y al fin de *El fantasma de Nishio Tanaka* no había daimyo que no hubiera descabezado un sueño o tomado un recreo con la excusa de ir a descargarse en los pastizales. La representación cruzó la noche pero no produjo reconocimiento ni identificación, no hubo terror ni piedad ni admisión por cansancio, y al filo de la madrugada, cuando todo concluyó, los espectadores estiraron sus cuerpos entumecidos y húmedos por el rocío y prodigaron las habituales palabras de despedida ("estuvo muy bueno, ¿lo repetimos pronto?", "que no se pierda", "a ver cuándo nos juntamos a comer sushi en mi castillo"), las promesas de un reencuentro desmentidas por la bruma del aburrimiento.

Rígido en la constatación de su fracaso, Yutaka se despidió de cada daimyo con palabras escogidas y los vio partir. Cuando no quedó ni uno, se sentó en el borde de la tarima y tomando entre manos la máscara del fantasma dijo:

—La contemplación de este pedazo de madera solo podría haber impulsado la confesión de alguien deseoso de hacerlo. De lo contrario... Los agujeros son demasiado pequeños y el parecido con el original, nulo.

—Entiendo. Fracasé... —dijo Lun Pen.

—Era previsible que ocurriera. Si el asesino de mi padre sigue vivo y asistió a la función, sabía de antemano que yo intentaría tenderle una trampa. Y si murió y se llevó el secreto de su identidad a la tumba, yo seguiré arrastrando mi vergüenza durante el resto de mi vida. Si hay algo que lamentar en todo esto, además de la pérdida de tiempo, es que las generosas intenciones de dama Ashikaga se chocaron contra la realidad. O, si queremos pensar mal, podríamos suponer que ella tampoco creyó nunca que la identidad del asesino se revelaría gracias a un golpe de efecto escénico, y solo te utilizó a ti para burlarse otra vez de mí. ¿Te parezco risible, Lun Pen?

—No, mi señor.

—¿Ella te pareció sincera al referirte mi situación? ¿Te parecieron valederos los argumentos que usó para enviarte a mi lado? ¿Cómo te explicas que ella, la mujer más brillante de nuestra época, proponga como solución a mi problema la reiteración de un recurso que empleé hace años y se mostró inútil? ¡De seguir vivo, el asesino estará en estos momentos riéndose de mí!

—Si ella es tan inteligente como tú dices, deberíamos considerar la posibilidad de que esa reiteración aparente sea parte de un movimiento más amplio, destinado a confundir a tu enemigo, llevándolo a creer que, envuelto en la desesperación, giras sobre lo mismo como un burro alrededor de la noria.

—¿Y cuál sería el "movimiento más amplio"?

—Muy sencillo. Cada daimyo de este país conoce tu historia y sabe que eres un buen hijo que hizo los mayores esfuerzos para vengar a su padre y restaurar el prestigio de su clan. Pero la representación que acaba de concluir, no habiéndote servido para descubrir la identidad del asesino, fue útil en cambio para instilar en la mente de los asistentes la idea de que asistían a la aparición de un signo nuevo. *El fantasma de Nishio Tanaka* marca la intención de apaciguar el espíritu de tu padre mediante ofrendas, rezos e invocaciones. En resumen, muestra que desististe de la averiguación de la verdad y comenzaste tu duelo.

—¡Maldito chino! ¿Dices que escribiste una obra para comunicarle al mundo que abandono mi investigación?

—Si me lo permites, en este punto debo decir que no premedité su sentido general, sino que la escribí con la intención de cumplir con el encargo. Y es por eso que recién ahora, tras de representarla, este sentido se derrama, iluminándome con sus posibilidades. Incluso, diría, recién advertí la amplitud de estas cuando elogiaste a dama Ashikaga. Porque si es cierto que ella es tan brillante como dices, habrá sabido de antemano que la reiteración de un recurso solo produce como efecto su desgaste, la dilapidación de su hipotética eficacia y la burla sobre el ejecutor. Y creo que eso fue lo que desde un inicio buscaba dama Ashikaga. Ella no apostó (como era tu esperanza) a producir la inmediata revelación de la identidad del culpable en el curso de la representación, sino a que fracasaras de nuevo, a que fracasaras visiblemente, a que te entregaras al fracaso de los fracasos, de modo que a partir de ahora tu asesino, creyéndote vencido y sin nuevos recursos, baje la guardia y se descuide. Es por eso, señor, que a partir de ahora deberías mostrarte como un ejemplo de resignación, como un hijo que cree que nunca sabrá la verdad acerca de los hechos que condujeron a la muerte de su padre, y cuyo comportamiento revela que solo quiere cumplir sus últimos deberes piadosos con el espíritu del difunto antes de empezar a ocuparse de los asuntos de su propia vida.

—¿Estás sugiriéndome que piense en una ceremonia de aplacamiento a cargo de un sacerdote sintoísta?

—Si subimos una realidad a la tarima, ¿por qué no bajarla de allí para que siga obrando su efecto en el mundo? *El fantasma de Nishio Tanaka* debe continuar: lo que se vio es solo su primera parte. Y como lo que sigue no está escrito, lo que tienes que decidir es si para su continuación emplearás a un sacerdote verdadero o si su papel lo seguirá cumpliendo mi fiel Kanami.

—Sí —dijo Yutaka—, pero me queda una duda. Si admitiste sin el menor reparo mi comentario acerca de la superioridad intelectual de dama Ashikaga, ¿cómo es que te atreves a imaginar que eres capaz de deducir su plan? ¿O es que ella te lo confió?

Lun Pen sonrió:

—Es que no fui yo quien lo dedujo, sino que su propia inteligencia me permitió inteligirlo por mera proximidad.

—¿Dices que habiendo estado cerca de ella te iluminaste...?

—¿Qué otra cosa lo explicaría?

—Mente superior domina mente inferior.

—Y la eleva.

41

Yutaka Tanaka dio por buenas las sugerencias de Lun Pen porque quería creer en ellas. Y la idea de realizar el ritual de aplacamiento empezaba a resultarle atractiva. Quizá fuese cierto que quedando como un idiota y un fracasado conseguiría dar el primer paso verdadero en la averiguación de la identidad del asesino de su padre. "Si no sirve para otra cosa —se consolaba—, al menos sirve para imaginarme que sigo en contacto con dama Ashikaga. Y si no es así, viviré entretanto en ese sueño".

La puesta en práctica no presentaba grandes dificultades. Ni siquiera hacía falta convocar de nuevo a los daimyos. Bastaba con algo de humo, inclinaciones, farolillos de papel depositados en barcarolas que se sueltan en el río para que su luz se pierda en la noche, llevando al alma del difunto hacia el más allá... La noticia llegaría a oídos del criminal, si es que continuaba vivo.

En la antigua tradición, la ceremonia de aplacamiento forma parte del Goryo Shinko, la religión de los fantasmas. Según esta, las almas de los que murieron violentamente permanecen en el mundo de los vivos, buscando reparación. Cuanto más elevada es la condición del fantasma, mayor su ira y su capacidad de daño.

Yutaka no era ajeno a esas viejas creencias, así que, apenas asistió a los primeros movimientos de la ceremonia, apenas inspiró el aroma penetrante de los sahumerios que asperjaban los jóvenes pajes y se dejó conmover por el espectáculo de sus blancas vestiduras refulgiendo al sol de la mañana, la gravedad intrínseca del rito, su seriedad lo impregnó: él mismo era un actor convencido de la escena que vivía. Entonces empezaron los cantos, expresados en el añejo idioma. Los músicos, desacostumbrados a sus inflexiones, debían modular cada vocal y torcer la lengua para capturar la aspereza de las consonantes, sus expresiones se deformaban en retorcimientos propios de la gestualidad de los mundos inferiores. De pronto, Yutaka sintió como si se hubiera abierto una puerta clausurada y que siempre estuvo a su alcance, pero a la que nunca se había asomado. Ese era el sitio que habitaba su padre, hecho de cenizas y retorcidas ramas secas y un río de polvo: Yomi, el mundo ingrato y desolado de los demonios. Pero Nishio también seguía aquí, de este lado del mundo. Nunca se había ido del todo.

—Padre... —dijo–, soy tu hijo...

El viento soplaba.

La revelación fue plena, fulminante, porque estaba hecha de todo lo que Yutaka sabía y no había podido ocultarse. Mientras no se restableciera el honor de su padre y se diera sepultura a las partes de su cuerpo, el alma de Nishio seguiría dando vueltas por el mundo y el inframundo, solo que el paso entre uno y otro ámbito se iría estrechando y volviéndose cada vez más oscuro, hasta cerrarse en un punto explosivo de negrura final. Luego, su alma quedaría flotando en lo imposible del lugar inexistente. Y era por eso que el propio Nishio, consciente de esa urgencia, había tomado en sus manos espectrales la tarea, porque, ¿qué duda cabía? La continuidad de la búsqueda del asesino había sido concebida por él. Desde luego que no por Lun Pen, y tampoco por dama Ashikaga. Incluso, intuyó Yutaka, sus propias vacilaciones a lo largo del tiempo se explicaban por los pasajes de Nishio de un mundo a otro. Él, Yutaka, había permanecido firme en la tarea de investigación mientras su padre estuvo a su lado, y se había disipado como otro fantasma cuando Nishio regresó al Yomi. En esos viajes y esas búsquedas había pasado el tiempo, hasta que el difunto decidió permanecer en el mundo de los vivos. Perpetuo errante a la espera de revancha, su alma pidiendo la paz de la verdad. El cadáver disperso e insepulto. Padre, padre. Oigo tu voz, que clama en las tinieblas. Solo que todavía no sé lo que dice.

42

Durante unos días, tal vez unos meses, Yutaka Tanaka se mantuvo a la espera de que la voz de su padre empezara a definirse. Escuchaba una especie de vibración constante de notas graves y bajas. Su monotonía impedía entenderla. Quizá —se decía— los muertos hablan en otra lengua y deba pasar más tiempo para que la palabra de mi padre se afine y yo pueda comprenderla. La palabra de Nishio terminaría apareciendo por fin, clara y distinta de ese rumor que parecía música de los cielos ocupados por el vacío del Universo. De algunas de estas cuestiones hablaba, a falta de otro interlocutor, con Lun Pen. A veces salían a caminar por los alrededores del Castillo Principal. Cada tanto Lun Pen se inclinaba a cortar el tallo de una flor silvestre, que luego masticaba hasta extraer su jugo amargo. La conversación volvía ameno el paso del tiempo. Lun Pen trataba de aliviar el peso de las dudas del señor de Sagami, objetando incluso sus puntos de partida.

—Si el alma de tu padre habita tu interior y alienta la continuidad de la investigación de su crimen, ¿por qué no encontró la verdad por sí mismo, si estaba en el lugar donde lo mataron y vio de frente a sus asesinos? ¿Qué necesidad tenía de recurrir a medios indirectos? Bajo esa espectativa, tus periplos, la gestión de dama Ashikaga, ahora mi presencia... Todo resulta innecesario. Como si, en el fondo, más que querer saber, tu padre quisiera mantener oculto lo ocurrido. ¿De qué te ríes?

—Lo hago para no matarte —decía Yutaka Tanaka.

—Ah, sí. Pero, si lo hicieras, terminarías hablando con las piedras de los muros de tu castillo. ¿No son agradables estas caminatas? Ya diluvie o salga el sol...

—Sin duda que lo son. Nada se resuelve y esta conversación no quita lo acucioso del problema, pero a la vez...

—Parecemos una pareja de viejos que sale a estirar las piernas —reía ahora Lun Pen—. Dos ancianos más allá del sexo y casi de la vida... Muy conveniente para la simulación del aplacamiento...

Y era cierto que en aquellos paseos las urgencias del alma de Yutaka Tanaka se aligeraban un poco, pero por las noches, cuando lo devoraba el insomnio y no había nadie con quien conversar (sus hombres se recogían detrás de los shögis para no tenerle la vela con sus monólogos, y Lun Pen se dormía apenas anochecía), el daimyo recorría a largos trancos los pasillos, para hacer algo inspeccionaba la sala de armas y sacaba lustre a las armaduras y a las puntas de las lanzas o se metía en el establo y espantaba a las bestias cuando, en plena oscuridad, introducía su candil y revisaba el estado de las monturas. Pero, como nada de aquello lo calmaba, terminaba por lanzarse hacia las escaleras que conducían a la torre central. Allí, echaba a los guardias con un gesto de su mano y los guardias corrían a guarecerse en la cocina, sobre todo si llovía, felices de que el amo les diera un rato de descanso.

El señor de Sagami hablaba al centro de la oscuridad, en la esperanza de que el espectro de Nishio hiciese su aparición.

YUTAKA TANAKA: Sé perfectamente, padre, que a un ser inmaterial le están vedadas las resoluciones físicas y solo obra por intermediación. Pero, si estás dentro de mí, ¿cómo es que no escucho lo que dices ni sé lo que pretendes? La comunicación entre nosotros debería ser, a la vez, evidente y constante, ya que nadie hay tan próximo a un padre como su hijo. El mismo hecho de que yo venga aquí a esperarte mientras la ambigua sombra a su pesar se entrega a los rayos pálidos de la delgada Luna, ¿es señal de que eso no es así? Los tiempos de tu ausencia, ¿muestran que advertiste la escasa fe que tengo en mi capacidad para ofrendarte tu revancha? Pero aun siendo la culpable debilidad que soy, ¿acaso no bastó con que perdiera un brazo por tu causa? Y si continúo fracasando en mi tarea, ¿seguiré sufriendo mutilaciones? Dispuesto estoy a dar primero un pie, luego el otro brazo, las dos orejas tal vez, luego los ojos, para seguir con el torso... Lo que no soporto es tu silencio. A veces, en noches como esta, tiendo a pensar que esos despedazamientos proseguirán, no como un castigo de los dioses por mi ineptitud, sino como una asimilación creciente y crecientemente voluntaria de tu fin y de tu destino y que esa será nuestra manera de estar juntos. Dímelo, padre. ¿Estás en mí o fuera de mí? ¿Estás lejos o cerca? ¿Decidiste habitarme apenas fuiste asesinado, estás ahora? ¿O mis vacilaciones expresan el vacío pleno que precede al momento en que se producirá tu ingreso? Tampoco sé si reconoceré tus señales cuando ocurra. ¿Escucharé tu voz si gritaras en mi interior? Pero... ¿qué es eso que se mueve allí? ¡Eres...! Ah, no, es solo un murciélago, una rata que aletea en la negrura buscando su cuota de mosquitos. Toda ilusión es vana y toda realidad amarga. Siempre fuiste un padre severo, así que tengo que prepararme para lo peor. Lo más seguro es que estés llevándome lentamente contigo, brindándome despaciosamente tu propia muerte... Es cierto que jamás alzaste tu mano sobre mí (ahora ya no podría defenderme). Pero hiciste algo peor. Tu mirada me atravesó siempre como si no existiera. Desde niño me esforcé en mostrarme ante ti, interponerme entre el mundo y tus ojos buscando aceptación. Me pasaba las horas y los días preguntándome qué debía hacer o no hacer para que repararas en mí con un mínimo de complacencia. Y como no obtenía respuesta seguía haciéndome las mismas preguntas y en ese estado de interrogación constante me volvía torpe y abstraído como un sonámbulo. Hubiese dado la vida por hallar la clave que te permitiera sentirte orgulloso de mí. Así pasaron los años y comenzó mi juventud y tú solo encontrabas torpeza en mí y yo solo veía la exasperación de tu parte. Por eso me resultó extraño y sorpresivo, creí por una vez que en algo habría acertado sin saberlo cuando renunciaste a tu condición de daimyo y me cediste el cargo. Pero pronto me di cuenta de que vigilabas mis acciones y que eras tú a quien consultaban en secreto mis vasallos para saber si debían cumplir o no una orden... Descubrí entonces que solo habías adelantado tu retiro para encontrar mi falla más temprano que tarde. Escarbabas, padre, en la superficie de los hechos para hundir las uñas en la tierra de mi error. Y pronto también creí que mi fracaso sería tal que debería rogarte que renunciaras a tu renuncia y retomaras de nuevo tu condición de daimyo, más potente y autorizado que nunca. Y fue entonces cuando, próximo ya a dar ese paso, aquella banda de samuráis penetró en el Castillo y te asesinó y mancilló a tu esposa, mi madre. ¿Sabes? Escuché rumores, que nunca pude admitir, de que el criminal era yo mismo. Yo, vuelto otro, el animal que de mí se disparó en sueños para vengarme de tantas humillaciones. Lo impensable realizado es lo que no sucedió. Nunca. ¡Pero es cierto que fue tu muerte lo que dio paso a mi nueva oportunidad! Porque tú, el hombre que más daño me hizo en la vida, con tu ausencia permitiste que yo te mostrara todo lo que pudiste haber amado en mí y todo lo que perdiste por no hacerlo. Te encuentres donde te encuentres, ya no podrás fingir que ignoras mi existencia. Si te examinas, si escrutas hasta el fondo las mugrientas regiones de tu alma, te asombrarás de ver mi devoción y mi entrega. Contempla, padre, en soledad, el espectáculo que, sabiéndolo o no, creó tu presencia y creó tu ausencia: el de tu hijo. Míralo todo y di tu palabra y rómpete de una vez y para siempre, y déjame por fin libre de tu sombra. Pasan las noches y pasan los días y las semanas y los meses y los años, y en mis sueños la única claridad que me deslumbra es el brillo del arma del asesino seccionando las vértebras de tu cuello, el resplandor de hierro de tus ojos indignados fulgiendo en la agonía.

43

Querido daimyo y empleador mío:

Espero que al recibo de esta breve carta te encuentres bien de salud y ánimo y que al momento de su lectura estés firmemente sentado y con el codo bien afirmado en el apoyabrazos, porque no quisiera saberte por mi culpa caído redondamente sobre el tatami. Y anhelo también que tu ánimo no se vea conturbado por la voluntad habitual, propia de los señores poderosos, de matar al mensajero portador de malas noticias. Por suerte, tal designio no sería de rápida realización, ya que entre Sagami y Kyoto se extienden cadenas montañosas que hay que subir y bajar y selvas llenas de animales salvajes y bichos que pican.

Como sabes mejor que nadie, en los últimos años surgieron ciertas diferencias entre nuestro Shögun y su esposa, cuyos detalles se difundían en forma de chisme dentro de palacio y luego salían al exterior. Por supuesto, cuanto más lejos se esparcían más se distanciaban de la verdad, llegando en ocasiones a asumir características fantásticas.

En cualquier caso, las diferencias existían y se agravaban con el tiempo, y cualquier persona del común habría actuado de manera inmediata para resolverlas. Pero nuestro Shögun está lejos de ser una persona común y mostraba una aparente calma perfecta ante el carácter singular de dama Ashikaga. Pero eso era solo efecto de su magnífica templanza porque, ¿qué es gobernar un país al lado de controlar a una esposa? En todo caso, el Shögun obró cuando todo parecía haberse apaciguado.

En el decimoquinto día del mes de la Luna menguante, nuestro señor reunió a su plana mayor y celebró un festín. La ocasión de beber no requiere excusas y el sake fluyó como un río del que Ashikaga Takauji resultaba el mayor brazo tributario. A cada lado tenía un servidor dispuesto a llenar su choko con el contenido caliente del tokkuri. Arriba, abajo, al centro y adentro. Así, buena parte de la noche. Y mientras tanto se entonaban viejas canciones de combate que hacían hervir la sangre de los presentes. El festín transcurrió en esas exaltaciones del ánimo, y en algún momento el Shögun se levantó tambaleándose, alisó sus prendas, tomó su katana y mientras invitaba a los presentes a continuar bebiendo se excusó con una risotada ("voy a darle una mano al amigo") y se dirigió hacia los retretes. Los generales y asistentes inclinaron la cabeza y cuando el Shögun desapareció tras las mamparas continuaron bebiendo despreocupadamente. Aquello podía considerarse una imprudencia, dejarlo partir sin una mínima custodia y sin un hombro amigo sobre el que apoyarse, ya que el estado de Takauji revelaba inestabilidad. Además, hacía rato que había mandado a dormir a los portaantorchas, por lo que no contaba con alguien para que iluminara el camino. Pero lo cierto es que el alcohol afloja las prevenciones y nadie temió que el Shögun se extraviara en el sendero que conducía a los retretes, y tampoco nadie prestó demasiada atención al hecho de que el amo se demorara más de lo habitual. La edad nos somete a todos y Takauji ya revelaba sus estragos acusando una persistente acidez estomacal y una inconveniente retención de líquidos, por lo que se daba por descontado que estaba luchando con su vejiga, imitando el silbido de la serpiente de coral para que el orín saliera. Psss... fff... Incluso, en su ausencia, los presentes se permitieron alguna broma acerca de aquellas dificultades. El tono general, entonces, era jocoso, y todos esperaban el término de los agasajos, que siempre da paso a las horas de alternar con geishas o con pajes. Pero aquello no ocurriría en el curso de esa noche. De pronto sonó un grito, a la vez estridente y grave. Era la voz del Shögun, deformada por la emoción, una emoción donde se mezclaban la sorpresa, el terror a lo inesperado, el coraje y la experiencia de la sangre. A la distancia, el Shögun gritó: "¡Quién anda ahí! ¡Me atacan! ¡Aquí tienes, traidor!".

Los vasallos corrieron en salvaguarda de su amo, tropezándose en las curvas de los pasillos, hiriéndose unos a otros con la punta o con el filo de sus armas, atravesando incluso el papel de arroz de las mamparas y cayendo al jardín exterior para regresar luego y continuar la carrera. Takauji estaba al fin del último pasillo, en el sector más recóndito y oscuro, la espalda apoyada sobre la puerta del retrete y la katana ensangrentada y caída a un costado. Su puño sostenía firmemente un bulto redondo que soltaba pequeñas gotas: la cabeza cortada de dama Ashikaga. Con voz de extravío, el Shögun gemía: "¿Qué hice, dioses míos, qué hice?".

Pasado el momento de las primeras emociones, nuestro Shögun refirió que, mientras atravesaba los pasillos urgido por su necesidad de alivio, una sombra, más amplia y más alta que la de un humano, se lanzó sobre él. Con la impecable determinación del guerrero, dijo, él extrajo su katana y trazó un movimiento único, de izquierda a derecha, el filo hacia adentro. Lo hizo sin pensar, su mano obró a impulso de los años de entrenamiento, de lo contrario habría recordado que a los fantasmas no los detienen las armas sino los rezos y las plegarias. Pero el efecto fue tan sorpresivo que no tuvo tiempo de discernir la naturaleza ni las intenciones de esa sombra, y de allí la consecuencia: dama Ashikaga muerta y él su asesino.

¿Qué piensas? Lejos de mí la intención de sembrar dudas en tu ánimo. Pero frente a los crudos hechos, ¿cómo abstenerme de plantear algunas cuestiones? Takauji dijo que la sombra era "más amplia y más alta que la de un humano". Ahora bien. Como ya mencioné, hacía rato que los portaantorchas dormían y la luz ambiente era insuficiente y venía del cielo, y por lo tanto la dimensión de sombra proyectada por un cuerpo expuesto a las fuentes lumínicas naturales (pocas estrellas, Luna en cuarto menguante) habría resultado escasa. Para que la sombra fuera más amplia y más alta que Ashikaga Takauji, esa luz tendría que haber brotado de una fuente situada a ras del piso, y enfocado al cuerpo desde abajo. En mi opinión, y como no había fuente de esa clase, "la sombra más alta y más amplia" no existió.

Pero demos por un instante crédito a las palabras del Shögun. Supongamos que hubo sombra y fue en su dirección y él erró en la estimación de su amplitud y tamaño y sacó irreflexivamente su katana y de un golpe enviudó de propia mano. Supongamos que todo es cierto, sumémosle descuido y ebriedad a la línea de hechos de ese azar nefasto... la pregunta que debemos hacernos es, ¿qué hacía dama Ashikaga en ese lugar y a esa hora? ¿Necesitaba descargar sus aguas? ¿Sufría de insomnio? ¿Estaba yendo a buscar a su marido para pedirle que pasara el resto de la noche con ella? Difícil. Una mujer de su condición no deja sus aposentos para ir a aliviarse al retrete común cuando cuenta con uno de uso exclusivo, con su pozo saturado de pétalos de rosa y estatuillas hechas en clavo de olor que exhalan los perfumes más delicados. Supongo que en tus visitas al Palacio Shögunal habrás tenido la oportunidad de observar la elegancia de su arquitectura. El camino hacia el retrete de dama Ashikaga incluye laberintos que desembocan en una discreta salida a los jardines interiores. En su concepción priman la privacidad y el recato. La Shöguna no necesitaba hacer uso de sitios inadecuados, no se le conocen episodios de sonambulismo, no solía reclamar la presencia de su marido a horas avanzadas, y de haberlo querido habría tenido el buen gusto de solicitarla por medio de una de sus damas de compañía. ¿Qué más decir? Creo que nadie en su sano juicio puede confundir a dama Ashikaga con un fantasma, y mucho menos su marido. Incluso con el atenuante de la hora y la embriaguez, esa confusión habría sido más aceptable si el Shögun la hubiese cruzado en los espacios abiertos, en noche cerradísima y cuando ella se dirigía a cumplir tales menesteres vestida con las prendas infladas y esponjosas que exaltan el contorno de las señoras de calidad. Pero no fue así. En el momento de su muerte la Shöguna vestía ligeras prendas de dormir.

Se me ocurre entonces que la única razón por la que Takauji pudo haberse topado con su esposa en las inmediaciones de su retrete, y la única que obviamente omitió mencionar, es que ella haya pasado por el lugar mientras se dirigía a una reunión secreta. Omito evaluar si, de haber sido el caso, se trataba de un encuentro amoroso clandestino o (como algunos estarían dispuestos a sugerir) de carácter político. Pero en cualquier circunstancia, es improbable que dama Ashikaga hubiera elegido un retrete como el lugar adecuado para una cita. A mí dame un futón blandito, un pebetero soltando humo de sándalo y un par de geishas amables y trabajadoras y me conformo. Pero así como existen personas que encuentran un placer anormal en proporcionarse dolor, hay otras que solo se estimulan en momentos de riesgo y unas terceras que únicamente alcanzan las cimas de su goce cuando se encuentran en ámbitos donde huelen, reciben sobre sus cuerpos o incluso degustan excreciones inmundas. No quiero decir con esto que ella participara o hallara placer en alguna de estas aberraciones. Lo que sugiero es que el Shögun alegó haber tomado a su mujer por un fantasma para desviar la atención de sus vasallos respecto de la posibilidad de que la hubiera sorprendido junto a otro hombre. O tal vez sostuvo ese argumento claramente absurdo para que todos creyeran que la verdad secreta de los hechos se encontraba en la posibilidad más obvia. Ahora bien, si tal cosa hubiera ocurrido, ¿cómo es que murió dama Ashikaga y no su amante? ¿El ofensor tuvo tiempo de huir mientras Takauji se ocupaba de despenar a su esposa? ¿O se trataba de una mujer y el Shögun le perdonó la vida?

Ahora bien. Creo que estas especulaciones no nos llevan muy lejos. Expuesto el asunto a grandes rasgos, pasemos a la consideración de los detalles. Fue tal la conmoción sufrida por los vasallos cuando encontraron al Shögun sosteniendo la cabeza de la Shöguna por los cabellos, que durante las primeras explicaciones de su Señor no repararon en un hecho elemental: en la escena del crimen faltaba el cuerpo de la difunta, pero había un rastro de sangre. Lo siguieron. Conducía hacia sus aposentos y culminaba en el tatami, donde se veía el cuerpo descabezado y en las últimas convulsiones (alguien comparó esos temblores con los de una gallina degollada). Además, volcado a un costado y abierto, se halló El libro de la almohada, indicio claro de que la Shöguna lo estaba leyendo o recién acababa de abandonarlo cuando la sorprendió la muerte. Y, por último, la cabecera estaba dividida en dos por un corte horizontal preciso y poderosísimo, como si el filo de la katana no se hubiera detenido tras cortar piel y carne y vértebras del cuello de dama Ashikaga y hubiese continuado segando hasta separar la tela, sobre la que ya se había derramado tanta sangre que empapaba el tatami.

El primer interrogante sería: ¿por qué Takauji creyó necesario fingir *un trágico acceso de confusión? En principio, la versión ofrecía elementos atractivos para ser difundida entre el populacho porque reunía las características propias del cuento fantástico tradicional (sombra, enemigo o fantasma, espanto, katana, error), pero no fue urdido para persuadir a los integrantes de su círculo íntimo, testigos de lo ocurrido. De haberlo querido, y a cambio de lo hecho, el Shögun habría ingresado en la habitación de su mujer y la habría arrastrado por los pelos hasta las inmediaciones del retrete, dando cuenta de su vida recién allí. Esa habría sido la línea de las acciones consecuentes con una explicación creíble. No, el crimen fue alevoso e intencional, e intencionalmente el Shögun dejó evidencia de su procedimiento para que todos en palacio entendieran el mensaje: que se había tomado su tiempo antes de ocuparse de su esposa. Y el hecho de que cargara con la cabeza goteante hasta las cercanías nauseabundas del retrete agrega además el detalle de su opinión acerca de la difunta.*

En estos momentos, mi querido señor de Sagami, doy por cierto que la lectura de mi carta te estará afectando vivamente, ya que eres parte de los acontecimientos. Con esto no estoy diciendo que seas responsable de este desenlace, ni el único ni el principal. Pero, hecha la salvedad, debo señalar que me asombra que en su momento salieras indemne de los meandros cortesanos de Kyoto, tan afines a la celada y al apuñalamiento a traición. Desde la perspectiva del manejo de los asuntos de Estado, es difícil de explicar que el Shögun tolerara durante tanto tiempo la conducta de una mujer que lo hacía quedar en ridículo, debilitando su autoridad. Con esto no quiero decir que él mismo se haya comportado como un Buda de piedra. Pero convengamos en que las responsabilidades son muy distintas: una conducta licenciosa, incluso un mero polvito por parte de un Shögun (o un emperador) carece de consecuencias institucionales, ya que sus bastardos no son relevantes en la línea de sucesión. En cambio, la infidelidad de dama Ashikaga bien podía alterarlo todo... Así entendido, el gesto del Shögun es admirable, porque a la vez combina impunidad, integridad en la espera y sanción moral, y su efecto es la reconstrucción de su prestigio ante autoridades religiosas, ejército, corte, financistas (entre los que me cuento) y embajadas extranjeras. Y a todo eso deberíamos sumarle la captación del afecto del pueblo, siempre atento al drama sangriento, al elemento sobrenatural y al tema sentimental de la soledad del poder. En resumen, en su viudez, la posición de Ashikaga Takauji se ha vuelto más firme que nunca: respetado por los que importan y amado por los desposeídos. Es increíble lo que consiguió en pocos años: de simple general del Shögunato Kamakura a esto. ¿Sientes el viento frío de su poder soplando a lo largo de tu espalda?

Volviendo al asunto. Luego de aquella noche, Takauji ordenó sepultar a la Shöguna en medio de grandes ceremonias civiles y religiosas. Incluso ordenó traer pobladores de las zonas aledañas a Kyoto, pagándoles un estipendio generoso, más alojamiento y sake y arroz, a cambio de que largaran los mocos cuando los restos de dama Ashikaga entraran en el Kofun. El espectáculo fue imponente, aunque hay versiones que sostienen que el ataúd fue rellenado con piedras envueltas en trozos de seda (para disimular los ruidos de roce) hasta alcanzar el peso de la difunta. No me consta. Sí cuento con más de una fuente que asegura que, en vez de sumar la cabeza de dama Ashikaga al féretro, Takauji mandó ponerla sobre una bandeja de plata y la entregó a un grupo de mujeres de palacio, las más ancianas y confiables, para que le dispensaran el tratamiento que se le confiere a la de un rival caído en combate.

Las ancianas recibieron el presente fúnebre y lo llevaron a un sector de la cocina separado del resto por mamparas de papel de arroz grueso y opaco. Allí, extrajeron con cucharones el agua que hervía en un caldero y la volcaron en una vasija de cerámica, y apenas el agua se enfrió fueron echándola sobre la cabeza y el corte del cuello. Acorde con el elevado rango de la difunta, se suprimió la parte grosera del tratamiento, que consiste en horadar con una lezna la oreja izquierda e introducir luego un cordel del que cuelga una etiqueta que identifica al adversario por su nombre, clan y condición. Es claro que la cabeza de la Shöguna no precisaba identificación ni estaba destinada a ser expuesta dentro de la galería en la que se exhiben restos y pertrechos de los enemigos derrotados, sino que se la preparaba de tal manera para solaz exclusivo del Shögun.

Pero no quiero adelantarme.

Omití mencionar que Takauji estuvo presente durante el proceso de embellecimiento y su expresión ausente fue tomada como prueba de una ejemplar contención ante el dolor. Se mostró atento a cada paso, y en su curiosidad se acercó tanto a la mesa de manipulaciones que en más de una oportunidad la sangre salpicó su rostro, aunque también es posible que se tratara de sangre ya seca y que saltó en el momento de producirse el tajo. En cualquier caso, era de observar la combinación de su completo dominio emocional y de su vivo interés por el asunto. Incluso, en un momento, murmuró algo acerca del contraste poético entre la serena lisura y armonía de la cabeza y lo ajado y sarmentoso de las manos de las ancianas. No es inusual que ante ese triste espectáculo el ánimo de un deudo se encuentre de pronto invadido de una absurda vitalidad, de una extraña voluptuosidad. Quizá Takauji obtenía una excitación suplementaria al comprobar que, de esas facciones que no fueron acariciadas solo por su mano, él era el último en obtener placer. Lo cierto es que se dignó indicar cómo había que lavar el cabello. Hasta llegó a tomar la cabeza por el rodete y mostró cómo hundirla y extraerla en el caldero para completar la operación, arremangándose el kimono para evitar que el agua empapara la manga de seda. Luego indicó la clase de peinado que pretendía para la cabellera y explicó cómo debían pasar la cabeza una y otra vez sobre un incensario. "No pido", dijo, "que el humo la envuelva hasta el punto de que, al penetrar en su interior, una parte salga por nariz y boca, pero quiero que alcance para dejarle una fragancia duradera". Por último, ordenó que retocaran la pintura negra de los dientes y aplicaran algún cosmético sobre las mejillas para que la extrema palidez que iba invadiendo el rostro de la difunta no se contaminara con el desagradable efecto de lo cadavérico.

Doy por descontado que estos arreglos fueron acompañados por la aplicación de mejunjes destinados a que la conservación resultara duradera. Según me informan, luego de aquellos cuidados la cabeza de dama Ashikaga alcanzó su máxima y belleza. La misma que cautivó a Takauji el día en que Shikuza fue llevada ante él, simulando ser una autómata.

Concluido el tratamiento, Takauji dispuso que colocaran la cabeza sobre una almohada de laca negra y la trasladaran a su propio aposento, depositándola en el tokonoma junto a dos ikebanas simétricos.

Dicen que cada noche el Shōgun se acuclilla sobre su alfombra de rezos, apoya las manos en los muslos y se inclina ante la cabeza. Dicen también que dama Ashikaga tiene los ojos abiertos y brillan como estrellas. Y que lo miran sin parpadear.

Sin nada más que comunicarte por el momento, se despide de ti,

Tu seguro servidor,
Ryonosuke Nakatomi (El gordo)

44

Yutaka leyó la carta de Nakatomi con los dientes apretados, y al concluirla gritó. Sus pupilas se extraviaron en las órbitas, se erizaron los pelos de sus sienes, de su barbilla y de su coleta, su mano restante se aferró al puño de la katana y el daimyo se puso en pie y empezó a lanzar mandobles sobre las mamparas, rasgando el papel de arroz. A los segundos había arrasado con todo. Corría rasgando el aire de manera horizontal y quienes se interponían en su camino debían arrojarse al piso para no ser partidos al medio por sus katanazos. Finalmente, no agotado sino devastado, se detuvo, se dejó caer, cruzó las piernas y gritó: "¡sake!".

Se apuraron a servirle.

La lenta y concienzuda tarea de emborracharse duró horas o días, la servidumbre era sustituida antes de derrumbarse de puro cansancio. Pero el daimyo seguía bebiendo. Sus ojos inyectados en sangre, su cuerpo sin lavar y festoneado de moscas que habían olfateado su mugre y su violencia. Finalmente, al cabo de todo ese tiempo, dijo:

—¿Qué me miran? Una cosa es beber y otra es ver beber. Tráiganme a Lusin... Lun Pen.

Y mientras lo buscaban empezó a salmodiar:

—Ay ay ay mi Shikuza... adonde te fuiste chitsusito de miel, quién se llevó a mi agüita del río, mi alma, mi camalote enamorado, mi dama, enigma de mi vida, mi loto dorado, mi joya encarnada, mi flor, mi dama de otro, mi princesa...

Volcada la barbilla sobre el pecho que temblaba con el bajo de su dolor.

Lun Pen no tardó en presentarse ante el daimyo.

—¿Me necesitabas?

—Ah... Tú... Tú eres tú... Pero... ¿quién soy yo?

—¿Quién podría dudarlo? El honorable...

—Sí sí sí... Eso sí... Pero... —el daimyo alzó su dedo índice apuntando al cielo de madera rústica; el dedo pareció dispararse y tirar del resto del brazo, que se despegó de su apoyo con tal ímpetu que levantó también el torso y arrastró a las piernas, y en medio del movimiento ascendente, cuando parecía estar a punto de ponerse en pie, sus ojos se cerraron plácidamente y todo él se desplomó sobre el tatami.

En el sueño, Yutaka Tanaka estaba de pie sobre un promontorio azotado por un viento lluvioso. Las gotas daban en su cara provocando una picazón insoportable. El señor de Sagami había recuperado la mano faltante y con ambas se rascaba las mejillas, pero la comezón no hacía sino aumentar, a tal punto de que en un intento por atenuar esa molestia empezó a utilizar las uñas, cortas y afiladas, y la sangre brotó manchando sus dedos. En ese momento, algo, una especie de volumen gigante, flotó frente a él. Pese a lo sorpresivo de la aparición, Yutaka no sintió temor.

—¿Eres la sombra más alta y más amplia? —dijo.

La sombra habló:

—Que ignores mi nombre y la naturaleza de mis hechos explica que vivas sangrando por la herida. ¿Quieres secar el sudor rojo de tu piel?

Las manos de la sombra, cubiertas por guanteletes de hierro tachonados de clavos, fueron hacia su rostro, y al rozarlo abrieron aún más sus llagas.

—¿Eres mi padre entonces? —preguntó Yutaka.

—Pequeño cretino de un feudo perdido, daimyo supernumerario... ¿Te volviste idiota al extremo de no distinguir entre el hombre que te dio la vida de aquel que a ese hombre se la quitó?

Nishio fue un rival digno y si por un instante volviera a levantarse del polvo y te contemplara, al siguiente se arrojaría de nuevo al Yomi para no abochornarse ante el espectáculo de tu incompetencia y tu incomprensión. Porque si algo te ofrecí durante todos estos años a cambio del padre que te quité, fue la posibilidad de sustraerte a una existencia miserable. Con su muerte te regalé el deseo de venganza, te di motivos para vivir una vida plena de resentida intensidad. Gracias a mí saliste de tu pulguiento castillo de montaña, y tan dichoso estabas de haber encontrado una causa que llegaste a Kyoto dispuesto a besuquearme las sandalias en la esperanza de que te revelara el nombre del asesino de tu padre y el culpable de la humillación de tu madre. Y cuando te observé a través de los entresijos de mis aposentos vi que eras tan lastimoso, tan provinciano, que ni siquiera consideré necesario recibirte y dialogar contigo. La araña no dialoga con el insecto que atrapó en su tela. Estabas ahí, una larva trémula que hubiera podido aniquilar con un solo gesto. Y cuando me lanzaba a hacerlo, por pura piedad o exceso de asco, justo cuando alzaba mi mano para sentenciarte, en ese exacto momento cambié de opinión. Las alteraciones de mi ánimo son un misterio hasta para mí mismo. Tal vez fue por generosidad, tal vez por exuberancia, tal vez porque solo lo difícil es estimulante, lo cierto es que al verte tan entregado a mi arbitrio sentí el impulso de complicar las cosas. Quizá lo que me llevó a perdonarte la vida fue el deseo de entretenerme viendo cómo te hundías lentamente en la desesperación. Quizás un deseo semejante me empujó a ordenarle a mi mujer que te atendiera. "Ocúpate de instruir a ese daimyo idiota y lleno de músculos en lo que importa", le dije. El matrimonio es arduo y monótono y todo estímulo externo proporciona un condimento indispensable. Ella nunca fue tuya, nada más conociste su cuerpo. Y eso solo porque yo lo ordené. Pero al respecto te mostraste tan escaso de talentos que el relato de lo acontecido resultaba desabrido, así que al cabo de unos pocos encuentros mi esposa me rogó que la librara de la responsabilidad de continuar: ya no cabía más en sí de aburrimiento. Y es por eso que te permití que abandonaras Kyoto. No me servías, no me desafiabas, no suponías riesgo ni diversión alguna. Aunque tenía la excusa perfecta para hacerlo (¡te habías acostado con la mismísima Shöguna!), matarte hubiera sido una superfluidad: te habías anulado a ti mismo. Pero eso no me preocupaba. La lógica del poder obliga al sostén del adversario: cuando no existe hay que inventarlo. La confrontación es la verdadera naturaleza de las cosas, la sal de la vida. Así que, volviendo al punto central de nuestra pequeña conversación: había elementos objetivos para convertirte en mi enemigo ideal, yo me había tomado ese trabajo, así que nada más fácil que otorgarte la audiencia que tanto esperabas y temías. Frente a frente tú y yo, me habría bastado con decirte: "Si quieres saber quién es el asesino de Nishio y el responsable de tu ignominia, alza la vista y mírame a los ojos". E inmediatamente luego mandaría a que te cortaran en pedazos. Pero eso, lo más fácil, es lo que me resulta imposible de llevar a cabo. Así fui hecho y esto es lo que soy. Un enigma para mí mismo. Por eso es que mis labios se sellaron y el mundo siguió andando. Y otro motivo de mi silencio fue que de pronto se me ocurrió que eras tú mismo quien debía llegar a la conclusión obvia: que nadie mata y nadie muere en Japón sin que yo lo sepa, lo autorice o lo ordene. Y si no lo adivinaste apenas tu padre fue asesinado, eso se debió a que el dolor había nublado tu entendimiento y a que eras demasiado joven aún. Así que, cuando llegaste a mi ciudad capital, dispuse que tuvieras la suficiente experiencia de vida para comprenderlo todo. Pero tú, imbécil, a cambio de acercarte a la verdad te distanciaste de ella: estabas deslumbrado por la imantación de mi ausencia y por la suavidad engañosa de la piel de mi mujer. Y como yo ya estaba harto de ti y de tu ineptitud, te obsequié el beneficio de la perspectiva: por eso te expulsé de Kyoto y esperé ansioso y rogué a los dioses que alguna vez conocieras la verdad. Pero el momento de arribo de tu comprensión duró demasiado, así que decidí proporcionártela de un solo golpe. De un solo corte de mi katana cayendo sobre el cuello de mi mujer. No lamentes la pérdida de dama Ashikaga, fue otra ilusión más. Tampoco creas lo que se dice por ahí, que la cabeza que parece encendida en la soledad de mi cuarto gira sobre sí misma durante la noche, movida por un mecanismo automático. No. Te juro que es la carnal cabeza de la mujer que amaste y que reía conmigo cuando hablaba de ti. Además, tampoco está sola. A escasa distancia la acompaña la cabeza de Nishio Tanaka, tu padre, que conservo desde hace años. Las contemplo en las noches y eso alivia el peso de mi alma. Las miro y pienso en ti y en tu dolor y no puedo menos que sonreír.

Eso dijo la sombra en el sueño, y en el sueño Yutaka gritó e intentó golpearla. Cerró las manos pero sus puños caían sobre la sombra como si estuvieran hechos de algodón, y eso ocurrió hasta que la sombra empezó a adensarse y a ganar un brillo de oro en toda la superficie de su armadura. Entonces la sombra se quitó el casco y Yutaka vio por fin el rostro de Ashikaga Takauji. Un segundo después el Shōgun se desvaneció.

Cuando el señor de Sagami abrió los ojos, Lun Pen estaba a su lado.

—Al fin despiertas —dijo el chino—. Temí que te ahogaras en tu propio vómito. Estuviste horas y horas. Hablabas con alguien, lo escuchabas, le rogabas, lo enfrentabas. Y entre una situación y otra lanzabas sake y al final solo bilis.

Yutaka le refirió lo soñado. Lun Pen meditó durante unos minutos y luego dijo:

—Es cierto que el relato de los dichos y los hechos transcurridos en sueños tienen la desventaja de su evanescencia. Así como el rostro del Shōgun se disipó en la bruma, así también toda precisión se disuelve apenas tratamos de contar nuestra experiencia onírica con pelos y señales.

—Quizás, en este caso, tales características se agravaron porque yo estaba borracho perdido —dijo Yutaka Tanaka y lanzó a un costado un gargajo de espuma pegajosa y blanca. Resaca pura—. ¿Habré acertado en mi sueño?

—No lo sé —respondió Lun Pen—. Pero las palabras del Shögun sonaban como si él mismo te hubiera buscado para confesar su crimen. ¿Quién otro cuenta con el poder suficiente para premeditar un hecho de tamaña magnitud y ocultar durante años su autoría? De haber sido el culpable un daimyo común y corriente, más temprano que tarde te habrías enterado de sus motivos e identidad... Solo Ashikaga Takauji, haciendo uso de su supremacía militar y su fuerza política, es capaz de organizar una banda de samuráis sin identificación alguna, asesinar a tu padre y descuartizarlo y esparcir sus pedazos, mancillar a tu madre en cuerpo y alma forzándola a purificarse mediante la automomificación, y luego aniquilar a la mujer que amabas y de la que te apartaste para preservar su vida.

—Todo tiene su sello o al menos lleva su sello: su conclusión es la destrucción de los rivales. ¿Acaso tú mismo no subsistes mutilado y con tu vida arruinada?

—Quizás eso lo explique una frase misteriosa del Shögun en mi sueño: aquella donde me habló de la invención de un enemigo.

—¡Pero para eso no era necesario escoger a tu persona, mi señor! El enemigo está dado de antemano y es la suma de todos los daimyos que quieren ocupar su lugar.

—Pero la enemistad de los otros daimyos es una latencia. El deseo común de sustituirlo es suprimido por el cálculo de las desventajas que supone atacar al hombre más poderoso del país. No. Lo que un Shögun necesita es un enemigo real y visible, alguien incapaz de considerar las consecuencias. Y en ese sentido, el Shögun no hizo más que enceguecerme de odio y convertirme en su enemigo perfecto. Pero la cuestión es: ¿por qué eligió a mi familia y a mi clan? ¿Por qué me eligió a mí como enemigo?

—La pregunta de resolución más urgente no es esa, sino qué piensas hacer tú frente a esa elección —dijo Lun Pen.

45

Yutaka interrumpió bruscamente la conversación y se retiró a sus aposentos. El comentario de Lun Pen lo había hecho vacilar. En verdad, las revelaciones de su sueño parecían una descripción ajustada del modo en que pudieron ocurrir las cosas, pero nada impedía que todo hubiese sucedido de otra manera y que al respecto él estuviera como al principio. Lo indiscutible era que debía hacer algo. A esta altura de los acontecimientos, el enfrentamiento parecía una fatalidad. Día más, día menos, el Shögun lo acusaría de lujuria y de traición, o emplearía cualquier otro argumento que tuviera a su alcance. Luego enviaría sus tropas a combatirlo. La disparidad de fuerzas indicaba que el cerco y posterior asalto a su castillo duraría a lo sumo una semana. Y una vez concluido el ataque y vencida toda resistencia, Ashikaga Takauji contaría con una nueva cabeza para su colección: la de Yutaka Tanaka, extinto señor de Sagami.

Claro que del dicho al hecho... Al Shögun todavía le faltaba enfrentarlo y vencerlo... Y a diferencia de los años anteriores, ahora Yutaka Tanaka estaba avisado. Y él también sabía, o podía, o estaba aprendiendo a pensar. A los golpes. Transido de dolor. Y con su odio ahora dirigido hacia una persona precisa.

—No te va a resultar tan fácil —exclamó.

A la mañana siguiente, mandó a llamar a Lun Pen.

—He llegado a algunas conclusiones que me veo en la obligación de compartir contigo, ya que a partir de ahora serás el instrumento privilegiado de mi venganza.

—¿Continuamos con la apariencia de los rituales de aplacamiento? —preguntó el chino.

—No. En el curso de mi noche en vela releí la carta de Nakatomi. Al hacerlo, se refrescó mi memoria y recordé que muchas de sus expresiones y circunloquios se habían filtrado en mi sueño revelador, donde las empleaba el espectro del Shögun. La carta revelaba un fraseo, una modalidad de expresión y un uso de términos ajenos a la naturaleza grosera de Nakatomi. En conclusión, la caligrafía es la del gordo cerdo, pero el mensaje de seguro fue dictado palabra por palabra por el propio Takauji con el propósito de enviarme irreflexivamente al combate. Quien sirve a un amo bien puede servir a dos o a tres a la vez. Pues bien. A Nakatomi ya le llegará su oscuro día de justicia. Pero ese es un detalle. Lo importante es que en mi sueño el Shögun manifestaba una indigna complacencia con sus propias acciones, porque como resultado final de estas solo se imagina en la posición del vencedor. Ese es su punto débil, y me indica por contraste el camino y el procedimiento por seguir. Yo, que he sido objeto pasivo de sus intrigas, tejeré una red en la que Takauji Ashikaga terminará cayendo.

—¿Cómo harás eso?

—No quiero arruinar el efecto sorpresa, pero puedo adelantarte que mi triunfo combinará lo grande y lo pequeño. Y te advierto que correrás alguno que otro riesgo, en pago por mi hospitalidad... Y ahora... que tengas buenas noches...

Lun Pen abandonó al daimyo y se retiró a su habitación. Allí, a cambio de dormir, extrajo su diario secreto, que ocultaba dentro de un jarrón con arreglos florales secos. Fragmentos de este diario, aparecido póstumamente con el título *Notas de un viajero*, pueden consultarse en el ejemplar facsimilar que conserva la biblioteca del departamento de Lenguas Clásicas y Extranjeras de la Universidad de Yokohama, situada en la prefectura de Kanagawa (antiguamente provincia de Sagami). Allí, Lun Pen escribió:

Parece extraño que, refiriéndose a situaciones como esta, Li Bao haya escrito como primer verso de un poema:

"Todo bajo el cielo está sumergido en el caos,"

Y a cambio de agregar una sentencia pesimista en el segundo, concluyera:

"la situación es excelente."

¿Extraño? No lo sé. Pero temo perder mi vida en la averiguación.

46

Yutaka Tanaka se pasó los meses de invierno armando lazos para su campaña militar de verano. Organizó encuentros para soliviantar a sus pares, empezando por los de las provincias limítrofes (Izu, Totomi, Kai, Musashi, Ishimosa, Kasuza, Awa), invitándolos a su yamashiro de montaña o visitándolos él mismo en prueba de buena disposición y modestia. Fue un invierno largo: al calor de las chimeneas y los hogares, en reuniones bien regadas y servidas, desparramó el sentimiento fraterno y la ilusión de la comunidad de intereses, hizo ricos obsequios, contó chistes, facilitó el uso de sus geishas y obtuvo de labios de los interesados la manifestación de sus ambiciones más recónditas. Claro que sus colegas eran de lo más básicos, todos pretendían ganar poder y ampliar la extensión de sus feudos. Yutaka asentía, y a cambio de mencionar lo evidente (que era imposible aspirar a territorios nuevos sin despojar a los propietarios anteriores), presentaba la situación como una consecuencia del egoísmo y la avaricia de Ashikaga Takauji, que mantenía en su propio beneficio un estado de cosas intolerable. ¿Por qué debía eternizarse en el poder? ¡Si en un comienzo había sido un general del montón, un arribista que utilizó la guerra Genkô para traicionar al emperador Go Daigo! ¿No había prometido el reparto de tierras entre tropas y señores de la guerra? ¿Y qué pasó? ¡Apenas vuelto Shögun se las quedó! ¡Ya era hora de combatir y derrocar a ese miserable y sustituirlo por un cuerpo colegiado de daimyos que se turnarían en el ejercicio del Shögunato! Y para mayor seguridad de los complotados, aseguraba estar dispuesto a renunciar por escrito al ejercicio de ese cargo. "No me mueve ningún interés personal", decía. "Lo único que me importa es el destino de la patria".

Dicho esto, Yutaka sonreía, poniéndose la mano única sobre el vientre, en remedo manco de la postura beatífica del Buda.

Entretanto cortejaba a los daimyos, ilusionándolos con la ampliación de su papel político tras la derrota de Ashikaga Takauji, envió emisarios al Emperador de la Corte del Sur, solicitándole ayuda militar. A cambio le prometía la unificación del Trono Divino y proponía el reemplazo de sus pares por gobernadores provinciales de carácter civil, la eliminación del Shögunato y la elección de un Primer Ministro supeditado a la autoridad imperial.

Asombrosamente, Go Daigo no respondió de inmediato a esa oferta. Es posible que la considerara un presente envenenado. Sin decir ni sí ni no, mandaba redactar acuerdos provisorios que luego se convertían en borradores de otros que debía someter al estudio de sus asesores, por lo que el momento de definición se demoraba. Pero la situación de las fuerzas de Yutaka estaba lejos de ser desesperante. Empezaban a llegar a su provincia los ejércitos de los daimyos de Hida, Brinano, Etcú, Kouske, Shimotsuke, Echigo, Dewa y Mutsu, mientras que cortésmente vacilaban, sin comprometerse a nada, pero ofreciendo medias palabras de simpatía, los señores de Kaga, Noto, Echizen, Wakasa, Tango y Tajima. El señor de Sagami confiaba en que terminaría por reunir fuerzas equivalentes a las del Shögun. Ahora su problema era albergar y alimentar a un número creciente de tropas. Además, los caballos consumían toneladas de grano y heno y el estiércol se acumulaba en pilas que atraían a las ratas y aumentaban el riesgo de una peste. Por lo que decidió que los ejércitos de sus aliados se alojaran en tiendas montadas alrededor del castillo principal, mientras que los daimyos recibían un trato a cuerpo de rey en su yamashiro. Claro que ni siquiera esas concesiones impedían que a diario surgieran disensiones y enfrentamientos. Yutaka a duras penas soportaba el espectáculo de la estupidez humana y solo se contenía esperando que el flujo de guerreros alcanzara el número suficiente para comenzar su campaña. Entretanto, para amenizar la espera, contrató compañías musicales y grupos de danza, teatro bunraku, etc., etc. De noche, las hogueras esparcidas en racimos iban soltando chispas que remedaban el movimiento de las estrellas. Solitario en medio de la oscuridad, el señor de Sagami caminaba en círculos por la torre más alta de su castillo. Aguardaba la llegada del espectro de su padre y la reiteración de su reclamo de venganza.

47

Un buen día el tiempo de espera concluyó abruptamente y Yutaka Tanaka se vio liderando un ejército. Al frente iban campesinos que creyeron que los liberaría del yugo secular. Después de tentarlos con la promesa de un salario fijo y de indemnización por mutilación, herida o pérdida de extremidad u órgano en combate (20 mon por un ojo, 40 por un brazo, 30 por una pierna), les habló de las cosechas sangrientas del combate, la recompensa en botines y mujeres que obtendrían una vez atravesadas las puertas de Kyoto, ciudad capital de los sueños. Tras ellos iban los samuráis con sus armas recién pulidas y montados sobre sus percherones engalanados, y por último iba él, rodeado de su estado mayor compuesto de daimyos jóvenes y ávidos de gloria. Las huestes de Go Daigo brillaban por su ausencia, pero cada tanto caían mensajeros del Emperador de la Corte del Sur prometiéndolas para el día del combate. El ánimo de las tropas era excelente y se alimentaba de la esperanza de un triunfo fácil. Todo parecía un desfile. Los ríos disminuían su caudal al paso de los hombres, el ascenso y descenso por las cadenas montañosas era una magnífica ocasión para fortalecer las pantorrillas de la infantería y los muslos de la caballería, y no faltaba ocasión de distracciones como la caza de zorros, martas, tejones, perros, mapaches, gatos leopardos, jabalíes, okamis, osos pardos, sikas. También de leones marinos y dodongos cuando había que bajar hasta la costa para bordear algún obstáculo. A su vez, los hombres se ofrecían como espectáculo a las grullas, águilas marinas y reales y pigargos, en tanto que los faisanes correteaban al par de las formaciones y al menor susto se disparaban cloqueando y en vuelo soltaban sus excrementos, cuya rociada era tenida por signo de buena suerte. ¡Y los paisajes! La mayoría de los soldados nunca habían salido de sus territorios de origen, y ahora, en la inminencia de la batalla, se detenían a contemplar la curvatura de los castaños y las hayas, admiraban los estambres de los arces, la riqueza de las coníferas... Para no hablar de las flores salvajes y de la lluvia blanca de los cerezos de floración temprana. Pinos rojos, robles, fresnos y abedules. Camelias, rododendros, alcanforeros. Ciruelos blancos y rojos. Pinos y bambúes...

Lun Pen, al principio incómodo ante la perspectiva de sumarse a la expedición, ahora se solazaba con la variedad de panoramas. A veces adelantaba su marcha, se desviaba del camino principal e investigaba las poblaciones del sotobosque y las criaturas de los arroyos de montaña; babosas minúsculas y fluorescentes que se pegaban al musgo de las piedras y resistían el chorro de las cascadas de montaña, artrópodos que buscaban mimetizarse con las ramas secas y eran capturados por cangrejos arañas de ocho patas y dos brazos que quebraban su caparazón con un golpe de las antenas y sorbían su cerebroide licuefaccionado... ¡Y las mariposas! Nunca había visto tantas y tan variadas. Pictogramas de una realidad invisible, las geometrías de sus alas fugaban hacia la abstracción. Y, además, chillidos, respiraciones, exhalaciones... Perdido en esas riquezas, hasta podría decirse que llegó desprevenido al día del enfrentamiento.

Por simple proximidad geográfica, las tropas del Shōgun tomaron ventaja al ocupar los faldeos de la montaña Yôrô, la más destacada de la cordillera, que limita la llanura de Nôbi por el oeste. Las tropas insurrectas, en cambio, habían debido repechar la corriente del río Nagara, por lo que daban muestras de agotamiento. Pero el Shōgun desaprovechó la circunstancia favorable y el primer día pasó en estudios mutuos, carreras de chasquis que iban de un lado a otro llevando y trayendo mensajes, ventoseo de cabalgaduras y griteríos y puteadas de ambos ejércitos, amén de una que otra flecha que volaba sin propósito alguno, ya que a tales distancias era imposible acertar a alguien.

Yutaka Tanaka no tenía nada en contra de esas distracciones inocentes, pero había tomado sus recaudos. Obligado a montar campamento en plena llanura, ordenó que se construyeran cercos de bambú atravesados de palos de puntas afiladas con el objeto de disuadir un posible ataque "pechador" de la caballería enemiga, y mandó apilar pasto seco y rollos de heno para armar fogatas que, en caso de ataque nocturno, le permitieran observar posición, distancia y número del enemigo. Además, hizo excavar pozos-trampa erizados de lanzas y luego reunió a los integrantes de su estado mayor y les dio las últimas instrucciones, invitándolos a acostarse temprano, ya que los quería frescos y descansados para el combate del día siguiente. Después pidió que trajeran a su presencia a Lun Pen, que dormitaba en unas barracas improvisadas, muy cerca de las caballerizas. El chino no se demoró.

—Mañana entablaremos escaramuzas propias de los movimientos preliminares —le dijo el señor de Sagami—. Si el Shögun es un estratega respetable adoptará tácticas de carácter defensivo, esperando que en mi carácter de desafiante yo tome los riesgos. Así que mañana asumiré una política de pérdidas relativas y al atardecer retiraré a mis fuerzas del campo de batalla, en la convención de que la primera jornada me resultó desfavorable. Eso le permitirá a Takauji celebrar el resultado con su círculo íntimo, confiado en futuros combates beneficiosos. Después se retirará a descansar a su pabellón, contando con la protección que le brindan sus hombres y el auxilio adicional de la Luna llena, que vuelve imposible un ataque sorpresivo. Bien. Ahora es el momento de explicarte por qué mi voluntad de derrotar y castigar al Shögun no se funda en el resultado de las armas, sino en el papel que desempeñarás en el asunto.

—¿Yo? —dijo Lun Pen—. Pero si yo...

—Quiero que en la noche de mañana te internes en el campamento enemigo representando el papel de fantasma de mi padre. Concretamente, de su cabeza.

—Pero señor... No duraría ni un segundo...

—Es la primera vez que escucho a un actor que desconfía de su capacidad de caracterización. En principio, contarás con el maquillaje apropiado y te envolverás con la pesada capa de seda negra que empleaste para *El fantasma de Nishio Tanaka*, por lo que no serás visto de cuerpo entero. Por cierto, el fraude se descubriría si alguien se acercara a observar el fenómeno, pero eso no ocurrirá. Imagínalo: en medio de la claridad espeluznante de la Luna avanza a media altura una cabeza blanca y cerúlea, con las violáceas venas marcadas...

—Es como si el muerto hubiese salido de su escondite para flotar sobre la tierra... —Lun Pen empezó a recordar la escena.

—Sí. Incluso sería conveniente aumentar el efecto terrorífico arrancándote los ojos y dejando que la sangre chorree sobre tus mejillas... —sonrió Yutaka—. Pero no creo que en ese caso conserves la serenidad y el sentido de la orientación suficientes. Por eso me conformaré con que pintes de rojo intenso tus pestañas y tus ojeras y hagas los visajes propios de un resucitado. Al verte los centinelas huirán enmudecidos de espanto. Te será fácil entonces llegar el pabellón del Shögun, que reconocerás porque lleva las banderas, letreros y estandartes que declaran su rango. Entrarás en la cámara donde él duerme, apartarás tu capa y extraerás un cuchillo, y, antes de que Ashikaga Takauji despierte y reaccione, le cortarás el miembro y los fundamentos y me traerás las pruebas del hecho.

—¿Quieres que se desangre y muera en el mayor de los tormentos?

—No. Una vez realizada la ablación, taponarás la herida con un paño. El Shögun debe de haber llevado a los mejores médicos de la Corte para asistir a los heridos en la batalla, así que de seguro correrán a zurcir los restos y dejarle abierto el meato urinario.

Sobrevivirá, en su bochorno, como castrado. Quizá la elección que hice te parezca una venganza incompleta, dada la magnitud de su ofensa a mi clan y a mi persona. Pero no olvidemos que Ashikaga Takauji se ocultó siempre en el anonimato. Envió esbirros sin identificación a que asesinaran y despedazaran a mi padre y mancillaran a mi madre, y luego permitió y hasta alentó que yo accediera carnalmente a su esposa, y tras esto la mató fingiendo la confusión de una noche de ebriedad. Su conducta ha sido inexcusable y artera, más propia de un intrigante que del amo de Japón, y al ordenarte que le inflijas esa mutilación estoy señalando su desconcertante cobardía.

—Nada más risible que un Señor de la Guerra sin su arma más propia... —entendió Lun Pen.

—¡Exacto! A veces, incluso, creo que él no es más que el títere que su madre, la Shōguna Viuda, maneja a su antojo. En cualquier caso, la derrota en el campo de batalla y la consecuente muerte por seppuku supondrían un final honroso, acorde con el camino del guerrero. Lo que pretendo en cambio es marcar en su cuerpo el carácter de su feminización abyecta. Tras este episodio durará muy poco en el cargo y solo de lástima nos permitiremos concederle un refugio en el pabellón de mujeres de un Castillo de Tercera Categoría, donde a falta de autómatas de tamaño natural le cederemos las muñecas grotescas y negruzcas del bunraku. Vivirá como si la vergüenza pudiera sobrevivirle y algún día morirá envuelto en el aura de su descrédito. Como comprenderás, Lun Pen, mi sentencia es política. No habría concebido esta clase de castigo si, luego de atentar contra mi familia, Takauji no hubiese revelado su verdadero carácter asesinando a quien fue el amor de mi vida. Porque yo amé a dama Ashikaga, obtuve la mayor de las dichas en los brazos de la mujer que él no tocaba. ¿No es curioso? Mi venganza se cumplirá volviendo patente y posible lo que de seguro el Shōgun soñó sin confesárselo a lo largo de la vida. Porque nada hay más próximo a lo femenino que un hombre sin sus órganos de reproducción.

—¿En serio crees que Takauji quiso volverse mujer...?

—¡Por supuesto! ¿Qué es esa fantasía absurda de vivir en un mundo de autómatas sino la ilusión realizada de la belleza sin mácula y sin término, el anhelo femenino de la perfección?

48

Seguro de que esa era la penúltima noche de su vida, Lun Pen abandonó el pabellón del señor de Sagami y se desplazó a su barraca. Allí, bajo el fugitivo resplandor de las velas, dio comienzo a lo que imaginaba serían las últimas anotaciones de su diario. En el original y en las reproducciones facsimilares de sus *Notas de un viajero* se advierte el temblor que altera el trazo de los ideogramas.

No pude, escribe, *rebatir los argumentos del daimyo. Inútil emplear los recursos de la razón con una mente enloquecida por el dolor. Si su criterio para sostener la culpabilidad del Shōgun se basa en la prueba que le habría aportado un sueño, ¿qué decir de lo siguiente? Menos creíble aún es que yo salga con vida de una incursión en territorio enemigo, a plena luz de Luna, disfrazado y maquillado para proporcionar un efecto de realidad fantasmal. No lamento la inminencia de mi fin. Hasta hace poco tiempo mi vida era extraña pero tediosa, y en los últimos meses se volvió de lo más interesante. Todo se aceleró, así que es previsible que termine chocando contra el muro de un Japón que me es ajeno y que no comprendo. ¿Por qué habré caído en este tiempo y lugar en vez de encontrarme con Fa Wong? Con el sacerdote taoísta nos habríamos entendido. En cambio aquí... No pude develar los verdaderos propósitos de Nakatomi ni los de dama Ashikaga y ahora me desconciertan los de Yutaka Tanaka. Quizá sea precisamente eso lo que me estimula y me desvela. De todos modos, moriría más satisfecho si a la hora de mi muerte pudiera comprender, al menos, algo.*

Así que reflexionemos.

¿De verdad cree el señor de Sagami que podré atravesar las defensas montadas por Takauji Ashikaga? ¿De verdad piensa que al Shögun lo anima el deseo de convertirse en mujer? En su momento, Hua Fu Tcheng, que como dueño de una casa de placer tiene gran conocimiento del asunto, me dijo que no era inusual que las personas de categoría se entreguen sin freno a extremos de extravagancia y sensualismo. Si ese fuera el caso, entonces las conclusiones de Yutaka Tanaka tendrían asidero, porque no existe nadie con mayores posibilidades de experimentar lo imposible y lo inaudito que el Shögun. Las menciones de Nakatomi acerca de la reticencia de Ashikaga Takauji a visitar los aposentos de su esposa parecen sugerir que sus preferencias van por el lado de los jóvenes pajes o tal vez de sus propios cortesanos, con los que de seguro habrá disfrutado cediendo la posición activa para investigar qué se siente al delegar la autoridad y sentirse íntimamente dominado. Desde luego, tal experiencia (no solo carnal, sino sobre todo mental) se completa luego con la plena recuperación de las potestades del cargo y el empalamiento del sodomizador.

Arribado entonces a esas fronteras del placer, Ashikaga Takauji no habrá querido dar un paso atrás. Ni por todo el oro del mundo. Quien conoce lo distinto no se limita a repetirlo. La variación, la promesa de la variación, lo habrá llevado al vicio de la búsqueda constante, rareza tras rareza, desvío tras desvío, exquisitez tras exquisitez. Dicho de otro modo... Después de haber atravesado todo límite, ¿por qué el Shögun iba a privarse de atacar el Castillo del clan Tanaka, asesinar a Nishio y violar a Mitsuko y sumir al hijo de ambos en la mayor de las perplejidades? Si lo quiso todo, también pudo haber querido lo innecesario y lo contraproducente, porque se mueve en el campo de las contradicciones como el pez en el agua. ¡El extremo, el extremo, lógica última del ser...! Así, en la perspectiva de lo inédito entrarían también los autómatas... Personalmente, creo que su fervor de coleccionista no obliga a suponerlo animado por el impulso de convertirse en mujer. Pero, si lo estuviera, ¡la castración no significaría para él un castigo! En los autómatas, al menos en los que reparé, no encontré la determinación de lo femenino o de lo masculino ni sospeché una sexualidad distinta. Los vi bajo la perspectiva de un supremo congelamiento... Pero siguiendo con el asunto: si con el corte de los genitales el Shögun llega al punto más alto en su aproximación a lo femenino, la tarea que me asignó Yutaka Tanaka es la de proporcionarle esa satisfacción y mostrarse así como el vasallo más fiel, el más atento a la verdadera voluntad de su amo.

Pregunta: Si un hombre (el Shögun) sueña con ser mujer y entrega su esposa (dama Ashikaga) a otro hombre (Yutaka Tanaka), ¿esto debería ser entendido como un gesto de displicencia o como una prueba de amor? Y ¿de amor por quién? Respuesta: Si es por el propio Yutaka, entonces la idea de la castración se revela (a la vez) como muy prudente y muy conveniente para ambos... ¿Mantendrán un acuerdo de carácter sentimental?

Qué asqueroso se vuelve todo apenas uno lo observa de cerca... Y qué interesante...

Tras escribir estas consideraciones, Lun Pen se recostó en su tatami de campaña y empleó un brazo como almohada. Estaba agotado y lo asaltaban visiones propias de un sueño inquieto. Frases sueltas, pensamientos dispersos, cuerpos que se agitaban en el aire, zorras blancas que recorrían un sendero de nieve dejando huellas verdes. Sometido a esa posición forzada, brazo y hombro le dolían (artritis y artrosis), así que prefirió levantarse y volver a sus *Notas de un viajero*:

No deja de inquietarme la paradoja de que Yutaka Tanaka crea castigar a su enemigo brindándole la posibilidad de cumplir con su fantasía. Si así fuese, la única persona que saldrá herida será la Shöguna Viuda, porque ninguna madre tolera la mutilación del hijo que tuvo en su vientre. ¿O será ese, por el contrario, el sueño secreto de toda madre?

Y algo más extraño aún. Unos segundos antes de que yo iniciara mi viaje por el tiempo y el espacio, Guo Ze estaba a unos pasos de mí, a punto de alzar su cuchillo para infligirme el mismo corte que yo deberé proporcionarle al Shögun. ¿Qué significa esta trasposición de funciones en la que yo tomo el papel del policía y Takauji Ashikaga mi lugar? ¿Será que la realidad es inventiva en sus operaciones, pero los elementos que combina son pocos? En el fondo, eso me da ciertas esperanzas. Si cada uno de nosotros se va volviendo otro o sustituye a otro, en algún momento seré Fa Wong o me encontraré en su posición.

Una vez escrito este último pensamiento, Lun Pen aceptó que ya no recuperaría el sueño y abandonó la barraca. Aún estaba oscuro, pero ya se escuchaba a la distancia el piar de algunos pájaros tempraneros y el frote agudo de las patas de los grillos. El aire estaba saturado de gotas de aguanieve. Esa bruma flotante daba un toque de gris a la materia y envolvía cuerpos y objetos en una dimensión particular de opacidad. El chino caminaba con los brazos extendidos, buscando orientarse con los sonidos que aumentaban a medida que avanzaba. Finalmente llegó hacia una línea densa de sombras plagada de ruidos de metal y relinchos. Era la caballería del ejército del señor de Sagami, y a su frente estaba Yutaka Tanaka, que lo llamó.

—La materia le dice al espacio cómo curvarse, el espacio le dice a la materia cómo moverse —le dijo—. Cuando nos lancemos al combate quiero que permanezcas en este punto, observando los desplazamientos de las fuerzas, pero sobre todo evaluando la actitud del Shögun. Luego te acercarás todo lo posible al promontorio enemigo, donde Ashikaga permanecerá dirigiendo a sus tropas. Quiero que estudies sus movimientos y sus gestos y sobre todo que grabes en tu mente cada detalle de su aspecto, porque espero que esta noche cumplas la tarea que te encomendé sin riesgo de error o confusión.

—Quizá —sugirió Lun Pen— mi misión desaparezca en el curso del enfrentamiento. Quizá mueras tú, o muera yo, o el Shögun...

—Los dioses no querrán que eso ocurra. Esta batalla, mi

querido amigo, será pura apariencia. El resultado final está en tus manos.

Yutaka Tanaka soltó esta afirmación con tono definitivo, pero su voz no brotaba del pecho como un trueno. "¿Y si estoy cometiendo un nuevo error y...?".

Ya no tuvo tiempo de seguir pensando. Los primeros rayos del sol se filtraban a través de las barreras naturales de la cadena montañosa. Cincelaban la bruma en una constelación de arco iris. Eso duró unos minutos, hasta que el sol completó su giro alrededor de la tierra y apareció en la superficie.

Ambos ejércitos se desplegaron. Aprovechando la ventaja posicional, las tropas de Ashikaga Takauji se dispusieron en la clásica posición Ganku o de pájaros en vuelo, que se caracteriza por su flexibilidad y su capacidad para ajustarse a los movimientos del adversario y a las circunstancias de la batalla. Era de esperarse que en el curso de los primeros aprestos esta formación derivara en la de Hoshi o cabeza de flecha, que modifica la alineación previa en segmentos y dispone la tropa en dos filas que se juntan en una punta dirigida a dividir las fuerzas enemigas. Pero eso era un amague del Shōgun para ver si su rival detenía o demoraba el avance de la caballería, pasando del trote franco al paso vivo, en cuyo caso se inclinaría por la táctica de Saku o cerrojo, formando dos líneas de defensa compuestas de arqueros y lanceros. Previsiblemente, el señor de Sagami optó por la prudencia y su caballería frenó a mitad de camino. Los caballos aprovecharon para refrescarse y ramonear entre los arrozales. Por supuesto, los ashigaru del Shōgun comenzaron su trabajo y cada tanto alguna de sus flechas daba en el blanco de un hombre que caía de su montura en medio de gritos de rabia, y si la herida era grave y no le permitía levantarse, se ahogaba indignamente en ese bajo nivel de agua.

Desde su punto fijo en la llanura, Yutaka contemplaba inexpresivamente el panorama. En cambio, parecía haber una actividad frenética en el promontorio donde se hallaba el grueso de las fuerzas del Shögun. Los principales generales rodeaban a su amo, atendían a los mensajeros que recorrían las líneas llevando y trayendo información... Eran una muralla que ocultaba a Ashikaga Takauji. Su presencia en el lugar estaba señalada por un largo pendón negro en el que se destacaba la insignia de un sol dorado y geométrico. Aunque no corría una sola gota de aire y no volaba una brizna de hierba, el pendón, sin embargo, se agitaba.

En un momento Yutaka Tanaka alzó la mano, recta como un filo, y luego la bajó indicando un corte. Sus tropas empezaron a desplegarse en kakuyoku o alas de grulla. Era una apuesta arriesgada porque la posición se emplea para rodear al rival cuando las fuerzas propias superan a las contrarias, y este no era el caso. Yutaka aprovechó la confusión que generó su táctica heterodoxa para ordenar a sus arqueros que lanzaran una lluvia de flechas concentrada sobre la caballería enemiga y mandó a atacar a sus samuráis, enviando incluso a los dos destacamentos que por protección tenía a izquierda y derecha, y permaneció rodeado solo por su estado mayor. Por su parte, y para neutralizar el despliegue de las alas de grulla, el Shögun dispuso un koyaku o yugo, de modo que su primera línea absorbiera el ataque. La vanguardia, por lo general, está integrada por los guerreros más leales y dispuestos a morir defendiendo a su señor. Esa división combate con denuedo y sucumbe sin lamento, consciente de que su sacrificio es parte del primer movimiento del combate. Una vez aniquilada como tal, sus restos se integran a la segunda compañía, que aguarda en la retaguardia, y se lanzan juntas sobre el adversario, que entretanto ha gastado sus mejores energías. El resultado suele ser devastador. En este caso, era dable suponer que Yutaka Tanaka recurriría a tácticas desesperadas para suplir con su ímpetu la inferioridad de fuerzas y que por lo tanto modificaría en medio de su avance las alas de grulla, cerrándose sobre la vanguardia enemiga y concentrándose como una cuña en un solo punto para romper las filas del segundo destacamento. A este recurso, llamado Gyorin o escamas de pescado, se lo emplea como un azote de furia cortante que busca algún resultado parcial y permite realizar con cierta dignidad el movimiento ulterior, denominado Engetsu o media Luna, que recoge la fuerza propia y le facilita una retirada en orden.

Desde luego, como el combate recién se iniciaba, todas estas variaciones eran puramente especulares, fintas, repliegues, amagues, despliegues, condensaciones y expansiones. Rígido sobre los estribos de su caballo, Yutaka Tanaka alcanzaba a observar la evolución del combate, pero para Lun Pen, que estaba de a pie, aquello no era más que confusión de formas, movimientos y colores. Así pasó un par de horas, y en un momento el señor de Sagami se volvió hacia él:

—Sería conveniente que te internaras en el campo y estudiaras las heridas en los cuerpos de los muertos y de los agonizantes, a fin de que llegado el momento de castrar al Shögun no te detenga el temor de la sangre. También puedes practicar cortes con propios y ajenos preferentemente vivos a fin de ganar firmeza en el pulso —y dicho esto extrajo su wakisazi de la funda y se la cedió.

Lun Pen tendió ambas manos palmas arriba y la recibió con una inclinación de cabeza, tratando de no cortarse con el filo. Era la mejor arma para emprender un ataque a traición en espacios reducidos, y sin duda serviría para amputar miembros, decapitar o eviscerar. Con una nueva inclinación de cabeza se perdió entre los arrozales. En las *Notas de un viajero* el autor deja traslucir que su mayor esfuerzo no estuvo aplicado a la vivisección de los combatientes, sino a mantenerse oculto, incluso sumergido en el agua barrosa por los pisoteos de hombres y animales. Así, sus manifestaciones de repulsión ante los gritos de un samurái moribundo cuando le extrajo un ojo con la punta de la wakisazi, o frente al denodado esfuerzo de otro por impedir que le rebanara una pierna, deberían entenderse como una argucia que probaba el cumplimiento de la orden del daimyo, escrita para el caso de que sus *Notas...* cayeran en manos del propio interesado.

En cambio, merece más confianza el fragmento en que refiere su excursión nocturna al campamento enemigo y lo que allí ocurrió. Al respecto se lee:

Cerca ya del atardecer di por concluidos mis ataques y luego de lavar la sangre que chorreaba en mis manos y empañaba el brillo de la wakisazi, procedí a maquillarme hasta quedar de un blanco espectral, salvo el resaltado rojo en mis cuencas y un refuerzo de tintura oscura en cejas y pestañas. El proceso duró horas. Antes del tradicional polvo de arroz debí embadurnarme con una base de cremas húmedas para que el tono fuera parejo y lo más parecido posible al que luce la piel de un muerto. Después me envolví en una capa de terciopelo negra y pesada, larga hasta los pies, y salí. La Luna estallaba en el cielo y su fulgor reveló la primera deficiencia del plan de Yutaka. Si yo verdaderamente hubiera sido el espectro de Nishio Tanaka, la sombra proyectada habría correspondido solo a la de la cabeza. En cambio, el resplandor lunar reproducía la sombra de mi cuerpo entero y seguía mis pasos. Desde luego, esto únicamente lo descubriría alguien atento a los detalles, y era de esperar que el terror que debía producir mi cabeza "flotante" fuera lo bastante poderoso como para abolir esas consideraciones.

El campamento enemigo estaba dispuesto en forma de herradura en las laderas del promontorio. Alrededor de la cerca de bambú, fogatas encendidas y torres de observación. Una vez que llegué a las inmediaciones cubrí mi cabeza con la capucha y me arrastré entre los arrozales hasta llegar a un sendero secreto que habían descubierto los exploradores del señor de Sagami y que bordeaba el extremo abierto de la herradura. Allí me puse nuevamente de pie y crucé la parte trasera hasta llegar a los fondos, donde estaban las barracas de los soldados. Como Yutaka Tanaka había previsto, la jornada resultó favorable a las fuerzas del Shōgun, por lo que estas, envanecidas por el resultado, habían descuidado la vigilancia, yéndose a dormir después de comer y beber en exceso y de orinar en las fogatas. Nadie me vio cuando me erguí. La Luna ya estaba en su cenit y eso reducía los riesgos, porque sus rayos caían rectos sobre mí y mi sombra caía vertical sobre la tierra. Avancé.

Mi "cabeza flotante" arrancó el graznido de un cuervo, pero nada más. Seguí, tratando de esconderme tras los barracones. Así llegué hasta la zona donde estaban las tiendas de los samuráis de alto rango, montadas en forma de vastos pabellones en cuya entrada colgaban los signos distintivos de cada clan. Era la zona de más peligro y no había manera de recorrerla sin exponerme. Pero si no lo hacía me resultaría imposible encontrar la tienda del Shögun. Por lo tanto, aparecí en medio de la plaza y avancé. Deduje que, si el dispositivo de defensa del sitio tenía la forma de una herradura, lo más lógico sería que la tienda del Shögun estuviera en su centro. Apenas di unos pasos más, la descubrí, con su emblema, el sol geométrico agitándose en el aire quieto. Era una tienda de magnificencia y tamaño incomparables. A su lado las otras apenas superaban el estadio de la carpa de campaña. Durante unos segundos me quedé observándola, quieto, respirando apenas. No había un solo guardia en la entrada. ¿Tanto confiaba el amo de Japón en sí mismo? ¿Tan imposible le parecía que alguien se atreviera a desafiarlo? Di unos pasos más, aparentando una serenidad que no sentía, y de pronto sentí un ruido a mis espaldas y me volví. Un ashigaru me contemplaba. Había desenvainado su tanto y me apuntaba al centro del pecho, salvo que mi pecho era pura oscuridad. Pensé en extraer mi wakisazi, pero si lo hacía rompería su trance de terror hipnótico. A cambio de eso dibujé una sonrisa horrible, luego despegué los labios haciendo asomar mis dientes, como si estuviera a punto de morderlo, y me aproximé. El tanto cayó de su mano y tras el tanto cayó él. Le había reventado el corazón. Corrí hasta la entrada de la tienda. Alcé la cortina, pesada y con brocados, y entré. Permanecí algunos instantes esperando, pero no escuché ni vi nada que me alertara. Avancé. Si en su exterior la tienda era inusitadamente amplia, el interior parecía multiplicar su tamaño por la simple vía de su división: separaciones de papel de arroz, corredores, habitaciones minúsculas. No había candelas ni pebeteros, pero los rayos de la Luna se filtraban a través de pequeños agujeros, recortando caprichosamente elementos cuya función no atiné a descubrir. No se trataba de autómatas o de partes de autómatas que esperaban su turno de rearme, eran zonas informes, materias indiscernibles. No pensaba esperar hasta el amanecer para reconocerlas, así que continué mi paso. Al extremo de un corredor había una puerta de madera sobre la que se veía de nuevo el emblema del Shögunato pintado en oro. Abrí la puerta y accedí a una antecámara donde ardía una lámpara quemando aceites perfumados. La atravesé en puntas de pie, balanceándome para aumentar la apariencia de recorrido fantasmal, e ingresé en la habitación interior. Sobre un nicho improvisado colgaba un rollo con el retrato del dios japonés de la guerra, una especie de demonio grotesco llamado Hachiman, y en el altar portátil se veía una imagen de Kagutsuchi, el dios del fuego. En el soporte de hierro descansaba la katana del Shögun y colgaba su bata de seda de damasco. Un farol de papel iluminaba el tatami. Ashikaga Takauji dormía dentro de su armadura completa, con el kabuto sobre la almohada de laca negra. La primera impresión que tuve fue la de una perfecta autoconciencia, la de alguien a la vez inerme y protegido. Por un instante imaginé que la armadura estaba vacía pero dispuesta a alzarse y atacarme. De hacerlo, habría dado por resultado el combate inédito entre un simulacro de cabeza flotante y un equipo guerrero autoimpulsado. Pero había alguien en el interior de la armadura. Lo sabía, aun cuando no escuchara el rumor de la respiración del Shögun.

Puede parecer extraño que en tales momentos me detuviera a considerar esas irrealidades, pero, careciendo de experiencia bélica y viéndome involucrado en cuestiones de venganza ajena, celos, traiciones y alta política, tenía que analizar todas las perspectivas del asunto. Incluso, confieso que en ese momento se me ocurrió traicionar la confianza de Yutaka Tanaka, despertar al Shögun y referirle el encargo de su mutilación, ya que me pareció que esa era la mejor manera de permanecer con vida. No es que no sintiera afecto por el señor de Sagami, cuyo carácter melancólico y humor taciturno había llegado a apreciar, sino que de pronto, y sin aviso, me sentí impresionado y conmovido por la poderosa emanación de autoridad que brotaba de la presencia dormida.

Ahora que anoto estos hechos en la paz de mi cuarto, entiendo que esa emanación surgía menos de la presencia del Shögun que de la armadura, como si esta hubiera tomado los atributos de su dueño para convertirlos en la suprema manifestación del poder. El kabuto, de estilo mabizashi-tsuke, llevaba cuernos metálicos e insignias de grandes dimensiones, y las fuki gaeshi eran alas sólidamente construidas para defender el rostro de los golpes de espada. La mae bashi era de cuero lustrado y la máscara Sô men de hierro lacado le cubría toda la cara, como la cubrían las máscaras de los samuráis que atacaron a Nishio Tanaka y su esposa. Por supuesto, no pude examinar el bacinete que protegía el cráneo del Shögun, pero deduje que, si el más ligero y económico está construido con tres placas de hierro y el más sólido por cien, todas remachadas, el de Ashikaga debería tener al menos mil, hechas de oro. En la cima del bacinete estaba la típica apertura que permite la ventilación y deja espacio de salida del cabello que, en el caso del Shögun, era negro, abundante y estaba aceitado y perfumado.

Habría seguido contemplando por horas el encastre perfecto y el burilado y la selección de los materiales, pero el tiempo apremiaba. Así que luego de un breve examen del resto fui hacia la zona del bajo vientre, que es la que presenta la salvaguarda más endeble. Y eso por un sencillo motivo. Las partes más expuestas en el combate son cabeza, pecho, abdomen, hombros, brazos y piernas, y cada una de ellas cuenta con su protección respectiva. Pero el bajo vientre de un guerrero que combate a caballo se ve cubierto siempre por la silla de montar. Así, esa parte de Ashikaga Takauji estaba guarnecido solo por un kurijime-o de tela de cáñamo tejida y teñida de diversos colores, por lo que me resultó relativamente fácil alzarla con una mano, mientras que con la otra extraía la wakisazi y me disponía a producir el corte. Fueron dos movimientos simultáneos y al hacerlos descuidé por un instante la contemplación de lo que debía cercenar, ya que además seguía con la vista fija en el kabuto del Shögun, precaviéndome de que no despertara de golpe. Cuando por fin volví la vista a lo cercenable, me encontré con un espectáculo inesperado. Un rayo misterioso de luz lunar había hecho nido en su vientre y vello púbico, mostrando una especie de polvillo dorado que brillaba esparcido por toda la zona. Entendí que tal rociadura abarcaría buena parte si no todo el cuerpo del Shögun. ¿Se había atrevido a identificarse con el dios sol, desparramando ese dorado que se lucía también en el emblema de su casa?

Debo detallar algo más. Como ya anoté, la luz ambiente era irregular y escasa, y aunque me sirvió para ver ese resplandor dorado no alcanzaba para precisar los atributos del Shögun, su ubicación exacta, tamaño y conformación. Esos atributos permanecían en la sombra. Así que, para completar mi tarea, dejé a un costado mi wakisazi, solté suavemente el kurijime-o, que cayó ocultando el vientre del Shögun, y fui hasta el altar, de donde tomé una vela. Luego volví a acercarme al durmiente, alcé de nuevo la prenda y ahí sí pude contemplar la zona a rebanar. A cambio de caer recto sobre el centro de la bolsa escrotal, el miembro viril del Shögun se había curvado y descansaba apoyándose sobre el lado externo del testículo izquierdo, como una especie de guirnalda, adoptando la apariencia (a lo que ayudaban las ambiguas oscilaciones de la luz) de los labios externos de una vagina, claro que más voluminosa y carnuda que las normales. Ahora bien, ¿era esto momentáneo, un efecto ilusorio, o revelaba una naturaleza diferente a la del resto de los mortales? Aquello que se abría entre ambas masas no era una hendidura de mujer, o al menos no era idéntica a las que visité en el transcurso de mi vida. Y como nunca me acosté con una japonesa tampoco podía descartar la posibilidad de que el chitsu de estas resultara distinto a los de las mujeres de mi país. Y, además, y sobre todo, volvió a mi mente algo que en un momento de debilidad sentimental me reveló Yutaka Tanaka, esto es, que el día en que visitó por primera vez el Palacio Shögunal de Kyoto, en lugar de encontrarse con Ashikaga Takauji fue recibido por su esposa, que vestía las prendas del marido. En esa oportunidad, él había tomado aquello como una prueba de su particular humor y no reparó en que podía leerse como un indicio de las particularidades del matrimonio. En cualquier caso, la cuestión era lo bastante confusa como para que yo no tomara una decisión apresurada. ¿Y si a cambio de castrar a Takauji Ashikaga lo que hacía era cortajear el chitsu sobrenaturalmente abundante de su mujer dormida…? Pero no… En su carta, Nakatomi había contado con lujo de detalles sobre el modo en que el Shögun asesinó a su mujer… Por lo tanto, quien estaba allí… Quien poseía esa rareza… Era… ¿O no? Y si no… entonces… ¿qué hacer? ¿Y si cumplir un pedido era equivocarse?

"Mejor que lo decida el propio Yutaka Tanaka", me dije.

Tomé algunas sogas que sostenían los cortinados y las empleé para atar al durmiente. Desarrollé varios sistemas de nudos para estar seguro de que no podría soltarse. El procedimiento fue largo y de esa operatoria obtuve un placer inesperado y más fuerte de lo que habría supuesto. Como si, por primera vez en mi vida, a cambio de estar uncido al cumplimiento de un designio ajeno estuviera reduciendo las fuerzas ajenas a mi propio arbitrio. Parece abusivo decirlo, ya que mis nudos estaban sometiendo al propio amo de Japón, pero él mismo lo habrá sentido así, porque en un momento pareció despertar. Sacudió la cabeza, soltó algo similar a un gemido o un bostezo. Pero no protestó ni gritó ni llamó a sus soldados en su auxilio. Y así lo llevé hasta el campamento de Yutaka Tanaka.

Amanecía cuando llegamos.

49

En ocasiones, las *Notas de un viajero* generan enigmas en número superior a las respuestas que ofrecen. En principio, ¿es posible sospechar, como lo sugiere el propio autor, que a cambio de hallarse ante el Shōgun se encontró frente a la mismísima dama Ashikaga? Parece una fantasía urdida para justificar su repulsión a cumplir con la tarea encomendada. Lun Pen tampoco se detiene a explicar cómo se las arregló para trasladar de un campamento a otro a un hombre robusto como el Shōgun. Incluso de haberse tratado de la Shōguna, el solo peso de la armadura excedía las fuerzas de un enclenque como él. Tampoco explica cómo se lo llevó del campamento sin auxilio alguno y sin que nadie lo advirtiera. Además, ¿por qué destaca que Ashikaga Takauji se dejó atar sin resistencias? Si lo que reposaba sobre el tatami, vestido con la armadura del Shōgun, no era el Shōgun sino un autómata; e incluso si el Shōgun era un autómata, eso tal vez explicaría por qué se abstuvo de castrarlo y tomar lo cortado. Tal vez le resultaba más grave arruinar a un ejemplar de gran diseño que seccionar un pedazo de ser humano.

La desobediencia de Lun Pen alteró los planes del señor de Sagami. Como prisionero, Ashikaga Takauji presentaba nuevos problemas y exigía nuevas decisiones. Su castración había sido concebida como un recurso aceptable dentro de las peripecias del combate, pero una vez cautivo, infligirle la mutilación habría sido un comportamiento indigno de un daimyo, e imponerle el seppuku también estaba fuera de la norma: un vasallo no puede obligar al cumplimiento de un rito a su superior, aun si se trata de su enemigo. Lo esperable hubiese sido que Yutaka ordenara su asesinato y luego se apoderara de Kyoto y se elevara él mismo a la condición de Shōgun, obviando las promesas de colegiatura realizadas a sus pares. Al menos, sus partidarios aconsejaron que ordenara de inmediato esa supresión, ya que mantener vivo al prisionero alentaría a las tropas leales a buscar los medios de rescatarlo y restituirle el poder.

—El mejor modo de eliminar el peligro de que te pique una serpiente es cortarle la cabeza —le decían—. Y es claro que ese peligro recién desaparecerá cuando la cabeza de Ashikaga Takauji sea exhibida en la punta de una lanza.

Yutaka Tanaka escuchaba y callaba. Finalmente, a cambio de ajusticiar de una vez por todas al hombre que (por fin estaba seguro) había asesinado a su padre y ofendido a su madre y degollado a la mujer que amaba, optó por mantenerlo prisionero y regresar a Sagami.

En ese movimiento inesperado hay quienes ven la prueba de un ánimo indeciso, sometido a las variaciones de la melancolía y el remordimiento; incluso encuentran allí un resto de respeto —o de lástima— por el hombre a quien habría puesto en ridículo al intimar con su esposa.

Tal vez se acerquen algo más a la verdad quienes prefieren entender la aparente extrañeza de la conducta del señor de Sagami como una muestra de su estricto sentido de justicia. Habiendo tardado años en conocer la verdadera identidad del culpable de los crímenes contra su familia, no quería privarlo de un castigo proporcional al daño efectuado, ya que concederle un fin rápido habría resultado una ligereza, al menos visto desde la perspectiva del espectro de su padre. Muchos se solazaban imaginando los tormentos que aplicaría a Ashikaga Takauji, cruzaban apuestas acerca de las técnicas que utilizaría para producir, acentuar y sostener en su grado máximo las intensidades de dolor.

Pero, como esto tampoco ocurrió, se hace necesario mencionar la posibilidad de que se abstuviera de toda violencia tras evaluar que la muerte inmediata del Shōgun y la ocupación de Kyoto habrían significado el comienzo de una larga y ruinosa guerra civil. Los hechos indican que ordenó el regreso de sus tropas a Sagami, sin importarle el desencanto de los daimyos.

Huelga decir que Ashikaga Takauji fue tratado con toda deferencia. Apenas llegaron al yamashiro de montaña recibió por alojamiento la habitación principal, y a los pocos días lo trasladaron a una de las residencias de verano, adecuadamente fortificada y custodiada, y que contaba con una gran vista de la bahía. Era un sitio de extrema visibilidad y Yutaka Tanaka lo había destinado como prisión, previendo que, si querían rescatar al Shōgun depuesto, sus leales lo buscarían primero en los escondites más recónditos y de acceso más dificultoso. Pero incluso en caso de que fuera encontrado, el hecho mismo de recluirlo en un sitio accesible enviaba un mensaje de tal confianza que de inmediato instilaría en el ánimo enemigo la creencia de que el señor de Sagami les estaba tendiendo una trampa, y eso serviría para disuadirlos de intentar su liberación.

Y lo cierto es que entretanto Ashikaga Takauji continuaba en su poder.

50

Los mayores estudiosos del período concuerdan en que las crónicas de época no registran rivalidad más extrema que la que enfrentó a Yutaka Tanaka con Ashikaga Takauji. Sin embargo, si hubiera sido cierto lo que creía el joven daimyo, esto es, que el Shögun había destruido su núcleo familiar y su universo amoroso, también lo fue que se abstuvo de eliminarlo mientras contó con cientos de oportunidades de hacerlo. Simétricamente, cuando la rueda de la fortuna giró en favor del señor de Sagami, este se ocupó de privar de la libertad al Shögun pero respetó su existencia.

Ahora bien, para comprender el carácter excepcional de la situación, debemos observar que es precisamente en este período, durante el cual los poderes imperiales fueron severamente recortados a favor de la casta de los samuráis (cuyos exponentes jerárquicos son desde luego los daimyos y el Shögun), cuando comienza a ponerse en tela de juicio la conducta de estos guerreros que encuentran la libertad más absoluta en el sacrificio de la propia existencia. Saber matar y saber morir era el ideal más noble que podían concebir. Y dentro de ese esquema de hierro, la muerte voluntaria era su corazón sombrío, porque además estaba reservada solo para los de su clase y prohibida para el común de las gentes. ¡Por eso resultaba inaudito que, una vez hecho prisionero, Ashikaga Takauji no solicitara una wasikazi, se abriera el vientre y arrojara al mundo sus vísceras expuestas en gesto de supremo desafío! Su apartamiento del ritual cerraba el abismo entre la aristocracia guerrera y el pueblo llano y trazaba las líneas de un igualitarismo que podría conducir, siglos más tarde, tanto a la democracia como al comunismo. ¿Era consciente el Shögun de que al abstenerse de cometer seppuku inscribía un signo nuevo, el del comienzo del fin de un ciclo histórico? ¿Lo advertía también el señor de Sagami? ¿O sencillamente el Shögun depuesto carecía de valor suficiente para suprimirse? Se hace difícil creerlo. Más adecuado sería suponer que no contaba con un equivalente de rango a quien concederle el honor de cortarle la cabeza luego de que hundiera el arma en su vientre, o que estimaba inadecuadas las condiciones de su cautiverio para dar curso a su fin ritual.

A cambio de elegir ese destino, el Shögun depuesto se entregó a horas de serenidad contemplativa. Paseaba por el parque de la residencia veraniega con las manos tomadas en la espalda. Ante él se abría el paisaje de una naturaleza llana pero cultivada. Aunque territorio áspero, Sagami ofrece paisajes bellísimos en otoño. Las hojas de los arces mostraban el tono dominante de su rojo escarlata, recortadas contra el fondo verde esmeralda de los pinos y salpicadas de tanto en tanto por pintas de herrumbre. La ligereza de esas hojas estrelladas, finas, suspendidas en torno de las ramas, erizadas y sin espesor, se expandía sin estorbar la transparencia del aire, como si quisieran escapar al olor a putrefacción y almizcle condensado en los frutos de los ginkyōs. Claro que no había llegado aún la temporada verde y los ginkyōs apenas estaban empezando a desnudarse en una lluvia de oro peciolado que el viento arrastraba en remolinos y puñados verticales. Los pasos de Ashikaga Takauji trazaban una caligrafía ambigua que podía leerse como un pedido de socorro o una admisión de que por fin había hallado la paz.

Salía temprano de la habitación, cubierto por su armadura. Los jardineros se inclinaban y cerraban los ojos para no dejarse dominar por el terror que generaba su máscara. Él parecía no reparar en esas presencias, aunque cada tanto se detuviera a contemplar las tareas de las podadoras que, subidas con sus vestidos amplios a escalerillas triangulares, rizaban las ramas de los pinos en forma de penachos horizontales hasta que la copa se convertía en una sombrilla vegetal. En ocasiones alguna se desplomaba de la impresión, ocasionándose esguinces o fracturas, pero se trataba de casos excepcionales; la mayoría simplemente interrumpía su tarea y permanecía congelada de espanto hasta que el antiguo amo del Japón se sustraía al espectáculo y continuaba con su paseo. Hubiera o no accidente, Ashikaga seguía por los senderos, se detenía ante los espejos de agua, apoyaba sus manos cubiertas por kotes de hierro en las barandas de los puentes que atravesaban los lagos artificiales. De acuerdo con su estado de ánimo, permanecía más tiempo donde el agua fluía (contemplación de las formas del pensamiento que contempla los ciclos de la vida), o donde el agua permanecía estancada (meditación de eternidad). Cascadas: la que cae a pico entre las rocas y la que murmura en una grieta del prado entre guijarros. Montículos, rocas, declives que multiplican los panoramas. Plantas dispuestas según sus proporciones para crear la ilusión de perspectiva, fondos de árboles que parecen lejanos y en realidad están a dos pasos del paseante; senderos que conducen a espacios que no existen. Una pequeña piedra cuyas resquebrajaduras están cubiertas de hilo de oro. En medio de todo aquello, un árbol seco sobre el que no se posan los pájaros.

A veces la figura del Shōgun depuesto se perdía en el paisaje y los guardias de su custodia padecían apuro hasta encontrarlo. Pero, aunque el jardín había sido trazado para que cada nuevo paso ofreciera una dimensión distinta (una evocación sensible de la idea del infinito), terminaban descubriéndolo en alguno de los pabellones de té. Sentado sobre la estera, las manos apoyadas sobre el haidate o sobre el kusazuri, la vista detenida en el tokonoma. Esperaba tal vez la visita de dama Ashikaga en su condición de fantasma rencoroso, dispuesto a arrancarle el corazón y librarlo de esa vida desdichada, o del propio Yutaka Tanaka, su carcelero. O quizá solo el arribo de alguien capaz de organizar el servicio del té con el rigor y el respeto correspondientes a su condición...

Apenas lo encontraban, los guardias formaban a su alrededor. Durante horas el Shögun depuesto continuaba inmóvil (el estanque es el alma purificada), como si no hubiera advertido la irrupción, y cuando parecía que se mantendría así hasta altas horas de la noche, de pronto se ponía en pie y empezaba a desplegar los movimientos previos a la ceremonia del té, solo que invertidos. Primero, retrocediendo de espaldas, abandonaba el pabellón, y al llegar al pie de los pequeños escalones de madera se inclinaba ante la puerta muy baja. Luego recorría el camino trazado de piedras lisas, llegaba a la pila de agua excavada en una roca y se lavaba las manos, atravesaba una verja, se detenía a contemplar los árboles (el atardecer, con su luz iridiscente), después se detenía a descansar en un banco y, por último, cuando la oscuridad empezaba a cerrarse, volvía hacia el sendero que llevaba a su habitación de la residencia de verano. El tono ocre de su armadura formaba menos un contraste que un matiz impreso contra el fondo de la noche.

Es difícil precisar cuánto duró aquella situación, porque la escena particular se confunde con la historia política del Japón. Al no matar al Shögun y no forzarlo a cometer suicidio, Yutaka Tanaka había inaugurado una tendencia que luego se desarrollaría en el país, el exilio interno. Los poderosos capturados por sus enemigos se convertían, bajo el filo suspendido de la katana, en figuras patéticas que por contraste resaltaban las de quienes les habían perdonado la vida.

Quizá la suspensión del momento de la muerte del Shögun depuesto pueda leerse como un efecto simétrico del momento de suspensión de la verdad que padeció Yutaka Tanaka cuando peregrinó a Kyoto en busca de una respuesta y no la obtuvo de labios del que luego tendría por culpable. Si fuera tal, esa forma de castigo manifiesta tanto astucia como perversidad. Había convertido al hombre más poderoso del archipiélago en un muñeco carente de autoridad y de autonomía, una imagen pálida que remedaba a los autómatas que antes se había complacido en coleccionar. Además, pasado cierto tiempo, el señor de Sagami no se contentó con brindar a su prisionero los paisajes propios de la Tierra Pura; también empezó a ampliar las alas de su residencia para llenarlas con nuevas remesas de autómatas que le proveía el siempre atento Nakatomi. Sobre todo, llegaban piezas que reproducían la figura de Ashikaga Takauji, cubierta por su armadura, pero en tamaño reducido y con funciones limitadas a lo elemental: caminar, detenerse, trazar círculos. Así, el parque y las habitaciones eran un reservorio de imitaciones grotescas. Perdonarle la vida a Ashikaga, entonces, parecía la manera que Yutaka había encontrado de exhibir el rictus de la malevolencia y la máscara cruel de la superioridad de espíritu. Y eso tal vez habría resultado efectivo para abatir el ánimo del Shōgun depuesto —imaginemos una escena final en la que este finalmente comete seppuku y muere rodeado de autómatas que en la agonía giran a su alrededor—, si no fuera que Ashikaga mostraba la mayor de las complacencias ante la presencia de esos engendros. A veces los seguía en sus recorridos y copiaba sus torpezas, como si fuera el padre imposible de aquellas crías o como si en ellas hubiera encontrado el camino para un renacimiento.

Finalmente, un día, el señor de Sagami se presentó en la residencia de verano y visitó al prisionero depuesto en su habitación.

—¿Qué tengo que hacer contigo? —le preguntó—. ¿Acaso somos tan distintos tú y yo? La diferencia tal vez radique en que tú hiciste sin decir y yo hago sin dejar de preguntarme. Así que llegó la hora de hablar. Mataste a mi padre y humillaste a mi madre y asesinaste a la mujer que yo amaba, tu esposa. En venganza, podría reventarte la cabeza a patadas, desgarrarte la tráquea y sacarte la lengua por la garganta, arrancarte los ojos a tarascones, llenarte la cara de dedos hasta que no sepas cuál es tu nombre y quién soy yo, pero a cambio solo quiero hacerte las preguntas necesarias. ¿Por qué tu ensañamiento? ¿Qué mal te hizo mi familia? ¿Por qué permitiste que me acostara con dama Ashikaga? ¿Para hacerme sentir desleal? ¿Para que olvidara la investigación de tu crimen? ¿Para enredarme aún más? ¿O querías finalmente asesinarme y librarte de tu esposa? ¿Por qué todo, Ashikaga Takauji, samurái descendiente de la línea Seiwa Genji del clan Minamoto, Shögun de Japón? ¿Por qué, mi señor?

Entonces Ashikaga Takauji se volvió hacia su vasallo captor, se quitó el kabuto y luego la máscara, descubriendo por primera vez el rostro, y dijo:

—Es muy sencillo, pequeño Yutaka. Todo hombre ama lo que mata.

51

No se conoce la reacción del señor de Sagami apenas escuchó la respuesta de Ashikaga Takauji, aunque se dice que las condiciones de reclusión del Shögun depuesto mudaron del laxo paraíso de paseos melancólicos a un encierro riguroso donde se escuchaban ayes de dolor y crujido de dientes. Despojado de su armadura, un guerrero es nada. Incluso los propios soldados afectados a la custodia estimaban que el daimyo renegaba de todo decoro en el trato a un enemigo honorable. Hay quienes creen que Yutaka Tanaka se empleó personalmente en torturar al Shögun depuesto, que lo hizo durante días y horas y meses y años, pero es dudoso que haya optado por mancharse las manos en la indignidad. El problema, aquí, es de otro orden. La respuesta de Ashikaga Takauji parecía una confesión, pero también podía entenderse como una simple reflexión que intentaba explicar los abismos de la naturaleza humana. No es imposible que Yutaka Tanaka sintiera, de pronto, que aquella frase estaba lejos de ser autoincriminatoria. Después de todo, ¿qué prueba verdadera tenía él mismo de la culpabilidad del Shögun? ¿Un sueño, una intuición? ¿Y si se había apresurado a atacar y capturar a Ashikaga Takauji solo porque no soportó más la carga de incertidumbre que llevaba encima desde hacía ya demasiados años?

Si los hechos de la vida cotidiana poseen claroscuros, es comprensible que acontecimientos ocurridos centurias atrás presenten zonas de máxima indeterminación. Se olvidan o confunden los nombres, se modifican las grafías, los libros se apolillan y las interpretaciones de los sucesos patrios van cambiando de acuerdo con las conveniencias de los estadistas e historiadores del presente. Y el presente se vuelve tan huidizo como la sombra del amor en la memoria de un ciego. Si, teniéndolo en sus manos, Yutaka Tanaka comenzó a dudar de la responsabilidad del Shögun depuesto, esa duda se multiplicó al recibir la noticia de que dama Ashikaga estaba viva. Y como el relato de su muerte había sido el elemento determinante para la acción, ese elemento, al probarse como falso, parecía probar que el Shögun era inocente y su prisión imperdonable y que él mismo se convertía en un criminal y un reo de alta traición y debía ser ajusticiado. ¿Qué hacer, entonces? Lo más fácil habría sido cometer seppuku y solicitarle al propio Shögun que luego de la eventración le cortara la cabeza. Pero, si tal cosa ocurría, continuaría impune el crimen de su padre y la ofensa a su madre...

Claro que, además, y para complicarlo todo, ¿era posible confiar en aquella noticia? Quizá la fuente había mentido con el propósito de liberar al Shögun depuesto. "Tal vez —se decía Yutaka Tanaka— se trate de una intriga política. Pero ¿cómo saberlo? Yo no vi la cabeza cortada de dama Ashikaga, no tuve oportunidad de abrazarla contra mi pecho y acariciar sus cabellos aceitosos y alzar los párpados blanquísimos para contemplar sus pupilas amadas...". El mejor modo de cerciorarse, sin duda, era regresar a Kyoto, pero en la práctica eso significaba apoderarse del gobierno del país, y evidentemente él tenía la mente en otra parte (como se ocupaban de señalarle los daimyos aliados, urgiéndolo a la conquista). Si es cierto que el señor de Sagami torturó al Shögun depuesto en la búsqueda de la verdad definitiva, también lo es que los tormentos duraron poco. Al cabo de una semana de interrogatorios dama Ashikaga se presentó a las puertas de la residencia de verano.

Yutaka Tanaka tardó en reconocerla. Dama Ashikaga se había vestido de suplicante, cambiando su kimono de dieciséis capas engamadas por una túnica ajada y manchada por el barro de los caminos. Venía sola, su piel blanca y tersa se había tostado y arrugado, formando pliegues, y su cabello tenía salpicaduras de plata y ella misma ya era otra, una mujer que parecía no saber quién era él ni quien había sido para ella, y que todo lo que duró su visita se la pasó rogando por la libertad y la vida de su marido, o al menos por la devolución de sus restos mortales. Además, entre la demanda y el reproche, dejó filtrar también una amenaza: si el señor de Sagami no accedía a las peticiones formuladas, su hijo Yoshiakiro sabría resarcirla a ella, a su apellido, a su condición y rango, alzando tropas para limpiar el nombre del padre. Tan desconcertado estaba Yutaka Tanaka por la situación, que ni siquiera pudo recordarle que él mismo era el verdadero padre de Yoshiakiro.

Dama Ashikaga partió sin haber ofrecido ni por un segundo alguna señal de que en el pasado compartieron cierta clase de intimidad. El paso del tiempo había abolido los momentos en común, las ternuras, el sueño delicado y las confidencias murmuradas. O tal vez no era el tiempo sino su obstinación en desmentir lo ocurrido, negarse a la memoria del placer y afirmarse en el orgullo. Yutaka Tanaka la vio irse, encorvada, arrastrando las piernas surcadas de várices. Ella, que lo había sido todo para él, era ahora un fantasma del viejo pasado que ya no se podía resucitar. Tal vez, incluso, se había vuelto un onryo. Pero, si la que se plantó ante él para amenazarlo no era la misma dama Ashikaga sino un fantasma vengativo, eso exigía previamente admitir que ella, la verdadera, estaba muerta, y en ese caso había sido asesinada por Takauji. Y si no lo estaba, ¿por qué se vengaría de él, que aún no había matado a su marido y ni siquiera sabía si lo haría alguna vez?

Lo único que en esas circunstancias el señor de Sagami sabía con exactitud, era que existía algo peor aún que no vengar a un padre y una madre y perder al amor de la vida: enfrentar al propio hijo.

La crónica histórica indica que en el comienzo de la primavera de 1338 las tropas de Yoshiakiro Ashikaga finalmente atacaron la residencia de verano del señor de Sagami y que no encontraron resistencia alguna. Era una residencia vacía, descontando la presencia de algunos autómatas que giraban como trompos y que el general al mando del ataque, abochornado por el ridículo de la situación, mandó descabezar. Se menciona también que Ashikaga Takauji murió al fin de ese año de cáncer de estómago, lo que quizás indica que practicó el seppuku o que fue asesinado. No es posible saberlo. Tampoco se conoce el destino ulterior de Yutaka Tanaka, señor de Sagami. Se supone que abandonó su investigación, tal vez considerándola de resolución imposible, o porque a esta altura de los hechos el espíritu de su padre se había disuelto en los aires. El propio Yutaka Tanaka también parecía haberse convertido en otro espíritu; lo buscaron sin éxito por todos los territorios del país. Una versión (que tiene su encanto) imagina que trocó su identidad con Zeami, se convirtió en actor de su elenco y pasó el resto de su vida pública enmascarado y el resto de su vida privada escribiendo las piezas de teatro Noh que la posteridad le atribuye al otro. La intensidad dramática de estas obras, su carácter melancólico y tormentoso, otorgan crédito a esa sospecha.

第部の終わり